writers

図鑑 世界の文学者

監修＝ピーター・ヒューム

日本語版監修＝**齋藤 孝** 明治大学文学部教授

東京書籍

序文 / 003

序文——日本語版刊行にあたって

　文学は「人」です。それをまず、私たちは理解する必要があります。文学を通して人間というものを知ることができる。それが文学の良さです。人間に対する類まれな理解力や表現力がある文学者が、徹底的に人間について書いた「文学」を読むことで、人間について深く学ぶことができます。そうすると、SNS等で様々な人とやり取りしなければならないこの複雑でスピードアップしている現代社会を生きていく上で、「この人はどんな人なのか」ということを瞬時に把握する力が身につきます。

　文学を知るには、まずその作品を書いた作家のイメージから入るとわかりやすくなります。この図鑑の良さは、文学者一人一人の肖像画や写真があること。たとえば夏目漱石でしたら、あの悩みを抱えたような人間的な深みのある顔を見て、明治という時代を生ききった彼の人生を意識しながら読む。そうすると、あの『こころ』という作品をより深く理解することができます。作品と作者は、完全に一体ではありませんが、作品が書かれた時代背景や作者の人となりをおおよそ知ることで作品理解はぐんと深まります。作者のイメージが作品を読む推進力になり、また、この作者だからこそ、この作品の世界が作り上げられたという納得感にも繋がります。

　仮に、文学の歴史を旅するアトラクションというものがあるとしましょう。一人一人の作品を読んでいたら、膨大な時間がかかってしまうかもしれま

せんが、この図鑑は言わば文学アトラクションです。次から次へと時代を追って煌びやかな文学の世界を、堪能させてくれます。そんなアトラクションのイメージで、まず最初は大きな写真と大きく書かれた名言や作品の引用箇所を眺めてみるのもいいでしょう。

　近頃、電車の中でも本ではなくスマホを見て、SNSでのコミュニケーションや情報検索にエネルギーを費やし、知的エネルギーを吸い取られている人が多いように感じます。SNSだけだと考えが浅くなってしまいます。これ以上深いものはないくらい深い井戸を、心の砂漠に掘ったのが文学者です。その井戸に湧き出た水を飲んで砂漠を潤すことが読書です。

　人生100年時代、この図鑑の中からお気に入りの文学者を見つければ、どんなに寿命が延びたとしても退屈することも長寿社会を恐れることもなく、まだ読むべき作品がこんなにあることを発見できて、楽しみがますます増えることでしょう。万葉集を典拠とする「令和」の時代に、文学世界を旅してみましょう。

日本語版監修者　明治大学文学部教授　**齋藤孝**

Original Title: writers
Copyright © 2018 Dorling Kindersley Limited
A Penguin Random House Company

Japanese translation rights arranged with
Dorling Kindersley Limited, London
through Fortuna Co., Ltd. Tokyo.

For sale in Japanese territory only.

Printed and bound in China

A WORLD OF IDEAS: SEE ALL THERE IS TO KNOW
www.dk.com

本書について／凡例

本書は『writers: THEIR LIVES AND WORKS』（DK社、2018）の日本語全訳（以下、日本語版）である。
国際共同印刷のため、原書と日本語版の図版・レイアウトには原則的に異同がない。
日本語による本文の記述は、原書の記述に即した訳文であるが、必要に応じて原書にない語句を補い、あるいは省略、またより正確な情報に更新・訂正をした場合がある。原則的に、書名には『　』を、作品名には「　」の記号を使用した。引用箇所は、「　」あるいは"　"の記号でくくり、地の文と区別したうえで出典を明示した。
また、本文の記述のうち、地名、作家名・人名、団体名、作品名その他固有名詞の表記では、カタカナ表記、あるいはアルファベット表記を用いた場合があり、また、原則的に『集英社　世界文学事典』（集英社）を参考にしつつ、一般的に認知されている、あるいはより近年に用いられる傾向のある表記を採用した。原文での－の記号を＝に置き換えた場合がある。なお、現代の日本では不適切と解釈される場合がある、もしくは使用されなくなった用語・表現を、文学作品の同一性保持、歴史的な事実、社会背景の歴史的な記述などの観点から残した場合がある。

寄稿者

ケイ・セルテル
史学で哲学博士号を有し、出版業から講師、オークション事業で幅広いキャリアを積んだあと、現在はライター、研究者、編集者を務める。

ヘレン・クリアリー
南ウェールズの田園地帯の自宅を拠点に、執筆、編集、絵画印刷を手がける。ケンブリッジ大学英文学科を卒業し、創作で修士号を取得。

R・G・グラント
歴史、伝記、文化と幅広いジャンルを手がけるライター。『世界の小説大百科　死ぬまでに読むべき1001冊の本』（別宮貞徳監修、柊風舎、2013年）、『501人の偉大な作家』（2008年）に寄稿している。

アン・クレイマー
ライター、歴史研究者。女性史、美術、文学など幅広いテーマを扱った一般向けの著作が多数ある。

ダイアナ・ロクスリー
フリーランスの編集者、ライターで、ロンドンの出版社の元編集長。文学博士。

エスター・リプリー
ライター、編集者。ジャーナリストとしてキャリアを開始し、DKで編集長を務めた。心理学を用いて文学を研究し、現在はさまざまな文化的テーマについて執筆を行う。

カースティ・シーモア＝ユア
ダラム大学で英文学とイタリア語学の学士を取得。現在はイタリア在住で、経験豊かなフリーランスのライター、編集者。

ブルーノ・ヴィンセント
ロンドン在住の編集者、作家。『大人のためのエニッド・ブライトン』シリーズなど、30冊近くの本に寄稿している。

マーカス・ウィークス
ライター、ミュージシャン。執筆や寄稿を行なった本は哲学書、文学書、美術書と幅広く、中にはDKの「大図鑑」シリーズ（三省堂、2012年〜）もある。

イアン・ザクゼック
オックスフォード大学のウォドム・カレッジで、フランス語と歴史を専攻。文学、歴史、美術のさまざまな側面に焦点を当てた著作が30冊以上ある。

[監修]
ピーター・ヒューム
エセックス大学文学部で40年間教鞭をふるい、現在は同大学で名誉教授を務める。著作に、『征服の修辞学　ヨーロッパとカリブ海先住民、1492-1797年』（岩尾龍太郎、正木恒夫、本橋哲也訳、法政大学出版局、1995年）、『キューバ未開の東部：オリエンテの文学地理学』（2011）がある。

[はじめに]
ジェームズ・ノーティ
受賞歴のあるラジオパーソナリティ、キャスター。ジャーナリストとしてキャリアを開始し、1986年にラジオ界に転向した。20年以上、BBCラジオ4の番組『トゥデイ』のパーソナリティを務め、1998年の開始以来、ラジオ4の毎月恒例『ブッククラブ』の司会をしている。ブッカー賞とサミュエル・ジョンソン賞で審査委員長を務めた経験もあり、著書に『ライバル：政略結婚の親密な物語』、『潜在的アメリカ人：トニー・ブレアと大統領の地位』、『ザ・メイキング・オブ・ミュージック』、『ザ・ニュー・エリザベサンズ』など多数のノンフィクションと、2冊の小説『7月の狂気』、『パリの春』がある。

カバー・表紙（表）　左上から時計回りに、ガブリエル・ガルシア＝マルケス、シャルル・ボードレール、ヴァージニア・ウルフ、夏目漱石、マルセル・プルースト、ラビンドラナート・タゴール
カバー・表紙（裏）　左から、サミュエル・ベケット、ウィリアム・シェイクスピア、マヤ・アンジェロウ

p.2　初期の肖像画をもとにしたウィリアム・シェイクスピアの色彩版画（1750年頃）

p.3　アメリカ合衆国マサチューセッツ州ピッツフィールド、アロウヘッドのハーマン・メルヴィルの書き物机

▷ J・J・シュメラー《書斎にいるヨーハン・ヴォルフガング・ゲーテとその秘書》（1851年）

目次

| 003 序文
| 004 本書について/凡例、寄稿者一覧
| 008 はじめに

CHAPTER 1
18世紀まで

012 ダンテ・アリギエーリ
016 ジョヴァンニ・ボッカッチョ
018 ジェフリー・チョーサー
022 フランソワ・ラブレー
026 ミシェル・ド・モンテーニュ
028 ミゲル・デ・セルバンテス
032 ウィリアム・シェイクスピア
038 ジョン・ダン
040 ジョン・ミルトン
042 モリエール
044 アフラ・ベーン
046 松尾芭蕉
048 ダニエル・デフォー
052 ジョナサン・スウィフト
054 ヴォルテール
056 18世紀までの文学者

CHAPTER 2
19世紀前期

060 J・W・フォン・ゲーテ
064 ウィリアム・ワーズワス
068 ジェイン・オースティン
072 メアリー・シェリー
074 バイロン男爵
076 オノレ・ド・バルザック
078 ヴィクトール・ユゴー
082 ハンス・クリスチャン・アンデルセン
084 エドガー・アラン・ポー
086 チャールズ・ディケンズ
092 シャーロット・ブロンテ／
     エミリー・ブロンテ
098 19世紀前期の文学者

CHAPTER 3
19世紀後期

104 ジョージ・エリオット
106 ハーマン・メルヴィル
108 ウォルト・ホイットマン
112 シャルル・ボードレール
116 ギュスターヴ・フローベール
120 フョードル・ドストエフスキー
124 ヘンリック・イプセン
126 レフ・トルストイ
130 マシャード・デ・アシス
132 エミリー・ディキンソン
134 マーク・トウェイン
136 トーマス・ハーディ
140 エミール・ゾラ
142 ヘンリー・ジェイムズ
144 アウグスト・ストリンドベリ
146 ギ・ド・モーパッサン
148 オスカー・ワイルド
150 ジョゼフ・コンラッド
154 ラドヤード・キプリング
156 アントン・チェーホフ
160 ラビンドラナート・タゴール
162 19世紀後期の文学者

CHAPTER 4
20世紀前期

168 W・B・イェイツ

170 ルイージ・ピランデッロ

172 夏目漱石

174 マルセル・プルースト

178 ウィラ・キャザー

180 トーマス・マン

182 魯迅

184 ジェイムズ・ジョイス

188 ヴァージニア・ウルフ

192 フランツ・カフカ

196 エズラ・パウンド

200 D・H・ロレンス

202 レイモンド・チャンドラー

204 T・S・エリオット

206 ジーン・リース

208 マリーナ・ツヴェターエワ

210 F・スコット・フィッツジェラルド

214 ウィリアム・フォークナー

220 ベルトルト・ブレヒト

222 ホルヘ・ルイス・ボルヘス

226 アーネスト・ヘミングウェイ

232 川端康成

234 20世紀前期の文学者

CHAPTER 5
20世紀中期

240 ウラジーミル・ナボコフ

242 ジョン・スタインベック

244 ジョージ・オーウェル

248 パブロ・ネルーダ

252 グレアム・グリーン

254 ジャン＝ポール・サルトル

258 サミュエル・ベケット

262 ナジーブ・マハフーズ

264 アルベール・カミュ

266 エメ・セゼール

268 ディラン・トマス

270 マルグリット・デュラス

272 ソール・ベロー

274 アレクサンドル・ソルジェニーツィン

276 プリーモ・レーヴィ

280 ジャック・ケルアック

282 イータロ・カルヴィーノ

284 ギュンター・グラス

286 ガブリエル・ガルシア＝マルケス

290 マヤ・アンジェロウ

292 ミラン・クンデラ

294 チヌア・アチェベ

298 20世紀中期の文学者

CHAPTER 6
現代

304 ジョゼ・サラマーゴ

306 デレック・ウォルコット

308 トニ・モリスン

310 アリス・マンロー

312 ナワル・エル・サーダウィ

314 ジョン・アップダイク

316 コーマック・マッカーシー

318 シェイマス・ヒーニー

322 J・M・クッツェー

326 イサベル・アジェンデ

328 ピーター・ケアリー

330 黄皙暎

332 W・G・ゼーバルト

336 ローナ・グディソン

338 村上春樹

340 オルハン・パムク

342 莫言

344 アルンダティ・ロイ

346 現代の文学者

350 索引

359 Acknowledgments

はじめに

　かつて、ある有名な作家が私に、しばらく人前に姿を現さなかったことを謝った。「6カ月間、小説と議論していたんだ」と彼は言った。それ以上の説明は必要なかった。その作家はまた騒乱の渦中に戻っていった。その議論は無視できるものではなく、何とかして片をつける必要があったからだ。作家はペンを握りしめ、再び真っ白なページを見つめるしかなかった。

　想像力豊かな作家たち──本書に登場する人々をはじめとして、数えきれないほどの小説家や詩人たち──は皆、自分を連れ去ろうとしつこく呼びかける声を聞いている。また、自分が連れていかれるのは自分が行くべき場所であることも知っていて、程度の差こそあれ不本意と喜びを感じている。作家の第1幕は、原稿用紙に最初の1語を記すことではなく、その声が聞こえたときは耳を傾けなければならないと理解することから始まる。

　これは、自分を取り巻く世界と対決したい衝動に突き動かされる作家──ジョナサン・スウィフト、ディケンズ、カフカなどの風刺作家──にとっても、想像力を働かせるための新しく遠い場所を作ろうとする作家にとっても同じだ。彼らは皆、一部の詩人や小説家が果たしてきた「聖職者としての役割」を自覚している。読者は時に、高次の真実を目にし、それを理解するために、その解釈者である作家の仲介と指導を必要とすることがあるのだ。

　都合のいい考え方だと思われるかもしれない。これでは、作家の活動を丸ごと謎で包んでしまい、部外者には解明できない秘密があると言っているようなものだ。それでも、これは事実なのだ。自分が未知への旅に出ている自覚のない作家は、長く読まれる作品を生み出すことはできない。そういう作家の作品は、読者の心に魔法をかけることができないからだ。作家稼業の日々の苦闘に無頓着な作家でさえ、自分を駆り立てる力の不可解な

性質に繰り返し立ち戻ってしまう。ジョージ・オーウェルは作家を「うぬぼれ屋で、自分勝手で、怠け者」と称しているが、それに続けて、作家がその仕事──オーウェルに言わせれば、つらい長患いに耐えることに等しい、本を作り出すという作業──から逃れられないのは、そうした精神的な弱さのせいではなく、抵抗することも理解することもできない悪魔のせいだと述べている。

　もちろん、詩人は小説家よりも、このことを公言する贅沢が許されている。どの文化においても、詩人は昔から、一般人には不可能な形で何らかの芸術神と触れ合うものとされてきたからだ。19世紀初頭のイングランドのロマン派詩人が、かつてのような「時代を映す鏡」としての詩作をいったん脇に置き、自分の精神生活に光を当てるようになるずっと前から、詩は読者を確実に世界の外に連れ出してくれる乗り物だった。それは、謎や空想とともに口承される歴史や言い伝えも同じで、詩や物語はそのように代々受け継がれ、愛され続けてきた。

　20世紀終盤にノーベル文学賞を受賞したシェイマス・ヒーニーは、自身最後となった出版作で『アエネーイス』に立ち返り、このウェルギリウスの長編叙事詩の第4巻を翻訳した。『アエネーイス』は、トロイアの英雄アエネーアースが地獄に落ち、自分を守るために黄金の枝を折って進むさまを描いた神話的物語で、中世イタリア人のダンテ・アリギエーリから、その6世紀近くあと、第一次世界大戦後に活躍したイングランド系アメリカ人のT・S・エリオットにいたるまで、さまざまな詩人にインスピレーションを与えている。彼らもヒーニー同様、人間とは何なのか、なぜこのような行動をとるのか、その答えを知るために何度も解釈し直したくなるこの古典作品に惹かれたのだ。

　優れた作家は誰1人として、この任務から逃れられない。F・スコット・

はじめに / 009

フィッツジェラルドの『偉大なギャツビー』で、語り手のニック・キャラウェイは言う。「だから僕たちは、前に進み続ける。たえず過去に押し戻されながらも、流れに立ち向かうボートのように」。この言葉には、きらびやかで空虚な金持ちの世界に憧れ、やがてそれを嫌悪したキャラウェイの失望以上に、決して終わることのない人生の旅に対する、フィッツジェラルド自身の思いが滲み出ている。自分の人生と向き合うことは、ハーマン・メルヴィルが『白鯨』で提示した「自然との闘い」という避けて通れない問題同様に、アメリカ社会と常に強く結びついてきたテーマである。ジョン・アップダイクなど、何世代もあとの小説家たちも、同じ文化の中で同じ命題に取り組んできた。それはすなわち、「我々を駆り立てるのは何か?」という命題だ。

ヨーロッパの作家は何世紀もの間、権力と個人の責任に対する強い関心に突き動かされてきたし（英語という言語の、またシェイクスピアの力強い詩もこの関心に根ざしている）、東洋では幅広い歴史的・神話的感性を備えた文学が花開いた。しかし、どちらの文化においても、先の命題に向き合わない韻文、散文作家は、あてもなく表層をすべっては彼方に姿を消し、忘れ去られるだけだ。本書に登場する作家たちは、気骨ある語り手として、壮大な空想譚の紡ぎ手として、怒れる若い（あるいは年老いた）男として、女として、さまざまな愛され方をしてきたが、今後消える者は1人もいないだろう。なぜなら、彼らは才能のひらめき、もしくは苦難に悩み疲れた人生によって、何らかの登場人物や何らかの悲劇、高揚の瞬間や決して消えることのない根強い疑問を、読者に残したからだ。

私たちは皆、自分がいずれこうした作家たちのもとに戻ることを知っている。多くの人は、新たな経験をするためではなく、忘れられない何かを再び味わうために、お気に入りの1冊を手に取る。そして冒頭の印象的な1行に浸り、最初の章で旧友との再会を果たす。すでに暗記している詩も、改めて文字で読みたいと願い、本を開く。普段は謎めいた衝動によって筆を進めている作家たちも、さすがにそうした読者感情は理解しており、これは唯一分かりやすい執筆の動機となる。その動機とは、「与えたい」という強い欲求だ。作家は読者を啓蒙し、楽しませ、困惑させ、混乱させ、そして高揚させる。

私たちに分かるのは、そこまでだ。作家にはなぜそんなことができるのかという、興味深くも不可解な疑問は残されたままだが、私たちはむしろ、それを謎のまま大切にしているのかもしれない。なぜなら、優れた作家が特別な人間であることを、私たちは知っているからだ。普通の人にはできないことができるからこそ、私たちは作家を必要とし、たいていの場合、嫉妬はしないのだ。

だって、嫉妬できるはずがないだろう？　作家は自らの燃える車輪に縛りつけられているようなものなのだから。気難しく男らしいイメージを売りにしたアーネスト・ヘミングウェイは、あえて単純に書くことで、文章に深みを持たせることを得意とした。ヘミングウェイはこう述べている。

「ただ、真実の一文を書きさえすればいい。自分が知る中で最も真実に近い文を」

だが、それが難しい。

ジェイムズ・ノーティ

PRE-19th CENTURY

CHAPTER 1

18世紀まで

ダンテ・アリギエーリ	012
ジョヴァンニ・ボッカッチョ	016
ジェフリー・チョーサー	018
フランソワ・ラブレー	022
ミシェル・ド・モンテーニュ	026
ミゲル・デ・セルバンテス	028
ウィリアム・シェイクスピア	032
ジョン・ダン	038
ジョン・ミルトン	040
モリエール	042
アフラ・ベーン	044
松尾芭蕉	046
ダニエル・デフォー	048
ジョナサン・スウィフト	052
ヴォルテール	054
18世紀までの文学者	056

ダンテ・アリギエーリ

Dante Alighieri　1265〜1321　イタリア

長編叙事詩『神曲』を代表作とするダンテは、いわば文学史にそびえ立つ巨人のような存在だ。というのも、ダンテの『神曲』の地獄、煉獄、天国の劇的な3部作は、今日にいたるまでさまざまな作家や画家にインスピレーションを与えているからだ。

ダンテ・アリギエーリはイタリアのフィレンツェで、1265年5月に生まれたとされる。当時、フィレンツェは並ぶものがない豊かな都市国家だった。工房で優れた製品が作られ、切れ者の銀行家がいるフィレンツェは、周囲から称賛と羨望の的となっていた。一方、政治的に不安定な都市でもあり、対立する家族同士が都市の統治権をめぐって争い、暴力を伴うことも多かった。

ダンテの父親は金融業を営む法律家で、グエルフィと呼ばれる政党に所属していた。ダンテは11歳のときに、有力なグエルフィ党員一家の娘ジェンマ・ドナーティと婚約させられたが、この政略結婚は生涯続き、夫妻は少なくとも3人の子供を授かった。だが、ダンテは妻ジェンマのことは一言も書いていない。彼の作品に愛する女性として登場するのは、フィレンツェで近所に住んでいたベアトリーチェ・ポルティナーリだ。

ダンテはベアトリーチェへの愛にまつわる不思議な話を、初期の詩と解説文を収めた『新生』（1294年頃）で語っている。その説明によると、ダンテはまだ9歳（ベアトリーチェは10歳）のときに彼女と出会い、一目惚れしたそうだ。その後、彼がベアトリーチェと会ったのは1度きり、9年後のことで、路上で短いあいさつを交わしたという。この交流だけで、ベアトリーチェはダンテの最も崇高な志の象徴となった。ベアトリーチェはダンテ初期の抒情詩の着想の源となったほか、後期の作品である『神曲』の「煉獄」と「天国」にも登場する。

△ ダンテとベアトリーチェ
19世紀のイングランドの画家、ヘンリー・ホリデイが想像したこの場面は、ダンテの詩文集『新生』から着想を得ている。描かれているのは、フィレンツェのヴェッキオ橋の近くにいるダンテと、友人を伴った彼の想い人ベアトリーチェ（クリーム色のドレス）だ。ベアトリーチェはわざとダンテの視線を避けている。

初期の師匠

ルネサンス直前のフィレンツェは芸術と哲学における革新の中心地で、古代ローマやギリシャの作家の作品が見直され、教会に代わる権威ある原典となっていた。ダンテの知識の形成には、2人のフィレンツェの師匠が関わっている。ダンテに最新の人文主義を教えた学者のブルネット・ラティーニ（1220〜94頃）と、詩作の手本となった恋愛詩人、グィード・カヴァルカンティ（1250〜1300頃）だ。カヴァルカンティは中世の伝統である「宮廷風恋愛」を極めた「清新体」の詩を書き、遠くから見る手の届かない女性への純粋な愛を称えた。ベアトリーチェへのダンテの愛の物語はこの雛形に当てはまりすぎているため、これを定型を満たすために作られた虚構だと考える批評家は多い。とはいえ、ベアトリーチェ・ポルティナーリが実在し、24歳で亡くなったことは確かだ。

> "みじめさの中で
> 　幸せな時を思い出すことほど
> 　深い悲しみはない。"
>
> ダンテ「地獄」（第5歌、121-23行）より

IN PROFILE

ジョット・ディ・ボンドーネ

ダンテとほぼ同い年の画家、ジョット・ディ・ボンドーネ（1266〜1337頃）もフィレンツェで生まれた。その時期最も偉大な画家とされたジョットは、宗教的場面の描写に生き生きとした写実主義を取り入れた。ダンテはジョットの友人であり愛好家で、彼の絵画、特にパドヴァのスクロヴェーニ礼拝堂のフレスコ画における地獄の描写には影響を受けている。ダンテとジョットは揃ってイタリア・ルネサンスの先駆者とされている。

ジョット《最後の審判（部分）》（1306年）

▷ 捧げられた肖像画
故郷フィレンツェでは、ダンテをモデルに多くの絵が描かれた。ダンテが功績の証である月桂冠をかぶった1475年のこの肖像画は、初期ルネサンスの有名画家、サンドロ・ボッティチェッリの作品だ。

内乱

ダンテはフィレンツェで、抒情詩だけでなく、市民活動でも名を知られるようになった。グェルフィ党の一員として、動乱の政界で積極的に活動するようになったのだ。ダンテはグェルフィ軍に加わって、1289年のカンパルディーノの戦闘で宿敵ギベッリーニ軍を倒し、1295年からはフィレンツェ政府の複雑な共和制で議員を務めた。

1300年の夏、ダンテはフィレンツェの6人いるプリオーレ（代表委員）の1人に選出された。すると、たちまち災難がダンテを襲った。グェルフィ党は伝統的にローマ教皇庁を支持し、教皇庁とキリスト教世界での覇権をめぐって長年争ってきた神聖ローマ帝国とは対立していた。だがこの頃には、グェルフィの内部が教皇派の黒党と反教皇派の白党に分裂し、ダンテは白党に所属していた。フィレンツェのプリオーレだったダンテは代表団の1人として、教皇ボニファティウス8世のローマ郊外の自宅を訪れた。そこで教皇に拘留され、囚人のような扱いを受けたのだ。フィレンツェでは、教皇に煽動された黒党が市の統治権を握り、白党員の大規模な迫害を開始した。ダンテは追放されることになり、財産は没収された。さらに、フィレンツェに再び足を踏み入れれば火あぶりの刑に処すと宣告された。

▷ **ボニファティウス8世**
フィレンツェのサンタ・マリア・マッジョーレ大聖堂の前には、ダンテの敵ボニファティウス8世を追悼した大理石像が建っている。ダンテは『神曲』の中でこの教皇を地獄に落とすことで、彼に復讐した。

フィレンツェからの追放

ダンテはイタリアの都市を点々とし、ヴェローナでは領主のスカリジェ家に歓迎された。温和でも寛大でもなかったダンテは、フィレンツェの敵に憤り、ほかの流人たちとともに、黒党から力ずくでフィレンツェを取り戻す算段を立てたが、失敗に終わった。だが、故郷から追放されたことで、ダンテの創作は新たな高みに上ったようだった。流浪生活の初期に、のちに大きな影響力を持つ論文『俗語論』を書き上げた。この論文は、当時の教養あるヨーロッパ人共通の書き言葉だったラテン語で書かれていたが、内容はそれとは裏腹に、イタリアの話し言葉をラテン語と同等の書き言葉にすることを主張し、そのためには一般的な話し言葉のうちどれが採用されるべきかを論じていた。

『神曲』

ダンテは自身の代表作『神曲』を、1307年頃から書き始めたとされる。14000行以上から成るこの詩では、語り手が地獄から煉獄、そして天国へと旅するさまと、神の姿が描かれる。第1部「地獄」では、ダンテは古代ローマの詩人ウェルギリウスに導かれ、第2部「煉獄」と第3部「天国」では、愛するベアトリーチェが霊的な案内役となってダンテを導く。その道中、ダンテは当時の社会や、歴史、神話の登場人物と出会い、その誰もが物語を語ってくれる。「地獄」は当初から、『神曲』の中で最も広く読まれている部分で、地獄の各圏での罪と罰が鮮やかなフレスコ画のように描かれ、恐怖と哀れみを誘う。ダンテは実生活での敵には躊躇なく責め苦を与えて復讐しているが、地獄に落ちた人々の一部には同情している。例えば、肉欲に負

▽ **地獄**
1465年にドメニコ・ディ・ミケリーノが描いたこのフレスコ画で、ダンテは『神曲』の本を持っている。背後には地獄と、ダンテを締め出したフィレンツェが描かれている。

△ **ダンテのフィレンツェ**
ダンテの人生は、上の写真の都市フィレンツェと密接に結びついている。この偉大な詩人の肖像は、フレスコ画や彫像、レリーフとして、街のいたるところに見られる。

> **ON FORM**
> ### テルツァ・リーマ
>
> 『神曲』を書くにあたって、ダンテはテルツァ・リーマ（三韻句法）と呼ばれる新しい詩形を作り上げた。この詩形は1行目と3行目が押韻する三行連から成り、それぞれの連（スタンザ）の2行目が次の連の1、3行目と押韻する。連同士をつなぐこの「鎖韻」が、詩に力強い勢いを与えるのだ。以降、この詩形はジェフリー・チョーサー、パーシー・ビッシュ・シェリー、ウィリアム・カーロス・ウィリアムズ、シルヴィア・プラスなど、多くの詩人に用いられた。
>
>
>
> エステンセ図書館蔵写本『神曲』（14世紀）

けた恋人同士、パオロ・マラテスタとフランチェスカ・ダ・リミニや、ソドミーの罪に問われたかつての師、ブルネット・ラティーニだ。神話に登場するウリッセも地獄に落ちている（トロイの木馬を使った伏兵がその一因）が、たえず知識を求め続けるウリッセの描写は、罪人よりは英雄に近い。

『神曲』にはあの世のありさまだけでなく、当時の政治体制の失敗に対するダンテの解釈も示されている。晩年にダンテが抱いた理想は、神聖ローマ皇帝の政治的指導とローマ教皇の精神的指導の下にキリスト教世界が1つになり、地上における神の意図を果たすというものだった。ダンテは論文『帝政論』と、1310年にイタリアに軍を率いてきた神聖ローマ皇帝ハインリヒ7世の支持を表明した手紙で、この構想を述べている。1313年にハインリヒ7世が亡くなると、ダンテの理想を具体的に進展させる望みはついえた。

ダンテは二度とフィレンツェには戻らず、晩年はラヴェンナの領主ポレンタ家の邸宅で過ごした。『神曲』はその家で、ダンテが1321年に56歳で亡くなる直前に完成したとされる。最後の数歌は、ダンテが埋葬されたあと寝室に隠されているのが発見された。

主要作品

1294頃
『新生』が出版され、ベアトリーチェに対するダンテの理想化された愛が、詩と散文で表現された。

1303頃
『俗語論』は、イタリアのトスカーナ方言を書き言葉として使用するべきだと主張している。

1307-09頃
『神曲』第1部では、ダンテが詩人ウェルギリウスに導かれて地獄を旅するさまが描かれる。

1308-12頃
『神曲』第2部では、ダンテが罪人が罪をあがなう煉獄山に登る。

1314頃
『帝政論』で、ダンテは神聖ローマ帝国とローマ教皇で権力を分割することを主張する。

1316-21頃
『神曲』の最終部「天国」で、ダンテは神の姿を見るべく天国界を昇っていく。

ジョヴァンニ・ボッカッチョ

Giovanni Boccaccio　1313〜1375　イタリア

庶民の日常生活を見事に描き出したボッカッチョの作品は、散文物語の文学的基礎を築き、ルネサンスとのちの世代の作家にインスピレーションを与えた。

　ジョヴァンニ・ボッカッチョは1313年のイタリアで、裕福な銀行家ボッカッチョ・ディ・ケッリーノの婚外子として生まれた。彼は父親と、義理の母になった貴族女性マルゲリータ・デ・マルドリに育てられる。1327年、一家はフィレンツェからナポリに移り、ボッカッチョは父に倣って商売の道に進むことが望まれた。だが、本人の思惑は違っていた。彼は6年間法律を勉強したあと、文学、特にダンテ（「私の学問の最初の師」とボッカッチョは言っている）に傾倒した。ボッカッチョは商売と法律に背を向け、読書にエネルギーを注ぎ、文化、科学、文学の幅広い知識を身につけた。

▽ **トスカーナ州チェルタルド**
1363年、財政難に陥ったボッカッチョは、トスカーナの丘の町チェルタルドに引きこもった。フィレンツェには1373年、ダンテの『神曲』の朗読会を行うためにつかのま戻っただけだった。

　特権階級に属していたボッカッチョは、ナポリ王、ロベルト賢明王の宮廷世界に見識が深く、のちの作品にその知識を生かしている。

小さな炎

　ボッカッチョはナポリで、王の娘という説もある女性と恋に落ちた。素性ははっきりしないが、その女性はボッカッチョの初期の散文と『デカメロン』にフィアンメッタ（「小さな炎」の意）として登場する。また、西洋文学初の心理小説とされる『マドンナ・フィアンメッタ悲歌』（1343〜44年）にも登場し、作者を思わせる登場人物との恋愛を語っている。

　1341年、ボッカッチョは不本意ながら、妻を亡くしたフィレンツェの父親のもとに戻った。当時、フィレンツェはペストに侵され、政治的騒乱に見舞われていた。1348年に父親がペストで亡くなると、ボッカッチョは遺産を相続し、経済的に自立

した。彼の自宅は知識人、作家、学者が集う場となった。その後3年間で、ボッカッチョは代表作『デカメロン』（右のコラム参照）を書き上げた。それは、美徳と悪徳の対立という中世的な視点から離れ、より人文主義的な視点を取り入れた作品だった。登場人物には現実的な奥行きがあり、ボッカッチョは彼らを通じて、人間の限界を深く受け入れながらも自らの運命を切り開く人々の力強さを描き上げた。

晩年

　ボッカッチョは同世代で最も有名な作家、詩人のペトラルカと長年親しくしていた。1350年以降、ボッカッチョは学術研究に没頭するようになり、ラテン語の著作をいくつも書き、フィレンツェの公的任務を引き受け、大使を務めた。年老いてからは、深い幻滅と落ち込みに襲われるようになった。1374年に親友ペトラルカを亡くした経験から、晩年の作品の1つとなる抒情詩を書いた。翌年、ボッカッチョは亡くなり、フィレンツェ近郊の村チェルタルドに埋葬された。

> **ON FORM**
> **『デカメロン』**
> 　ボッカッチョの『デカメロン』では、街で猛威を振るう黒死病を逃れ、10人の若いフィレンツェ人が郊外の屋敷を訪れる。彼らは毎日、10人全員が1つずつ話をすることにした。この本は、1日10話ずつ語られる10日間から成り、それぞれの話を作者の語りがつないでいる。この構成のおかげで、ボッカッチョはさまざまなテーマ（だますこと、不幸な恋愛、放蕩など）を追求でき、物語の雰囲気も滑稽から下品、悲劇的と、難なく変えることができた。

『デカメロン』の10人の語り手を描いた19世紀の絵

▷ **古典研究者**
作者不詳のこの肖像画には、ボッカッチョが月桂冠をかぶった古典研究者として描かれている。

> "きちんとした言葉を使って伝えるのであれば、
> 　人に言ってはいけないほど
> 　　下品なことは存在しない。"
>
> ボッカッチョ『デカメロン』より

018 / 18世紀まで

ジェフリー・チョーサー

Geoffrey Chaucer　1343～1400頃　イングランド

チョーサーは文学作品にイングランドの話し言葉を使うことを推進した初期の人物だ。チョーサーが書いた『カンタベリー物語』に登場する巡礼者たちの生き生きとした描写は、中世から人気を博し続けている。

チョーサーはロンドンでワイン商人の息子として生まれた。少年時代や学歴についてはほとんど明らかになっていないが、役人、官吏、外交官として、宮中でエドワード3世とリチャード2世に仕えていたため、職業人生の記録は多く残っている。また、ジョン・オブ・ゴーントをパトロンとし、2人はのちに義理の兄弟となった。

当時の記録にチョーサーの詩のことはあまり出てこないが、彼は波乱に満ちた職業人生を大いに生かした作品を書いた。エドワード3世は1374年、芸術活動を称える聖ジョージの日に、チョーサーに「生涯にわたって1日1ガロンずつのワイン」を贈ると決めた。

ヨーロッパの影響

外交官として活動する中で、チョーサーは海外での経験を積んだ。エドワード3世の三男、ライオネル・オブ・アントワープの下で働いているとき、任務のためにフランスに渡った。そこで1359年にフランス軍の捕虜となったが、国王が身代金を支払ったため釈放され、その後は外交の任務でフランドル、スペイン、イタリアに派遣された。その際にダンテとボッカッチョの作品も含む、イタリア・ルネサンスの画期的な新発想に出会ったようだ。

中世の宮廷物語は理想化された人物ばかりが登場し、キリスト教の教義にどっぷり浸かっていたのに対し、イタリア・ルネサンスの作家は古典文化に影響を受けていた。彼らは人文主義的な視点から、庶民の登場人物と日常の関心事について書いた。さらに、読者の幅を広げるために、話し言葉を用いた。チョーサーはそれに倣い、イングランドの書物の大半がラテン語かフランス語で書かれていた時代に、中英語で書くことを選んだ。1066年のノルマン・コンクエスト後、英語に公用語の地位は与えられず、フランス語が貴族と権力者の言語となった。それに対して、中英語は庶民の言語として発達した。

初期の詩

チョーサーは30歳前後で、初めての主要な詩作品を出版した。『公爵夫人の書』はランカスター公夫人ブランシュに捧げる哀歌で、チェスの勝負を中心モチーフとしている。ブランシュはチョーサーのパトロン、ジョン・オブ・ゴーントの最初の妻で、

IN CONTEXT

巡礼の旅

魂を豊かにするための神聖な旅という概念を掲げる宗教は多い。キリスト教世界では、初期の巡礼者は聖地でのイエスと、ローマを始めとした各地での使徒や初期の殉教者の足跡をたどっていた。やがて、巡礼者は免償、すなわち敬虔な旅の見返りに罪を許すという教会の約束や、息苦しい自宅を離れて外の世界を見たいという欲求を動機とするようになる。巡礼者の中には、エルサレムやスペインのサンティアゴ・デ・コンポステーラを目指し、長く危険な旅をする者もいた。一方、聖人が祀られた近くの聖堂を訪ねるだけの者もいた。

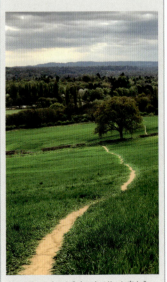

ウィンチェスターからカンタベリーに向かう巡礼路の一部

▷ **ケルムスコット版チョーサー**
1896年、イングランドの作家でデザイナーのウィリアム・モリスが、この非常に装飾的なケルムスコット・プレス出版のチョーサー作品集を生み出した。

> "この世は悲しみに満ちた街道にすぎない。
> そして、我々はその街道を行き来する巡礼者なのだ。"
>
> ジェフリー・チョーサー『カンタベリー物語』より

▷ **作者不詳《チョーサー》**
オックスフォード大学のボドリアン図書館にあるこの肖像画は、チョーサーの死後に描かれたと考えられ、「1400」は彼の没年とされる年を表している。

18世紀まで

△ ベケットの棺（1180年頃）
1170年12月29日、トマス・ベケット大司教はカンタベリー大聖堂でヘンリー2世に仕える4人の騎士に殺された。この暗殺にキリスト教徒は衝撃を受け、ベケットは1173年に聖人に認定されることとなり、カンタベリーはイングランドで最も重要な巡礼地となった。ベケットの殉教の場面が描かれたこの精巧な棺は、彼の亡骸を納めるために作られたものだ。

▽ 出発地点
1843年に印刷されたエドワード・ヘンリー・コーボールドの絵には、チョーサーの巡礼者たちが、カンタベリーへの旅の出発点であるロンドン南部サザークの宿「陣羽織亭」にいるところが描かれている。

彼が妻の死に際してこの作品を依頼したと考えられている。初期の作品にはほかに、短めの詩「アネリダとアルシーテ」や「誉れの家」があり、オウィディウス、ウェルギリウス、ボッカッチョ、ダンテなど、古代ローマやイタリアの作家を明確に引用している。これらイタリア人作家に共鳴し、文学的技能を急速に磨いたチョーサーは、15世紀後半から次々と生み出されたイングランドのルネサンス文学の先駆けとなった。

公的任務

1366年頃、チョーサーは王妃の侍女、フィリッパ・ルエットと結婚し、夫妻は少なくとも3人の子供をもうけた。フィリッパの姉妹はのちに、ジョン・オブ・ゴーントと結婚した。

1374年、チョーサーはロンドンの関税監査官に任命された。関税はロンドンの主な財源だったため、これは非常に名誉な役職だった。この影響力ある立場を得たことで、チョーサーは敵を増やし、当時ロンドン市長だったパトロンの後ろ盾を失うと、地位を追われ、比較的安全なケント州に逃れざるをえなくなった。1386年にはケント州選出の代議士となり、治安判事も務めた。その後、エドワード3世とリチャード2世の下でさらなる官職を担ったが、その1つが王室工事の監督で、王宮や庭園を始めとして、テムズ川沿いの堤防、橋、下水道の建設や修理の責任を負った。

『カンタベリー物語』

関税監査官を務めていた12年間に、チョーサーは「善女物語」や、トロイの包囲を背景とした恋人の物語を中英語で書いて高い評価を得た『トロイルスとクリセイデ』など、多くの作品を書いた。だが、代表作となる『カンタベリー物語』を書き始めたのは、1380年代初めのことだった。

この本には「雑多な庶民」、すなわち身分も職業もさまざまな巡礼者の一団が語る、活気ある自然主義的な物語が24話収められている。彼らは聖トマス・ベケットの霊廟があるカンタベリーに向かう旅の途中で、物語コンテストを開くのだ。チョーサーのこの名作は、黒死病から逃れ、フィレンツェ近郊の別荘に集った10人の男女が語る100の物語を収めたボッカッチョの『デカメロン』（1353年）から着想を得たと考えられる。

『カンタベリー物語』の登場人物が実在の人物をモデルにしていることは、ほぼ間違いない。宿屋の主人は当時ロンドンに実在した人物と同名で、研究者はバースの妻、貿易商人、法律家、学僧の身元も推測している。チョーサーは登場人物の言葉遣いや癖にその人の階級や職業を反映させ、機知に富んだ引用と多彩なテーマを用いて、彼らが語る物語をいっそう活気づけ

▷ カンタベリー大聖堂
チョーサーはカンタベリーへの巡礼の旅を、そのような旅でしか出会わなかったであろう、社会の各層に属するさまざまな登場人物が語る話をまとめるための枠組みとした。

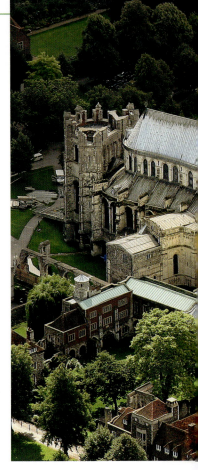

た。また、荘園管理人には地方なまりを使わせ、免罪符売りの話では宗教の偽善を暴くことで、風刺作家としての腕も証明している。

『カンタベリー物語』は、その庶民的なユーモアと品の悪さで愛された。粉屋の話では、粉屋の妻に恋する不運な男が、彼女の尻にキスするよう仕向けられる。バースの女房はいかにして5人の夫を操り、子供を作らずにいられたかを喜々として語る。現代の読者は、14世紀後半の庶民の日常生活と考え方に触れることができる。当時の庶民は精神の清らかさはほとんど

> "人生はあまりに短く、
> 　技術を習得する道のりはあまりに長い。"
> ジェフリー・チョーサー『鳥の議会』より

> ON FORM
> ### 帝王韻律
> チョーサーは韻律の革新と詩における発明で知られる。1連が7行から成り、通常は弱強五歩格で書かれる帝王韻律を作り出し、押韻された2行連で五歩格を用いた最初の詩人の1人となった。帝王韻律はチョーサーの長詩『トロイルスとクリセイデ』、『鳥の議会』の特徴であり、『カンタベリー物語』の中の4つの物語、「法律家の話」、「尼僧院長の話」、「学僧の話」、「第二の尼の話」にも見られる。帝王韻律はのちに英語詩の標準的な形式となった。

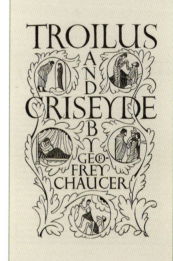

1927年版『トロイルスとクリセイデ』のエリック・ギルによる口絵

気にせず、身分や肉体的満足のほうにははるかに興味を持っていたようだ。

この作品の重要な側面の1つが、チョーサーによる「プロローグ」だ。この中で語り手は巡礼者を紹介し、彼らがサザークの「陣羽織亭」という宿屋で出会ったいきさつを説明する。神の視点に立っていた語り手は、第20行で「私」となり、親しげに語りかけてくる。巡礼者一人ひとりを自分が見たとおりに紹介すると述べることで、これらの物語の信頼性の低さと私見に影響されている可能性を仄めかし、物語の権威を低下させている。登場人物は全員が身分で呼ばれ、それがこの作品の主な焦点のようだ。

陰りゆく運

この名作は、チョーサーが1400年に亡くなったときには未完で、「プロローグ」で紹介された巡礼者が全員話をしているわけではない。チョーサーは晩年、財政難に苦しんでいたようだ。というのも、リチャード2世からは年金をもらっていたものの、新たに王座についたヘンリー4世（1367～1413）が前任者の約束を果たすのを怠ったのだ。チョーサーの後期の作品の1つ「財布に寄すチョーサーの嘆きの唄」は、財布への愛と、年金契約を更新してほしいという王への嘆願の詩だ。

チョーサーはウェストミンスター寺院の詩人のコーナーに初めて埋葬された詩人だ。死後1世紀以上経ってから作られた墓には、没年月日は1400年10月25日と記されているが、チョーサーの人生の大半同様、それが事実かどうかは定かではない。

主要作品

1379-80
2000行から成る詩『誉れの家』が出版された。この詩では、語り手がワシに導かれるというドリーム・ヴィジョン（夢で見る幻想）が語られる。

1381-82
『鳥の議会』で、チョーサーは愛を祝う特別な日、バレンタインデーに英語で初めて言及する。

1380年代半ば
チョーサーはボッカッチョの『フィローストラート』から着想を得て、『トロイルスとクリセイデ』を書いた。

1386-88
「善女物語」が出版される。古代の貞淑な女性の10の物語が語られる。

1387-1400
『カンタベリー物語』が出版され、チョーサーの代表作となる。

フランソワ・ラブレー

François Rabelais　1493/4〜1553　フランス

作家、医師、学者、司祭であるラブレーは、16世紀フランスの知の巨人と呼べる存在だ。代表作である『ガルガンチュワ＝パンタグリュエル物語』によって、ラブレーの名は世俗的で下品なユーモアの代名詞となった。

ON STYLE
滑稽な発明

ラブレーは言語学者として、言葉の力とその滑稽な効果を楽しみ、自分が書く物語に言葉遊びと言葉の一覧を詰め込むことが多かった。例えば、彼の物語に登場するサン・ヴィクトール修道院の図書館の長々しい蔵書目録には、『浣腸の場』、『サルのもぐもぐ祈り』、『学校泥落集』といった名著が並ぶ。ラブレーはフランス語の書き言葉に大きな影響を与え、新語を作り出し、「ボタン1つの価値もない」や「自然は真空を嫌う」といった表現を広めた。現在、「ラブレー風」という語は、下品なユーモアを表すのに使われ、「パンタグリュエリズム」は、陽気だが風刺の意図を持つことを意味する。「ガルガンチュワのような」と言えば、とにかく巨大ということだ。例えば、ラブレーの知性と好奇心のように。

◁ ラ・ドヴィニエール
ラブレーはスイリーの村に近いこの農家で生まれ育った。『ガルガンチュワ物語』の初期の戦いはこの地域の田園風景の中で行われる。

　裕福な弁護士で地主の息子、フランソワ・ラブレーは、15世紀にワイン産地トゥレーヌ地方のシノンに生まれた。ラブレーはこの地の風景を、自分が生み出した巨人ガルガンチュワの冒険の中でふんだんに描いている。ガルガンチュワと隣国の怒れるピクロコールの戦いが、ラブレーの少年時代の家の周りの野原や小川、城を舞台に繰り広げられるのだ。
　ラブレーは1500年代初めには法律を学んでいたが、ラ・ボーメットにあるフランシスコ会修道院に入り、ポワトゥーで聖職についてからは、フランシスコ会の偏狭なスコラ哲学の伝統と衝突するようになる。ルネサンスの人文主義（古代の思想への回帰に基づく知的アプローチ）のほうに惹かれたラブレーは、ラテン語やギリシャ語の書物の新訳を用いて、幅広い先進的な哲学教育を促進する学者の一派に加わった。彼らが行った古代の巻物のテキスト分析は、聖書で初めての近代的な翻訳の基礎を築くことにもつながった。
　しかし、ラブレーがいたフランスの修道院では、ギリシャ語への情熱は異端であり、危険な思想の温床になると断罪された。ラブレーは教皇から特免を受け、ベネディクト会の修道士になって学問を続けるが、1530年には誓いを破り、モンペリエ大学に移って医学を学んだ。氏名不詳の未亡人との間に2人の子供をもうけたのはこの時期と見られる。リヨンの病院オテル・デューの医師に採用されたラブレーは、自分で訳したガレノスやヒポクラテスの著書をもとに治療を行い、黒死病患者の治療にあたったことが知られている。

ルネサンスの歩み

　ラブレーが生きたのは動乱の時代だった。フランスはイタリア内のフランス領をめぐって新生ローマ皇帝カール5世と長年戦争を続けたが、1525年には屈辱的な敗北を喫し、フランソワ1世は捕えられて捕虜となった。人文主義の台頭は、ドイツから広がった宗教改革と時を同じくしていた。フランスの街角で教会の腐敗とカトリックの礼拝を非難するビラがまかれると、暴力的な反撃が行われ、ルター派の人々は異端の罪で火あぶりにされた。
　この急速に変化する世界の入口で、ラ

ラブレーの『パンタグリュエル物語』の版画による口絵（1532年）

> "私のペンに課せられたのは、
> 　涙ではなく笑いだ。
> 　笑いは人間の財産。楽しく生きよ。"
> 　フランソワ・ラブレー

▷ 散文の革新者
ラブレーは、パリ近郊のヴェルサイユ宮殿に飾られた17世紀のこの肖像画で人々に記憶されている。散文を中世の制約から解放したことが、ラブレーの功績だ。

024　18世紀まで

△ ラブレーの医療器具箱
当時、ラブレーは医師として高い評価を受けていた。解剖の講義を主宰し、絞首刑になった男性の公開解剖も行った。

ラブレーは中世文学には先例のなかった物語を書き始めた。2人の巨人、ガルガンチュワとその息子パンタグリュエルの冒険の物語だ。『パンタグリュエル物語』（正式名称は『喉渇き国王、かの有名なパンタグリュエルの身の毛もよだつ凄まじい言行』）が1532年、続いて1534年に『ガルガンチュワ物語』（『巨人ガルガンチュワの計り知れない生涯』）が、アルコフリバス・ナジエ（ラブレーの名前のアナグラム）という筆名で出版された。

これらの物語には下品で、多くの場合スカトロジー的なユーモアが詰め込まれている。中には、野卑な侮辱語の一覧が並ぶ章もある。登場人物には下卑た名前（「うんこ隊長」、「すかし屁かぎ男爵」など）がつけられ、章題にもラブレーらしい滑稽な雰囲気が表れている（「いかにしてグラングジエは尻拭きの発明からガルガンチュワの驚くべき知性に気づいたか」）。だが、物語のこうした表層の奥には、風刺的、哲学的な見識が息づいている。

巨人の前進

ラブレーは中世の騎士道物語の伝統に精通していて、この英雄物語まがいの物語に、酒飲み、大食い、放蕩者、排泄、予想を裏切る奇妙な展開を詰め込んだ。例えば、ガルガンチュワは修道院に褒美として、尼僧と僧が贅沢に暮らし、幸せな結婚をする豪華なテレーム僧院を与える。この本の中心にあるのは笑いだが、ラブレーは無用な戦争、教義、狭量な教育をあざけることで、読者にこの物語から知の真髄を探り当てるよう誘いかけている。巨人たちとその仲間は人生の意味を探求する中で、法律、科学、哲学、詩、医学、自然、反戦主義への鋭い理解を示す。

ラブレーは前時代の詩や散文を取り入れてはいるが、そこに近代的な知識や、ギリシャ語やラテン語をもとに作った新語、「無知はあらゆる悪を生む母」、「自然は真空を嫌う」といった格言を織り交ぜた。こうした格言の多くは現代でも使われている。

庇護と検閲

『ガルガンチュワ＝パンタグリュエル物語』は大衆には歓迎されたが、パリのソルボンヌ学寮の検閲人にはわいせつだと非難され、政治的、異端的内容を理由に、何度も高等法院に禁書の申し立てをされた。だが、ラブレーには影響力のある友人がいた。彼は政界の長老ギヨーム・デュ・ベレー、自由主義の高位聖職者ジャン・デュ・ベレー枢機卿、ジョフロワ・デスチサック司教、オデ・ド・シャチヨン枢機卿の庇護を受けていた。また、フランソワ1世の姉、マルグリット・ド・ナヴァルのお気に入りの詩人や作家の一団にも属していた。フランソワ1世とその後継者、アンリ2世は国王として、ラブレーに作品を出版

IN PROFILE
エラスムス

ラブレーはフランスの卓越した人文主義者ピエール・アミ、ギヨーム・ビュデ、アンドレ・ティラコー、ルネサンス期オランダの人文主義者エラスムスを手本としていた。ラブレーは、勤勉で人間性に優れ機知に富んだエラスムスの熱心な弟子で、人間の核となる原則と豊かな知識は古代ギリシャとローマの書物から得られるという彼の考えに賛同した。ラブレーはエラスムスと文通し、この「精神的な父」の人生を手本に、知的探求と医学、ユーモラスな著作に明け暮れる人生を送った。

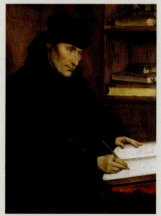

クエンティン・マサイス《エラスムス》（1517年）

△《マルグリット・ド・ナヴァル》
（1527年頃）
ラブレーはマルグリット・ド・ナヴァル（フランソワ1世の姉）の庇護を受けた。この絵は、フランソワの宮廷画家ジャン・クルーエが描いたマルグリットの肖像画。

> "……分別ある人間に善行をほどこせば、
> 　善行は高潔な思想と記憶を糧に成長していく。"
> フランソワ・ラブレー『ガルガンチュワ』より

フランソワ・ラブレー / 025

する特権を与え、それは生涯続いた。1535年、ラブレーはジャン・デュ・ベレー枢機卿の話し相手兼侍医としてローマに同行し、聖職を放棄したことの赦免を教皇から受けた。フランスに帰国後は在俗司祭と開業医を務め、1537年にモンペリエ大学で医学博士号を取得した。

新作

ラブレーが『第三之書パンタグリュエル』を書き、パンタグリュエルと相棒のうらぶれたトリックスター、パニュルジュの物語を再開したのは、前作から10年以上経ってからのことだった。その間に、大物パトロンのうち2人が亡くなり、フランスの宗教的不寛容の風潮が危険さを増したため、ラブレーはドイツの自由都市メッスに逃げざるをえなかった。そこで彼は医者として働き、マルティン・ルターの著作を読み、自分の作風は曲げなかった。

『第三之書』を激しく攻撃した神学者たちは、ラブレーがジャン・デュ・ベレー枢機卿と何度目かにイタリアを訪れている間に準備した、滑稽な『第四之書パンタグリュエル』で笑いものにされた。強力なパトロンたちのおかげで、パンタグリュエルの言行を描いたこの物語は、ソルボンヌと高等法院に非難され、検閲されながらも出版にこぎつけた。

ラブレーはフランスに帰国後、老後の援助として、ムードンとサン＝クリストフ＝デュ＝ジャンベという2つの教区に禄つきの聖職を得たが、実際にその職につくことはなかった。

1553年、ラブレーはパリのジャルダン通りで亡くなった。ラブレーの臨終の言とされている「これから壮大な仮定を探しに行く」という言葉には、次の大きな冒険を柔軟に受け入れる姿勢が表れている。

主要作品

1532
ラブレーは『パンタグリュエル物語』を、巨人パンタグリュエル誕生の下卑た詳細から始め、続いて彼が放屁で小人族を作り出したいきさつを説明する。

1534
『ガルガンチュワ物語』では、産毛に覆われたガチョウを尻拭きにするという巨人ガルガンチュワの新発想が語られる。ガルガンチュワの父親は盗まれたケーキをめぐる子供じみた戦いに巻き込まれる。

1546
『第三之書パンタグリュエル』では、トリックスターのパニュルジュが妻を寝取られるというお告げを受けたあと、それでも結婚すべきかどうか助言を求める。

1552
『第四之書パンタグリュエル』では、パンタグリュエルとパニュルジュが船旅に出て、半分人間で半分ソーセージの腸詰め族と戦う。

1564
死後に出版された『第五之書パンタグリュエル』には、空想上の島々への旅が描かれている。これはラブレーの作品ではない可能性がある。

▷ ドレ《ガルガンチュワ》（1873年）
19世紀フランスの版画家ギュスターヴ・ドレは、木版のイラストでガルガンチュワをグロテスクに描き出した。この作品では、家臣たちが巨人の口にシャベルでからしを入れている。

ミシェル・ド・モンテーニュ

Michel de Montaigne　1533〜1592　フランス

貴族の家に生まれたモンテーニュが執筆活動を始めたのは、政治家として順調に出世してからのことだった。モンテーニュの最高傑作『エセー』は、エッセイを文学の一ジャンルとして確立したといわれている。

　ミシェル・ド・モンテーニュは1533年、フランス南西部のギュイエンヌに生まれた。下級貴族の相続人だったモンテーニュは、最初は自宅でラテン語の教育を受けた。その後、自由七科の教育で名高いボルドーのギュイエンヌ校に入学した。そこからトゥルーズ大学に進学して法律を学び、ボルドー高等法院に職を得てからは、政府の役人として順調なキャリアを築いた。だが、1568年に父親から15世紀の神学書、ライムンド・サブンデ著『自然神学』の翻訳を任されたことで、文学と哲学への情熱に火がついた。同年、父親が亡くなると、モンテーニュはセニュール・ド・モンテーニュの爵位とその領地を相続した。ボルドーでの職務からは遠ざかり始め、1571年にはついに高等法院を辞め、ギュイエンヌに居を移した。

思索の場所

　モンテーニュは執筆に没頭し、城の南塔を仕事場に選んで、書斎と図書室として使えるよう改装した。この塔の中で、短く風変わりな散文をいくつも書き、『エセー』と名づけた（右のコラム参照）。これらの散文は、政治や哲学から愛、性、怒り、食人風習、会話術にいたるまで、幅広いテーマを網羅していた。モンテーニュの文章は伝統的な理論をほとんど無視しており、不確定性を認め、矛盾も多かった。個人的な経験と哲学的な問いを混合する手法により、当時最も独創的な思想家の1人となった。1580年には、こうした短い散文が十分溜まったため、2巻組の『エセー』の初版として出版した。

晩年

　まもなく、モンテーニュは腎臓結石に苦しむようになり、治療法を求めてイタリアに行った。イタリア滞在中に、本人不在のままボルドー市長に選出されたため、フランスに戻って市長に就任した。地域内のカトリックとプロテスタントの対立の処理も含む市長の職務は、執筆の妨げになっただろうが、時間を見つけては『エセー』の修正と加筆を続け、何度か再版を重ねたあと、1592年に亡くなる3年前、全エッセイを収録した3巻組の第5版を完成させた。

ON FORM

『エセー』

　モンテーニュは現在エッセイと呼ばれる、個人的な見解を記した短い散文の創始者とされている。彼はこの実験的な形式を表すために、「エセー」（試み）という言葉を選んだ。この言葉はのちに、主張や意見を述べた短い文章（「正式な」学術論文や小論文も含むエッセイ）というジャンルに適用されることになった。モンテーニュの主観的なアプローチは、特にイングランドの作家の中でエッセイが1ジャンルとして発展するきっかけを作った。

モンテーニュの『エセー』第5版（1588年）の扉

◁ **モンテーニュ城**
14世紀にペリゴール地方のギュイエンヌに建てられたこの城が、ミシェル・ド・モンテーニュの自宅だった。建物の大半は1885年の大火事のあと再建されている。

◁ **作家と政治家**
17世紀初頭にフランスの氏名不詳の画家が描いたミシェル・ド・モンテーニュのこの肖像画は、パリ郊外の壮麗なヴェルサイユ宮殿に掛けられている。

> "私が描くのは私……
> 私自身が私の本のテーマだ。"
>
> ミシェル・ド・モンテーニュ『エセー』（第1巻）より

028 / 18世紀まで

ミゲル・デ・セルバンテス

Miguel de Cervantes　1547～1616　スペイン

スペインで最も有名な作家セルバンテスは、16世紀の軍人であり、詩人でもあり、劇作家で、小説家だった。傑作『ドン・キホーテ』は、近代文学初の偉大な小説とされている。

▷ **不完全な肖像**
セルバンテスの正確な肖像は存在しない。彼の肖像画の大半は、ファン・デ・ハウレギの作とされるこの絵をもとに描かれていて、スペインのユーロ硬貨の肖像もその1つだ。

ミゲル・デ・セルバンテスの頭の中で1つの物語が形になり始めたのは、彼が50歳のとき、人生で3度目の投獄中のことだった。釈放後に数年かけて、セルバンテスはその主人公をページの上に解き放った。騎士道物語を読んで正気を失い、痩せ馬ロシナンテに乗って、忠実な従者サンチョ・パンサを伴い、ラ・マンチャ横断の旅をする自称騎士、ドン・キホーテだ。セルバンテスの釈放から5年後、1605年に出版された『ドン・キホーテ』は文学史に先例を見ない作品で、ここから小説という形式の実験の時代が始まった。この本では、途方もない理想主義を表現するのに、「ドン・キホーテ的（スペイン語で"キホテスコ"）」という独自の形容詞が使われている。軍隊で英雄になったかと思えば奴隷になるという山あり谷ありのセルバンテスの人生と、スペイン史の中でも戦争の多い時代を背景とした彼の創作活動にも、この形容詞はぴったり当てはまる。

少年期の生活と教育

ミゲル・デ・セルバンテスは、1547年の聖ミカエルの日（9月29日）に、マドリード近郊のアルカラ・デ・エナレスで、貴族の娘レオノル・デ・コルティナスと巡回外科医兼床屋のロドリゴ・デ・セルバンテスの7人の子供の4人目として生まれた。セルバンテスの少年期のことはほとんど明らかになっていないが、21歳のときには、マドリードに住む人文学者ファン・ロペス・デ・オヨスに師事し、彼から「愛すべき生徒」と称されている。1569年にはローマに移っていて（決闘で相手を負傷させ、スペインでおたずね者になったからという説もある）、枢機卿の従者を務めた。

戦争と奴隷

セリム2世が治めるオスマン帝国から地中海沿岸部の統治権を奪うため、スペインはヴェネツィアとローマ教皇と手を組み、カトリック教国の連合艦隊を結成した。1570年、セルバンテスと弟のロドリゴは大義に賛同し、スペイン統治下のナポリで軍隊に入った。兄弟はマルケサ号で艦隊とともに海に出て、コリント近くのレパン

△ **レパントの海戦**
16世紀のこの絵には、キリスト教国連合海軍がオスマン帝国海軍を倒した1571年のレパントの海戦が描かれ、セルバンテスはこの戦いで重傷を負った。

ON FORM
事実と空想

セルバンテスは生涯を通じて数多くの文学形式を実験しているが、『ドン・キホーテ』では鏡張りの迷路のような空間を作り出した。正気を失いながらも、分別ある従者を連れて現実世界を旅する主人公の空想の中に、読者は引っ張り込まれる。その現実と幻想の相互作用の中に、喜劇、悲劇、当時の社会的緊張が浮かび上がるのだ。この小説はいくつかの挿話に分かれ、複数の登場人物の視点から語ることで、読者の視野を広げている。また、楽しげな自己言及も行われる。登場人物は本の中での自分の役割を自覚しているし、定期的に姿を現す語り手は、作品中のごまかしと、文学が読者を欺く効果について論じるのだ。

1605年出版の『ドン・キホーテ』前編の扉

"ドン・キホーテは私のためだけに生まれ、
　私はドン・キホーテのためだけに生まれた。
　ドン・キホーテにあるのは行動力、
　私にあるのは書く力だ。"

ミゲル・デ・セルバンテス『ドン・キホーテ』（後編）より

030 / 18世紀まで

△ **5年間の奴隷生活**
セルバンテスは捕らえられ、奴隷として売られた。彼はこの経験をもとに、『ドン・キホーテ』の中の「捕虜の話」と、アルジェを舞台にした2本の戯曲を書いた。

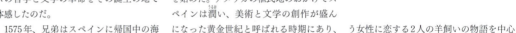

▷ **上りつめた高み**
セルバンテスと彼が作り出したドン・キホーテは、スペインそのものを象徴するようになった。セルバンテスのこの像は、彼の故郷、アルカラ・デ・エナレスのセルバンテス広場に立っている。

トで血みどろの海戦に参加し、オスマン帝国を打ち負かした。セルバンテスは胸を2発撃たれ、3発目の銃弾で左手をほとんど失ったが、それでも回復してさらなる戦闘に加わった。この経験がのちの物語創作の糧となったが、イタリアの地で過ごした時間にも計り知れない価値があった。貪欲な読書家だったセルバンテスは、ルネサンスの哲学と文学の革命をその誕生の地で体感したのだ。

1575年、兄弟はスペインに帰国中の海上でバルバリア海賊に船を襲撃された。乗組員は捕らえられ、イスラム教徒のキリスト教徒奴隷売買の中心地アルジェで奴隷として売られた。セルバンテスはスペイン帰国後の地位の保証にしようと、最高司令部の賞賛状を持っていたため、価値が高いと見なされ、その首に多額の身代金がかけられた。当時のほかの奴隷たちの証言によると、セルバンテスは勇敢なリーダーで、4度脱走を試みたが、捕獲者から大物扱いされていたため、罰も死も免れた。その地位のせいで、セルバンテスの拘留は長引いた。5年間監禁されたあと、コンスタンティノープルに移送されて売られそうになったとき、家族が三位一体会の修道士の助力を得て500エスクードという大金を払ったことにより解放され、マドリードに戻った。

スペイン帰国

「レパントの片腕男」として知られるようになったセルバンテスは、スペインで生計を立てることに苦労した結果、執筆活動を始めた。アメリカの植民地のおかげでスペインは潤い、美術と文学の創作が盛んになった黄金世紀と呼ばれる時期にあり、セルバンテスは初期の戯曲2作で頭角を現した。『アルジェ物語』はアルジェでの自身のキリスト教徒奴隷時代を題材にした作品で、『ヌマンシアの攻囲』はローマ軍による残虐なヌマンシア攻囲の物語だ。セルバンテスは小説も書いた。田園小説の『ガラテア』（1585年）は、ガラテアという女性に恋する2人の羊飼いの物語を中心としている。

セルバンテスは原稿料を手にしたものの、自分と複雑な構成の家族が食べていけるほどの収入は得られなかった。37歳のとき、彼は運命の相手、アナ・フランカ・デ・ロハスという既婚女性と出会い、セルバンテスにとっては一人娘となるイサベル・デ・

IN CONTEXT
衰退するスペイン

セルバンテスが生まれた頃、ハプスブルク家が統治するスペインは、東インド、ネーデルランド、イタリアに領地を持つ超大国だった。アメリカで採れる大量の金で国は潤い、スペインはヨーロッパの芸術、文化、哲学の中心地になっていた。だが、セルバンテスの主要作品はすべて、この国が衰退していく中で生み出された。フェリーペ2世（1527～98）とフェリーペ3世（1598～1621）の治世はどちらも、弾圧、異端審問の悪名高い宗教的狂信、プロテスタンティズムの広がりを阻止するためのカトリックの反宗教改革、植民地からの収入の急速な減少、無敵艦隊の敗北と、災難続きだった。

ヘンドリック・コルネリウス・フルーム《スペイン無敵艦隊との戦い7日目》（1601年）

ミゲル・デ・セルバンテス 031

サアベドラをもうけた。セルバンテスはその後、エスキビアス出身のカタリナ・デ・パラシオス・サラサルと結婚したが、同居はせず、スペイン無敵艦隊の食糧調達係としてアンダルシアを奔走した。

1588年、無敵艦隊がイングランド軍に敗れると、スペインは超大国の地位（左ページのコラム参照）を誇った黄金世紀から一気に転がり落ちた。君主国家は農民に重税を課すことで低迷する経済の回復を図った。以前行っていた穀物徴収の台帳には不備が多かったにもかかわらず、セルバンテスは徴税吏に任命されたが、横領罪に問われて短期間、その後また1年間、セビーリャの監獄送りになった。釈放後はソネットと戯曲、そして監獄で構想を練った大作小説の執筆を続けた。

『ドン・キホーテ』

1605年、セルバンテスが57歳のとき、代表作となる『ドン・キホーテ』が出版され、作家として最も多作な時期が始まった。この小説は、騎士と淑女が生きる中世の世界のパロディであると同時に、当時のスペイン社会の風刺的な批評でもあった。『ドン・キホーテ』はたちまち評判を呼んだ。セルバンテスの名はスペインはもちろんのこと、外国で翻訳出版されてからは、イギリス、フランス、イタリア中に知れわたった。だが、セルバンテスは版権を売却したため、成功の恩恵を受けたのはつかのまだった。彼はマドリードに移り、作家や詩人に囲まれて暮らしながら、『模範小説集』（1613年）と『パルナッソス山への旅』（1614年）を書いた。

主要作品

1585
セルバンテス初の主要作品『ガラテア』は、当時人気のあった田園小説の形式をとっている。この作品は後編の途中で唐突に終わる。

1605
『ドン・キホーテ』の前編、『機知に富んだ郷士ドン・キホーテ・デ・ラ・マンチャ』が出版され、たちまち人気を博する。

1613
17世紀スペインの問題を表現したセルバンテスの短編12作から成る『模範小説集』が出版された。

1615
正体不明の作家が無許可の続編を発表したあと、『ドン・キホーテ』後編が出版される。

1616
『ペルシレス』（『ペルシレスとシヒスムンダの苦難』）が出版される。セルバンテスがこの作品を書き終えたのは、死の3日前だった。

匿名の作者がドン・キホーテの冒険の続編の贋作を発表すると、それに腹を立てたセルバンテスは、1615年に自作の続編を出版した。

1616年4月22日、セルバンテスは「年老い、1人の兵士として、紳士の貧乏人として」亡くなり、マドリードの跣足三位一体修道院に埋葬された。

そして、時を経た2015年、彼の骨の破片が発見された。死後400年近く経ったこのとき、セルバンテスは「スペインで最も偉大な作家」として正式に埋葬され、墓が作られた。

▷ 風車を攻撃
セルバンテスが作り出した世界では、日常が非日常へと変化する。エキセントリックな主人公ドン・キホーテが、風車をラ・マンチャの平原を横切る巨人だと思い込み、攻撃するくだりは有名だ。

032 / 18世紀まで

ウィリアム・シェイクスピア

William Shakespeare　1564〜1616　イングランド

イングランド・ルネサンスの傑出した詩人で劇作家のシェイクスピアは、30以上の戯曲に加えて、物語詩やソネットも書いた。悲劇と喜劇の大家であるシェイクスピアに、英文学で並ぶ者はいない。

◁ 子供時代の家
シェイクスピアはストラトフォード＝アポン＝エイヴォンにあるこの木造家屋で生まれ育った。家は居住空間と父親の商売に使う部分の2つに分かれていた。

シェイクスピアが、その後ロンドンで俳優、劇作家として成功するまでの道のりはほとんど分かっていない。はっきりしているのは、その物語の骨子だけだ。

ストラトフォードでの青年期

シェイクスピアは8歳上のストラトフォードの女性、アン・ハサウェイと結婚した。2人が結婚式を挙げたとき、妻はすでに妊娠中で、第1子誕生後は双子が生まれた。双子の男の子のほうはハムネットと名づけられた。23歳のとき、シェイクスピアは父親の家に妻と3人の子供と住んでいた。その後、家族を置いてロンドンに移り住んだ。一説には、鹿を密猟した罪に問われ、ストラトフォードを出るしかなかったとされている。あるいは、愛のない窮屈な結婚生活から逃れるためだったという説もある。だが、自分が類いまれな詩作の才能を持っていることに気づき、富と名声の人生を求めて家を出たのだとしてもおかしくないだろう。

ウィリアム・シェイクスピアは1564年4月、ウォリックシャーの市場町、ストラトフォード＝アポン＝エイヴォンで生まれた。正確な誕生日は不明だが、一般的には聖ジョージ（聖ゲオルギオス）の日である4月23日とされている。父親は野心家で、小作農の家に生まれながらも、農地を離れてストラトフォードで手袋商人になった。商売は成功し、彼は農家のシェイクスピア家が地代を払っていた地主、アーデン家の娘と結婚した。さらに、ストラトフォードの町で役職につき、2軒の家を所有した。

無事に成長した5人の子のうち最年長だったウィリアムは、地元のグラマースクール（文法学校）に通った。のちにイングランドの劇作家仲間ベン・ジョンソンに、「ラテン語はお粗末、ギリシャ語はもっとひどい」と言われているが、当時の教養人の基礎に不可欠な古代ローマの著述家の作品にシェイクスピアが出会ったのが、この学校だったのは間違いない。地方出身の

IN CONTEXT
四折判と二折判

シェイクスピアが戯曲を書いた目的は、印刷物として読まれることではなく、舞台で上演されることであり、原稿は劇団が所有していた。生前には、数作品だけが「四折判」で出版されたが、その中には劇団が認可したものもあれば、役者が発する台詞をこっそり書き留めた客が無許可で出したものもあった。そうした「粗悪な四折判」は当然、間違いだらけだった。シェイクスピアの死後、よりていねいに作られた「二折判（フォリオ）」の戯曲集が出版された。1623年に出版された『ファースト・フォリオ』は、シェイクスピアの大半の戯曲の最も信頼できる原典とされている。

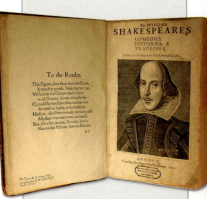

『ファースト・フォリオ』には、シェイクスピアの戯曲36作品が収録されている。

"われわれ人間は
夢と同じもので織りなされている、
はかない一生の仕上げをするのは
眠りなのだ。"

ウィリアム・シェイクスピア『テンペスト』（小田島雄志訳、白水社、1983年）より

▷ コップの肖像画（1612年頃）
唯一生前に描かれたウィリアム・シェイクスピアの肖像画とされるこの作品は、彼のパトロン、サウサンプトン伯の依頼で氏名不詳の画家が描いたものだ。絵の名前は、所有者であるコップ家から来ている。

ロンドン、バンクサイドの
シェイクスピアのグローブ座

IN CONTEXT
グローブ座

シェイクスピアが所属していた劇団、宮内大臣一座は1599年、テムズ川南岸に新しい劇場を建てた。3000人の観客を収容できるこのグローブ座には、3階分の座席と「土間客」のための立ち見用ピットがあった。舞台の一部は野外で、観客に向かって突き出していた。初代グローブ座は1613年に焼失した。その後再建され、1642年まで営業を続けた。グローブ座の現代版レプリカが元の敷地の近くに建てられ、1997年から公演が行われている。

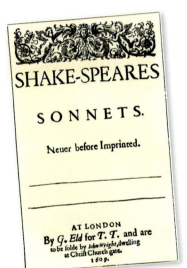

◁『ソネット集』初版
この1609年版の『ソネット集』は、シェイクスピア自身が編纂し、発注したと考えられている。この中には、英文学で最も有名な詩の数篇も収録されている。

ロンドンでのデビュー

1587年、シェイクスピアが移り住んだ頃、ロンドンの演劇シーンは黎明期にあった。街の外れに常設劇場が数軒建てられてからまだ10年も経っておらず、トマス・ナッシュ、ロバート・グリーン、クリストファー・マーロウら、大学教育を受けたひと握りの詩人たちが、劇団が演じるための戯曲を書き始めていた。この新進の演劇業界にシェイクスピアがどうやって入り込んだのか、正確な事情は憶測の域を出ない。劇場の外につながれた馬の世話から始めたという説もあるが、1592年には俳優としても劇作家としても活動を始めていたことは確かだ。

エリザベス朝の演劇制作は共同作業であり、シェイクスピア正典のうちごく初期の作品、『ヘンリー6世』3部作や『リチャード3世』は、マーロウやナッシュらほかの劇作家との共作だったとも考えられている。これらの作品が大人気となったことで、シェイクスピアの名は売れ、ライバルの劇作家ロバート・グリーンに「成り上がりのカラスが……この国で『舞台を揺るがす者（シェイクシーン）』は自分だけだとうぬぼれている」と辛辣な悪口を言われた。

ペストと詩

1592年から1594年にかけて、ロンドンの人口の10分の1を奪ったペストの大流行が起こり、シェイクスピアの劇作家としてのキャリアは中断した。劇場はすべて長期閉鎖され、シェイクスピアはこの休閑期に初めての詩作品を発表した。1593年に恋愛物語詩『ヴィーナスとアドーニス』が出版され、20歳のサウサンプトン伯ヘンリー・リズリーに献呈された。翌年には、シェイクスピア2作目となる物語詩『ルークリースの陵辱』が出版され、やはり同伯に捧げられた。

シェイクスピアはこの頃には、当時エドマンド・スペンサーが広めたばかりの詩のジャンル、ソネット連作を書き始めていた。おそらく1591年から1603年の間に書かれ、1609年に初めてまとめて出版された154篇のソネットでは、「美しい青年」と「ダーク・レディ」へのシェイクスピアの愛が語られている。多くの研究者が、こうした登場人物に加え、ソネット集が献呈されている「W・H氏」を、シェイクスピアの人生に実在した人物の中から特定しようとしてきた。これらの詩はシェイクスピアが同性愛者か両性愛者であった可能性を示唆していて、「美しい青年」はサウサンプトン伯か、のちのパトロンであるペンブルック伯のことだと考える研究者もいる。あるいは、詩は純粋に想像の産物であり、シェイクスピアの私生活にはほぼ無関係だという見方もある。いずれにせよ、これらの詩が英語詩における傑作であることに間違いはない。

舞台での成功

ペストの流行が収束し、1594年に劇場が再開すると、シェイクスピアは宮内大臣一座（宮内大臣ハンスドン卿をパトロンとしていたため、こう呼ばれていた）という

▷ ウィル・ケンプ
1600年頃のこの木版画には、イングランドの俳優で人気の道化師だったウィル・ケンプ（1603没）がジグを踊る姿が描かれている。ケンプはシェイクスピア作品の初演俳優の1人で、初期の四折判のシェイクスピア戯曲集には、ト書きに彼の名前が出てくるものもある（「ウィル・ケンプ登場」など）。

ウィリアム・シェイクスピア　035

劇団に参加した。一座には当代きっての俳優が2人いた。喜劇俳優ウィル・ケンプと、悲劇俳優リチャード・バーベッジだ。シェイクスピアも舞台に立ったが、彼の主な役目は新たな戯曲を生み出すことだった。そこからの5年間で、シェイクスピアは『ロミオとジュリエット』、喜劇の『夏の夜の夢』、『お気に召すまま』、史劇の『リチャード2世』、『ヘンリー4世』（第1部、第2部）、『ヘンリー5世』など10作の戯曲を書いた。これらの作品はロンドンの一般客向けの公演でも、女王の御前での宮廷公演でも、たちまち賞賛を浴びた。

シェイクスピアは自分で物語を一から作ることはせず、各種原典からプロットを借りていたが、さまざまな登場人物に、当人に不釣り合いな力強い言語を与えることで命を吹き込んだ。高尚な悲劇と低俗な喜劇、ロマンスと下品さの融合に、戯曲の伝統的な慣習を気にする一部のエリザベス朝の教養人は眉をひそめたが、彼らも結局はシェイクスピアの創意と描写の力に圧倒された。マーロウは酒場のけんかで命を落とし、ジョンソンは権力者を侮辱した罪

△《オフィーリア》
イングランドの画家サー・ジョン・エヴァレット・ミレーが《オフィーリア》（1851〜52年）で描いているのは、1601年頃のシェイクスピア悲劇『ハムレット』の一場面（第4幕第7場）だ。ここに描かれているオフィーリアは、恋人のハムレットが自分の父親を殺したと聞き、深い絶望から入水自殺した。

"この世界はすべてこれ一つの舞台、
　人間は男女問わずすべてこれ役者にすぎぬ"
ウィリアム・シェイクスピア『お気に召すまま』（小田島雄志訳、白水社、1983年）より

18世紀まで

IN PROFILE
女王エリザベス1世

　1558年から1603年までテューダー朝の君主の座についていたエリザベス1世は、画家や詩人、劇作家を庇護することで、イングランド・ルネサンスを牽引した。シェイクスピアの史劇には、エリザベスが鼓舞した愛国心が反映されている。だが、彼女の治世は宗教的分裂に苦しめられた。エリザベスは親戚であるカトリックのスコットランド女王メアリーを処刑し、カトリックのスペイン統治者フェリーペ2世が派遣した無敵艦隊に抗戦した（シェイクスピアは家族が隠れカトリックだった可能性があるが、元パトロンのサウサンプトン伯が1601年のエセックス伯の反乱に関わったときでさえ、面倒に巻き込まれずにすんでいる）。未婚のエリザベスの後継者となったのは、親戚のスコットランド王、ジェイムズ6世だった。

エリザベス1世（1588年頃）

　で2度投獄されるなど、ほかの劇作家たちは数奇な人生を送ったが、シェイクスピアはトラブルに巻き込まれることなく、堅実に富を築いた。彼はストラトフォードにニュー・プレイスという立派な屋敷を買い、のちに町の外れに耕地を買った。1599年、宮内大臣一座がロンドンにグローブ座を建設したときには、シェイクスピアも共同経営者の1人となってこの建物に投資した。だが、社会的成功に影を落とすように、私生活で大きな悲運に見舞われる。息子ハムネットが1596年に12歳で亡くなったのだ。

陰を帯びた戯曲

　17世紀初頭のシェイクスピアはふさぎ込んでいて、『ジュリアス・シーザー』（1599年）、『ハムレット』（1601年頃）、『オセロー』、『リア王』、『マクベス』（1604～06年頃）、『アントニーとクレオパトラ』、『コリオレイナス』（1606～07年）と立て続けに悲劇を書いたのがその表れであると、多くの批評家が指摘している。あるいは、シェイクスピアは性病を患っていて、これらの作品の一部に見られる性行為への激しい嫌悪はそれが原因だという説もある。その一方で、甘やかな喜劇『十二夜』が書かれたのも同じ時期だ。また、当時は悲劇こそが最も高尚な戯曲形式だと見なされていたことを考えると、最盛期にあった劇作家が重厚な悲劇的テーマに取り組み始めたのも驚くことではない。

　1603年にエリザベス1世が亡くなると、宮内大臣一座は新たにイングランド王座についたスコットランド王、ジェイムズ1世の庇護を受けることになった。劇団は国王一座と呼ばれ、高額な報酬が得られる宮廷公演を頻繁に行い、隆盛を極めた。シェイクスピアはスコットランドを舞台にした戯曲『マクベス』を書くにあたって、ジェイムズ1世の母国への興味を考慮したのだろうが、この悲劇に国境の北、すなわちスコットランドの政治生活を美化している気配は少しもない。

形式の変化

　シェイクスピアは観劇慣れした客と騒々しい庶民が健全に混じり合ったグローブ座公演のために戯曲を書き続けた。だが、宮廷の影響により、彼は徐々に教養人が好む洗練度の高い戯曲形式へと移行していった。一座が1608年から、上流の観客が多い、屋根つきの小規模なブラックフライヤーズ座でも公演を行うようになると、この傾向はいっそう強まった。『ペリクリーズ』や『冬物語』といった戯曲は、

△ **マクベス**
《マクベス》（1820年頃）と題されたこの絵は、イングランドの画家ジョン・マーティンの作品で、シェイクスピアの戯曲の一場面、マクベスとバンクォーが3人の魔女（絵の左に姿が見える）と出会うところが描かれている。

より流麗で、力強さの薄れた後期シェイクスピア形式で書かれている。

　1611年頃に書かれた『テンペスト』は、シェイクスピアが単独で書いた最後の戯曲とされている。魔術師プロスペローが観客に「自由にしてくれ」と語りかける最後の独白は、シェイクスピアの劇場との決別の言葉と解釈されることが多い。彼は国王一座のために、主にジョン・フレッチャーと共作で戯曲を書き続けた。だが、シェイ

主要作品

1591-92頃
『ヘンリー6世』第1～3部は、薔薇戦争に焦点を当てた3部作の史劇。

1596頃
『夏の夜の夢』はロマンティックコメディで、民間伝承である妖精の世界も登場する。

1599
ローマ悲劇『ジュリアス・シーザー』は、グローブ座の初期に上演された。

1601頃
デンマークを舞台とした殺人、狂気、復讐の複雑な物語『ハムレット』は、シェイクスピアの戯曲の中で最も長い。

1604頃
『オセロー』は嫉妬に我を失ったムーア人の軍人オセローが、無実の妻を殺す悲劇。

1606
『マクベス』はシェイクスピア悲劇の中でも陰鬱な作品の1つで、王を殺した夫婦の心を罪悪感が蝕んでいくさまを描く。

1609
『ソネット集』（連作を完全収録）が出版される。1590年代から1600年代初頭に書かれた作品とされている。

1611
『テンペスト』は魔術師プロスペローとその娘の物語で、シェイクスピアが単独で書いた最後の戯曲。

ウィリアム・シェイクスピア / 037

"人生は歩き回る影法師、あわれな役者、
　舞台の出のあいだだけ大威張りでわめき散らす……"

ウィリアム・シェイクスピア『マクベス』（大場建治訳、研究社、2010年）より

クスピアとフレッチャーの戯曲『ヘンリー8世』の1613年の初演は大惨事を招いた。特殊効果として大砲を発射したところ、グローブ座の屋根に火がつき、建物が焼け落ちてしまったのだ。それでも、グローブ座は再建され、シェイクスピアは引き続き国王一座の上演作を手がけた。

一般的な言い伝えによると、シェイクスピアは居酒屋「人魚亭」での詩人仲間との陽気な集いのあと、悪天候の中ロンドンからストラトフォードに戻る間に熱を出し、命を落としたという。1616年4月、52歳の誕生日といわれる日のことだった。彼は遺言書を遺していて、その内容は家族の将来を案じる自然なものだが、ただ1点、妻に「2番目によいベッド」を遺すという記述が奇妙だとよく指摘される。だがこれは、1番よいベッドは客のために取ってあり、2番目によいベッドを夫婦が使っていたと想像すれば、合点がいく。家族はストラトフォードのホーリー・トリニティ教会にシェイクスピアを埋葬し、墓を建てた。

▷ ベン・ジョンソン
シェイクスピアの友人でありライバルだったジョンソンのこの肖像画は、アブラハム・ファン・ブレエンブッヒが1617年頃に描いたものだ。ジョンソンはある詩の中で、シェイクスピア作品を「人間も芸術の女神も十分に褒めきることはできない」と評した。

▽ ホーリー・トリニティ教会
シェイクスピアは洗礼を受けたとき（1564年4月26日）と同じ教会に埋葬された（1616年4月25日）。妻と長女も同じ場所に埋葬されている。

ジョン・ダン

John Donne　1572〜1631　イングランド

ジョン・ダンは軍人、政治家、廷臣、外交官、聖職者と、さまざまな職についてきたが、その名が歴史に刻まれたのは、驚くほど独創的な詩を生み出したからだ。ダンはルネサンスで最も優れた詩人の1人とされている。

ジョン・ダンはロンドンに生まれた。父親は金物屋で、母親は劇作家ジョン・ヘイウッドの娘だった。ダンはオックスフォード大学で学んだが、学位を取ることなく辞め、1592年、リンカーンズ・イン（ロンドンの法曹院の1つ）に入った。ダンが弁護士として開業することはなかったが、ここで受けた法律教育は彼の創作に大きな影響を与えた。

1596年、ダンは軍人になり、エセックス伯の遠征に帯同してスペイン軍と戦った。そこで見た戦闘をもとに、2編の詩（「凪」と「嵐」）を書き、その後、国璽尚書トーマス・エジャトン卿の秘書という初めての重要な職につくことになった。1601年には、エジャトンの計らいでブラックリー選出の代議士となった。

恋愛トラブル

ダンはこの時期、優れた恋愛詩を多く書いたが、皮肉なことにキャリアを妨げたのもまた恋愛だった。1601年、ダンはレディ・エジャトンの17歳の姪、アン・モアとひそかに結婚した。とたんに、非難の嵐が吹き荒れた。ショックを受けたアンの父親が結婚の取り消しを申し立てたため、ダンは職を追われたうえ、一時的に投獄までされてしまった。職も家も失った夫妻は、しばらくは友人たちの世話になるしかなかった。ダンはこの機を利用して勉強し、創作の腕を磨いたが、新たな公職につく試みは成功しなかった。

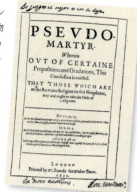

◁『偽殉教者』
これは1610年版のジョン・ダンの『偽殉教者』の扉で、ページの上下に著者の手書きの文字が見える。

教会の仕事

ダンは出世する望みは教会にしかないことに気づいた。しかし、カトリックとして育てられたダンにとって、この頃、特に1605年にカトリックの反乱者が国会議事堂の爆破を企てた火薬陰謀事件以降は、信仰を守るには困難な時期だった。ダンは時間をかけてイングランド国教会に宗派を変え、『偽殉教者』（1610年）というパンフレットまで書いて、自分に続くよう人々に呼びかけた。1615年には司祭に任命され、着々と昇進した。王室つき司祭から、リンカーンズ・インの神学講師となり、ついにはセント・ポール大聖堂の主席司祭になった。ダンはジェイムズ1世とチャールズ1世の前で説教をし、ドイツとの友好のための使節団の一員という名誉ある任務にも選ばれた（1619〜20年）。

ダンは散文と詩を書き、どちらでも俗世と宗教の両方のテーマを扱い、パトロン候補の好意を勝ち取るための詩も書いた。ダンの恋愛詩は切迫感があって、ウィットに富み、きわどいものも多かった。大半は会話調で、想像上の恋人に話しかけているかのようだった。「頼むから黙って、僕に恋をさせてくれ……」（「聖列加入」）。巧みな駄洒落や奇抜な比喩を中心とした詩が多かったが、心なごむ優しい詩もあった。「まったく、君と僕は、愛し合うまでは何をしていたのだろう……」（「おはよう」）。晩年は宗教詩に集中した。その最高傑作が、『聖なるソネット』だ。

詩集が出版された当時、ダンは巨匠と崇められたが、18世紀には人気を失った。人気が復活したのは20世紀のことで、T・S・エリオットがダンをモダニズム詩人の重要な先駆者と称えたのがきっかけだった。

IN CONTEXT
形而上詩人

ダンは伝統的に、最も優れた形而上詩人とされている。形而上詩人というのは正式な流派ではないが、共通した形式上の特徴を備えているのは確かだ。形而上詩人には、ジョージ・ハーバート、ヘンリー・ヴォーン、アンドルー・マーヴェル、トマス・トラハーンらがいる。当初、この語は軽蔑的な意味を持っていて、ドライデンやジョンソン博士（サミュエル・ジョンソン）がこれらの詩人の突飛な比喩や凝った言葉遊びを批判するのに用いていた。ジョンソンはとりわけ、彼らの「明らかに似ていない物に、人知を超えた類似性を見いだすこと」を嫌っていた。

作者不詳《アンドルー・マーヴェル》（1655年頃）

▽ スペインでの戦闘
ダンは軍人として英西戦争に参加し、イングランド・ネーデルランド連合軍のカディス襲撃に加わった。1596年以降のこの版画には、軍隊の上陸と、港で攻撃されるスペインの船が描かれている。

◁《ジョン・ダン》（1695年頃）
イングランドの画家（作者不明）によるこの肖像画には、ダンが恋に悩む男として描かれている。絵に刻まれた文字は「ああ、君よ、我らの暗闇を照らしてくれ」と読め、詩人の苦悩の理由が女性であることがうかがえる。

040 /

▷《ミルトン》(1629年頃)
この肖像画（作者不詳）には、おそらくケンブリッジ大学で学んでいる頃の、20代初めのミルトンが描かれている。ミルトンは若くして詩作を始め、学生時代から主要な詩を多く書いた。

ジョン・ミルトン

John Milton　1608～1673　イングランド

長編叙事詩『楽園喪失』の作者ジョン・ミルトンは、政治運動に打ち込み、チャールズ１世の処刑を主張した作家だ。人生最後の20年間は、失明のため苦難の日々を送った。

ジョン・ミルトン

> "心というものは、それ自身１つの独自の世界なのだ、——地獄を天国に変え、天国を地獄に変えうるものなのだ。"
>
> ジョン・ミルトン『楽園喪失』（『失楽園』平井正穂訳、岩波文庫、1981年）より

ジョン・ミルトンは1608年、裕福な公証人（事務弁護士）の息子として生まれた。勉強熱心な子供で、ラテン語、ヘブライ語、イタリア語が堪能になった。ミルトンはケンブリッジ大学に進学したが、教師も同級生も退屈だと感じた。1629年のクリスマスに、初めての主要な詩作品となる「キリスト降誕の朝に」を書く。続いて、「ラレグロ（快活な人）」、「イルペンセロソ（沈思の人）」という田園詩の優れた習作を書いた。1632年には、詩にこそ自分の道はあると考え、ケンブリッジを辞めた。

ミルトンの初期の作品には、プロテスタントとしての敬虔な信仰と、古代ローマ文学から学んだ神話の世界の狭間での、創造的緊張が見られる。1634年、ミルトンは『コーマス』という仮面劇（貴族の舞台娯楽の一形態）を書き、キリスト教徒の美徳が、堕落した歓楽に打ち勝つさまを描いた。1637年に友人の死を悼んで書いた『リシダス』では、古典の知識をふんだんに披露しながら、イングランド国教会の聖職者の欠点を攻撃している。

共和派のパンフレット作者

1640年代、ミルトンは詩人としてはまだほとんど無名だったが、イングランドの政治形態と宗教に関する論客として名を知られるようになった。イングランド内戦では議会派を支持し、オリバー・クロムウェル（左のコラム参照）率いる共和政府で役人を務めた。ミルトンの有名な政治論文、1644年発表の『アレオパジティカ』は、言論の自由を情熱的に主張している。ミルトンは共和主義を決して覆さず、1660年に王政復古が実現したときは運よく処刑を免れた。

私生活では苦難と喪失を経験した。1642年、ミルトンは王党派の一家の16歳の娘、メアリー・ポーエルと結婚した。彼は結婚を後悔し、離婚の自由を提唱するようになったが、夫妻の結婚生活は続き、3人の子供を無事育て上げた。1652年にメアリーが亡くなると、ミルトンは再婚したが、その妻も1658年に亡くなった。その頃には完全に視力を失い、作品は助手に口述筆記させていた。ミルトンはこれらの悲運をもとに、感情のこもった2編のソネット、「失明について」と「見たと思ったのは、さきごろ娶り（連れ添い）、今は在天の妻か」を書き、後者では亡き2人目の妻も視力も一時的によみがえる夢を見たと言っている。1662年にはエリザベス・ミンシュルという30歳下の女性と3度目の結婚をし、今度は幸せな結婚生活を送ったようだ。

1650年代後半から、ミルトンはブランク・ヴァース（無韻詩）の長編叙事詩『楽園喪失』の執筆に打ち込んだ。神に対するサタンの反逆から、アダムとイヴの堕落にいたるまで、壮大な宇宙論的ビジョンが展開される作品だ。1667年に出版されたこの詩は1万行以上から成り、古代ローマ文学に影響を受けた緻密な形式で書かれ、のちにミルトンをイングランドの偉大な詩人の地位に押し上げた。晩年、ミルトンは前作に呼応した『楽園回復』と、失明と奴隷状態を力強く描いた悲劇『闘技士サムソン』（いずれも1671年）を書いた。

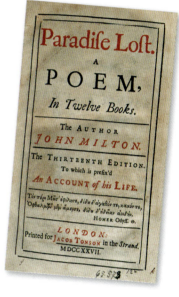

△初版
初めて出版されたとき、『楽園喪失』は限られた人にしか読まれなかった。その理由の1つに、ミルトンの政治観と宗教観がある。この作品は、人間の堕落、善と悪、自由意志と権威の関係といった重いテーマを扱っている。

IN CONTEXT
イングランド内戦と国王処刑（清教徒革命）

1642年、長年対立していたイングランド議会と国王チャールズ1世が、戦闘状態に突入した。議会は君主から伝統的な権利を守るために戦い、信仰生活が司教の権威下に置かれることを拒んだ。1649年、王党派が敗北すると、チャールズ1世はロンドンで斬首された。議会派の指揮者オリバー・クロムウェルが事実上の軍事独裁者となって、1658年に死去するまで統治を続け、その後まもなく王政復古が行われた。ミルトンは高潔な共和国の建設こそ神のなせる技と信じ、オリバー・クロムウェルを擁護する文書を書いた。

オリバー・クロムウェル

▷ ミルトンの書斎
バッキンガムシャーの村、チャルフォント・セント・ジャイルズの自宅の書斎で、ミルトンは傑作『楽園喪失』を完成させた。

18世紀まで

モリエール

Molière　1622〜1673　フランス

モリエールはフランスで最も偉大な喜劇作家だ。それだけでなく、演劇制作のあらゆる面で秀でていた彼は劇団を主宰し、脚本を執筆し、プロデュースや演出に加え、自ら出演も果たした。

ジャン＝バチスト・ポクランはパリで、廷臣の息子として生まれた。有名なイエズス会の学校、コレージュ・デ・クレルモンで教育を受け、その後、法律の勉強を始めた。父親は息子のために王室つき室内装飾業者という肩書きを入手したが、父の意向は叶えられなかった。1643年、ポクランは室内装飾の仕事も法律の勉強も投げうち、俳優になることを宣言した。

何を機に舞台への情熱が燃え上がったのかは分からない。学校で上演された古代ローマ喜劇と悲劇に影響されたのかもしれないし、4歳上の女優マドレーヌ・ベジャールに恋し、恋人同士になったことから劇場に引き寄せられたのかもしれない。2人は盛名座という同じ劇団に所属し、パリのテニスコートを劇場に改装して公演を始めた。1年も経たないうちに、ポクランは劇団の座長となり、モリエールという芸名を名乗るようになった。

初期の盛名座は鳴かず飛ばずだったため、数カ月後には財政難に陥り、モリエールは借金のせいで投獄されそうになった。盛名座は損失削減のためにパリを離れ、その後13年間、地方を巡業した。これが隠れ蓑の役割を果たしたようで、新進劇作家モリエールは、批評家に粗探しされることなく腕を磨くことができた。

盛名座の上演演目には、人気の喜劇と悲劇、そしてモリエールのオリジナル作品が混在していた。モリエールの作品には、コメディア・デラルテ（下のコラム参照）をもとに念入りに作り上げた滑稽な脚本もあれば、のちに彼のトレードマークとなる社会風刺に焦点を当てたものもあった。

宮廷での成功

モリエール躍進のきっかけとなったのは、1658年10月、ルーヴルで行った自作の喜劇（脚本は現存しない）の宮廷公演だった。この公演は国王の弟の好意を勝ち取り、モリエールは首都に拠点を与えられ、チベリオ・フィオレッリ率いるイタリアの一座と劇場を共用した。その後10年間に、モリエールは名作をいくつも書いた。これらの作品には笑劇的、イタリア的要素が含まれていたが、それを新たに発展させた部分もあった。モリエールは社交界の気取った女性（『才女気取り』）や自称紳士（『町人貴族』）などを風刺する風俗喜劇を完成させ、騒々しい喜劇と鋭い洞察を融合させて複雑な性格描写を生み出した。モリエール喜劇のキャラクターとしては、守銭奴（『守銭奴』）や絶望した心気症患者（『病は気から』）のような、思い込みの激しい変わり者も有名だ。

スキャンダラスな関係

モリエールの戯曲は大人気を博したが、彼のキャリアにはスキャンダルがつきまとった。モリエールとアルマード・ベジャールの結婚は世間を騒がせ（アルマードはモリエールの元恋人の娘だと噂されていた）、宗教的偽善を描写した作品（『タルチュフ』）は何年間も上演禁止になった。それでも、モリエールは最後まで舞台に立ち続けた。皮肉なことに、彼が亡くなったのは『病は気から』への出演後のことだった。

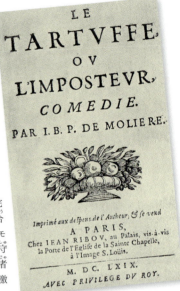

△『タルチュフ』
モリエールの『タルチュフ』は1644年に初演され、5年後に戯曲が出版された。戯曲全体が押韻する二行連で書かれ、各行は12音節から成っている。

▷《シーザーの役を演じるモリエール》
モリエールはたいてい、自分の劇団の公演で主役を務めた。ニコラ・ミニャールによるこの肖像画には、モリエールがピエール・コルネイユの戯曲『ポンペイの死』でジュリアス・シーザーに扮した姿が描かれている。

IN CONTEXT
コメディア・デラルテ

モリエールはつねに、コメディア・デラルテに大きな恩恵を受けていることを自覚していた。この演劇形態は16世紀にイタリアで生まれたが、やがてフランスなどヨーロッパ各国で人気となった。仮面と衣装をつけた役者が、決まった脚本どおりに演じるのではなく、大まかな筋だけが書かれた脚本をもとに即興で芝居し、そこにさまざまなラッツィ（お決まりの喜劇的な動き）をちりばめるのだ。モリエールはパリでイタリアの劇団と劇場を共用していたとき、イタリア人俳優を間近で観察できた。彼らのレパートリーにあった欲深い老人、嫉妬深い夫、ずる賢い使用人などのキャラクターをヒントとし、その喜劇表現を多く借用したのだ。

コメディア・デラルテの定型化された衣装

アフラ・ベーン

Aphra Behn　1640〜1689　イングランド

ベーンは文筆で生計を立てた最初のイギリス人女性であると称えられている。
小説、戯曲、詩を執筆し、小説の発展に多大なる影響を与えた。
また、政府のスパイとしての活動も行った。

　17世紀に大英帝国の拡大と海外探検が急速に進むと、イギリス人の間に、遠方の地に関する読み物、すなわち「力強い帝国神話」の一部を成す物語を読みたいという欲求も高まった。こうした状況を考えれば、太平洋の向こう側のスリナムを舞台に、「高貴な未開人」を中心に据えた奴隷物語『オルノーコ』が、1688年の出版とともに大成功を収めたのも驚くことではないだろう。さらに注目すべきは、公の場で女性の声を聞くことがほとんどなかったこの時代に、アフラ・ベーンがそれを書いたことだ。『オルノーコ』の前半で、ベーンは「たかが女の筆」と謙遜するふりをしているが、作品の最後では、「私の筆が高い評価を受けることで、彼の輝かしい名がいつまでも残ることを願っています」と、著者としての自分の地位をより大胆にアピールしている。

不確かな生い立ち

　ベーンの人生は詳細がはっきりせず、議論の余地を残している。旧姓はアフラ・ジョンソンで、カンタベリーの貧しい家に生まれたようだ。1663年にしばらくスリナム（当時はイギリスの植民地）で暮らし、それがのちに代表作『オルノーコ』の舞台となった。1664年にイングランドに帰国後まもなく、ドイツ人かネーデルランド人の商人ヨハン・ベーンと結婚したが、結婚は長続きしなかった。

　2年後、ベーンは政府のスパイに任命され、ネーデルランドに送り込まれた（下のコラム参照）。

多彩な作品

　ベーンはあらゆるジャンルの文学作品を書き、愛、結婚、売春、セクシャリティから、階級、政治、奴隷制度と植民地主義の残酷な世界にいたるまで、幅広いテーマを扱った。この時代にとりわけ衝撃的だったのが、3作目の戯曲『オランダ人の恋人』（1673年）に出てくる歌の中で女性の性欲を論じたことと、有名な詩「失望」（1680年）でジェンダーロールを考察したことだ。1670年から1688年の間に、ベーンの戯曲は19作（喜劇も悲喜劇もあった）上演された。

　生前のベーンは一流作家と認められていたが、死後2世紀の間は、作品が下品すぎるという理由で人気が衰えた。また、ベーンが女性作家であるという事実も長年、彼女の文芸作品を真剣に論じる妨げとなっていた。だが、ベーンの戯曲、詩、短編小説の大半に見られる機知と才気は脇に置くとしても、『オルノーコ』が小説というジャンルの発展に大きな影響を与えた初期の作品であることは間違いない。これは、初の英語小説の称号を与えられることの多いデフォーの『ロビンソン・クルーソー』（1719年）よりも前の話だ。ベーンの作品は近年、特にフェミニストや、文学理論、文化理論の研究者から新たな興味と称賛を向けられている。

　ベーンは1689年に亡くなり、ウェストミンスター寺院に埋葬された。2世紀半後、フェミニスト作家の第一人者、ヴァージニア・ウルフが『自分だけの部屋』（1929年）でベーンに謝意を表したことがよく知られている。「すべての女性はアフラ・ベーンの墓石に花をまくべきだ……女性が自分の思いを語る権利を得られたのは、彼女のおかげなのだから」

△ ドーセット・ガーデン劇場

ベーンの戯曲の多くが、1671年に建設された東ロンドンのドーセット・ガーデン劇場（別名、公爵劇場）で上演された。ベーンは劇場の近くに住み、劇作家で詩人の友人、ジョン・ドライデンも近所に住んでいた。

◁《アフラ・ベーン》（1670年頃）

ベーンは生前、主に「スキャンダラス」な戯曲と同性愛的な詩で知られていた。ベーンのこの肖像画は、ネーデルランド生まれでイングランドの宮廷画家になった画家、ピーター・レリー卿が描いたものだ。

IN CONTEXT
ネーデルランドでスパイ

　1665年から1667年にかけて、イングランドは交易路をめぐってネーデルランドと戦争状態にあった。トーリー党員で熱心な王党派だったベーンは、チャールズ2世の政権下でスパイに任命され、イングランドを攻撃したり政府を動揺させたりする企みを探り出す任務を帯び、アントワープに派遣された。ベーンは「160」と「アストレア」というコードネームを使って内務省に報告を送り、その中にはテムズ川に艦隊を派遣するというネーデルランド軍の計画を警告するものもあった。1667年にロンドンに戻ったベーンは、国王の命を果たすためにかかった経費を払うことができず、債務者監獄に入れられた。釈放後も一文なしだったため、金を稼ぐために戯曲を書くようになった。

ルドルフ・バックホイセン《エーンドラフトとネーデルランド軍艦隊》（1665年頃）

松尾芭蕉

まつお ばしょう　1644～1694　日本

日本で最も有名な俳人である松尾芭蕉は、俳句を卓越した芸術形式へと高めた。芭蕉は江戸の文学界を離れて東北や北陸地方に放浪の旅に出ることで、精神的な経験を探し求め、その経験をもとに並外れた作品を生み出した。

　本名を松尾宗房（むねふさ）という芭蕉は、京都の近くの伊賀上野で、下級武士の家に生まれた。12歳のときに父親を亡くし、その6年後に地元の侍大将に仕え、息子の藤堂良忠の厨房役となった。2人の若者は趣味の俳諧で結びつき、1666年、初めて世に知られることになる句が、宗房（そうぼう）の名で句集に掲載される。芭蕉は仕官を辞め、しばらく京都に住んだ。

　1670年代、芭蕉は句集『貝おほひ』（1671年）を編纂し、俳人としての評判を築いていった。28歳のとき、江戸に移り住み、土木工事に関わる仕事をしながら、桃青という筆名で創作を続けた。当時主流だった定型詩の形式は、滑稽で風刺的な「俳諧の連歌」（右のコラム参照）と呼ばれるもので、共同作業で作られていた。俳人が一堂に会し、長い連歌の一部となる短い句を、伝統的な構成で詠むのだ。芭蕉は江戸で、有名俳人の西山宗因を中心とした談林派に加わった。

精神の旅

　1680年には、芭蕉は俳諧の師匠として尊敬を集めていたが、心は安まらず、禅の修行を始めた。1680年、騒々しい江戸を離れ、街の外れの小さな庵に移る。芭蕉の名で創作を始めたのはこの時期で、彼の作品は革新性と雰囲気の暗さを増していった。1682年後半に芭蕉の人生は一転した。庵が火事で焼失し、母親の死の知らせを受けたのだ。芭蕉は甲斐国の友人のもとに滞在して、禅修行にいっそう打ち込み、1684年には着想の源を求めて伊賀、大和から始まる旅に出た。この初めての徒歩の旅から生まれたのが、散文と韻文を組み合わせた「俳文」形式による道中記、『野ざらし紀行』だ。

　1689年、芭蕉は2000kmの徒歩の旅に出て、これが傑作『おくのほそ道』の主題となる。芭蕉は門人の曾良とともに、東北・北陸地方の人里離れた険しい奥地に分け入り、それは肉体のみならず、精神の旅にもなった。奥州平泉で、芭蕉はこう詠んだ。

「夏草や　兵どもが　夢の跡」

　嵐で足止めされている間、芭蕉は皮肉めいた低俗なユーモアのセンスを見せる。

「蚤虱　馬の尿する　枕もと」

　1691年に江戸に戻った芭蕉は、孤独への欲求とは相容れない、有名俳人としての慌ただしい生活に再び身を投じた。この時期に、その後の芭蕉の句の特徴となる「軽み」の概念を確立する。

　1694年、芭蕉は最後となる旅に出た。50歳のとき、大阪で胃の病を患い、弟子たちに見守られながら亡くなった。

「旅に病んで　夢は枯野を　かけ廻る」

これが、芭蕉の辞世の句である。

ON FORM

俳句

　長い連歌である俳諧の冒頭の句であり、芭蕉が秀でていたのが、17音節（5・7・5）から成る三行連「発句」だ。芭蕉の影響で、発句そのものが重要性を帯び、のちに俳句として知られることになった。俳句は自然の真髄を伝えることを目的とし、季節を表す言葉と、関連はあるがしばしば逆説的な2つの表象や観念を含む。芭蕉は禅と内省的な中国の詩の伝統を取り入れ、俳句を、短いながらも非常に多くを表現する、強烈な深みのある文学形式へと引き上げた。また、芭蕉の最も有名な俳句（1686年）はこれだろう。

「古池や　蛙飛び込む　水の音」

石碑に刻まれた芭蕉の俳句

◁ **自然からの発想**
芭蕉は北日本の奥地を旅した。芭蕉の俳句は、岩の静けさや水の動きなど、自然と直接触れ合った経験から生まれている。

▷ **思索の旅**
月岡芳年による19世紀の木版画。旅の途中、道端の2人の男性と話す芭蕉が描かれている。

ダニエル・デフォー

Daniel Defoe　1660〜1731　イングランド

敬虔な長老派で、商人、小説家、ジャーナリスト、スパイ、パンフレット発行者、世論を思う方向に導くプロパガンディストなど、多彩な才能を持っていた。デフォーの小説は、広範囲の文化に非常に大きな影響を与えた。

◁ 策略と反逆罪
ジェイムズ2世追放の策略に失敗したモンマス公が処刑される姿を描いたエッチング。モンマス公はセッジムーアの戦いで国王軍に倒された。

風刺的パンフレットの作者と文学の先駆者として最もよく知られているダニエル・デフォーの人生は、驚くべきものだった。1666年の大火の6年前、ロンドンのセントジャイルズで商人の家に生まれたデフォーは、もとは単にダニエル・フォーという名だったが、のちに姓に「De」を加えて「デフォー」とする。そのほうが、威厳ある貴族めいた雰囲気になると考えたようだ。

◁ ダニエル・デフォー
18世紀初頭のこの版画に見られるように、デフォーは服装で裕福さを誇張し、しゃれっ気を見せつけることを好んだ。長髪のかつらとレースのひだ襟がお気に入りで、剣を持つことも多かった。

一家はフランドル系の長老派だったため、非国教徒、すなわちイングランド（特に宮廷）社会の主流であるイングランド国教徒からはみ出した存在と見なされ、デフォーはイングランドの一流大学には入学できなかった。そこで、牧師のチャールズ・モートンが運営する非国教徒のためのロンドンのアカデミーで教育を受けた。モートンは、のちにアメリカ、マサチューセッツ州のハーバード大学で副学長を務めている。

商売でのキャリア
デフォーは牧師になることを望まれていたようだが、実際には商売の道を選んだ。1684年に結婚したのと同時期、紳士服の販売を始め、1690年代には煙草、ワイン、不動産の売買で成功していた。妻メアリーとの間には6人の子供を授かり、その後、より投機的な事業に手を広げたが、保険業への進出が1692年の破産を招いた。デフォーが借金の返済を終えたのは、10年後のことだった。

デフォーは商売をする一方で、政治にも積極的に関わり続け、非国教徒の信仰を擁護するパンフレットを書いた。1685年、カトリックびいきのジェイムズ2世が王位につくと、デフォーはモンマスの反乱に参加した。国王を引きずり下ろそうとするこの企みに加担したことで、処刑される可能性もあったが、間一髪のところで免れた。

> **IN PROFILE**
> **オレンジ公ウィリアム**
>
> ネーデルラント連邦共和国ハーグ生まれのウィリアム（1650〜1702）は、オランダ総督を世襲する家に生まれた。1673年、フランスのカトリック軍をネーデルラントから撃退したことで、プロテスタントの英雄と見なされるようになった。1677年、親戚のイングランド王位継承者、ヨーク公ジェイムズの娘メアリーと結婚。1685年にジェイムズがイングランド王になると、同国のプロテスタントは王のカトリック信仰に不信の目を向けた。1688年にはジェイムズの長男が誕生したこともあって、カトリック教徒が王位を継承するのではないかと不安視された。国王の反対勢力はひそかにウィリアムにイングランド侵攻を促した。1688年にウィリアムの軍隊が上陸すると、ジェイムズは降伏し、ウィリアムは妻のメアリーと共同でイングランドを統治した。

うわぐすりをかけたデルフト陶器のオレンジ公ウィリアム（ウィリアム3世）の胸像

> "違反者にとって正義はつねに暴力である。
> 人は誰しも自分から見れば潔白なのだから。"
>
> ダニエル・デフォー「非国教徒処理捷径」より

18世紀まで

IN CONTEXT
ホイッグ党とトーリー党

オレンジ公ウィリアムがイングランド王位についた1688年の名誉革命で、国の統治権は永久に議会にあるものと定められた。「ホイッグ党」と「トーリー党」とは、18世紀の間イギリス議会で対立していた2つの党派のことだ。どちらの名称も罵り言葉から生まれた。ホイッグは馬泥棒、トーリーはカトリックのならず者を意味する。デフォーの時代、トーリー党は最近まで神授王権を信奉していた、宗教的寛容に反対する地方の紳士階級だった。一方、ホイッグ党は君主制の力を弱めようとする地主と、裕福な中流階級が中心だった。

トーマス・サンダーズがトーリー党（左）とホイッグ党（右）を風刺的に描いた版画（18世紀）

風刺と煽動

デフォーは、1689年に王座についたオレンジ公ウィリアムの熱心な支持者だった。1688年のウィリアムの名誉革命で、イギリスは議会政治に移行し、プロテスタントの信仰の正当性が認められ、非国教徒の自由を認める寛大な雰囲気が生まれた。ところが、1702年にウィリアムが死去すると、あらゆる非国教徒を嫌い、トーリー党（上のコラム参照）を支持する敬虔な非国教徒のアン女王がイングランド王座につき、たちまち非国教徒の活動を弾圧し始めた。デフォーはそれに対抗し、「非国教徒処理捷径」と題したパンフレットを書いた。これはトーリー党の思想の辛辣なパロディとなっていて、非国教徒は殺してしまえばいい、「さあ、盗人は処刑しよう」と主張する。

このパンフレットの風刺的な意図が明らかになると、体制側は激昂した。デフォーは煽動罪に問われて、さらし台に3度送られ、ニューゲート監獄に入れられた。その獄中で出会ったのが、小説『モル・フランダーズ』のモデルとなるモル・キングだ。国務大臣のロバート・ハーリー（トーリー党の有力者）は、デフォーの巧みな文章力と狡猾さ、発想力は利用するのが得策だと考えた。ハーリーの計らいでデフォーは釈放され、全国を飛び回ってスパイのネットワークを築く任務を与えられた。イングランドとスコットランドの合併を定める1707年の合同法制定の投票前には、スコットランドに不和と不安の種をまくことさえした。デフォーはこうした旅でたびたび偽名を用い、さまざまな人物になりすました。

実話問題

デフォーが小説の分野に進出したのは遅く、代表作となる『ロビンソン・クルーソーの生涯と冒険』を書いたのは、57歳のときだった。デフォーの小説は、まるでそれが自伝的な「実話」であるかのように書かれ、出版された。読者はロビンソン・クルーソーやモル・フランダーズがこれらの回想録の著者だと思い込まされたのだ。どちらの本にもデフォーの名は見当たらない。『ロビンソン・クルーソー』は完全な日記形式で書かれ、物語の架空の主人公であるクルーソー「本人」が著者とされていた（右ページの扉参照）。小説『モル・フランダーズ』は、「彼女自身の備忘録から書かれた」ことになっている。

同じように、デフォーの1722年の小説『疫病流行記』は、1665年にロンドンで腺ペストが大流行した時期のある男性の経験の記録という形をとっている。読者は間違いなく、これは事実を記したジャーナリズムであり、デフォーは著者ではなく編集者を務めたのだと思ったはずだ。テキストにはわざわざ日付と場所が正確に記され、ペスト患者の一覧表の写しが載せられている。デフォーはこの作品で、細部にわたってジャーナリズムを再現しているのだ。実は、デフォーがこの本を書いたのは社会のためであり、当時新たなペストがフランスから拡散されているという噂があったか

◁ **ストーク・ニューイントンの自宅**
非国教徒だったデフォーはイングランドの主流派には入れなかった。そのため、シティ・オブ・ロンドンからは少し離れたストーク・ニューイントンに自宅を構えた。

> "自然は人間の血に、
> 　誰もがなれるものなら暴君になる性質を刻んだ。"
>
> ダニエル・デフォー『ケント人の嘆願の歴史』より

ダニエル・デフォー / 051

主要作品

1702
風刺的パンフレット「非国教徒処理捷径」の出版により、デフォーは投獄された。

1704
1703年にイングランドを襲った嵐の記録『嵐』を執筆。近代ジャーナリズムの最初の作品の1つとされている。

1719
小説『ロビンソン・クルーソー』で成功したあと、同年に続編『ロビンソン・クルーソーのその後の冒険』を書く。

1722
『疫病流行記』を、H・F（ペストから生還したおじ、ヘンリー・フォーのイニシャル）の名で出版する。

1722
ニューゲート監獄で生まれた美しい女性の、波瀾万丈の人生を描いた悪漢小説『モル・フランダーズ』を執筆する。

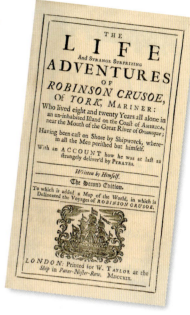

△『ロビンソン・クルーソー』（1719年）
デフォー作の征服と生存の物語は、古今を通じて最も売れた本の1つだ。聖書に次いで、世界で2番目に多くの言語に翻訳されている。

らだった。過去の流行の経緯を正確に表現することで、読者の生存の可能性が高まることを期待したのだ。

近代小説

1719年に出版された『ロビンソン・クルーソー』は、セルバンテスの『ドン・キホーテ』（前編1605年、後編1615年）と並び、現在小説と呼ばれているものの初期の例と称されることが多い。この2作品にはいくつか共通の特徴がある。例えば、どちらも虚構の散文の物語で、音読するのではなく1人で読むために書かれ、演じることを目的とした前時代の長編叙事詩や叙事文とは異なっている。また、読者として想定しているのは、当時台頭しつつあった読み書きができる新興の中流階級だ。そして、ミルトンの詩やシェイクスピアの戯曲とは違い、主人公は皇帝や国王、神々ではなく、普通の人々だ。しかも、読者が自分を重ね合わせられる状況で起こる物語が語られている。

島物語

『ロビンソン・クルーソー』が読者の心に強く響いた（出版1年目で第4版まで発行された）のは、1つにはそれが力強い人間の物語――孤島に漂着した男が自然、そして「不運」と戦い、生き延びる物語――だからだ。批評家の中にはこのテキストを、誰もが人生で経験する苦労の暗喩として読む者もいる。あるいは、この本の重要性は、それが時代の産物であること、ヨーロッパの植民地建設を地球上の大部分に広げたイデオロギーを無批判に示していることにあるという見方もできる。この小説では、近隣の島民フライデーと「文明」の担い手であるクルーソーの交流に、植民者と被植民者の関係が表れている。クルーソーは銃の力を借りて、この「未開人」に西洋世界の流儀を認めさせる。重要なのは、その流儀の中に権威への服従も含まれていることだ。

デフォーの時代は船の難破や漂流が多く、そうした実際の経験にまつわる話がいくつも出回っていた。デフォーは太平洋の島で何年も過ごしたアレキサンダー・セルカークや、カリブ海の流刑地から逃亡して漂流したヘンリー・ピットマンらの話をもとに、この島物語を書いたようだ。

ダニエル・デフォーの晩年は、健康の衰えと借金、債権者からの雲隠れの中で過ぎた。デフォーは1731年、最後の小説『ロクサーナ』を出版した7年後に亡くなった。死因は脳卒中と見られている。デフォーが眠る墓は北ロンドンのバンヒル・フィールズにある。

▽ ロビンソン・クルーソー島
チリの海岸の中央部から約650km離れた太平洋のこの島には、スコットランド人の漂流者、アレキサンダー・セルカークが一時期、暮らしていた。セルカークは『ロビンソン・クルーソー』のモデルになった人物の1人と言われている。

052

▷《聖パトリック大聖堂司祭長、スウィフト》
チャールズ・ジャーヴァスによる1718年のこの肖像画には、スウィフトが聖職者のローブとカラーを身につけた姿が描かれている。テーブルの上には、イソップ、ホラティウス、ルキアノスの本が置かれている。

ジョナサン・スウィフト

Jonathan Swift　1667〜1745　アイルランド

スウィフトは類まれな風刺(ふうし)作家で、戦争と帝国主義に激しい義憤(ぎふん)を抱いていた。空想小説『ガリヴァ旅行記』は、人間の残酷さと不合理さのパロディである。

ジョナサン・スウィフト

> "風刺はガラスのようなもので、
> 見る人はたいていあらゆる人の顔を見つけるのに、
> 自分だけは見えない……"
>
> ジョナサン・スウィフト『書物合戦』より

ジョナサン・スウィフトは、ダブリンのキングズ・インズの法務官だった父親が突然死した、わずか7カ月後に生まれた。イングランドの聖職者の娘である母親は困窮し、息子をおじの手に委ねてイングランドに戻った。スウィフトはアイルランドの名門、キルケニー校に入学し、その後はダブリンのトリニティ・カレッジに進み、校則違反を繰り返しながらも卒業した。

1689年から1694年、スウィフトはサリー州ムア・パークで外交官サー・ウィリアム・テンプルの秘書をしながら、図書館の本をむさぼり読んだ。その頃、家政婦の幼い娘エスタ・ジョンソンと出会い、仲良くなって勉強を教えている。スウィフトはアイルランドで聖職につき、オックスフォード大学で学んだあと、ムア・パークに戻った。そのとき、自分がかつて面倒を見ていた少女が「ロンドンでも珍しいほど美しく、上品で、感じのいい、ただし少々太り気味の若い女性」になっていることを知った。

方向転換

30代になったスウィフトは、匿名や偽名で次々と風刺作品を出版した。『桶物語』（1704年）では当時の倫理と道徳を風刺し、「ビッカースタフ」名義のパンフレット（1708～09年）では、人気占星術師ジョン・パートリッジの職業を、彼の死を予言することで攻撃した。スウィフトはロンドンで、詩人アレキサンダー・ポープ、劇作家ウィリアム・コングリーヴとジョン・ゲイとともに、スクリブリーラス・クラブを設立した。また、新聞『エグザミナー』の編集者を務め、トーリー党政府のプロパガンディストになった。スウィフトはイングランドで高位聖職者になることを望んでいたが、実際には1713年にダブリンの聖パトリック大聖堂司祭長に任じられた。

スウィフトの恋愛の相手は「カデヌスとヴァネッサ」という詩に詠まれたエスタ・ヴァナムリ（愛称ヴァネッサ）が有名だが、その一方でエスタ・ジョンソン（愛称ステラ）にも手紙を書き続けていた。ロンドン生活にまつわる率直で軽妙なこの手紙は、彼の死後に『ステラへの手紙』として出版された。スウィフトがエスタ・ジョンソンと結婚していたかどうかは、今もはっきりしない。

トーリー党政権の失墜により、アイルランドに戻るしかなくなったスウィフトは、1724年に『ドレイピア書簡』を出版し、イングランドによるアイルランド人の生活の締めつけを激しく攻撃した。そのわずか2年後、「世界を変えるためではなく、怒らせるため」に書いた『ガリヴァ旅行記』を出版した。その後、「ひとつの私案」（1729年）を発表し、こうなったらアイルランドの赤ん坊をごちそうとして売るしかないと提案した。イングランドに制限されていない商品はもうそれしかないから、と。

1742年頃、スウィフトは脳卒中で体が麻痺し、話すことができなくなった。彼は1745年、77歳で亡くなり、聖パトリック大聖堂のエスタ・ジョンソンの傍らに埋葬された。スウィフトが自ら書いた墓碑銘には、「もはや激しい義憤に胸を引き裂かれることのない」場所に眠る、とある。

IN CONTEXT
政治と宗教

非国教徒のスウィフトは、カトリックの君主制を復活させようとするジェイムズ2世の企みに反対し、市民権と宗教の自由、君主制を議会の制御下に置くことを提唱するホイッグ党を支持した。アン女王の統治下ではトーリー党支持に回ったが、女王の死後、トーリー党は失墜し、スウィフトのイングランド国教会での出世の望みは断たれた。皮肉にも、イングランドによる不当な植民地支配を浮き彫りにした著作のおかげで、スウィフトは（大半がカトリックの）アイルランドの人々の中で国民的英雄となった。

マイケル・ダール《アン女王》（1714年頃）

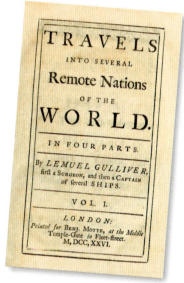

△『ガリヴァ旅行記』の初版（1726年）
漂流者レミュエル・ガリヴァの冒険の年代記で、ガリヴァは小人の国リリパットや、巨人の国、洗練された馬フウイヌムが下劣な人間ヤフーを支配する国を訪れる。この作品は、人間のあらゆる面に対する辛辣な風刺になっている。

▷《サリー州ムア・パーク》
チャールズ・ハーバート・ウッドベリーによるこの絵には、1689年から1699年までスウィフトが住み、仕事をしていた家が描かれている。『桶物語』を書き始めたのもこの家だ。

ヴォルテール

Voltaire　1694〜1778　フランス

ヴォルテールは啓蒙時代の代表的存在。多数あるヴォルテールの作品は、カトリック教会の迷信と国家権力の恣意的な行使を風刺し、言論の自由と宗教的寛容を擁護している。

のちにヴォルテールという筆名で知られるフランソワ＝マリ・アルーエは、1694年にパリで生まれた。下級廷臣の息子だったヴォルテールは、名門のルイ＝ル＝グラン学院で学んだが、厳格なイエズス会の宗教教育によって、学院の狙いとは裏腹に、信仰心ではなく深い疑念を抱くことになる。青年期には、親にあてがわれた法律職を辞め、文学研究に没頭するようになった。

ヴォルテールは自由思想の道楽者が集う上流社交界に出入りし始め、宗教や政治の権威を標的に、大胆で機知に富んだ攻撃をすることで多くの賛同者を得た。ところが1717年、フランスの摂政に度を越した中傷をしたとして、11カ月間の監獄送りになった。ヴォルテールはバスティーユに投獄されたおかげで考える時間ができ、初となる悲劇『オイディプス王』を書けたのだと誇らしげに言っている。1718年にパリで『オイディプス王』が上演されると、ヴォルテールは富と称賛を手にした。続いて、フランス王アンリ4世の物語を用いて宗教的狂信と不寛容を非難した長編叙事詩、『アンリヤッド』(1723年) を出版した。

◁《『アンリヤッド』を持つヴォルテール》
1728年のこの肖像画で、ヴォルテールは『アンリヤッド』の本を開いて持っている。『アンリヤッド』はパリ攻囲を題材に、フランスの政治状況に切り込んだ詩だ。

イングランドでの経験

有力な貴族家の一員、シュヴァリエ・ド・ロアンとの個人的ないさかいが原因で、ヴォルテールはイングランドに渡った。ロンドンで2年間過ごしたことで、宗教的寛容、政治的自由、根拠に基づいた科学の価値にまつわる思想が磨かれていく。フランスに戻ったヴォルテールは、『哲学書簡』(1733年) を出版し、自国の政府、教会、社交界を、海峡の反対側のイングランドの実情と比べて批判した。これらのエッセイは反カトリック的だと非難され、ヴォルテールはスイスに逃れたあと、シレーにある愛人のシャトレ夫人 (右のコラム参照) の館に身を隠した。

風刺作品

ヴォルテールはプロセインのフリードリヒ2世を「啓蒙専制君主」として称え、1750年代初頭、ベルリンでフリードリヒの宮廷に3年仕えたあと、またもスキャンダルに巻き込まれて逃走した。その後、フランス南東部のフェルネーに居を構え、若い姪のドゥニ夫人を愛人とした。その家を拠点に、1766年にシュヴァリエ・ド・ラ・バールが冒瀆的行動を理由に酷い拷問を受けて処刑された事件など、宗教に起因するフランスでの不法行為への反対運動を始めた。

ヴォルテールの著作で今日最も広く読まれているのは、「コント」と呼ばれる同時代の社会や哲学思想を風刺した短編小説で、その代表作が『カンディード』(1759年) だ。この中でヴォルテールは、ライプニッツが提唱した「最善の可能世界においては、すべての出来事が最善である」という思想を激しく攻撃している。歯車が狂った世界に対する分別ある反応は、隠居して「自分の庭を耕すこと」だと、この本は結論づけている。

ヴォルテールは1778年、最後の悲劇『イレーヌ』の上演のために意気揚々とパリに戻ったあと、亡くなった。

▽『カンディード』(1759年)
文体こそ軽妙で機知に富んでいるが、ヴォルテールの「コント」には、不合理さと残酷さを増す世界情勢への絶望的な見解がいたるところに示されている。

IN PROFILE
シャトレ夫人

1733年から15年間ヴォルテールの愛人だったのが、シャトレ夫人 (1706〜49) だ。シャトレ夫人は才能ある女性で、物理学と科学哲学に関する影響力のある論文を書いた。また、アイザック・ニュートンの『プリンキピア・マテマティカ』をフランス語に翻訳し、解説で力学の新たなアプローチを提案した。ヴォルテールは『ニュートン哲学の初歩』(1738年) における彼女の貢献に謝意を述べている。1748年、シャトレ夫人は若い愛人を作り、翌年の出産で命を落とした。

嗅ぎ煙草入れに描かれたシャトレ夫人の細密画

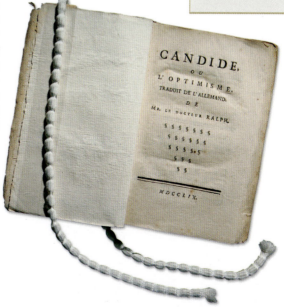

"もしこれが最善の可能世界なら、ほかの世界はどうなんだ？"

ヴォルテール『カンディード』より

18世紀までの文学者

フランソワ・ヴィヨン
François Villon　1431〜没年不詳　フランス

　中世後期のフランスで最も有名な詩人、フランソワ・ヴィヨンは、1452年にパリ大学を卒業した。ヴィヨンは悪い仲間とつるみ、4年後、路上の乱闘で司祭を殺した。そこからの人生は、違法行為をはたらいては処罰を受ける、絶望的な物語となった。

　ヴィヨンは金貨を盗み、パリから追放された。1461年に投獄され、1462年には再びパリで逮捕される。絞首刑を宣告されるが、判決は流刑に変わった。1463年以降、彼が生きていた痕跡はない。冷笑的で、面白おかしく、哀れみ深く、自己憐憫的なヴィヨンの詩は、貧困、犯罪、不潔さ、時の流れ、死を雄弁に語っている。ヴィヨンは盗人の下品な隠語を用いることもあったが、代表作『ヴィヨン遺言』には愛嬌と明晰さがある。「絞首罪人のバラード」に見られるように、時にヴィヨンは自分のことを率直に語っている。

主要作品　『フランソワ・ヴィヨン形見分け（小遺言書）』（1457年頃）、『ヴィヨン遺言』（1461年頃）、『絞首罪人のバラード』（1463年頃）

ルイス・デ・カモンイス
Luís Vaz de Camões　1524〜1580　ポルトガル

　ポルトガルで最も有名な詩人、カモンイスは波乱に満ちた人生を送った。青年期にモロッコでイスラム教徒と戦って片方の目を失明し、大人になってからの人生の大半は、インドのゴアや中国のマカオなど、ポルトガル海上帝国の前哨地で過ごした。多くの試練を経たあと、1570年に壮大な史詩『ウズ・ルジアダス』の原稿をたずさえてポルトガルに帰国した。ポルトガル人探検家ヴァスコ・ダ・ガマのインド航海をフィクション化したこの長編叙事詩は、作者の危険な船旅と異国での経験をもとに書かれた。現実が神話と絡み合い、オリュンポスの神々が人間の運命を司る。カモンイスは『ウズ・ルジアダス』のおかげで国王から年金をもらったが、晩年は困窮し、共同墓地に埋葬された。カモンイスは感情的にも知的にも複雑なソネットなどの叙情詩も書いたが、それらは死後ようやく出版された。

主要作品　『ウズ・ルジアダス』（1572年）、『抒情詩集』（1595年）、『韻文集』（1598年）

トルクァート・タッソ
Torquato Tasso　1544〜1595　イタリア

　詩人で廷臣の父親を持つタッソは、神童と呼ばれ、18歳にはすでに初の長編叙事詩『リナルド』を書いていた。ルネサンス期、タッソはフェッラーラのエステ家の宮廷で気に入られ、宮廷の女官たちに宛てて何百もの恋愛詩を書き、宮廷で上演するための田園劇『アミンタ』を書き上げた。1570年代に書かれたタッソの傑作が、第1次十字軍を題材に、有名な戦闘や攻囲の史実と陰鬱な恋愛物語とを組み合わせた史詩『エルサレム解放』だ。悲しくも、タッソは精神の安定を失っていく。『エルサレム解放』が宗教的にも文学的にも異端だと批判されたせいもあり、彼は被害妄想に陥って、精神科病棟に7年間監禁された。1586年に釈放された後、教皇から当世随一の詩人として月桂冠を賜るためローマを訪れたが、結局この地で没している。

主要作品　『アミンタ』（1573年）、『エルサレム解放』（1581年）、『トッリズモンド王』（1587年）

ロペ・デ・ベガ
Lope de Vega　1562〜1635　スペイン

　スペイン黄金世紀きっての多作作家、ロペ・デ・ベガは貧しい家に生まれた。ベガはイエズス会の学院と司祭になるための教育から逃れて1人の女性を追いかけ、そこから嵐のような情事と2度の結婚の人生が始まった。ベガは戯曲を書き始め、その後スペイン無敵艦隊の兵士となって、1588年にイングランド侵攻に派遣された。

　1614年に司祭になっても、ベガの生活様式はさほど変わらなかった。「ちゃんばら」喜劇や史劇など、ベガの戯曲は庶民の観客が楽しめるよう、古典の規則を破り、「我々に金を払ってくれるのは愚者なのだから、愚者の言語を」使った。ベガの詩作品には、フランシス・ドレイク卿にまつわる長編叙事詩『ドラゴンテア』（1598年）や、猫を描いた似非叙事詩『ガトマキア』（1634年）がある。

主要作品　『マドリードの鉱泉』（1608年）、『ペリバニェスとオカニャの地頭』（1609年頃）、『フェンテ・オベフーナ』（1613年頃）

クリストファー・マーロウ
Christopher Marlowe　1564〜1593　イングランド

　エリザベス朝初の偉大な劇作家マーロウは、悲劇をイングランド演劇の至高の形式として確立した。彼の短い人生は謎に包まれている。カンタベリーの靴職人の息子で、ケンブリッジ大学を卒業したマーロウは、政府のスパイだったという説もある。酒場で刺されて死んだのも、単に金をめぐる酔っ払いのけんかだったとは言いきれない。

　マーロウは海軍大将一座という劇団の

△ 作者不詳《トルクァート・タッソ》

18世紀までの文学者 / 057

△ イアサント・リゴー《ジャン・ド・ラ・フォンテーヌ》（1675〜85年）

むこれらの作品には、愉快な表層の下に、社会的、政治的メッセージが隠れているものが多い。愛嬌と親しみやすさがありながらも、道徳的、心理的洞察に富んだ『寓話詩』は、今も子供と大人の両方を楽しませている。

主要作品　『コント』（1664、1666、1671年）、『プシシェとキュピドンの愛情物語』（1669年）、『寓話詩』（1668、1678、1694年）

ラ・ファイエット夫人
Madame de La Fayette　1643〜1693　フランス

ラ・ファイエットは抑圧された愛の物語『クレーヴの奥方』で、フランスの心理小説の伝統を確立した。マリー＝マドレーヌ・ピオシュ・ド・ラ・ヴェルニュとして生まれた彼女は、21歳のとき、18歳年上の陸軍将校ラ・ファイエット伯爵と結婚した。2人の子供をもうけたが、家を出てパリの知識人の輪に入る。その中には洞察に富む『箴言』で知られるラ・ロシュフコー公爵がいた。

ラ・ファイエットは不義を描いた短編小説『モンパンシエ大公夫人』を匿名で出版し、そこに自分のテーマを見いだす。同じテーマをより成熟させた『クレーヴの奥方』では、貞淑な妻が恋に落ちたことで人生が破滅するさまを描いた。散文の洗練された明晰さと、緻密な感情分析によって、この小説はたちまち人気を博した。

主要作品　『モンパンシエ大公夫人』（1662年）、『ザイード』（1670年）、『クレーヴの奥方』（1678年）

ヘンリー・フィールディング
Henry Fielding　1707〜1754　イングランド

喜劇的小説『トム・ジョーンズ』の著者として最も有名なフィールディングは当初、ロンドンの舞台用に書いた風刺劇で名声を得た。1737年の演劇検閲の強化により、彼の劇作家としてのキャリアは終わったが、1740年のサミュエル・リチャードソンの小説『パミラ』に憤慨したフィールディングは、それをパロディ化した『シャミラ』を発表した。これが、フィールディング初の長編となる下品な滑稽小説『ジョーゼフ・アンドルーズ』へと発展した。

彼はこの作品を「散文による喜劇的叙事詩」と表現している。

その後発表した『トム・ジョーンズ』は悪漢小説だ。無一文が金持ちになるこの物語の魅力は、愛嬌ある主人公と、巧みなプロット、力強く描かれた登場人物にある。フィールディングは治安判事も務め、ロンドン初の警官隊、ボウ・ストリート・ランナーを設立した。最初の妻の死後、メイドと結婚して物議を醸した。フィールディングは衰えゆく健康の療養のためポルトガルに行き、そこで亡くなった。

主要作品　『ジョーゼフ・アンドルーズの冒険史』（1742年）、『大盗ジョナサン・ワイルド伝』（1743年）、『捨て子トム・ジョーンズの物語』（1749年）

ジャン＝ジャック・ルソー
Jean-Jacques Rousseau　1712〜1778　スイス

平等主義の思想で知られるルソーは、文学のロマン主義の先駆者でもあった。彼はジュネーヴの時計職人の息子として生まれたが、人生の大半をフランスで過ごした。文化が人間本来の善良さを破壊すると主張した『学問芸術論』（1750年）で、ルソーの名は知られるようになる。平等と自由を人間の自然な状態とするルソーの信念は、『社会契約論』の熱烈な序文で頂点に達した。「人間は自由なものとして生まれるが、いたるところで鎖につながれる」

ルソー唯一の小説『新エロイーズ』はベストセラーとなった。自然と高潔な感情を繊細に描写したこの作品には、ロマン主義前夜の感性がつまっている。自伝的著書『孤独な散歩者の夢想』と『告白』の率直さには、個人の信頼性と自分に正直であることを重んじるルソーの急進的な思想が表れている。

主要作品　『ジュリもしくは新エロイーズ』（1761年）、『社会契約論』（1762年）、『孤独な散歩者の夢想』（1782年）、『告白』（1782、1789年）

ために戯曲を書き、イングランド演劇の人気作品をいくつか生み出した。また、ブランク・ヴァース（無韻詩）や押韻詩でも才能を発揮した。『タンバレイン』や『フォースタス博士』といったマーロウの悲劇は、ウィリアム・シェイクスピアに道をつけた。実際、マーロウはシェイクスピアの初期の戯曲の共作者だったのではないかと言われている。悲劇以外では、叙情詩「恋する羊飼い」や魅惑的な長編詩『ヒアローとリアンダー』が有名だ。

主要作品　『タンバレイン』（1586〜87年頃）、『マルタ島のユダヤ人』（1590年頃）、『フォースタス博士』（1592年頃）、『エドワード2世』（1593年頃）

ジャン・ド・ラ・フォンテーヌ
Jean de la Fontaine　1621〜1695　フランス

ラ・フォンテーヌは、古い物語を巧みでウィットに富んだ、覚えやすい韻文で語り直した『寓話詩』で知られている。人生の大半をパリで過ごし、劇作家ラシーヌやモリエール、文学批評家のボアローと交流した。金には無頓着だったが、つねに自分を支えてくれるパトロンや後援者を見つけていた。妻とはほとんど会わず、大きくなった息子と顔を合わせたときには、自分の子供だと分からなかったという。

ラ・フォンテーヌは人生後期になってから、不遜で好色な韻文『コント』を皮切りに出版を始めた。イソップなどの古典作家をもとにした『寓話詩』は大成功を収めた。『アリとキリギリス』、『すっぱい葡萄』、『ウサギとカメ』といった人気作を含

EARLY 19th CENTURY

19世紀前期

CHAPTER 2

J・W・フォン・ゲーテ	060
ウィリアム・ワーズワス	064
ジェイン・オースティン	068
メアリー・シェリー	072
バイロン男爵	074
オノレ・ド・バルザック	076
ヴィクトール・ユゴー	078
ハンス・クリスチャン・アンデルセン	082
エドガー・アラン・ポー	084
チャールズ・ディケンズ	086
シャーロット・ブロンテ／エミリー・ブロンテ	092
19世紀前期の文学者	098

J・W・フォン・ゲーテ

J.W. von Goethe　1749〜1832　ドイツ

弱冠25歳でベストセラー作家になったドイツの文豪、ゲーテ。
彼が詩や戯曲、小説など数多くの作品において挑んだのは、
人間が抱える矛盾や複雑さを表現することだった。

ヨーハン・ヴォルフガング・フォン・ゲーテは1831年8月、詩劇『ファウスト第二部』の原稿を封印すると、自分の死後に出版するよう告げた。『ファウスト』は彼の長い作家人生における最後の作品であり、完成までに60年以上を要した。途方もない多様さと複雑さを有した40巻におよぶ彼の著作の頂点に位置する文学作品である。ゲーテの生存中、革命が起き、ヨーロッパを再編する戦争が勃発した。文化が著しく変化し、芸術家や作家たちが啓蒙主義やロマン主義、新古典主義と出会い、折り合いをつけながら生き抜いた時代である。ゲーテの作品が進化していく過程には、そうした多様で複合的な影響が見て取れる。

家族と教育

ゲーテは1749年8月28日、フランクフルトで長男として誕生した。父親ヨーハンは教養人で、先祖から相続した資産で豊かな暮らしを送った。母親のカタリーナはフランクフルトの名家の出身で、夫ヨーハンより20歳以上も年下だった。ゲーテのきょうだいで成人するまで生き延びたのは妹コルネリアのみだった。2人は仲が良く、コルネリアが1777年に亡くなるまで親しい関係が続いた。

ゲーテは父親に教育を受け、16歳になると法律を学ぶためにライプチヒに移った。その地で彼は恋多き日々を送る。とりわけ、手の届かない女性たちに情熱的な愛を注ぎ、その思いを初期の作品の糧にした。居酒屋の主人の娘ケートヒェン・シェーンコプフとの恋に破れた心情は、戯曲『同罪者』に反映されているほか、小説『若きヴェルテルの悩み』でも読み取ることができる。『若きヴェルテルの悩み』は、愛する女性とその婚約者との三角関係に苦しんだ末に自ら命を絶つ青年の物語で、主人公のモデルになったのは恋煩いで自殺したゲーテの友人だ。この小説には、ゲーテ自身と妹コルネリアならびにその夫との関係性も見え隠れする。『若きヴェルテルの悩み』は1774年に出版されると瞬く間に評判を呼び、ゲーテ自身をも含むヨーロッパ中の若い男性は、ヴェルテルのように青いフロックコートと黄色いベスト、ズボ

◁《ゲーテ》（1828年）
バイエルン国王の宮廷画家ヨーゼフ・カール・シュティーラーが描いた70歳のゲーテ。

◁ ゲーテのガーデンハウス
ゲーテは元来ブドウ園に建てられたこのコテージを、1776年にヴァイマルに移り住んだときに購入した。晩年は、静かに執筆に集中できる隠れ家のようなこの家で過ごした。

> **IN CONTEXT**
> **ゲーテとシラー**
>
> 1794年、ゲーテはドイツの詩人、劇作家、哲学者、そして医師でもあるシラーと出会う。シラーの詩『歓喜に寄せて』はのちにベートーベン作曲『交響曲第9番』第4楽章の歌詞となった。シラーは野性味とロマンスあふれる外見ならびにスキャンダラスな言動で熱狂的な支持者を獲得した人物である。生き方は異なれど、ゲーテとシラーは友情を育み、詩作や雑誌作りにともに取り組んだ。ワイマール古典主義の第一人者である両者は、ギリシャ古典に傾倒し、当時の小説に調和やバランス、新たな人文主義をもたらそうと試みた。

エルンスト・リーチェル《ゲーテとシラーの記念像》（1857年）、ヴァイマル

> "行動は、各自の姿を映す鏡である。"
> J・W・フォン・ゲーテ『箴言と省察』

19世紀前期

ON FORM
教養小説

1796年に出版された『ヴィルヘルム・マイスターの修業時代』でゲーテは、のちに教養小説と呼ばれるようになる物語の土台を確立した。教養小説とは、若者の道徳的発達を論じた小説を指す。『ヴィルヘルム・マイスターの修業時代』では、若いヴィルヘルムが苦しみと喪失によって自己実現と学問の追求へと駆り立てられていく。教養小説が主要な物語の形式になったことは、チャールズ・ディケンズ作『デイヴィッド・コパフィールド』やヘルマン・ヘッセの『シッダールタ』からも明らかに見て取れる。

ゲーテの小説の挿絵として描かれた青年ヴィルヘルム・マイスター。

ンを身に着けるようになった。ところが、ヴェルテルをまねた自殺が多発したことで大いに批判されてしまう。この作品は、ドイツロマン主義における文学革新運動シュトゥルム・ウント・ドラングのはしりとしての名作である。この運動はのちにドイツに根づき、参加した作家たちは啓蒙的合理主義を否定し、むき出しの感情やあふれるエネルギー、芸術的創造性を特徴とする小説や戯曲を書くようになった。

ヴァイマル時代

ゲーテは成功をおさめたことで、18歳のザクセン＝ヴァイマル公カール・アウグストの目に留まり、1776年に同国の枢密会議大臣として宮廷に招かれる。2人は、啓蒙思想における寛容論や平等、知性に対する探究心の面で意気投合した。ゲーテはその後10年にわたり、驚くほどの勤勉さで宮廷に仕え、税制や道路整備、農業、鉱山開発における専門家となって、同国を実務的な面で支えて秩序の回復に貢献した。

1782年には、事実上の首相としての役割に就くと、貴族に列せられてフォン・ゲーテと名乗り、ヴァイマル公国のフラウエンプランにある豪邸に住まいを移す。他方、文学の面では、年上の既婚女性シャルロッテ・フォン・シュタイン夫人との親密ながらプラトニックな関係に安らぎを覚え、シュトゥルム・ウント・ドラングにおける革新的な文学と距離を置くと、穏やかさを求めて人文主義に傾倒するようになる。そうして生まれたのが、人文主義の理想を示

▷《ゲーテとフォン・シュタイン夫人》
（1790年頃）
この作者不明の水彩画では、友人であり親密な仲でもあったシャルロッテ・フォン・シュタインとゲーテが会話する姿が描かれている。同夫人はヴァイマル公国のアンナ・アマーリア公妃の女官で、ゲーテにとって女性美の理想だった。ゲーテは彼女に少なくとも1500通の手紙を書き送った。

した古典主義の散文『タウリスのイフィゲーニエ』だ。とはいえ、1780年頃からゲーテは、インスピレーションへの飢えを感じ始める。詩を書こうにもアイディアが枯渇し、『ヴィルヘルム・マイスターの演劇的使命』は自らを追い立てるようにしながら書き続けた。ゲーテは、創造性の泉が空になったときのつねで、生物学といった科学分野にも目を向けたが、宮廷における仕事が作家としての使命と相いれないものだという思いをますます強くしていく。

1786年、ゲーテはヴァイマルをあとにすると、念願だったイタリアへの旅に出る。2年にわたって古典芸術や古典建築を大いに楽しみ、その世界に心酔しきって気分を一新した彼は、女性と満ち足りた関係を持ちたいという思いを胸にヴァイマルに戻った。そして、若き恋人クリスティアーネ・ヴルビウスを得る。そうして書き上げたのが、古典的な韻律を踏んで性愛的な詩をつづった『ローマ悲歌』だ。

クリスティアーネのおかげで、ゲーテは子供たちを授かり安定した暮らしを手に入れたものの、成人できたのは息子1人だけだった。彼女との信頼関係を築き、宮廷での仕事からも解放されたことで、ゲーテは詩作に集中できる環境をようやく手にする。ゲーテはローマにいた頃、著作集のために自作の推敲に精を出していた。また、戯曲『エグモント』も書き上げていた。ルネッサンス後期のイタリアの詩人トルクァート・タッソに着想を得たのもローマで、のちに悲劇『タッソ』を執筆。1789年には著作集の推敲をほぼ終え、その翌年には『ファウスト第一部』を初めて世に送り出した。

主要作品

1774 書簡小説『若きヴェルテルの悩み』を出版し、ヨーロッパで名声を得る。

1795 シラーの説得を受け、愛をうたうラテン語詩人たちへ捧げた官能的な『ローマ悲歌』を出版。

1810 『色彩論』を発表。色彩が持つ性質と感情との結びつきを論じた。

1831 『ファウスト』完成。悪魔と契約を結んだ貴族の学者の物語。

◁ **イタリアへ**
1786年にイタリアへ旅したとき、ゲーテは40歳近くになっており、作家としてすでに名を成していた。彼の創作意欲が蘇るきっかけとなったのが、画家ヨハン・ハインリヒ・ティシュバインと同宿したローマ滞在だった。この絵は、ドイツの風景画家ヤコブ・フィリップ・ハッケルトがコロッセオを訪れたゲーテを描いたもの。

▽ **『ファウスト』**
ゲーテの傑作『ファウスト』は、16世紀に実在したドイツの伝説的人物をもとにした戯曲。主人公は究極の知力を手に入れるべく悪魔メフィストフェレスと取引した学者である。この作品についてはさまざまな解釈がなされ、音楽や映画、オペラが生まれた。フランスの作曲家シャルル・グノーによる同名のオペラは1859年にパリで初演された。

戦争へ

ゲーテの著作活動は1792年から1793年にかけて、革命真っ最中のフランスに対する干渉戦争に参加するようザクセン＝ヴァイマル公から要請を受けたことで中断を余儀なくされた。ゲーテはこのときの経験から、軍国主義ならびに統治民への関心が薄い中央集権国家への嫌悪感を強くしていく。彼はかつて、同様のテーマをもとに戯曲『ゲッツ・フォン・ベルリヒンゲン』（1773年）を書いていた。実在する型破りな英雄ゴットフリード・フォン・ベルリヒンゲンの人生に基づいた物語だ。

1794年にゲーテはフリードリヒ・シラーと出会う。ゲーテが最も多作だった時期に影響をもたらした人物で、2人の書簡のやりとりは1000回を超えた。シラーとの友情に刺激を受けてゲーテが創作したものには、有名な叙事詩『ヘルマンとドロテア』や、かなり前に着手していた『ヴィルヘルム・マイスターの修業時代』、『ファウスト第一部』などの代表作がある。

1805年にシラーが亡くなると、ゲーテは絶望感を味わう。その1年後にはヴァイマルがイェーナの戦い（1806年10月）で敗れ、ナポレオン軍によって壊滅させられた。幸い、クリスティアーネが勇敢にも機転を利かせたため、ゲーテの家は破壊を免れる。その直後、2人は結婚。ところが、その責任に耐えかねたのか、ゲーテは若い娘ヴィルヘルミーネ・ヘルツリープとの恋に走ってしまう。こうしてゲーテは再び、愛に対する自身の不可解な思いを文学へと向け、小説『親和力』（1809年）を執筆。社会的慣習と情熱とのせめぎ合いを探求した。その結論は、倫理的であることは難しく、そこから安らぎを得られることはあまりないという空しいものだった。しかし、暗澹たる内省からやがて立ち直ると、人を愛することを諦めないと決意し、1815年には自分の年齢の半分ほどの女性と愛をつづった手紙を交わすようになった。そして1816年に妻が亡くなると、73歳で19歳の少女に結婚を申し込んだ。

晩年

ゲーテは、最後の著作集と、1813年に『イタリア紀行』とともに書き始めた複数巻におよぶ自叙伝を推敲しながら晩年を過ごした。2部構成の悲劇的詩劇『ファウスト』を書き上げたのもこの頃だ。『ファウスト』は、ゲーテのように生命の本質を追求することに人生を費やした男の物語である。作品をすべて完成させたゲーテは、1832年、自宅の肘掛椅子に腰かけた状態で息を引き取った。

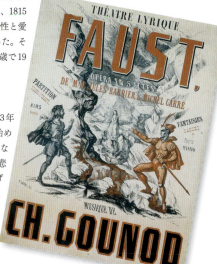

> "芸術は長く、人生は短い。
> 判断は困難で、機会は去りやすい。
> 行動はやさしく、思考はむずかしい。
> 思想に従って行動することは窮屈である。"

J・W・フォン・ゲーテ『ヴィルヘルム・マイスターの修業時代』（高橋健二訳、河出書房新社、1980年）

19世紀前期

ウィリアム・ワーズワス
William Wordsworth　1770〜1850　イングランド

英国ロマン主義の代表的詩人ワーズワス。彼は、神秘的な自然への崇拝の念と、地方の貧しい暮らしを憂慮する思いを織り交ぜた詩を創作した。「民衆が使う言葉」で書かれたその作品は、英語詩の世界に後世におよぶ影響をもたらした。

◁ エスウェイト
ワーズワスが幾度となく長い散歩を楽しんだのが、「気持ちよく散歩できる」この湖のほとりだった。この地をよんだ詩「エスウェイト湖畔のイチイの木陰にある腰掛に残した詩行」は『抒情歌謡集』におさめられている。

ウィリアム・ワーズワスは、1770年、イングランド北西部カンバランドのコッカマスで、5人きょうだいの2番目として生まれた。父親は地元の地主ロンズデール伯爵の事務弁護士だった。ワーズワスは8歳のときに母を、13歳のときに父を亡くしている。父親にはかなりの遺産があったが、法的紛争が起こり、ワーズワスが実際に遺産を相続できたのは20年後だった。きょうだいはみな優秀で、長兄はロンドンで弁護士として成功をおさめ、弟はケンブリッジ大学トリニティ学寮の学寮長に上り詰めた。

子供時代と教育
ワーズワスは牧歌的な子供時代を過ごした。自伝的詩『序曲』（1805年）で語られるその頃の逸話が大変印象深い。凍った湖でのスケート遊びや、岩山に登りながらの鳥の卵探し。それらは、湖水地方の小村エスウェイトにあるホークスヘッド・グラマースクールで寮生活を送っていた頃の体験だ。

ワーズワスは成長期の自分について「世間知らずの野生児で、自然と本に夢中だった」と語っている。1787年から3年間はケンブリッジ大学セント・ジョンズ学寮で知的素養を身につける機会を得たが、古典詩をのぞいては平凡な成績に終わった。

フランス革命を体験
慣習にのっとって聖職者や法の道を選ぶことをよしとしなかったワーズワスは、実人生の荒波に身を任せるような局面へと入っていく。1789年にフランス革命が勃発すると、イングランド急進派の心は沸き立った。ワーズワスは1791年から1792年にかけてフランスに滞在し、熱狂的な共和主義に染まっていった。彼がのちに当時の思いをうたったのが、「生きて迎える夜明けはこの上ない喜びだが、若さは無上の幸福である」という有名な一節だ。とはいえ、彼の最大の関心事は政治だというわけではなく、フランス王政派のアネット・ヴァロンと深い仲になると、娘を授かった。ところが、英仏戦争が勃発し、フランス革命では9月虐殺が発生した。ワーズワスはイングランドへの帰国の途中でアネットならびに娘と生き別れることとなった。

1793年、ワーズワスは初の詩集『夕べの散策』と『叙景小品』を刊行する。同時期に、しばらくのあいだ疎遠となってい

IN PROFILE
ドロシー・ワーズワス
兄ウィリアムに「わが心の妹」と称された妹ドロシー・ワーズワス（1771〜1855）は、1795年以降、つねに兄に寄り添うように暮らした。1802年にワーズワスが結婚したあとも、2人は仲睦まじい兄と妹であり続けたが、ドロシーは兄の結婚式に出席する気にはなれなかったようだ。兄の影なる存在であり、自らの類まれなる文才を発揮する機会に恵まれることはなかった。死後の1897年に出版された『ドロシー・ワーズワスの日誌』を読むと、彼女がいかに鋭い観察眼で自然を眺め、兄の作品に根本的かつ重要な影響を与えていたかが分かる。

ドロシー・ワーズワス

▷《ウィリアム・ワーズワス》（1842年）
ベンジャミン・ヘイドンが72歳のワーズワスを描いた肖像画。本人はその出来に満足し、「まさに自分そのもの。ありのままを描いただけでなく、詩人らしさが出ている」と評した。

> "生きて迎える夜明けは
>   この上ない喜びだが、
>   若さは無上の幸福である。"
> ウィリアム・ワーズワス『序曲』より

△《バスチーユの陥落》（1789年）
若きワーズワスは、フランソワ・レオナールによるこの絵に描かれたバスチーユ襲撃の直後にパリを訪れ、フランス革命が放つ熱量に大きく心を揺さぶられた。

た妹ドロシーとの関係が復活し、以降は固い絆で結ばれるようになった。1790年代半ば、ワーズワスは深い絶望の日々を送る。原因は、希望の光だったフランス革命が辿った結末に深く失望したからだと思われる。また、1795年から96年にかけて書いた史劇『国境の人々』も上演できる見込みがなく、作家としての自らをも悲観していた。

1797年になると、ワーズワスは進むべき道を見出す。きっかけは詩人サミュエル・テイラー・コールリッジとの出会いだった。2人はともにサマーセットのカントック・ヒルに住む隣人同士で、野山の散策や歌謡という共通の趣味を持ち、啓蒙的合理主義の限界について議論を楽しんだ。

2人の共同作業は『抒情歌謡集』というかたちで1798年に実を結ぶ。その中でワーズワスは、自然に刺激を受けた高揚感を、使い古されていない新鮮な言葉を用いて表現している。地方に住む貧しい人々の物語を語ったことにより、ワーズワスの詩人としてのアイデンティティが形作られていった。ワーズワスは地方の貧しい人々の昔のままの心こそが、人間性の本質を明らかにすると考えていた。

湖水地方の詩人たち

あふれんばかりに創造力が湧き出る時期を迎えたワーズワスは、自叙伝的無韻詩『序曲』を書き始める。この詩は、未完に終わった哲学的長編詩『隠遁者』の序曲として書かれたものだ。ワーズワスはこの頃、自然と「混合した」崇高な精神を描写した叙景的瞑想詩『ティンターン・アベイ』（1798年）や、『ルーシー詩編』（1798〜81年）を創作している。ただ、ルーシーが実在する人物かどうかは、彼の生存中には明かされずじまいだった。

1799年末、ワーズワスは妹ドロシーと湖水地方のグラスミアにあるダヴ・コテージに移り住む。そこにコールリッジも加わり、近くに住む詩人ロバート・サウジーと合流。3人は「湖水詩人」と呼ばれるようになった。

ワーズワスの中からは詩が引きも切らず湧いていた。傑作「決意と自立」は貧しい蛭採り老人との出会いに着想を得た。「霊魂不滅を暗示するオード」は、大人よりも子供の想像力が優れていることを称えた作品だ。ワーズワスはまた、ソネット（十四行詩）の創作を通じて「自由すぎることの重圧」から解放される定型詩に安らぎを見出し始める。その頃書かれた彼のもっとも優れたソネットに、当時の物質主義を批判した「浮世の瑣事が余りにも多し」や、「ウェストミンスター橋の上で」がある。

創作力の衰え

1802年、ワーズワスはようやく父親の遺産を相続し、妻をめとる準備が整ったと考え、幼なじみのメアリー・ハチンソンと結婚。2人は5人の子に恵まれた。その後も1808年までダヴ・コテージで妹と妻、

△ ワーズワスの机
ワーズワスのライティングデスクや直筆原稿は、イングランド北西部カンバランドのコッカマスに現存する彼の自宅に展示されている。ジョージ王朝様式のこのタウンハウスは彼が生まれ育った家である。

▷ ダヴ・コテージ
グラスミアの郊外にある白い石灰が塗られた小さなコテージ。ワーズワスは1799年から1808年までこの小さな家で暮らし、代表作の数多くを創作した。現在は博物館として保存されている。

ウィリアム・ワーズワス / 067

子供たちと暮らし、広く知られるようになる詩を書いた。「独り麦を刈る娘」や「水仙」もその頃の作品である。しかし、彼の創作力は衰えを見せ始める。「逍遙篇」（この詩も「隠遁者」におさめられる予定だった）は『序曲』の水準には程遠く、ワーズワスの衰えを表していた。

不幸や災難が重なったこともワーズワスの生気を奪った。1805年には弟ジョンを海難事故で亡くし、続けて、アヘンに依存して落ちぶれつつあったコールリッジとの友情も終わりを迎えた。1807年に出版した『二巻の詩集』は酷評を受け（詩人のバイロン伯爵はこの詩集について、ワーズワスの言葉は簡素というより幼稚だと評した）、深く傷ついたうえに、1812年には子供を2人亡くすという個人的な悲劇にも見舞われた。

1813年には、アンブルサイド近くのライダル・マウントに居を移すと、ウェストモーランドの印紙税徴収係という閑職につき、経済的安定を得た。その頃にはすでに、政治姿勢は逆転しており、危険な反体制派としてかつて当局に監視されていたワーズワスも、絶対君主制ならびに英国国教会を公然と支持するようになっていた。英国軍の勝利を称える愛国的な詩を書き、民衆の抗議行動や政治改革に反対の姿勢をとった。ワーズワス自身、支配者階級の名士となり、ロマン派詩人パーシー・ビッシュ・シェリーといった若い世代から冷笑を向けられる。それでもワーズワスは、貧しい人々や社会ののけ者を擁護し続け、1830年代には失業者を救貧院に収容するという救貧法に対して激しい抗議の声をあげた。しかし、彼が世間で認められれば認められるほど、彼の創造性は干上がっていった。そんな中の1843年、彼は桂冠詩人に任ぜられる。

後年は、妹ドロシーが若年性認知症を患う。また、娘のドーラは、ワーズワスの庇護のもとにあったが、39歳のときに親の反対を押し切って結婚。彼女が1847年に亡くなったことが、ワーズワスの人生において最後の悲劇となった。ワーズワスは1850年4月23日に80歳でこの世を去った。

主要作品

1798
ワーズワスとコールリッジが共作した『抒情歌謡集』が匿名で出版される。

1800
『抒情民謡集序文』でワーズワスは、自らの詩観を表明した。

1802-04
子供時代ならびに純真さの喪失を黙考した「霊魂不滅を暗示するオード」が発表される。

1804
ワーズワスの最も有名な作品「水仙」が発表される。

1805
自叙伝的無韻詩『序曲』の初版が出版される。

1814
未完の哲学的長編詩『隠遁者』におさめられる予定だった「逍遙篇」が発表される。

△ 湖水地方のウルスウォーター
ワーズワスの詩が人気を博したことで、湖水地方には多くの観光客が訪れるようになった。しかし、本人はそれを忌み嫌い、湖水地方への交通の便を改善するための鉄道建設に盛んに反対した。

◁「水仙」
ワーズワスの「水仙」直筆原稿。「白い一片の雲のように、私は独り悄然としてさまよっていた」（『イギリス名詩選』平井正穂編訳、岩波文庫、1990年）という有名な第一節は、妹ドロシーの日記の書き出しに着想を得た。

ON FORM
『抒情歌謡集』

ワーズワスとコールリッジの共作『抒情歌謡集』（1798年）は、18世紀における詩のしきたりに反旗を翻した1冊だった。ワーズワスはその中で、詩を「実験だと考える」べきだと表明した。2人の急進性は飾らず率直なスタイルに表れている。ワーズワスの詩については、日常を主題に選んだ点が当時としては新しい。この詩集におさめられた「白痴の少年」をはじめとする作品には、歌謡や短い詩節で書かれた伝統的叙事詩をまねたものがある。出版直後の評判は芳しくなかったものの、現在では英国ロマン主義に影響を与えた重要な作品とされている。

ピーター・ヴァンダイク《サミュエル・テイラー・コールリッジ》（1795年）

"詩は力強い感情の自然な流露であり、穏やかな状態で思い出された情緒に起源を持つ。"

ワーズワス『抒情民謡集』序文（集英社世界文学事典、2002年）より

068 / 19世紀前期

ジェイン・オースティン

Jane Austen　1775〜1817　イングランド

オースティンは、英国が誇る偉大な作家の1人。郊外の質素な家柄の出である彼女は、鋭い視点で当時の社会を観察し、皮肉を巧みに織り交ぜながら生き生きと描写した。

ジェイン・オースティンは、ハンプシャー州スティーヴントンの地に、8人きょうだいの7番目として誕生した。地元の教区牧師だった父親のジョージは立派な家柄の生まれで、オックスフォード大学で学んだが、質素で目立たない暮らしを送った。土地も賃借人も持たず、収入源がなかったため、家族を養うために地元名士の子息の教育係を務めていた。

オースティンの文学については、金銭への執着や裕福な親戚への偏見、条件の良い結婚への野望をつづったその内容を一蹴する批評家もいる。しかし、オースティンがそうした点を作品のテーマに取り上げるのは無理もない。彼女は幼い頃から、自分の将来が限定的であることを痛感していた。持参金なしでは適切な夫を見つけることがきわめて難しいことを自覚していたのだろう。それと同時に、運命から逃れる術があることも分かっていた。兄エドワードは1783年頃、子供のいない裕福な遠縁の地主ナイト家の養子になった。当時は、そうした縁組は珍しくなく、エドワードの運命は新たな生活様式と地位を手に入れたとたんに一変した。幼いジェインにとって、兄が体験した変化はまるで魔法のように思えただろう。彼女がのちに執筆する小説の中で、ヒロインをシンデレラのように生まれ変わらせようとしたのも当然と言える。

家庭生活

ジェインは幸せな子供時代を過ごした。姉カサンドラとは特に仲が良く、2人はともに、オックスフォードのミセス・カウリーズ寄宿学校と、レディングの修道院女子寄宿学校で勉学に励んだ。満ち足りた日々を送っていたものの、父ジョージには授業料が重くのしかかり、1786年末に2人は実家へ戻ることを余儀なくされた。姉妹はその後もずっと強い絆で結ばれ、2人が交わした手紙からは、ジェインの考え方や興味の対象など、ほかでは得られない様子をうかがい知ることができる。ただし残念ながら、カサンドラがジェインの死後に書簡を大量処分したことで、知ることの叶わない空白の期間が残った。

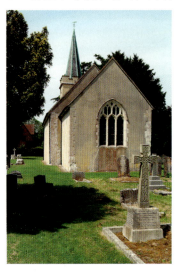

◁ ハンプシャー州スティーヴントン
オースティンの父ジョージはスティーヴントンにある聖ニコラス教会の牧師だった。物静かな学者肌の人物で、娘が文学の才能を持っていることを認めていた。

△ 姉カサンドラへの手紙
オースティンは一生を通じて、愛する姉カサンドラと深い絆を持ち続けた。姉は妹と離れ離れになるたびにせっせと手紙を書き送った。

IN PROFILE
ファニー・バーニー

ジェイン・オースティンは女性作家の草分け的存在だが、英国文学界に初めて足跡を残した女性だというわけではない。オースティン以前にすでに名を成していたのが、フランシス・バーニー（1752〜1840）、通称ファニー・バーニーと、マライア・エッジワース（1767〜1849）だ。オースティンは2人の大ファンだったが、より影響を受けたのはバーニーだ。事実、代表作である『高慢と偏見』は、バーニーの小説『セシーリア』の一文からつけられたタイトルだ。バーニーは著名音楽家チャールズ・バーニーの娘で、サミュエル・ジョンソンなどが顔を出す活気ある教養人たちの集まりに父親とともに足を運んでいた。オースティンは、バーニーが『エヴリーナ』(1778年)や『セシーリア』(1782年)、『カミラ』(1796年)といった代表作で描いたテーマにとりわけ関心を持った。それらは、若い女性が社会で成功していく物語である。

エドワード・フランシス・バーニー《ファニー・バーニー》(1784〜85年)

"男性でも女性でも、
　いい小説を読む楽しみを知らない人間は愚かですよ。"
ジェイン・オースティン『ノーサンガー僧院』より

▷《ジェイン・オースティン》(1788年頃)
オジアス・ハンフリーによる、署名も日付もないこの絵画は、13歳のジェイン・オースティンを描いたものと考えられている。ただし、最近の研究からその由来は疑問視されている。

△ 初版本
『高慢と偏見』の初版本。『高慢と偏見』は1813年に刊行されて以来、ずっと出版され続けている。英語で書かれた小説の中で最も人気の高い作品の1つで、世界中で2000万部以上が売れている。

ジェインは1786年に家族のもとへと戻ると、父親の書物を一心不乱に読み、自ら文学教育を完結させた。その後も、素人演劇の上演に精を出した長兄ジェイムズ、頻繁に訪ねてくる親戚や友人に囲まれ、退屈とはほぼ無縁の暮らしを送った。ピアノの腕前もなかなかのもので、誰よりも早起きをして練習に励んだという。

特筆すべきは、ジェインが12歳の頃に物語を書き始めた点だ。彼女は父親にノートを3冊もらうと、物語や詩、歴史に関する短編などをぎっしりと書き連ねた。『初期作品集』として知られるようになった3冊のノートを見ると、ジェインが幅広く読書に親しんでいたことが分かる。とりわけ18世紀の偉大な小説家サミュエル・リチャードソンやヘンリー・フィールディングなどを好んでいたようだ。

書簡体小説

ノートは1793年で終わっている。ジェインが小説を書き始めたのはそれ以降と思われるが、実際に出版にこぎつけるのは何年もあとだ。はじめに彼女が好んで書いていたのは、書簡体小説という、主要な登場人物が交わす手紙を通じて語られる物語だった。また、日記形式を使った実録小説風の作品も書いていた。事実、『エリナとメアリアン』（のちの『分別と多感』）は書簡体小説だった。『高慢と偏見』の初稿も同様の形式から書き上げられたことがはっきりと見て取れる。

書簡体小説は18世紀のイングランドで広く読まれていた。この形式を広めたのは、ジェインの好きな小説家の1人だったサミュエル・リチャードソンだ。書簡体を最大限に生かした彼の代表作に、『パミラ、あるいは淑徳の報い』（1740年）と『クラリッサ』（1749年）がある。

しかし、18世紀末に近づく頃には、書簡体小説は時代遅れとなる。オースティンが書簡体を用いなくなったのは明らかにそのせいだろう。代わりに彼女が取り入れたのが、現代の批評家が自由間接話法と呼ぶ、当時としてはまったく新しい形式である。三人称での話法に一人称の語りが織り込まれているため、語り手は「彼女が言った」や「彼女は考えた」という表現を挟まずに、登場人物の考え方やセリフを伝えることが可能だ。

奇抜な手法

オースティンは、語り手と登場人物の視点を混在させるという独自の手法を、きわめて緻密に用いた。たとえば小説『エマ』では、ヒロインのエマが幼馴染ナイトリーの目的や好意を誤解してばかりいるという設定で、その勘違いをさも事実であるかのように語り手に語らせ、読者をじらしている。そのため読者は、エマがナイトリーを愛していると自覚するまで、本当のところはどうなのか確信が持てない。オースティンはまた、身体的な意味でも自由間接話法を利用し、語り手がまるで登場人物の体内にいるかのような印象を作り出している。たとえば『説得』の、女性登場人物の1人が紳士に目を伏せて会釈をする場面では、語り手はその女性が聞き取れることのみを語り、女性に見えていないことにはいっさい言及していない。

消極的な出版社

オースティンは女性であるがため、作品をなかなか出版することができなかった。1797年、父ジョージは『第一印象』（のちの『高慢と偏見』）を発表すべきだと考えると、原稿を読んでほしい旨をつづった手紙をトマス・キャデル書店に送ったが、断られてしまう。オースティン自身も奔走したが、なかなかうまくいかなかった。1803年にようやく、クロスビー社が10ポンドで『スーザン』（のちの『ノーサンガー僧院』）を買い取った。この作品は実質的には彼女の処女作で、当時流行していたゴシック

IN CONTEXT
バース

オースティン一家はバースに5年間住んでいた（1801～1806年）。ジェインは、都市としての絶頂期を過ぎていたバースがそれほど好きではなかったが、小説のための貴重な題材を入手し、構想を思いついたのはバースだった。当時の社会は厳格な規律が定められており、身分相応な人との出会いが容易ではなかったが、バースは違った。上流階級の人々は午前中に保養の名目で社交場ポンプルームに集い、夕刻にはアセンブリールームで開かれるコンサートや舞踏会へと足を運んだ。社交行事にはかならず進行役がおり、目を光らせていた。

ジョン・ヒル《バースのロイヤル・クレセント》（版画、1804年）

> "独身の青年で莫大な財産があるといえば、
> これはもうぜひとも妻が必要だというのが、
> おしなべて世間の認める真実である。"

ジェイン・オースティン『高慢と偏見』（小尾芙佐訳、光文社古典新訳文庫、2011年）より

△ ハンプシャー州チョートンのコテージ
オースティンは、ハンプシャーにあるこの家に、母親と姉カサンドラ、友人マーサ・ロイドと住んでいた。近所には裕福な兄エドワード・オースティン・ナイトの邸宅があり、ジェインは頻繁に兄の家を訪れていた。

ホラー小説をさりげなく皮肉った内容だ。しかし、クロスビー社は原稿を放置。最終的には、1816年にジェインの兄ヘンリーが買い戻したものの、ジェインの生存中に出版されることはなかった。

バース時代

1801年、父ジョージが牧師の仕事を辞めると、一家はバースに移り住んだ。そこでジェインは、自らが書く小説から飛び出したような体験をする。1802年12月、友人の弟ハリス・ビッグ＝ウィザーから結婚を申し込まれたのだ。彼女はすぐに快諾したが、しばらく考えた末に思い直す。それについては多くの推測が飛び交っているが、はっきりとしたことは分かっていない。彼女が書く小説のヒロインと違い、ジェイン本人は自立することを心から望んでいた。経済的な安定と引き換えに自立を犠牲にするのは嫌だったのではないだろうか。

父ジョージが1805年に亡くなると、一家はバースを離れざるを得なくなる。お金に困っていたところ、養子に出た兄エドワードが持ち家の1つを提供してくれることになり、ハンプシャー州にあるチョートンに居を移した。ジェインが作家として飛躍することになる地だ。1811年には初めて作品の出版にこぎつけ、『分別と多感』を発表。好意的な評価が寄せられ、売れ行きも上々だった。とはいえ、当時の女性作家のつねで、名前は伏せられた（作者は単に「女性」とされた）。それでも、文学界ではオースティンの存在を知らないものはいなかった。彼女はまもなく、ロマン派作家サー・ウォルター・スコットをはじめとしたファンを数多く獲得する。その1人である摂政王太子（のちの国王ジョージ4世）は、気の進まないオースティンに頼み込み、『エマ』を献呈させたほどだ。オースティンは1815年に、摂政王太子の招き

で邸宅カールトン・ハウスにある立派な図書館を訪れた。

しかし、オースティンにはそうした成功や栄光を楽しむ時間はあまり残されていなかった。1816年にオースティンは原因不明の病にかかる。いまで言うアジソン病だ。オースティンは1817年に亡くなり、ウィンチェスター大聖堂に葬られた。

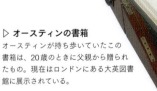

▷ オースティンの書箱
オースティンが持ち歩いていたこの書箱は、20歳のときに父親から贈られたもの。現在はロンドンにある大英図書館に展示されている。

主要作品

1803
処女作『スーザン』（のちの『ノーサンガー僧院』）を書店に売る。実際に出版されたのは1817年。

1811
書簡体小説だったオリジナルを書き直した『分別と多感』が出版される。

1813
『高慢と偏見』が出版される。着手したのは1796年だったが、出版が却下されると、オースティンは1811〜12年にかけて書き直した。

1814
『マンスフィールド・パーク』が出版される。この作品に対する批評家たちの意見は割れたが、読者の評判は良好で、売れ行きも良かった。

1815
『エマ』が出版される。オースティンはこの作品を「ほかならぬ自分によく似たヒロイン」が登場する作品だと述べた。

1817
オースティン最後の作品となるのが、陰鬱な雰囲気の小説『説得』だった。病気と闘いながら執筆したこの作品は死後に出版された。

メアリー・シェリー

Mary Shelley　1797～1851　イングランド

メアリー・シェリーは、ゴシック小説の第一人者の1人として知られる。
ホラー小説『フランケンシュタイン』はあまりにも有名だが、
彼女は、短編や随筆、旅行記でも才能を発揮した。

　メアリー・シェリーが1831年に傑作『フランケンシュタイン』の改訂版を出版するに至ったそもそもの発端には、ドラマチックないきさつがある。1816年6月、メアリーとのちの夫で詩人のパーシー・シェリーは、詩人のバイロン男爵ならびにその友人で医師のジョン・ポリドリとともに、スイス・レマン湖畔のディオダティ荘に滞在していた。稲妻が光り、激しい雷雨が打ちつける夜、彼らは明け方近くまで、揺らめくろうそくの灯りを頼りにドイツの怪奇小説を読みふけった。そして、だれが最も優れた怪奇小説を書けるかという競争が始まる。そうして誕生したのが、有名な小説2作品、ジョン・ポリドリ作『吸血鬼』と、メアリー・シェリー作『フランケンシュタイン』だ。
　メアリーは、急進的思想家であり小説家でもあるウィリアム・ゴドウィンを父に、

◁《メアリー・シェリー》（1840年）
リチャード・ロスウェルによる肖像画。最大の成功をおさめたのは第一作『フランケンシュタイン』だが、メアリーはその後も執筆を続け、文学者として高く評価されるようになった。

女権論者でフェミニスト運動を画期的に論じた『女性の権利の擁護』の著者であるメアリー・ウルストンクラーフトを母に持つ。若いうちから執筆を始め、父親の文学仲間と交友を楽しんだ。そして出会ったのが、詩人パーシー・ビッシュ・シェリーだった。2人は1812年に出会って恋に落ちた。好んでデートに出かけたのは、メアリーを産んで11日後に亡くなった母メアリーの墓地だったという。

親しい人々の死

　メアリーは、16歳のときにパーシーとフランスへ駆け落ちして世間をあっと言わせた。1816年に2人が結婚する頃には、すでに2人の子供を出産していた。
　このような事情を背景にして書かれた『フランケンシュタイン』は、ゴシックホラー小説の流行に乗じて発表された。ゴシックホラー小説は、秩序や分別を否定し、恐怖や猟奇趣味に光を当てたジャンルである。しかし、メアリーが書いたのは、怪物を大胆に焼き直した点でとりわけジャンルを超越した物語だった。『フランケンシュタイン』は科学的、社会的、政治的な論争を巻き起こし、生命の起源や宗教と科学の対立、罪悪をめぐる問題、性格形成における環境と教育の役割などをめぐって議論が交わされた。怪物を創造するというアイディアは、18世紀末にイタリアの物理学者ガルヴァーニが解体された動物の死体を電気の力で痙攣させようとした生体電気実験がヒントとなっている。
　メアリーの作品はここ数十年、フェミニズム論争で取り上げられるようになり、男性の完全な支配下にある女性への影響や、母親不在の問題、自然に対する操作や冒涜、創造から女性を排除しようとする男性の目論見など、重要な意味を持つ論争につながっている。
　『フランケンシュタイン』は出版されるやいなや成功をおさめ、次々と版を重ねたほか、舞台作品も生まれて評判を呼んだ。
　しかし、悲劇がメアリーの輝かしい栄光に影を落とす。1824年までのあいだに、レマン湖畔で過ごした仲間全員が、メアリーをのぞいてこの世を去ったのだ。ポリドリは1821年に自殺し、バイロン男爵はギリシャ独立戦争に身を投じて死去した（1824年）。同じ年には夫パーシーも船の遭難事故で命を落としている。それでもメアリーは筆を置かなかった。『最後の人間』（1826年）は、後年の作品のなかで最も高い評価を受けた。また『変身』（1831年）は一流の短編小説である。

◁《ディオダティ荘》（1833年）
1816年にバイロン男爵とジョン・ポリドリはこのディオダティ荘に滞在した。『フランケンシュタイン』が誕生するきっかけとなった激しい雷雨は、1815年のインドネシア・タンボラ山噴火による異常気象が原因だとされている。これはウィリアム・パーサーの絵画をもとにした版画作品。

N CONTEXT

映画『フランケンシュタイン』

『フランケンシュタイン』は、たびたび映画化されることで、今も衰えない人気を保っている。無声映画時代には、ジェイムズ・サール・ドーリー監督（1910年）とジョセフ・スマイリー監督（1915年）が製作した。しかし、名作と言えるのは1931年のジェイムズ・ホエール監督作品だろう。ボリス・カーロフ主演のこの映画で怪物のイメージが決定づけられ、だれもが知るフランケンシュタインが生まれた。イギリスでは映画制作会社ハマー・フィルム・プロダクションがフランケンシュタインをシリーズ化し、7本もの作品を製作している。また、メル・ブルックス監督の『ヤング・フランケンシュタイン』や、ティム・カリーがフランクン・フルター博士を演じた『ロッキー・ホラーショー』などのコメディ版も作られた。

ボリス・カーロフが主演した映画『フランケンシュタイン』のポスター（1931年）

19世紀前期

バイロン男爵

Lord Byron　1788〜1824　英国

派手好きで、自由な思想を持ち、上流階級に属していたバイロンは、19世紀のロマン主義を体現する存在だった。巧みな韻や気の利いた皮肉、優雅な表現の使い手であった彼は、超一流の詩人として、時代に名をはせた。

ジョージ・ゴードン・バイロンは1788年、父ジョン・バイロン大尉と2番目の妻キャサリン・ゴードンの間に生まれた。一家はスコットランドのアバディーンに居を構えたが、それは父ジョンの債権者から離れるためだった。1791年に父が亡くなったのに続いて大伯父も世を去ると、ジョージはその跡を継いで第6代バイロン男爵となり、ノッティンガムにあるロマン派ゴシック建築のニューステッド邸を相続した。

13歳になると、上流階級の子息が通う男子校ハロー校に進学。多くの知己を得るとともに、遠縁の女性メアリー・チョーワスと初恋を経験した。その後、ケンブリッジ大学トリニティ学寮に入学すると、学力ではなく、大胆な情事や、ギャンブルやボクシングなど享楽的な娯楽を楽しむことで注目を浴びる存在となった。

17歳のとき、最初の詩集『折々の記』を刊行した。しかし、きわどい作品が含まれていると指摘を受け、回収してしまう。1807年に正式な第一詩集『無為の時』を改めて出版するも、スコットランドで発行されている『エジンバラ評論』で酷評を受ける。バイロンはそれに反発し、『イングランドの詩人とスコットランドの批評家』と題した風刺詩を発表して反撃した。

旅と醜聞

1809年、バイロンはポルトガル、スペイン、マルタ、ギリシャ、トルコを旅した。一般的な大陸周遊ルートから外れたこの旅に創作意欲を刺激され、彼が書いたのが、初の長編詩『チャイルド・ハロルドの遍歴』だ。失望を抱えた若き主人公チャイルド・ハロルドは、元祖「バイロン的英雄」だ（右のコラム参照）。1812年に最初の2巻が出版されると、バイロンはロンドンの文壇に迎え入れられ、一躍有名人となる。その後は、魅惑的な子爵夫人キャロライン・ラムと不適切な関係を結ぶ一方で、東方の風物を背景にした一連の英雄史詩を発表する。とくに『邪宗徒』（1813年）や『海賊』（1814年）などが評判を呼び、バイロンの懐は潤った。

1815年にはアナベラ・ミルバンクと結婚し、子を授かる。しかし、バイロンが異母姉オーガスタと不倫関係にあるという噂を耳にしたアナベラは、まもなく去って行った。オーガスタが1814年に出産した女児はバイロンの子だと言われている。バイロンは、自身が社会から見放された存在であることを悟ると、1816年にイギリスを去り、二度と戻らなかった。

イタリアとギリシャへ

バイロンはジュネーヴに向かい、かつての愛人クレア・クレアモントと、パーシー・シェリー、その妻メアリーとともに滞在しながら、『チャイルド・ハロルドの遍歴』第3巻と、新しいバイロン的英雄が登場する詩劇『マンフレッド』を書いた。イタリアのラヴェンナへ移ってからは、イタリアの若い伯爵夫人テレサ・ギッチオリと長きにわたって恋仲となった。ヴェネツィアでは、有名なカーニバルを舞台にした『ベッポ』を創作した。この作品で取り入れた、皮肉交じりで軽妙、かつ本筋から逸脱しがちな作風が定着していく。畢生の大作『ドン・ジュアン』にもそのスタイルが見て取れる。この一大叙事詩は16巻におよぶが、バイロンの死で未完となった。主人公ドン・ジュアンは多くの浮名を流す恥ずべき人物として描かれるが、読者だけでなく、ゲーテなどの作家からも高い評価を得ている。

バイロンは、オスマン帝国からの独立を目指して1821年に戦争へ突入したギリシャの大義に感銘を受けると、1823年にギリシャに渡り、「ギリシャを救う」戦いに身を投じようと決意する。しかし、戦地に向かう前に熱病にかかり、1824年4月に息を引き取った。

◁《メソロンギで出迎えを受けるバイロン男爵》（1861年）
テオドロス・ヴリザキスによって描かれた、危険を冒してギリシャに到着したときのバイロン。ギリシャで亡くなった際、彼は現地では国家的英雄として称えられた。同時に、ギリシャ独立の大義がヨーロッパに広まっていった。

IN CONTEXT
バイロン的英雄

「バイロン的英雄」とは、気まぐれで気難しく、物憂げで空想家、社会を冷笑するアウトローのことを指す。これはある意味、バイロン自身だと言えよう。その思考、行動、作品すべてが極端なバイロンは、自らをこう評している。「私の中には善と悪が奇妙にも混在している。私という人間を表現するのは難しい」。作品に登場するチャイルド・ハロルドや『海賊』のコンラッド、マンフレッドなどは、まさにバイロン的英雄であろう。その変化版として誕生したドン・ジュアンは、より超然としていて皮肉屋で、きわめて滑稽な人物として描かれている。

『チャイルド・ハロルドの遍歴』（1825年）の扉絵

▷《ジョージ・ゴードン・バイロン》（1813年）
性格は向こう見ずだが、優れた書き手であったバイロン。リチャード・ウェストールが25歳の彼を描いた右の絵は、情熱を秘めたロマンティックな雰囲気をとらえている。

076

▷《バルザック》(1836年)
ルイ・キャンディード・ブーランジェによるバルザック37歳のときの肖像画。愛人エヴェリーナ・ハンスカの依頼で描かれた。バルザックはこの修道士服風のローブを、自宅で執筆する際に好んで身に着けていた。

オノレ・ド・バルザック

Honoré de Balzac　1799〜1850　フランス

相互に繋がった長編や中編の小説群『人間喜劇』を通して、
19世紀のフランス社会を壮大なフレスコ画のような構成で描いた
バルザックは、リアリズム小説の祖の1人とされている。

オノレ・ド・バルザック

> "はっきりした理由もなくてできあがった大身代の秘密は、上手にやったんで見逃されちまった犯罪にあるのだ。"
>
> オノレ・ド・バルザック『ゴリオ爺さん』(高山鉄男訳、岩波文庫、1997年) より

オノレ・バルザックは1799年、フランス中部の町トゥールに生まれた。のちの名前に「ド」がついているのは、貴族階級だと偽る目的で本人がつけ加えたためである。父親はもともと職人だったが、強い上昇志向の持ち主で、自分より上の階級に属する女性と愛のない結婚をした。バルザックは親の愛情に恵まれない幼少時代を送り、8歳のときにオラトリオ修道会が運営するヴァンドーム学院の寄宿舎に入学する。休暇中、帰省することはなかったという。1832年刊行の小説『ルイ・ランベール』は、当時のつらい寄宿舎生活を題材にした作品だ。

困窮した青年時代

バルザックはやがて、一生を過ごすことになるパリに移住し、法律事務所で見習い書記として働き始める。そこで彼は、けちな不正行為や地主階級の強欲さを目にし、貴重な洞察を得た。

1820年代に入ってからは、法の道に進むことを拒んで文学を志すものの、作家としての地位を確立できずに苦労を重ねる。初めて書いた戯曲が売れなかったため、小説家へ転向すると、稼ぎのために偽名で作品を量産した。出版業や印刷業にも乗り出したが、失敗して莫大な借金を抱えてしまう。しかし、貧困寸前の暮らしを送りながらも、貴族の女性たちとの出会いを足がかりに上流社会への仲間入りを果たした。わずかな収入で優雅かつ洗練された外見を保つべく苦心した経験は、長編『あら皮』(1831年) や『ゴリオ爺さん』(1835年) の執筆につながった。

社会描写

1829年、バルザックは出世作となる『ふくろう党』を発表する。これは、王政派がフランス共和国に反旗を翻した時代を描いた歴史小説だ。1832年には中編小説『ツールの司祭』を出版して称賛され、同年に、フランス社会全体を一連の小説で描くことを思いつく。この小説群はのちに、ダンテの『神曲 (神の喜劇)』に倣って『人間喜劇』と題された。さらに1833年、『ウージェニー・グランデ』を出版する。強欲さが人間関係を蝕んでいくさまを綴ったこの長編小説は、バルザック初のベストセラーとなった。以降、次々に成功をおさめ、『ゴリオ爺さん』や『セザール・ビロトー:ある香水商の隆盛と凋落』(1837年)、『幻滅』3部作 (1837年、1839年、1843年)、『従妹ベット』(1846年)、『従兄ポンス』(1847年) などを発表していった。

細部をも見逃さない観察眼

『人間喜劇』作品群は、「地方生活情景」「パリ生活情景」「私生活情景」などの分野に分かれ、冷酷な野望を持つ者に開かれた弱肉強食の社会を描いている。バルザックの物語はえてしてメロドラマになりがちだが、彼があらゆる階級の暮らしを隅々まで理解していたことは、衣服や家具の細かな描写や、資産や収入についての正確な記述から明らかだ。彼はまた、魅力的な登場人物を力強く描写し、貪欲さ、権力志向、性的執着を鋭い視点で冷笑した。

バルザックの金銭に対する強い執着心は、作家として成功したあとも変わらなかった。驚くほど多作だった彼は、1日15時間を執筆に費やすこともざらだったという。『人間喜劇』におさめられた作品は最終的に長編、中編、短編合わせておよそ90作にのぼる。体の弱かったバルザックは1850年、51歳でこの世を去った。長く愛人関係にあったポーランドの伯爵夫人エヴェリーナ・ハンスカと結婚した5カ月後のことだった。

△ バルザックの懐中時計
バルザックは階級と社会を鋭く見抜く観察眼を持っており、懐中時計の形状や様式も持ち主を判断するうえでのヒントにしていた。

ON STYLE
繰り返し登場する人物たち

『人間喜劇』が革新的だったのは、複数の小説に同じ人物を登場させた点だ。たとえば『ゴリオ爺さん』の主要人物の1人、野心に満ちた青年ラスティニャックは、他の17作品にも姿や名前が出てくる。また、詩人で新聞記者のリュシアン・ド・リュバンプレや、高利貸しゴブセック、裏社会の悪人ヴォートラン、銀行家ニュシンゲンなども繰り返し登場した人物だ。今日では映画やテレビシリーズで同一人物が何度も登場することは珍しくない。同じ人物を採用することで、社会が広範囲かつ密に絡み合っている印象が生まれるのだ。

 故郷の隠れ家
バルザックはパリに住んでいたが、友人ジョン・マルゴンヌが所有する故郷トゥール近郊のサッシェ城を頻繁に訪れていた。執筆は寝室の机で行っていたという。サッシェ城は現在、バルザック記念館となっている。

『ゴリオ爺さん』の挿絵に描かれた悪人ヴォートラン

ヴィクトール・ユゴー

Victor Hugo　1802〜1885　フランス

言わずと知れた19世紀フランス文学界の重鎮である。彼は詩や戯曲、小説を数多く生んだほか、貧しい人々や虐げられた人々の権利を訴える活動を精力的に行った。

ヴィクトール・ユゴーは1802年に三男として誕生した。父親はフランス革命時にナポレオン軍入りした将軍だった。ヴィクトールの母親ソフィ・トレビュシェとは、カトリック王党派による反乱を鎮圧するために向かったブルターニュで出会った。強硬な革命支持派の父親と熱心な王党派の母親は意見の相違で折り合いが悪く、別居することも多かった。

幼いヴィクトールは、母とともに父親の駐屯先であるスペインとイタリアを訪ね、大いに刺激を受ける。とりわけ異国情緒あふれるスペインでの滞在は、成長期真っただ中のヴィクトールに強烈な印象を与えた。そのときの経験を土台にしたのが、のちに出版する『エルナニ』（1830年）と『リュイ・ブラース』（1838年）である。

若き天才

ユゴーと兄たちはおもにパリで母に育てられた。母の影響が及ばないようにと、父親は息子たちを寄宿学校に入れたがったが聞き入れられず、子供たちはカトリック王党派として成長した。

ユゴーは驚くほど若いうちから文学の才能を開花させた。14歳になる頃にはすでに何千行もの詩を書き、17歳のときには兄たちと文学誌を創刊した。文学を志す息子たちを母親は全面的に支援し、儲かる職業に就かせたいという父親を退けた。

1821年に母親が死去する。その頃にはユゴーはすでに未来の妻アデール・フシェと出会い恋に落ちていた。20歳で初の詩集『オードと雑詠集』を出版したのは、彼女の結婚相手としてふさわしい人物になりたい一心からだった。1822年にアデールと結婚し、間もなく父親と和解したことが、彼の政治観に重大な影響をもたらした。ユゴーは王党派を離れ、父親が仕えていたナポレオン・ボナパルトを心から崇拝するようになる。

◁『レ・ミゼラブル』
不平等、英雄的行為、愛を描いたユゴーの代表作。緊迫感あふれる物語が、フランスを揺るがした革命の史実を絡めて進行していく。

ロマン主義革命

1820年代にフランスロマン主義の牽引者としての地位を確立すると、ユゴーは文学と政治における自由を渇望し、それを表明した。1827年に書いた韻文史劇『クロムウェル』の序文はロマン主義文学のマニフェストだ。また、1829年の『東方詩集』は、オスマン帝国の支配から民族を解放しようともがくギリシャの戦いを称えた内容である（同時に、想像上の東方が醸し出す甘美さを欲する当時の人々を満足させた）。同年、『死刑囚最後の日』と題し、死刑反対を求める中編小説を出版。さらに翌年には、フランス古典派演劇の堅苦しさを痛烈に批判した『エルナニ』を発表した。これにより、フランスの劇場ではシェイクスピア作品がより自由に演じられるようになった。

ユゴーは1830年代に入っても驚くべき勢いで創作を続けた。ゴシック小説『ノートル＝ダム・ド・パリ』（1831年）で成功をおさめ、詩集『秋の木の葉』（1831年）や『薄明の歌』（1835年）では、フランス随一の抒情詩人であることを証明した。

> **IN CONTEXT**
>
> **先輩作家シャトーブリアン**
>
> 若き作家だった頃のユゴーは、著名な先輩作家でフランスロマン主義の祖であるフランソワ＝ルネ・ド・シャトーブリアン（1768〜1848）を崇拝していた。彼を称える詩を書き、「シャトーブリアンになるか、さもなくば無」と公言したほどだった。憧れの作家と同様、ユゴーも作家でありながら政治の道に進んだが、ユゴーがフランス革命を受け入れた一方、シャトーブリアンはカトリック王党派を支持。伯爵家出身のシャトーブリアンは革命が起きると亡命し、カトリックを擁護する『キリスト教精髄』（1802年）を書いた。『アタラ』（1801年）と『ルネ』（1802年）はフランスの散文体に物哀しさと豊かさをもたらした。自叙伝『墓の彼方の回想』は彼の最高傑作とされている。

アンヌ＝ルイ・ジロデ＝トリオゾン《シャトーブリアン》（1808年頃）

◁《ヴィクトール・ユゴー》（1879年）
年を重ねて威厳を増したユゴーの肖像画。レオン・ボナによる。稀代の作家として名を成さなかったとしても、政治家また社会改革者として称賛されたに違いない。

> "20世紀には、戦争はなくなり……
> 　王族は滅び、ドグマは失われるだろう。
> 　だが、人間は生き続ける。"
>
> ヴィクトール・ユゴー

080 / 19世紀前期

> "人間にとっての慰めは、
> 未来は夜明けであって日暮れではないことである。"
>
> ヴィクトール・ユゴー『ウィリアム・シェイクスピア』より

△《レオポルディーヌ・ユゴー》(1835年頃)
詩人で芸術家でもあるオーギュスト・ド・シャティヨンが描いた、ユゴーの娘レオポルディーヌの肖像画。娘の溺死はユゴーを死ぬまで苦しめ、有名な「ヴィルキエにて」(1847年)をはじめとする哀歌にその思いを込めた。

IN CONTEXT
クーデターと革命

1789年に革命が起き、フランスは激動の100年に突入した。ナポレオン・ボナパルトは1799年に軍事クーデターを起こして権力を握り、1804年に自ら皇帝の座に就いた。その10年後に王政が復活する。1830年の7月革命で王政が倒れると、オルレアン侯爵ルイ・フィリップが王となった。しかし、1848年に再び革命が起き、第二共和政が敷かれた。その3年後にナポレオン・ボナパルトの甥ルイ・ナポレオンによるクーデターで、第二帝政に移行する。ユゴーが嫌悪したこの政体は1870年に普仏戦争でフランスが負けるまで続いた。その後、第三共和政が樹立した。1871年にパリ・コミューンが蜂起したが、鎮圧された。

フランツ・ヴィンターハルター
《ルイ・ナポレオン》(1850年頃)

1838年に発表した韻文劇『リュイ・ブラース』は彼の戯曲の代表作となった。

混乱をきわめた私生活

私生活は波乱万丈だった。4人の子供をもうけたが、夫婦仲は悪く、アデールは夫とは異なり物腰が柔らかくて上品な評論家シャルル=オーギュスタン・サント=ブーヴと恋に落ちた。ユゴーも負けじと旺盛な欲望を解き放ち、亡くなるときまで愛人であり続けた女優ジュリエット・ドルエに加え、複数の女性と関係を持った。画家夫人レオニー・ビヤールと密会していたときには、その夫の通報で駆けつけた警察に捕まるという失態を犯し、ユゴーは貴族院議員の立場を利用して釈放されたが、ビヤール夫人は投獄された。また、ユゴーは、1843年に娘レオポルディーヌが夫とともに舟遊び中に溺死するという悲劇にも見舞われた。

政治活動

ユゴーは、中産階級に推された国王ルイ・フィリップ1世のもとで業績を認めてもらおうと奔走する。1841年にはアカデミー・フランセーズ会員となり、子爵の爵位を授かる。ところが、1848年に起きた二月革命により、支配者階級入りを一時断念する(左のコラム参照)。このときまで、ユゴーの政治活動は机上に限られていたが、王政が再び倒れて第二共和政が発足すると、自ら進んで自由と「庶民」の権利を訴える代弁者となり、混乱と無秩序を否定した。1851年12月にルイ・ナポレオンがクーデターを決行し、共和政を第二帝政に改めると、ユゴーは抗議行動の列に加わった。しかし、帝政に反対したために亡命せざるをえなくなり、イギリス領チャネル諸島のジャージー島、次にガーンジー島へと逃亡した。

帰国

亡命中、ユゴーはルイ・ナポレオン率いる第二帝政を痛烈に批判する詩をおさめた『懲罰詩集』を発表した。また、『レ・ミゼラブル』でも婉曲な批判を繰り広げた。同作には1840年代に着手し、1862年に完成させている。総語数65万語という超大作で、本筋から離れた余談がきわめて多いが、この物語を読めば、富や権力に反旗を翻す貧しい人々との一体感をユゴーが感じていることは明らかだ。

この頃からユゴーは、スピリチュアリズムや降霊術に魅了されるようになった。亡くなった娘のことが忘れられず、『静観詩集』におさめられた作品からはその思いがひしひしと伝わってくる。同作は1856年に発表され、高い評価を受けた。独特の視点に立った彼の宗教観と歴史観は詩作においてさらに大きな役割を果たし、1859年発表の『諸世紀の伝説』第1集などでは、作品に叙事詩のような雰囲気を与えた。とはいえ、ガーンジー島を舞台にした1866年のメロドラマ小説『海に働く人々』からは、知力の衰えが感じられる。

1870年に普仏戦争が勃発してフランスが大敗すると、第二帝政は終わりを迎えた。それを機にユゴーは亡命先からパリに戻り、ドイツに包囲されるパリで窮乏する人々の輪に加わった。それに続く第三共和政の樹立やコミューンの蜂起では政治的役割を果たそうとするが、不首尾に終わってしまう。私生活にも暗い影が差し始め、1868年に妻を、1871年と1873年には息子

▷ オートヴィル・ハウス
ユゴーはフランスからの亡命中、イギリス領ガーンジー島のセント・ピーター・ポートにあるこの家で14年を過ごした。自分好みに装飾したこの家で、彼は有名な作品を数多く執筆した。

△《民衆を導く自由の女神》（1830年）
ユゴーは執筆の際、ロマン主義を代表する画家ウジェーヌ・ドラクロワの作品に着想を得ていた。傑作『レ・ミゼラブル』に登場するガヴローシュは、このドラクロワの絵に描かれた女神の右でピストルを手にしている少年をヒントにしたと言われている。

を亡くし、喪失感が深まった。それでも彼の執筆への情熱が尽きることはなく、1874年に最後の小説『九十三年』を完成させたほか、愛人を持ち続け、1876年からは上院議員として政治に参加した。温かく素朴な詩集『よいおじいちゃんぶり』（1877年）が大いに人気を博したことで、ユゴーは晩年、フランス愛国主義と共和政主義の象徴として、また人類進歩の礼賛者として、ある種、神格化されるようになる。祝日とされた80歳の誕生日は盛大に祝われた。1885年に亡くなると国葬が執り行われ、パンテオンまで運ばれていく彼の棺を多くの人が見守った。

主要作品

1822
初の詩集『オードと雑詠集』刊行。ルイ18世から好評を得る。

1830
戯曲『エルナニ』は上演されるやいなや熱狂を巻き起こし、ロマン主義の到来を告げた。

1831
中世を舞台にした通俗劇『ノートル=ダム・ド・パリ』で名声を決定づける。

1856
追憶、愛、死を詠んだ抒情詩をまとめた『静観詩集』が亡命中に刊行。

1862
『レ・ミゼラブル』刊行。搾取で貧困にあえぐ人々の実情を告発した壮大な愛の物語。

1883
人類を謳った壮大な叙事詩集『諸世紀の伝説』第3集が、第1集から24年のときを経て刊行。

ハンス・クリスチャン・アンデルセン

Hans Christian Andersen　1805～1875　デンマーク

アンデルセンは、自らが紡ぎ出したおとぎ話そのもののような人生を送った。
極貧生活から這い上がり、文学史上で最も多くの物語を世に送り出した
童話作家の1人になったが、私生活は恋に破れたしがない日々だった。

ハンス・クリスチャン・アンデルセンは、フュン島の都市オーデンセに生まれた。父親は1816年に死亡している。洗濯することを生業とした母親は暮らしていくのがやっとで、息子にまともな教育を受けさせることができなかった。アンデルセンは、その並外れたソプラノの歌声でデンマーク王立劇場に見出されるものの、声変りでオペラ歌手への道は断たれてしまう。しかし、劇場支配人ヨナス・コリンの助力と、デンマーク王フレデリク6世の金銭援助により、コペンハーゲン南西にある一流グラマースクールへ進学した。そこでの学校生活はつらく鬱々としたものだったが、1828年に入試を突破してコペンハーゲン大学に入学を果たす。

◁ 幼少時の苦難
児童文学を大きく改革したアンデルセン（1860年撮影）。彼の物語にしばしば漂うもの哀しさは、幼い頃の苦難を反映したものだ。

その1年後に彼は、デビュー作『徒歩旅行』を執筆する。コペンハーゲンの小道を旅する語り手が幻想的な生き物やキャラクターに出会うこの物語は、デンマークで大成功した。自信をつけたアンデルセンは、小説や詩、戯曲を次々と発表したが、評価は賛否が分かれた。その後、旅に楽しみを見出すと、スカンジナビアや南ヨーロッパ、小アジア、アフリカを訪ね歩く。そうした経験が彼の作品に命を吹き込んだ。

アンデルセンの名を世に知らしめたのは、自らの子供時代をもとに創作した童話だ。彼はそれらの作品に、複雑かつ相反することの多い感情を込めた。また、民話の常連で、世代や文化を問わず親しまれるキャラクターを多く登場させた。1837年に「人魚姫」「裸の王様」「親指姫」などが収録された『子どものための童話集』を刊行する。この作品は、良質で分かりやすい内容だったにもかかわらず、祖国デンマークでは当初ほとんど売れなかった。

満たされぬ欲望

アンデルセンは一度も結婚しなかったが、惚れっぽい性格だった。スウェーデンのオペラ歌手イェニイ・リンドに恋をしたときは、「小夜啼鳥」を書いて彼女に捧げ、彼女にプロポーズを断られると「雪の女王」を執筆したと言われている。さらに、ザクセン＝ヴァイマル＝アイゼナハ大公やバレエダンサーのハロルド・シャーフなど男性にも愛を寄せたが、手紙の中で「こうした感情は秘めたままにしておかなくてはならない」と述べている。

アンデルセンの物語は英訳され、文豪ディケンズの作品などを掲載していた文学誌『ベントリーズ・ミセラニー』で発表された。

アンデルセンはその後も誌上で童話を発表し続け、世界的名声を得ていった。その物語は今も広く読み継がれているほか、代々の童話作家たちに影響を与え続けている。

△「雪の女王」
絵本からバレエ団、アニメーション映画まで、幅広い業界がアンデルセンの童話を作品に取り入れている。ディズニー映画『アナと雪の女王』（2013年）は、アンデルセンの「雪の女王」に着想を得て作られた。

IN CONTEXT
ディケンズとの友情

アンデルセンはイギリスの大物作家チャールズ・ディケンズと書簡を交わしていた。1847年に初渡英し、その10年後に再訪。2人はともに、貧しい人々の苦難をテーマとした小説を『ベントリーズ・ミセラニー』（ディケンズも一時期、編集長を担当していた）に寄稿していた。ところが、アンデルセンは1857年、ケント州にあるディケンズの別荘ガッツ・ヒル・プレイスで、2週間の予定を5週間に延期して長逗留する。ディケンズの娘ケイトはのちに当時を振り返り、父親はアンデルセンを「痩せこけていて退屈な男だ」と評していたと語った。友人ディケンズの不興を買ったと感じたアンデルセンは自らの行為を悔い、友情を取り戻そうとしたものの、ディケンズが素っ気ない手紙を返したことで、2人の友情は終わりを迎えた。

ガッツ・ヒル・プレイスの庭で娘たちとくつろぐチャールズ・ディケンズ

▷「人魚姫」
彫刻家エドヴァルド・エリクセン作「人魚姫」の像は、アンデルセンの童話がモチーフで、1913年にコペンハーゲンに設置されて以来、観光名所となった。

▷ **エドガー・アラン・ポー**（1848年撮影）
ポーはこの肖像写真を、詩人で評論家の未亡人セアラ・ヘレン・ホイットマンに贈った。2人は1848年に出会い、恋愛関係となる。一時は婚約するも、衝突ばかりで長続きしなかった。

エドガー・アラン・ポー

Edgar Allan Poe　1809〜1849　アメリカ

探偵小説、怪奇小説、推理小説の祖であるポーは、文学史に名を残す偉大な作家だ。アルコール依存症や貧困、情緒不安定やうつ病に悩まされた人生は、その死と同様に謎めいている。

エドガー・アラン・ポー

"私の心は、苦しい正気の長い合間に、崩壊していった。"

エドガー・アラン・ポー

エドガー・アラン・ポーは、小説家、詩人、編集者、批評家と多くの顔を持っていた。しかし何よりも、短編小説の名手、探偵推理小説の生みの親、ダークロマン主義の中心的人物として知られている。両親はともにマサチューセッツ州ボストンの貧しい役者だった。父親が行方不明になり、2歳のときに母親にも先立たれると、彼はヴァージニア州に住むアラン夫妻の養子になった（ミドルネームのアランはその際に加えられた）。1815年、アラン一家はイギリスに移り、5年間を過ごす。そこでポーはロンドンの寄宿学校マナー・ハウス・スクールに入学するが、学校生活は悲惨だった。その経験を土台にした作品が「アッシャー家の崩壊」だ。

1826年、ポーは語学を学ぶべくヴァージニア大学に進学するが、ほどなく賭博と飲酒で多額の借金を作ってしまう。初年度を終える前に蓄えが底をつくと、合衆国陸軍に入隊し、あっという間に特務曹長まで昇進した。その後、ウェストポイント陸軍士官学校に進学するも、すぐに嫌気がさし、1831年1月に故意に軍紀を犯して退学処分を受けた。

◁ ヴァージニア・イライザ・クレム

従妹であるヴァージニアは、ポーと1835年に結婚したとき、彼の半分の年齢だった。7年後にヴァージニアが亡くなると、ポーは悲しみのどん底に突き落とされた。

1827年に私家出版した『タマレーン、その他』は、バイロンに触発されて書いたロマンティックな詩を収録した最初の詩集だ。ただし、当時はほとんど注目されなかった。若きポーがようやく名を知られることになったのは、1833年に船上を舞台にしたホラー小説「瓶から出た手記」が文学賞を獲得したときだ。

成功に次ぐ成功

ポーは1834年にヴァージニアに戻ると、翌年、従妹のヴァージニア・クレムと結婚する。作家としては食べていけなかったので、複数の定期刊行物で編集者ならびに批評家として働いた。そして、それらの刊行物で多くの作品を発表する。その1つ「アッシャー家の崩壊」（1839年）は、主人公が常軌を逸していくさまを、崩れつつある屋敷と絡めて描いた小説だ。続いて執筆した「モルグ街の殺人」（1841年）をはじめとした作品は、史上初の探偵小説と位置づけられている。また「黒猫」（1843年）は、精神の崩壊を描いた画期的な小説だった。1845年、ポーは詩「大鴉」を発表して脚光を浴びる。たちまち名声が転がり込むが、富は手に入らなかった。

ポーの小説は連載形式で発表されたが、それが彼の作風に合っていたようだ。定期刊行物はたいてい薄いうえに、ポーは序盤で強烈な雰囲気を漂わせ、不気味で先が読めないストーリーへと読者をひきつけるのが得意だったからだ。ポーの最大の武器は雰囲気を作り出す技量にあるとされている。彼の作品には、閉塞感や募る緊張感が漂っているものが多い。その技量が惜しみなく発揮されているのが「アッシャー家の崩壊」や、複雑に重なり合った物語「アモンティリャードの酒樽」（1846年）だ。

謎の死

1849年10月、ボストンの通りで行き倒れているポーが発見された。なぜか他人の服を身につけており、4日間の危篤状態の末に亡くなった。死因は不明で、薬物やアルコール依存、心疾患、梅毒、果ては狂犬病にかかった、吸血こうもりに噛まれたという説など、あれこれ憶測が飛び交っている。葬儀の参列者は7人しかいなかった。

ポーについて確実に言えるのは、内なる狂気の闇や苦悩を言葉にする表現力を持っていたということだ。彼の小説はしばしば、心が壊れゆく者と天才のはざまを、危うげに行き来する作家の錯乱した狂気をにおわせている。

IN CONTEXT
ポーが残した遺産

作家として活動したわずか10年の間に、ポーは文学界を変えた。ホーソーンやディケンズ、メルヴィル、スティーヴンソンからウィルキー・コリンズ、アガサ・クリスティにいたる無数の英米著名作家たちが、ポー独特の創造性に影響を受けている。「モルグ街の殺人」で初登場した推理力抜群のフランス人探偵オーギュスト・デュパンは、コナン・ドイルが生み出したかの名探偵シャーロック・ホームズの先駆けだ。

19世紀後半のフランスで活躍した有名詩人ボードレールやランボー、マラルメなどに加え、象徴主義やシュルレアリスム運動も、ポーの作品に負うところが大きい。ポーは音楽やテレビ、映画などの大衆文化にも影響を与えた（とりわけ1960年代にはポーの作品が映画化され、大ヒットした）。いまでも彼はSFやファンタジー小説に刺激を与え続けている。ここ50年ほどは、彼の作品は（構造主義者やポスト構造主義者を含む）文学理論学者だけでなく、文学と精神分析理論との関係に関心を寄せる人たちの共感を呼んでいる。

なお、日本を代表する推理小説家、江戸川乱歩の名は、エドガー・アラン・ポーに由来する。

映画『大鴉』（1935年）で主役を演じたルゴシ・ベーラ

◁ ポーの自宅

1846年、ポーは妻と義母とともにニューヨーク郊外のフォーダム（現在はブロンクスの一部）にある質素なこの家に移り住んだ。ポーの死後、この家は保存され、近くの公園に移築された。

19世紀前期

チャールズ・ディケンズ

Charles Dickens　1812～1870　イングランド

ビクトリア朝時代を代表する作家ディケンズは、少年時代の逆境を乗り越え、優れた連載小説を数多く発表して功績を残した。彼の作品はその壮大な展望と緻密なプロット、登場人物の描写の豊かさで知られている。

△ 文具へのこだわり
ディケンズは執筆用の文具に強いこだわりがあった。そのため、友人などに宛てた手紙の中では、自身が使用するインクや羽ペンの質をよく語っている。上の写真は『ピクウィック・ペーパーズ』の原稿の一部。

チャールズ・ジョン・ホフマン・ディケンズは、父ジョンと母エリザベスの間に、8人きょうだいの2番目の子として生まれた。のびのびと育てられ、幸せな幼少期を過ごしたという。父はポーツマスにある海軍省の下級事務職員として働いていたが、ディケンズが3歳のとき、一家はロンドンのフィッツロビアに移る。そこで短い間、暮らした後、ケント州に移住した。

少年期に受けた影響

父親が海軍省で働いている間は家計に余裕があり、ディケンズは教育を受けることができた。はじめにデイム・スクール（年配女性が自宅で開いていた塾といわれ、いわば小学校のようなもの）に通い、それからケント州チャタムにあるウィリアム・ジャイルズ・スクールで学ぶ。幼い頃から読書家で、父親の蔵書を片っ端から読んだ。トバイアス・スモレットの作品や、ヘンリー・フィールディングの『捨て子トム・ジョーンズの物語』など、頭脳明晰な英雄や悲劇のヒーローが活躍する冒険譚が好みで、細部までこだわったプロットと、明示された道徳的な教訓に熱中した。また、18世紀初頭に英訳されたアラビア語の説話集『千一夜物語』にも強い影響を受けている。悲劇からコメディまで、ジャンルを問わず読み返しては、登場人物が愛に目覚める場面や、勇ましく戦う場面を繰り返し楽しんだ。

ディケンズ作品に登場する多くの人物と同様、彼自身も激しい運命の波に翻弄される少年時代を送った。多額の借金を抱えた父親は1824年、ロンドン南部サザークのマーシャルシー債務者監獄に入れられてしまう。パン屋からの借金が返済できなかったためだ。当時は家族も一緒に監獄に入るのが慣習だったが、多感な12歳のディケンズと姉ファニーはこれを嫌がり、別に部屋を借りて暮らすことを選ぶ。ディケンズは、カムデン・タウンに住む知人で高齢のエリザベス・ロイランス夫人宅に下宿する。この女性は『ドンビー父子』（1846～48年）のピプチン夫人のモデルとなった。

> **IN CONTEXT**
> ### ビクトリア朝時代のロンドン
> ビクトリア朝時代を代表する作家ディケンズは、作品のほぼすべてをビクトリア女王の長い在位期間中（1837～1901年）に執筆した。当時の都市生活は悲惨そのもので、平均寿命はわずか27歳と短命だった。1840年代にロンドンに住んでいた人の4分の1が発疹チフスに苦しんでいたようだ。「ディケンジアン（Dickensian）」という言葉は現在、ロンドンの貧民たちが住んでいた不衛生でスモッグに覆われた町を表す際に使われる。ディケンズは「ロンドンの暗い通りを夜な夜な15マイルも20マイルも歩き回り」、社会をつぶさに観察した。彼の作品は、スラム街の環境や児童虐待、イングランドにおける階級間の格差をありのままに伝えていると言えよう。ディケンズは、物語の力で社会を改革すること、人々の慈善意識を高めることに作家としてのキャリアを捧げた。

ギュスターヴ・ドレ《ビクトリア朝時代のロンドンの街並み》（1872年）

> "ぼくが、自分の人生のヒーローってことに
> 果たしてなれるのか……それはこの本を読めば、
> おのずとお分かりだろう。"
>
> チャールズ・ディケンズ『デイヴィッド・コパフィールド』（石塚裕子訳、岩波文庫、2010年）より

▷《チャールズ・ディケンズ》（1859年）
この肖像画はディケンズの絶頂期にウィリアム・パウエル・フリスによって描かれた。場所はロンドン中心部ブルームズベリーにある自宅の書斎で、机には『二都物語』の原稿が置かれている。

088 / 19世紀前期

ON STYLE
人物描写

ディケンズは亡くなるまで演劇を深く愛し、そこから人物描写や会話のヒントを得ていた。彼の作品の多くは舞台化・映画化されている。彼は登場人物のネーミングも独特で、いくつかは英語として一般的に使われるようになった。いまや、スクルージ（『クリスマス・キャロル』）は「守銭奴」、ペックスニフ（『マーティン・チャズルウィット』）は「偽善者」の代名詞である。

ディケンズはまた、登場人物に深みと個性を持たせた。『オリヴァー・トゥイスト』に登場するスリで「逃げの名人」ジャックはコックニー訛りを、『大いなる遺産』に登場する鍛冶職人ジョー・ガージャリーはゆったりとしたケント方言を話した。方言を巧みに生かして、土地柄を生き生きと伝えるとともに、しかるべき特徴を加味して架空の人物に説得力を持たせようとしたのだ。

映画『大いなる遺産』でミス・ハヴィシャムを演じたヘレナ・ボナム＝カーター

ディケンズはその後、とある家族の屋根裏部屋に一時身を寄せた。その家の主で、陽気で大柄な男性アーチボルド・ラッセルは、『骨董屋』（1840～41年）に登場するガーランド氏として永遠に生きることとなる。また、姉ファニーとディケンズが出入りしていたマーシャルシー監獄は、小説『リトル・ドリット』（1855～57年）の舞台になった。

貧困と借金返済

親に頼ることのできないディケンズは学業を諦めざるを得ず、下宿代を払うためにチャリング・クロスの靴墨工場で働き始める。工場はやがてチャンドス通りに移転し、そこで働く労働者たちは通行人の見世物のような存在になっていたという。このときの苦い経験はディケンズに計り知れない影響をもたらし、のちに社会改革へと情熱を傾けるきっかけとなった。彼が強い意思をもって取り組んだのは、囚人たちが置かれた劣悪な環境や、貧困層や路上生活者、ロンドンの娼婦が直面する苦難や窮状などの問題だ。それらは、自叙伝的要素が最も強い『デイヴィッド・コパフィールド』（1850年）で取り上げられている。

ほどなくして、ディケンズの父親は思わぬ幸運から450ポンドを相続する。借金を完済した一家は自宅に戻るが、母親はディケンズをすぐには呼び戻さなかった。このことで彼は長い苦しみを味わい、次のように書いている。「私は以降、そのことを決して忘れなかった。絶対に忘れないだろうし、忘れることもできないだろう。母が私をためらいもなく働かせようとしたことを」

作家への道

家計が安定すると、ディケンズは学業を再開した。1827年までの3年間をウェリントン・ハウス・アカデミーで学んだあと、グレイ法曹院の下級職員となった。そこで彼は、法律が富者を厚遇し、貧民を苦しめているという現実を知る。そうした無慈悲な法制度を見事に皮肉った小説には、『ニコラス・ニクルビー』（1839年）や『ドンビー父子』（1848年）、『荒涼館』（1853年）などがある。

法律に幻滅したディケンズは別の道を模索する。友人や同僚の間では物まねがうまいと言われており、ロンドンの小劇場で演じた経験もあったため、役者の道に進もうかと考えたこともあった。プロの俳優兼演出家によるオーディションを受けることも決まっていた。しかし、書き進めていた原稿があったため、ひとまず執筆に専念した。やがて短編小説「ポプラ小路の夕食会」が月刊誌『マンスリー・マガジン』に掲載されることが決まると、ディケンズは作家として歩んでいくことを決意する。

当時は、ビクトリア朝社会が変化を遂げていた時期だった。とくに識字率が向上したことと印刷業界の機械化が進んだことで、新聞や定期刊行物の需要が伸び、有能な書き手が求められていた。ディケンズは叔父ウィリアム・バローのつてで『ミラー・オブ・パーラメント』紙での職を得ると、国会記者になる。同じ頃、『モーニング・クロニクル』紙で選挙報道にも携わり始めた。

新しい仕事に刺激を受け、アイディアもわいてきたディケンズは、普段の生活で見聞きした物事を小説にまとめ始める。それらは「ボズのスケッチ集」（ボズはディケンズのニックネーム）のタイトルでさまざまな定期刊行物に掲載された。1836年にはロンドンの一流出版社チャップマン・アンド・ホールの依頼で、小冊子向けの挿絵付き物語に着手する。しかし、最初に担当した挿絵画家が亡くなると、ディケンズは挿絵より内容に重点を置くべきだと提案した。そうして完成した「ピクウィック・ペーパーズ」は1836年3月に初連載され、これを掲載した冊子は500部が売れた。翌年、連載最終話が掲載されたときには、売り上げは4万部に達した。

交友関係

報道に携わったことで、ディケンズは影響力を持つロンドンの著名人たちと交流するようになる。駆け出し作家の彼を目にかけてくれたのは、『クロニクル』の編集長ジョージ・ホガースだ。フラム地区にある彼の自宅へと招かれたディケンズは、喜び勇んで出かけて行く。そこで出会ったのが、未来の妻キャサリンや彼女の姉妹だ。地位と人気をものにしたディケンズは、小説家ウィリアム・ハリソン・エインズワースの家に集う若い独身男性たちの輪にも加わる。そこには、小説

◁『オリヴァー・トゥイスト』
『オリヴァー・トゥイスト』の単行本は1846年に出版された。子供の貧困と奴隷同然の年季奉公の暮らしを描いた物語で、ジョージ・クルックシャンクが挿絵の銅板画24枚を制作した。

▷「ピクウィック・ペーパーズ」のグッズ
「ピクウィック・ペーパーズ」は商業的に大成功をおさめ、ピクウィック葉巻からサムエル・ウェラーをはじめとする登場人物の陶製人形まで、さまざまなグッズが作られた。

家のビーコンズフィールド伯爵ベンジャミン・ディズレーリや、ディケンズの小説の初の出版者となるジョン・マクローンもいた。

1836年11月、ディケンズは月刊雑誌『ベントリーズ・ミセラニー』の編集長に就任すると、「オリヴァー・トゥイスト」を2年間にわたる連載形式で掲載した。各回の挿絵を描いたのは、イギリスの一流挿絵画家に数えられるジョージ・クルックシャンクだ。彼はその後もずっとディケンズの挿絵を描き続けた。

アメリカ旅行

ディケンズは多作で、だいたい1年に1作品を書いた。彼が商業的成功をおさめた理由としては、ビジネス感覚を持っていたことも大きい。ディケンズが作品を自ら管理することに決め、出版権をジョン・マクローンや『ベントリーズ・ミセラニー』の出版社から買い戻したことが、それを如実に物語っている。しかし、名声が高まる一方で、私生活は行き詰まりを見せた。ディケンズは妻キャサリンと不仲になり、彼女の怠惰（たいだ）さや知性のなさを非難するようになる。そして、公の場で若い女性を図々しく口説いたり、朗読会などで家を空けたりすることが増えていった。

ディケンズは外遊にも精を出し、アメリカやカナダを訪問した。目的の1つは、アメリカの著作権法の改正を促すことだった。アメリカでは彼の作品が無断で広く流通していたためだ。ところが、ディケンズはそこで、奴隷をめぐる不正行為や貧困を目の当たりにし、社会改革に対する考えを具体化させるとともに、早急な改革の必要性を痛感することとなる。ディケンズは旅

△ **ブルームズベリーの自宅**
1836年は、ディケンズにとって人生の転機となる1年だった。キャサリン・ホガースと結婚して家庭を持ち、ロンドンのブルームズベリー地区ダウティー街48番地に暮らすようになったからだ。彼らがもうけた10人の子供のうち、第一子のチャーリーはこの家で誕生した。

"公の場で男性は冷笑されるだろう。
それは彼の高い地位のせいであって、
彼自身のせいではない。"

チャールズ・ディケンズ『ニコラス・ニクルビー』より

19世紀前期

> "人知れず、良いにせよ悪いにせよ、無関心にせよ、ひとりの人間がロンドンで生き、死んでいくのは奇妙である。"
>
> チャールズ・ディケンズ『ボズのスケッチ集』より

△ エレン（ネリー）・ターナン
ターナンは1857年にディケンズの愛人となった。一説によると、彼らの間には子供が1人以上いたようである。

◁ 家庭版の出版
ディケンズの作品は大いに人気を博し、数巻をまとめた格安価格の「家庭版」が販売されたため、ほとんどの人が手に入れることができた。

行から戻ると、ロンドンにあるフィールド・レーンという学校を訪問した。ここは、食べ物や住む家が無く、学校に通うこともできない子供たちを救済するための学校だ。ディケンズはこの経験を元に、自らの作品で貧困や不平等などの問題に取り組んでいくことを決意する。そうして書き上げたのが『クリスマス・キャロル』だ。1843年12月に初版が刊行されると、わずか5日で売り切れるほどのベストセラーとなった。

中年期にさしかかると、ディケンズの作品は重苦しさを帯びてくる。1853年、不平等な法制度を皮肉った『荒涼館』を刊行する。その翌年には『ハード・タイムズ』を発表し、功利主義の冷徹な原理を厳しく批判した。功利主義とは、行為の道徳的価値は動機ではなくそれがもたらす結果で決まるという考え方で、イギリスの人々を苦しめる劣悪な労働環境の原因でもあった。1859年には『二都物語』を刊行した。フランス革命中のロンドンとパリを舞台にした歴史小説で、彼の作品で最も陰鬱な内容だ。

後年の作品

1856年、ディケンズは長年の夢を叶え、ケント州にある大邸宅ガッツ・ヒル・プレイスを購入した。子供の頃に目にして以来、いつか自分のものにしたいと思っていた家だ。この頃、（のちにディケンズの伝記を執筆した）友人ジョン・フォースターに対し、妻キャサリンとの関係で長年悩んできたと打ち明けている。夫婦仲を悪化させた一因には、ヘイマーケットにある劇場でその演技を見て以来、ディケンズが熱を上げていた女優エレン・ターナンの存在もあった。友人ウィルキー・コリンズの戯曲『凍れる海』の上演に手を貸した際には、ターナンと彼女の母、妹を起用し、役を与えている。ディケンズとターナーは27歳という年齢差にもかかわらず、不倫関係となる。ディケンズは1858年に妻キャサリンと正式に別居したが、別居の事実は彼の死後まで伏せられていた。

ディケンズはターナンとの関係を死ぬまで続けた。彼女のために偽名で世帯を持ち、フランスで暮らしていたが、2度目の

IN PROFILE
ハブロット・K・ブラウン

ディケンズ作品の多くには、さまざまな挿絵画家の絵が添えられている。主要な作品で挿絵がないのは『ハード・タイムズ』と『大いなる遺産』のみだ。ディケンズは、優れた銅板画家で水彩画家でもあったハブロット・K・ブラウン（ディケンズが「ボズ」だったのに対し、ブラウンは「フィズ」と呼ばれていた）に「ピクウィック・ペーパーズ」の挿絵を依頼し、その後23年間にわたって共同で本を出版した。ブラウンはディケンズの本に合計で700枚以上の挿絵を提供し、ディケンズの文体やものの見方が変化するのに応じて画風を変えた。2人は出版史上、最も多くのコラボレーションを手がけたコンビに数えられている。

ハブロット・K・ブラウンによる
『リトル・ドリット』の挿絵

△《ディケンズの夢》(1875年)
未完のまま終わったロバート・ウィリアム・バスによるこの絵には、ガッツ・ヒル・プレイスの書斎でくつろぐディケンズと、彼の小説に登場する多くのキャラクターが描かれている。「ピクウィック・ペーパーズ」の挿絵代を踏み倒されたにもかかわらず、バスはディケンズを尊敬していた。

アメリカ旅行に彼女を連れて行くことには躊躇している。社会のしきたりを軽んじることで否定的なイメージがついてしまうことを恐れたためだ。

ディケンズは亡くなるまでの約10年で、『大いなる遺産』『われらの友』『エドウィン・ドルードの謎』を刊行した。しかし、『エドウィン・ドルードの謎』は未完となった。1865年、ターナンとその母親とともに船車連絡列車で港町フォークストンからロンドンに向かっていたとき、ディケンズは脱線事故に巻き込まれる。10名の死者が出たが、ディケンズたちは無事だった。しかし、ディケンズはひどい後遺症に悩まされ、およそ2週間は声が出なかったという。1868年には、めまいの発作や突然の麻痺に苦しんだほか、脳卒中を発症している。1869年にはプレストンで朗読会をしている最中に気を失った。

ディケンズは1870年6月8日、ガッツ・ヒル・プレイスで再び脳卒中に襲われたあとに息を引き取った。遺書には、巨額の遺産を自身の家族と、親しい仕事仲間のジョン・フォースターに残す旨が書かれ、使用人それぞれにも20ポンドほどを贈りたいと綴られていた。また、ロチェスター大聖堂に埋葬されるのが本人の希望だったが、「イギリスで最も人気のある作家」が眠る場所として、ここはふさわしくないと判断されたようだ。そのため、遺体はウェストミンスター寺院内にある「詩人のコーナー」に埋葬された。葬儀は親しい人のみで執り行われ、親族と友人12人が参列した。

主要作品

1836-37
長編第一作「ピクウィック・ペーパーズ」が20回にわたって連載された。

1837-39
「オリヴァー・ツイストの冒険」が雑誌『ベントリーズ・ミセラニー』で毎月連載された。

1849-50
自叙伝的色合いが最も濃い『デイヴィッド・コパフィールド』刊行。

1852-53
9作目となる『荒涼館』刊行。一流文芸評論家G・K・チェスタトンを含む多くの人物が、ディケンズの最高傑作だと評した。

1860-61
『大いなる遺産』刊行。持てる者と持たざる者の間にある社会的な緊張が描かれた。

1870
ディケンズ死去。『エドウィン・ドルードの謎』は未完となり、読者はいまだにその結末に頭を悩ませている。

シャーロット・ブロンテ／エミリー・ブロンテ

Charlotte and Emily Brontë　1816〜1855（シャーロット）／1818〜1848（エミリー）　イングランド

シャーロットとエミリーのブロンテ姉妹は、女性の内面に目を向けた情熱あふれる小説でイギリス文学界を塗り替えた。ともにつらく過酷な生活を送り、病によって早すぎる死を遂げている。

ブロンテ一家は1820年、ヨークシャー西部のペナイン山脈にある美しい村ハワースに移り住んだ。牧師の父パトリック・ブロンテはアイルランド出身で、妻マリア（旧姓ブランウェル）はコーンウォールの出である。パトリックは成功を夢見て故郷をあとにすると、1806年にケンブリッジ大学セント・ジョンズ学寮で神学を学ぶ。その際、アイルランド系の姓ブランティを、ギリシャ語で「雷」を意味するブロンテに改めた。

パトリックとマリアはヨークシャーで出会った。マリアは新たに開校したメソジスト神学校を経営するおばを助けるため、この地に住んでいたのだ。パトリックはシュロップシャーで助任牧師として働いており、同校の招きで学外試験官も務めていた。2人は一目で恋に落ち、すぐに結婚する。ハーツヘッドに移ると、第一子マリアを授かった。のちにソーントンでエリザベス、シャーロット、ブランウェル（一人息子）、エミリー、アンをもうけ、最後にハワースの牧師館に落ち着いた。

IN CONTEXT
本に囲まれた生活

ハワース牧師館には豊富な蔵書を誇る図書室があり、ブロンテ姉妹は宗教書のみならず、イングランドの文学者ジョン・バニヤンやバイロン男爵、ホメーロス、詩人ジョン・ミルトン、ウォルター・スコット、古代ローマ詩人ウェルギリウスなど、古典や名作に囲まれた日々を送った。しかし、イングランド北部の田園地帯で暮らす姉妹は、イングランド文学界から切り離された存在だった。

エミリーは『嵐が丘』で名声を手にした直後、本名を明かすことなくこの世を去った。一方、シャーロットは名声を楽しむ機会に恵まれ、小説家ウィリアム・メイクピース・サッカレーなど多くの作家と交流した。ただし、ディケンズと会ったときは嫌悪感を示し、つきあいを拒絶した。

ブロンテ姉妹が暮らしたハワース牧師館

◁《ブロンテ姉妹》（1834年頃）
アン（左）、エミリー（中央）、シャーロット（右）。この絵を描いた弟ブランウェルも、もともとは中央に描かれていたが、あとで本人が上から塗りつぶした。

一家を襲った悲劇

1821年、ハワースで暮らすブロンテ一家を悲劇が襲う。8歳を筆頭とする6人の子を残して、マリアが亡くなったのだ。死因は卵巣がん、あるいは子宮がんだったといわれている。ブロンテ姉妹はのちのち、幼少期に母を亡くしたトラウマを小説に反映した。そのため、姉妹が描く女性の登場人物は、母親のいない家庭に育っていたり、親と死に別れた子供であったりする場合が多い。マリアの姉エリザベス・ブランウェルは、妹が亡くなると牧師館に移り住み、子供たちの世話や家事一般を担って義弟を助けた。父親は1824年、長女マリアから四女エミリーまでの4人を、家庭教師になれるようにとランカシャー州にあるカウアン・ブリッジ寄宿学校に入学させる。経済的余裕はそれほどなかったが、娘たちには良い教育を受けさせたいと考えていた。だが、シャーロット作『ジェイン・エア』のローウッド学院の描写にも見られるように、姉妹は決して希望にあふれた学校生

△ 牧師パトリック・ブロンテ
英国で最も有名な文学者一家に数えられるブロンテ家の長は、妻や子供たちよりも長生きした。この写真は亡くなる前年の1860年、84歳のときに撮影されたもの。

"この世の楽しみといっても、
　自分自身とおたがいどうし、
　また書物と勉強にもっぱらたよるほかはなかった。"

シャーロット・ブロンテ『嵐が丘』（岡田忠軒訳、グーテンベルク21、2012年）より

△ カウアン・ブリッジ寄宿学校
この19世紀の木版画には、ランカシャー州タンストールにあるカウアン・ブリッジ寄宿学校が描かれている。同校は、シャーロット作『ジェイン・エア』に登場するローウッド学院のモデルとして有名だ。

▽ 豆本
羽ペンの横に並ぶ「豆本」は、ブロンテ姉妹と弟ブランウェルが手で綴じてつくったものだ。小さいながら、文字もきちんと書かれている。

活を送ったわけではなかった。不衛生な食事が供されるなど、その環境は目も当てられないほどひどく、結果的に長女マリアと二女エリザベスは栄養失調から結核にかかってしまう。2人は自宅に戻されたものの、それぞれ1825年の5月と6月に亡くなった。

三女シャーロットと四女エミリーは以降、ハワースで弟ブランウェルと五女アンとともに教育を受けた。父親は見識だけでなく思いやりもある人物で、子供たちの望みに応じて玩具や本を買い与えたという。牧師館の図書室には本がずらりと並んでいたほか、裕福な家柄の出で個人収入もあった伯母エリザベスは雑誌を定期購読していた。シャーロットはのちに、伯母の雑誌を隠れて読むのがとても楽しかったと明かしている。

空想ごっこ

シャーロットとブランウェルを先頭に、4人は空想ごっこを楽しんだ。架空の国（グラス・タウン、アングリア、ゴンダル）をイメージし、細部までこだわって空想の世界をつくりあげていったという。そして小さな雑誌『ブランウェルズ・ブラックウッド・マガジン』（のちにシャーロットが『ザ・ヤングメンズ・マガジン』と改名）を自作しては、3つの王国を題材にしたさまざまな詩や文章を掲載していた。雑誌が発行された9回のうち、6回はシャーロットが「キャプテン・ツリー」名義で編集を担当し、自身の作品には「Genius C.B」（天才C.B）と署名している。雑誌のサイズは縦6.1cm、横3.5cmと小さかったが、これは創刊者が木製の12人の兵隊人形（ブランウェルが父親から贈られたもの）であるとの設定だったためだ。

エミリーは、妹アンと空想した架空の島ゴンダルを舞台に、物語や詩を創作することに夢中になった。しかし、それらの詩は現在ほとんど残っていない。

子供たちはまた、ハワースのそばに広がる荒野にも足を運んだ。岩だらけで荒涼としたその風景は、エミリーが書いた唯一の小説『嵐が丘』になくてはならないものだ。イギリス文学の名作となる『嵐が丘』は、神秘現象や異様な情景、不吉な前兆など、ゴシック的要素にあふれ、欲望と情熱、復讐が渦巻く物語である。陰鬱さを漂わせる荒野の屋敷は、閉塞感を抱かせる呪いの舞台であり、主人公たちの苦悩の象徴だ。

シャーロット・ブロンテ／エミリー・ブロンテ / 095

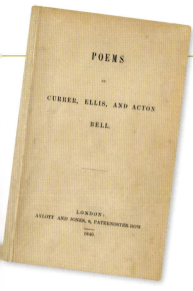

◁『合作詩集』の初版
ブロンテ姉妹が初めて出版した本であり、唯一の合作本。1846年に出版され、エミリーの詩が19編、シャーロットとアンの詩がそれぞれ21編収録されている。

初期の作品

ハワース牧師館には創作への意欲がたぎっていたが、娘たちに自活への道を歩んでほしい父パトリックはそれを一蹴する。シャーロットは1831年から1832年にかけて、マーフィールドのロー・ヘッド・スクールに送られ、教師となるための訓練を受けた。1835年には正式な教師として同校に赴任する。翌年1836年にはエミリーが姉のいる学校に生徒として入学したが、ホームシックがひどかったために自宅に帰り、代わりにアンが通うことになった。

シャーロットは1833年、17歳のときにウェルズリーという筆名で初の中編小説『緑色の小人』を執筆。その後もロー・ヘッドで教師をしながら詩を書き続けた。当時の彼女にとって、書くことは大きな慰めだったようだ。学校では覇気がなく孤立しがちで、自身の生徒たちを「不愉快な愚か者」と考えていた。ロー・ヘッドで教師生活を3年間送ったのち、彼女は家庭教師としてヨークシャー各地の家庭で教え始める。しかし、エミリー宛ての手紙には、みじめさと憤りが募るばかりだと綴り、「家庭教師は存在しないも同然で、生きた人間、理性的な存在だとは考えられておらず、ただ自分のなすべき退屈な仕事をこなすだけ」と嘆いた。

一方のエミリーも20歳のときに教職に就く。だが、1日17時間の労働時間に耐えられなかったため、ハワースに戻って家事に専念した。1842年、伯母が経済的援助を申し出てくれたため、エミリーとシャーロットはベルギーのブリュッセルに渡り、コンスタンティン・エジェが経営する寄宿女学院でフランス語とドイツ語を学び始めた。いずれハワースに自分たちの寄宿学校をつくることが、2人の目的だった。姉妹はともに勉強に精を出したが、エミリーはベルギーでの生活になじめず、居心地の悪さを感じるようになる。その頃、頼みの伯母も急死してしまう。2人はベルギーでの生活に別れを告げると、すぐにイングランドへ戻った。しかし、シャーロットはそのあともブリュッセルとのつながりを保ち続け、翌年に英語教師としてエジェの寄宿女学院に戻っている。当時のシャーロットの手紙を読むと、彼女がエジェに夢中であること、その思いが報われる見込みがないことが読み取れる。この実らぬ恋はシャーロットによる『教授』（1847年には脱稿していたが、シャーロット死後1857年まで出版されなかった）のテーマとなり、最後の小説『ヴィレット』（1853年）にも素材として盛り込まれた。

密かな情熱

シャーロットとエミリーは1844年から、再びハワースでともに暮らし始めた。エミリーは、学校設立の計画が頓挫すると、密かに詩作を開始する。きょうだいに見つからないよう、2冊のノートにこっそりと書き貯めた。

ところが、シャーロットにそのノートを発見され、発表すべきだと急かされるようになる。同じ時期に、妹アンも密かに詩を書き続けていたと明かしたため、姉妹3人は、全員の作品を合同で発表することを決意した。

作品は薄手の詩集『合作詩集』にまと

IN PROFILE

アン・ブロンテ

アンは、ブロンテ一家の末っ子だ。作家としてもっと評価されるべきだという声もあるが、現在のところ姉2人ほどの知名度はない。1820年に生まれ、短い生涯のほとんどをハワース周辺で過ごした。著作は詩（p.96参照）のほかに、小説が2点ある。『アグネス・グレイ』（1847年）は、裕福な家で家庭教師をしていたときの、彼女自身の苦い経験をもとにした物語だ。それ以上に有名なのが、アクトン・ベルの筆名で書いた『ワイルドフェル荘の住人』（1848年）である。この小説では、暴力的な夫から自立を勝ち取ろうとする女性の行動を、力強い筆致で綴っている。アンは1849年に肺結核でこの世を去った。30歳だった。

▽「トップ・ウィズンズ」の廃墟
風の吹きすさぶ侘しい荒野に立つ、廃墟となった農家。ハワース近郊にあるこの建物を見て、エミリー・ブロンテは『嵐が丘』に出てくるアーンショーの屋敷を思いついたと言われている。

"これこそが、未知の力を持つ女流作家だ。
ロンドン中の人々が彼女の本を読み、
それについて話し、推測している……。"

アン・イザベル・サッカレー・リッチー（シャーロット・ブロンテを評して）

△ ハワースの村
ヨークシャー西部の村ハワースと、その向こうに広がる荒野。ブロンテ姉妹の人生や作品は、常にハワースの風景とともにあった。

△ エミリーの「芸術と幾何学（きかがく）」ボックス
ブロンテ家の子供たちは全員、絵画を学んだ。娘たちはおもに風景や植物を水彩画で、ブランウェルは油彩で肖像画を描いた。

められ、アイロット＆ジョーンズという小さな会社を通じて自費出版された。その際、3人はそれぞれ、カラー・ベル（シャーロット）、エリス・ベル（エミリー）、アクトン・ベル（アン）という筆名を名乗った。ペンネームで出版した理由について、シャーロットはのちに、「女性の作品であるという偏見を持たれたくなかったから」と説明している。後年、エリスことエミリーの詩は特に高く評価され、その死からおよそ100年後の1941年に、200編近い作品すべてが公開された。文学的価値が認められてのことだったが、1846年の出版当初は、『合作詩集』はたった2部しか売れなかった。デビュー作での失敗を姉妹がどう感じたかは分からないが、それ以降、エミリーが詩作をやめて散文に集中しようと決めたのは明らかだ。いずれにせよ、創作への意欲に火がついた3人は、出版社探しに奔走（ほんそう）するようになった。

正体を明かす

シャーロットは1846年4月6日、アイロット＆ジョーンズ宛にこんな手紙を送っている。「カラー、エリス、アクトン・ベルは、現在それぞれ小説を執筆しており、これら

"『嵐が丘』は、殺風景な仕事部屋で簡素な道具を使い、粗末な材料から切り出された。"
シャーロット・ブロンテ

シャーロット・ブロンテ／エミリー・ブロンテ / 097

主要作品

1846
シャーロット、エミリー、アンの詩をまとめた『合作詩集』を自主出版。男性の名前を筆名に用いた。

1847
シャーロットがカラー・ベルの筆名で『ジェイン・エア』刊行。たちまち成功をおさめる。

1847
エミリー・ブロンテによる最初で最後の小説『嵐が丘』が、姉シャーロットの『ジェイン・エア』から数カ月遅れで刊行される。

1849
シャーロットが『シャーリー』を刊行する。ブランウェル、エミリー、アンを病気で亡くした直後だった。

1853
シャーロットの最も成熟した作品として名高い『ヴィレット』刊行。女性のアイデンティティなど、初期の作品で扱ったテーマを再度取り上げた。

1857
ブリュッセルでの経験をもとにした『教授』がシャーロットの死後に刊行。

△『嵐が丘』
エミリーが書いた唯一の小説は、エリス・ベルの筆名で、3巻で出版されていた。この写真は初版本（1847年）第1巻の本扉。

の3作を1冊にまとめて出版したいと考えています」。彼女のいう3作とは、シャーロットの『教授』、エミリーの『嵐が丘』、アンの『アグネス・グレイ』のことだ。この話にはトマス・コートリー・ニュービー社が興味を示したものの、『教授』だけは出版を断られてしまう。他の出版社にもよい返事はもらえなかったが、あるときスミス・アンド・エルダー社から、「カラー・ベル氏の長編を読んでみたい」と声がかかった。1847年8月、シャーロットが同社に『ジェイン・エア』を送ったところ、わずか6週間で刊行の運びとなった。本作は細部まで周到に組み立てられた教養小説（成長物語）で、アイデンティティ、ジェンダー、人種、階級の問題を絡めながら、ヒロインが少女から大人の女性へと変わっていく姿を描いている。

3人の作品が匿名で発表されると、文学界には衝撃が走った。冷酷な感情をむき出しにした醜悪な場面が描かれる『嵐が丘』には、動揺や憤りの声と、手放しの称賛とが半々の割合で寄せられた。『ジェイン・エア』も読者を困惑させると同時に、感動を呼んだ。そうした読者の中には、ジョージ・エリオットのパートナーだった哲学者のジョージ・ヘンリー・ルイスも含まれていた。ルイスは『フレイザーズ・マガジン』に書評を寄せ、登場人物の描写は「驚くほど巧みである」としながら、文体は「一風変わっている」と述べた。さらに、女性による作品なのではないかと鋭く指摘して、シャーロットを失望させた。わざわざ正体を隠してきたというのに、これでは台無しだ。この書評が要らぬ憶測を呼ぶことになりはしないかと、彼女は案じた。

つらく苦しい年月

その後エミリーは、新たに小説を書き上げることはできなかった。ブロンテ一家は次々と病に襲われ、姉妹は看病に追われる日々を送る。父は白内障を患い、弟ブランウェルは才能を生かせずアルコールに溺れた。ひょっとしたらアヘンチンキ常用者だったのかもしれない。1848年9月にブランウェルは世を去る。エミリーも肺結核にかかり、同年12月、30歳の若さで亡くなった。やせ衰えた彼女の遺体は、幅わずか40cmの棺に納められた。末っ子のアンも、1849年5月に他界した。

大きな喪失感の中で、シャーロットは1849年、2作目となる『シャーリー』（産業革命後のイギリスを舞台に、人間関係における衝突や苦労を描いた物語）を刊行する。これは彼女が2年にわたって書き続けた作品だったが、『ジェイン・エア』に比べると、力強さに欠けるのは明らかだ。シャーロットにとって、執筆活動はこのときも心の慰めとなった。4年後の1853年には、フランス語学校を舞台にした冒険とロマンスの物語、『ヴィレット』を出版する。主人公ルーシーに女性らしさが欠けているとの批判もあったが、おおむね称賛され、結局これがシャーロットにとって最後の作品となった。『ヴィレット』の出版前、シャーロットは父親の助任牧師アーサー・ベル・ニコルズとの結婚に同意している。若干のためらいもあったが、友人で作家のエリザベス・ギャスケル（彼女はシャーロットの伝記を書いたこともある）に背中を押され、1854年に正式に結婚に踏み切った。しかし不幸にも、それからわずか数カ月後、シャーロットは38歳で急逝する。当時、彼女は妊娠中だった。

> **IN CONTEXT**
> ### ジェンダー表現
>
> 19世紀の小説に登場する女性たちは、容姿の特徴や、その美しさ（あるいは醜さ）という点から語られることがほとんどだった。従順か反抗的か、性的魅力があるかどうか、という決まりきった物差しもあった。だが、ブロンテ姉妹の登場により、そうした旧来の退屈な女性像は覆されることになる。『ジェイン・エア』と『嵐が丘』は、ともに女性たちの複雑な内面に目を向けた小説だ。キャサリン・アーンショーは情熱の中に影を秘め、ジェイン・エアは冷静で機知に富み、バーサ・メイソンは錯乱して監禁された女性として描かれている。19世紀の評論家エリザベス・イーストレイは、『ジェイン・エア』を「反社会的で奔放な精神を擬人化した小説」だと激しく批判した。
>
> 作者不明《戯れ》（1882年頃）

19世紀前期の文学者

ウィリアム・ブレイク

William Blake 1757〜1827 イングランド

ブレイクは詩人、画家であり、神秘思想家である。父親は靴下職人だった。霊感があり、10歳のときに木の上にいる天使を見たのが初めての幻視体験だったという。絵画学校に通ったのち、斬新な発想を持つ一流の彫版師になった。詩画集『無垢の歌』以降の挿絵はすべて本人作である。「虎」「病める薔薇」「ロンドン」など広く知られた詩の多くは『経験の歌』におさめられている。また、『セルの書』や『天国と地獄の結婚』といった長詩では、難解で謎めいた神話をたとえにしながら、ブレイク自身の社会的・宗教的見解を明かしている。多くの詩で腐敗した社会を非難し、肉体的な欲望の抑制に異議を唱えた。最も有名な詩「ジェルサレム」では、信仰心に根差した社会理想主義を鮮明に描き出している。

主要作品 『無垢の歌』(1789年)、『天国と地獄の結婚』(1790〜1793年)、『経験の歌』(1794年)、『ミルトン』(1804〜1808年)

フリードリヒ・シラー

Friedrich Schiller 1759〜1805 ドイツ

シラーは、ドイツのロマン主義において最も重要な位置を占める劇作家だ。軍医になるべく養成学校に通いながら、戯曲第一作『群盗』を書いた。これは激しいメロドラマで、ドイツロマン主義時代におけるシュトゥルム・ウント・ドラングの過激な思想を象徴する作品だ。初演時には話題を集め、観客を熱狂させたが、支配層からは痛烈な批判を浴びた。

後年、シラーは「ドイツ古典主義」という文化運動を通じてゲーテと出会い、美についての複雑な理論や、人間の自由に関する繊細な考え方を発展させていった。歴史家であり劇作家でもあったシラーは、抑圧、不当、抵抗をテーマに、歴史的事実を土台にした詩劇を数多く創作した。感情が次第に高まっていく「歓喜の歌」(この詩にベートーベンが曲をつけて「第九」となった)や、陽気に歌い上げる「イビュクスの鶴」(1797年)など、その作風は幅広い。結核にかかり、45歳で死去した。

主要作品 『群盗』(1781年)、『スペインの王子ドン・カルロス』(1787年)、『ヴァレンシュタイン』三部作(1796〜1799年)、『ヴィルヘルム・テル』(1804年)

スタール夫人

Madame de Staël 1766〜1817 フランス

作家であり知識人だったスタール夫人は、フランスロマン主義の立役者の1人である。本名をアンヌ・ルイーズ・ジェルメーヌ・ネッケールといい、スイス人銀行家の娘として生まれた。父親はルイ16世の治世下で財務総監を務めた人物だ。パリにある母親のサロンには著名な啓蒙思想家たちが集い、幼いアンヌも彼らに会う機会があった。親に言われるまま、パリ駐在スウェーデン大使のスタール=ホルシュタイン男爵と結婚してスタール夫人となったが、夫とは別々に暮らした。1789年にフランス革命が起き、ナポレオン政権が誕生すると、夫人はやむをえず長い国外生活に入る。1800年代になると、スイスのコペにある彼女のサロンは、反ナポレオン政権派の活動拠点となった。夫人が書いた小説には、『デルフィーヌ』『コリーヌあるいはイタリア』の2作品がある。いずれも、男性優位の社会で、愛と使命に揺れる強い女性たちの心理を描いた作品だ。1800年には『文学論』を発表し、社会情勢が文学に与える影響について、画期的な考察を披露した。

主要作品 『デルフィーヌ』(1802年)、『コリーヌあるいはイタリア』(1807年)、『追放の10年』(1821年)

サミュエル・テイラー・コールリッジ

Samuel Taylor Coleridge 1772〜1834 イングランド

コールリッジは、ロマン主義を代表する詩人だ。若い頃は急進主義者で、アメリカに生活共同体を設立しようとしたこともあった。1797年からはワーズワスとともに会話詩に取り組み始め、「深夜の霜」「ライムの木陰にとどまって」のほか、有名な「老水夫行」を書いた。「老水夫行」は、バラード形式の物語詩で、罪や贖罪といったテーマを幻想的な鮮やかさでうたったものだ。この詩は、1798年刊行のワーズワスとの共著『抒情歌謡集』におさめられている。

多くの作品を残した時期の詩に、異国情緒あふれる「クブラ・カーン」(コールリッジが見た夢をもとに書いた詩だとされている)があるが、1816年まで日の目を見なかった。コールリッジは私生活では、数年にわたり、不安やうつ病、慢性的な体調不良、アヘンへの依存に悩まされた。不幸な結婚は破綻し、別の女性との情事に溺れたが、その苦悩は心動かされる抒情詩「失意の詩」に見て取れる。晩年は物思いに沈み、空想の世界に身をゆだねる日々を送った。

主要作品 「老水夫行」(1798年)、「失意の詩」(1802年)、「クブラ・カーン」(1816年)、『文学評伝』(1817年)

△ フランソワ・ジェラールの画風を真似て描かれた《スタール夫人》(1849年頃)

19世紀前期の文学者 / 099

△ オロフ・ヨハン・セーデルマーク《スタンダール》(1840年)

スタンダール

Stendhal 1783〜1842 フランス

　本名はマリ＝アンリ・ベールで、スタンダールはペンネーム。分析的合理主義である啓蒙思想に、ロマン主義時代の情感あふれる主題をもたらした小説家だ。地方弁護士の息子だったが、ナポレオン陸軍の少尉としてイタリアに駐在し、この地で刺激的な日々を送った。執筆を始めたのはナポレオンが失脚した1815年以降のことである。

　名うての女たらしだったスタンダールは、自らの経験を客観的に分析し、1822年に理論書『恋愛論』を書いた。彼の代表作『赤と黒』と『パルムの僧院』では、愛や野望に突き動かされた若き主人公が、社会の秩序に立ち向かう様を生き生きと描いている。こうした力強い作品を、スタンダールは苦もなく生み出すことができた。『パルムの僧院』などは、わずか7週間で書き上げたと言われている。死後に出版された自伝的作品『アンリ・ブリュラールの生涯』では、その優れた心理的洞察力を披露した。

主要作品 『アルマンス』(1827年)、『赤と黒』(1830年)、『パルムの僧院』(1839年)、『アンリ・ブリュラールの生涯』(1895年)

アレッサンドロ・マンゾーニ

Alessandro Manzoni 1785〜1873 イタリア

　マンゾーニは、傑作小説『いいなずけ』で有名な作家である。この小説は、イタリア国民にアイデンティティを普及させるうえで、きわめて大きな役割を果たした。ミラノの名門一族に生まれたマンゾーニは当初、詩や戯曲を書いていた。詩劇『カルマニョーラ伯爵』はゲーテから高い評価を受ける。ナポレオンの死を題材にした詩「五月五日」はイタリア語で書かれた抒情詩の中で、最も人気の高いものとなった。

　『いいなずけ』は、厄災に見舞われたスペイン統治下の17世紀ミラノを舞台にした恋愛劇だ。この小説が急進的であるのは、ヒーローとヒロインが農民である点と、オーストリアの支配下に置かれた北イタリアでの過酷な暮らしを芸術的に描写した点である。マンゾーニは『いいなずけ』以降、とりたてて話題作を書くことはなく、ミラノ郊外の地所で静かな暮らしを送った。

主要作品 『カルマニョーラ伯爵』(1820年)、「五月五日」(1821年)、『いいなずけ』(1825〜27年)

パーシー・ビッシュ・シェリー

Percy Bysshe Shelley 1792〜1822 イングランド

　シェリーは、イングランドのロマン派の中で最も反抗心にあふれた詩人だ。無神論を公言して大学を追放され、16歳の女子学生ハリエット・ウェストブルックと駆け落ちした。結婚がほどなく破綻すると、ハリエットは自殺する。シェリーはその後、メアリー・ゴドウィン(のちに『フランケンシュタイン』を執筆)と再婚した。1818年にイタリアに移り住むと、この地でのちに有名になる詩の多くを書いた。海難事故により30歳で死去し、トスカーナのヴィアレッジョの浜辺で荼毘に付された。

　シェリーは詩の中で技巧を駆使しながら、人生の理想的なあり方を表現した。この行為が、彼自身の絶望を和らげてくれていたのだ。「無秩序の仮面」(1819年)などでは、イングランド政府と社会をあからさまに批判した。「オジマンディアス」をはじめとする作品では、権力者に対する軽蔑の気持ちをあらわにした。シェリーは、詩の力によって、社会に政治的・道徳的変化をもたらすことができると信じていた。そうした彼の信条は、評論『詩の擁護』で明らかなほか、抒情詩的表現が見事な「西風に寄せる歌」にも見て取れる。

主要作品 「オジマンディアス」(1818年)、『縛めを解かれたプロミーシュース』(1820年)、「西風に寄せる歌」(1820年)、「アドネイース」(1821年)

ジョン・キーツ

John Keats 1795〜1821 イングランド

　代表的なロマン派詩人のキーツは、ロンドンの貸し馬車屋に生まれた。医学の勉強を断念して詩の道に進んだが、初の詩集は鳴かず飛ばずで、長詩『エンディミオン』は酷評を受けた。それでも、自らの詩の才能に対する自信を失わず、6年間で頌詩、ソネット、無韻叙事詩、中世の愛の物語詩を書いた。また、「心を満たす愛情の神聖さと想像力が生み出す真実」に基づいた、詩に対する自身の哲学を多くの手紙に書き残している。結核を患い、治療のために赴いていたローマで亡くなる。25歳だった。

主要作品 『詩集』(1817年)、『エンディミオン』(1818年)、『イザベラ』『聖アグネス祭前夜』を含む『レイミアその他・詩集』(1820年)

ハインリヒ・ハイネ

Heinrich Heine 1797〜1856 ドイツ

　ハイネは、ドイツロマン主義を身近なものに変えた詩人である。具体的に言えば、彼は政治的言及や風刺に富んだウィット、そして飾らない言葉を、この主義に持ち込んだのだ。ドイツのユダヤ人家庭に生まれ、法律を志したものの、反ユダヤ主義の流れの中でキャリアを絶たれる。初期の詩は『歌の本』にまとめられ、1827年に出版された。皮肉の混じった多くの愛の詩には、のちに音楽がつけられた。

　1831年、ハイネはパリに移り住んだことで、ドイツの独裁主義と、堕落した政治ジャーナリズムを堂々と批判できるようになった。なかでも特筆すべき風刺詩が『冬物語:ドイツ』だ。晩年は病気や死を恐れ、その影響が詩にも色濃く反映されている。ハイネの著作は、彼の存命中からドイツで発禁処分を受けていたが、その死から80年後、ナチス政権は再びこれを発禁対象とした。

主要作品 『歌の本』(1827年)、『冬物語:ドイツ』(1844年)、『ロマンツェーロ』(1851年)

アレクサンドル・デュマ

Alexandre Dumas 1802～1870 フランス

　デュマの歴史小説は当時のベストセラーとなり、大衆文化に永続的な影響をもたらした。父親は陸軍の将軍だった。初めて脚光を浴びたのは歴史戯曲『アンリ三世とその宮廷』で、ロマン派戯曲がパリで人気を博していた1829年に上演された。デュマは他にもいくつかの戯曲を、最初の小説『ポール大尉』以前に書いている。これらはシリーズ化されて1838年に上演され、成功をおさめた。

　大衆の求めに応じて大胆な冒険物語を紡ぎ出しながら、デュマは小説を量産する体制を整えた。オーギュスト・マケなどの助手が作品のアイディアを出し、文章を書いて、それをデュマの名前で出版したのだ。これにより、デュマは生涯を通じて、合計10万ページを超える印刷物を世に送り出したと言われている。また、ダルタニャンやモンテ＝クリスト伯、鉄仮面といった登場人物も、後世に残る伝説的なキャラクターとなった。デュマはまたたくまに大金を稼いだが、女性に貢いだり散財したりしているうちに、蓄えを使い果たしてしまう。その後は借金取りから逃れるため、長く外国で暮らしたが、決して筆は置かなかった。晩年にはペットに関する本や、1000ページに及ぶ料理書も書いている。

主要作品　『三銃士』（1844年）、『モンテ＝クリスト』（1845～46年）、『王妃の首飾り』（1849年）、『黒いチューリップ』（1850年）

ナサニエル・ホーソーン

Nathaniel Hawthorne 1804～1864 アメリカ

　ホーソーンは、有名なゴシック小説『緋文字』の著者である。マサチューセッツ州セイラムに生まれ、先祖の1人には、悪名高い魔女裁判を担当した判事がいる。初期の作品や、短編集の『トワイス・トールド・テールズ』はほとんど評判にならなかったが、『緋文字』は刊行後すぐにベストセラーとなった。ホーソーン自身は、この作品を一種の「愛の物語」と評している。なぜなら主人公のヘスター・プリンは、罪の意識、偽善、性欲の抑制といったピューリタンの慣習と対立しながらも、不倫した相手を守ろうとするからだ。また、現実主義を排して、道徳的真実を追求した作品と読むこともできる。

　次作『七破風の家』もテーマは同じだが、こちらには超自然的要素が大きく盛り込まれた。『ブライズデール・ロマンス』は比較的軽い内容で、超絶主義（1920年代と1930年代に起こった哲学的運動。経験論よりも直観を重視した）に否定的なホーソーン自身の考えが反映されている。1853年にアメリカ領事に任命され、ヨーロッパで7年を過ごすが、創作活動に役立つような経験はできなかった。彼は未完の3作を残して死去している。

主要作品　『トワイス・トールド・テールズ』（1837年）、『緋文字』（1850年）、『七破風の家』（1851年）、『ブライズデール・ロマンス』（1852年）

△ エティエンヌ・カルジャ《アレクサンドル・デュマ》（1862年頃）

ジョルジュ・サンド

George Sand 1804～1876 フランス

　サンドは小説を書くことで、満ち足りた人生を追い求める女性を支援し、これを押さえつけようとする力に反発した女性作家である。本名をオーロール＝デュパンといい、パリ南部のノアンに住む祖母の館で成長した。この館は、サンドがのちに相続している。1831年、彼女は不幸な結婚生活から逃げ出すと、パリで自由奔放に暮らし始めた。この頃からジャーナリストとして活躍し、小説家の「ジョルジュ・サンド」として成功を収める。慣習にとらわれることを嫌い、男性の衣服を身に着け、人目をはばからず華やかな恋愛をした。彼女の有名な恋人には、作曲家フレデリック・ショパンがいる。

　サンドの作品は、どれも現実的な設定の恋愛小説だ。そこに描かれる女性の多くは、生活に不満を抱いており、ある時点でその感情を爆発させる。またサンドは作品を通じて、社会的不平等を糾弾したり（1848年に起きた二月革命には、彼女も積極的に関わった）、故郷への愛を表現したりもした。晩年はノアンで孫たちと隠遁生活を送ったが、多くの著名な作家がここに足を運び、サンドとの面会を楽しんだ。

主要作品　『アンディヤナ』（1832年）、『コンシュエロ』（1842～43年）、『魔の沼』（1846年）、『愛の妖精』（1849年）

19世紀前期の文学者

エリザベス・バレット・ブラウニング

Elizabeth Barrett Browning　1806～1861　イングランド

ビクトリア朝時代の詩人であるエリザベスは、その生涯を通じて、夫で詩人のロバート・ブラウニングよりも有名な存在だった。裕福なモールトン・バレット家に生まれたが、その財産が英領西インド諸島の奴隷制によって築かれたものだと分かると、これを激しく非難している。早くから詩の才能が開花し、わずか14歳にして、叙事詩『マラソンの戦い』を自費出版した。

病弱でアヘンチンキを常用していたエリザベスは、世間体を保つ必要から家に閉じこもりがちになるが、この期間に『縛られたプロメテウス』(1833年)、『熾天使』を発表して文学界での評価を呼ぶ。さらに1844年の『詩集』は、批評家だけでなく大衆からも高く評価され、第14代桂冠詩人の候補者に名を連ねた。

1845年になると、父親に反対されていたにもかかわらず、ロバート・ブラウニングと密かに結婚し、イタリアのフィレンツェに駆け落ちした。彼女の夫に対する熱烈な愛は、『ポルトガル語からのソネット集』にうたわれている。中でも有名なのは、「第43詩」のこんな書き出しだ。「どれほどあなたを愛していることか。愛しかたを数えてみましょう」。後年には、自伝的「長編物語詩」の『オーロラ・リー』を刊行し、そのキャリアは最高潮に達した。

主要作品　『熾天使』(1838年)、『詩集』(1844年)、『ポルトガル語からのソネット集』(1850年)、『オーロラ・リー』(1856年)

ニコライ・ゴーゴリ

Nikolai Gogol　1809～1852　ロシア

痛烈でグロテスクな風刺文学の達人ゴーゴリは、小説や戯曲、短編を通じて、ロシア帝政下における不条理な暮らしを描いた。ウクライナの小地主の息子に生まれたが、詩人を目指してサンクトペテルブルクに移る。下級官吏の職を転々とする生活から、国の役人として生きることについて鋭い洞察を得た。やがて、プーシキンからの励ましで、物書きとして暮らしを立てる決意をする。

不条理主義者で皮肉屋であるゴーゴリの本領は、1836年の笑劇『検察官』と超現実主義的な短編『鼻』で発揮される。政府からの迫害を恐れた彼は、その後12年間を国外で過ごす。主な滞在先はローマで、そこで書いた傑作『死せる魂』は、ロシア中流層ならびに地主たちの欲と腐敗を揶揄する内容だった。『死せる魂』と短編『外套』により、ゴーゴリはロシアの一流散文家としての地位を確立する。

晩年は宗教に傾倒し、目指していた壮大な文学構想を完成させることはなかった。

主要作品　『鼻』(1836年)、『検察官』(1836年)、『死せる魂』(1842年)、『外套』(1842年)

アルフレッド・テニスン

Alfred, Lord Tennyson　1809～1892　イングランド

テニスンは、ビクトリア女王に最も長く仕えた桂冠詩人である。彼が最盛期に書いた作品は、ひときわ高い音楽性と優れた技巧性を帯びていた。リンカーンシャーの牧師の子として生まれ、1830年代に初詩集を出版するものの、鳴かず飛ばずに終わる。その中には、のちにアンソロジーとして人気となる「マリアナ」や「シャロットの姫」も含まれていた。1842年、「ロックスリー・ホール」「ユリシーズ」「砕け、砕けよ、砕け散れ」を収めた『詩集』を刊行し、ついに大きな成功を手にする。次作『イン・メモリアル』でもその勢いは衰えなかったが、これは実際には、詩人アーサー・ハラムの死を静かに悼む作品だ。テニスンの友人だったハラムは、脳出血により早世した。

テニスンは1850年に桂冠詩人になると、クリミア戦争におけるイギリス軍の戦いを讃えた「軽騎兵の突撃」(1854年)から、複雑で激しい愛情をうたった『モード』まで、幅広いテーマの詩を書いた。12巻に及ぶアーサー王伝説の史詩『国王牧歌』は市民に愛されたが、現代人の好みにはあまりそぐわない。1883年に男爵を授かった。

主要作品　『詩集』(1842年)、『イン・メモリアル』(1850年)、『モード』(1855年)、『国王牧歌』(1859～85年)

エリザベス・ギャスケル

Elizabeth Gaskell　1810～1865　イングランド

エリザベス・ギャスケルは、産業革命が社会に及ぼした影響を鋭く読み解いた小説家だ。スティーヴンソン家に生まれ、まもなくチェシャー州の小さな町に住む伯母に引き取られて育つ。エリザベスは後年、この街をモデルに『女だけの町(クランフォード)』を執筆した。ユニテリアン教会牧師のウィリアム・ギャスケルと幸せな結婚をし、産業革命に湧くマンチェスターに移り住むと、彼女は慈善活動を通じて貧しい人々を助けた。

やがて幼い息子をなくしたエリザベスは、気晴らしに小説を書き始める。マンチェスターの貧しい労働者階級に心を寄せた『メアリー・バートン』は、当時の大衆にすぐさま受け入れられた。さらに、小さな町を舞台にした『女だけの町』を刊行して人気を不動のものとしたが、娼婦をテーマにした『ルース』(1853年)や、労働者と雇い主との対立を描いた『北と南』は賛否を呼んだ。のちの作品『妻と娘』を彼女の最高傑作と位置づける声もある。友人であるシャーロット・ブロンテの生涯を綴った1冊も有名だ。

主要作品　『メアリー・バートン』(1848年)、『女だけの町(クランフォード)』(1851～53年)、『北と南』(1854～55年)、『妻と娘』(1864～66年)

△《アルフレッド・テニスン男爵》(1865年頃撮影)

LATE
19th
CENTURY

19世紀後期

CHAPTER 3

ジョージ・エリオット	104
ハーマン・メルヴィル	106
ウォルト・ホイットマン	108
シャルル・ボードレール	112
ギュスターヴ・フローベール	116
フョードル・ドストエフスキー	120
ヘンリック・イプセン	124
レフ・トルストイ	126
マシャード・デ・アシス	130
エミリー・ディキンソン	132
マーク・トウェイン	134
トーマス・ハーディ	136
エミール・ゾラ	140
ヘンリー・ジェイムズ	142
アウグスト・ストリンドベリ	144
ギ・ド・モーパッサン	146
オスカー・ワイルド	148
ジョゼフ・コンラッド	150
ラドヤード・キプリング	154
アントン・チェーホフ	156
ラビンドラナート・タゴール	160
19世紀後期の文学者	162

ジョージ・エリオット

George Eliot　1819〜1880　イングランド

ベストセラー作家またヴィクトリア女王のご贔屓となり、エリオットは巨万の富と人気を手にした。だがその型破りな私生活のため、英国の権力者から完全に受け入れられることはなかった。

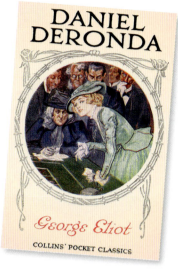

△『ダニエル・デロンダ』
エリオットは、現実を示唆的に描写するという当時としてはめずらしい方法で、英国人の複雑な心理を表現した。最後の小説『ダニエル・デロンダ』（1876年）では上流階級の抑圧を描き、また英国社会におけるユダヤ人の地位という波紋を呼ぶテーマに向かい合った。

　ジョージ・エリオットは、人生のある局面で自分に新たな名前をつけた。作家として世に出るにあたり、男性名の筆名を選び、実名を伏せることを出版社と合意したのだ。その作品は自分が書いたと称する者が現れ、正体を明かすように迫られたときも、筆名のジョージ・エリオットを貫いた。

　本名はメアリー・アン・エヴァンズ、ウォリックシャー州ヌニートンに生まれた。その前半生を決定づけたのは、娘を寄宿学校に入学させるという父親の決断（通常は息子たちに与えられる特権である）であった。読書欲旺盛な少女は、父親が地所の管理人を務めるアーブリーホールの図書館の本を読みあさっていた。しかし正規の学校教育は16歳のときに終わりとなる。母親の死により、家政をみるために帰郷しなくてはならなかったのだ。

　5年後に父親とコヴェントリー近郊に移り住み、ここで富裕な慈善家のチャールズ・ブレイおよびその妻カーラと親しくなる。父親にはない自由な考え方をエリオットに教え、彼女に執筆を勧めたのは、このブレイ夫妻だ。

　1849年に父が亡くなると、遺産を受け継いだエリオットは自由になった。ロンドンへの転居を前にスイスで過ごし、ジャーナリズムの道を進むことを決意。ロンドンではブレイ夫妻を通じてジョン・チャップマンと知り合い、その政治系出版社に加わる。チャップマンは、エリオットを『ウェストミンスター・レビュー』の副主筆として雇い入れた。ヴィクトリア時代の女性には、まず与えられなかったポジションだ。

ロンドンでの暮らしと恋

　ロンドンで何人もの男性に夢中になったエリオットだが、1851年、ついに運命の相手であるジョージ・ヘンリー・ルイスと出会う。2人の関係は複雑だったが、それはルイスが既婚者であったことが原因だった。妻アグネスとの離婚が認められないまま（アグネスが産んだ子供に自分の名をつけていたため）、ルイスはエリオットと共に暮らす道を選ぶ。エリオットはこれをきっかけに、エヴァンズ・ルイスと名乗るようになった。

　既に小説を書こうと決めていたエリオットだが、ジョージ・エリオットとしての一歩を踏み出したのはルイスとの満ち足りた日々を得てからだった。当時は女性による小説など「馬鹿げている」「感情的で大げさである」と見なされがちだったが、エリオットは男性の名を使うことでそうした偏見から自由になり、自身の作品に説得力を与えることができた。同時代のヨーロッパの小説を愛読していたエリオットは、自身もリアリズムに溢れた本格的な作品を書こうと決意する。その後、1857年に『牧師館物語』が数回に分けて出版され、1859年には初めての完全版の小説『アダム・ビード』が刊行された。さらに5編の小説を書き、その中の1つ『ミドルマーチ』はヴィクトリア時代の最も優れた小説の1つに挙げられている。ほかにも多くの詩やエッセイ、雑誌記事を執筆した。

　1878年にルイスと死別すると、エリオットは小説を書くのをやめ、結婚してメアリー・アン・クロスを名乗った。夫が20歳も年下であったことからこの結婚は物議を醸したが、結局、彼らの生活は長くは続かなかった。1880年、エリオットは肝臓の病のためチェルシーの豪邸で世を去り、ハイゲイト墓地でルイスの隣に埋葬された。

◁《ジョージ・エリオット》
父の死後、エリオットはしばらくジュネーブに滞在し、スイス人画家フランソワ・ダルベール・デュルードの家に身を寄せていた。この肖像画は、1849年にデュルードが描いた30歳のエリオット。

IN CONTEXT
日曜日の急進者たち

　作家にして哲学者、科学者のジョージ・ヘンリー・ルイスとの関係は、エリオットにロンドンの文学および知的エリートとの交流をもたらした。このカップルは、ウィリアム・サッカレー、トーマス・カーライル、ジョン・スチュアート・ミルといった作家たちのサークルの中心的な存在だった。日曜の午後にはエリオットとルイスの住まい、プライオリーで会合が開かれ、こうした思想家たちにより、革新的な哲学・心理学・社会学理論を取り入れた文芸運動が始まった。

ロンドン、ジョンズ・ウッド・ストリートにあるエリオットの家、プライオリー

ハーマン・メルヴィル

Herman Melville　1819〜1891　アメリカ

メルヴィルは卓越したストーリーテラーで、リアリズムの巨匠でもある。その真の偉大さは、複雑かつ異色の傑作、『白鯨』の豊かな象徴性と深淵なテーマに表れている。

◁ アローヘッドの家
メルヴィルが『白鯨』を執筆したマサチューセッツ州アローヘッドの自宅の机。1780年代に建てられたこの家は作中にも何度か登場し、13年にわたって著者の住まいとなった。

ハーマン・メルヴィルは、8人きょうだいの1人としてニューヨークの名家に生まれた。だが少年時代に一家の財政は傾き、メルヴィルが富を受け継ぐことはなかった。店員から教師まで仕事を転々としながら、手に職をつけようと測量の勉強をするも道半ばに終わり、メルヴィルは海に出て、商船セント・ローレンス号のキャビンボーイとして働くようになる。

海での体験をもとに

メルヴィルは数年間を捕鯨船の乗組員として過ごした後、異国の冒険譚を携えて1844年にボストンに戻り、南海諸島での反乱や食人習慣を織り込んだ処女作『タイピー』(1846年)および『オムー』(1847年)を発表した。こうしたロマンティックでセンチメンタルな物語は人気を博し、よく売れたため、メルヴィルには家庭を持つ余裕もできた。1847年にエリザベス・ショウと結婚すると、2年後には第一子を授かり、計4人の子供に恵まれた。

次作『マーディ』(1849年)は、さほど売れなかった。リアリズムやロマンを排し、哲学的な思索や寓意を盛り込んだ意欲作だったが、新たな冒険小説を求めていた読者にとっては期待外れだったのだ。しかし、これを発表したことで、メルヴィルの文学的野心に変化が起きた。親しい友人のナサニエル・ホーソーンには、こう打ち明けている。「一番書きたいと思うもの……それは報われない。それでも、やっぱり他のものを書くことはできない」

豊富な読書経験から学んだことを生かし、メルヴィルは、次の作品『白鯨』に海での体験をすべて注ぎ込んだ。鯨に沈められた捕鯨船、エセックス号の実話をもとに力強いプロットを練り、常軌を逸した強烈な主人公、復讐に取り憑かれたエイハブ船長を生み出したのだ。生き生きした海上生活の描写に加え、豊かな象徴性と散文・詩・目録・ト書き・独白・挿話といった、さまざまなスタイルや文学的な仕掛けがあいまって、階級や地位、善と悪、狂気、義務、反逆、友情、死とは何かを追求した作品となっている。だが、メルヴィル自身は『白鯨』をさまざまな意味での「失敗作」と評しており、実際に販売部数も伸び悩んだ。

遅れた評価

その後に執筆した小説も読者を獲得できず、講演で生計を立てようとするも行き詰まったメルヴィルは、1866年にニューヨーク税関での税関吏の職に就くこととなった。以後は詩作に転じ、2冊の詩集を発表するもさほど注目を集めずに終わる。そんな中でも海への憧れを断ち切れず、メルヴィルは世を去る前の1891年にもう1冊の海洋小説を執筆する。これは彼の死後の1924年、『ビリー・バッド』として発表された。その頃にはメルヴィルの評価が高まり、『白鯨』はアメリカ文学の傑作と認められるまでになった。

IN CONTEXT
文学的影響

メルヴィルは、ミルトン、ポープ、ラブレーから聖書、シェイクスピアに至るまで、さまざまな本に影響を受けた。彼の所有していた『リア王』の余白には、一言「素晴らしい!」と書き込まれており、その感動ぶりが見てとれる。『白鯨』の独白やト書き、戯曲の抜粋からはシェイクスピアの影響がありありとうかがえるほか、主人公の暴君的なエイハブ船長には、シェイクスピア悲劇の主人公の性格が投影されている。

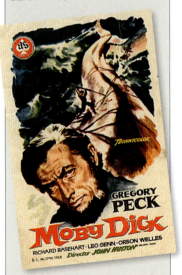

1956年の映画『白鯨』のポスターに描かれた、エイハブ船長に扮するグレゴリー・ペック

> "危険に精通することで
> 勇敢な人間はより勇敢になるが、
> 大胆さは失われる。"
>
> ハーマン・メルヴィル『白いジャケツ』

▷ 晩年のメルヴィル
メルヴィル66歳のときの肖像写真。心臓発作で亡くなる6年前、作家として行き詰まっていた当時のものだ。傑作『白鯨』が絶賛されたのは、メルヴィルの死後のことだった。

ウォルト・ホイットマン

Walt Whitman　1819～1892　アメリカ

『草の葉』で叙事詩を生み出したホイットマンは、恋愛から戦争、奴隷制、民主主義に至るまで、数多のテーマを探求した。自由な韻律を用いたその詩には、偉大な英雄ではなく市井のアメリカ人の声がうたわれている。

ウォルト・ホイットマン――本名はウォルターだが、同名の父親と区別してウォルトと呼ばれていた――は、1819年、ロングアイランドのウェストヒルズで9人きょうだいの第2子として生まれた。父ウォルターは、家を建てては短期間の居住の後に転売することで財をなそうとしたが、その目論見はうまくいかず、ウォルトは11歳で学校をやめると家族のために働きに出た。

編集者としての下積み時代

幼いホイットマンは、地元の新聞『ロング・アイランド・パトリオット』で働き始め、次いでブルックリンで印刷工として働いた。ここで文学への関心を募らせ、最初の詩集を出版する。しかし景気の悪化のためロングアイランドの家族の元に戻り、嫌悪していた教職につくことになる。1838年には週刊新聞『ロングアイランダー』を自ら創刊。編集から印刷、配達までを1人でこなす、見事な働きぶりだった。

やがて『ロングアイランダー』を売却してニューヨークに向かい、さまざまな報道の職についた後、1846年には『ブルックリン・イーグル』の編集者となった。読者に媚びずはっきり物を言うホイットマンは、奴隷制廃止を訴えるニューヨーク民主党を支持したことで解雇される。新聞社のオーナーは、奴隷制擁護論者だったのだ。

初期の出版物

1850年代は、ホイットマンにとって極めて重要な10年間だった。詩集のほか、『ジャック・エングルの生涯』などの散文小説、そして『頑健な肉体と修練』という奇妙な自己鍛錬の手引きまで発表したのだ。

1855年7月、ホイットマンは12編の詩を収めた『草の葉』を世に送り出した。以後も生涯を通じてこの詩集を改訂、加筆し続けていくが、初版は自費初版だった。

△ ホイットマン生誕の地
ホイットマンは4歳になるまで、ロングアイランドにあるこの簡素な農家の母屋で過ごした。その後、一家は商機を求めてブルックリンへ移住する。

この薄い詩集は、同時代の読者にとって異例のものだったらしい。扉には著者の名前がなく、詩には題名がない。

「身体を震わせぼくは歌う」「ぼく自身の歌」「眠る人」など、今日では収録作品のすべてが傑作と見なされている。『草の葉』は画期的な詩集だった。長編かつ無韻の自由詩で、大半の人が読んだことのないようなものだったため、詩らしくないと考える人も多く、官能の歓びを語る言葉はわいせつだと見なされた。一方、当時最も高名

◁ ホイットマン（1890年頃撮影）
生前は母国であまり人気のなかったホイットマンだが、今では19世紀アメリカの大詩人と見なされている。自由、自然、肉体、魂を讃えるホイットマンの言葉は、今も読者の心に響き続けている。

> IN CONTEXT
>
> ### 「草」の象徴性
>
> ホイットマンにとって、草は多くの意味を持つシンボルであった。至るところに生える草は普遍性を表し、自然、再生、永遠、廻りゆく生命を象徴している。壮大な『草の葉』に収められたある愛の詩の一群は、「カラマス」という草の名前を付されている。ギリシア神話には、川でおぼれた恋人の男性を追って水辺の葦となった、カラモスという若者が登場する。そのため多くの読者が、「カラマス」と題された詩は男性同士の愛を言葉で祝うものと見なすようになった。
>
>
>
> カラマス

"ここにぼくは生まれた
　親たちもまた、その親たちもまた、そのまた親たちも"

ウォルト・ホイットマン「ぼく自身の歌」より

19世紀後期

> "しゃべっているのはきみなんだ
> ぼくが話すのと同じだけ……ぼくの役目はきみの舌"
>
> ウォルト・ホイットマン「ぼく自身の歌」より

IN CONTEXT
超越主義

ホイットマンは、超越主義の流れを汲む詩人と見なされることが多い。超越主義とは19世紀初頭の思想で、人間と自然の基本的な善性を強調し、直観力や自立心といった「アメリカらしい」概念を重視した。つまり、社会や組織宗教から与えられる伝統的な価値観ではなく、個人の洞察に従うべきだと説いたのだ。超越主義を提唱した著名なメンバーには、作家のラルフ・ワルド・エマーソンやヘンリー・デイヴィッド・ソローがいる。特にエマーソンは、アメリカの「新たな姿」やその独自性を描き出すよう若い詩人に呼びかけ、ホイットマンはこれに反応する形で『草の葉』を発表した。

アメリカのエッセイスト、ラルフ・ワルド・エマーソン（1870年頃撮影）

なアメリカ人作家の1人、ラルフ・ワルド・エマーソンなどからは高い評価を受けた。エマーソンはホイットマンへの手紙で「偉大なるキャリアの幕開けに」と称賛を送っている。

戦争詩人

南北戦争が勃発すると、民主党員にして奴隷制廃止論者であったホイットマンは北軍を支持した。弟ジョージが戦場で負傷した際は、彼を探し出そうとワシントンD.C.へ向かっている。急ごしらえの陸軍病棟で目にしたすさまじい光景に突き動かされたホイットマンは、傷ついた兵士たちを助けようと彼の地にとどまり、事務員として生計を立てた。こうした出来事がきっかけとなって戦争の詩が生まれ、1865年に『軍鼓の響き』として出版される。ここには、興奮や疑念、戦争の犠牲者への哀悼まで、ホイットマンの矛盾する感情があますことなく映し出されている。

この戦争から、エイブラハム・リンカーンの死をうたった「おお船長！ ぼくの船長！」（生前最も人気のあった詩）や、感動的な「前庭に名残りのライラックが咲いたとき」が生まれることとなった。

進化する叙事詩

ホイットマンは、生涯にわたり『草の葉』を改訂し続けた。順番を入れ変え、新たな詩を加え、『軍鼓の響き』に収録された作品を取り入れる。いくつもの版が生まれ、たった12編で始まったこの詩集は、とうとう383編もの詩を収めるまでになった。

こうしてふくれあがった詩集は、さまざまなテーマを追求するものとなった。教育、民主主義、奴隷制、社会変化、労働、愛、アメリカの風景、戦争――つまり、ホイットマンはアメリカそのものをうたったのだ。広いテーマを持つ『草の葉』はアメリカ叙事詩と呼ばれたが、それはただの叙事詩ではなかった。なぜならこの詩の主役は傑出した英雄ではなく、アメリカの一般市民たるホイットマン自身だったからだ。彼が語る経験、価値観、思想は、あらゆるアメリカ国民の声を代弁するものと捉えられた。

『草の葉』は、その幅広い言及のみならず、様式においても画期的だ。ホイットマンの長詩は自由律で表されることが多く、長さも韻律も多様であるという点で、従来の伝統的な詩型とは異なっていたのだ。一方、彼は聖書の極めて古い文体にも影響を受け、その構文や韻律をよく取り入れていた。『草の葉』では、物事を羅列する「カタログ」という文体が使われているが、これも聖書の影響によるものだろう。またホイットマンは、行頭で同じ語句を繰り返す修辞技法、「首句反復」を好んで用いた（例えば「揺れやまぬゆりかごから」では、「その向こう……」や「そして毎日……」などの語句が繰り返される）。こうした技巧に

△ **ホイットマンとドイル**
ワシントンD.C.で、ホイットマンは路面電車の車掌ピーター・ドイルと親しくなった。2人は恋愛関係にあったのではないかとも言われている。

よって、ホイットマンの詩には高雅な気品が加わった。

性的表現への非難

『草の葉』には、ことさら波紋を呼んだ要素がある。詩人の恋愛観や性的な表現だ。例えばホイットマンは、率直に売春を取り上げた。社交的な集まりではそうした話題を口にせずにいた時代のことだ。また、男性同士の恋愛の描写も問題視された。

主要作品

1842
『フランクリン・エヴァンズ』を刊行。酒の誘惑に負けるニューヨークの若者を描く。

1855
『草の葉』が世に出る。初版の部数はわずか800部。

1860
『草の葉』第3版を刊行。異性愛だけでなく、男性同士の恋愛をうたい注目を集める。

1865
『軍鼓の響き』を出版。南北戦争中、傷ついた兵士の看護にあたった体験に基づくもの。

1871
『民主主義の展望』において、アメリカの戦後政治および物質主義の勃興に物申す。

1892
『草の葉』の最終版が完成。肺と腎臓の病に苦しみながらの改訂だった。

長々と激しい言葉で男性との「親交」や愛情を述べ立てたため、同性愛をほのめかしているのではという疑いを抱く読者もおり、疑惑の目は著者自身にも向けられた。ホイットマンは多数の男性と親しく交際していたが、性的な関係にあったかどうかは定かでない。作品のこうした側面について尋ねられたホイットマンは、同性愛者だと思われるのはぞっとすると答えている。だが、これに納得した読者ばかりではなく、出版社も同様に疑念を抱いていた。そのため、『草の葉』第4版の出版を請け負う会社はなかなか見つからず、予定より1年遅れの1867年にようやく刊行が実現した。

最終版の出版

1870年代初頭のホイットマンは、執筆を続けるかたわら、ワシントンにある法務長官事務局で働いていた。自宅では、関節炎を患う老いた母親の面倒も見なければならなかった。しかし1873年になると、自身が脳卒中に倒れ、ニュージャージー州カムデンに住む弟ジョージのもとへ身を寄せることになる。母親はその年に亡くなったが、ホイットマンはジョージのもとで『草の葉』の改訂を続け、『戦争中の覚え書き』『ホイットマン自選日記』などの新たな作品も完成させた。

1884年以降の晩年は、カムデンの自宅で過ごし、ニュージャージー州南部のローレル・スプリングスにある別荘で夏の休暇を楽しんだ。隣人だったメアリー・オークス・デイヴィスを家政婦として自宅に住まわせ、安らぎを得たホイットマンは、ここで『草の葉』の最終版に取り組んだ。そして「臨終版」として知られる版の完成を見届けた末、1892年に胸膜炎と結核でこの世を去った。

▷ 初版本
『草の葉』の初版では、あえてホイットマンの名前を記さず、代わりに彼を描いた版画を掲載するという、型破りな戦略がとられた。

▽《戦争の記録》
オーレ・ピーター・ハンセン・ボーリングの筆によるこの歴史的絵画は、北軍を率いて勝利に導いたユリシーズ・グラント将軍を描いたものだ。ジャーナリストの職にあったホイットマンだが、正規の特派員として南北戦争に関する記事を執筆することはなかった。代わりに詩を書いて『軍鼓の響き』に収め、戦争の俗悪さ、残忍さ、悲壮さを伝えたのである。

19世紀後期

シャルル・ボードレール

Charles Baudelaire　1821〜1867　フランス

ボードレールは、19世紀のフランスにおける最大の詩人の1人だ。
当局を激怒させた彼の詩集『悪の華』は、
今やロマン主義と象徴主義をつなぐ傑作に位置づけられている。

△ モーリシャスの首都、ポートルイス
インド洋の島々に滞在した折、ボードレールはある娼婦に出会う。自分の姉妹を奴隷の境遇から救おうとする彼女の姿が、「麗しのドロテ」という作品に描かれている。

　シャルル・ボードレールは物議を醸す詩を残したが、その根底には複雑な生い立ちがあったようだ。ボードレールは年配の父と若い母の間の一人息子としてパリで生まれた。父のフランソワは教養ある官吏だったが、ボードレールがまだ6歳のときに他界している。
　シャル少年は母に溺愛されて育つが、翌1828年、母親は早くも再婚する。夫となった陸軍少佐ジャック・オーピックは堂々たる経歴の持ち主で、後にスペインおよびトルコのフランス大使を務めた人物だが、義理の息子とのつながりは薄かった。シャルル少年はあちこちの寄宿学校に送られ、法律家になるための勉強をさせられた。母と引き離されたことに腹を立て、「ひとりぼっちで寂しい」とよく訴えていたという。

家族との溝

　優秀な成績とは裏腹に、じきに反抗的な態度を取るようになったボードレールは、リヨンの学校を放校処分になった。両親の願いを受けてパリで法学生となるも、すぐに自由奔放な生活を送るようになる。酒浸りになり、娼婦と関係を持ち——生涯悩まされることになる梅毒を移され——驚くような勢いで浪費を始める。1841年、義理の息子を立ち直らせようと、オーピックはボードレールを1年間のインド旅行に送り出すが、この試みは失敗に終わった。ボードレールはインド洋の島モーリシャスで船を降りると、たった数カ月でパリに戻ってきてしまったのだ。
　モーリシャス島やレユニオン島での短い滞在期間中、ボードレールは異国の海に

IN PROFILE

ジャンヌ・デュヴァル

　詩集『悪の華』には、ボードレールの長年の愛人、ジャンヌ・デュヴァルに捧げた詩篇が収められている。ハイチ生まれのデュヴァルは、フランスに渡り女優兼ダンサーをしていた。1842年に出会った2人は嵐のような恋愛関係に陥り、以後およそ20年にわたり別れてはよりを戻すを繰り返すようになる。エキゾチックな容姿のデュヴァルを「黒いヴィーナス」と称えたボードレールは、いくつもの詩でその異国的な気質と危険な美しさをうたいあげた。彼のエロティックな想像の源となったデュヴァルは、「漆黒の腿」、「魂の煙突のごとき瞳」、「流れる黒髪を持つ女性」と称えられている。

シャルル・ボードレール
《ジャンヌ・デュヴァル》

▷ ボードレール（1866年頃）
晩年の肖像写真に着色を施したもの（エティエンヌ・カルジャ撮影）。ポーズを取るボードレールは、「写真など才能に恵まれず修練を積もうともしない自称画家の逃げ場」だと話していた。

"『悪の華』……
それは邪悪で冷酷な美をまとい、
怒りと忍耐でできている。"

シャルル・ボードレール

△パリのオテル・ピモダン
ボードレールが住むサン・ルイ島のアパート、オテル・ピモダンは「ハシッシュ吸飲者倶楽部」が集う場所となっていた。メンバーにはアレクサンドル・デュマ、ウジェーヌ・ドラクロワ、医師のジャック-ジョセフ・モローなどが名を連ね、1840年代後半には定期的に会合を開いて薬物体験を話し合っていた。

1843年にはオテル・ピモダンの一室を借り、ここに悪名高い「ハシッシュ（大麻）吸飲者倶楽部」が集うようになる（後にボードレールは『酒とハシッシュの比較』（1851年）、『人工楽園』（1860年）という作品を書いた）。また、法律に取り組む気はないと宣言し、文学の道を志すようになる。

21歳になったボードレールは実父の多額の遺産を受け継いだものの、あっという間に資産を減らしてしまう。そのため1884年には、家族が思い切った手を打った。義父のオーピックが資産を信託財産とし、弁護士を通じてわずかな手当だけを息子に渡すように取り計らったのだ。ボードレールの生活は一変した。残る生涯を貧困の一歩手前で過ごすこととなり、家族とは距離を置くようになる。金銭的なことはともかく、自分の問題が見知らぬ他人の手で扱われたという事実にボードレールは打ちのめされた。母との関係は損なわれ、1857年にオーピックが死去するまで修復されることはなかった。

スキャンダラスな作品

経済的な自由を奪われても、ボードレールの振舞いは少しも変わらなかった。詩で身を立てることができなかったため美術評論を書くようになり、パリで開催される官展を評した『1845年のサロン』で評論家としての地位を確立する。またその関心は美術にとどまらず、音楽評論にもかかわり、リヒャルト・ワーグナーの曲を最初に支持した1人となった。エドガー・アラン・ポー（1809〜49）の作品にも魅せられ、自分と同じく経済的な問題と家族との葛藤を抱えていたこのアメリカの作家に、強い親近感を抱くようになる。1852年にはポーの伝記を執筆し、1856年からはポーの作品を翻訳して発表した。

この頃ボードレールは『ラ・ファンファ

△『漂着物』（1866年）
ボードレール最後の詩集『漂着物』では、版画家のフェリシアン・ロップスが口絵を手掛けている。善悪の樹を象徴する骸骨の上には、キメラに持ち去られたボードレールの肖像画が見える。

ルロ』という中編小説を書き終え、あとは詩人としての評価を固めるばかりとなっていた。読者を驚かせる才能の持ち主だったボードレールは、いったん自身の処女詩集に『レスボスの女たち』というタイトルをつける。最終的には『悪の華』と改題されて1857年に初版が発売されたが、それでも世間の反響は十分に大きいものだった。詩集は当局に押収され、ボードレールと出版社は公衆道徳良俗侵害の罪で告発される。結果、両者は罰金刑となり、性的な描写を理由に6編の詩の削除を命じられた。ところが、このスキャンダルは痛手となるどころか詩人の名をとどろかせ、詩集は驚異的な売り上げを見せることになる。

『悪の華』に収録された詩は、長年にわたりボードレールが書きため、手を入れてきたものだ。1840年代に書かれたものも

魅了され、数編の海の詩を書いた。ところが素行は一向に改まらず、帰国後はジャンヌ・デュヴァルとの恋路に足を踏み入れ──家族には決して認められない恋だと、分かりすぎるほど分かっていた──大麻やアヘンにも手を染めるようになった。

主要作品

1847
『ラ・ファンファルロ』を発表。詩人と女優の結ばれぬ恋を描いた半自伝的な中編小説である。

1857
『悪の華』で当局に目をつけられ、起訴される。1861年に第2版を刊行した。

1860
『人工楽園』に、「ハシッシュ吸飲者倶楽部」で体験したワインとハシッシュの効果を記す。

1863
『現代生活の画家』を刊行する。美の分析論を収録したボードレールの最も著名な美術評論である。

1869
『パリの憂鬱』を出版する。50編の散文詩をまとめたもので、現代の都市生活の美を賛美した。

シャルル・ボードレール

> "現代性とは、束の間のもの、
> 移ろい易いもの、偶発的なものだ。"
>
> シャルル・ボードレール『現代生活の画家』より

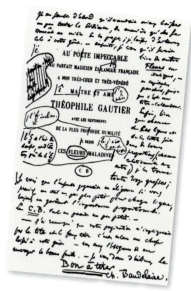

△『悪の華』
ボードレールの校正入り原稿。友人の詩人、テオフィル・ゴーティエへの献辞が見て取れる。

あり、1861年には第2版が刊行されている。その響き、内容、心象風景において、異例とも言うべき詩集であった。

ボードレールは彼自身の美意識（華）を、日常に潜む卑俗な現実（悪）に求めた。詩人にとっての華とは、都市生活の垢や情欲の汗の中に見つかるもの、また夢想や退屈、失意の瞬間に認められるものなのだ。

五感に訴える詩

ボードレールは、真の現代詩人と言える最初の人物である。その詩には私小説的な側面が大きく、誰かの日記をめくっているような感覚をもたらすのだ。後ろ指をさされるような思考や感情もありのままに表現されている。例えば「あまりに陽気な女へ」という詩では、恋人の顔を美しい景色に、笑い声をいたずら好きなそよ風になぞらえ、夜中に彼女の部屋に忍び込み、その完璧な肉体を罰し自分という毒を注ぎ込みたいという欲望を、わずか数行のうちに描き出している。

ボードレールは、常に豊かな想像力を発揮して、読者の心を揺さぶった。彼は自身の創作理論を「万物照応」という詩の中で説明しているが、この作品の根底に流れているのが、哲学者のエマヌエル・スヴェーデンボリの思想だ。「万物照応」には、自然は「象徴の森／思いやりある眼差しで人を見つめ／長く尾を引く木霊のごとく、遠くで混じり合う」という一節がある。ボードレールにとって、「香り、音、色彩は応え合う」ものであった。誰でも香りをきっかけに、髪の手触りや、強烈な色彩や、美しい歌を思い起こすことがある。ボードレールはそうした実体験をもとに、あれほど官能的な詩を生み出していたのだ。共感覚による連想は、のちに花開いた象徴主義の土台にもなっている。そのため若い世代の詩人（ランボー、マラルメ、ヴェルレーヌ）は、ボードレールを天才と崇めていた。

母の嘆き

『悪の華』の第2版を刊行後、ボードレールは散文詩の執筆に没頭するようになる。晩年は身体の不調に悩まされ、金銭問題にもつきまとわれた。1864年にはベルギーでの講演旅行に出発するも散々な結果となり、挙句は脳卒中で倒れてしまう。以後は回復することなく、1867年8月に母の腕の中で息を引き取った。オーピックの取り計らいに沿うことのなかったボードレールを思い、母は嘆いた。確かに息子は文壇に名を残したが、そうでなければ、「私たち家族はもっと幸せになれたのではないか」と。

IN CONTEXT

美術、美術評論、そして詩

詩人としての地位を確立する前のボードレールは、慧眼の美術評論家として名を馳せていた。1845年初頭には、サロン（パリで毎年開催されていた美術展覧会）の批評を手掛け、贔屓の画家については詳細に言葉を費やしている。こうした美術評論で述べた道徳的価値観や美についての見解が、ほどなくその詩にも反映されていった。当初はロマン主義の画家ウジェーヌ・ドラクロワを敬愛していたものの、コンスタンタン・ギースやエドゥアール・マネ（後に大親友となる）といった画家に惜しみない賛辞を送るようになり、「現代生活の英雄性」を捉えたと評している。

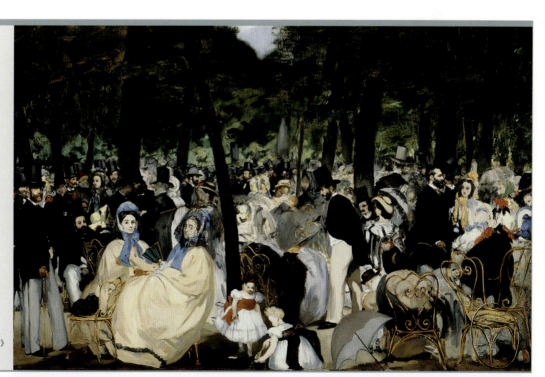

エドゥアール・マネ《チュイルリー公園の音楽会》（1862年）

ギュスターヴ・フローベール

Gustave Flaubert　1821〜1880　フランス

フローベールは、近代小説における偉大な先駆者の1人である。文体には強いこだわりがあり、完璧さを追求したことでも知られる。彼の傑作『ボヴァリー夫人』は、世の風紀を乱すものとして、フランスの大衆に非難された。

◁ クロワッセの書斎
クロワッセのフローベール宅の書斎を描いた1870年のスケッチ。作家はここで——もっぱら夜に——「モ・ジュスト」を探した。

ギュスターヴ・フローベールは、著名な外科医で病院長でもあったアシル＝クレオファスの息子としてルーアンに生まれた。フローベールが作家としての地位を築くうえで、生家が裕福だったことは無視できない。経済的な不安を抱えることなく、とてつもなく長い時間をかけて完璧なまでに文章を磨きあげることができたからだ。

◁ ギュスターヴ・フローベール
フローベールは人見知りなうえ、皮肉屋で有名だった。インタビューには応じず、肖像写真の公開も許さない。この肖像には、作家のトレードマークである垂れさがった口ひげが見られる。

ルーアンでは軍隊式の厳しい規律で運営される寄宿学校に通い、歴史と文学の優れた基礎教育を受けた。学校新聞にも寄稿し、主に歴史を題材にした何編もの小説を書いている。

19歳になると、パリに出て法律を学んだ。しかしどうにも気乗りせず、病気（てんかんの一種だったと考えられている）を口実に、あっさりと学業を捨ててしまう。失望はしなかったが、たびたび起きる発作には生涯苦しんだ。

クロワッセの家

学業を断念したフローベールは、ルーアンに戻り故郷に身を落ち着けた。ところが1846年、相次ぐ悲劇に襲われる。父が亡くなり、その後まもなく妹のカロリーヌが出産で命を落としたのだ。少なからぬ遺産を相続したフローベールは、母と生まれたばかりの姪を連れてルーアン郊外の村、クロワッセの新しい家に移る。フローベールの作品の大半は、セーヌ川を臨むこの家で書かれている。また、後に愛人となる作家のルイーズ・コレ（右のコラム参照）に出会ったのも、この年のことだった。

ロマン主義と写実主義

作品と言えるようなものは何ひとつ発表していなかったが、目指すべき執筆の方向性について、フローベールにははっきりした考えがあった。ブルジョア的価値観を嫌い、当時のロマン主義には背を向け、日々の暮らしを正確に、飾らずに、「客観的な」散文で描く——それが彼の理想だった。やがてこのスタイルは、フローベールを写実主義文学の先駆者の1人という地位に押し上げることになる。とはいえフローベールの作品には、明らかにロマ

IN PROFILE

ルイーズ・コレ

フローベールは、妹の胸像の制作を依頼していた彫刻家のジェイムズ・プラディエのアトリエで、ルイーズ・コレ（1810〜1876）に出会う。彼女はフローベールよりも11歳年上で、その結婚生活は既に破綻していた。パリ文壇では知られた存在で、詩集を出版してフランス芸術アカデミーの賞を何度も受賞している。コレはすぐにフローベールのミューズにして愛人となった。また、エマ・ボヴァリーの主なモデルの1人でもある。コレに宛てたフローベールの手紙には、彼の人となりだけでなく、『ボヴァリー夫人』執筆に用いられた知識や技法がふんだんに盛り込まれている。フローベールが2人の関係に終止符を打つと、コレはその腹いせにフローベールを登場させた小説（『彼』、1859年）を書き、手厳しい言葉を投げつけた。

ルイーズ・コレ

"私は名も無く忍耐強い真珠とりだ。
海底深く潜り、精根尽き果てて、
から手で浮かび上がってくる"

ギュスターヴ・フローベール

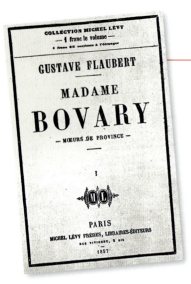

△『ボヴァリー夫人』初版
フローベールは、19世紀フランスにおける最も優れた散文家だ。その才能は、『ボヴァリー夫人』の中で遺憾なく発揮されている。また彼は、「散文における優れた文章とは、詩における優れた行のように変えられないものであるはずだ」と理想を語っている。

"完璧さには、どこにでも同じ特徴がある。精密さ、正確さだ"

ギュスターヴ・フローベール

ン主義的なテーマがうかがえるものがある。古代カルタゴを舞台にした『サランボー』や、聖書のサロメの物語を翻案した『ヘロディア』には、異国情緒趣味が顔をのぞかせている。

また『聖アントワーヌの誘惑』に見て取れるように、フローベールは幻想的な題材にも惹かれていた。これは、キリスト教黎明期の聖人に取り憑いた奇怪な幻覚を語る物語だ。1849年に第一稿を書き上げたフローベールは、4日間にわたり、親友のルイ・ブイエとマクシム・デュ・カンに読んで聞かせた。その間、口を挟むなと言われていた2人は、朗読が終わるのを待ち、原稿は暖炉にくべた方がいいと意見する。ところがフローベールはこれに従わず、正確さを追求して綿密な調査を行い、数年がかりでテキストを全面的に改稿した。彼は作品のためにマクシム・デュ・カンの撮影旅行に同行し、中東に赴いているが、聖アントワーヌ——エジプトの砂漠を舞台に誘惑と戦う主人公——への思いはそれだけ強かったということなのだろう。フローベールは『サランボー』の構想を練っていたときにも、チュニス近郊のカルタゴの史跡にまで足を延ばしている。

『ボヴァリー夫人』

1851年、フローベールは『ボヴァリー夫人』の執筆に取りかかった。物語のアイディアは、現実の悲劇に端を発している。その当時、不倫と借金と自殺が重なって人生が崩壊した夫婦の実話が報じられていたのだ。またフローベールにとって、この小説はブルジョアに対する格好の憂さ晴

▽《ルーアンの港》（1878年）
トレロ・アンチロッティの筆によるフローベールの故郷、ルーアンの風景。大聖堂の入り口上にはサロメの像があり、フローベールはここから着想を得て『ヘロディア』を書いた。

ギュスターヴ・フローベール / 119

◁ オペラ『エロディアード』
フローベールの中編小説『ヘロディア』はジュール・マスネによりオペラ化されている。『テアトル』誌ではエマ・カルヴェが主演したパリ公演の特集が組まれた。

らしとなった。彼の世代は、フランスの旧体制の崩壊を目撃するには遅すぎた。代わりに見たのは富裕な中流階級の勃興であり、卑小な物質主義と社会的地位への希求だった。『ボヴァリー夫人』では、この階級を代表する女性がロマンティックな幻想の前に現実を見失い、価値観を崩されて身を滅ぼす様が描かれている。

フローベールは5年の歳月をかけてこの小説を書き上げた。『聖アントワーヌ』に対する友の評を念頭に置き、文章から過剰なロマンを剝ぎ取ることに決めると、後に「自由間接話法」として知られる技法を取り入れて登場人物やテキストからは距離を置いた（「(書き手は)どこにでもいるが、どこからも見えない存在でなければならない」）。登場人物の思いをテキストの中で間接的に仄めかすことで、その道徳的評価、判断、解釈は読者に委ねようとしたのだ。大げさな言い回しや過剰な隠喩に陥るのを避けるべく、フローベールは何度も文章を書き直し、言葉を削ぎ落としていった。詩の文言にも劣らぬほど、一言一句を吟味しては書斎で読み上げ、反復表現や緩慢な描写、不要な文章を削除していく。

当然ながら、これでは遅々として執筆が進まない。批評家のウォルター・ペイターは、フローベールを「文体の殉教者」だと評した。ヘンリー・ジェイムズも、「フローベールにとって、天職とは困難に他ならないものだ」と述べている。フローベールはモ・ジュスト（フローベールが考えたとされる造語。「適切な言葉」を意味する）を探して何時間も過ごしては、午後いっぱいかけてたった2カ所の修正しかできなかったとこぼしたり、「何日もかけて書いた1行を削った」ときのつらさを手紙に残している。

批評家の反応

1857年に出版された『ボヴァリー夫人』は、すぐに当局に睨まれることとなった。当時の物差しではエマの不貞の描写が露骨すぎるとされ、フローベールは公序良俗に反したとの理由で告発されたのだ。幸いにも無罪を勝ち取り、このスキャンダルが名声と成功をもたらすことになる。

厳格なルールのもとで執筆していたため、フローベールはどちらかと言えば寡作な作家だった。しかし、中途半端な評に苛立つことは少なくなかった。『サランボー』の執拗な歴史的描写は退屈だと評され、年上の人妻に恋する青年を描いた『感情教育』は、フローベールが傑作だと考えていたにもかかわらず前作に劣るという評価を受ける。また『聖アントワーヌの誘惑』の最終稿（1874年にとうとう日の目を見た）は、無視されたも同然であった。戯曲『立候補者』は、わずか4夜の上演に終わっている。1877年に出版された『三つの物語』だけが広く称賛されているが、その頃フローベールは身体の不調や金銭問題に苦しむようになっており、かつての輝きは色あせつつあった。

フローベールの死後、その名声はゆるぎないものとなった。愛人だったルイーズ・コレによって、若きフローベールの書簡集が出版されたことも、流れに拍車をかけた。『サランボー』と『ヘロディア』はオペラ化され、ヘンリー・ジェイムズ、フランツ・カフカ、ギ・ド・モーパッサン、ジャン＝ポール・サルトルといった作家たちがフローベールの影響を認めている。現在では、屈指の名文家にして、近代小説の創始者の1人と見なされている。

IN PROFILE
マクシム・デュ・カン

デュ・カン（1822〜1894）は、フローベールの親友にして気の合う旅仲間だった。1849年から1851年にかけては、21カ月かけて中東を回るという大掛かりな旅も共にしている。デュ・カンは公式なスポンサーを得て史跡を写真に収め、写真集『エジプト・ヌビア・パレスチナ・シリア』として出版した（1852年）。この写真集はたちまちベストセラーとなり、デュ・カンはレジオン・ドヌール勲章を授与された。旅の記録を綴った手紙や日誌には、現地の女性との性の冒険やスパイとして逮捕されたこと、身の毛もよだつようなナイル川下りのエピソードなどが記されている。

マクシム・デュ・カン
（1857年頃、ナダールによって撮影）

主要作品

1857
『ボヴァリー夫人』出版。風紀を乱したとの理由で裁判沙汰になったことも手伝い、旋風を巻き起こす。

1862
『サランボー』出版。古代カルタゴを舞台にした歴史小説。綿密で広範な取材を基に執筆された。

1869
『感情教育』出版。オルレアン王政の崩壊をもたらした1848年の2月革命を背景とする物語。

1874
『聖アントワーヌの誘惑』出版。エジプトの砂漠で隠遁生活を送った3世紀の聖者の幻想を描く。

1877
『三つの物語』出版。まったく異なる3つの短編を収録したもので、フローベールの最も人気の高い作品の1つ。批評家に称賛され、大衆にも愛された。

フョードル・ドストエフスキー

Fyodor Dostoyevsky　1821～1881　ロシア

ドストエフスキーの作品には、大いなる心理学的・哲学的な深奥がある。急速に近代化する国を背景に、人間心理の内奥を探りつつ、宗教と道徳の問題を追求しているのだ。

△ ミハイル・ドストエフスキー
ドストエフスキーの父ミハイルは、厳格で気性の荒い人物だった。父が家庭にもたらす張り詰めた空気や威圧感のため、作品が不穏なものとなることも多かった。

　狂言処刑、シベリア流刑、てんかんの発作、賭博癖――ドストエフスキーは、そのすべてに耐え忍んだ。過去の自分を贖い、悩める人々への共感、信仰心、苦しみを表現した彼の作品には、消えることのない人生の傷跡が見て取れる。
　1821年11月11日、フョードル・ミハイロヴィチ・ドストエフスキーは、8人きょうだいの2番目の子供としてモスクワで生まれた。父はマリインスキー貧民救済病院の医師、母は商家の出身で、ともに信仰心の篤い夫婦であった。厳格で気難しい父のもと、大家族は病院の敷地内の家にすし詰め状態で暮らした。そんなドストエフスキーの幼年時代はつらいものだった。

学校教育と初期の作品

　1833年まで自宅で教育を受けた後、ドストエフスキーはモスクワの寄宿学校に入学した。1837年には母を結核で亡くし、サンクトペテルブルクの陸軍中央工兵学校に送られている。科学には興味を持てず文学にのめり込み、ウォルター・スコット、アン・ラドクリフ、フリードリヒ・シラー、ニコライ・ゴーゴリ、アレクサンドル・プーシキンのゴシック・ロマンス小説を読みふけった。1839年には父が亡くなり、この年からドストエフスキーはてんかんの発作に見舞われるようになる。
　1843年、学校を卒業したドストエフスキーは、陸軍中尉としてサンクトペテルブルクの工兵局で勤務についた。当初は文芸作品を翻訳して生計の足しにしていたが飽き足らず、わずか1年で退職し、執筆に専念する。1846年に出版された小説第一作『貧しき人びと』は、サンクトペテルブルクの貧民街に住む下級官吏とお針子の少女の恋愛を描き、絶賛を浴びる。文芸批評家のヴィッサリオン・ベリンスキーには、ロシア初の「社会小説」と評されたほどであった。ところが次の『分身』は酷評され、文壇での華々しい成功も過去のものとなったかに思われる。続いて多数の短編も発表するが、名声を呼び戻すには至らなかった。

政治運動と投獄

　農奴制（強制労働）に反対していたドストエフスキーは、ペトラシェフスキー・サークルという急進的な社会改革の一派と関わるようになる。1849年、皇帝ニコライ1世（下のコラムを参照）はこの「陰謀家」たちを逮捕し、死刑を宣告した。1列に並んだ死刑囚に銃が向けられたそのとき、皇帝の勅令を携えた伝令が駆けつけ

▷《ドストエフスキー》（1872年）
ヴァシリー・ペロフが描いた作家の姿からは、体調の衰えがうかがえる。この頃ドストエフスキーは息切れに苦しみ、ドイツの保養地エムスを訪れていた。

IN CONTEXT
ロシアの政治
　19世紀半ばのロシアは波乱の時代だった。貧困にあえぐ広大な後進国、ロシア帝国を近代化し自由化しようとする皇帝アレクサンドル1世の努力は頓挫し、1825年に弟のニコライ1世が即位する。専制君主ニコライ1世は、堕落した官僚による弾圧統治を敷いた。しかしヨーロッパで1848年革命が起きると、その余波がロシアにも押し寄せる。1855年にアレクサンドル2世が帝位に就いたときには、ロシアでも改革の機運が高まっていた。1861年、アレクサンドル2世は農奴制を廃止して2300万以上の農奴を自由の身にし、地主であったロシアの貴族勢力を弱体化した。

グスタフ・ディッテンベルガー・フォン・ディッテンベルク
《農奴解放を宣言するアレクサンドル2世》（1861年頃）

"愚者の天国にいて幸福であるよりも、
　不幸にして最悪を知る方がいい。"

フョードル・ドストエフスキー『白痴』より

△《センナヤ広場》（1841年）
ドストエフスキーの作品で重要な役目を果たすのが、サンクトペテルブルクという街だ。フェルディナン・ペローの絵には、薄汚れた町並みがのぞいている。『罪と罰』の主人公ラスコーリニコフは、この広場で犯罪を思いついた。

IN PROFILE
アレクサンドル・プーシキン

アレクサンドル・プーシキン（1799～1837）は、ロシアの偉大なる国民詩人にして、小説家・劇作家・短編小説家でもあった人物だ。そしてこのプーシキンを、ドストエフスキーは熱烈に崇拝していた。プーシキンは作品に口語を取り入れ、文学表現にまで高めたことで知られる。また19世紀の韻文小説『エヴゲーニイ・オネーギン』では、いかにもロシア的な主人公を描き出し、この国の写実小説の先駆けとなった。1880年にモスクワで行われたプーシキン記念碑の除幕式で、ドストエフスキーは熱い賛辞を送っている。「プーシキンの作品には、一貫してロシア人的な性格への信頼、その精神力への信頼が読み取れる。信頼があれば希望もある。ロシア人への大いなる希望が」

オレスト・アダモビィチ・キプレンスキー《プーシキン》（1827年）

け、刑の減軽が告げられる。実のところ、すべては仕組まれた狂言であり、反逆者たちを脅しつけ、罰するためのものであったのだ。企ては成功し、事件はドストエフスキーの心に深い傷を残した。以後の作品には、死を見据え、これに向き合う人物が描かれるようになる。

服役と釈放

陰謀に加わった罪で、ドストエフスキーはシベリアの強制労働収容所で4年の刑に服した。理性や感情を保つため、彼はロシア正教に救いを求める。この収監という体験は、民衆への理解ももたらし、後の作品に生かされていくのだった。1854年に釈放された後もドストエフスキーはシベリアに留まり、当地で軍務に就いた。1857年にはマリア・ドミートリエヴナ・イサーエワという未亡人と結婚、2年後に許しを得てサンクトペテルブルクに戻る。

文筆生活に戻ったドストエフスキーは、兄ミハイルと創刊した『ヴレーミャ（時代）』や『エポーハ（世紀）』などの雑誌に、小説や評論を発表する。収監前の信条から一転、こうした評論や『地下室の手記』（1864年）では、ロシアの急進的な知識階級を批判した。流刑後の作品には保守的な価値観がうかがえ、社会主義を拒否している。個人的自由には必ず責任が伴うというテーマは、晩年の作品に結実することになる。

1862年および1863年には西ヨーロッパを周遊し、その文化を惜しみなく称賛する一方、物質主義を糾弾した。この頃から賭博にのめり込み、多大な負債を抱え、さらには「病的なまでに自分本位の女性」、作家のポリーナ・スースロワとの情事に苦しむようになる（ドストエフスキーに妻と

▷ 狂言処刑
1849年にサンクトペテルブルクのセミョーノフ練兵場で、ペトラシェフスキー・サークルに対して行われた狂言処刑の様子。匿名の画家によって描かれた。

フョードル・ドストエフスキー / 123

> "苦しみを受け入れ、
> 苦しみによって償いをするのです
> ——あなたには、それが必要なの。"
>
> フョードル・ドストエフスキー『罪と罰』より

離婚するよう迫っていたスースロワだが、1864年に妻マリアが亡くなった後は結婚を断っている)。ミハイルが亡くなり、兄の遺族を扶養しなくてはならなくなったことで、ドストエフスキーの懐事情はさらに悪化していった。

魂のリアリズム

1866年、『ロシア報知』で傑作『罪と罰』の連載が始まった。哲学的な理由で殺人を犯したが、良心の呵責に耐えかねた青年、ラスコーリニコフの物語だ。「美徳が報われ悪行は報いを受ける」という初期のロマン主義的な作風とは一線を画し、『罪と罰』では生々しい感情の動きに焦点を当てた(そのため往々にしてプロットを犠牲にした)。

同年には、『賭博者』も出版している。アーネスト・ヘミングウェイが「ギャンブル狂」の物語と呼んだ短編だ。ドストエフスキーは、若い速記者のアンナ・グリゴーリエヴナ・スニートキナの助けを借りて、締切直前に本書を脱稿した。翌年、アンナと再婚したドストエフスキーは、妻を伴いヨーロッパへ出発する。長きに及んだ滞在の間も賭博癖は止まず、多額の損失を抱えるが、結婚生活は幸福で、夫妻は4人の子供に恵まれた(うち2人は幼くして亡くなる)。

『白痴』(1868〜69)では、キリストのような、「完璧な美しさを持つ人間」——この世では「白痴」と呼ばれる人物を描き出そうとした。本作では、主人公ムイシュキン公爵をはじめとする登場人物の複雑な心理を追い、疑惑や不安、迫りくる死(ドストエフスキーの娘は、本書の執筆中に生後3カ月で亡くなっている)といったテーマを取り上げている。

名誉と苦難

1871年、一家はロシアに帰国、翌年、ドストエフスキーは『悪霊』を出版した。政治的寓意を含む作品で、無神論や信仰心、苦難や贖罪を考察する内容になっている。1873年からは月刊誌に『作家の日記』の連載を始め、社会・政治の解説から短いエッセイや文芸評論までを試行的に発表する。連載は好評を博し、1876年にドストエフスキーは、皇帝アレクサンドル2世へその1号分を献上するよう求められた。

晩年のドストエフスキーは、多くの格式ある団体や委員会から表彰され、入会を許されるようになる。とはいえ、作家としての成功の裏には、1人の人間としての苦悩があった。悪化していくてんかんの発作に悩まされ、1878年5月には幼い息子アリョーシャをてんかんで亡くし、悲しみの底に沈む。しかし心痛を抱えながらも執筆は続け、1879年から1880年にかけて、最後にして最長の、そしておそらく彼自身の最高傑作を発表する。父親殺しというテーマを中心に、信仰・理性・疑惑をめぐる道徳的葛藤を劇的に描き出し、自由意志と道義的責任を探求した『カラマーゾフの兄弟』だ。本作はドストエフスキーの他の作品同様、長年にわたり、数多の作家や哲学者に大きな影響を与えた。アレクサンドル・ソルジェニーツィン、アントン・チェーホフ、ジークムント・フロイト、ルートヴィヒ・ヴィトゲンシュタイン、フランツ・カフカ、実存主義者のジャン=ポール・サルトル、そしてアルベール・カミュも、この作品から思索のヒントを得ている。『カラマーゾフの兄弟』脱稿の翌年、ドストエフスキーは肺出血でこの世を去った。

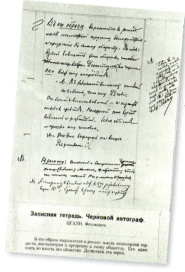

△『罪と罰』
ドストエフスキーの自筆原稿。推敲の跡から『罪と罰』が一人称から三人称へと変更されたことが分かる。

▽ ドストエフスキーの書斎
ドストエフスキーの終の住みかとなったサンクトペテルブルクのアパート。『カラマーゾフの兄弟』はここで執筆された。現在は記念館となっている。

主要作品

1846
小説第一作『貧しき人びと』出版。社会問題をテーマとした書簡体小説。

1862
『死の家の記録』出版。ロシアの強制労働収容所を描く小説の伝統を生んだ。

1864
『地下室の手記』出版。後に実存主義文学の先駆的作品の1つと見なされるようになる。

1867
『罪と罰』出版。高潔な目的は残忍な手段を正当化できるのかを問いかけた。

1869
『白痴』出版。てんかんという個性を持った主人公、ムイシュキン公爵が登場する。

1872
『悪霊』出版。時代の特徴であった政治的・道徳的ニヒリズムに対する反動として着想された。

1880
『カラマーゾフの兄弟』出版。今も世界で最も高く評価されている小説の1つ。

▷ **机に向かうイプセン**（1906年）
ノルウェーに生まれ、ノルウェーで亡くなったイプセン（この写真は、死去した年に撮影されている）。芸術に制約をもうける祖国を嫌い、27年間にわたりイタリアやドイツに居を移して筆を執っていた。だが、戯曲の多くはノルウェーを舞台に描かれている。

ヘンリック・イプセン

Henrik Ibsen　1828〜1906　ノルウェー

イプセンは、現実的な状況設定に、象徴的な対話と心理学的な洞察を盛り込んだ戯曲を書いた。彼の作品は、現代社会の欠陥を暴きつつ、登場人物の内面をさらけ出すことで、人々の心をつかむ。

ヘンリック・イプセン

> "わたくしたちは皆、幽霊ではないかと思うのです、マンデルスさん。"
>
> ヘンリック・イプセン『幽霊』より

△『幽霊』（1881年）
多くのイプセンの作品と同じく、『幽霊』は社会の倫理観に真っ向から立ち向かい、死や近親相姦、性病、安楽死などのテーマに切り込んでゆく。『幽霊』というタイトルは死者の霊を指すものではなく、登場人物をむしばむ因習を表している。

ヘンリック・イプセンは1828年3月20日に誕生した。ノルウェー南部の港町シーエンで子供時代を過ごし、15歳のとき、故郷を離れグリムスタで薬局の見習いとなる。ここで召使の娘との間に男の子をもうけ、ブリニョルフ・ビャルメの筆名で最初の戯曲、『カティリーナ』（1850年）を発表した。しかし世間には認められず、次の韻文劇も空振りに終わる。若きイプセンは、大学入学を目指してクリスチャニア（現在のオセロ）に移った。

ここでイプセンは幸運に恵まれた。著名なヴァイオリニストで文化事業家のオーレ・ブルに、その演劇的才能を見込まれたのだ。イプセンは23歳の若さで、ベルゲンに新設された劇場の舞台監督兼座付き作者に起用される。ベルゲンでの6年間、またクリスチャニアのノルウェー劇場での5年間に、イプセンは数多くの史劇の制作契約を結び、大衆と報道陣の保守的な目に叶う芝居を作った。幸せとは言いがたい長い下積み期間ではあったが、劇作法を磨く実践の場となったのは間違いない。またヨーロッパの劇場で、新たな経験を積む機会にもつながった。

1864年にノルウェー劇場が倒産すると、イプセンは友人からの支援と国からのわずかな助成金を得てノルウェーを発ち、イタリアへ向かった。自由に好きなものを書ける立場になり、筆力も上がっていたイプセンは、ここで詩劇の大作を2つ完成させる。熱狂的な信仰と非情なまでの理想を追い求める神父の生涯を描く『ブラン』（1866年）と、ノルウェーの民間伝承をヒントにした悲運の実存主義者の物語『ペール・ギュント』（1867年）だ。この2つの作品で、国内外でのイプセンの名声は不動のものとなった。

社会問題への意識

やがてイプセンはドイツに転居し、同時に、その劇作の方向性を大きく変えていく。史劇や韻文を離れ、同時代の暮らしを散文で書くことに専念するようになったのだ。その後は風刺的な社会主義リアリズムを特徴とする作品が増え、一連の戯曲では倫理・経済・社会の問題に光を当てた。これらの作品は、当時の社会および制度が縛りつけてきた個人の自由というテーマを掘り下げるものだった。『人形の家』（1879年）や『幽霊』（1881年）などの戯曲は、結婚制度を手厳しく批判し、隷属され不平等に扱われる女性の姿を直接的に表現したため、初演時には非難の嵐がわき起こった。

後期の作品になると、イプセンは精神の複雑さをより詳細に観察し、人間関係における無意識の働きや、そこに潜むさまざまな緊張を描くようになった。同時に、複数の意味を持つシンボルを作品に取り入れることも増えた。例えば『人形の家』では、初めは喜びと円満な家庭を表していたクリスマスツリーが、飾りを剥ぎ取られたときには、無邪気さの喪失を表す悲しい象徴へと変わるのだ。

こうした流れの中で執筆された6つの戯曲のうち、最も有名な『ヘッダ・ガブラー』（1890年）および『棟梁ソルネス』（1892年）は、発表後すぐにさまざまなヨーロッパの言語に翻訳された。世捨て人のように数年を過ごした後、イプセンは1891年にノルウェーに帰国し、国民的英雄として尊敬を集める。『わたしたち死んだものが目覚めたら』（1899年）が、彼の最後の戯曲となった。

イプセンは1900年に脳卒中で倒れ、6年後に他界した。その死に際しては国葬が営まれた。

ON STYLE
リアリズムによる洞察

イプセンは、作品に現実味のある対話を取り入れることで、現代劇を一変させた。登場人物はできる限り忠実に生の会話を再現すべしと決めていたため、脚本にはほんのわずかな台詞しかないことも多かった。また、役者は言語的表現、非言語的表現——表情や間の取り方、話の遮り方など——の双方を通じて、対話に加わった。イプセンの天才たる所以は、こうしたやりとりのうちに隠れた、無言の「リアリティ」を描き出す力にある。ニュアンスの込もった象徴的な台詞により、対話は往々にして二重の意味（ダブルミーニング）を含み、登場人物の内なる声を表している。

イングランドのバース王立劇場で上演された『人形の家』の一場面

レフ・トルストイ

Leo Tolstoy　1828〜1910　ロシア

82年の生涯の中で、トルストイは罪人から聖者へ、軍人から社会改革家へと変貌を遂げた。その作品は新たな文学と文体を生み出すほどの高みに達し、複雑かつ深淵な哲学的命題を掘り下げたものとなっている。

△ 軍人にして作家
クリミア戦争当時、将校の軍服をまとったトルストイの写真。自身の体験から、彼は戦争心理をよく理解していた。

　1828年8月28日、レフ・ニコラエヴィチ・トルストイは、先祖伝来の領地ヤースナヤ・ポリャーナで誕生した。由緒正しい貴族の家系ではあったが、生家に往時の勢いは既にない。それでもトルストイは、おおらかな父トルストイ伯、兄弟姉妹、「タチアナおばさん」こと母の死後子供の面倒を見てくれていた従姉など、家族の愛に包まれて何不自由なく育った。

　野原を散歩し、夏には池で泳ぎ、冬にはそりで遊び、一族の盲目の語り部からお話を聞く（当時のロシアでは、語り部は一般的な職業だった）——そんな子供時代をおくるトルストイだったが、1836年に一家がモスクワに移り住むと生活は一変する。それから2年足らずでトルストイ伯が亡くなり、家族はばらばらになってしまう。上の兄2人は後見人のアリーナ叔母とモスクワに残り、レフと妹のマリヤ、すぐ上の兄ドミトリーはヤースナヤ・ポリャーナへ戻ることになった。

自堕落な学生生活

　1841年にアリーナ叔母が亡くなると、トルストイ兄弟はロシア南西のカザンに住む叔母のもとに引き取られた。3年後、トルストイはカザン大学のアラブ・トルコ文科に進学するが、学業は振るわず2年で中退する。その後は、酒に賭博に女遊びにと、自堕落な生活を送った。ヤースナヤ・ポリャーナに戻った後も人生で何をなすべきか考えあぐねたあげく、すぐに昔の悪癖に戻り、大酒を飲んでは賭博で多額の借金を作るといった暮らしに陥るのだった。

従軍

　こうした自暴自棄な生活から抜け出す機会をくれたのが、長兄のニコライだった。ニコライの勧めで軍隊に入ったトルストイはユンカー（下士官）となる。簡素な軍の暮らしはトルストイの性に合っていた。配属先のコーカサスでは美しい山々や土地の人々の忍耐強さに触れ、これを機に自伝三部作の第一部、『幼年時代』(1852年)を書き始める。

　クリミア戦争に従軍したトルストイは、セヴァストポリ要塞の攻囲戦の渦中にい

◁ トルストイ
トルストイは退役後、がらりと風貌を変えた。トレードマークの長いあごひげをのばし、貴族的な装いをやめ、簡素な農夫の服を身につけるようになる。

◁ ヤースナヤ・ポリャーナ
1847年に父の地所を相続してから10年後、トルストイは故郷に帰ってきた。『戦争と平和』および『アンナ・カレーニナ』は、この家で執筆されている。

ON STYLE

内的独白

　トルストイは、物語に内的独白を取り入れた先駆的な作家だ。登場人物の行動の動機やそこに至るまでの感情を著者が語るのではなく、（『戦争と平和』や『アンナ・カレーニナ』のように）登場人物みずからが思いや考えを語るというこの手法は、当時としては非常に斬新だった。トルストイは内的独白を用いることで、登場人物の心の動きを鮮明に描き、読者をその世界に引き込んだのである。

アレクセイ・ミハイロヴィチ・コレソフ
《アンナ・カレーニナ》（1885年）

"幸せを感じる時間を大切にし、愛し、愛されよ。
　それがこの世のたったひとつの真実で、
　　他のすべては愚行なのだから。"

レフ・トルストイ『戦争と平和』より

△《セヴァストポリ攻囲戦》
（1854〜55年、部分）
1901年から1904年にかけてフランツ・アレクセイヴィッチ・ルボーが描いたパノラマ画。トルストイはクリミア戦争に出征した経験から、『戦争と平和』につながる深い洞察を得ている。すなわち、歴史とは個々の指導者の英雄的行為によって作られるのではなく、日々の小さな出来事の積み重ねから生まれるのだと、彼は悟ったのだ。

た。この体験が後に『セヴァストーポリ』（1855年）という作品を生み、彼はここで「意識の流れ」という手法を試す。『セヴァストーポリ』の設定は、その多くが、名作『戦争と平和』にも転用された。この大作で、トルストイは膨大な数の登場人物——計580人にも及ぶ——を駆使し、1805年からの8年間にわたる壮大な歴史絵巻を描いた。その中にはトルストイ自身の家族をモデルにした人物もいれば、ナポレオンやアレクサンドル1世といった実在の人物も登場する。

結婚、執筆、そして懊悩

退役後のトルストイは、サンクトペテルブルグの文壇の寵児となっていた。その実、打ちひしがれたトルストイは素面と酩酊の間を揺れ動き、己の情熱と将来の現実的な計画とのバランスを取ろうとあがいていた。

ヤースナヤ・ポリャーナで質素な生活を送り、小作農の教育にあたろうとするも、この計画は失敗に終わる。すると再び、賭博に手を出すようになった（後年のトルストイは、ビリヤードの借金1000ルーブルを出版社に返すためだけに『コサック』〈1863年〉を刊行している）。1857年にはアナキストを名乗ってパリに向かうが、借金がかさんでロシアに連れ戻される羽目になった。

そんなトルストイだが、1862年、友人の妹、ソフィア（ソーニャ）・アンドレイエヴナ・ベルスと結婚して腰を落ち着けた。夫婦の間には張り詰めた空気が漂い、上流階級の人間にふさわしい暮らしになじめない夫にソーニャは落胆する。それでも実り多き結婚生活のうちに2人は13人の子供をもうけ、事務的手腕にたけたソーニャのおかげで、トルストイは執筆に専念できるようになった。1863年から1869年にかけては全6巻の『戦争と平和』を発表し、1873年には『アンナ・カレーニナ』の執筆に着手する。作品中のリョーヴィンとキティのロマンスには、トルストイとソーニャの交際期間のエピソードが反映された。

こうした著書の成功にもかかわらず、ト

◁ トルストイの書斎
ヤースナヤ・ポリャーナにあるトルストイの家は、博物館として保存されている。その蔵書はギリシャ哲学からモンテーニュ、ディケンズ、ソローの著作までと幅広く、2万冊以上に及ぶ。

レフ・トルストイ / 129

主要作品

1852
『幼年時代』出版。『少年時代』『青年時代』と続く自伝三部作の第1部。

1863–69
大作『戦争と平和』を発表。複数の貴族の家庭を通して、戦争が与えた影響をひもとき、生の意義を模索する。

1879
『懺悔』はロシア正教会から発禁処分を受け、ロシアでは1906年まで出版できなかった。

1898
『芸術とは何か』発表。美とは芸術の定義の一部ではなく、感情を伝えるものだという議論を展開した。

1899
『復活』出版。偽善、不正、堕落を手厳しく非難し、物議を醸す。トルストイ最後の小説となった。

ルストイは精神的な危機におちいり、1878年には自殺願望に取りつかれるようになっていた。この問題を掘り下げた『懺悔』が契機となり、トルストイは生活を、とりわけ富への執着と物質主義を見つめ直し、人生観を変えていく。生の意義を求めてロシア正教会に向かうも、その教義を受け入れられなかったトルストイは、キリスト教アナキズムという独自のイデオロギーを生み出した。体系化された宗教や国家を拒絶し、キリストの神性までも否定し、新約聖書の教えに基づいた信条を支持する、というのがその定義である。

小説と評論の双方で教会と政府を批判したことで、トルストイは秘密警察に目をつけられ、ロシア正教会からは破門される。そのかたわら『神の国は汝らのうちにあり』（1894年）で自身の非暴力抵抗主義の原理を説き、道徳的問題の答えは自身のうちに見つかるという信念を提示して、多くの熱烈な賛同者を得た。一方、資産を手放そ

うという決意は家族との仲を悪くさせた。トルストイは厳格な禁欲主義を貫き、肉食を断ち、タバコや酒をやめ、禁欲を説いた。そのうち自邸に支持者が集まるまでになったが、前半生を否定するかのように振る舞うトルストイと、妻との溝は広がるばかりだった。

最後の日々

1910年10月10日、家族との確執に耐えられなくなった82歳のトルストイは、資産を放棄し、妻ソーニャ宛ての手紙を残して行方をくらませる。手紙には、家を出て迷惑をかけることへの詫びと、「世俗の暮らしを離れ、最後の日々を平穏と孤独のうちに過ごす」という言葉があった。

トルストイは南へ向かう列車に乗り、黒海沿岸に自らの信奉者が作った共同体に向かおうとした。ところが肺炎に倒れ、やむなくアスターポヴォで下車することになる。トルストイが駅長の家に運ばれると、すぐに記者たちが集まってきた。自殺を図ったソーニャも駆けつけるが、部屋に入ることを許されたのは夫が昏睡状態に陥ってからのことになる。最後の言葉は「本当は――とても愛している……」であった。

11月20日の明け方、トルストイは息を引き取った。葬儀には何千人もの小作農が参列し、遺体はヤースナヤ・ポリャーナに葬られた。墓が立てられたのは、子供の頃に兄のニコライと遊んだ、トルストイの大好きな場所だった。

▷ **蓄音機**
1908年、アメリカの発明家トーマス・エジソンからトルストイに蓄音機が贈られた。初期の蓄音機は録音も可能となっており、トルストイも何度か肉声を吹き込んでいる。現存するワックス・シリンダーには、法律や芸術から非暴力の哲学まで、さまざまな話題を語るトルストイの声が残されている。

IN CONTEXT
マハトマ・ガンディー

トルストイは教会の神学や教義を拒絶し、山上の垂訓に基づくキリスト教の理念を支持した。これは、汝の敵を愛し、「悪人に手向かってはならない」という教えである。非暴力の力や、その正当性に対するトルストイの信念は、文通相手のマハトマ・ガンディーに多大な影響を与えた。悪への断固とした非暴力抵抗、すなわちサティヤーグラハ（真理の主張）というガンディー哲学の基礎は、トルストイの作品から生まれたと言っても過言ではない。

ガンディー（1941年撮影）

> "幸せな家庭はどれも似たようなものだが、不幸せな家庭の不幸はひとつひとつ異なる。"
> レフ・トルストイ『アンナ・カレーニナ』より

130 /

▷ 国際的な評価
200もの短編と9つの長編小説を書いたマシャード・デ・アシスだが、近年ようやくその多様な作風が西洋の読者に評価されるようになった。おそらく、作品の微妙なニュアンスを訳出する難しさもあるのだろう。しかし今日では、フランツ・カフカやサミュエル・ベケットと比されることも多い。

マシャード・デ・アシス

Machado de Assis　1839〜1908　ブラジル

マシャード・デ・アシスは、誰もが認めるブラジル史上最高の小説家である。
貧しい生まれからブラジル文学界の権威となり、
皮肉な文体で厭世的(えんせいてき)な世界を描く革新的な小説を発表した。

ジョアキン・マリア・マシャード・デ・アシスは、1839年に生まれた。父はアフリカ系の解放奴隷の息子で貧しい塗装業者、母はポルトガル人の洗濯婦だった。人種により階層化された社会において、異人種間の子であるマシャードの地位は低かった。また、彼はてんかんにも苦しんでいた。10歳のときに母が亡くなり、父が再婚する。義理の母は、彼女がメイドとして働く学校にマシャードが入学できるよう取り計らってくれた。

逆境を乗り越えて

先の見えない少年時代においても、マシャードはその並外れた才能と文学的野心を早くから発揮していた。初めての詩が新聞に掲載されたのは、彼がまだ15歳のときだ。植字工兼校正者の職につくと、編集者のフランシスコ・デ・パウラ・ブリトの交友の輪に加わり、ブラジルの一流文化人や政治家と多数知り合った。執筆においては記事、エッセイ、詩、戯曲、小説までを手がけ、多作ぶりを見せつける。

1867年、その才能が役人の目に留まり、マシャードは政府機関で実入りのいい仕事についた。おかげで社会的地位のある女性と結婚でき、何不自由のない生活も手に入れた。子供には恵まれなかったが、結婚生活は順調に続いた。伴侶を得て以降、マシャードは平穏かつ静かに暮らし、故郷のリオ・デ・ジャネイロから100マイル以上離れることはなかった。

独自の作風

キャリアの初期、マシャードはブラジルのロマン主義文学に強い影響を受けていた。実際、彼はこの文学的な流行を受けて、『ヘレナ』（1876年）や『ヤヤ・ガルシア』（1878年）といった初期の小説を執筆している。どちらも、狭量な社会に立ち向かう個人の心情を生き生きと描いた作品だ。こうした小説はまぎれもない成功を収めたが、マシャードの本質を表したものではなかった。

だが、18世紀イングランドの作家ローレンス・スターンの作品に触れたことを機に、マシャードは自分自身の作風を確立する。スターンは話を脱線させることで、読者を笑わせるのを得意としていた作家だ。そこでマシャードも、自身の冷徹かつ風刺的な悲観主義を表現するため、脱線という手法を取り入れる。

この様式で書かれたマシャード初の小説が、『ブラス・クーバスの死後の回想』（1881年）だ。物語は死せる語り手の一人称で進み、とことん不毛な特権階級の暮らしをあざ笑う。従来の話法をくつがえし、短い章に分割されたテキストは、しばしば空想や型破りな哲学的瞑想へと流れていく。語り手は最後まで冷静で尊大な口調を貫くが、その根底には常に不安や苦痛が見え隠れする。

続く『キンカス・ボルバ』（1891年）では人道主義的価値観を手厳しく風刺し、『ドン・カズムッホ』（1899年）では愛と裏切りを悲劇的に描いた。しかし、物語は脱線しながら素っ気なく語られるため、その真の恐怖に読者はなかなか気づかない。

晩年のマシャードは文化功労者として尊敬を集めた。ブラジル文学アカデミーを設立し、初代会長に就任する。彼が生涯で執筆した9編の長編小説、および数百の短編小説はどれも絶賛された。亡くなったのは、最愛の妻が世を去った4年後の1908年のことだった。

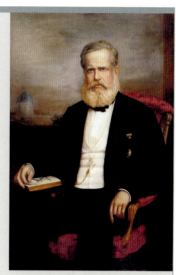

IN CONTEXT
ブラジル帝国

マシャード・デ・アシスが生まれたのは、ブラジルの2代目皇帝（1840～1889）の治世の初期に当たる。ドン・ペドロ2世のもとでブラジルは近代的発展を始め、国際的地位の高まりとともにヨーロッパから移民が押し寄せると、絵画・演劇・文学を育んでゆく。マシャードの作品はブラジル文学の成熟を示し、南米の先住民の素朴な暮らしを理想化した先住民主義（インディアニズモ）小説のようなロマン主義の終わりを告げるものだった。ブラジルの君主制を支持していたマシャードは、1889年に軍部のクーデターでペドロ2世が廃位され、ブラジルに第一次共和制が敷かれた後も皇帝に忠誠を尽くしていた。その筆によれば、ペドロ2世は謙虚で実直、「王冠と素朴な椅子でできた」人物だったという。

ブラジル皇帝、ドン・ペドロ2世

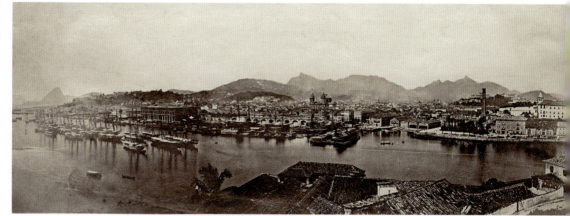

▽ リオ・デ・ジャネイロ

リオ・デ・ジャネイロの貧しい郊外に生まれたマシャードは、都市部のブルジョワの輪に入ってもアウトサイダーの視点を失わなかった。その作品の大半は、蒸し暑くせわしなく、不正の横行する都会が舞台となっている。

> "正確には死んだ作家ではなく、死者が作家なのです。"
>
> マシャード・デ・アシス『ブラス・クーバスの死後の回想』より

エミリー・ディキンソン

Emily Dickinson　1830〜1886　アメリカ

ニューイングランドの詩人ディキンソンはおよそ1800編の詩を書いたが、その大半は死後に発表されたものだ。生前は変わり者扱いされていたディキンソンは、今やアメリカ最高の詩人の1人と見なされている。

エミリー・ディキンソンは1830年、マサチューセッツ州の大学町アマーストの名家に生まれた。祖先は1630年代にニューイングランドへ移住してきた清教徒で、アマースト大学の設立に尽力した人物だ。ディキンソンが生まれた頃、アマースト大学はアメリカ最大の大学として知られていた。

ディキンソンは妹のラヴィニアと共にアマースト高等学校に進学し、優秀な成績を収めた。敬虔な清教徒であることが当たり前のアマーストで、ディキンソンは教会にも欠かさず通っていた。しかし、1852年頃に突然それをやめてしまう。「教会に通い安息日を守る人がいる――わたしは家でこれを守る」。当時の心境をそう詩に詠んでいる。

マウント・ホリヨーク女学院では科学を学んだ。その頃、マサチューセッツでは信仰復興運動が広がっていたが、ディキンソンは「救済される」ことを拒み、宗教への懐疑心を詩で表現した。『信仰』はすぐれた発明／紳士が用いるときは――／けれども顕微鏡は堅実／まさかのときに見るには」。入学した翌年、ディキンソンは女学院を去って実家に戻る。その後1855年にフィラデルフィアやワシントンを訪問したこともあるが、ディキンソンはそれから基本的にアマーストの生家を離れなかった。一部の伝記作家は、これを病気やホームシックのためではないかと考えている。多くの女性が自分の生き方を決められなかった時代にあって、ディキンソン自ら運命を選びとった結果なのではないかと解釈する者もいる。いずれにせよ、ディキンソンは世間から少しずつ距離を置き、自分の内に閉じこもるようになった。ただし、友人たちとはこまめに手紙をやりとりして、交友や議論の機会を保った。

南北戦争の詩

1860年から1865年にかけて、ディキンソンは盛んに詩を書いている。南北戦争のさなかのことだ。友人で著名な文芸批評家・奴隷廃止論者のトーマス・ウェントワース・ヒギンソンは北軍の第一志願連隊を率いており、戦地では親しい者たちが亡くなった。遠く離れた戦場はディキンソンの詩に影響を与え、流れる血をうたった「その名は――秋」、「今日――わたしの運命は敗北」などの詩が生まれた。

ディキンソンは人知れず書きためた詩を束ね、縫い綴じていた。とはいえ、友人に送った数編の詩を除き、その大半は誰の目にも触れることはなかった。ディキンソンはこれを出版しようと考えたこともあったようで、1862年にはトーマス・ヒギンソンに助言を求めている。「わたしの詩が生きているかどうか、お話しいただく時間はございませんか？」ヒギンソンとの文通は23年間続いたが、ディキンソンの詩が広く読まれるようになったのは、彼女の死後、妹のラヴィニアが40冊ほどの手綴じの詩集を見つけてからのことだった。最初の詩集は、大幅に編集された上で1890年に出版されたが、元の形の手紙や詩も1955年に公開されている。

ON STYLE
破調の詩

ディキンソンの詩は型破りなものと見なされていた。彼女は独特な句読法（コンマやピリオドよりもダッシュを多用する）を用いるほか、文中の単語を大文字にすることもあった。また詩には題名がなく、今日では詩の冒頭の行で呼ばれることが多い。生前に出版されたのは7編のみで、それも大幅に編集が加えられていた。

自筆の詩「二人――は不滅も二倍」

▷ **エミリー・ディキンソン**（1847年頃撮影）
若き日のエミリー・ディキンソンの肖像写真。晩年の彼女は世間に背を向け、白い服を着て部屋に閉じこもることが多かった。55歳で亡くなっている。

◁ **ディキンソンの住まい**
ディキンソンは生涯の大半をこのアマーストの家で過ごし、滅多に家を出なかった。文通相手のトーマス・ヒギンソンにボストンで会わないかと言われたときも、「故郷を離れてどこかのお宅や町にうかがいすることはありません」と返答している。

マーク・トウェイン

Mark Twain　1835〜1910　アメリカ

トウェインは、正統派アメリカ文学における先駆者の1人だ。作家として、そしてユーモリストとして、急速に発展する国家のいくつもの側面を描き出した。

サミュエル・ラングホーン・クレメンズ、後のマーク・トウェインは、1835年11月30日に誕生した。貧しい一家の7人きょうだいの6番目の子供として、ミシシッピ川近くの町、ミズーリ州ハンニバルに暮らしていた。彼はアメリカの黄金時代を描写した作家だが、奴隷制を容認していた州で幼年期を過ごしたことが、後の作風に多大な影響を与えた。

ミシシッピ川にて

父が亡くなると、12歳のトウェインは働きに出た。植字工、地元紙の臨時記者を務めた後、ニューヨークやフィラデルフィアに渡る。9年後には故郷に戻り、21歳でミシシッピ川の蒸気船の水先案内人見習いになった。セント・ルイスからニューオーリンズ間の大河を行き来する仕事は格式も高く、野性味あふれる川での生活は青年を魅了した。ところが1861年に南北戦争が始まると、水運業は途絶えてしまう。若きトウェインはネバダ州のゴールドおよびシルバーラッシュに魅かれ、駅馬車で西部に向かった。この道中で経験した数々の挫折、そしてネイティヴ・アメリカンやアラスカの先住民族との出会いは、後年に『西部放浪記』(1872年)の素材として生かされた。

「マーク・トウェイン」という筆名を名乗るようになったのは、バージニアシティやサンフランシスコで新聞記者の仕事に戻ってからのことだ。これは、蒸気船が安全に運行できる水深を船員が告げる「水深2尋！」という合図からとった名前である。最初に成功を収めたのは、1865年の短編小説「ジム・スマイリーとその跳び蛙」だ。その後は紀行作家および講演家としてクエーカー・シティ号に乗船し、ヨーロッパや聖地エルサレムを回る旅に出た。素朴なアメリカ人の笑いにあふれた旅行記『無邪気者の外遊記』(1869年)では、海外に出たことのない読者も、旅に出れば自分がどれほど大馬鹿者になれるか分かるだろうと述べている。この旅の途上、トウェインは旅仲間の妹、オリヴィア・ラングドンの写真を見て一目惚れする。1870年に2人は結婚し、コネチカット州ハートフォードに転居した。

後半生

トウェインの代表作『トム・ソーヤーの冒険』(1876年)は、ハートフォードで執筆された。同作の舞台となるのは、彼が少年時代を過ごしたハンニバルをモデルにした架空の町である。1882年にはリサーチのために川に戻り、『ミシシッピ川での生活』(1883年)を執筆している。これは水先案内人として過ごした日々の回想録だが、フィクションの要素も大いに加えられている。翌年には『ハックルベリー・フィンの冒険』で、40年前のアメリカを描いた。奴隷制度の只中にある南部と土地の争奪戦の中にある西部を舞台に、逃亡奴隷といかだで旅するハックの物語だ。同作は急進的思想を持った少年の「伝記」という形を借りて、人種差別主義を痛烈に風刺している。

ON STYLE
信頼できない語り手

トウェインは、東海岸以外出身の作家として、初めて大きな成功を収めた人物だ。さまざまな地方の方言を用いて口語体で書かれたその小説は、当時の文学の主流には反するものだった。1960年代には、ハック・フィンの語り口が「信頼できない語り手」として知られるようになる。書かれているのは本当のことだという、読者の予想を裏切る手法のことだ。いかだに乗った無学で未熟な少年の眼差しを通して、表面上の出来事の奥に潜む闇が巧妙にあばき出されてゆく。

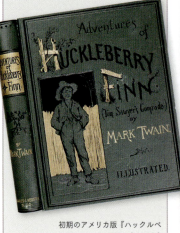

初期のアメリカ版『ハックルベリー・フィンの冒険』(1884年)

▷ **ハートフォードのトウェイン**
コネチカット州ハートフォードの自宅で撮影された晩年のトウェインの写真。その生涯で28冊の著作と多数の短編、書簡や素描を執筆した。エール大学およびオックスフォード大学からは名誉博士号を授与されている。

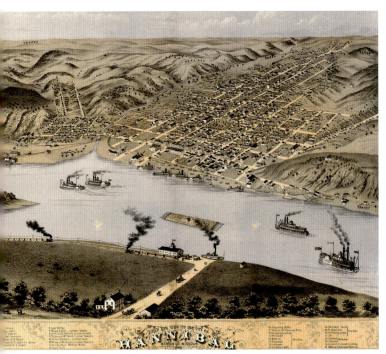

◁ **蒸気の時代**
トウェインの故郷、ミズーリ州ハンニバルを描いた1869年の鳥瞰図。トウェインは、ミシシッピ川の蒸気船の水先案内人として働いた経験や、そこで出会った風変わりな人々の思い出を、作品に色濃く反映させた。

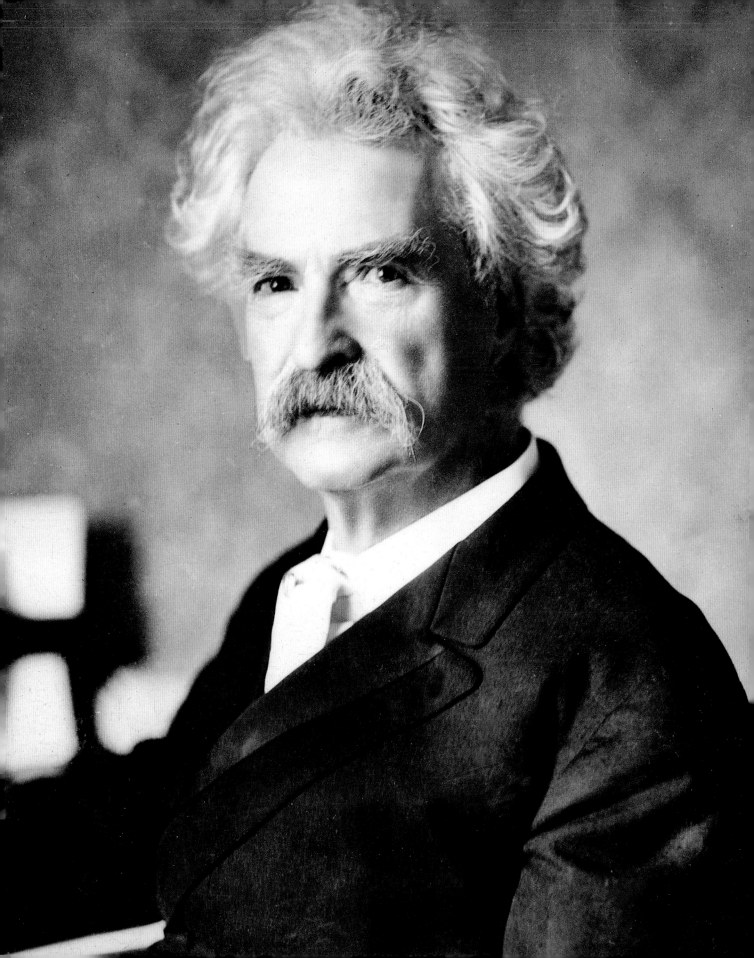

トーマス・ハーディ

Thomas Hardy　1840〜1928　イングランド

19世紀のイングランドでとても愛された小説家・詩人の1人であるハーディは、地方の貧しい村に生まれた。その生まれ故郷は、どこまでもロマンティックな一連の作品の舞台として、後世まで知られることとなった。

△ ドーセットの生家
ハーディは、ハイヤー・ボッカンプトンの小さな茅葺きのコテージで生まれ、34歳までここに暮らした。『狂おしき群をはなれて』はこの家で執筆された。

トーマス・ハーディの家庭環境は、その小説のテーマを決める上で、極めて重要な役割を果たした。ハーディの故郷は、南イングランドにあるドーセット州ドーチェスター郊外の小村ハイヤー・ボッカンプトンで、曾祖父が建てたコテージで生まれた。父は石工の親方として順調に働いていたが、一家には秘密があった。母親が結婚前に妊娠したため、トーマスの両親はあわてて結婚する羽目になったのだ。また金回りのいい農夫の娘だった祖母は、使用人と結婚したため相続権を剥奪されている。祖母は夫の酒癖や暴力に耐えながら悲惨な生活を送り、貧困のうちに亡くなった。ハーディはこうした出来事を直接的に描いているわけではないが、異なる階級間での結婚や、婚外子であることの不名誉、突然の経済破綻などは、彼の作品によく登場するテーマである。

瀕死の状態で生まれてきたハーディは、病弱な少年だった。それでも歳の割には早熟で、「歩くか歩かないかのうちに」字を読むことを覚え、学校では優秀な成績を収めた。『日陰者ジュード』の主人公同様、一流の大学で学びたいと願っていたが、その社会的地位のために夢が叶わず、地元の建築家ジョン・ヒックスに弟子入りする。ここで優秀で変わり者の学者ホレース・マウルと出会い、若きハーディは多大な影響を受けた。マウルはハーディの師として、勉学を指導し、詩の創作を勧めた。1873年にマウルが痛ましい自死を遂げるまで、2人は固い友情で結ばれていた。

経験を積む

ハーディは繊細で感受性の強い性格だったため、批判に傷つきやすい反面、他人の苦しみにも敏感だった。辛い思い出も心の中にしまい込み、後の作品に生かしたのだろう。例えば16歳のときには、浮気した夫を殺害したかどで有罪となり、絞首刑にされたマーサ・ブラウンの姿を目のあたりにしている。ドーチェスターで行われた最後の女性の公開処刑であり、その陰惨な光景は生涯ハーディの心から消えることはなかった。これが『テス』のプロットと悲劇のヒロインの造形に影響を与えたのは間違いない。

1862年、ハーディは仕事の幅を広げるためロンドンに移り、アーサー・ブロムフィールドの建築事務所で働くようになる。

> IN CONTEXT
> **ウェセックス**
>
> 郷土史や伝統に魅せられていたハーディは、その知識を生かし、現実と虚構が入り混じった独自の小説の舞台を設定した。「ウェセックス」と名づけられたこの地方は、数千年前に栄えたウェスト・サクソン人の古い王国にその名を由来する。ウェセックスは故郷ドーセットの中心部に位置し、ウィルトシャー、バークシャー、ハンプシャー、サマセット、デヴォンといった近隣の地域も含んでいる。このようにハーディが創作した街は、その多くが実在の街をモデルにしたものだ。例えばカスターブリッジはドーチェスター、ウェザーベリーはパドルタウン、クライストミンスターはオックスフォードを指している。ウェセックスは架空の土地だが、ハーディによって巧みに「ブランド化」されたことで、文学上の聖地となった。

アングロサクソン七王国の地図

> "……社会的に大きな悲劇も、自然においては憂慮すべき事態ではないのかもしれません。"
> トーマス・ハーディ

▷《トーマス・ハーディ》(1923年)
イングランドの肖像画家レジナルド・グランヴィルは、ドーチェスターにあるハーディ宅、マックス・ゲートに滞在した折、何枚か作家の肖像を描いている。

19世紀後期

IN PROFILE
エマ・ギフォード

ハーディがエマ・ギフォード（1840～1912）に出会ったのは1870年3月、教会の改築計画を練っているときだった。エマは教区牧師の義妹で、作家を志していた。活気と冒険心にあふれたエマにハーディは魅了され、2人は1874年に結婚する。スターミンスターの町ニュートンに暮らした数年間はこの上なく幸せであったものの、ハーディの文名があがるにつれ、夫妻の心は徐々に離れていく。エマは次第にとげとげしくなったが、ハーディの愛情は変わらず、エマの死後は感動的な愛の詩をいくつも彼女に捧げた。

エマ・ギフォード

この地に魅せられた彼は、劇場や画廊といった文化を享受して回った。セント・パンクラス教会の近くには、ハーディが当時手がけた、ある変わった建築物が残されている。木の周りに墓石を丸く並べた、通称「ハーディ・ツリー」だ。ミッドランド鉄道の路線拡張に伴い、墓地の整備が必要になった際、ハーディーはこうして墓石を移し替えたのだと言われている。

建築の仕事が縁となり、ハーディは最初の妻と出会う。コーンウォールでセント・ジュリオット教会の改築の見積もりをしていたとき、エマ・ギフォードと知り合ったのだ。弁護士を父に持つエマは、ハーディよりかなり社会的地位の高い女性だった。実のところ、この父親は酒好きで、当時は破産もしていたのだが、ハーディは自らの出自を必死に隠し続け、数年にわたり互いの家族を決して会わせなかった。1874年、2人は結婚にこぎつけるが、式に立ち会ったのはエマの兄弟と、ハーディの大家の娘だけだった。ハーディの小説さながらに、緊張感のある場面が繰り広げられたというわけだ。

初期の作品

この頃ハーディは、既に筆で身を立てようと心に決めていた。1871年に発表した『窮余の策』は、75ポンドの資金を投じての自費出版だった。続く『緑樹の陰で』（1872年）は、短くも魅力的な小説で、聖歌隊（ハーディの父もその一員だった）に所属してスティンズフォードの教会で歌っていた頃の思い出が色濃く反映されている。次作『青い眼』（1873年）には、エマ・ギフォードそっくりなヒロインが登場する。そして4作目の『狂おしき群をはなれて』で、ハーディはついに名声と評判を手に入れることになった。

『狂おしき群をはなれて』は、権威ある雑誌『コーンヒル』に1874年1月から12月まで連載され、後に上下巻で出版された。ヴィクトリア時代の作家にとって、連載を持つことは1つの目標だった。広く読者を獲得できるため（雑誌は書籍よりもずっと安価だった）、まずまずの額の収入が得られるからだ。しかし、文体や小説の構成には制約も課せられた。連載1話ごとに違ったテーマを考え、枚数を守り、締切りに間に合わせなければならない。また、家族で読むのにふさわしい内容であることも求められた。この最後の条件に、ハーディは頭を悩ませるばかりだった（とはいえ、書籍化の際は内容の修正が可能だった）。

農村のリアリティ

『狂おしき群をはなれて』は、農村の生活を綴った革新的な小説だった。ハーディの故郷ドーセットの風景や伝承といった美を描きつつ、その厳しい暮らしの現実を映し出している。例えば、羊飼いのガブリエル・オークは破滅と屈辱に対峙し、ファニー・ロビンは救貧院で惨めな死を迎える。本書は短編集『ウェセックス物語』（1888年）の青写真となり、ここでもハーディは田園生活を生々しく、しかし感傷に流されることなく描き続けた。

またハーディは、田園に起きた大きな変化を記録している。鉄道の発展により、農場労働者は遠くまで出稼ぎに行けるようになったが、穀物法が撤廃されたことでイギリスの農業は衰退した。安価な輸入作物の増大で農家の暮らしは圧迫され、失業率が上がり、機械化される作業が増えた。ハーディは小説『テス』の中で、古き良き酪農場から、過酷なフリントコム・アッシュ農場（作中で「ひもじくいじけた土地」と表現される）へ移り住んだヒロインが凋落していく様子を描いている。厳しい肉体労働を強いられる農場で、テスは「怪物のような」脱穀機と悪戦苦闘するのだ。

ハーディの故郷の農村では、誘惑、逃亡、

主要作品

1874
『狂おしき群をはなれて』を刊行。ウェセックスを舞台にした最高傑作の1つであり、その題名はトーマス・グレイの『墓畔の哀歌』に由来する。

1878
『帰郷』を発表。陰鬱な雰囲気に包まれたエグドン荒野を背景に、情熱の目覚めを描いた作品。

1886
『カスターブリッジの市長』を刊行。『気骨の人の物語』という副題を持つ作品で、下層の干し草職人の出世と没落を描いた悲劇だ。

1891
『テス』を執筆。誘惑、背信、殺人といったテーマを悲痛に描く。

1895
『日陰者ジュード』を出版。ハーディ最後となる小説で、肉体と精神との「死に物狂いの戦い」を寓意的に描き、物議を醸した。

△ ハーディの故郷
ドーセット州の北の町ブランドフォード近郊のブラックモア・ヴェール。『テス』の舞台となったこの谷間の村を、ハーディは「リトル・デイリース」と名づけた。

▽ マックス・ゲートの図書室
1885年、ハーディはドーチェスターに自ら設計した邸宅、マックス・ゲートに移り住み、生涯をこの家で過ごした。『テス』や『日陰者ジュード』はこの家で執筆されている。

破綻した結婚生活、望まない妊娠といった出来事が日常的に起こり、これらは彼の悲喜劇の素材となった。次第にハーディの作風は厭世的になり、避けられない運命を描いた小説が増えていく。最後の2作、『テス』と『日陰者ジュード』に登場する主人公は、地位や生活の向上を求めた罰を受けるかのように、過酷な人生をたどることになる。

ハーディは『日陰者ジュード』の発表後、小説の執筆をやめた。同作で組織化された宗教や結婚制度をあからさまに批判したところ、彼自身が激しく攻撃されたためだ。『ジュード』は酷評され、ある批評家には『わいせつ者ジュード』と揶揄されるほどだった。以後、ハーディは詩作に専念する。その詩の多くは時代や年月の流れをうたうものだが、戦争の詩や、エマに捧げる詩も書いている（とはいえ、エマの死の2年後にハーディは再婚した）。名誉ある文筆家として、没後はウェストミンスター寺院の「詩人のコーナー」に埋葬された。ただし、彼の心臓だけは、エマの墓のあるドーセットに眠っている。

◁『狂おしき群をはなれて』
農婦バスシーバ・エヴァディーンの愛と人生をたどる小説。一応はハッピーエンドに終わるが、作中では不安を掻き立てる暗い場面が続く。

"繰り返しますが、
　小説は印象であって、議論ではありません。"
トーマス・ハーディ『テス』の序文より

エミール・ゾラ

Emile Zola　1840～1902　フランス

19世紀後半のフランス最大の小説家、ゾラは、斜に構えた「自然主義者」の眼差しで社会のあらゆる階層を、また性を描いて小説の幅を広げた。

　1840年、エミール・ゾラは、イタリア人技師の父とフランス人の母の一人息子としてパリに生まれた。当初は裕福だった一家は、1843年に南フランスのエクス=アン=プロヴァンスに転居する。ところが4年後に父が亡くなると、母と息子は豊かな暮らしから窮乏生活へと追いやられた。1858年にゾラはパリに戻り、事務員をしてどうにか生計を立て暮らし、やがて労働者階級のパリジェンヌ、アレクサンドリーヌ・メレと出会う。彼女こそ、ゾラの将来の妻となる人だ。パリ社会で経験した底辺での生活は、後のゾラの小説に生かされることになった。

　1860年代に入ると、ゾラは出版社アシェットの営業部で働きながら、ジャーナリストや小説家として執筆を始めた。また子供の頃からの友人、画家のポール・セザンヌ（右のコラム参照）と共に、後に印象派と呼ばれる芸術家のサークルに出入りするようになった。ゾラの最初の代表作となったのが、1867年に出版された扇情的なメロドラマ『テレーズ・ラカン』だ。同作には、情欲・殺人・罪悪感が生々しく描かれている。翌年には、ライバル作家バルザックの『人間喜劇』に対抗して連作小説の構想を練った。こうして書き上げられた一連の作品は、「自然主義」の科学的原理を下敷きに、遺伝と環境がいかにルーゴン・マッカールという一家の人生を形作ったかを物語っている。ゾラは着想から20年以上にわたって、この大作を執筆し続けた。

自然主義

　全20巻のルーゴン・マッカール叢書の第1巻、『ルーゴン家の誕生』は1871年に発表されたが、ゾラの名声を確立したのは第7巻の『居酒屋』（1877年）だった。パリ市民のスラングをふんだんに使い、貧困とアルコールにむしばまれた労働者階級の暮らしを生々しく描き出した小説だ。その後も娼婦を主人公とする『ナナ』（1880年）、フランス北東部の炭鉱を舞台にした『ジェルミナール』（1885年）、普仏戦争とパリ・コミューンに飲み込まれた第二帝政末期のフランスを描く『壊滅』（1892年）など、いわくつきのテーマを扱った小説はどれも評判になった。しかし、対象に科学的に迫ろうとしてゾラが標榜した自然主義と、執筆前の入念な取材にもかかわらず、これらの小説は大げさで非現実的、筋立ては大まかで、象徴主義の色濃いものだといわれた。

　第三共和政が与えた表現の自由に乗じて、ゾラはそれまでタブーとされていた自慰などの描写を小説に取り入れるようになった。農村を舞台にした『大地』（1887年）がその例だ。またゾラは私生活でも従来のモラルに背を向け、1888年にはジャンヌ・ロズロという若い女性を愛人とし、2人の子供をもうけている。

　1898年、ゾラはフランス最大の政治スキャンダル、ドレフュス事件（p.175のコラム参照）に関わり、フランス当局の反ユダヤ主義と司法の腐敗を公然と糾弾した。ゾラは左翼の英雄となり、右翼にとっては憎悪の対象となった。名誉棄損で告訴されたゾラは、一時的にイギリスへ亡命する。帰国後の1902年、煙突詰まりによる一酸化炭素中毒で亡くなった。

△『居酒屋』のポスター
ゾラの小説はヨーロッパとアメリカで舞台化された。作中のアルコール依存症や貧困の描写は、禁酒運動にも利用された。

◁《ゾラ》（1868年）
印象主義の芸術を支持していたゾラ。1867年には、画家のエドゥアール・マネをけなす保守派の批評家に宛てて、マネを敢然と擁護する文章を書いている。その返礼としてマネが描いたのが、この肖像画だ。

IN PROFILE
ポール・セザンヌ
ゾラとセザンヌはエクス=アン=プロヴァンスで同じ学校に通う友人だった。セザンヌがエクスを離れパリに向かったのも、ゾラの勧めがあったからである。ゾラは小説『パリの胃袋』（1873年）に、セザンヌをモデルにした画家のクロード・ランチエを登場させた。だが『制作』（1886年）では、理想の芸術を追い求めて自殺に追い込まれるランチエの姿を描き、セザンヌを激怒させる。セザンヌはゾラが送った『制作』を送り返し、それきり2人は二度と口をきくことはなかった。

ポール・セザンヌ《自画像》（1879年）

> "描きたいのです……
> 新しい世界の誕生にともなう致命的な痙攣を。"
>
> エミール・ゾラ

ヘンリー・ジェイムズ

Henry James　1843〜1916　アメリカ

ジェイムズは長編や中短編の小説を執筆し、晩年には「巨匠」と呼ばれた。その激しくも洗練された心理ドラマによって、小説は繊細さと複雑さを備えた、新たな芸術的高みに達した。

　裕福で学術方面にも造詣の深いニューヨークの家庭に生まれたヘンリー・ジェイムズは、フランスとイギリスの小説に親しんで育ち、少年期の5年間を家族とともにヨーロッパで過ごした。小説家として身を立てる決意を固めたジェイムズは、アメリカとヨーロッパ、2つの社会における文化および礼節と、その間にある葛藤を主題として描くようになった。

　ジェイムズの初期の小説、例えば『ヨーロッパ人』（1878年）などには、無垢なアメリカと腐敗したヨーロッパというアイロニーが垣間見える。その後の中編『デイジー・ミラー』（1879年）や長編『ある婦人の肖像』（1880〜1881年）では、奔放で現代的な「アメリカ娘」を生み出し、名声を確立した。これらの小説で名を上げて以降、ジェイムズはイギリスとフランスで暮らすようになった。

　ジェイムズの私生活は今なお謎に包まれている。同性愛者だったという話もあるが、表向きにはそれを隠し、禁欲的な生活を送っていた。しかし後年には、2人の年下の男性と恋愛――必ずしも性的なものではないが――を経験している。またジェイムズは、女性とも強い心の絆を結んでいた。1870年に大好きな従妹のミニー・テンプルが若くして亡くなったことは、彼の小説に影を落とした。『鳩の翼』（1902年）の死にゆくヒロイン、ミリー・シールは、ミニーをモデルに描かれた。

隠された欲望

　ジェイムズは、タブー視される主題を密かに小説に取り入れるのが常だった。『ボストンの人々』（1886年）ではレズビアン、『ねじの回転』（1898年）では小児性愛、『金色の盃』（1904年）では近親相姦――どれもが巧妙な文体の背後に隠されている。ぼかして書く限り、どんなことも語ることができた。『メイジーの知ったこと』（1897年）では、無垢な子供の曇りのない眼差しを通して、大人たちの不倫や権力闘争を描いた。『使者たち』（1903年）で語られるのは――これはジェイムズの実体験だったのかもしれないが――、禁欲的なアメリカを逃れてパリへ渡った人物が、その道徳意識のために人生を存分に生きられないという悲劇だ。

　ジェイムズは後年、より婉曲なプロットを用いて、人間の心の複雑さを探求した。登場人物のささやかな自己欺瞞や言い逃れを通して、屈折した事情を浮かび上がらせるのだ。

　晩年は手が不自由になり、口述筆記で作品を書いたため、大作を発表したのは1904年が最後となった。1915年にイギリス国籍を取得し、翌年ロンドンのチェルシーで死去した。

◁《ヘンリー・ジェイムズ》（1913年）
ジェイムズは、同時代の一流文化人たちを多数友人に持っていた。作家のギュスターヴ・フローベール、アルフレッド・テニスン卿、エミール・ゾラなどのほか、ジェイムズと同じく海外に住むアメリカ人で画家のジョン・シンガー・サージェントもいた。サージェントは、ジェイムズの70歳の誕生祝いに、この肖像画を贈っている。

◁ ライに建つラム・ハウス
長年にわたり、ロンドンのエリートたちと義務的に社交を続けてきたジェイムズは、1897年以降、人里離れたイングランドの南海岸の町に建つラム・ハウスに隠棲した。

IN PROFILE
ウィリアム・ジェイムズ

　ヘンリーの長兄ウィリアム・ジェイムズ（1842〜1910）は、名のある哲学者であり近代心理学の創始者の1人でもあった。『心理学の根本問題』（1890年）、『宗教的経験の諸相』（1901〜1902年）などを執筆し、生前は2人の弟たちよりも功成り名遂げた人物だと見なされていた。ウィリアムは心の中に浮かぶ切れ切れの想念を表す「意識の流れ」という新しい言葉を作り、この概念がヘンリーの小説、ひいては現代の小説に多大な影響を与えた。

哲学者であり心理学者だったウィリアム・ジェイムズ

"経験は決して制限されることはなく、完全でもない。はかりしれない感性であり、一種の巨大な蜘蛛の巣だ……。"

ヘンリー・ジェイムズ『小説の技法』より

144

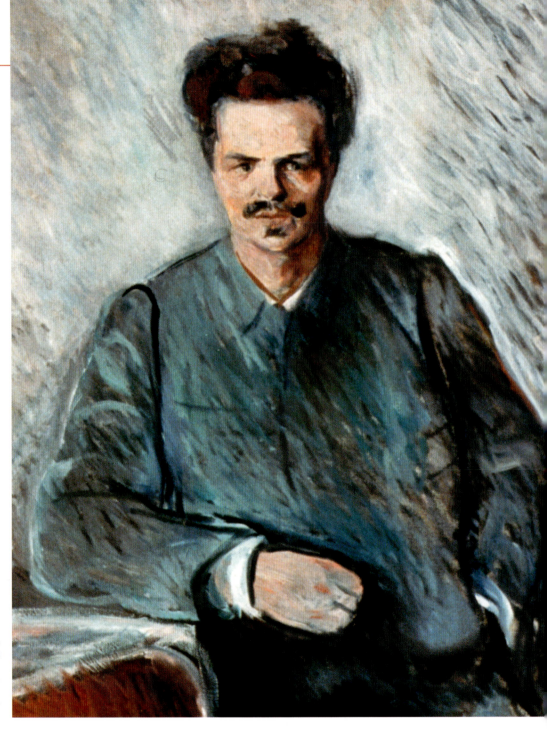

▷**《アウグスト・ストリンドベリ》**（1892年）
ストリンドベリは同時代の多くの芸術家と親交があり、ノルウェーの画家エドヴァルド・ムンクとは親しい関係を築いていた。偶然の面白さを作品に取り入れるなど、2人はさまざまなアイディアを共有している。ムンクはストリンドベリの絵を描き、ストリンドベリの作中人物の何人かはムンクをモデルにしている。

アウグスト・ストリンドベリ

August Strindberg　1849〜1912　スウェーデン

現代スウェーデン文学の父と称されることが多いストリンドベリは、主に劇作家として知られている。その作品は、19世紀の自然主義から20世紀の近代主義への転換に大きな影響を与えた。

アウグスト・ストリンドベリ / 145

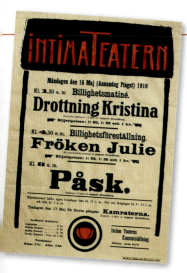

"この世は、生きるとは、人間とは、
ただの幻、虚像、夢の跡なのです。"

アウグスト・ストリンドベリ『夢の劇』より

◁「親和劇場」のポスター
1907年に同劇場を共同設立したストリンドベリは、「声音、韻律、主題、脚本の動きが、多声音楽のように調和した芝居をこの劇場で上演したい」と考えていた。

△《ワンダーランド》（1894年）
ストリンドベリは画家としても玄人はだしであり、執筆のスランプに苦しむときは回復手段の一環として絵を描いていた。多くの作品に作家の内面の不安が表れている一方、「ワンダーランド」などの絵には静謐がにじみ出ている。こうした鋭い視覚は、戯曲における演技指導にも生かされた。

ヨハン・アウグスト・ストリンドベリはストックホルムに生まれた。父は海運業者、母はメイドをしていた女性で、ストリンドベリの少年時代に亡くなっている。自伝『女中の子』（1913年）によれば、不安定で危うい子供時代だったという。

学業も中途半端に終わっている。ウプサラ大学で初めは神学を、次に医学を学ぶが、講義にはたまにしか出席しなかった。勉学よりは短期の仕事——フリーランスの記者や劇場でのエキストラなど——を優先していたため、大学は卒業できなかった。

しかしこの時期にストリンドベリは創作の才能を開花させ、彼の2本の芝居が王立劇場で上演された。この成功にもかかわらず、韻文で書いた初期の戯曲に不満を抱いていたストリンドベリは、口語体の史劇『ウーロフ師』に取り掛かる。残念なことに王立劇場に上演を拒否され、同作は1881年まで日の目を見ることはなかった。失望したストリンドベリはジャーナリズムに転じ、1870年代はストックホルム中産階級の恐れる批評家として名を馳せる。女優志望の男爵夫人、シリ・フォン・エッセンと恋に落ち、1877年に結婚する。しかし初めての子供が生まれてすぐに亡くなり、1879年にはストリンドベリが破産したこともあって、結婚生活には陰りが差す。

そんな中でもストリンドベリは執筆を続け、同年、最初の小説『赤い部屋』を出版する。スウェーデン社会の偽善を描いた風刺小説の傑作だ。この成功に気を良くしたストリンドベリは、体制を批判した多数の短編・長編小説、戯曲執筆を続けていった。

象徴主義とオカルト

1880年代にフランスを旅したストリンドベリは、エミール・ゾラの唱える自然主義の影響を受け、次の戯曲でこれを実践した。『父』（1887年）および『令嬢ジュリー』（1888年）では、シリが主演を務めている。『令嬢ジュリー』（貴族の女性と従者の物語）に描かれた悲劇のごとく、1891年にはストリンドベリ自身の結婚も破綻すると、そこからは混乱の時代が続く。オーストリアのジャーナリスト兼翻訳家のフリーダ・ウールと短い結婚生活を送り、度重なる心身の不調に見舞われ、執筆は一時途絶えてしまう。次第にストリンドベリは宗教や錬金術、オカルトに取りつかれ、象徴主義と関わるようになった。

この「地獄の危機」については自伝的小説『地獄』に詳しいが、ちょうどこの頃、ストリンドベリは戯曲にも新しいアイディアを取り入れ始めた。幻想的な作品『ダマスカスへ』に主演した20歳のハリエット・ボッセは、ストリンドベリの3人目の妻となっている。世紀の変わり目を経て象徴主義的な作風は広がりを見せ、ストックホルムに設立した親和劇場のために『死の舞踏』（1900年）、『夢の劇』（1901〜02年）、『幽霊ソナタ』（1908年）を執筆した。

親和劇場の閉鎖後、ストリンドベリの健康状態は悪化し、1912年5月14日、ストックホルムの自宅で息を引き取った。

ON STYLE
自然主義を超えて

初期のストリンドベリの戯曲は、主に自然主義のスタイルで書かれている。自然主義とは、市井の人々の暮らしを起きた順に、その時代の社会また政治的状況を際立たせつつ描くものだ。ところが晩年のストリンドベリはオカルトにのめり込み、象徴主義へと傾いていく。作品の力点は現実的な日常の描写から幻想的な精神世界へと移り、夢の中のイメージのように象徴的な意味を持つようになった。ストリンドベリは、家庭内の心理を見つめるような作風を離れて、表現主義やシュルレアリスムの要素を先取りするような普遍的な無意識に目を向けていったのだ。

ロンドンのナショナル・シアターで上演された『夢の劇』の一場面（2005年）

ギ・ド・モーパッサン

Guy de Maupassant　1850〜1893　フランス

彼が生きた時代の人々の暮らしを飾ることなくありのままに描き、フランス屈指の短編小説家と名高いモーパッサン。その小説は、無駄のない文体と抑制の効いた絶妙なストーリー展開で知られている。

◁『ベラミ』（1895年）
19世紀末のパリで女性の愛を踏み台に社会でのし上がっていく外道、デュロアの半生をたどる小説。

戦争、そしてパリへ

少年期のモーパッサンは野外での遊びを楽しみ、母からは文学への愛を教わった。1869年に大学入学資格を取得するが、間もなく応召され入隊。しかし、戦闘に向かないのは明らかで、普仏戦争（1870〜71年）の間はルーアンで軍務にあたっていた。記録には勇敢に任務を果たしていたとあるが、後に母親に語ったところでは、町にプロシア兵が近づいてくると「一目散に逃げ出した」という。

父の金の力で除隊すると、青年モーパッサンはパリで公職に就いた。母が文学への情熱を育んだのに対し、父は乱痴気騒ぎ（ばかちきさわぎ）への嗜好（しこう）を教え込んだらしい。新進作家は街にひしめく娼家に出入りし、娼婦を連れ出してはセーヌ川で舟遊びをしていた。パリでは遊び人として名を馳せたモーパッサンは、梅毒に苦しむことになる。珍しい病ではないとはいえ、恐ろしい診断だったのは間違いないだろう。それでもモーパッサンはひるむことなく筆をふるい、自らの戦争体験や地方のブルジョア、都市の労働者、公僕としての生活を元に執筆を続けた。そしてついには数百もの短編と6つの長編、3つの紀行文に数編の戯曲や詩を書き上げることになる。

1880年には代表作の『脂肪の塊』を出版し、たちまち評判となった。性的な事柄や家庭内暴力、不貞、乱交、売春などのあけすけな描写が読者の心を捉えたのは間違いない。短編集は2年で12刷となり、小説『ベラミ』は4カ月で37回も版を重ねた。

心の病

財を成したモーパッサンは、こっそりパリの高級娼婦を呼び寄せて色事を楽しめるような別館のある豪邸を購入した。ところが、成功のもたらす名声には浸らず、人を避けるようになっていく。ヨットのベラミ号に乗り、1人でアルジェリアやヨーロッパを旅することも多かった。

やがて、梅毒患者に特有といわれる精神不安からなのか、モーパッサンは妄想に取りつかれ始める。自分が至るところで迫害を受けている、そう思い込むようになったのだ。

1892年以降、モーパッサンは、精神疾患により入院先で亡くなった弟とそっくりな道を歩んでいく。喉を切って自殺を図り、パシーの病院に収容されたモーパッサンは、1893年7月6日に亡くなった。42歳の若さだった。

▷ シャトー・ド・ミロメニル
ギ・ド・モーパッサンは羽振りのいいブルジョアー族の出身であり、母の言によると、このシャトー・ド・ミロメニルで生まれたというが、近年ではこれが疑問視されている。

◁《モーパッサン》（1888年）
オーギュスト・フェイアン＝ペランによるギ・ド・モーパッサンの肖像画。エミール・ゾラが「最も幸福で最も不幸な」と評した作家の複雑な性格は感じられない。

IN CONTEXT

ギュスターヴ・フローベール

一家の長年の友人ギュスターヴ・フローベールは、ギ・ド・モーパッサンの師であり、父親役でもあった。フローベールがパリにいれば、2人は決まって日曜の昼食を共にしている。フローベールはモーパッサンの作品を講評しては散文の文体を講釈し、ゾラやツルゲーネフなどの作家にモーパッサンを引き合わせた。あるときフローベールがモーパッサンを息子のように愛していると漏らしたことから、2人の関係が取り沙汰されるようになり、モーパッサンの母ロールが息子の父親はフローベールだと不用意に発言してからは、格好のゴシップの種となった。

ギュスターヴ・フローベール（1870年頃撮影）

▷ **1882年のワイルド**
ワイルドは、耽美主義運動への傾倒を外見で示していた。アメリカでの講演旅行に出かける際には、ビロードのジャケットや膝丈のブリーチズといった、派手な衣服を身にまとった。「美は驚異の中の驚異だ。外見で判断しないのは浅はかな人だけだ」、そう彼は書き残している。

オスカー・ワイルド

Oscar Wilde　1854〜1900　アイルランド

私生活でのスキャンダルに劣らず、警句(エピグラム)や耽美(たんび)主義への傾倒で知られるワイルド。19世紀後半の作家の中で最もウィットに富み創造力豊かな作家の一人として、今もその名をとどめている。

オスカー・ワイルド

> "芸術家にとっては、
> 悪徳も美徳も芸術の素材だ。"
>
> オスカー・ワイルド『ドリアン・グレイの肖像』より

1854年10月16日、オスカー・ワイルドは裕福で教養あるダブリンの家庭に生まれた。父は医師でアイルランドの民間伝承の専門家、母は著名な国民詩人である。実直な家族のように見えて、その実ワイルドの父には3人の非嫡出子がおり、患者を凌辱したかどで告訴されていた。父親が抱えていたスキャンダルや人生の秘密は、言うまでもなく、後の息子の作品に大きな影響を与えることになった。

ウィットに富んだ警句で名声を手に入れたワイルドは、その美意識の高さでも有名だった。1880年代の風刺画には、彼がブリーチズとストッキングを身につけ、ひまわりを手にして街を歩く姿が描かれている。けれども、20代半ばまでのワイルドはスキャンダルとほぼ無縁だった。真面目な学生だった彼は、オックスフォード大学の古典学部を2科目最優等生として卒業し、詩作ではニューディケイド賞を獲得した。後半生に際立つ同性愛の兆しはみじんもなかった。むしろその頃のワイルドは、フローレンス・バルコム（後にアイルランドの小説家ブラム・ストーカーの妻となった女性）に恋していたようだ。

オックスフォードを卒業後は、ロンドンに出て詩や戯曲、エッセイ、評を書いて質素に暮らしていた。1882年にはアメリカで講演旅行を行い、5カ月間パリに暮らせるだけの金額を手にするものの、資金が底をつき、30歳になろうとする頃にロンドンに戻る。裕福な資産を引き継ぐコンスタンス・ロイドと結婚し、さまざまな定期刊行物への寄稿を経て雑誌『ウーマンズ・ワールド』の編集者となる。ただしその頃はもう、ワイルドは若きカナダ人ロビー・ロスに「誘惑」されていた。ロスとの出会いは破滅への第一歩となったものの、ワイルドの想像力に火をつけることにもなる。自らの経験を注ぎ込んだ『ドリアン・グレイの肖像』（1890年）は、男性同士の情愛を描写し、背徳的だと非難を浴びた。しかしワイルドの文学的名声は傷つかず、続いて発表した『真面目が肝心』（1985年）などの戯曲が当たりを取る。

牢獄と破滅

1892年、ワイルドはアルフレッド・"ボジー"・ダグラス卿と恋に落ち、ほどなくボジーとその父親、第9代クイーンズベリー侯爵の間で集中砲火を浴びることになる。ワイルドの家を訪れたクイーンズベリー侯爵が「男色家気取りのオスカー・ワイルドへ」と書いた名刺を置いていくと、ワイルドは侯爵を告訴。これが災いとなった。クイーンズベリー侯爵の弁護士はワイルドの文章を同性愛の証拠として挙げ、ワイルドは著しいわいせつ行為を犯したとして逮捕される。

1895年5月、ワイルドは懲役2年の重労働の有罪判決を受けた。飢えと赤痢に苦しみながら、1日6時間踏み車を回す刑で最初の1カ月を過ごした。レディング牢獄で書いたボジー宛ての長い詫び状は、後に『獄中記』として出版される。1897年にワイルドが釈放された後、2人の男はフランスで共に暮らしたが、その関係は破綻してしまう。その頃には、妻のコンスタンスは息子を連れてスイスに逃れていた。さまざまな心の傷を抱えたワイルドは髄膜炎に感染し、1900年11月30日にパリで世を去った。

IN CONTEXT

耽美主義

ワイルドは、社会的・政治的・道徳的価値の上に美を位置づける芸術運動である「耽美主義」の中心人物だった。耽美主義者は、芸術と道徳が分かちがたく結びついていたヴィクトリア朝の伝統を否定し、美を崇拝した。その根底にあったのは、「芸術のための芸術」を創造したいという欲求だ。当時の著名な耽美主義者には、画家のジェイムズ・アボット・マクニール・ホイッスラーやダンテ・ゲイブリエル・ロセッティがおり、いずれも官能的かつ象徴的な作品で知られている。

ダンテ・ゲイブリエル・ロセッティ《プロセルピナ》（1874年）

△『ドリアン・グレイの肖像』

ワイルドによる唯一の長編小説は、1890年にリピンコット社の月刊誌に発表された。わいせつ罪で告訴されぬよう、大幅に編集されてのことだった。永遠の若さと引き換えに魂を売り渡した美貌の青年を描くゴシック小説で、同性愛を匂わせる文章が人々の逆鱗に触れた。

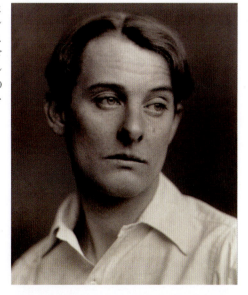

▽**アルフレッド・ダグラス卿**（1902年撮影）

ワイルドが愛した「坊や」ことボジー・ダグラスは詩人・作家であり、また翻訳家でもあった。ワイルドの収監中、ダグラスはヴィクトリア女王に恋人の釈放を求める嘆願書を書いている。

ジョゼフ・コンラッド

Joseph Conrad　1857〜1924　英国（ポーランド出身）

ポーランドに生まれたコンラッドは、英語で小説を書き大作家となった。船員としての経験を生かし、植民地主義がもたらした非人間的な影響を掘り下げた。

ユゼフ・テオドル・コンラト・コジェニョフスキ、後のジョゼフ・コンラッドは、1857年ベルディチュフ（現在はウクライナ領）に生まれた。両親はポーランドの地主貴族の階級に属している。当時ポーランドは独立国として存在しておらず、多くのポーランド人はロシア帝国の支配下にあったため、貴族たちはこれを腹立たしく思っていた。

コンラッドの父、アポロ・コジェニョフスキは、作家にして理想主義的な愛国者だった。1861年にワルシャワに居を移したアポロは、ロシアの支配に対するレジスタンスを結成しようとし、危険分子と見なされて当局に逮捕される。コジェニョフスキ一家は、ロシア北部の暗く凍てつく湿地帯、ボログダへと国外追放された。コンラッドの母は厳しい環境で健康を害し、1865年に追放先で亡くなっている。1867年にポーランドへの帰国を許されたときにはアポロも衰弱しており、原稿をすべて灰にした後、1869年にクラクフで世を去った。

海での暮らし

そうした悲劇の中、ポーランド貴族の身寄りのない子供となったコンラッドに求められたのは、決して海の呼び声を聞くことではなかったはずだ。しかし熱心な読書家だったコンラッド少年は、さまざまな書物を通じて、旅と冒険への渇望に目覚めていく。

まっとうな道に進ませようとする父方の叔父と後見人のタデウシュ・ボブロフスキの努力も空しく、コンラッドはもう17歳のときには船員になると決めていた。ボブロフスキには、ポーランドを離れようとする若者に異を唱えるだけの理由がなかった。彼の息子も国家転覆を図る活動家であり、ロシア当局に絶えず目をつけられていたからだ。後見人の許しをもらうと、フランスに向かうべくコンラッドは商船に乗り込んだ。

コンラッドはマルセイユの港に落ち着くと、怠惰で荒れた生活を送るようになった。銃の密輸入や密輸出にかかわり、銃創を負ったこともあるが、争いの末だったのか自殺を試みてのことだったのかは定かではない。またコンラッドは、たびたび後見人に金をせがんでいた。

生活を改めるようにとのボブロフスキの圧力が強まると、1878年にはイングランドに渡り、商船隊に加わる。ここでイギリス海軍の一員として14年間を過ごした。子供の頃にフランス語は学んでいたが、英語は分からないも同然だ。海軍でのキャリアを積みながら独学で英語を身につけると、沿岸輸送から遠洋任務に配属され、次第に出世の階段を上っていく。1886年には、ついにイギリス国籍を取得した。

影響を与えた旅

コンラッドが船乗りとして積んだ経験は、のちに彼の小説の着想点となった。中でも、1881年の航海はひどいものだった。航海に適さない帆船に石炭を積んでニューキャッスルからバンコクへ向かったところ、船は沈み、積み荷は炎上したのだ。このエピソードは、後に短編『青春』(1898年)に生かされる。1884年にはナーシサス号に乗船してボンベイからロンドンへ向かい、これが長編『ナーシサス号の黒人

◁ アポロ・コジェニョフスキ
コンラッドに英語を教えたのは、シェイクスピアの翻訳を手掛けていた父親だった。父アポロは熱烈な愛国者であり、1869年に亡くなると、英雄としてクラクフの墓地に埋葬された。

> **ON STYLE**
>
> **作中作**
>
> 作中人物が語り手となり、その目を通して物語を語る「間接的な語り」という技法は、コンラッドが考案したものだ。語り手と作中人物、両者の眼差しは必ずしも同じではない。コンラッドのお気に入りの語り手は、『ロード・ジム』『闇の奥』などに登場するチャールズ・マーロウ船長だ。この技法を使うことで、読者は描かれる人情劇や冒険劇を冷静に俯瞰し、人間という謎に満ちた存在への敬意を抱くことができる。マーロウの名は、エリザベス朝時代の劇作家、クリストファー・マーロウから取ったとされている。コンラッドは、父の翻訳でマーロウの戯曲を読んでいた。

コンラッド原作の映画『ロード・ジム』(1965年)のポスター

▷ **遅咲きの作家**
コンラッドが本格的に小説を書き始めたのは36歳のときで、作家としてはやや遅咲きだったと言える。作品は母国語のポーランド語や身についたフランス語ではなく、英語で執筆することを選んだ。

> "あらゆる時代は幻想を糧とする。
> 人が早い時期に人生を放棄してしまわないように、
> また人類が終焉を迎えることがないように。"
>
> ジョゼフ・コンラッド『勝利』より

19世紀後期

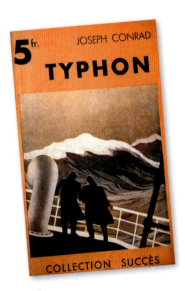

△『台風』（1902年）
コンラッドの中編『台風』は、自然の圧倒的な力に対峙する人間の物語だ。主人公マクワー船長は、蒸気船南山(ナンシャン)号を操り大嵐の中を帆走する。

（1897年）の素材となった。難破船で死んだ黒人船員の物語で、逆境に直面した船員同士の絆を寓意的に描いている。

1887年から1888年にかけて、コンラッドは東南アジアに滞在した。ここで出会った人々は、後に小説のモデルとなる。寡黙なジョン・マクワー船長は中編『台風』（1902年）の英雄として、商人チャールズ・オルメイヤーは最初の長編小説『オルメイヤーの阿房宮(あぼうきゅう)』（1895年）でカスパー・オルメイヤーに名を変えて登場する。

植民地での冒険

1888年には自身の船を指揮する立場となっていたコンラッドだが、腰が定まらないのは変わらず、満たされない思いを抱えていた。1889年になると、新たな体験への渇望に突き動かされて、ベルギー領コンゴへの配属を願い出る。川船の船長を拝命（前任の中佐は殺害されていた）したコンラッドは、陸路キンシャサへ向かうと「ブリキポット並みの蒸気船」に乗り込み、ボヨマ滝へとコンゴ川を遡(さかのぼ)った。赤痢とマラリアで生死の淵(ふち)を彷徨(さまよ)うが、それ以上に

彼を苦しめたのは、当地で目にした地獄のような光景だった。ヨーロッパの植民地主義者による行為を、コンラッドは「人類史上最も醜く、良心無き卑劣な略奪」と述べている。こうした体験はまるごと中編『闇の奥』（1899年）に描かれ、読者の心に強烈な印象を残した。

帰国したコンラッドはイングランドでの船乗り稼業に戻るが、徐々に生活に物足りなさを感じるようになる。1894年、乗船契約を済ませていた航海を不意にキャンセルすると、数年間あたためていた物語の執筆に乗り出した。こうして書き上げられ、出版されたのが『オルメイヤーの阿房宮』だ。コンラッドは続けて『文化果つるところ』（1896年）も執筆し、この作品で作家としての地位を確立する。そんな彼の人生を決定的に変えたのが、1896年のジェシ

> **IN CONTEXT**
> ### コンラッドの時代のコンゴ
> 1890年にコンラッドが旅したコンゴは、事実上ベルギーのレオポルド2世の私的かつ紛れもない支配下にあった。崇高な人道目的のためとベルギー王は吹聴していたものの、実際のコンゴは冷酷な経済的搾取を受け、国民は強制労働と残虐な刑罰にさらされていた。この地のおぞましい状況は、1904年、イギリス領事の報告書によって明らかになる（コンゴ滞在中、コンラッドはこの領事と面会した）。レオポルド2世は改革を迫られ、1908年、コンゴは正式にベルギーの植民地となった。
>
> コンゴの強制労働者に対する処罰には、人体の切断も含まれていた。

ー・ジョージとの結婚だった。16歳下のジェシーは労働者階級の娘で、タイピストとして働いていた。その穏やかな性質が、幸いにもコンラッドの落ち着かない性格を補うことになる。夫妻は2人の子供に恵まれた。

落ち着いた暮らし

以後コンラッドは執筆に専念し、ほとんどの時間を南イングランドの農村部で過ごすようになる。初期の作品は、自身の海上生活や、ヨーロッパの植民地で過ごした経験を、圧倒的な筆致で描いたものばかりだ。著者の皮肉な運命論や個人的責任への拘泥、名誉への規範がとりわけ反映された小説が『ロード・ジム』（1900年）で、職務放棄という恥ずべき行いを償おうとする男の物語だ。コンラッドの作品に描かれる植

◁ 1870年代のマルセイユ
若き日のコンラッドは、フランスの港町マルセイユでスリルに満ちた人生を送っていた。政治的陰謀とスペインへの武器の密輸に巻き込まれたコンラッドは、後にこれを『黄金の矢』（1919年）という小説に仕立てている。

"彼は二度叫んだ。
といっても、それはもう叫び声というより
ただの息でしかなかった——「恐怖が！ 恐怖が！」"

ジョゼフ・コンラッド『闇の奥』より

△『地獄の黙示録』
フランシス・フォード・コッポラ監督は、コンラッドの『闇の奥』を翻案して映画化している。舞台をベトナムのジャングルに移し、ベトナム戦争におけるアメリカの軍事行為を厳しく非難しながら、人間の魂に潜む闇を検証した。

民地主義や、ヨーロッパがそれ以外の世界を啓蒙しようとする使命感には、嘲るような懐疑論がにじんでいる。コンラッドにとって、ヨーロッパとその支配下の地域の間にモラルの区別はなかった。

後期の作品

　ポーランド人というコンラッドの出自は、政治問題に対する鋭い意識を育み、次第にその作品も政治色の強いものとなっていった。1904年には、個人的体験を排した小説『ノストローモ』を発表する。これは、腐敗し荒廃した南アフリカにグローバル資本主義が押し寄せたことで起きた、政治と道徳の対立を描く物語だ。『密偵』(1907年)では、ロンドンを舞台に、無政府主義テロ行為の恐ろしさと無益さを陰鬱に綴っている。『西欧人の眼に』(1911年)では、革命家を名乗るロシア人たちの道徳的ニヒリズムを非難した。

　1913年の『運命』、晩年の代表作『勝利』(1915年)は予想外の人気を博した。ここでコンラッドは東南アジアに再び目を向け、彼自身の冷徹な人生観をもとにした新作の執筆に取り組む。これらは力強い作品に仕上がったが、「性的な関係を描くことが不得意」というコンラッドの欠点を指摘する専門家もいた。

　イギリス文壇の大御所となったコンラッドは、ナイト叙勲を辞退してから間もなく、1924年に他界した。その作品はなおも影響を与え続け、T・S・エリオットやボブ・ディランといった多くの著名人に引用されている。またフランシス・フォード・コッポラ監督のアカデミー賞受賞作『地獄の黙示録』(1980年)は、『闇の奥』を翻案したものだ。

主要作品

1895
最初の長編小説『オルメイヤーの阿房宮』を発表。ボルネオ島のオランダ商人の孤独と幻滅を描いた。

1899
『闇の奥』の初版刊行。雑誌『ブラックウッド』での連載を書籍化した。

1900
『ロード・ジム』を出版。海で乗客を見捨てた恥辱を抱えた男の物語。コンラッドによる「間接的な語り」の好例が見られる。

1904
『ノストローモ』刊行。資本主義が政治および個人の倫理観に与えた不健全な影響をテーマとした。

1907
『密偵』刊行。エドワード朝時代のロンドンを舞台に、革命政治に対するコンラッド自身の反感を匂わせた。

1915
『勝利』刊行。インドネシア島で繰り広げられる暗く厭世的な心理ドラマ。

19世紀後期

ラドヤード・キプリング

Rudyard Kipling　1865〜1936　イングランド

キプリングは数多の詩、短編、長編小説を執筆した。
その幅広い著作と親しみやすい文体で国際的な名声を手に入れ、
イギリス人で初のノーベル文学賞に輝いた。

ラドヤード・キプリングは、インドのボンベイ（現在のムンバイ）に住む芸術一家に生まれた。父は地元の美術学校の彫刻の教授であり、母はラファエル前派の画家エドワード・バーン＝ジョーンズの義理の姉にあたる。彼の名は、両親が知り合ったスタッフォードシャーのラドヤード湖に由来する。

キプリングは6歳までインドに暮らし、その後イングランドに送られた。初めはサウスシーで下宿をしていたが（自伝「めえー、めえー、黒い羊さん」には悲惨な経験だったと綴られている）、その後はデヴォン州のウェストワード・ホー！に移り住む。ここで文学への関心を募らせ、学友会誌の編集員を務めた。

インドの物語

1882年、キプリングはインドに戻り、ラホールの『シビル・アンド・ミリタリー・ガゼット』紙の記者の職に就く。同紙はキプリングにかなりの自由な執筆を許したため、彼は報道記事やゴシップ記事と並行し、自作の短編や詩を発表することができた。作品のテーマは多岐にわたり、インド生活のあらゆる面に対するキプリングの旺盛な好奇心を反映している。これらは後に何冊かの本にまとめられた。イングランドの官僚を風刺した『部門別の歌』（1886年）、避暑地シムラ（現在のシムラー）の上流社会にヒントを得た『高原物語』（1888年）、好んだテーマの1つ、イギリス兵の日常を取り上げた『三兵士』（1888年）などがそうだ。

これらの著作は、インドだけでなくイギリスやアメリカでも人気を博した。そのためキプリングが1889年にロンドンに戻ったときには、彼は既に読者に知られた存在となっていた。1890年には『兵舎のバラード』の連載を始め、その名声を確立する。兵士が仲間内で使う言葉で書かれたこの詩は、意外にも分かりやすく、そのリズムは現代の大衆音楽にも通じるところがある。またキプリングは、ヴィクトリア朝の独白や町の歌、物語詩（バラッド）のような伝統的な形式を用いて、感情を込めた力強いメッセージを、できる限りシンプルに伝えようとした。

キプリングはインドでの体験をもとに執筆を続け、1901年には傑作小説『少年キム』を発表する。この時点で、彼の人生は新たな方向に舵を切っていた。1892年にアメリカ人のキャロライン（キャリー）・ボレスティアーと結婚し、バーモント州に居を移すと、児童向けの本を書き始めたのだ。とりわけ『ジャングル・ブック』（1894年）、『続ジャングル・ブック』（1895年）は注目を浴びる。後に一家はイングランドに戻り、サセックスに落ち着くが、1899年までは訪米も続け、娘のジョセフィーヌをアメリカで亡くしている。この体験は、子供の死を嘆く父親の物語『彼ら』につながり、読者の感動を呼んだ。

キプリングを襲った悲劇はこれだけではない。1915年にはただ1人の息子が西部戦線のルースの戦いで戦死した。どうやらキプリングが手を回し、息子を入隊させていたようだ。晩年、戦争や植民地支配に対するキプリングの愛国的な態度（好戦的愛国主義と言う人もいる）は、彼の名声をいくらか傷つけることになった。ただし、キプリングの見解そのものは当時広く支持されており、ある意味、彼は時代の代弁者だったということもできる。

> **ON FORM**
> **児童書**
> キプリングの評価は長年定まらずにいたが、彼が執筆した子供向けの本は常に人気があった。自分の子供を寝かしつけるために語ったお話が元になっており、擬人化されたかわいらしい動物たちが登場する。1902年に出版された『キプリングのなぜなぜ話』は、動物が持つ特徴の由来（「ラクダのこぶはなぜできたのか」「ヒョウの斑点はなぜできたのか」など）をたどる作品だ（原題の『Just So Stories〈それだけの話〉』は、キプリングの娘が好きな箇所を指して「それ読んで」とせがんだことからついた）。しゃれた挿絵は、キプリング自身が手がけたもので、文章にいっそうの華を添えている。それ以外にも、オオカミの群れに育てられた少年を描く『ジャングル・ブック』『続ジャングル・ブック』といった作品は、いまだに高い人気を誇る。この2作は、エドガー・ライス・バローズに『ターザン』の着想を与えただけでなく、ボーイスカウトの創設者ベーデン・パウエルがウルフカブ（現在はカブ）部門を設立するきっかけにもなった。

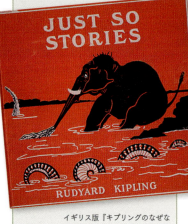

イギリス版『キプリングのなぜなぜ話』（1902年）の初版の表紙

▷《ラドヤード・キプリング》（1899年）
机で思索にふけるキプリングを、従兄のフィリップ・バーン＝ジョーンズが描いたもの。従兄の最も有名な絵「吸血鬼」に触発され、キプリングは同じく「吸血鬼」という題の詩を書いている。

◁ サセックス州のベイトマンズ邸
イースト・サセックス州に立つベイトマンズ邸。キプリングはアメリカ人の妻と子供たちとともに、1902年から亡くなる1936年まで、この大きな家で暮らした。

アントン・チェーホフ

Anton Chekhov　1860〜1904　ロシア

青年時代のチェーホフは、短編作家として、斬新なアイディアが光る軽妙な味わいのユーモア小説を量産していた。劇作家に転向した後は、繊細で雰囲気のある戯曲を生み出し、演劇界に革命を起こした。

△ 雑誌『目覚まし時計』
チェーホフが何百という作品を『目覚まし時計』などの週刊風刺雑誌に寄稿していたのは、主に金を稼ぐためだった。チェーホフは後に当時の作品を「文字の垂れ流し」と呼んで、けなしている。

アントン・チェーホフの作家生活は、ロシア文学の黄金期と重なっている。当時の一流作家の多くが高貴な家系の生まれだったが（トルストイは伯爵という家柄だったし、ゴーゴリとツルゲーネフも貴族の血を引いていた）、チェーホフの生い立ちはごく貧しいものだった。南ロシアの港町、タガンログに住む一家の第6子として生まれ、祖父は農奴だったが父の代では雑貨店を営むようになっていた。

田舎町のタガンログだが、オペラハウス、劇場、優れた学校があり、チェーホフもここで教育を受けている。ところが16歳のときに、チェーホフの世界は一変した。父が破産し、家族を連れてモスクワに夜逃げしたのだ。だがチェーホフは1人タガンログに留まり、自活して学業を続ける道を選んだ。後に成功をもたらす芯の強さを見せ、中学を卒業する。3年後、モスクワにいる家族と合流し、医大に入学した。

勉学のかたわら、チェーホフはユーモア小説や短編小説を書いては小規模な週刊誌に投稿し、家計を助けるようになった。週刊誌には厳しい字数制限があったため、チェーホフはすぐに無駄のない文体を身につける。短い描写や数行の対話で登場人物の輪郭を捉え、印象的に描き出したのだ。また行間を利用する技法も覚え、隠された意味で読者を茶化すようになる。

続く数年で、チェーホフは数百もの短編と寸描を発表した。こうして文体に磨きをかけながら一家の生計を担ったため、家族は劣悪な環境の住まいを離れることができた。

医師にして作家

1884年、チェーホフは医師免許を取得する。精神疾患の診断に優れており、その分析的な手法を執筆にも生かした。診察の傍ら短編を書き続け、医学を「法律上

◁ 《アントン・パーヴロヴィチ・チェーホフ》
（1898年）
オシップ・ブラスの描いたチェーホフの肖像画。肺が痛むのだろうか、物憂げな表情を浮かべている。チェーホフはこの絵を嫌い、印刷の複製画へのサインを拒んだ。

IN CONTEXT
ロシアの農奴制

農奴制とは、16世紀からロシアに広まった封建制度の1つである。19世紀には4000万人のロシアの小作農のうち約半数が農奴であり、事実上、地主貴族や皇帝、宗教団体の所有物となっていた。1861年、皇帝アレクサンドル2世は、国家を近代化させるための重大な布石として農奴制を廃止するが、この改革は長期にわたり多大な影響を及ぼすことになる。地主階級は衰退し、人件費は急激に上昇して、富めるブルジョア層が台頭した。チェーホフの戯曲、特に『桜の園』にはこうした変化が映し出され、さまざまな意味で滅びゆく階級への哀歌を奏でている。

コンスタンチン・アレクサンドロヴィチ・トルトフスキー《領主と農奴》（1853年）

> "何にもまして大切なのは、
> 　目を光らせ、観察し、全力で取り組み、
> 　すべてを5回書き直し、凝縮したりすることです。"

アントン・チェーホフ、兄アレクサンドルへの手紙より

△ **メリホヴォのチェーホフの机**
チェーホフは6年にわたり、両親と家政をきりもりする妹と共にメリホヴォの自宅で暮らしていた。当時の作品には、小作農の暮らしを描いたものもある。

▽ **モスクワ芸術座**（1899年撮影）
モスクワ芸術座の俳優を前に、『かもめ』を朗読するチェーホフ（中央で本を手にしている）。その左が演出家兼俳優のコンスタンチン・スタニスラフスキー。その隣に立つ女性が後のチェーホフの妻、オリガ・クニッペだ。

の妻」、文学を「愛人」と呼ぶなど、順調に仕事と執筆を両立する。医学の知識が小説のヒントになることもあり、病気の進行を巡る物語も書いた。陰鬱な「六号病棟」や「退屈な話」は、そうした短編の最も有名な2作だ。

深みを増す文体

この頃のチェーホフは安手の週刊誌に寄稿するのをやめ、知的な読者を求めて名のある月刊誌に執筆するようになっていた。原稿料も上がったが、それにも増して重要だったのは、より複雑で幅広いテーマの作品を発表できる場ができたことだった。チェーホフの躍進を後押ししたのは、サンクトペテルブルクにおける報道界の大物、アレクセイ・スヴォーリンだ。スヴォーリンは、モスクワの編集者の3倍もの原稿料を払い、チェーホフが快適な環境でストレスなく執筆できるよう取り計らった。

より長い作品を手掛けるようになったことで、チェーホフの描く人物像は深みを増し、従来の様式的な展開を覆していく。筋立ては一言では言い表せず、恋人たちがハッピーエンドを迎えることはない。代わりにあるのはすれ違い、疑惑の沼にはまり込んだ人間関係だ。この不穏な空気は、後に戯曲となって表れてくる。

出版した2冊の短編集、『雑多な短編集』（1886年）と『たそがれに』（1887年）は、いずれも好評で、『たそがれに』は1888年のプーシキン賞を受賞している。ところが残念なことに、私生活での出来事が受賞の喜びに水を差した。兄ニコライが結核にかかったのだ。1889年6月、数カ月に及ぶ闘病の果てに、兄は世を去った。そして、同じ病に苦しんだことのあるチェーホフも、自身の悪化する体調から目を背けることはできなくなってきた。

東部への旅

意気消沈したチェーホフは、思いがけない決断をする。約6500kmの道のりを経て、シベリアと日本の間に位置するサハリンを訪れ、流刑地の実態を調査したのだ。途中で倒れてもおかしくはない旅だったが、チェーホフは無事に戻り、この特別な体験をまとめた『サハリン島』（1893年）を執筆する。

日常を離れたことが転機となったのか、チェーホフは引越しを決めた。1892年、モスクワの南にあるメリホヴォという田舎町にささやかな敷地を購入し、果樹園に小さな家を建てた。ここでチェーホフは、『かもめ』の初稿など珠玉の作品を生み出していく。これまでにも戯曲を書いてはいたが、『イワーノフ』（1887年）や『森の精』（1889年）などの初期の作品は不評だった。チェーホフは劇場の金払いの悪さを嘆き、興行収入の最高1割が自分の報酬になるは

アントン・チェーホフ / 159

ずだと言い張った。ささやかな当たりでも、劇場側は自分の原稿料よりはるかに多額の利益を得ていることを、チェーホフは知っていたのだ。

初めは『かもめ』も、初期の習作と同じ結果になるかに見えた。稽古不足のまま幕を開けた1896年の初演は観客の心をつかめず、やじやブーイングの飛び交う大失敗となる。チェーホフは終幕を待たず劇場を去ると、二度と戯曲は書かないと誓った。そのダメージのためか健康状態も悪化し、チェーホフは医師の指導により愛するメリホヴォを離れることになる。そして気候の穏やかなクリミア半島の街、ヤルタへと転居した。

『かもめ』はチェーホフ不在のうちに役者を一新し、トリゴーリン役のコンスタンチン・スタニスラフスキー（右のコラム参照）を演出に迎えて、モスクワ芸術座で再演された。すると今回の上演は大当たりを取り、劇作家としてのチェーホフの名は一気に知れ渡った。モスクワ芸術座と組んだチェーホフは、その後『ワーニャ伯父さん』『三人姉妹』『桜の園』を次々と発表する（これら3作は『かもめ』と合わせてチェーホフの4大戯曲と呼ばれる）。また一座の看板女優、オリガ・クニッペルと結婚した。

演劇の革命

スタニスラフスキーの巧みな演出により、革新的なチェーホフの戯曲が観客に届くようになった。こうした作品では、チェーホフはロシアの演劇理論

▷『ワーニャ伯父さん』の劇場用プログラム

先に発表した『森の精』を改作した『ワーニャ伯父さん』は、1899年にモスクワ芸術座で初演された。

主要作品

1895
『かもめ』執筆。チェーホフ初の長編戯曲は、メリホヴォの自宅で執筆された。初演は大失敗に終わる。

1898
『ワーニャ伯父さん』執筆。先に発表した『森の精』を改作し、結末を変更した。

1899
「犬を連れた奥さん」出版。愛のない結婚生活を送る男女の不倫を描いた短編小説。

1901
『三人姉妹』初演（モスクワ芸術座）。マーシャ役は未来の妻、オリガ・クニッペルに当て書きされている。

1904
『桜の園』初演。最後の作品はチェーホフが亡くなる数カ月前の1月に上演され、傑作と称された。

△ サハリンの労働収容所
チェーホフは『サハリン島』で、過酷な環境に置かれた囚人たちの生活を緻密に描き出した。鋭い洞察にあふれた感動的な作品であり、調査報道の記録としても優れている。

を捨て去り、動きよりも場の空気に重きを置いている。花形役者が場を盛り上げるのではなく、俳優たちのアンサンブルが世界を作るのだ。さらに、クライマックスが存在しないことも、チェーホフの戯曲の特徴だった。場の緊張をほどき、次第に波が引くようなアンチクライマックスの手法を、チェーホフ自身が好んだからである。「あらゆる演劇理論とはうらはらに、初めはフォルテで、終わりはピアニシモで締めくくるのです」、そう本人は誇らしげに語っている。舞台で何も起こらないと不満を漏らす批評家もいたが、チェーホフは、芝居らしい動きよりも登場人物の内面を描き出すことを選んだ。過去を回想し、低迷する現在について思いめぐらし、より良い未来を夢見るという心の動きを表現したのだ。

スタニスラフスキーとチェーホフは、常に気が合ったわけではない。特に『桜の園』の演出では、互いの意見が対立している。これは喜劇だとチェーホフが言い張っても、スタニスラフスキーの舞台にはユーモアとペーソスが同居し、悲劇性の強いものになるのだ。残念ながら、『桜の園』はチェーホフにとって最後の戯曲となった。開演したその年、彼は結核で世を去ったのである。

IN PROFILE

コンスタンチン・スタニスラフスキー

スタニスラフスキーは、有名な「メソッド」という演技理論で現代演劇に革命を起こした人物だ。スタニスラフスキーのメソッドでは、俳優はただ役を演じるのではなく、その役柄を追体験することが求められる。登場人物の感情や心理状態、無意識の行為を表現するために、その人物の内面を掘り下げていくのだ。俳優でもあったスタニスラフスキーは、自らの劇団、モスクワ芸術座でこの理論を実践する。彼が演出を手掛けた1898年の『かもめ』の再演は、メソッドを用いた記念すべき1作目として、演劇史に新たな展開をもたらすこととなった。チェーホフのテキストに込められた微妙なニュアンスを汲み取り、演技に反映させたことで、『かもめ』は大成功を収めた。

ニコライ・アンドレーエフ《スタニスラフスキー》（1921年）

> "書けるだけ書きなさい！
> 書いて、書いて、指が折れるまで書くのです！"
>
> アントン・チェーホフ、マリア・キセリョーワへの手紙

▷ **タゴール**（1925年撮影）
独特の風貌を持つタゴール。彼は真の博学者であった。一流の音楽家・画家であり、折衷主義の哲学者であり、情熱的な政治活動家でもあった。そして何より、普遍主義と文化的自由の擁護者であった。

ラビンドラナート・タゴール

Rabindranath Tagore　1861～1941　インド

タゴールはベンガル文学を改革し、西洋の抒情と自然主義をもって、インドの人々・精神・自然を探求した。その平和主義と人文主義は、多くの賛同を得た。

ラビンドラナート・タゴール

> "命かろやかに躍らせよ
> 　時のほとりで　葉先の露のごとく"
>
> ラビンドラナート・タゴール『園丁』より

1941年8月7日、ラビンドラナート・タゴールの遺体は、コルカタ（カルカッタ）を抜けガンジス川へと運ばれた。道すがら人々は遺体から髪を抜き、火葬されてしまうと骨や遺品を求めて遺灰をあさり始めた。インドの詩の「魂」として崇敬されていた人物の痛ましい最後であり、瞠目すべきその名声の証でもあった。

さかのぼること80年前、タゴールはコルカタでも有数の裕福な一族に生まれた。一家はベンガル・ルネサンスの先端にあり、タゴールも8歳で初めての詩を書いた。16歳のときには、17世紀のヒンドゥー詩人のものと装って編纂した詩集を出している。

英語の影響

1878年、タゴールはイングランドの学校に入学し、一時期ユニバーシティ・カレッジ・ロンドンで法律を学んだ。この間、ヨーロッパ文学に関する知識を深め、大衆音楽や民族音楽に親しんだ。こうした音楽のスタイルは、後にタゴールが制作した2000曲の楽曲に取り入れられ、「ラビンドラ・サンギート」という独自のジャンルへ発展した。

インドに戻ったタゴールは、ヨーロッパ文学とインドの文化を融合させようと決意した。12歳年下の10歳の少女と結婚した後、1891年には、一族の地所を管理すべく東ベンガルに転居する。ここで村人たちと知り合うと、その質素な暮らしぶりを切々と──控えめな皮肉をもって──綴り、西洋風の短編に仕立てている。また学校を創設し、インドと西洋の伝統的な教育を一体化しようと試みた。

東洋から西洋へ

1902年に妻と2人の子供が亡くなると、タゴールはその哀しみを詩の編纂に費やした。1910年にはベンガル語の詩集『ギタンジャリ』（詩の捧げもの）を刊行している。これを英訳出版しようとイングランドの出版社に持ち込もうとして、タゴールは原稿をロンドンの地下鉄に置き忘れてしまった。幸いにも原稿は見つかり、1912年にタゴール自身の自由な解釈で意訳され、出版の運びとなる。

自然と調和した魂の安らぎを伝える詩は、ヨーロッパの──血なまぐさい戦争の危機にあった大陸の──読者の心の琴線に触れた。タゴールはノーベル文学賞を受賞し、世界的な名声を得る。神秘的で異国の聖者のようなタゴールは、西洋が求める東洋の姿を体現していたらしく、1915年にはナイトの称号も授与された。しかし、1919年にアムリットサル事件が起きると、タゴールはこれに抗議してナイトの返還を決意する。イギリスの文化を称賛していても、彼の忠誠心はインドに向けられていたのだ。

1920年代以降はインドの困難な状況に着目し、カースト制度や不可触民に反対するキャンペーンを行ったほか、コルカタの貧困についても書き記している。民族主義運動にもかかわり、ガンディーとは親友になったが、タゴールは何よりもまずベンガル人であった。1937年には昏睡状態に陥り、回復したものの、それは終わりの始まりとなる。4年後、タゴールはその生涯を閉じた。

ON FORM
タゴールの歌

詩人として知られるタゴールだが、彼が手がけた作品は小説、戯曲、短編、そして数千曲の楽曲にも及んだ。古典的な賛歌や伝統の民族音楽の影響を受けて育った彼は、自身の文学性を音楽にも向け、独特で斬新な楽曲を生んだのである。タゴールの歌はすぐに大衆文化に根付き、バングラデシュとインドでは国歌に採用されるほどであった。

タゴールの脚本に基づく舞踊劇を演じる学生

◁ ジョラサンコ・タクール・バリ
コルカタに建つこの豪邸は、タゴール家先祖代々の住まいだ。ラビンドラナート・タゴールはここで生まれ育ち、ここで亡くなった。現在は記念館として使われ、一族の業績が展示されている。

19世紀後期の文学者

△ カール・ブライトバッハ《テオドール・フォンターネ》(1883年)

ハリエット・ビーチャー・ストウ

Harriet Beecher Stowe　1811〜1896　アメリカ

ハリエット・ビーチャー・ストウは、カルヴァン派の牧師ライマン・ビーチャーの娘としてコネチカットに生まれた。21歳のとき、父親と共にオハイオ州シンシナティに移住し、そこで聖書学者のカルヴァン・エリス・ストウと結婚する。夫妻は奴隷廃止論者として活発に活動し、南部からの逃亡奴隷を支援した。

その後、ハリエットはメイン州ブランズウィックに転居し、小説『アンクル・トムの小屋』を執筆する。白人読者の心を巧みにとらえた小説は、1年足らずで30万部を売り上げ、世論を奴隷制廃止の方向に導いた。一方では、受動的な犠牲者としてアフリカ系アメリカ人を描いたことに、厳しい批判も寄せられた。そこでハリエットは次作『ドレッド』で、奴隷制に立ち向かうアフリカ系アメリカ人の姿を描いている。世界的な著名人となったストウは女性の権利を訴える運動を行い、ニュー・イングランドの社会を舞台にした小説を書き続けた。

主要作品　『アンクル・トムの小屋』(1851〜52年)、『ドレッド──大ディズマル湿地の物語』(1856年)、『牧師の求婚』(1859年)、『オールドタウンの人々』(1869年)

ヘンリー・デイヴィッド・ソロー

Henry David Thoreau　1817〜1862　アメリカ

エッセイストにして詩人のソローは、現代の環境保護主義者や無政府主義者の先駆と言われている。マサチューセッツ州コンコードに生まれたソローは、隣人のラルフ・ワルド・エマーソンに勧められて執筆を始め、超越主義者の雑誌『ダイアル』に作品を発表する。1845年からの2年間、ソローはコンコード近郊のウォールデン池畔の丸太小屋にこもり、簡素な生活を送った。最も著名な作品『ウォールデン』は、自然への愛と急進的な個人主義を表現する警句に満ちている。

アメリカ政府の政策に異を唱えたソローは、税金の支払いを拒否して一時的に投獄された。この体験がエッセイ「市民の反抗」を生み、読者に大きな影響を与えた。また、死後には自然をテーマにした大量の日誌やメモが公開され、こちらもソローの名声を高めた。彼の読者は今も着実に増えつつある。

主要作品　『コンコード川とメリマック川の一週間』(1849年)、「市民の反抗」(1849年)、『ウォールデン 森の生活』(1854年)

イワン・ツルゲーネフ

Ivan Turgenev　1818〜1883　ロシア

ツルゲーネフは小説家であり、短編作家であり、劇作家でもあった。ロシアの地主階級に生まれた彼は、皇帝の専制政治と、支配的な母親の暴力に反発して自由主義改革の提唱者となった。最初の短編集『猟人日記』(1852年)を発表するも、農奴制を批判したとみなされ、自宅軟禁の憂き目にあっている。

ニヒリストの青年バザーロフを描いた秀作小説、『父と子』(1862年)には、変わることのできないロシアに対する作家の絶望が表れている。作品が受け入れられなかったことに失望したツルゲーネフは故国を離れ、失意のうちにも真心を捧げたフランス人歌手、ポーリーヌ・ヴィアルドを追ってフランスに永住する。中編『初恋』や長編『春の水』などの暗い心理小説で多くの読者を獲得し、パリで没した。

主要作品　『初恋』(1860年)、『父と子』(1862年)、『煙』(1867年)、『春の水』(1872年)

テオドール・フォンターネ

Theodor Fontane　1819〜1898　ドイツ

19世紀ドイツ最高のリアリズム作家、フォンターネが処女作を出版したのは58歳のときだった。ブランデンブルク州のノイルッピンに薬剤師の息子として生まれたフォンターネは、父親と同じ職業についた後、記者の道に進もうと決意する。

フォンターネは外国人特派員(ロンドンに数年滞在している)や戦争特派員を務め、その経験を生かして紀行文や軍記物を刊行する。さらに中短編小説を経て、1878年に長編『嵐の前』を発表した。

これはナポレオン時代を舞台とした歴史小説だったが、続く一連の作品では、自身の経験をもとに同時代のドイツ社会を広く描き出した。地位や世間体への執着を、冷静かつ皮肉な筆致であぶりだしたのである。また、女性を取り巻く状況には特に敏感だった。当時は、欲求や願望を持つ女性を、社会通念に反する存在と簡単に断罪してしまう風潮があった。最高傑作とされる『罪なき罪──エフィ・ブリースト』は、不貞行為の発覚により破滅した平凡な女性の悲劇(おおむねフォンターネの祖母の生涯に基づくもの)を描く作品だ。

主要作品　『嵐の前』(1878年)、『不貞の女』(1882年)、『ジェニー・トライベル夫人』(1893年)、『エフィ・ブリースト』(1895年)

ジュール・ヴェルヌ

Jules Verne　1828〜1905　フランス

「科学小説」の生みの親、ジュール・ヴェルヌは、多くの作品で今なお文化的影響を与え続ける作家である。ナントで弁護士の息子として生まれたヴェルヌは、パリで法律を学び株式仲買人として働くが、自分の天職が作家だという考えを片時も疑うことはなかった。転機となったのは、ピエール=ジュール・エッツェルにより出版された『気球に乗って五週間』(1863年)だ。エッツェルはヴェルヌのあらゆる本を手掛け、作品をめぐる2人のやりとりは「驚異

の旅」と呼ばれることになる。冒険物語の形をとって当時の地理的・科学的知識を伝えようとする彼らの企画は、一見両立しないように見える科学とファンタジーを結びつけたのだ。これが勝利の方程式となり、54編もの小説が次々に生まれていった。

ヴェルヌの作品は、綿密な調査に裏付けられている。宇宙ロケットや潜水艦のような「発明」は、19世紀の先端技術が論理的に反映されたものだ。ずば抜けた人気を誇るヴェルヌの小説は文学的な功績が軽視されることもあったが、現在は高い評価を受けている。

主要作品 『地底旅行』(1864年)、『月世界旅行』(1865年)、『海底二万里』(1870年)、『八十日間世界一周』(1873年)

クリスティーナ・ロセッティ
Christina Rossetti 1830〜1894 イングランド

ヴィクトリア時代の詩人、クリスティーナ・ロセッティは、イタリアからの政治亡命者の娘としてロンドンに暮らしていた。きょうだいも豊かな才能に恵まれており、兄の1人はラファエル前派の画家で詩人のダンテ・ゲイブリエル・ロセッティである。クリスティーナは活発な少女だったが、持病を抱えたことで、すっかりおとなしくなってしまう。喜びを罪深きものとし放棄を義務付ける、アングロカトリック主義の影響もあったのだろう。

1862年に出版された『ゴブリン・マーケット』で、クリスティーナは一流詩人の仲間入りを果たした。少女たちの友愛と禁じられた果実を巡る幻想的な表題の詩は、クリスティーナの詩の中で最も有名な作品である。3回結婚を申し込まれたが、生涯を独身で通した。傷心や喪失感や諦めを分かりやすくうたう彼女の抒情詩には、神は地上の愛に勝るという確信が表れている。聖書を引用したソネットの連作「名も知れぬ夫人」(1881年)は、満たされぬ欲求への聖歌。詩の中では、「堕落した女性」のような問題を扱うこともあったが、後年の作品の多くは敬けんな祈りの詩である。

主要作品 『ゴブリン・マーケット』(1862年)、『王子の旅路』(1866年)、『野外劇』(1881年)、『詩歌』(1893年)

ルイス・キャロル
Lewis Carroll 1832〜1898 イングランド

ルイス・キャロルは、本名チャールズ・ラトウィッジ・ドジソンという。英語で執筆された物語の中でも、とりわけ独創的な作品を生み出した人物だ。聖職者の息子として生まれたキャロルは才能豊かな数学者であり、趣味で詩や物語を創作していた。生涯の大半を、オックスフォード大学クライスト・チャーチ・カレッジの研究者として過ごしている。最も有名な作品、『不思議の国のアリス』は、学寮長の幼い娘アリス・リデルを楽しませるために書かれた。

サー・ジョン・テニエルの挿絵を付け、1865年に出版された『アリス』は、またたく間に大成功を収めた。続編の『鏡の国のアリス』はそこまでの人気には至らなかったが、これはおそらく、謎解きや数学的な難問に対する著者の関心が前面に出過ぎたためだろう。どちらの本にもノンセンスな詩や有名な作品のパロディが収められているが、『スナーク狩り』に顕著なように、あえてあいまいな意味をもたせた作品もある。熟練した写真家でもあったキャロルは、子供の写真を撮っていたことから小児性愛者だったのではと憶測されている。

主要作品 『不思議の国のアリス』(1865年)、『鏡の国のアリス』(1871年)、『スナーク狩り』(1876年)

ステファヌ・マラルメ
Stéphane Mallarmé 1842〜1898 フランス

象徴派の詩人、ステファヌ・マラルメは、パリの中流家庭に生まれた。21歳で結婚し、30年間教師を務める。慣習に則った生活を送りながらも、急進的な芸術を追い求めたマラルメは、世界を虚しさから救えるのは詩人だけだと考えていた。そして「世界のすべては一冊の書物に収まるように出来ている」と書き残している。

初期にはボードレールとポーに影響を受け、簡潔ながら暗号のような複雑さを持つ詩の様式を発展させた。また、曖昧なイメージを通じて、とらえどころのない理想の追求と挫折を表現している。マラルメは退廃的なデカダンスに厳格さをもたらし、彼の主催する「火曜会」はパリの知識人をつなぐ拠点となった。発表こそ後になったが、マラルメの有名な詩の大半は1860年代に執筆されている。牧神フォーンの性的な夢想の独白、「半獣神の午後」もその1つだ。後半生に花開いた創造力は、独創性あふれる散文詩「骰子一擲」で頂点に達する。同作では、タイポグラフィや語句の並置を使い、詩の形式と内容を結びつけようとした。

主要作品 「半獣神の午後」(1876年)、『詩集』(1887年)、「エロディアード」(1896年)、「骰子一擲」(1897年)

△ ステファヌ・マラルメ(ナダール撮影、1896年)

ベニート・ペレス・ガルドス

Benito Pérez Galdós　1843〜1920　スペイン

スペインの最も著名な写実主義小説家ペレス・ガルドスは、カナリア諸島で育ち、マドリードでジャーナリストになった。1870年に出版されたデビュー作『黄金の泉』で成功を収めた後、驚異的な数の小説を執筆する。1873年から1912年にかけては46巻からなる歴史小説『国民挿話』を執筆し、19世紀のスペイン史を劇的にまとめ上げた。この大作のかたわら、オノレ・ド・バルザックの『人間喜劇』に触発されて22巻に及ぶ小説を執筆し、当時のスペインの生活を描き出した。その1つ、『フォルトゥナータとハシンタ』はガルドスの最高傑作と見なされることが多い。

戯曲も手掛け、反教権主義の芝居『エレクトラ』(1901年)では激しい論争を引き起こした。1907年にはスペインの国会議員となるが、政治家生命は短く、業績も上げられなかった。

主要作品　『黄金の泉』(1870年)、『フォルトゥナータとハシンタ』(1886〜87年)、『トリスターナ』(1892年)、『ナザリン』(1895年)

ポール・ヴェルレーヌ

Paul Verlaine　1844〜1896　フランス

ヴェルレーヌは、退廃的な生活を送りながら、抒情性あふれる詩を創作したことで知られる。1866年に最初の詩集『サテュルニアン詩集』を出版し、その後『艶なる宴』や『言葉なき恋歌』の甘く切ない詩で真価を発揮した。短い行を重ねながら（奇数の音節を伴うことも多い）、訴求性と音楽性を併せ持つ悲しげな響きを生み出す手法は、フランスの韻文詩に新たな展開をもたらした。詩作においては冷静さと秩序だった考え方がうかがえるが、それは私生活には見られないものだった。

16歳のマチルド・モーテと結婚後、ヴェルレーヌは妻と生まれたばかりの息子のもとを去り、自由奔放な若き詩人アルチュール・ランボーと暮らすようになる。しかし1873年、ヴェルレーヌがランボーの手首を銃で撃ったことで、その嵐のような恋愛は終わりを迎えた。ヴェルレーヌは2年間の投獄後、『叡智』を発表して正気に戻ろうと努める。だが1883年に当時の恋人リュシアン・レチノアを亡くすと、再び身を持ち崩した。詩人としての名声が高まる一方、彼はアブサンにおぼれていったのだ。

主要作品　『艶なる宴』(1869年)、『言葉なき恋歌』(1873〜74年)、『叡智』(1880年)、『昔と近ごろ』(1884年)

ジョゼ・マリア・デ・エッサ・デ・ケイロス

José Maria de Eça de Queirós　1845〜1900　ポルトガル

小説家ジョゼ・マリア・デ・エッサ・デ・ケイロスは、治安判事の婚外子として生まれた。若きケイロスは前時代的で不平等なポルトガル社会に怒りを覚え、社会を変えようと政治活動を行う。1872年に領事の職についてからは、外国（主にイングランドとフランス）で暮らした。

ケイロスはフランスの「自然主義者」エミール・ゾラに強く影響を受けており、その作品もポルトガルの支配階級の悪徳と偽善を痛烈に風刺したものとなっている。根強い人気を誇る『アマーロ神父の罪』では地方の町の神父と教区民の熱烈な情事を描き、『プリモ・バジリオ』では不倫相手に搾取されたうえ、メイドに脅迫される人妻を描いた。リスボンに住む一家をめぐる大河小説『マイア家の人々』では、近親相姦というテーマを通じて、ポルトガルの貴族社会の凋落を象徴的に表現した。長らく顧みられなかった故国を変えたいという強い願いを抱きつつ、エッサ・デ・ケイロスはパリで世を去った。

主要作品　『アマーロ神父の罪』(1875年)、『マイア家の人々』(1888年)、『名門ラミレス家』(1900年)

ヘンリク・シェンキェヴィチ

Henryk Sienkiewicz　1846〜1916　ポーランド

ノーベル賞を受賞した歴史小説家、ヘンリク・シェンキェヴィチは、ポーランド東部のルブリンの貧しい地主一家に生まれた。シェンキェヴィチが生まれた当時のポーランドはロシア帝国の傀儡国家に過ぎず、1867年に正式に併合されている。1870年代に最初の小説と短編集を出版したほか、ジャーナリスト兼紀行作家としても活躍した。

『三部作』として知られる歴史小説、『火と剣によって』『大洪水』『草原の火』により、ポーランドで大成功を収める。17世紀を舞台にしたことで難なくロシアの検閲を免れたこの小説は、ポーランド人の愛国心に火をつけた。国際的評価を確立した叙事詩『クォ・ヴァディス』では、皇帝ネロの統治時代を背景に、キリスト教の精神性はローマの物質主義に勝るものだとうたいあげた。

1905年にノーベル文学賞を受賞する。その名声を使い、ポーランドの自治権の拡大を求めたこともあったが、あからさまな反乱はよしとしない穏健な人物だった。第一次世界大戦のさなか、スイスで死去した。

主要作品　『三部作』(1884年、1886年、1888年)、『クォ・ヴァディス』(1895年)、『ドグマなしに』(1899年)、『十字軍の騎士』(1900年)

△ カジミエシュ・ポジャルスキ《ヘンリク・シェンキェヴィチ》(1890年)

ジョリス＝カルル・ユイスマンス

Joris-Karl Huysmans 1848〜1907 フランス

ユイスマンスは、フランスの代表的なデカダン派と称される。オランダ人を父に持つが、生まれたのも亡くなったのもパリだった。公務員として生計を立てながら、閑職の間を縫って小説を書き始める。『ヴァタール姉妹』のような初期の作品には、エミール・ゾラの「自然主義」の影響がうかがえる。生涯独り身だったユイスマンスは、1882年出版の『流れのままに』で、欲求不満を抱えた独身パリジャンの生活を愉快に綴った。そして1884年に出版した『さかしま』で、特異な作家としての地位を築く。主人公らしからぬ俗悪人デゼッサントは、世紀末の退廃的な美意識を持つ人物として造形されている。

ユイスマンスの小説においては、その造語と古語の詰まった文体だけでなく、テーマも独特だった。後年の作品では、著者の分身である小説家のデュルタルを主人公に据え、彼が悪魔崇拝に倒錯した好奇心を抱く様子（不気味な秀作『彼方』に描かれる）から、カトリックに改宗するまでの精神的成長を記した。

主要作品 『ヴァタール姉妹』（1879年）、『さかしま』（1884）年、『彼方』（1891年）、『出発』（1895年）

ロバート・ルイス・スティーヴンソン

Robert Louis Stevenson 1850〜1894 スコットランド

冒険小説家スティーヴンソンの最も有名な作品は、ミステリアスな心理小説『ジキル博士とハイド氏』だろう。灯台建設を担う名家に生まれたスティーヴンソンは一家の厄介者で、父親に逆らって土木技師ではなく作家の道を選んでいる。

怖い知らずの旅人だったスティーヴンソンは、その記録を『旅は驢馬をつれて』（1879年）にまとめ、最初の著書として出版する。1880年には離婚歴のあるアメリカ人女性、ファニー・ヴァンデグリフト・オズボーンと結婚し、彼女を放浪の旅に伴った。少年向きに書いた『宝島』および

△ セルマ・ラーゲルレーヴ（1939年頃撮影）

『誘拐されて』が広く大人の読者を獲得し、『ジキル博士とハイド氏』と合わせて脚光を浴びる。執筆した子供向けの詩は、ヴィクトリア時代の傑作と称されるようになった。かねてより病弱だったスティーヴンソンは1890年、肺の治療の一環としてサモアに移住し、44歳のときにこの地で没した。

主要作品 『宝島』（1883年）、『ジキル博士とハイド氏』（1886年）、『誘拐されて』（1886年）、『バラントレーの若殿』（1889年）

アルチュール・ランボー

Arthur Rimbaud 1854〜1891 フランス

反抗的な10代を送ったフランスの詩人ランボーは、フランス東部の実家を何度となく飛び出した。詩作は15歳のときから始めている。「あらゆる感覚を狂わせる」ことの重要性を主張していたランボーは、幻想的でやわらかく、だが時にわいせつで下品な詩を綴り、「見者」とされた。1871年に詩人ヴェルレーヌとの関係が始まり、ロンドンで共に暮らすようになった。『イリュミナシオン』に収められた、曖昧さと鮮明さを併せ持つ散文詩の大半は、このときに執筆されている。2人はやがて互いに幻滅し、ヴェルレーヌの発砲事件により破局を迎えた。言葉の錬金術で人生を変容させようとしたランボーだが、『地獄の季節』でその失敗を認め、21歳で筆を折る。1880年代になってようやくその詩が注目されるようになるが、ランボーは気にも留めなかった。東アフリカで武器の売買をするなど各地を転々とした後、マルセイユの病院にて37歳で世を去った。

主要作品 「酔いどれ船」（1871年）、『地獄の季節』（1873年）、『イリュミナシオン』（1886年）

セルマ・ラーゲルレーヴ

Selma Lagerlöf 1858〜1940 スウェーデン

ノーベル文学賞を受賞した初の女性、ラーゲルレーヴは、小説家にして児童文学作家であった。スウェーデン西部のヴェルムランド地方で、祖母が語る民間伝承やおとぎ話を聞いて育った。経済事情の厳しさから、一家がヴェルムランドの地所を手放すと、ラーゲルレーヴは教職につく。その後コンテストへの応募を経て、第一作の小説『イェスタ・ベルリングのサガ』を出版した。スウェーデンの農村生活とファンタジーが溶け合ったこの物語は評判を呼び、彼女は専業作家となった。最も愛されている児童文学作品『ニルスのふしぎな旅』は、魔法で小人の姿に変えられたやんちゃな男の子が、ガチョウの背中に乗って旅をしながら成長を遂げる物語だ。

ラーゲルレーヴは女性の参政権を求める活動にも熱心で、作家のソフィー・エルカンや女性参政権論者のヴァルボリ・オーランダーと親交を持った。1909年にノーベル賞を受賞すると、その賞金で子供時代を過ごしたヴェルムランドの地所を買い戻した。

主要作品 『イェスタ・ベルリングのサガ』（1891年）、『エルサレム』（1901〜02年）、『ニルスのふしぎな旅』（1906年）、『レーヴェンシェルドの指輪』（1925年）

EARLY 20th CENTURY

20世紀前期

W・B・イェイツ	168
ルイージ・ピランデッロ	170
夏目漱石	172
マルセル・プルースト	174
ウィラ・キャザー	178
トーマス・マン	180
魯迅	182
ジェイムズ・ジョイス	184
ヴァージニア・ウルフ	188
フランツ・カフカ	192
エズラ・パウンド	196
D・H・ロレンス	200
レイモンド・チャンドラー	202
T・S・エリオット	204
ジーン・リース	206
マリーナ・ツヴェターエワ	208
F・スコット・フィッツジェラルド	210
ウィリアム・フォークナー	214
ベルトルト・ブレヒト	220
ホルヘ・ルイス・ボルヘス	222
アーネスト・ヘミングウェイ	226
川端康成	232
20世紀前期の文学者	234

CHAPTER 4

W・B・イェイツ

W.B. Yeats　1865〜1939　アイルランド

アイルランド文化を称える詩で有名な抒情詩人イェイツは、戯曲や神秘主義にまつわる作品も多く残した。自作の詩「塔」にあるように「風が吹くごとに恋をする年老いた好色漢」であった彼は片思いに悩み、老いていくことを恐れていた。

ウィリアム・バトラー・イェイツが1865年にダブリンで誕生してほどなく、一家は商人の家系である母親スーザン・メアリー・ポレックスフェンの実家があるアイルランド西北の町スライゴーに移り住んだ。その2年後には、肖像画家としての成功を目論む父親ジョンの意向で、一家はロンドンに転居している。イェイツはロンドンの学校に通ったが、夏はスライゴーの祖父母の家で過ごし、この「心の故郷」との絆を深めていった。一家は1880年にアイルランドに戻り、イェイツは高等学校を出た後ダブリンの美術学校に入学する。

1885年、初めて自作の詩が雑誌『ダブリン大学評論』に掲載された。同年、高名なアイルランド国家主義者であるジョン・オリアリーと出会う。オリアリーに大きな影響を受けた若きイェイツは、ロマン主義を踏襲し、アイルランドの歴史や民話、風景を作品に取り入れるようになった。

1886年に一家でロンドンに戻った後は、オカルティズムに強い関心を寄せるようになる。初めは大学で研究をするだけだったが、ついには、魔術の実践により真理を得ると考える隠秘学結社「黄金の夜明け団」の団員となった。この神秘主義への傾倒の影響は、「再臨」(1919年)や「ビザンティウムへの船出」など魂の旅を描いた寓意詩をはじめ、戯曲や詩にもうかがえる。

片思いと拒絶

イェイツはロンドンで他の若い詩人らと「ライマーズ・クラブ」を結成すると、そこで出会った筋金入りのアイルランド独立闘争家、美しきモード・ゴンに夢中になった。モードへの報われない恋心は、イェイツの人生や作品に大きな影を落とすことになる。モードは1899年にイェイツの求婚を退け、アイルランドの軍人ジョン・マクブライド少佐と結婚した。マクブライドはアイルランド独立運動に関わったとして処刑され、恋敵の死を知ったイェイツは複雑な思いをこめて「1916年復活祭」という詩を発表した。

長年にわたってモードへの片思いに苦しんできたイェイツは、1917年にジョージー・ハイド=リースと結婚する。夫妻はアイルランドに居を構え、2人の息子をもうけた。ジョージーもまたオカルティズムに関心を持っており、夫妻は自動筆記(自分の意識を手放して自動作用で行う筆記)によって4000語を書き綴った。

愛国者であり続けたイェイツは、1922年にアイルランド自由国の上院議員となる。翌年ノーベル文学賞を受賞するが、それは主に戯曲の功績が認められてのことだった。イェイツの有名な詩の多くは、実はノーベル賞受賞後に発表されたものだ。詩集『塔』(1928年)と『螺旋階段ほかの詩』(1933年)は、人生、芸術、命の輪廻を鋭い視線でとらえている。

イェイツは69歳のときに性的無気力感を回復させる手術を受けた(実際には精管切除の手術であった)。本人は、この手術は大成功で性欲と共に創造性も高まったと主張している。「私の想像力は興奮により生み出されるのだ」

> **ON STYLE**
> **演劇の影響**
>
> イェイツ初期の詩は詩人スペンサーやシェリーの影響を受けているが、後年アイルランドの政治や演劇に関わるようになると(1899年に仲間とアイルランド文芸劇場を設立し、ライター・イン・レジデンスとなる)、その作風はよりシンプルになっていった。彼は詩においては伝統的なスタイルを好み、「ライマーズ・クラブ」の信条にも「詩人は常にリズムと抑揚、形式とスタイルを追求すべきである」という文言を加えている。また、生涯エネルギーと生命力に満ちた詩の創作を目指し、淡々として客観的なモダニズム詩とは対照的に豊かな感情を表現した。

1938年に出版されたイェイツの詩集『塔』の初版本

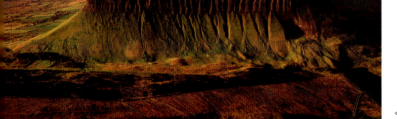

◁ **スライゴーのベン・バルベン山**
祖国アイルランドと故郷スライゴーに対するイェイツの愛着心は、「ベン・バルベン山の下で」(1933年)など多くの詩に見てとれる。スライゴーにある彼の墓石には、この詩の最後の3行が刻まれた。「冷めた視線で見よ/生と死を/馬上の者よ、さあ、ゆけ!」

▷ **ジョン・イェイツ《W・B・イェイツ》**(1900年)
W・B・イェイツのこの肖像画は、商才には欠けるが腕のいい肖像画家であった父親が描いたものだ。イェイツの弟ジャック、妹のエリザベスとスーザン・メアリーも芸術家になった。

170

▷ ピランデッロ（1935年撮影）
ピランデッロの革新的な戯曲は、彼を世界的に有名にしただけでなく、演劇の表現方法そのものを変えてしまった。この写真はアメリカのファッション誌『バニティ・フェア』用に撮影されたものだ。

ルイージ・ピランデッロ

Luigi Pirandello　1867〜1936　イタリア

いわゆる「悲劇的笑劇（ひげきてきしょうげき）」と表現される独特な作風の戯曲が評価されたことにより、ピランデッロは1934年にノーベル文学賞を受賞した。非常に多作で、小説や短編に加えて50作以上もの戯曲を発表している。

ルイージ・ピランデッロ

> "人生は奇妙な不条理だらけで、しかも不思議なことに、それらはまったく真実には見えない。なぜなら、この不条理こそが真実だからです。"
>
> ルイージ・ピランデッロ『作者を探す六人の登場人物』より

IN CONTEXT
イタリアファシスト党

「私はイタリア人だ。だからファシスト党員になったのだ」というピランデッロの言葉は、彼とムッソリーニ政権との複雑な関係を表している。彼がムッソリーニの支援で自由に活動できたのは事実であり、ムッソリーニの政策についても支持を表明していた。一方で彼は作品の中で自由主義を推奨し、どんな権威にも屈するなとうたっている。絶筆となった『山の巨人たち』は、文化を敵視したファシストたちを批判したものだと言われている。

ムッソリーニを描いたファシスト党のポスター

ルイージ・ピランデッロはシチリア島の都市ギルジェンティ(現アグリジェント)郊外に生まれた。硫黄鉱山と貿易会社を経営していた父親は息子を後継者にすべく専門学校に通わせたが、当人は商売にほとんど興味を示さず、1880年に一家でシチリア島の首都パレルモに転居後は人文学を学んでいる。パレルモ大学に入学する前に一時父親のもとで働いたが、かえって親子の関係はぎくしゃくしてしまった。1887年にはローマ大学、その後ボン大学に入学し、1891年に言語学の学位を得る。当時すでに詩集を刊行しており、ローマにいた1893年には最初の小説『締め出された女』を発表した。これはローマで広く知られた新聞に連載されたものだ。その後に刊行された短編集の文体は、当時隆盛していたヴェリズモ派(イタリアで生まれた現実主義)のものだった。

1894年、彼は家族の勧めで父親の仕事仲間の娘、アントニエッタ・ポルトゥラーノと結婚し、19世紀末には3人の子供をもうけた。当時すでに作家としての地位を確立していたピランデッロは、教師の職を得て、文芸週刊誌『アリエル』を共同で創刊する。だが、平穏な生活は1903年に一変した。父親の硫黄鉱山が洪水に見舞われ、破産したのだ。アントニエッタは打ちのめされ、その後も心身の不調に悩まされることになる。妄想の症状は徐々に激しさを増し、1919年には精神疾患により入院した。

失意のピランデッロは仕事に没頭し、後に彼の代表作となる多くの随筆や小説、短編を書いた。その中には人間の心理を探求する半自伝的小説『死せるマッティア・パスカル』もあり、この作品によって彼の名は世界に認知されることになる。

▷ **メタシアター(劇中劇)**
フランスで上演された『作者を探す六人の登場人物』の一場面。この前衛的な戯曲は1921年、ローマのテアトロ・ヴァッレ劇場で初上演された。終演後、客席では激しい怒号が飛び交ったという。

不条理演劇

ピランデッロの作品として最も有名なのは戯曲だ。1918年から1935年にかけて発表された戯曲の数々は、複数巻からなる『素顔の仮面』に収録された。悲劇的笑劇と呼ばれるこれらの作品は、多くの矛盾から生じる人生の不条理とアイロニーを鋭く描いている。最も高い評価を得たのは『すべて前よりよし』(1920年)で、翌1921年には5週間という短期間で『ヘンリイ四世』と『作者を探す六人の登場人物』を書き上げている。『作者を探す六人の登場人物』では「劇中劇」という斬新な手法がとられた。登場人物たちが作者に反旗を翻すという内容が、この作品の悲劇的・笑劇的側面をくっきりと浮かび上がらせている。

ピランデッロは一時期イタリアファシスト党に入党していた。ムッソリーニからテアートロ・ダルテ(芸術劇団)の芸術監督に任命され、1920年代中盤にはヨーロッパ諸国を回って公演している。だが、やがてムッソリーニの俗物ぶりとその政策に失望し、1927年にファシスト党を脱退した。1928年、テアートロ・ダルテは財政難により解散し、ピランデッロはその後、外国を転々とする生活を送る。1936年12月10日、ローマのボジオ通りにある自宅で死去した。

△ シチリア島の硫黄鉱山
ピランデッロの人生のルーツはシチリア島だ。この島で見聞きした出来事やゴシップが多くの作品の題材になっている。硫黄鉱山事業が失敗して破産したことで妻の精神疾患は悪化した。彼の作品の多くが狂気や幻想をテーマにしているのは、この影響である。

20世紀前期

夏目漱石

なつめ そうせき　1867〜1916　日本

夏目漱石は日本近代文学を代表する小説家だ。彼が生きた時代は、日本がそれまでの伝統的社会から産業社会へと移行する時期であり、その作品には急速な変化がもたらした影響が反映されている。

　夏目金之助（「漱石」は1889年に自分でつけた筆名）は明治（右のコラム参照）と改元される前年の1867年に江戸（1868年に東京と改称）で生まれた。明治維新を経て日本の近代化が始まり、活気があった時代だが、夏目家は明治維新の影響で経済的に困窮し、漱石は養子に出された。

　学生時代、漱石は漢文学に興味を持ったものの日本の西洋化を受けて東京帝国大学で英語を学び、その後は複数の学校で数年間英語を教えた。人生の転機は1900年、英語教育研究のためイギリスへの国費留学生の1人に選ばれたことだ。漱石はユニヴァーシティ・カレッジ・ロンドンの聴講生となり、優れたシェイクスピア研究家による個人授業も受けた。だが、イギリスでの生活に失望と疎外感を感じ、どちらにも足を運ばなくなってしまう。2年間の滞在の大半、彼はロンドン南部の町クラパムの下宿にこもって研究に没頭した。

変化のとき

　心身ともに衰弱した漱石は、予定を早めて帰国する。そして1903年、国粋主義と近代化が高まる最中に、東京帝国大学で教職を得た。彼はこの大きな社会変動を文学に反映させる手段を模索していたが、それは西洋の思想を部分的に取り入れながら、日本の伝統をも生かす方法でなければならなかった。

　漱石は実験的な手法で短編を書き始めると同時に、俳句の創作にも取り組んだ。文芸雑誌『ホトトギス』に掲載された最初の小説『吾輩は猫である』は、一匹の猫を語り手として当時の日本社会の不可思議さを客観的に風刺した作品だ。この小説は同誌で連載され、1905年に書籍化された。漱石は長編小説や短編の執筆・刊行に多くの時間を割くようになり、1907年に英文学に関する評論『文学論』を書き上げた後に教職を辞した。

　その後は朝日新聞の正社員となって新聞に連載小説を書き、後にそれらの作品も書籍化される。漱石の随筆はユーモアにあふれていたが、やがて人間心理や、孤独、自我、エゴイズムなどの重いテーマを追求した作品を発表するようになった。『三四郎』（1908年）、『それから』（1909年）、『門』（1910年）の三部作により、彼は本格的な作家として不動の地位を得た。

　1915年に発表された『道草』は特に彼の自伝的小説とされ、現代社会に生きることへの深い失望が率直に綴られている。健康には常に問題を抱えていたが、この頃はかなり深刻な状態になっており、1916年に死去した。『明暗』が絶筆となった。

IN CONTEXT

明治時代 （1868〜1912年）

　皇太子睦仁は1867年、14歳で天皇となり（元号の明治は「天下は明るい方向に向かって治まる」という意味）、日本は幕府政治から再び天皇を中心とした政治に戻った。とはいえ実権は天皇にはなく、その助言者である倒幕派の武士たちが握っていた。彼らは明治天皇の影で、たちまち政治を動かす存在になる。日本は強大な権力を持つ西洋諸国を手本に諸制度を改革し、産業革命によって世界競争の仲間入りを果たす。その結果、日本には多くの西洋文化が取り入れられることになった。

明治天皇

▽ 猫の家
1903年から1905年まで漱石が借りていた東京の家。代表作『吾輩は猫である』は、当時の典型的なこの日本家屋（1887年頃建築）で生まれた。

▷ 革新と実験
漱石のこの写真が撮影されたのは1912年、死の4年前だ。彼は生涯を通して、イギリス文学から学んだ作風や技法を実験的に取り入れていた。

マルセル・プルースト

Marcel Proust　1871〜1922　フランス

プルーストは全7編からなる『失われた時を求めて』で名声を得た。これは記憶、芸術、愛と喪失、そしてスノビズムや性にまつわる欺瞞に対する、深い思索に富んだ小説だ。

△ **貴重な本**
グラッセ書店から出版された『スワン家の方へ』のかなり珍しい初版本。1916年、プルーストはこの本に献辞とサインを書き入れた。

マルセル・プルーストは1871年7月10日、パリ郊外のオートゥイユで生まれた。一家は、前年の春に街を震撼させたパリ・コミューンの暴動から逃れ、この地に居を構えている。父親は優秀な医学博士、母親は教養豊かなユダヤ系一族の出だった。プルーストの作品に見られる、分析的で物事を診断するかのような視点は父親の影響だろう。一方、彼の成長過程に大きな影響を与えたのは母親であり、彼女の思いやりの心や、芸術・文学を尊ぶ気持ちはプルーストにも受け継がれた。

9歳のとき、プルーストは喘息の発作を起こして瀕死の状態となり、以降はすっかり病弱になった。休暇中や一年の兵役期間を除いて、彼がパリの自宅を離れなかったのはそのためだ。弟は父と同じく優秀な外科医になったが、マルセルは足しげく社交界に出入りし、芸術や文学についての素人談義にふける生活を楽しんだ。プルーストの洗練された美意識は、パリの魅惑的な文化――カフェに娼婦の館、印象派の芸術、バレエ・リュス――によって育まれた。知性と趣味のよさを持ち合わせていたため教養人の仲間入りをしたが、随筆や翻訳の仕事を別にすると、42歳になるまで一冊の本も出していない。両親の援助のおかげで、働く必要がなかったのだ。

初期の作品

プルーストの一見怠惰で浮ついた生活は、実は表面的なものだった。1890年代以降、彼が目的を持って執筆に打ちこんでいたことは今では周知の事実だ。1909年にはあの傑作の鍵となる構想がまとまろうとしていたが、少なくともその13年前には執筆を考えていたことが、死後30年目に出版された小説『ジャン・サントゥイユ』と未完の評論『サント＝ブーヴに反論する』から見てとれる。1909年には両親はすでに他界し、プルースト自身もひどく健康を害していた。防音のため壁をコルク張りにしたパリのアパルトマンに引きこもり、人生最後の10年をかけて大作『失われた時を求めて』を書き上げたのだ。この作品をもって、彼は自らの存在価値を証明したのである。

◁ **プルーストのパリ**
トゥールーズ＝ロートレック《ムーラン・ルージュにて》(1894〜95年) には、まさにプルーストが過ごしたパリが描かれている。第三共和政のもと、パリは享楽、最新のファッション、文化的モダニズムの街として栄えていた。

IN CONTEXT

ドレフュス事件

1894年、ユダヤ系フランス人の陸軍士官アルフレド・ドレフュスは、反逆罪で逮捕された。この冤罪事件は反ユダヤ主義者と反教権主義者（反カトリック主義者）の双方を強く刺激し、フランス第三共和政は分裂の道をたどる。ユダヤ系の母を持つプルーストは、ドレフュスの無罪を主張する抗議運動に関わるようになった。『失われた時を求めて』でプルーストはパリ社交界の反ユダヤ主義者の反応を風刺的に描き、その一方で一部のドレフュス支持者の不愉快な態度を批判している。1899年、ドレフュスは時の首相により特赦で釈放された。

フランス領ギアナの悪魔島に送られたアルフレド・ドレフュス

◁ **若き日のプルースト**（1892年）
この若き日のプルーストの肖像画は、フランスの画家ジャック＝エミール・ブランシュによるものだ。当時、プルーストはモンテーニュ、フローベール、トルストイ、ドストエフスキーの作品にとりわけ大きな影響を受けていた。また、トーマス・カーライルやジョン・ラスキンの著作を読む中で、社会における芸術家の在り方についての考えを深めたという。

> "愛とは
> 　心で感じとる空間と時間である。"
>
> マルセル・プルースト『囚われの女』より

△ セレスト・アルバレ
『失われた時を求めて』の執筆中、9年にわたってプルーストの家政婦兼秘書を務めたアルバレ夫人。彼女は、午後4時に起きて一晩中書き続けるなど、不規則な日々を送るプルーストに合わせた生活を続けた。

△ マドレーヌ
『スワン家の方へ』には、語り手がマドレーヌを食べる場面がある。紅茶に浸してマドレーヌを食べた語り手の脳裏に、レオニ叔母と過ごした子供時代が不意に忘却の彼方から現れ、「無意志的記憶」により鮮やかによみがえる。

人生をかけた小説

1913年、プルーストは第1編となる『スワン家の方へ』を複数の出版社に持ちこむが、反応は芳しくなかった。出版にこぎつけたのは、彼が費用を全額負担することに同意したからにすぎない。第一次世界大戦勃発により出版が中断したときも、プルーストはパリで書き続けた。第2編『花咲く乙女たちのかげに』は1919年に刊行され、権威ある文学賞、ゴンクール賞を受賞する。名声を得てなお創作活動に心血を注いだが、1922年11月18日、長年にわたる健康不良の末ついに力つきた。第5編以降は未定稿が編集を経て、彼の死後に出版されている。

『失われた時を求めて』は小説とはいえ自伝的要素が強く、プルーストの人生を小説の中で再構築したものだとされている。語り手である「私」はプルースト自身ではないが彼を彷彿とさせる。実際、この作品のあらゆる出来事、場所、そして登場人物は、少なくとも部分的に実在すると考えて差し支えないだろう。たとえば、語り手の家の女中で、最も複雑な登場人物の1人であるフランソワーズは、晩年プルーストの家政婦を務めたセレスト・アルバレに酷似している。また、語り手の子供時代の思い出が多く詰まった村コンブレーはフランス北部にあるイリエのことだし、彼が海で休暇を過ごす架空の町バルベックは、富裕層が集まるノルマンディーのリゾート地カブールがモデルとなっている。

作者か語り手か

『失われた時を求めて』の語り手とプルーストには、大きな違いが2つある。1つは語り手がユダヤ人ではないことだ。この点でプルーストが自身を投影したのは、作中唯一、三人称で書かれる第1編第2部「スワンの恋」の主人公、魅力的で教養高いシャルルである。2つ目は、語り手が同性愛者ではないことだ。プルーストが生涯で最も愛したのは、1907年にカブールで出会い、彼の運転手や秘書を務めたアルフレッド・アゴスチネリだった。1914年にアルフレッドが飛行機の操縦訓練中に地中海で墜落死したことで、2人の関係は悲劇的な結末を迎えた。アルフレッドは、小説の中でアルベルチーヌという女性となって登場する。

同性愛がこの作品の主題の1つであるこ

▽ イリエ＝コンブレー
プルーストが子供時代の休暇を過ごしたイリエの叔父夫婦の家。この家とイリエの町は、『失われた時を求めて』の中で永遠にその姿を留めることになった（小説での地名はコンブレー）。1971年、偉大な作家プルーストに敬意を表し、イリエは「イリエ＝コンブレー」と改名された。

> "もし空想が危険だと言うなら、
> その解決方法は空想しすぎないようにすることではなく、
> もっと空想すること、常に空想に耽ることだ。"
>
> マルセル・プルースト『スワン家の方へ』より

主要作品

1913
『失われた時を求めて』の第1編『スワン家の方へ』刊行。主人公の子供時代と共に、愛と嫉妬に苦しむ自伝的物語が展開する。

1919
第2編『花咲く乙女たちのかげに』刊行。愛、友情、若さの幻想がテーマとなる。

1920–21
第3編『ゲルマントの方』刊行。富裕層の軽薄な日常と語り手の祖母の死の対比を浮き上がらせた。

1921–22
第4編『ソドムとゴモラ』刊行。同性愛というテーマを全面的に押し出した。

1923
第5編『囚われの女』刊行。自分のもとから去ったアルベルチーヌを取り戻そうとする語り手の姿を通して、愛の空しさを表現した。

1925
第6編『逃げ去る女』刊行。喪失と、他者を理解することの不可能についての深い洞察が行われた。

1927
第7編『見出された時』刊行。この最終巻の時代設定は第一次世界大戦時である。記憶や執筆という行為が持つ贖罪の力と、老化や死を対照的に描いている。

とは、第4編『ソドムとゴモラ』(旧約聖書では男色の街とされている)のほか、語り手が子供の頃コンブレーで女性同士の性行為をのぞき見する場面や、第7編『見出された時』の山場、パリの男娼宿での場面などからもうかがえる。尊大で、相手を口ぎたなく罵ることにかけては天才的な隠匿同性愛者、シャルリュス男爵は、登場人物の中でも白眉と言える存在だ。

記憶と経験

『失われた時を求めて』には従来の意味でのプロットはない。代わりに展開するのは、主題や登場人物がたびたび入れ替わる複雑な物語であり、豊かで比喩的な散文体がそれらをまとめ上げている。物語は語り手の将来に大きな影響を与えることになる出来事——子供の頃、夜寝るときに母親がなかなか部屋に来てくれないことへの不安と、その後思いがけず父のとりなしで身を切るような辛さをまぬがれる場面で始まる。このようにささいな出来事に重大な意味を持たせ、なおかつ温かな魅力とペーソスをにじませるのは、プルーストの作風の特徴だ。

階級にとらわれるパリ社交界の滑稽さがふんだんに盛りこまれたこの作品の世界観は、プルーストの幼少時代の経験や記憶をもとに書かれたエピソードの数々に支えられている。観察眼鋭く、しばしば喜劇的に表現されるヴェルデュラン家とゲルマント家は、社交界を代表する面々だ。ヴェルデュラン家はうぬぼれの強い「やりきれない連中」で、自由奔放な中産階級の成り上がりである。一方、上品で才気あふれるゲルマント家は、自らの偏狭な価値観にとらわれて精神的に不毛な日々を送っている。小説の後半では、こうした社交界の場面に加え、語り手のアルベルチーヌへの愛と嫉妬が重点的に描かれる。プルーストにとって、性を伴う愛は取るに足りないものだ。なぜなら語り手の感情は、実在しない人物、願望が作り出す想像の産物に向けられているからだ。語り手と恋人の間には真の関係は存在していない。彼にとって唯一無二の喜びとは、恋人の不在によって生じていた心痛が和らぐことなのだ。愛に関するこの冷静な考察は、分析的な文章で延々と述べられており、多くの読者が長すぎると感じる箇所でもある。

目的を求めて

最終巻となる第7編では、時の破壊作用に打ち勝つ手段としての「無意志的記憶」という主題に舞い戻る。だが、プルーストは時に対する真の勝利は、記憶ではなく、創造性豊かな芸術によってもたらされると確信していた。この最終巻では登場人物たちが本や音楽、絵画に親しむ様子があざやかに描かれ、やがて芸術に触れることがなぜこれほど重要なのかという理由が徐々に明かされていく。

究極的に言えば、『失われた時を求めて』は、プルーストが本作を書くにいたった理由を解き明かしていく物語だ。この作品を書くことにより、プルーストは無益な人生を意味あるものにするという魂の目的を達成したのである。

ON STYLE
プルーストの文章

プルーストの文章は、一文が非常に長いことで有名だ。その顕著な例をあげると、『ソドムとゴモラ』のある一文には、なんと847語が費やされている。とりとめもなく浮かぶ連想が散りばめられたプルーストの文章は、複雑ではあるものの、文法的には正確で明快だ。彼の長文を読むにはかなりの集中力を要するが、自身は隠喩を駆使した長い文章を思うまま書くことができたのである。プルーストはこの隠喩的表現を用いて、世界の異質な諸要素は基本的にはすべてつながっているという信念を浮き彫りにした。そして、複雑な文章を駆使して登場人物たちをきめ細かく描いた。

プルーストの傑作『失われた時を求めて』の最後の手書き草稿

◁ **海辺の記憶**
ノルマンディーのリゾート地カブールを描いた1908年の絵葉書。カブールは1907年から1914年まで、プルーストが毎年夏を過ごした場所だ。『失われた時を求めて』に登場するバルベックという町は、このカブールがモデルになっている。

▷ **ウィラ・キャザー**（1926年頃）
作家として全盛期だった頃のキャザー。彼女は開拓者たちの生活を描いた数々の小説で有名になったが、自身はパートナーである雑誌編集者エディス・ルイスと長年ニューヨークで暮らした。小説家として成功する前、キャザーはアメリカで最も優れた女性ジャーナリストの1人だった。

ウィラ・キャザー

Willa Cather　1873〜1947　アメリカ

キャザーは意図して保守的な文体を用い、郷愁を呼び起こす小説をいくつも執筆した。農業に従事する移民たちに囲まれながら、アメリカの大平原で10代を過ごした経験が、彼女の創作の原点になっている。

ウィラ・キャザー

> "人間には2つか3つの物語しかない。
> そしてその物語は、いつも
> まるで初めて起こったかのように繰り返される"
>
> ウィラ・キャザー『おお開拓者たちよ』より

ウィラ・キャザーはかなり変わった人物で、自分の生まれ年を実際の1873年ではなく、1876年だと主張していた。ウィレラという本名も気に入らず、ウィリーか男子名のウィリアムと呼ばれることを好んだが、やがてウィラという呼び名が定着する。キャザーの誕生後まもなく、一家はキャザーの祖父が建てたヴァージニア州ウィンチェスター近くの家に引っ越した。

ヴァージニアからネブラスカへ

1883年、一家はネブラスカ州レッドクラウドという、大平原の辺境の村に移り住んだ。主にドイツと北欧からの移民が住むこの農村の景色は、それまで見慣れていたものとは全く違っていたが、キャザーは新しい生活にすぐになじみ、多くの家族と親しくなった。11歳でレッドクラウド高校に入学すると、田舎の少女としては珍しく、ネブラスカ大学に進んで英文学を学んでいる。在学中から地元新聞に短編や評論を寄稿し、やがて歯に衣着せぬ劇評家として名をはせるようになった。物怖じせず、男っぽい服装や容姿をしていたキャザーは、性別による男女の役割を押しつけられることに反発を感じていた。だからこそ彼女は、当時男性ばかりだったジャーナリズムの世界に思い切って飛び込んだのである。1895年に大学を卒業すると、キャザーはピッツバーグに出て『ホーム・マンスリー』誌の編集者となり、その後『ピッツバーグ・リーダー』誌に演劇評や音楽評を寄稿するようになった。

キャザーは1899年にニューヨークを訪れた際、同じくピッツバーグ出身のイザベル・マクラングと出会い、親密な関係になった。マクラングはキャザーの執筆活動を援助し、マクラング家の書斎を提供したこともあったという。

ジャーナリストと小説家

1902年、キャザーはマクラングを伴ってヨーロッパ旅行に出かけ、帰国後に詩集『4月のたそがれ』（1903年）と短編集『妖精の庭』（1903年）を刊行した。

だが、ジャーナリストの仕事にも未練があり、1906年にニューヨークに移って『マックリュアズ・マガジン』誌の編集に携わる。数年後には、同誌の編集長になった。この時期は、キャザーの私生活の転換期でもあった。1908年になると、その後長年にわたってパートナーとなるエディス・ルイスとの同居を始めた。

1912年、キャザーはマックリュアズの方針に失望して退社し、最初の小説『アレグザンダーの橋』を発表して職業作家となった。大平原での思い出をもとに『おお開拓者たちよ』、『マイ・アントニーア』など数作を発表したが、高い評価を得るようになったのは、1920年にアルフレッド・クノッフが出版マネージメントを手がけるようになってからだ。キャザーは、第一次世界大戦を舞台にした小説『われらの一人』で、1923年のピュリッツァー賞を受賞した。

当時キャザーとルイスはグリニッジ・ヴィレッジに住み、夏にはカナダのニューブランズウィック州ホエール・コーブにある人里離れたコテージで過ごす生活を送っていた。キャザーは名声が高まるにつれ社会から遠ざかるようになり、1930年代にはさまざまな病気のせいで創作活動が滞りがちになる。また、両親の死や、マクラングが深刻な腎臓病に冒されたことにも打ちのめされた。最後の小説『サファイラと奴隷娘』は1940年に刊行されたが、その後も健康は悪化し、1947年に脳出血で死亡した。遺体は、マクラングとの思い出の場所であるニューハンプシャー州ジャフリーに埋葬された。

ON STYLE
大平原を描く

キャザーの作品は古くさいと批判されることがあるが、彼女が扱っていたテーマの多くは、当時としては革新的なものばかりだった。力強く生きる女性たちの描写や、密かに散りばめられた性的な暗喩などは、それまでの小説とは一線を画している。また、彼女の作品では、恋人への愛の告白さながらに、ネブラスカへの強い愛着も表現されている。たとえば『私のアントニーア』では、ジムという少年がネブラスカの広大な景色についてこう記している。「とにかく、なにか完全で偉大なものに溶けこむということ、それこそが幸福なのだ」

ウィラ・キャザー
『私のアントニーア』（1918年）

◁ レッドクラウドのキャザーの家
山の多いヴァージニアから大平原が広がるネブラスカに移住したことは、キャザーの作品に大きな影響を及ぼした。彼女はネブラスカ時代の思い出をもとに、7作の小説を執筆している。

トーマス・マン

Thomas Mann　1875〜1955　ドイツ

トーマス・マンは、20世紀初めを代表するドイツ人作家。保守派でありながら革新家でもあり、現代ヨーロッパの文化と社会の衰退を風刺的な視点から浮き彫りにした。

パウル・トーマス・マンは1875年、ドイツ北部のリューベックで生まれた。父親は老舗マン商会の社主でもあり政府の要人でもあった人物だが、パウルも兄ハインリヒも家業を継がずに文学の道を目指す。父親の死後はブラジルとドイツの血をひく母とミュンヘンに移り、1890年代には多くの短編を、また1901年には長編『ブデンブローク家の人々』を発表していずれも高評価を得た。『ブデンブローク家の人々』は彼自身の生い立ちを下敷きにした、4代にわたる一族の物語だ。伝統を重んじる中産階級の価値観と、自分自身が魅かれるものとのせめぎ合いを経て一族が衰退する様子が描かれている。この小説や、中編『トリスタン』と『トーニオ・クレーガー』（共に1903年）によって、マンは作家としての地位を不動のものにした。

政治が作品に与えた影響

名声と社会的地位を望んでいたマンは、ミュンヘンの教養高い家の出である、カタリーナ・プリングスハイムと結婚する。6人の子供に恵まれて保守的な一家の長という役割を堪能する反面、心の奥底では若い男性や少年に魅かれていた。ポーランド人の美少年に恋い焦がれて落命する作家の姿を描いた『ヴェニスに死す』（1912年）は、芸術と人生に関する考察録であり、また衰退する知的社会を象徴的に描いた作品だ。加えて、小説という形をとったマン自身の告白とも言える。

第一次世界大戦時（1914〜18年）、彼はドイツ文化とドイツ君主制を支持する立場を表明していた。その保守的な考え方は、随筆『非政治的人間の考察』（1918年）にも表れている。戦争に触発されて書かれた他の作品には、『魔の山』（1923年）がある。この複雑な物語の舞台はスイスのアルプス山脈にあるサナトリウムで、マンは「病気」をメタファーとして用いながら、当時壊滅状態にあった文化的社会の様相を描いている。

1929年にはノーベル文学賞を受賞し、マンはその時代のドイツで最も有名な作家となった。しかし、国内でさまざまな政治的事件が起こるにつれ、マンはいわゆる「ドイツ人であることの問題」に直面せざるを得なくなる。彼は1930年刊行の『マリオと魔術師』で、ナチス党への敵意をあからさまにしてみせた。アドルフ・ヒトラーが1933年に政権をとると、マンは亡命を決意し、1939年にはアメリカに渡った。この時期、マンは社会から身を引き、聖書をもとにした4部からなる長編『ヤコブとその兄弟』（1943年）を書いている。次作の『ファウストゥス博士』（1947年）は、才能と引き換えに自分を犠牲にする作曲家の物語だ。この作品はナチス時代のドイツを寓意しており、マン自身の考えとして、芸術は人間が獲得しうる最高の形でありながら、一つの退廃の形でもあると伝えている。マンはスイスに移住し、この地で1955年に亡くなった。未完となった『詐欺師フェーリクス・クルルの告白』は、「芸術とは騙すもの」という発想から生まれた喜劇である。

◁ **トーマス・マン**（1934年撮影）
『バニティ・フェア』誌に撮影された写真。マンは小説家として高い名声を得ていたが、私生活では妹2人と息子2人が自殺を遂げるなどの悲劇に見舞われていた。

◁ **『ヴェニスに死す』**
ルキノ・ヴィスコンティ監督により映画化された作品。主人公グスタフ・フォン・アッシェンバッハ（マン自身が投影されている）をイギリス人俳優ダーク・ボガードが演じた。

IN PROFILE

ハインリヒ・マン

トーマス・マンの兄ハインリヒもまた作家である。だが、政治的保守派だったマンに対し、ハインリヒは急進的な社会主義者だった。映画『嘆きの天使』の原作となった代表作『ウンラート教授』（1905年）、および『臣下』（1918年）は、ドイツの中産階級の権威主義と性的欺瞞への強い非難の書だ。名声という点では弟に及ばず、ハインリヒは1950年、カリフォルニア州で貧困に苦しみ、この世を去った。

ハインリヒ・マン

▽ **『ブデンブローク家の人々』初版本**
マンが26歳のときに発表した『ブデンブローク家の人々』。中産階級の一族をめぐる誕生、死、結婚、離婚、身内の醜聞が、リアリティのある機知に富んだ筆致によって綴られている。

▷ 口語体小説の祖
1930年に上海で撮影された写真。魯迅は小説家としてだけではなく、批評家・風刺家としても一流だった。彼は西洋の書物を多数翻訳し、近代中国文学の祖となった。

魯迅

Lu Xun　1881〜1936　中国

中国の最も偉大な作家の1人である魯迅は、祖国の文学界に短編という形態を定着させた。シニカルで悲観的な視点から描かれる作品の数々は、清朝が滅亡して共産主義へと移行する当時の中国の世相を反映している。

"希望は本来有というものでもなく、無というものでもない。
これこそ地上の道のように、
初めから道があるのではないが、
歩く人が多くなると初めて道が出来る。"

魯迅『故郷』（井上紅梅訳、改造社、1932年）より

◁『萌芽』（1930年）
左翼系作家やマルキストの文学理論を紹介した雑誌『萌芽』。魯迅は編集を担当した。

IN CONTEXT
西洋の影響

1910年代から1920年代の中国では、精神的自由を求める機運が高まった。これは、魯迅などの作家らが中国文化を再構築しようと始めた運動で、「新文化運動」と呼ばれる。彼らは小説を書く際、従来の漢文（書き言葉）ではなく白話（話し言葉）を使うことで、西洋文学の形式を取り入れようと試みた。魯迅はニコライ・ゴーゴリの短編『狂人日記』に影響を受け、同名の小説まで発表している。また、アイルランドの民族主義運動や文芸復興運動も、中国の作家たちに大きな影響を与えた。特にアイルランドの作家ジョージ・バーナード・ショーは、彼らの英雄的存在だったが、実際にショーと面会した魯迅は辛辣な感想を述べている。「私がその場で聞いたショーの言葉より、翌日の新聞に載ったショーの言葉のほうが、ずっと魅力的だ」。

20世紀初め、中国では新世代の芸術家たちがそれまでの封建的な伝統や慣習を変えようとしていた。周樹人はその代表的な人物だが、彼については、魯迅という筆名の方がよく知られているだろう。

魯迅は1881年、浙江省の裕福な学者の家に生まれた。しかし1893年に祖父が政治スキャンダルに巻きこまれ、一家は周囲から孤立する。魯迅はこの経験から、当時の中国社会の欠点とも言える冷酷さや邪悪さを初めて実感することになった。

日本への旅

魯迅は医学を学ぶため1902年に来日した際、祖国を変革したいと切望する中国の思想家たちに出会った。その後、彼は医者になるのを諦め、別の夢を追いかけるようになる。文学と芸術を通して新たな形で社会に訴えかけ、中国人の「魂」を救おうと考えたのだ。清王朝の滅亡後、中華民国が1911～12年にかけて設立されると、魯迅は小説を書き始めた。彼は1909年に帰国して北京に住み、文学を教えながら作品を書くことの社会的意義を模索し続けた。

初の口語体小説

魯迅は新たに創刊された複数の雑誌で多くの読者を獲得したが、その最初の代表作は「狂人日記」だ。「人間を食らう」社会にあって正気なのは自分だけだと思いこんでいる「狂人」の姿を通して、昔ながらの儒教の価値観を激しく非難した作品だ。文体もそれまでの中国文学のものとは異なり、中国で最も早く西洋文学を意識した口語体で書かれた短編である。また、知識層ではなく庶民を対象に書かれている点で、非常に革新的な作品だ。その後に発表された作品群も同じくシニカルで悲観的な特徴を備え、『阿Q正伝』では、中国の人々が陥りがちな運命論的思想と自嘲的な傾向を風刺している。また『孔乙己』は、1人の地方出身者をあざ笑う酔っぱらいたちの物語だ。

政治理念

魯迅はやがて北京を離れ、元教え子で恋人でもある許広平と上海で暮らし始めた。結婚はしなかったが、1929年には息子が誕生した。1930年代になると、魯迅は政治を批判する随筆を書くようになる。中国の抱える社会的・政治的問題が共産主義によって解決されると信じた魯迅は、マルキストの著作を翻訳し、これらの書物は共産主義運動を推進する大きな力となった。とはいえ、魯迅自身は共産党員にはならず、「支持者」の立場をとりながら右翼・左翼の両者について論評した。1936年、上海で死去した。

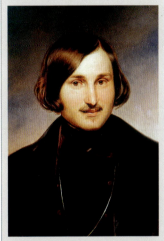

ニコライ・ゴーゴリ

◁ 魯迅の生家
紹興市にある魯迅の生家は、伝統的な様式で建てられている。入り口の上に掲げられた平板は、権威ある学士会院の一員だという印である。魯迅が育ったこの家と庭園は、さまざまな形で彼の作品に取り入れられた。

ジェイムズ・ジョイス

James Joyce　1882〜1941　アイルランド

ジョイスは20世紀の最も重要な作家の1人だ。彼は「意識の流れ」という手法を編み出して登場人物たちの考えを表現し、多岐にわたるテーマのそれぞれに適した文体を使い分けた。

◁ イエズス会系の学校
ジョイスは6歳からイエズス会系の学校に通い、クロンゴウズ・ウッド・カレッジに進学した。『若き芸術家の肖像』は、ここでの経験をもとに書かれている。

ジェイムズ・ジョイスは、ダブリン郊外のラスガーで1882年に誕生した。中産階級の出ではあったが、酒びたりの父親は経済観念が乏しく一家の暮らしは困窮した。ジョイスはイエズス会の経営する学校に通ったが、この経験から、カトリック信仰に対して葛藤を抱くことになる。その後、彼はユニバーシティ・カレッジ・ダブリンに進学した（当時はイエズス会が経営していた）。読書の幅も広く外国語も堪能で、1901年には独学でノルウェー語を学び、ノルウェーの劇作家ヘンリック・イプセンにファンレターを書けるまでになっていた。だが、やがてアイルランドの偏狭な社会に嫌気がさし、1902年に医学を学ぶという名目でパリに渡った。

1903年に母親が亡くなると、ジョイスはダブリンに戻った。翌年、メイドとして働いていたノラ・バーナクルと出会い、彼女と共にヨーロッパへ旅立つ。

2人はトリエステに居を構え、ジョージ（イタリア語読みではジョルジオ）とルーチアという子供に恵まれた。この地でジョイスは英語を教えながら、執筆活動を始めて後の代表作を生み出すことになる。初期の作品には短編集『ダブリン市民』や『若き芸術家の肖像』がある。『ダブリン市民』には少年から大人までさまざまな年代の登場人物がいるが、どの人物の描写もあけすけで現実味がありすぎたため、出版社は反逆罪に問われることを恐れた。1905年に脱稿していたこの作品が1914年にようやく出版された背景には、こうした事情があったのだ。また、雑誌『エゴイスト』に1914〜15年に連載された自伝的小説『若き芸術家の肖像』の出版も難航していた。この作品は、主人公スティーヴン・ディーダラスが信仰に疑問を持つきっかけとなる、神父の真に迫った説教の場面で有名

◁《ジェイムズ・ジョイス》(1935年)
フランスの画家、ジャック＝エミール・ブランシュが描いたジョイスの肖像画。彼が横を向いているのは、眼鏡の左のレンズがぶ厚いことを気にしていたからだ。

IN PROFILE
ハリエット・ショー・ウィーヴァー

ハリエット・ショー・ウィーヴァー（1876〜1961）は、イングランドのチェシャーで生まれた。父親は医者で、母は実家の莫大な遺産の相続人だ。ウィーヴァーは若くして社会主義者となり、女性の参政権に関心を寄せた。その流れで、経営難に陥っていたフェミニスト系雑誌『フリーウーマン』に財政支援を行うことになる。詩人エズラ・パウンドの提案によって、同誌はのちに『エゴイスト』と改名された。ウィーヴァーは友人のドラ・マーズデンと共同で編集を行い、多くのモダニズム作家の作品を『エゴイスト』誌上で紹介した。そうした作家の中には、T・S・エリオット、ウィリアム・カーロス・ウィリアムズ、そしてジェイムズ・ジョイスも含まれている。1919年末に雑誌が廃刊となった後も、ウィーヴァーはジョイスを経済的に援助し続け、ジョイスの死後は遺著管理者になった。

『エゴイスト』の題字部分。目次などが記載されている（1914年7月号）

> "歴史は悪夢だ。
> そして、私はどうにかして
> その悪夢から目覚めたいと思っている。"
>
> ジェイムズ・ジョイス『ユリシーズ』より

> "ダブリンの町を完璧に描写したい。
> もしダブリンが突然地上から消えたとしても、
> 私の本をもとにすぐ再建できるほどに。"
>
> ジェイムズ・ジョイス

▽ ノラ・ジョイス
ジェイムズ・ジョイスが、創作の源であり将来の妻となるノラとダブリンで出会ったのは1904年だ。『ユリシーズ』の舞台となる6月16日は、ジョイスが初めてノラとデートをした日だ。現在、この日は小説の主人公レオポルド・ブルームにちなみ、「ブルームズ・デイ」という記念日に制定されている。

だ。また、最初は子供らしい言葉遣いが最後は洗練された表現に変化するという、主人公の成長に合わせた文体を用いた点でも斬新だった。

パリ時代

ジョイスとノラは1915年にチューリヒに移住し、この国際的な都市で戦時下を過ごす。当時、『エゴイスト』誌の創設者ハリエット・ショー・ウィーヴァーから匿名で多額の資金援助を受けていたにも関わらず、ジョイス一家の経済状況はひっ迫していた。詩人のW・B・イェイツ(ダブリン時代の旧友)やエズラ・パウンドも、ジョイスの作品を高く評価し、彼を支援した。こうした人々に支えられ、ジョイスは1915年王立文学基金を授与された。

戦後ジョイスとノラはトリエステに移ったが、1920年にパリを訪れると、そのままこの地に定住した。当時、ジョイスは戦争が始まった直後から執筆していた、ある小説の仕上げにかかっていた。それが傑作として名高い『ユリシーズ』だ。この長編は、スティーヴン・ディーダラス(『若き芸術家の肖像』の主人公)、広告取りのレオポルド・ブルーム、ブルームの妻モリーという3人の人物を描いた、ある一日の物語だ。

『ユリシーズ』はパロディや内的独白といった多くの文学的技法を用いて、生々しい現実から空想の世界までを表現している。全18章で構成され、各章はホメロスの『オデュッセイア』と対応関係にある。物語の舞台はジョイスの故郷ダブリンで、亡命先で書かれたにもかかわらず、町の描写はかなり正確だ。性的な出来事や食事、排泄に関する表現があからさまだったため、以前に発表した作品と同様、物議を醸すこととなった。『ユリシーズ』の一部は1918〜20年に『リトル・レビュー』誌に連載されたが、編集者がわいせつ文書出版により有罪判決を受けた結果、イギリスやアメリカで本にまとめることは不可能になった。結局、最初に出版を引き受けることになったのは、パリにあるシェイク

▷ ジョイスの故郷ダブリン
実験的で引喩に富んだ大作『ユリシーズ』は、主人公レオポルド・ブルームのある1日を追いながら、彼がとった行動や会った人々について書いた小説だ。この作品では、ダブリンを人生の縮図にたとえている。

◁ **パリでの会合**
パリのオフィスにて。ジョイスと、彼の作品を出版したシルヴィア・ビーチ。ジョイスは視力の悪い左目を休めるため眼帯をしているが、実は梅毒による症状だと見る歴史家もいる。

> **ON STYLE**
> ### 意識の流れ
> 『ユリシーズ』で使用された手法の中で、最も有名なものは「意識の流れ」だ。この手法を使えば、読者は語り手の介入や注釈なしに、登場人物の思考や感情、記憶を追うことができる。こうした心の声は、文法に則って書かれないことも多く、ときに非論理的ですらある。ジョイスによれば、1903年にパリを旅行していた際、フランスの作家エドゥアール・デュジャルダンの小説を読んでいて、この手法を思いついたという。

スピア・アンド・カンパニーの経営者、シルヴィア・ビーチだ（シェイクスピア・アンド・カンパニーは、ジョイス、エズラ・パウンド、アーネスト・ヘミングウェイといった、母国から移住してきた作家たちの溜まり場だった書店である）。本は1922年に刊行された。創意工夫を凝らした力強いこの作品は、T・S・エリオットなどの批評家から賛辞を得るが、アメリカで正式に出版されたのは1934年、イギリスではその2年後の1936年のことだった。

実験的文体

同業者にはその才能が認められていたが、1920年代から30年代にかけて、ジョイスの作品の売れ行きは芳しくなかった。その上ジョイスは、自身の健康と家族に関する2つの悩みを抱えていた。緑内障を患って視野が狭まったことが仕事にも影響し、1920年代には目の手術を9回も受けている。さらには、娘のルーチアが1930年代半ばに統合失調症と診断され、残りの人生のほとんどを病院で過ごさなければならなくなった。ルーチアの正式な病名は未だにはっきりとは分からないが、ルーチアの病気や彼女とノラとの不和、自身の長引く体調不良は、ジョイスの創作活動に大きな影を落とした。

後期の作品

いくつもの問題を抱えながら、ジョイスは1920年代と1930年代の大半を『フィネガンズ・ウェイク』の創作に費やした。それまでと同様、この小説も連載という形で、実験的文芸雑誌『トランジション』に掲載された（当時の題名は『進行中の作品』）。同誌を創刊したユージーン・ジョラスとマリア夫妻は、ジョイスと親しくなり彼を支援したが、読者の多くは『フィネガンズ・ウェイク』を理解できなかった。サミュエル・ベケットなどジョイスの友人たちがこの作品を解説する随筆を何冊も出したが、それでも一般的な理解を得るのは難しかった。

1939年に出版された完全版『フィネガンズ・ウェイク』には言葉遊びや造語、多くの外国語（少なくとも40カ国語）が盛りこまれている。これは一夜の夢の物語だ。『ユリシーズ』では人生を覚醒させるために使われた無意識の流れが、ここでは眠りのために使われている。今でも多くの読者はこの作品の難解さに閉口するだろうが、よく読んでみると、そこに美しさや愉快さを感じられるはずだ。

『フィネガンズ・ウェイク』はジョイスの遺作となった。1941年1月、彼は十二指腸潰瘍穿孔の手術を受け、その後まもなく死去する。アイルランド政府からダブリンでの埋葬許可を得られなかったため、ジョイスの遺体はチューリヒに眠ることになった。

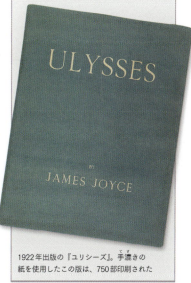

1922年出版の『ユリシーズ』。手漉きの紙を使用したこの版は、750部印刷された

主要作品

1907
36編の詩から成る『室内楽』刊行。高い評価を得たものの、あまり売れなかった。

1907–15
自伝的小説『スティーヴン・ヒーロー』を『若き芸術家の肖像』として改稿する。

1914
『ダブリン市民』刊行。収録された15の短編の背景には、衰退に向かう都市ダブリンの停滞があった。

1918
ジョイス唯一の戯曲『追放者たち』刊行。亡命先から帰国した作家を取り巻く人間模様が描かれた。

1922
モダニズム文学の傑作『ユリシーズ』刊行。ホメロスの『オデュッセイア』を下敷きにしたこの小説は、ジョイスの40歳の誕生日に出版された。

1927
『ポームズ・ペニーチ』刊行。20年間で書きためた13の短い詩を収録。

1939
『フィネガンズ・ウェイク』刊行。読解に高い知力を必要とするこの小説は、再生をテーマにしている。

ヴァージニア・ウルフ

Virginia Woolf　1882〜1941　イングランド

小説家、随筆家、フェミニストであったウルフは、モダニズム運動の中心人物だ。その革新的な技法は小説の形態を変え、文学史に女性の地位を定着させた。

アデリーン・ヴァージニア・スティーヴン（ウルフは結婚後の姓）は、ロンドンの特権的な上層中流家庭に生まれた。父親のレズリー・スティーヴン卿は著名な哲学者で作家、歴史家でもあり、母親のジュリノ・ジャクソンはラファエル前派の画家たちのモデルを務めていた。両親共に再婚で、ヴァージニアには片方の親が違う兄と姉が4人いる。母の連れ子であるジョージ、ステラ、ジェラルド・ダックワースと、父の連れ子であるローラ・スティーヴン。レズリーとジュリアの間に生まれた子供はヴァージニアのほかに、ヴァネッサ、トウビー、エイドリアンがいる。

複雑な環境にあった大ぜいの兄妹は、両親のコネクションにより、ヴィクトリア朝の文学や知的文化に囲まれて育った。とはいえ、性別によって扱いには大きな差があり、私立学校や大学に進学できるのは男子だけだった。才女のヴァージニアは、膨大な書物が並ぶ父の書斎を使うことを許されていたものの、外に出て教育を受けることはできなかった。

子供時代の思い出

ヴァージニアは生涯を通して何度も神経症に陥るが、最初にその症状が現れたのは、母親を亡くした13歳のときだ。短かった幸せな子供時代の思い出と、過ぎ去る時を思う切ない気持ちは、32年後に『灯台へ』という小説として結実する。ヴァージニアが実際に夏の休暇を過ごしていたのはコーンウォール州で、物語の舞台となるスコットランドではなかったが、本作に登場するラムジー夫妻は彼女の両親そのものだ。知識人であることを鼻にかけたラムジー氏は、尊大で、横暴とも言える人物だ。一方、洞察力に優れたラムジー夫人は、その温かい人柄で家庭を包み込む。小説の後半で夫人が亡くなった後に残るのは、深い喪失感だ。ウルフの日記によると、彼女は姉のヴァネッサと同様、母の死後に異父兄弟から性的虐待を受けていたようである。その上、異父姉のステラの悲劇的な死にも見舞われ、ヴァージニアはますます精神を病んでいく。その後は何とか勉学を心のよりどころにして、1897年から4年間、ロンドンのキングス・カレッジ女子部で古代ギリシャ語、ラテン語、ドイツ語、歴史を学んだ。

1904年に父が亡くなり、1906年に仲のよかった兄トウビーが亡くなると、ヴァージニアは再び心のバランスを崩した。同時に、彼女の人生もここから急速に変化していく。自分は生まれながらの物書きだと信じていた彼女は、『タイムズ文芸付録』誌に定期的に投稿を始めた。やがて、ヴァネ

ON STYLE
意識の流れ

「単純に一つのものであるものなど存在しない」。『灯台へ』に登場するラムジー夫人は、その独白（意識の流れ）の中で、物事の多面性をこう表現している。家族の休暇を題材にした『灯台へ』という作品は、登場人物の脳内に浮かんでは消える事象を丹念に追いながら、非線形の時間軸を作ることで、年月の流れを表現した。これは、一元的な見方しか持たないリアリズム文学への反発から生まれた手法だったが、ウルフはリアリズム文学そのものを男性的だと考えていた。人間の意識は変化し続けているのが普通で、その思考は一貫性を持たず複雑だ。したがって、断片的な言葉を連ねていくウルフの文学様式は、ある意味、リアリズム文学以上に「現実的」だったと言える。

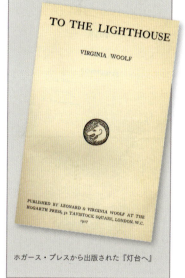

ホガース・プレスから出版された『灯台へ』

◁ **コーンウォールでの休暇**
ウルフが子供の頃、一家は毎年、コーンウォール州のセント・アイヴスにある別荘タランド・ハウスで夏を過ごした。岸から離れて遠く海に浮かぶゴッドレビー灯台を眺めるうちに、ウルフは『灯台へ』の構想を思いついた。

◁ **フェミニズム界に遺したもの**
1927年に撮影されたヴァージニア・ウルフ。小説としての第4作目『ダロウェイ夫人』は、出版からまもなく高評価を受け、彼女の名は広く知られるようになった。戦後、作品の評価は低下したが、1970年代のフェミニズム運動により再び支持されるようになった。

> "なぜ人生はこれほど悲劇的なのだろう。まるで深い穴の上に渡された細い道を歩いているようだ……どうすれば渡りきることができるのか、私には分からない。"
>
> ヴァージニア・ウルフ『ある作家の日記』より

20世紀前期

△ ホガース・プレス
ウルフ夫妻が経営するホガース・プレスから出版された本は、その多くが手作業で制作されていた。『歳月』（1937年）の初版本の表紙デザインを手がけたのは、ウルフの姉のヴァネッサ・ベルだ。

"女性が小説を書こうと思うなら、お金と自分だけの部屋が必要だ。"

ヴァージニア・ウルフ『自分だけの部屋』より

ッサやエイドリアンと共に、ロンドンのブルームズベリーに引っ越した。この地区のゴードン・スクエアにある住宅地は芸術家の活動拠点となり、哲学者、歴史家、芸術家、作家らが集うようになる（下のコラム参照）。アメリカの風刺家であるドロシー・パーカーに言わせれば、彼らは「円くなって仲よく絵を描き、スクエアに住み、三角関係の情事にふける」集団だったそうだ。この言葉からは、ブルームズベリー・グループの複雑で奔放な恋愛事情が浮かび上がってくる。

恐怖と焦燥

ヴァージニアはブルームズベリー・グループを立ち上げたリットン・ストレイチーに求婚されたが、彼女が選んだのは作家兼官吏で、後に出版社を設立するレナード・ウルフだった。とはいえ、レナードに特別魅力を感じていたわけではなく、彼を「一文無しのユダヤ人」とからかっていた。2人は1912年に結婚し、その直後に彼女はこう書いている。「求められるというのは何という喜びだろう。妻になること」。ところが、女友達への手紙にはこんな記述もある。「セックスの悦びなどというものは、ずいぶん誇張されているのだと分かりました」。レナード自身、結婚初夜は散々だったと述懐している。妻が不安発作を起こすのではないかと案じたレナードは、以来ずっと、ヴァージニアと性的関係を持たなかった。同じく精神面での理由から、ヴァージニアは子供を持つべきではないと助言も受けている。

性に対するウルフの潜在的な恐怖心は、第一作『船出』（1915年）の中にもはっきりと見てとれる。神経を張りつめて執筆した反動か、彼女は出版前に再び強い不安を感じ、自殺未遂を起こした。治療にあたった医師は口々に、執筆活動からしばらく離れるよう彼女を説得した。不安発作の引き金になるのは、身体活動よりも精神活動だと考えられていたからだ。

しかし、レナードは妻の執筆を後押しし続けた。1917年には、ロンドンのリッチモンドにある自宅ホガース・ハウスに印刷機を据えつけ、ウルフの作品を出版するようになった。

セクシュアリティの追求

貴族の称号を持つ作家兼園芸家のヴィタ・サックヴィル＝ウェストは、ウルフの親しい友人であり、彼女に執筆を勧める1人だった。自由な性愛を楽しむブルームズベリー・グループに属していた2人は、やがて恋人同士になる。後年出版された『オーランドー』は両性具有の詩人を主人公とした、ウルフの著作の中で最も風変わりな小説だが、これはヴィタに捧げられた物語だ。ヴィタの息子、ナイジェル・ニコルソンいわく、『オーランドー』は文学史上最も長く、最も魅惑的なラブレターだ」。

愛と結婚を探求した小説『夜と昼』は1919年に出版された。同年、ウルフ夫妻はイースト・サセックスのロドメルにあるマンクス・ハウスを購入している。この17世紀の別荘は、姉のヴァネッサが夫クライヴ・ベルと住むイースト・サセックス

▽ 父と娘（1900年頃撮影）
若い頃のヴァージニア・ウルフと、批評家で研究者だった父レズリー・スティーヴン卿。ウルフは父の影響を受けて、知識を愛し、自然を愛するようになった。

IN PROFILE

ブルームズベリー・グループ

ヴァージニア・ウルフは、ブルームズベリー・グループの中心メンバーだった。他には作家のジャイルズ・リットン・ストレイチー、経済学者のジョン・メイナード・ケインズ、芸術家のロジャー・フライ、ダンカン・グラント、クライブとヴァネッサ・ベル夫妻もこのグループに参加していた。フェミニズム、平和主義、セクシュアリティを尊重するブルームズベリー・グループの思想は、ヴィクトリア朝の価値観とは対照的であり、文学、経済、芸術に大きな影響を与えた。また、グループのメンバーはゴーギャン、マティス、ヴァン・ゴッホといったポスト印象派の画家を支持していた。ホガース・プレスはウルフの作品だけでなく、T・S・エリオットの『荒地』、E・M・フォースターの小説、心理学者ジークムント・フロイトの著書など、多くの重要な書籍を出版した。

ロジャー・フライ《ヴァネッサ・ベル》（1916年）

▷**執筆の拠点となったモンクス・ハウス**
ウルフはモンクス・ハウスの庭園にある、この東屋風のロッジで執筆を行っていた。毎日足を運び、ときには泊まることもあったようだ。ロッジを訪れた人々の話では、部屋にはいつも本と書類が散乱していたという。

のチャールストンと同じく、ブルームズベリー・グループの隠れ家となった。

『夜と昼』刊行から3年後、ウルフは実験的小説『ジェイコブの部屋』を発表する。物語の大半は、主人公ジェイコブが人生において関わりを持った女性たちの視点で書かれている。T・S・エリオットは、「この小説でウルフは旧来の小説技巧の一切から解き放たれ、作家として独自の才能を開花させた」と語った。

フェミニズム宣言

ウルフが残した20冊の日記からは、執筆に対する彼女の情熱が伝わってくる。たとえば、夫妻が経営していたホガース・プレス社に50部の発注があったときには、どんな麻薬にも勝る高揚感を味わうと書いている。また、彼女は他の作家や知識人の意見をひどく気にしていたようだ。E・M・フォースターとケンブリッジで会った日の日記には、こんな記述が残されている。「彼はいつもおどおどと私を避けているように見える。それは私が女性だからだ。しかもただの女性ではない、賢く進歩的な女性だからだ」

ウルフは大の読書家で、古典をときには原語のギリシャ語で読んでいた。他にもディケンズ、ブロンテ姉妹、バイロン、ミルトンなどが好きで、彼らの伝統的な文章を、新しい作家の文章と比べて楽しんだりもした。「新しさによる衝撃」を生み出そうとしていた当時の実験的な作家には、ウインダム・ルイスやエズラ・パウンドがいる。ジェイムズ・ジョイスも同じく革新的な作家だったが、ウルフは彼の小説『ユリシーズ』を初めて読んだ後、これを「仰々しく、文学的な品を欠く」と酷評した。もっとも、批評家が次々と称賛し始めると、彼女は自分の意見を撤回した。

ウルフの作家としてのピークは、1920年代の中盤から後半だった。この時代に発表された作品には、共感覚者としての自身の経験に基づいた『ダロウェイ夫人』や『灯台へ』、フェミニズムにまつわる評論『自分だけの部屋』（1929年）がある。『自分だけの部屋』では、男性が圧倒的な権力を持つ社会で、女性が生きることの難しさを論じた。

専門職につく意欲的な女性を対象とした1931年の講義で、ウルフは「家庭の天使」を滅ぼそうと呼びかけた。家庭の天使とは、おとなしく家事に従事し、男性に媚びて生きる女性のことだ。「私はがむしゃらになって天使を殺しました」とウルフは言う。天使が去った後の寝室には、若きウルフと、彼女のインク壺がとり残された。ウルフはそのとき、「これからもただ自分らしくあらねばならない」と悟ったのだという。

第二次世界大戦による街の荒廃は、ブルームズベリー・グループにも影響を及ぼした。ウルフは田舎に移って執筆活動を続けたが、相変わらず強い不安に苦しんでいた。ロンドンに戻った際、爆撃を受けて瓦礫（がれき）と化したブルームズベリーを目にして、ひどくショックを受けた。1941年、彼女は遺書を書き、服のポケットに石を詰め込むと、ロドメル近くのウーズ川に身を投げた。59歳だった。死後には、貴重な日記、書簡、随筆、そして今なお読者の驚きを呼ぶ9作の「現代小説」が遺された。

△ **ヴィタ・サックヴィル＝ウェスト**
（1925年頃撮影）
ウルフと年下のヴィタとの交際は1922年に始まり、10年間続いた。ウルフにとって、ヴィタは愛人であると同時に、ひらめきを与えてくれる存在でもあった。1928年出版の『オーランドー』は、ヴィタをモデルに書かれた小説だ。

主要作品

1915
『船出』刊行。抑圧された家庭生活からブルームズベリー・グループによる知的な刺激まで、ウルフ自身が経験してきたことが反映された小説。

1925
『ダロウェイ夫人』刊行。社会的地位の高い夫を持つ女性の、ある一日の物語。意識の流れの手法を使って、登場人物たちの生活を描いている。

1927
『灯台へ』刊行。ウルフはこの作品を通して、自身の過去、さらには時間や永遠の本質を理解しようと試みた。

1928
『オーランドー』刊行。イギリス文学史を振り返る風刺的な娯楽作品。主人公は時間を超えて、大作家たちと親交を持つ。現在はフェミニズム文学の古典に位置づけられている。

1929
『自分だけの部屋』刊行。文学界では伝統的に男性が優位であり、女性作家には物理的かつ精神的な自由が必要だと訴えた。

フランツ・カフカ

Franz Kafka　1883〜1924　チェコ

20世紀を代表する作家の1人であるカフカは、多くの未完の作品を残して早世した。疎外される寂しさをテーマにした彼の作品は、ときに奇怪で、一度読むと頭から離れない。

△『変身』（1915年）
有名なこの小説は、1912年には脱稿していたが、初版は1915年まで出版されなかった。カフカらしく、出版社と細かい交渉を重ねたため、刊行が遅れたという。

フランツ・カフカは、当時オーストリア＝ハンガリー国の属領だったボヘミア王国の首都プラハで生まれた。家庭は裕福なユダヤ系の中産階級で、両親はドイツ語を話した。父ヘルマンは女性向けの衣類や小間物を扱う商会を営み、母親もこれを手伝っていた。常に騒がしく、自信たっぷりで傲慢な父とは、カフカはそりが合わなかった。妹が3人と弟が2人いたが、弟はどちらも幼くして亡くなっている。

進学と就職

カフカは小学校でドイツ語を習い、名門であるプラハの国立ギムナジウムに進学した。チェコ語にも堪能で、さらにラテン語とギリシャ語も学んだ。優秀な成績でギムナジウムを卒業すると、プラハの大学に入学して法律を専攻する。ここで文学を志す友人たちとの出会いがあり、その中に生涯の友となるマックス・ブロート（右のコラム参照）がいた。ブロートが主宰する文学サークルでは、カフカは社交的で感じのいい人物と受け止められていた。このことは、カフカが描く苦しみや疎外感を知る読者にとって、少し意外に感じられるかもしれない。

1906年、カフカは法律の博士号を取得して大学を卒業し、プラハの保険会社、アシクラツィオーニ・ジェネラリに就職した。

しかし、長い労働時間に耐えられず、1年後に労働者災害保険協会に転職する。ここでは、個人が大企業に申し立てた補償請求に対応する部署で働いていた。その環境の中で、カフカは個人の自由を制限する法律や公的機関の権力をまざまざと目にしたに違いない。それは後に作品のテーマにもなっている。まもなくカフカは昇進して会社の年次報告書を書く仕事を任されたが、彼にとっては、勤務時間が短くなった喜びの方が大きかった。おかげで執筆の時間を確保できるようにはなったが、同居していた両親からは家業を手伝うことを期待された。

恋文のやりとり

1912年、カフカはマックス・ブロートの遠縁で、ベルリンで働いていたフェリーツェ・バウアーと出会う。2人は親しくなるが、互いに離れた街で暮らしていたため、

IN PROFILE
マックス・ブロート

作家マックス・ブロート（1884〜1968）は、1902年の出会い以来、カフカの終生の友となった。2人には共通点が多く、どちらもドイツ語を話すプラハ出身のユダヤ人で、法律を学んだものの文学に情熱を注いでいた。ブロートは空想と恋愛、神秘主義を織り交ぜた小説を多く発表し、中でも『ティコ・ブラーエの神への道』（1916年）を書いたことは有名だ。しかし、カフカの遺稿管理人としての功績はそれ以上に有名であり、ブロートの尽力によって、カフカの作品は世に広く知られることとなった。1939年、ブロートがカフカの草稿を詰めたスーツケースを手にチェコスロバキアからパレスチナに移住したのは、ナチスが国境を封鎖する直前のことだった。

マックス・ブロート（1937年頃撮影）

"私の信条は、
　心に生じた罪悪感を
　疑わないことだ"
フランツ・カフカ『変身』より

▷ フランツ・カフカ（1910年頃撮影）
ハンサムだが繊細で不安定な心の持ち主だったカフカは、生涯を通じて、強い不安に苦しんだ。また、偏頭痛や不眠症、便秘、吹き出物に悩まされることもあったという。その苦悩は、後に小説の中で十分に生かされることになった。

194　20世紀前期

主要作品

1908
最初の著作である短編集『観察』刊行。ミュンヘンを拠点とした文芸誌『ハイペリオン』上で発表された。

1915
中編に近い短編小説『変身』刊行。カフカの最初の代表作だ。

1925
最もよく知られる『審判』は、カフカの死後に出版された。ヨーゼフ・Kが官僚制度と戦う物語。

1926
1922年に書かれて未完のまま放置されていた『城』は、カフカの死から2年後に出版された。

1927
未完の小説『アメリカ』(後に『失踪者』と改題)刊行。カフカの親戚であり、アメリカに移住した人物の経験が、詳細に語られている。

▽ **ユダヤ人居住区**
プラハのユダヤ人居住区で生まれ育ったカフカは、市内の知的なユダヤ系ドイツ人の中でも一目置かれる存在だった。両親はユダヤの伝統を形の上で尊重するだけだったが、カフカはマックス・ブロートの影響を受けたこともあり、ユダヤ主義や、その独特な文化に魅力を感じていた。

大量の手紙をやりとりして関係を育んだ。1912年から1917年まで、カフカが定期的に(ほぼ毎日)送った手紙は、1967年に『フェリーツェへの手紙』として出版された。手紙からは、カフカの細かいこだわりや、強迫観念的な性格(君は返事をくれるだろうか、と頻繁に書き綴っている)が読みとれ、彼の心に不安が潜んでいたことをうかがわせる。2人は二度婚約した。しかし、カフカが結婚に踏み切れず(自分の性的指向、つまり同性愛に憧れを抱いていることへの罪悪感に苦しんでいたと推測する伝記作家もいる)、また彼の病気が悪化したこともあって、結局は結ばれずに終わった。

作家としての最盛期

この時期、カフカは後に名声をもたらすことになる短編を複数執筆・発表している。「判決」は1912年に一晩で書かれ、フェリーツェに捧げられた作品だ。代表作である『変身』は1915年に出版された。ある朝起きると虫に変身していた男の物語は、現実と幻想が混在するカフカの典型的な作品だ。奇妙な出来事を明瞭で淡々とした文章で表現する手法は印象深く、これがカフカの作風として定着した。

その後も複数の短編が発表され、一部は1919年刊行の『田舎医師』に収録された。しかし、その頃には結核を患い、仕事が中断することもしばしばあった。

同年、彼のもとにジャーナリストで作家でもあるミレーナ・イェセンスカから手紙が届く。カフカの作品『火夫』をドイツ語からチェコ語に翻訳したいという内容だった。2人は頻繁に熱のこもった手紙をやりとりしたが、実際に会ったのは2度だけだ。イェセンスカが夫と別れる決心がつかなかったため、カフカは彼女との関係を断つ。彼がイェセンスカに宛てた手紙の数々は、1952年に書籍化された。

病気

カフカの手紙を読むと、彼が創作活動にすべてを捧げていたことが分かる。日記

にもこんな一節がある。「自分の夢のような精神生活を表現する行為が、他の一切を取るに足りないものに変えてしまった」。この感覚は、病で衰えていく身体から逃れられないという現実により、さらに高まったに違いない。病気が完治しないと悟ったカフカは、1922年に保険協会を退職し、ベルリンに移って執筆に専念する。そこで短期間ながら25歳の恋人ドーラ・ディアマントと暮らしたが、病気が悪化したためプラハに戻った。

△ カフカの恋愛関係
1917年に撮影された、カフカと婚約者のフェリーツェ・バウアー。彼は恋愛関係をうまく構築できず、肉体的接触に常に嫌悪感を抱いていた。愛情を表す行為は、彼にとっては罪悪感を生み出すものだった。

カフカの遺産

1924年、カフカは結核によりウィーン郊外のサナトリウムで死去した。息を引き取る前、友人で遺言執行人でもあったマックス・ブロートに、草稿をすべて焼却し、刊行済みの著作も再版はしないよう伝えている。だが、ブロートはカフカが遺した作品を闇に葬るのは大きな損失だと考え、1920年代中盤から主要作品の出版に着手した。こうして世に送り出された『審判』、『城』、『アメリカ』（後にカフカの日記をもとに『失踪者』と改題）の3作品、

▷『城』（1926年）
『城』はカフカの作品の中で最も人間くさい小説だ。希望のないように見える世界で、人がどのように友情や尊敬を築くかというテーマを扱っている。

そして短編集『万里の長城』は、カフカの作家としての地位を確たるものとした。

『審判』のあらすじでは、銀行員のヨーゼフ・Kが逮捕されるが、彼自身、そして読者も彼が何の罪を犯したのか最後まで分からない。ミステリーでおなじみの要素（サスペンスと興味をそそるプロット）が盛りこまれたこの小説は、Kが複雑な官僚組織と戦いながら正義を手にしようとする物語だ。同じKという名の男が主人公の『城』でも、仕事のためにある村を訪れた土地測量士が、官僚社会に翻弄される。複数の断章から成る小説『アメリカ』のテーマも同じだが、こちらはユーモアを交えた作品となっている。

事実と幻想

カフカの作品では、主人公が謎の強大な権力者と闘い、苦しむ様子が共通して描かれる。その結果、カフカの名前は、複雑な行政制度や政治体制、またそれらによって生活を脅かされる人々を示す代名詞となった。

IN CONTEXT
オーストリア＝ハンガリー帝国
カフカの故郷であるオーストリア＝ハンガリー帝国は、中欧の大半とボヘミア王国（現在はチェコ共和国の一部）をその領地としていたが、第一次世界大戦後に解体された。カフカが疎外感を抱くようになった原因は、この国が複雑な多民族国家であったことと大きく関係している。例えばチェコ人から見て、カフカはドイツ語を話す特権階級の人間だ。カトリック教徒とプロテスタント信者のほとんどは、カフカをユダヤ人として扱った。しかし、ユダヤ人の多くは、カフカを本物のユダヤ人とは見なさなかったのだ。

オーストリア＝ハンガリー帝国の国旗

創作活動の源

第二次世界大戦後にカフカの小説を読んだ人々の多くは、チェコスロバキアや中欧・東欧での共産主義の台頭を、カフカがすでに予見していたのではないかと考えた。彼の作品の登場人物は、こうした政権下で苦しむ人々と同じく、囚われの身となったり、個性を奪われたり、心のバランスを崩したりしていたからだ。

しかし実際のところ、カフカの作品のモデルは彼自身であった。オーストリア＝ハンガリー帝国時代の役所仕事で味わった孤独感、もっと言えば、幼い頃から彼がプラハ（上のコラム参照）で日常的に味わっていた疎外感が、カフカの執筆の原点だったのだ。しかし、彼は自分と似たタイプの古い作家、例えばドストエフスキーなどにも影響を受けていたし、20世紀初頭に起こったドイツ表現主義の要素を作品に取り入れたこともある。

著書の数は決して多くはないが、奇妙な物語を簡潔に淡々と語る才能と、短編における比喩の巧みさで、カフカは20世紀の文学史に消えることのない足跡を残した。

▽ ドーラ・ディアマント
カフカはバルト沿岸のミューリッツに滞在中、ポーランド生まれのユダヤ人、ドーラ・ディアマントと出会う。彼女はカフカの最後の恋人となった。彼の死後、ドーラはベルリンで女優になろうとしたが、ナチス政権の台頭を機にイングランドに亡命した。

> "自由の身でいるより鎖につながれた方が安全、というのはよくあることだ。"
>
> フランツ・カフカ『審判』より

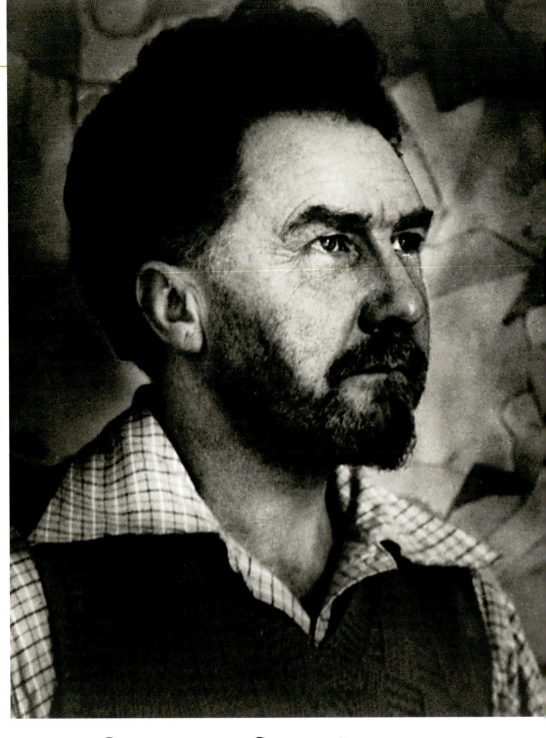

▷ **エズラ・パウンド**（1930年頃撮影）
この写真が撮られた時期、パウンドはイタリアのラパッロに住んでいた。背後の絵は、作者不明だが、特徴的な渦巻派のスタイルで描かれている。渦巻派の芸術運動にはパウンドも深く関わっていた。

エズラ・パウンド

Ezra Pound　1885〜1972　アメリカ

パウンドはロンドンとパリで名声を得て、先駆け的なモダニズム詩人、翻訳家、編集者としての地位を確立する。しかし、ファシスト支持と反ユダヤ主義の言動によって、その名声は地に落ちてしまった。

エズラ・パウンド / 197

> "偉大な文学とは、
> 可能な限りの意味を込めた言語のことだ。"
>
> エズラ・パウンド『詩学入門』より

エズラ・ルーミス・パウンドは1885年10月30日、アイダホ州ヘイリーの鉱山町で誕生する。父ヘクターは連邦公有地管理局の役人だった。母イザベルはこの小さな町が気に入らず、一家はフィラデルフィア州北部のウィンコートに移住した。パウンドは複数の学校を転々とした後、1897年に近くのチェルトナム陸軍士官学校に入学する。さらに地元のパブリックスクールに転校し、1901年にペンシルヴェニア大学に入学した。

大学との決別

大学では、ヒルダ・ドゥーリトルと出会って初めて本格的な恋愛を経験し、また生涯の友となる詩人ウィリアム・カーロス・ウィリアムズと親交を結んだ。やがてハミルトン・カレッジに移ると学問を深めて1905年に卒業、中世プロヴァンスの吟遊詩人の研究で学位を取るためにペンシルヴェニア大学に戻った。

その後再びペンシルヴェニア大学を去ったが、この頃にはすでにヨーロッパ文学への造詣を深め、また数カ国語を話せるまでになっていた。その後インディアナ州クローフォーズビルのウォバッシュ・プレスビティリアン・カレッジで、数カ月間教鞭を執る。そしてこれが、大学という学問の場との最終的な決別となった。このカレッジは保守的で、パウンドのボヘミアン的な生活はとうてい看過されるものではなかったのだ。致命的だったのは、雪で足止めされたコーラスガールを一晩部屋に泊めたことだ。やましいことは何もないという彼の弁明は聞き入れられず、1908年2月に解雇処分が決定した。

ヨーロッパへ

パウンドはヒルダとの婚約を解消してヴェネツィアに渡ると、そこで自費出版した初の詩集『消えた光に』を携え、ほぼ無一文でロンドンに向かう。そしてこの地で、古書店と出版社を経営するエルキン・マシューズから詩集を販売する約束をとりつけた。『消えた光に』は出版後すぐに高く評価され、パウンドは晴れてロンドン文学界の一員となった。この頃に小説家オリヴィア・シェイクスピアと出会い、彼女を通してW・B・イェイツなどの作家や詩人と顔なじみになっている。オリヴィアの娘で画家のドロシーと長年交際した末、2人は1914年に結婚した。

実験的モダニズム

芸術という分野で刺激的な新風が巻き起こっていたこの時代、パウンドは「現代的」な新しい詩作の形を構築したいと切望していた。彼が影響を受けたのは詩人で哲学者のT・E・ヒュームが生み出した「イメージの流派」、すなわちあるイメージを明確に伝えることを詩作の原則とする形式だ。さらに、画家のウインダム・ルイスや彫刻家のアンリ・ゴーディエ=ブルゼスカなど、ポストキュビズムの幾何学的造形を追求する芸術家にも触発された。パウンドは彼らを「渦巻派」と名づけている。

1911年にヒルダ・ドゥーリトルがロンドンに移り住み、パウンドの詩作の方向性に影響を与えるようになった。パウンドは短期間結んだ彼女との婚約を解消してアメリカを去ったが、その後も友人関係は続いていたのだ。そして、後にドゥーリトルの夫となる詩人リチャード・アルディトンも交えて「イマジズム」という新詩運動を起こすことになる。イマジズムは、短い自由詩において明確な表現を重視する技法を特徴としていた。

しかし、パウンドはこの運動に疑問を持つようになり、このままでは理想とするモダニズムには到達しないと考えた。そして東洋の詩、特に装飾的な語句を取り去った短い言葉の使用と、イメージに特化した表現方法に興味を持つようになる。1913年に中国詩の翻訳に着手したパウンドは、自分もこの簡潔で直接的な、活力に満ちた作風を取り入れようと思いついた。

『仮面』（1909年）と『当意即妙』（1912年）は商業的にも成功し、1915年頃には新たな大作に取り組む。それが、意欲的で複雑な連作長編詩『キャントーズ』だ。また、詩誌『ポエトリー』のロンドン編集長も務め、この雑誌の中で自分やアルディントン夫妻、イェイツの詩を発表し、ジェ

◁ **ヒルダ・ドゥーリトル**
H.D.という筆名で執筆活動をしていたドゥーリトルは、前衛的なイマジズムのグループの一員だった。詩人、著作家としてのドゥーリトルの成長の影にはパウンドの存在がある。

ON STYLE
渦巻主義とイマジズム

第一次世界大戦の数年前に興った芸術運動「渦巻主義」は、力強さと20世紀のスピード感を追求し、軽薄で独りよがりなイギリス文化を拒絶する。キュビズムと機械的美学を組み合わせたこのグループの主なメンバーには、ウインダム・ルイス、ジェイコブ・エプスタイン、アンリ・ゴーディエ=ブルゼスカなどがいる。ゴーディエ=ブルゼスカは大理石を使い、輪郭の鋭い幾何学的なパウンドの頭像を制作した（写真下）。パウンドらが起こした詩作運動であるイマジズムは渦巻派と多くの共通点があり、それらは『キャントーズ』に最も顕著に表れている。この作品では、断片的なイメージや概念、暗示、引用の並列が見事な効果を生み出している。

アンリ・ゴーディエ=ブルゼスカ
《聖職のエズラ・パウンドの頭像》（1914年）

> "すぐれた作家とは言葉を効果的に用いる人をいう。つまり、正確で明快な表現を心がけねばならないのだ。"
>
> エズラ・パウンド『詩学入門』より

ジェイムズ・ジョイスやT・S・エリオットの初期の作品も紹介した。

戦後の失望

ロンドンでも第一次世界大戦の戦火が激しさを増すなか、パウンドは徐々に失望と幻滅を感じ始める。さらに戦後になると、社会や政治の方針が明確に示されていないと苛立ちを募らせ、それに呼応するようにパウンド自身も目的を見失っていった。彼は多くの時間を費やして経済や政治を学び、イギリス社会を激しく非難するようになる。風刺的な2部作の長編詩『ヒュー・セルウィン・モーバリ』(1920年)では、現代社会に失望する詩人の姿を表現した。物質主義に染まり、芸術に理解がなく、「その不機嫌な顔をますます不機嫌に」しようとしているのが、この詩人から見た社会だった。

パリからイタリアへ

ロンドンに見切りをつけたパウンドとドロシーは、1921年、パリに渡った。引き続き『キャントーズ』の執筆を続ける一方、エリオットの『荒地』や友人のアーネスト・ヘミングウェイの小説に助言を与えるなど、編集者としての評価を高めたのもこの時期だ。また、バイオリニストのオルガ・ラッジと恋仲になり、その関係はパウンドの死まで続いた。パウンドも妻ドロシーもパリをあまり好きになれず、1924年にイタリアのラパッロに移り住む。パウンドはこの地で、ようやく落ち着いて創作活動に専念できると感じたという。

だが、この平安が破られる時が来た。パウンドの子供を身ごもったオルガがイタリアにやって来たのだ。それまで夫の浮気に目をつぶっていたドロシーも、パウンド

▽ **イタリアのラパッロ**
海辺のリゾート地、ラパッロはモダニズムの作家や芸術家の癒しの場となった。パウンドだけでなく、W・B・イェイツ、さらに若い世代の詩人バジル・バンティングやルイス・ズコフスキーからも愛された。

エズラ・パウンド / 199

とオルガの娘メアリが生まれると別居に踏みきった。ところがドロシー自身も妊娠していたため2人は関係を修復し、1926年には息子オマーが生まれている。私生活がごたついている最中もパウンドは執筆を続け、『キャントーズ』第一作の刊行に至る。娘メアリは乳母に、オマーはロンドンに住むドロシーの母オリヴィアに預けられた。

政治活動と逮捕

ベニート・ムッソリーニ率いるファシスト党が政権を握って間もなく、パウンドはイタリアに向かった。彼はこの独裁者(ドゥーチェ)の熱烈な支持者で(「ボス」と呼ぶほど心酔していた)、1930年代は積極的に政治活動に関わっている。それが高じて、1939年にはアメリカに帰国し、迫りくる第二次世界大戦に参戦しないよう政府に訴えた。戦時中はヒトラー率いるナチス党をも支持し、ラジオのローマ放送でファシズムと反ユダヤ主義を語ったこともある。1945年5月に連合軍がイタリアを侵略するとパウンドはアメリカ軍に反逆罪で逮捕され、ピーサ近くの陸軍拘留キャンプに収容された。劣悪な環境の独房に監禁されてもなお執筆を続け、その作品は後に『キャントーズ』の『ピーサ詩編』として発表される。

11月、彼は裁判のためアメリカに移送された。そこで精神疾患と診断され、首都ワシントンの聖エリザベス病院の精神科病棟に収容される。こうした状況下で、彼は『キャントーズ』の中でも白眉となる作品を多く生み出した。

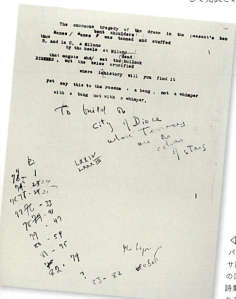

◁ オルガ・ラッジ
第二次世界大戦後、オルガ・ラッジはアメリカ政府によってかけられたパウンドの嫌疑を晴らすために長年尽力した。

◁ 『ピーサ詩編(キャントーズ)』
パウンドが1945年頃に書いた『ピーサ詩編(キャントーズ)』の冒頭部分の原稿。この作品は1948年、優れた詩集を出版したアメリカの詩人に贈られる第一回ボリンゲン賞を獲得した。

偉大な詩人か、それとも……

1958年、友人や作家仲間の尽力によりパウンドはようやく釈放された。その後すぐにイタリアに渡ったが、この期に及んでも信念は変わらなかったのか、ナポリに到着した際にはファシスト式敬礼を披露している。彼とドロシー、そして娘のメアリはしばらくオーストリアのチロルに滞在し、そこにオルガも合流して3人は不安定な三角関係を続けたが、やがてドロシーは息子オマーを連れてロンドンに発った。

1960年代はパウンドにとっては失意の時代だ。抑鬱状態と自信喪失に苦しみ、健康状態も低下して執筆活動もままならなかった。この時期に書いたのは『キャントーズ』の『第百十編から百十七編までの草稿と断片』のみだ。また、ファシズム的な思想を公言していたせいで名声も損なわれた。詩人としての評価については、当時も今も意見が分かれるところだ。彼は87歳の誕生日の翌日、ヴェネツィアでオルガに看取られてこの世を去った。

> **IN CONTEXT**
> ### ファシズムの信念
> パウンドは、第一次世界大戦後の西洋社会は文化、経済、政治面において正しい方向性を見失ったと感じていた。そして、イタリアのムッソリーニが支持した国民共同体(富裕層などの階級分割を打倒して国民が1つになるという思想)のみが問題を解決すると信じた。当初はドイツが掲げるファシズムに疑問を覚えていたが、1930年代半ばにはムッソリーニの思想がヒトラーの思想とさらに同調するようになり、パウンドもそれに倣った。ユダヤ人を「高利貸し」で人類を脅かす存在だと見なすようになり、東欧系、アジア系、アフリカ系などの「下位の」市民をドイツとイタリアが支配するのは当然の権利だと公言した。後年、その見解を少なくとも公的には撤回し、「私が犯した最大の過ちは、偏狭で馬鹿げた反ユダヤ主義の思想に染まったことだ」と認めている。

並び立つベニート・ムッソリーニとアドルフ・ヒトラー

主要作品

1908
パウンド初の詩集『消えた光』は、自費出版で刊行された。

1915
『中国』刊行。アーネスト・フェノロサが翻訳した漢詩を、自由詩の形で発表した詩集だ。

1920
『ヒュー・セルウィン・モーバリ』は詩人パウンドの転機となった作品だ。この詩集を出版後、彼はイギリスを去ってヨーロッパ本土に渡った。

1925
大長編詩『キャントーズ』の第一作が、『十六編の草稿』という題名で刊行された。

1948
キャントーズの第七十四編から第八十四編は、ピーサ近くのアメリカ陸軍キャンプに拘留中に執筆され、『ピーサ詩編』として刊行された。

1969
『キャントーズ』最終巻は未完のまま、『第百十編から第百十七編までの草稿と断片』という題名で刊行された。

D・H・ロレンス

D.H. Lawrence　1885〜1930　イングランド

ロレンスの著作はわいせつで反軍国主義だと物議を醸し、何度も発禁処分を受けている。私生活も波乱万丈で、スキャンダラスなイメージがつきまとった。

◁ジェシー・チェインバーズ
ロレンスの友人であり、創作活動の源だったジェシーは、『息子と恋人』の登場人物ミリアム・リーヴァーズのモデルとなった。後に、彼女は『若き日のD・H・ロレンス』という本を出版している。

デヴィッド・ハーバート・ロレンスは短い生涯の中で小説を12作執筆したほか、多くの短編小説、約800編の詩、評論、紀行文を書き遺した。近代英文学の第一人者とも評されるロレンスは、自然界を見事な筆致で描写し、社会の変化、家族関係、男女の性愛、複雑な欲望を率直に表現した。半自伝的な小説『息子と恋人』(1913年)には、イーストウッドの貧しい炭坑町に住んでいた自身の幼い頃の記憶や、父アーサー、母リディアの姿が鮮明に描かれている。

希望と苦難

体が弱く学校でいじめを経験していたロレンスは、近所のハッグス農場に住むジェシー・チェインバーズという少女と親しくなった。ジェシーはロレンスの親友であり、高い知性の持ち主であり、彼に刺激を与えてくれる存在だった。ジェシーをはじめ、ハッグス農場やその周囲の人々と交流するうち、ロレンスは「創作活動への意欲」を抱き始める。1901年には兄が急死し、自身も肺炎を患った。同じ年に代用教員として働き始め、初の小説となる『白孔雀』の執筆に取りかかっている。

1906年にはノッティンガムに移って教職の資格を得た。この頃、ジェシーを通じて数編の詩を『イングリッシュ・レビュー』誌のフォード・マドックスヘファーに送ったところ、マドックスヘファーから励ましの言葉をもらい、ロレンスの創作意欲は沸き立った。しかし、肺炎にかかったことや、愛する母を亡くしたことで、その勢いは失速する。軽はずみな恋愛を何度か繰り返した後、教職を辞してイーストウッドに戻った。

1912年、恩師の妻で3人の子を持つフリーダ・ウィークリーと出会う。2人はたちまち恋に落ち、数カ月後にヨーロッパへ駆け落ちした。ロレンスの死まで続いた2人の生活には、病気と貧困がつきものだったが、フリーダの存在は新たな創作活動への原動力となっていた。各地を転々とするなかで、ロレンスは外国での生活を記した初の紀行『イタリアの黄昏』(1916年)を発表する。その後イギリスに戻ったが、故国には戦争の影が迫っており、フリーダがドイツ人だったためあらぬ嫌疑をかけられる。コーンウォールに追われたこの時期、『虹』(1915年)を発表するも発禁処分を受けた。これに抗議するように、ロレンスは続編となる『恋する女たち』の執筆を続けた。

1919年、夫妻はイギリスを離れてまた放浪の旅に出た。10年以上続いたこの生活を、ロレンスは「野蛮な巡礼」と呼んでいる。訪れた場所はヨーロッパを横断してセイロン、南北アメリカ、オーストラリアにまで及んだ。3度だけ短期間イギリスに戻った以外はずっと外国暮らしが続いたが、彼はイギリスという国、その階級制度、そこに住む人々のことを決して忘れなかった。最後の長編小説となった『チャタレー夫人の恋人』は、彼の祖国への思いが詰まった小説だ。

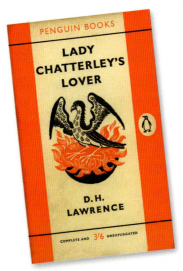

> "金は持つ人を毒し、
> 　持たない人を餓死させる。"
> D・H・ロレンス『チャタレー夫人の恋人』より

ON STYLE
文学の中の方言

ロレンスはときにノッティンガムシャーの人物を小説に登場させ、彼らが普段話す言葉やリズミカルな方言を用いて、炭坑町や村での暮らしを生き生きと綴った。ロレンスはこの地域の方言を熟知していたため、その記述は非常に正確だ。また、方言で綴られた詩の中では、日々の厳しい暮らしがユーモラスに表現されている。たとえば、「空けられた杯」という詩にこんな一節がある。「あんた、あたしをお払い箱にしちまおうと思ったんだろ？　いんや、そうに決まってる」"Tha thought tha wanted ter be rid o' me./ 'Appen tha did, an' a'"。

仕事帰りのノッティンガムの炭坑夫たち

◁『チャタレー夫人の恋人』
レディ・オットリン・モレルと若い石工との情事にヒントを得たこの小説には、性的な描写や言葉が散りばめられている。1960年になって、ペンギンブックスから初の無修正版が出版された。

▷D・H・ロレンス
常に健康問題を抱えていたにもかかわらず、ロレンスは多作だった。自伝的なものや、ノッティンガムで過ごした子供時代を下敷きにした作品も多い。彼はフランスのヴァンスで、結核による合併症により44歳で死去した。

20世紀前期

レイモンド・チャンドラー

Raymond Chandler　1888～1959　アメリカ

チャンドラーは同世代だけでなく、幅広い年代の読者層に愛された犯罪小説家だ。最も有名な主人公、百戦錬磨(ひゃくせんれんま)の私立探偵フィリップ・マーロウは、世界大恐慌時代の不信感と悲観主義を体現する存在だった。

▷ **チャンドラーとタキ**（1940年代撮影）
チャンドラーと、彼が「秘書」と呼んでいた愛猫タキ。「あんたのやってることは、わたしの時間を無駄にしてるだけだよ」とでも言いたげに、タキはチャンドラーの執筆をいつも邪魔しにやってきたという。

レイモンド・ソーントン・チャンドラーは1888年、シカゴに生まれた。父親は鉄道建設に従事する土木技師だったが、アルコール依存症でやがて家族のもとを去る。幼いチャンドラーはアイルランド人の母とイギリスに移住し、ロンドンのダリッジ・カレッジに入学した。優秀な成績で卒業後、公務員試験に合格してイギリス海軍本部に配属されたが、1年足らずで退職している。

進むべき道を決めあぐねたまま短期間『デイリー・エクスプレス』紙の記者になったが、1912年にはアメリカに帰国する。翌年ロサンゼルスに移り、転職を繰り返した。中にはテニスラケットのガットを張る仕事や、果物を収穫する仕事もあったという。アメリカが第一次世界大戦に参戦すると、カナダ海外派遣軍に入隊してフランスに従軍した。休戦後には再びロサンゼルスに戻っている。

会社員からパルプ雑誌の作家へ

生活が落ち着いたのは、パール・"シシイ"・パスカルと出会ってからだ。シシイは2度の離婚歴があり、チャンドラーより18歳年上だった。2人はおよそ不釣り合いなカップルだったが、1924年に結婚する。チャンドラーは石油会社に就職し、簿記係から副社長にまで昇りつめた。

1930年、順調な日々が一転する。結婚生活が暗礁(あんしょう)に乗り上げ、また大恐慌が仕事に大きな影を落としたのだ。チャンドラーは酒と女遊びに走り、1932年には仕事を解雇される。この苦境の時期、彼はパルプ雑誌を読みふけっていた。「安い雑誌だから、読み終えたらすぐに捨てても惜しくない」。新聞記者時代の経験を思い出しながらパルプ・フィクションを書き始め、最初の小説が1933年に『ブラック・マスク』誌に掲載されると、かなりの評判を呼んだ。45歳にして、彼は天職を見つけたのだ。

チャンドラーの作品は、当時流行り始めていた探偵小説の新ジャンルにぴったりはまった。すなわち「ハードボイルド」——禁酒法とそれにまつわる組織犯罪を背景にした、簡潔で飾らない文体の読み物だ。このジャンルは1920年代に生まれ、その草分け的存在にキャロル・ジョン・デイリーやダシール・ハメットなどがいる。そして、チャンドラーはこのジャンルに新風を吹きこんだ。ハードボイルドのヒーローは私立探偵と相場が決まっていて、デイリーの作品にはレース・ウィリアムズ、ハメットの作品にはサム・スペードという主人公がいた。しかし、チャンドラーが生み出したフィリップ・マーロウは、この2人を上回る存在になった。マーロウはアンチ・ヒーローの色が濃く、傷を負ったロマンチストだ。人生に傷ついた者には優しく接するが、凶暴な悪党は容赦なく追いつめた。

小説と脚本

『ブラック・マスク』誌の掲載作品から2編を取り入れたチャンドラー初の小説、『大いなる眠り』は1939年に出版された。これは発売直後からよく売れ、映画化もされている。やがて、脚本依頼も舞いこむようになった。チャンドラーが手がけた脚本のうち、最も成功したのは退廃的なフィルム・ノワールの傑作『深夜の告白』で、監督のビリー・ワイルダーとの共同執筆だった。チャンドラーは長編を7作しか書かず、後年はアルコール依存症に陥った。小説は1作を除いてすべて映画化されたが、どれも読む価値がある作品だ。

> **IN CONTEXT**
>
> **『ブラック・マスク』誌**
>
> 『ブラック・マスク』誌は1920年に創刊され、当時のパルプ雑誌を牽引(けんいん)していた。同誌は1920年代と30年代に人気があった作家の活躍の場となり、ポール・ケイン、ダシール・ハメット、アール・スタンリー・ガードナーも寄稿していた。この雑誌の愛読者だったチャンドラーは、「中には説得力と真実味がある作品もあった」と述べている。彼が初期に寄稿した作品には、『脅迫者は撃たない』などがある。雑誌は1951年に廃刊になった。

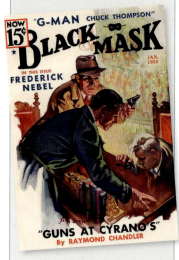

『ブラック・マスク』誌（1936年1月号）

◁ **『大いなる眠り』**
『大いなる眠り』は1946年、フィリップ・マーロウ役にハンフリー・ボガートを配し、ハワード・ホークス監督によって映画化された。機知に富んだ会話、気の利いた皮肉を口にするマーロウ役にボガートはぴったりで、かつて最悪な状況を体験し、人生に多くを望まなくなった男を見事に演じた。

▷ T・S・エリオット（1959年頃撮影）
この頃のエリオットはすでに大英帝国勲章、ノーベル文学賞、ダンテ賞金賞、ゲーテ賞などを受賞し、史上最も名誉ある詩人の1人となっていた。

T・S・エリオット

T.S. Eliot　1888～1965　アメリカ

エリオットの詩はモダニズム運動が勢いを増すのに貢献し、時代に幻滅する人々の気持ちを代弁した。エリオットは、私生活ではたびたび不幸な出来事に見舞われ、不安定な心を抱えていた。

T・S・エリオット

> "かくて世界は終わりを告げる
> 銃声ではなく、すすり泣きのうちに"
>
> T・S・エリオット「空ろな人間たち」より

T・S・エリオットはアメリカのミズーリ州セントルイスで生まれた。この地で過ごした少年時代が後の人生に大きな影響を与えた、とは本人の弁だ。もっとも、後年はロンドンを拠点として詩や戯曲を発表することになる。ハーバード大学では文学と哲学の学位を取得しており、数カ国語を操った。詩作においては不規則性と断片性を重視し、文学を引用しながら韻やリズムを整えて、成熟した作品を生み出した。

アメリカからイギリスへ

母方の祖父にちなんで名づけられたトマス・スターンズ・エリオットは、6人兄弟の末っ子として生まれた。父ヘンリーは有能なビジネスマン、母シャーロットは詩人だった。エリオットは子供の頃から本好きだったが、それは生まれつきヘルニアを患っていたからではないかとも考えられている。活発な運動ができなかったため、文学に関心が向いたというのだ。14歳で詩作を始めるが、独自の作風を確立するまでには長い年月を要した。初めて作った「プルーフロックの恋歌」は驚くべき出来栄えだが、出版は13年後のことになる。

ハーバード大学とパリのソルボンヌ大学を修了後、第一次世界大戦が勃発した1914年に、奨学金を得てイギリスのマートン・カレッジに通う。しばしばロンドンに出かけては、学問の世界の息苦しさを訴え、「死んだように生きるのはまっぴらだ」と言っていた。このロンドンで、彼は終生の友となる人物、エズラ・パウンドと出会った。パウンドはアメリカに見切りをつけ、この地に居を構えていた。創作活動に情熱を注ぐ2人は、共に活動してモダニズム詩の普及に努めた。

1915年、エリオットはケンブリッジで家庭教師をしていたヴィヴィアン・ヘイ＝ウッドを紹介され、3カ月後に結婚した。この結婚生活には、言い争いと危機が絶えなかった。原因の大半はヴィヴィアンの健康問題だったが、彼女は心が不安定だったのではないかと言われている。夫妻は1933年に別居したが、このぎくしゃくした関係がエリオットの創作活動を刺激したのは間違いない。例えば『荒地』（1922年）は、結婚生活中、彼が塞ぎ込んだ状態から回復して書き始めたものだ。『荒地』は『聖杯伝説』を大まかな下敷きとした作品で、さまざまな文化的背景を持つ古典が引用されている。

曖昧さと難解さを意図的に残した『荒地』は、モダニズムにおいても、20世紀の文学史においても、とりわけ大きな影響力を持つ作品となった。

出版人としての成功

『荒地』刊行後にエリオットが創刊した『クライティーリオン』は、文芸誌の中で重要な位置を占めることになった。創刊の2年後、彼は勤めていた銀行を退職し、フェイバー・アンド・ガイヤー出版（後にフェイバー・アンド・フェイバーと社名を変更）の重役となる。この仕事はまさにエリオットの適職だった。彼は自分の作品のほか、W・H・オーデン、エズラ・パウンド、テッド・ヒューズなどの作品を約40年にわたって宣伝・出版し続けた。一方で、ジェイムズ・ジョイスの『ユリシーズ』の出版時期を遅らせたことや、ジョージ・オーウェルの寓話的小説『動物農場』の出版を断ったのも有名な話だ。

晩年

1927年にイギリスに帰化したエリオットは、2つの国籍を持ったことが成功に結びついた、と後に語っている。「私がイギリス人だったとしても、あのままアメリカに留まっていたとしても、今の自分はいなかっただろう」。彼は人生においてヴィヴィアン以外に2人の女性と恋愛を経験し、最終的には38歳年下のヴァレリー・フレッチャーと結婚した。それから8年後の1965年、エリオットは肺気腫により死去する。遺骨は先祖の故郷であり、『四つの四重奏』にも登場するイースト・コーカーに葬られた。

▽詩人として、出版人として

1944年3月25日に撮影された、ロンドンのフェイバー・アンド・フェイバー社での重役会議の様子。左端がエリオットだ。戦時中であったことから、配給紙の最も有効な使い道について議論が交わされている。

IN CONTEXT

信仰と詩作

神の唯一性を強調するユニテリアン派の家庭に育ったエリオットは、早い段階から、この教義におけるピューリタン的価値観が社会に利益をもたらすと考えていた。大学時代は東西の宗教や価値観に幅広く触れたが、1927年に聖公会の母体となったイギリス国教会に改宗する。この行動は多くのモダニズム派の芸術家に衝撃を与えたが、これは彼らが当時、ほとんどの宗教を唾棄すべきものと見なしていたからである。エリオットの信仰は後の作品のテーマにも反映されている。6年間にわたって発表された有名な4つの連作詩『四つの四重奏』は、人間と時間、人間と宇宙、そして人間と神との関係に焦点を当てた作品だ。

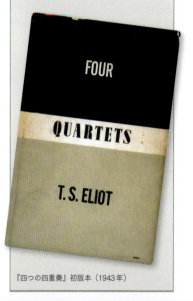

『四つの四重奏』初版本（1943年）

▷ **ジーン・リース**（1921年撮影）
ロンドンを中心に活動していた写真家パール・フリーマンが撮影した、若き日のジーン・リース。彼女は当時、独自の文体を模索していた。

ジーン・リース

Jean Rhys　1890〜1979　ドミニカ

売春、アルコール依存、疎外感、絶望——リースの苦難の人生を表すこれらの言葉は、自身の小説のテーマでもあった。小説を通して、リースは社会から疎外された貧しい人々の苦境を世に訴えた。

1960年代に傑作『サルガッソーの広い海』が発表されると、ジーン・リースは突如脚光を浴びた。この小説は、シャーロット・ブロンテ作『ジェイン・エア』(1847年)の登場人物、囚われの「白いクレオール」ことバーサ・メイソンの前半生を描いた作品だ。文学界の大先輩であるブロンテのことを、リース（彼女もまた白いクレオールだ）はこう書いている。「シャーロット・ブロンテは西インド諸島に差別的な感情を抱いていたに違いない。私はそれに腹が立った。もし差別がなければ、常軌を逸したバーサをクレオールにする必要があっただろうか？」リースは自身の生い立ちや実生活で味わったさまざまな経験をもとに、「心が壊れたこの女性」（右コラム参照）を小説という形で弁護しようと決めたのだ。

植民地としての歴史

エラ・グウェンドレン・リース・ウィリアムズ、後のジーン・リースは、1890年にドミニカ島で生まれた。クレオールの母、ウェールズ人の父、大農園主だった曽祖父を持ち、学校で「白いゴキブリ」と呼ばれていた。植民地で育ち、また厳格すぎる母から拒絶されたことで、自分を部外者だと感じるようになる。このことは、彼女の小説や、未完となった自伝『スマイル・プリーズ』(1979年)に繰り返し登場するテーマとなった。

1907年、16歳にしてシェイクスピアやディケンズ、ミルトン、バイロンに精通していたリースは、船でイギリスに渡って伯母と暮らし始める。しかし、本国で暮らすことにさほど喜びを感じていたわけではな

く、その態度が伯母を苛立たせた。ドミニカにいた時代、肌の白さからよそ者扱いされたリースは、「黒い肌になれますように」と願い続けた。ところがイギリス人から見ると、リースの肌はそれほど白いとは言えず、ケンブリッジの女子校ではクーン（アフリカ系の蔑称）とあだ名をつけられた。英語の訛りも馬鹿にされたため、常に小声で話すようになったという。

リースは1908年にロンドンのアカデミー・オブ・ドラマティックアートに入学するも、2期を終えたところで退学する。その後はロンドンやパリで暮らし、少しの間コーラスガールとして働くなど、荒れた生活を送ることになった。金も住むところもなく、ホームシックに陥り、不毛な恋愛に傷つき、酒に逃げ、短期間ながら売春にも手を染めた。だが、恋人の1人に振られたことをきっかけに、真剣に小説を書き始めたことが彼女の転機となった。リースは編集者のフォード・マドックス・フォードと組み、『ポーズ』(1928年)、『マッケンジー氏と別れてから』(1931年)、『闇の中の航海』(1934年)、『真夜中よ、こんにちは』

◁ **フォード・マドックス・フォード**
1920年代、イギリス人作家のフォードは、編集を務める文芸雑誌を通じて文学界に大きな影響を与えた。彼とリースとの恋愛関係は1年半続いた。

(1939年)など、苦悩をテーマにした作品を次々と発表した。

不屈の闘志

リースの作品は、言葉を必要最小限に留めた、明快で簡素な文体を特徴としている。また、息が詰まるほどの緊張や、高ぶった気持ちの描写には定評がある。リースはモダニズムとポストモダニズムの手法、例えば多視点、物語論的転回、意識の流れなどを取り入れながら、男女の関係、アイデンティティ、迫害といった重要な問題を物語に詰め込んだ。ある批評家いわく「リースは、権力者が人々を支配するために用いる言葉の本質を暴く」。彼女の作品は1980年代初期以降のフェミニズム論とポストコロニアル理論の最先端であった。とりわけ『サルガッソーの広い海』はポストコロニアル文学として重要な位置を占め、世界中の文学の講義で取り上げられている。名作『ジェイン・エア』への反論として書かれたこの小説には、さまざまな要素があるが、その完成度の高さと複雑さは特に際立っている。

突如として有名人に

リースは3度結婚したが、夫のうち2人は不正な金融取引で刑務所送りになった。息子は生後3週間で亡くなり、娘は長い間リースと離れて暮らしていた。すでに有名作家となっていた第二次世界大戦中から戦後の時代も、リースは落ち着かない私生活を送った。泥酔して逮捕されたり、精神鑑定を受けるはめになったり、数日の間、刑務所に入ったりもした。その後、20年以上その名が表に出ることはなく、世間ではリースは死んだものと思われていた。ところが、20年をかけて執筆した『サルガッソーの広い海』が1966年に出版されると、リースは再び脚光を浴びる。翌年には名誉あるW・H・スミス文学賞を受賞し、「認められるのが遅すぎた」と感想を述べた。1979年、アルコールに溺れた末、エクセターの老人ホームで孤独に息を引き取った。

◁ **ドミニカのロゾー**
リースは西インド諸島にあるドミニカの首都ロゾーで生まれた。かつてこの街では、人種は階層に分けられ、1834年まで奴隷制が採用されていた。

IN CONTEXT

もう1つの物語：屋根裏の女性

『サルガッソーの広い海』はバーサ・メイソンのもう1つの物語だ。バーサはシャーロット・ブロンテ作『ジェイン・エア』の登場人物で、夫のロチェスター氏によって屋根裏に監禁されるクレオールの女性である。バーサは女相続人で、イギリス人のロチェスターと結婚し、受け継いだ財産のすべてを貧しい夫に譲り渡した。ロチェスターはバーサを連れてジャマイカからイギリスに渡るが、この地でバーサは絶望に沈み、心のバランスを崩してしまう。『ジェイン・エア』では、バーサの病の理由を彼女の「野蛮な」生い立ちに求めているが、リースはこれに反論し、夫の裏切りや権力の濫用、そしてイギリスで暮らす疎外感が彼女を追い込んだのだと訴える。リースはこの小説を通して、女性が抱える精神の疾患や、移住にともなうストレスを、別の視点から分析したわけだ。本作では視点が次々と切り替わるが、それらの断片化された物語は、自分の思いを何とか伝え、壊れた世界に意味を見出そうとするバーサの葛藤をよく表している。ブロンテが描いたジェイン・エアはどんな境遇にもひるまずに歩み続ける強い女性であり、バーサはその対極にいる女性なのである。

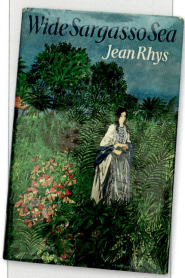

『サルガッソーの広い海』の初版本

マリーナ・ツヴェターエワ

Marina Tsvetaeva　1892〜1941　ロシア

ツヴェターエワが不安定な苦難の人生を送った背景には、帝政ロシアの統治からソヴィエト全体主義へと歴史が大きく変動したことが関係した。彼女は詩作に慰めを見出し、極めて私的で抒情豊かな詩を生み出した。

◁『美しの乙女』（1922年）
マリーナ・ツヴェターエワの詩は緩急が激しく、独特な構文で書かれ、ロシア民話からの引用が多いことで有名だ。

マリーナ・ツヴェターエワは1892年、教養人の両親の間にモスクワで生まれた。常に鬱積した不満を抱えていたコンサート・ピアニストの母マリアは、美術史の大学教授イワン・ツヴェターエフの2番目の妻だ。母が異なる姉弟とマリーナの間には常にある種の緊張感が漂っていた。一家はヨーロッパ中を転々とし、マリーナはイタリア、スイス、ドイツの学校で教育を受けている。

1908年にパリのソルボンヌ大学で文学史を学び、1910年に最初の詩集『夕べのアルバム』を自費出版した。

その後クリミアにわたり、コクテベリにある黒海沿岸のリゾート地を拠点とする作家グループに加わった。ここで詩人であり士官学校の候補生だったセルゲイ・エフロンと出会い、1912年に結婚する。2人の娘イリーナとアーリャに恵まれ、結婚生活は順調だったが、ツヴェターエワは情事を繰り返す。愛人の中でも特に有名なのは詩人のオシップ・マンデリシュタームとソフィア・パルノークで、夫がロシア内戦で従軍している間に逢瀬を重ねていた。

モスクワからパリへ

1917年、ツヴェターエワは夫セルゲイに合流するため娘たちを連れてモスクワに向かう。しかし待っていたのは、大飢饉に苦しむこの貧しい大都市での孤立した生活だった。娘たちの命を守るために2人を国立の児童養護施設に預けたが、イリーナは1920年に飢え死にする。翌年、ツヴェターエワとアーリャはベルリンにいたセルゲイとついに合流した。一家は1925年にパリに落ち着くが、生活は安定とは程遠いものだった。相変わらず貧しく、しかも同じ年に息子ゲオルギーも誕生してさらに金が必要になった。

ツヴェターエワは知らなかったが、セルゲイはソ連の秘密警察で働いており、ソ連からの亡命者を殺害した罪で1937年にフランス警察に逮捕される。セルゲイはソ連に逃亡し、同年一足先にソ連にわたっていたアーリャと合流する。ツヴェターエワは1939年にソ連に戻ったが定職を見つけるのは難しく、ましてや出版関係の仕事など無理な話だった。やがて、セルゲイとアーリャはスパイ容疑で逮捕され、アーリャは労働収容所に送致され、セルゲイは処刑された。1941年にドイツがソ連に侵攻すると、ツヴェターエワはタタール自治共和国エラブガに疎開する。だが、この地で孤立感に苛まれ、また生計を立てる手立てもなかった彼女は1941年8月31日、首をつって自殺した。

ツヴェターエワが遺したもの

最も有名なのはリリシズム漂う詩であり、自らの恋愛、片思い、心に秘めた思いが率直に、情熱的に綴られている。「言葉がゆったりと紡がれる詩など信用できない。詩は心からほとばしり出るものであるはずだ」と彼女は記した。物議を醸しかねないテーマにも正面から取り組み、セクシュアリティ、口べらしのための幼児殺害、ロシアの「苦難の日々」を生き抜いた女性の姿などを描いた。

IN PROFILE

マクシミリアン・ヴォロシン

詩人で批評家のマクシミリアン・ヴォロシンは、早い時期からツヴェターエワの詩を評価していた人物だ。『夕べのアルバム』に感銘を受けて連絡を取り、やがて彼女の師となった。ヴォロシンが創作活動を行っていた黒海沿岸のコクテベリの家は、作家のマクシム・ゴーリキーやニコライ・グミリョフなど、さまざまな政治的信念を持つ作家や芸術家の避難所となっていた。ヴォロシンはツヴェターエワにアレクサンドル・ブロークやアンナ・アフマートヴァなど象徴主義の詩人を教え、生涯にわたる影響を彼女に与えた。

クリミアのコクテベリに立つマクシミリアン・ヴォロシンの像

"愛において最も大切なものは何か？
それは理解することと隠すこと。
相手を理解し、自分が愛していることを隠すのだ。"

マリーナ・ツヴェターエワ『スタールイ・ピーメン通りの家』より

▷ マリーナ・ツヴェターエワ（1911年）
ツヴェターエワの友人で師でもあるマクシミリアン・ヴォロシンが、クリミアのコクテベリにある広い家で撮影した。

20世紀前期

F・スコット・フィッツジェラルド

F. Scott Fitzgerald　1896〜1940　アメリカ

フィッツジェラルドは、ジャズ・エイジ（狂騒の1920年代）の裕福なアメリカ人の暮らしを描いた作品で知られている。半自伝的なものも含め、魅力的だが何かが大きく欠落している登場人物たちの姿を生き生きと写し出した。

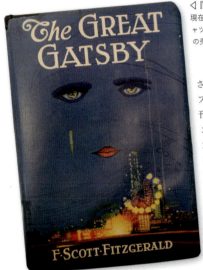

◁『偉大なギャツビー』の初版
現在こそアメリカ文学の傑作とされる『偉大なギャツビー』だが、初版出版時は賛否両論で、当初の売り上げも期待したほどではなかった。

フランシス・スコット・キー・フィッツジェラルドは1896年、ミネソタ州セントポールの裕福な家に生まれた。母モリー・マッキラン・フィッツジェラルドの実家はアイルランド系で、食品卸売業で財を築いた一家だ。フランシス・スコット・キーという名は、アメリカ合衆国国歌を作詞した父方の親戚にちなんで名づけられた。

フィッツジェラルドは複数のカトリック系の学校に通い、やがてプリンストン大学に入学する。そこで有名なトライアングル・クラブ（ミュージカル・コメディを上演する演劇クラブ）に入り、1編の小説を完成させた。この原稿はチャールズ・スクリブナーズ・サンズ出版社に届けられたが、刊行には至っていない。彼はプリンストン大学の文芸サークルで活躍し、仲間たちとは生涯友人であり続けた。その中には後に著名な批評家となるエドマンド・ウィルソンもいる。シカゴの社交界にデビューしたばかりのジニヴラ・キングと恋に落ちたのもこの頃だ。キングはフィッツジェラルドのいくつかの小説で登場人物のモデルになったが、『偉大なギャツビー』のデイジーもその1人だ。

スコットとゼルダ

執筆活動とキングへの片思いで頭がいっぱいのフィッツジェラルドは、学業をおろそかにし始め、1917年に大学を中退して陸軍に入隊する。だが、出征の前に第一次世界大戦が終結したため、そのままアメリカの駐屯地に留まった。この頃、アラバマ州最高判事の娘、ゼルダ・セイヤーと出会い、2人は婚約する。

広告代理店に勤めて結婚資金を貯めようとしたが、ゼルダから婚約破棄を突きつけられる。彼が金持ちではなかったというのもその理由の1つだ。セントポールに戻って車の屋根の修理工をしながら、フィッツジェラルドはプリンストン時代に書いた小説の改作に全身全霊を傾けた。『楽園のこちら側』と名づけられたこの小説は、1920年に出版される。プリンストンの大学生が軍隊に入隊し、愛した女性を裕福な恋敵に奪われる物語だ。売れ行きは好調で、ここに作家フィッツジェラルドが誕生する。稼げる作家となったことが証明され、その後、間もなくゼルダは結婚を承諾した。

▷ F・スコット・フィッツジェラルド
（1928年撮影）
名声の絶頂期にあった当時のフィッツジェラルド。世間では奔放なプレイボーイだと思われていた。アルコールとパーティ漬けという評判にもかかわらず、創作においては非常に几帳面で、何度も文章を推敲して質の高い作品に仕上げていた。

IN PROFILE
マックスウェル・パーキンス

書籍編集者のマックスウェル・パーキンス（1884〜1947）は、1910年から死去するまでニューヨークの出版社チャールズ・スクリブナーズ・サンズに勤めた。入社した頃、会社は実績のある作家の作品を主に手がけていたが、パーキンスは新たな才能を見つけ出す天才で、スコット・フィッツジェラルドやアーネスト・ヘミングウェイ、トマス・ウルフ、その他現在アメリカを代表する多くの作家のデビュー作を手がけてきた。新人を発掘したがる出版社が少なかった当時では、かなり異例なことだった。パーキンスはまた、作品を細部まで整え、物語の構造を手直しし、不必要と思われる箇所を削除するなど、作家に的確な助言を与えて質を高める術にも長けていた。彼がアメリカの著作や出版界に与えた影響は大きいといえる。

デスクにつくパーキンス

> "だから僕らは進み続けていく。
> 流れに逆らう舟のように、
> 絶えず過去へと押し戻されながらも。"
>
> F・スコット・フィッツジェラルド『偉大なギャツビー』より

△ イタリアのフィッツジェラルド一家
イタリアでのスコット、ゼルダ、そして娘のスコッティ。「失われた世代」の大半のアメリカ人作家と同じく、フィッツジェラルドも世界中を旅し、外国に住んだ時期もあった。

2作目の『美しき呪われし者』は、遺産相続を待つ若く魅力的な夫婦が堕落していく物語で、1922年に出版された。1作目ほどは売れなかったが、『楽園のこちら側』で名が知れたことで、『サタデー・イブニング・ポスト』誌や『コリアーズ・ウィークリー』誌などに多くの短編が掲載されることになった。

『美しき呪われし者』は、ある意味、自分自身への警告だ。彼もゼルダもかなりの大酒飲みで、プレッシャーにさらされるアメリカでの生活から逃れてフランスのパリに移り住み、リビエラに集う外国人グループの間で有名人になっていた。フランスに住み始めて間もなく、代表作となる『偉大なギャツビー』(1925年)が完成する。この小説にはロングアイランドに住む裕福な人々が登場するが、その中心となるのはジェイ・ギャツビーと、彼が恋心を抱く美女デイジー・ブキャナンだ。富、ファッション、華やかな生活がアルコール、不倫、殺人によって失われていく様を描き、アメリカン・ドリームに疑問を投げかけた。鮮やかでどこか詩的な描写や、成り行きを興味津々で見守る無邪気な語り手ニック・キャラウェイの設定など、『偉大なギャツビー』にはフィッツジェラルドの巧みな表現技術がよく表れている。

アルコールと転落

フィッツジェラルドの作品はどれも、前途有望な主人公が弱さや堕落、ときにはアルコールのせいで悲惨な結末を迎える物語だ。そして、彼自身の人生も同じような道をたどることになる。彼は浴びるように酒を飲み、ゼルダと共にフランスで贅沢な生活を送ったため、いつも金に困っていた。担当編集者のマックスウェル・パーキンスやエージェントのハロルド・オーバーは定

△ 『ワルツは私と』
精神疾患が回復に向かう頃、フィッツジェラルドの妻ゼルダは小説を書き、『ワルツは私と』という題で1932年に出版した。ゼルダの半自伝的なこの小説を読んで、フィッツジェラルドは腹を立てる。プライバシーが侵されたからではなく、自分の小説で使いたかった題材を先に書かれてしまったからだ。

主要作品

1920
マックスウェル・パーキンスの強い推薦により『楽園のこちら側』刊行。約5万部を売り上げ、フィッツジェラルドの名を世に広めた。

1922
『美しき呪われし者』刊行。だが、どんなに小説が売れたとしても、作家では必要なだけの収入を得られないとフィッツジェラルドは気づいていた。

1922
短編集『ジャズ・エイジの物語』には、富がもたらす危険を寓話的に描いた「リッツ・ホテルのように大きなダイアモンド」も収録されている。

1925
『偉大なギャツビー』刊行。後年、フィッツジェラルドの最高傑作として広く知られることになる。

1941
遺作となった、未完の『最後の大君』刊行。出版に際して、フィッツジェラルドの友人エドマンド・ウィルソンが編集を手がけた。

> "もし誰かを批判したくなったら思い出すんだ。
> 世の中すべての人が、
> おまえのように恵まれた環境にいるわけではないと。"
>
> F・スコット・フィッツジェラルド『偉大なギャツビー』より

期的に彼に金を貸していたが、とうとうオーバーがこれ以上は貸せないと借金の申し入れを断ると、フィッツジェラルドは彼との縁を切った。

1920年代後半にゼルダの精神状態は目に見えて悪化し、1930年には統合失調症と診断された。自身のストレス、ゼルダの看病、次々と届く病院からの請求書はフィッツジェラルドに大きなプレッシャーを与えた。支払いのためにはもっと多くの本を出版しなければならない。2人はアメリカに戻り、ゼルダはメリーランド州の病院に入院、フィッツジェラルドは次の長編に取りかかった。だが、収入に結びつく短編を書かねばならず、筆の進みは遅かった。1934年、患者と恋仲になる精神科医の物語『夜は優し』がようやく完成した。

ハリウッド進出

それまでに映画の脚本を数本書いた経験のあったフィッツジェラルドは、1937年にメトロ・ゴールドウィン・メイヤー（MGM）と脚本作家契約を結んだ。その間にもゼルダはますます病状を悪化させ、暴力をふるうようになる。結局、彼女は入院したまま残りの生涯を過ごすことになった。スコットはハリウッドに移り、MGM所有の家に住んで多くの脚本を執筆した。『風と共に去りぬ』の脚本もその1つだが、不採用に終わっている。脚本の仕事は好きになれなかったが（映画監督のビリー・ワイルダーは彼を「配管工事に雇われた偉大な彫刻家のようだ」と語った）、報酬は悪くなかった。また、この頃コラムニストのシーラ・グレアムとつき合い始めて以前より幸福を実感するようになったが、酒量は相変わらず多く、発作的にグレアムに手をあげることもあった。

グレアムと同居していた頃、彼は最後の小説となる『最後の大君』に取りかかる。物語の舞台はハリウッドで、主人公でタイトルロールでもある「大君」ことモンロー・スターは、映画プロデューサーのアーヴィング・タルバーグをモデルにしている。それまでの作品を凌ぐ出来になるかと思われたが、1940年、フィッツジェラルドは心臓発作により死去する。これにより、『最後の大君』は未完に終わった。

儚い夢

フィッツジェラルドは、作品ごとにアメリカン・ドリームのさまざまな側面を写し出した。アメリカン・ドリームとは結局儚いものであり、この夢を手にすれば人生の歯車が狂い、夢は夢のまま終わってしまうと彼は伝えたかったのだ。作品の多くは自伝的要素を強く反映している。彼の人生には大きな可能性が詰まっているはずだった。裕福な家庭、高い教育、ゼルダとの恋愛——しかし、すべてを手にすることはできず、限られた夢だけが残った。

フィッツジェラルドは存命中に名声を得てプレイボーイの浮名を流したが、現在はアメリカの偉大な作家の1人と見なされている。その波乱万丈な人生は、国内で何度も映像化されてきたほどだ。魅力的な登場人物たちが活躍し、1920年代から30年代におけるアメリカの「失われた世代（ロスト・ジェネレーション）」を鮮やかに描写したフィッツジェラルドの作品は、今なお出版され続け、高い人気を誇っている。特に『偉大なギャツビー』は多くの映画やドラマ、舞台作品の原作となった。

△ **シーラ・グレアム**（1945年頃撮影）
イギリス出身のゴシップ・コラムニストでフィッツジェラルドの愛人だったシーラ・グレアムは、ハリウッドスターの私生活や恋愛を記事にするなど大きな影響力を持っていた。フィッツジェラルドとの生活を綴った『愛しき背信者』は、『悲愁』というタイトルで映画化され、グレゴリー・ペックとデボラ・カーが主演した。

IN CONTEXT
ゴールドコースト

フィッツジェラルド夫妻は娘が生まれた1922年に、ロングアイランドのグレート・ネックに屋敷を借りた。近くのロングアイランド北岸（ゴールドコーストと呼ばれていた）は鉄道王ヴァンダービルト家、大手スーパーチェーン経営で栄華を誇るウールワース家、鉱山王グッゲンハイム家など、大富豪の家族が過ごす人気の避暑地だった。夫妻は、こうした大富豪が広大な屋敷で開く豪勢なパーティにたびたび出席していた。そして、この退廃的で特権階級独特の雰囲気から、フィッツジェラルドは『偉大なギャツビー』の構想を思いつく。同作の設定では、成金の人々は架空の地域ウエスト・エッグに、代々の資産家はイースト・エッグに住んでいる。

フィッツジェラルドがロングアイランドのグレート・ネックで住んでいた屋敷

ウィリアム・フォークナー

William Faulkner　1897〜1962　アメリカ

ノーベル文学賞作家であるウィリアム・フォークナーは、その作品の大半の舞台を生まれ故郷であるミシシッピ州に設定した。独創性にあふれ大胆な表現技法を駆使する彼は、20世紀のアメリカ文学の第一人者と評される。

ウィリアム・カスバート・フォークナーは、自身の小説を自伝として受け取られることを極度に嫌っていた。自分の評伝を作るなら「彼は書いた、そして死んだ」だけでいい、と記したこともある。とはいえ、その作品は彼の育ちや境遇に深く根差しており、自身が抱える闇を反映している。

▽ 大学生活
フォークナーは高校を中退したが、復員兵への特別措置を利用し、短期間ミシシッピ大学で学んだ。アメリカ深南部に育った白人にしか書けない小説であるといわれている。

フォークナーは1897年にミシシッピ州ニューオールバニーで生まれた。近隣のオックスフォードで育ち、成人してからもそのほとんどをこの地で過ごすことになる。後に彼はミシシッピ北部の地域を架空の地「ヨクナパトーファ郡」と名づけ、多くの小説の舞台とした。

20世紀初期にはすでにオックスフォードにミシシッピ大学の本部があったが、当時の人口はわずか2000人程度だった。フォークナーは裕福な家の出だが、この小さな町で住人たちの多様な生活を目にしながら成長する。当時から貧しい白人や黒人の会話に含まれる微妙なニュアンスを正確につかむ才能があり、このことは後に作家として大きな強みになった。

南部の歴史

フォークナー家（もとはFaulknerではなくFalknerと代々綴られていた）は、地元の名家だった。中でもウィリアムの曽祖父は、南北戦争で義勇軍の隊長として名を

◁ フォークナー（1955年撮影）
パイプを手に写真に収まるフォークナー。この年、『寓話』でピュリッツァー賞（フィクション部門）を受賞した。また、死後にはピカレスク小説『自動車泥棒』（1962年）で2度目のピュリッツァー賞を獲得している。

> IN PROFILE
> **シャーウッド・アンダーソン**
>
> 1920年代、フォークナーにとって実質的な文学の師であったシャーウッド・アンダーソン（1876〜1941）は、オハイオ州の田舎の貧しい家庭に育った。成人して会社勤めをしていたが、あるとき仕事も家族も捨てて作家になるためシカゴに移る。作家としての地位を確立した1919年出版の短編集『ワインズバーグ・オハイオ』は、今でもアンダーソンの代表作とみなされている。他の作品には、『幾度もの結婚』（1923年）、『黒い笑い』（1925年）などがある。ジョン・スタインベックやアーネスト・ヘミングウェイなど、多くの作家に大きな影響を与えた。
>
> シカゴでのシャーウッド・アンダーソン（1922年撮影）

> "私が繰り返し同じ物語を書くのは、
> その物語が私自身であり、
> 世界そのものでもあるからだ。"
> ウィリアム・フォークナー

馳せた、一族の伝統的存在だ。ウィリアムの父は家業を継いだが事業の才には恵まれず、高い生活水準を保つのに苦労していた。そして、南部の奥方という地位に固執するウィリアムの母親は、そんな夫を軽蔑していたという。

フォークナーの執筆活動は、常にこうした歴史感覚と共にあった。その作品に登場するのは、半神話的となった過去にはとうてい戻れないことを自覚しつつも、すでに時代遅れとなった行動規範に囚われ続ける人々だ。南部白人の心に潜む過去への誤った認識、奴隷制が大罪であることを認めようとしない空気を、当然ながらフォークナーは痛切に感じていた。子供の頃、彼にはカリー・バーというお気に入りの黒人の乳母がいた。彼女は『響きと怒り』(1929年) の登場人物、強く優しいディルジー・ギブソンのモデルとなっている。かといって、フォークナーは白人と黒人とをまったく同列に考えることもできなかった。

▷ **『サンクチュアリ』**(1940年版)
フォークナーは犯罪小説『サンクチュアリ』を「金目当ての粗悪品」と呼んだ。売上促進を狙って、表紙は派手なデザインになっている。

第一次世界大戦

フォークナーは正式な教育をきちんと受けてはいない。高校でも、短期間だけ通った大学でも、学業に身が入らず中退している。しかし、思春期に入る頃から多くの近代文学を読むようになり、詩を書き始めた。その理由は主に、自身の言葉を借りれば「女の子にもてるため」だったらしい。

「お前の行動力を示せ」という仲間からの圧力を常に感じていたというフォークナーは、1917年にアメリカが第一次世界大戦に参戦すると、アメリカ陸軍に志願する。だが、身長が足りないという理由で不採用となり、名誉挽回とばかりに今度はイギリス空軍のパイロットに志願して採用された。カナダで訓練を受けたものの戦場に出ることなく戦争は終結する。ところが、彼は自分が戦場に行ったと語り、戦闘中に負傷したふりまでしてみせたのだ。初の小説『兵士の報酬』(1926年) は、活躍する前に終戦を迎えたことを苦々しく思う登場人物の視点で書かれている。

▽ **綿花プランテーション**
フォークナーの作品、例えば『アブサロム、アブサロム!』などでは、プランテーション文化とその労働力である黒人の過酷な状況が綴られている。このリトグラフはフォークナーもよく知る、ミシシッピ川沿いに広がる19世紀の綿花プランテーションの光景だ。

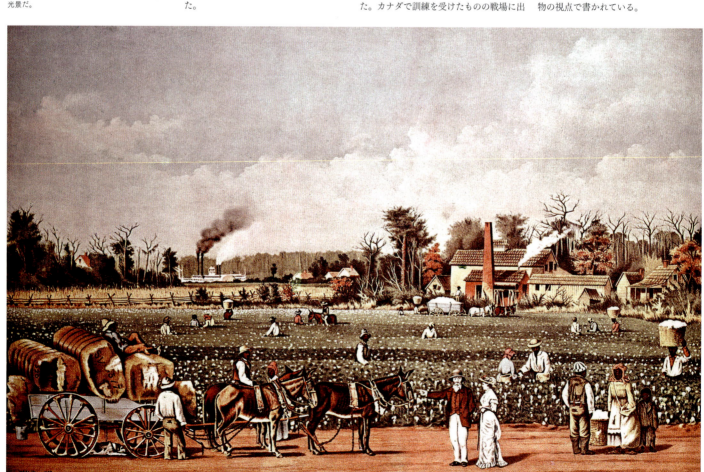

才能の爆発

終戦当時、フォークナーは詩人になるつもりだった。最初に出版された作品も『大理石の牧神』(1924年)という詩集だ。しかし、残念ながら詩の才能はあまりなかったようだ。1920年代中盤には一時ニューオーリンズに住み、活気あるボヘミアン的な芸術家グループに加わった。このとき有名な小説家シャーウッド・アンダーソンと知り合いになり、彼の影響で小説を書くようになる。『兵士の報酬』をニューヨークの出版社から刊行すると、続いてニューオーリンズのインテリ層を風刺した『蚊』(1927年)を発表した。だが、2作ともたいして評判にはならず、フォークナーは独自の作風を模索し続けることになった。

1920年代後半から30年代始めにかけて、フォークナーは突如才能を爆発させて傑作を次々と発表した。しかし、その理由はいまだによく分かっていない。はっきりしているのは、この時期彼が激しい感情の渦の中にいたということだ。まず、ミシシッピ州オックスフォードに戻り、かつての恋人エステル・オールダムと結婚している。彼女は別の男性と結婚していたが、離婚して彼によりを戻したのだ。だが、この結婚は温もりとロマンスではなく、憂鬱と荒々しさをフォークナーにもたらすことになる。この時期、彼は作家として行きづまっていた。3作目の小説『埃にまみれた旗』は自身の一族の歴史をもとに、架空の町ヨクナパトーファを舞台に書かれた最初の作品だが、1927年には出版社に突き返されている(その後手を加えたものが1929年に『サートリス』として出版された)。

原稿を突き返されたフォークナーは、出版社や読者を度外視して自分自身のための物語を書き始めた。その小説が『響きと怒り』だ。第1章では大人でありながら中身は小さな子供のままという知的障害を抱えた者を語り手に据え、時間が錯綜するなかでの「意識の流れ」を通じて物語を展開させた。こういうと、一見読みづらそうに聞こえるかもしれない。だが、フォークナーは章ごとに変わる物語の語り手たちに命を吹き込み、時に滑稽で、だが大半は悲惨な彼らの経験を、それぞれに適した文体で表現したのだ。さらには、子供時代に自らが実感したさまざまな感情を、作品に投影した。『響きと怒り』は名作だが、世にそれが認められるのは数年後のことだ。

経済的困窮

贅沢な暮らしを維持する金が必要だったフォークナーは商業的成功を狙い、当時人気だったハードボイルドの犯罪小説を次作に選んだ。その小説『サンクチュアリ』はレイプと誘拐を扱った陰惨な内容で、彼の女嫌いの側面がうかがえる。凶悪な犯罪者ポパイのキャラクターと衝撃的なレイプシーンが話題となり、1931年に出版されたこの小説はフォークナー初のヒット作

◁ **ウィリアムとエステル**
自宅ローアン・オークの前でポーズをとるフォークナーと妻のエステル。エステルには前夫との間に2人の子供がいた。フォークナーとの間に生まれた長女アラバマは1931年に幼くして亡くなったが、次女のジルは無事成人した。

ON FORM

二重小説

『野生の棕櫚』(1939年初版。その後の版では本来フォークナーが考えていた『エルサレムよ、我もし汝を忘れなば』の題名と併記されることが多い)は、関連性がないと思われる2つの物語「野生の棕櫚」と「オールド・マン」を交互に配置した章構成をとっている。「野生の棕櫚」は悲劇的な恋物語で、最後には女性が堕胎手術中に死亡する。「オールド・マン」は、ある囚人が妊婦をミシシッピ川の洪水から救い出して出産を手助けし、その後刑務所に戻るという話だ。2つの物語の共通点はどちらも5つの章から成り立っていること、妊娠がテーマになっていることだ。しかし、2つの話を並置して1つの小説にまとめたことが功を奏したかどうかは、批評家の間でも意見が分かれている。

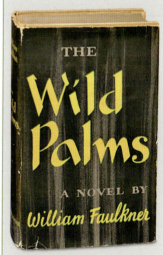

『野生の棕櫚』の初版本(1939年)

"もし私がこの世に存在しなかったとしても、誰かが同じような小説を書いただろう。それはヘミングウェイであれドストエフスキーであれ、どの作家でも同じことだ。"

ウィリアム・フォークナー

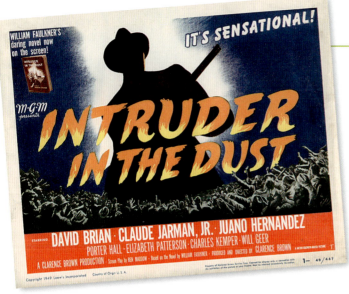

△ **作品の映画化**
映画『墓地への侵入者』(1949年公開)のポスター。フォークナーの同名の小説が原作で、彼の故郷であるミシシッピ州オックスフォードで撮影された。これは、白人を殺した罪で逮捕された黒人の物語だ。脈々と受け継がれてきた人種差別と向き合い、乗り越える南部白人の姿が描かれている。

となった。また、これがきっかけとなって批評家の目は前作『響きと怒り』にも向けられる。とはいえ、基本的にどの作品も数千冊程度の売り上げに留まっていたため、経済的困窮は続いた。

ハリウッドへ

1929年後半、ミシシッピ大学の発電所の夜勤をしていた6週間に『死の床に横たわりて』を執筆する。この作品は、『響きと怒り』で確立した技法を基に15人の視点から綴られており、世界文学史上に残る新たな名作となった。次々と傑作を生み出したこの時期の最後となる小説は、『八月の光』だ。放浪者やはみだし者の複雑な倫理観を描いた小説で、人種問題や、結びつきの強い地域社会に存在する偏見をテーマにしている。

10年間、小説や短編を書き続けてきたフォークナーだが、厳しい経済状態を改善するため1932年にハリウッドと脚本作家の契約を結んだ。度を超えた飲酒癖と当てにならない仕事ぶりはたちまち業界の噂になったが、親友となった映画監督ハワード・ホークスのおかげで、映画界の重鎮の制裁を受けることはなかった。ハリウッドでの最大の成功は、『脱出』(1944年)の脚本を手がけたことだ。

この時期ミータ・ドハーティという女性と激しい恋に落ち、これ以降彼の人生も結婚生活も紆余曲折を辿ることになる。この経験は、「野生の棕櫚」と「オールド・マン」という2つの物語が交錯する『野生の棕櫚』(1939年。『エルサレムよ、我もし汝を忘れなば』という題名でも知られる)のうち、悲劇的な恋愛を描いた「野生の棕櫚」にも大きな影響を及ぼした。

この頃フォークナーはすでに有名人であり、1939年1月には彼の写真が『タイム』誌の表紙を飾っている。ミシシッピ州オックスフォードの住人たちも、フォークナー家の息子はただの道楽者ではなかったの

IN CONTEXT

公民権

当時ミシシッピ州の黒人は人種差別を受け、基本的権利を剥奪されていた。しかし、南部白人が持つ偏見を問題視した1950年代の公民権運動により、事態は大きく変わっていく。連邦政府は融合教育化を推進し、それまで白人しかいなかったオックスフォードのミシシッピ大学でも、1960年代初めに黒人の入学が認められた。同大学では、分離主義者たちがこの決定に反発して暴動を起こすという騒ぎも起きている。このときフォークナーは、白人と同等の権利を求める黒人の主張を尊重する気持ちと、南部白人の中に受け継がれてきた歴史と伝統の間で悩んだという。

ミシシッピ大学で暴動を起こして逮捕され、兵に連行される分離主義者の1人

主要作品

1929
最初の傑作となった『響きと怒り』は、かつて栄華を誇ったコンプソン家の衰退の物語である。

1930
『死の床に横たわりて』刊行。アディ・バンドレンの死と、彼女を埋葬しようとする機能不全家族の運命が語られる。

1931
暗く残酷な小説『サンクチュアリ』は、フォークナーの名を世に知らしめた最初の作品だ。

1932
『八月の光』刊行。人種的アイデンティティを確立できず苦悩する男の姿を描き出した。

1936
複数の人物がそれぞれ主観的な立場から語る『アブサロム、アブサロム!』は、女好きのプランテーション所有者の物語だ。

1939
『野生の棕櫚』刊行。いったん逃亡しながら刑務所に舞い戻る囚人の姿と、情熱的で苦悩に満ちた恋愛模様が綴られている。

1951
『尼僧への鎮魂歌』刊行。散文の部分と戯曲の部分を織り交ぜた、実験的形式の作品である。

"重要なのは誰が書いたかではなく、何を書いたかだ。
新たに語るべきことなど残っていないのだから。"
ウィリアム・フォークナー

だと、これでようやく納得することになった。だが、収入や本の売れ行きが伸び悩む中、フォークナーの作品の質は以前に比べて低下し、1946年にはすべての小説が絶版となった。1948年、彼は『墓地への侵入者』を発表し、複雑ながら明確なメッセージを打ち出して再起を図る。異人種間の関係を描いたこの小説は、南部の白人に対して黒人差別をやめるよう迫り、彼らに強いてきた「不平等、暴力、屈辱、恥」の歴史と向き合うべきだと訴えるものだ。また、差別の責任を北部人や、連邦国家に負わせるべきではないとも主張した。この力強い作品が評価され、フォークナーは翌年のノーベル文学賞を受賞する。また、映画化も決定して経済的にも潤うことになった。

晩年の作品

ようやく富と栄誉を得たフォークナーは、創作意欲を次第に失いつつも、文学的形式の革新を目指して執筆を続けた。ノーベル賞受賞スピーチなど公の場では、揺らぐことのない人間の精神を褒め称えるなど、崇高な人道主義者としての発言が多かった。これは、1920～30年代に彼自身が小説で著した、人間についての苦悩に満ちた複雑な見解とはかけ離れたものだ。
私生活では、晩年になっても落ち着く兆しはなかった。若い女性たちとの情事を繰り返し、ついには離婚に発展する。また、過度の飲酒癖も続いており、健康も損なわれていた。体調がすぐれないにもかかわらず彼は乗馬を止めず、何度か落馬して大怪我を負っている。結局はその後遺症が引き金となり、死につながった。

△ ハワード・ホークス
フォークナーの親友で、ハリウッドの映画監督だったハワード・ホークス。2人は断続的にではあるが、20年間にわたって仕事を共にした。作業は、フォークナーが全体あるいは1つのシーンに関するアイディアを出し、ホークスがそれを肉付けするという形で進められた。

◁ ローアン・オークのデスク
フォークナーは、ミシシッピ州オックスフォードにあるギリシア復興様式の邸宅「ローアン・オーク」を1930年に購入し、長年を費やして改築を行った。数々の名作が生まれたこの屋敷の書斎は、現在、観光客に公開されている。

▷ **ベルトルト・ブレヒト**（1927年撮影）
ベルリンのアパートでピアノの前に座る29歳のブレヒト。トレードマークの革のジャケットを着て髪は短く刈りこみ、太く大きな葉巻をくわえている。有産階級を嫌悪する、インテリのマルクス主義者だった彼にしては珍しい写真だとする識者もいる。

ベルトルト・ブレヒト

Bertolt Brecht　1898〜1956　ドイツ

ブレヒトは社会民主主義の観点から、叙事的演劇の戯曲を通して社会的かつ歴史的出来事を表現した。彼が広めた斬新な演劇手法は、今も多くの劇作家や演出家に影響を与えている。

ベルトルト・ブレヒト

オイゲン・ベルトルト（Berthold）・ブレヒトはドイツのバイエルン王国で、中産階級の家庭に生まれた。愛情深いプロテスタント教徒の母から学んだ聖書の知識は、後の作品に大きく反映されている。反愛国的な思想の持ち主だとして学校を退学させられそうになるも、1917年にミュンヘン大学医学部に進学した（この頃、演劇の講義を受け、文学に強い関心を持つようになる）。その後、陸軍病院で短期間勤務しながら劇評を書き始める。終戦後は政治色の強いキャバレーショーに出演していたが、やがて脚本と演出を手がけるアルノルト・ブローネンと組んで劇団を立ち上げた。「アルノルト（Arnolt）」と韻をそろえるため、ブレヒトはここで本名の綴りを「ベルトルト（Bertolt）」に改めている。

ベルリンでの活動

ブレヒトはまもなくオリジナルの脚本を書き始め、1918年に『バール』、その翌年に『夜打つ太鼓』を完成させた。並行して、伝統的なバラッドやフランスのシャンソン、15世紀の詩人フランソワ・ヴィヨンなどに触発された詩も創作している。1925年、当時ヴァイマル共和政下で文化の中心地として栄えていたベルリンに移り、多くの芸術家、作家、音楽家と出会った。また、「社会主義風の新リアリズム」と主宰者が表した、ノイエ・ザハリヒカイト（新即物主義）の革新的な美術展にも足を運んでいる。視覚芸術を新即物主義の視点で解釈したこの美術展に刺激を受け、ブレヒトの演劇手法は大胆さを増した。淡々とした台詞、強い照明、舞台を円形に囲む座席（ボクシングのリングからヒントを得た）は、この頃からブレヒトの演劇の特徴になっていく。

同時期に作曲家のクルト・ヴァイルという素晴らしい協力者も得た。2人は『三文オペラ』（イギリスの詩人ジョン・ゲイの『乞食オペラ』が原作）、『ハッピーエンド』『マハゴニー市の興亡』などのオペラを共作した（作詞には共作者が数人いたが、その名が表に出ることはめったになかった）。

亡命生活

1933年にナチスが政権を執るとブレヒトはドイツを去って北アメリカに渡り、後にスイスに移住した。戦後執筆した『ガリレイの生涯』『ゼチュアンの善人』『コーカサスの白墨の輪』などの作品により、その名は広く知られることになる。こうした作品では「叙事的演劇」の手法が採用された。これは、関連性が曖昧な場面の連続で成り立つ叙事詩的な演劇において、「異化効果」（右のコラム参照）を用いて「存在のあり方」を表現する概念だ。

第二次世界大戦後は共産圏の東ベルリンにわたって、ヴェルリーナー・アンサンブルという劇団を主宰した。ここでは亡命中に執筆した戯曲、古代ギリシャの悲劇詩人ソフォクレスやシェイクスピアなどの古典などを上演している。1956年に死を迎えるまで詩を創作し、演劇理論についての著作を書き続けた。

△ 東ドイツの切手
1949年に東ベルリンに移住したブレヒトは、あの有名な1953年の東ベルリン暴動鎮圧も含めて旧東ドイツの政策を支持していたが、後年にその考えを改めた。彼の姿は東ドイツの切手に残っている。

◁ 1930年の舞台
リアリズムを排した風刺劇『三文オペラ』には、自然主義的な演劇に対するブレヒトの強い反発が込められている。彼は、自分の作品を見る観客には「劇場のクロークに帽子だけでなく脳みそも預けて」きてほしいと語っていた。

ON STYLE
異化効果

ブレヒトは自らの作風を特徴づける演劇手法を「異化効果」と名づけた。観客と舞台上の出来事の間に距離を作ることで観客の感情移入を妨げ、演劇が作りものであると認識させる手法だ。その例として、役者が役を離れて演劇の内容を要約または批評したり、歌を歌ったりするというものがある。また、これは演劇だということを念押しするために、あえてセットを一切使用しないこともあった。この異化効果を用いれば、演劇を媒体にした社会的・歴史的テーマを表現しやすくなるとブレヒトは考えていた。

『肝っ玉おっ母とその子供たち』では、歌が異化効果として用いられた。

> "対立する勢力に分裂している社会に、意思の疎通など可能なはずがない。"
>
> ベルトルト・ブレヒト「演劇のための小思考論理」より

ホルヘ・ルイス・ボルヘス

Jorge Luis Borges　1899〜1986　アルゼンチン

ボルヘスは、彼が生きた時代を代表する作家の1人と称されている。リアリズムと幻想が入り混じる独創的な詩や短編の数々は、ジャンルを横断して読者の心を惹きつけている。

ホルヘ・ルイス・ボルヘスは1899年にブエノスアイレスで誕生した。父方はイギリス系で、子供の頃、家族とは英語で話していた。母方の先祖には、19世紀初頭のアルゼンチン独立戦争で活躍した英雄たちもいる。

作家として

ボルヘスは幼い頃からスペイン語と英語で読書をする環境にあった。ロバート・ルイス・スティーヴンソンやルイス・キャロル、H・G・ウェルズ、G・K・チェスタトンなど、父親の書斎にある本を熱心に読んだという。一家は1914年から1921年までヨーロッパに住んでいた。ボルヘスは最初に居を構えたジュネーブで学校に通ったが、卒業前に家族とスペインに移っている。そこでマドリードを拠点にした、ウルトライスモと呼ばれる前衛詩人たちの活動に加わった。ウルトライスモが目指したのは活気に満ちた20世紀の社会に即した詩を創作することで、伝統的な韻や拍子を崩したり、メタファーや強烈なイメージを用いたり、言葉を斬新に配置したりするのが特徴だった。ボルヘスは1921年にアルゼンチンに帰国し、その2年後にウルトライスモ派の詩集『ブエノスアイレスの熱狂』

◁ ボルヘス（1919年撮影）
家族とスイスに住んでいた頃、20歳のボルヘス。この2年後に最初の詩集を出版した。

IN CONTEXT
アルゼンチンの伝統
19世紀から20世紀初期のアルゼンチン作家の多くは、ホセ・エルナンデスの叙事詩『マルティン・フィエロ』に触発され、大草原で暮らすガウチョの自由を讃える作品を書いた。『マルティン・フィエロ』が名作であることは、もちろんボルヘス自身も認めている。しかし彼は、この作品を利用して愛国小説を書くという流れには乗らなかった。ボルヘスは同世代の先頭に立って、南米作家が国際的視野を持ちうること（彼はアングロ・サクソンの詩やイスラムの著作まで、多岐にわたるジャンルの影響を受けていた）、世界共通のテーマや内容で執筆できることを証明したのだ。

馬上のガウチョ、アルゼンチンのパタゴニア地域にて

を刊行する（後年は「あまりに過剰」だとしてウルトライスモと距離を置くことになった）。同じ頃、文芸誌『プロア』と『プリズマ』を共同で創刊し、自分の詩だけでなく海外の詩人の作品を多く翻訳してアルゼンチンの読者に紹介した。また、幅広く詩を取り上げて評論も書いている。

短編小説

今ではボルヘスは短編の名手として世界的に有名だが、書き始めたのは1930年代になってからだ。最初は友人のアドルフォ・ビオイ＝カサーレスと共作でファンタジーや探偵小説のパロディを書き、H・ブストス＝ドメックのペンネームで発表していた。単独で書いた初めての短編は『汚辱の世界史』（1935年）という、実在した犯罪者や事件を基にしたフィクションだ。アイデンティティや暴力をテーマにしたこの画期的な作品により、ボルヘスの名は広く知られることになった。だが、ページ数の少ない短編ではたいした収入にならないため、ブエノスアイレスの図書館に職を得る。1930年代から40年代にかけて、『伝奇集』や『アレフ』などの短編を発表した。

> "作家は死ぬと本になる。
> そう考えれば転生するのも悪くない。"
> ― ホルヘ・ルイス・ボルヘス

△ ヴェネツィアにあるボルヘスの「迷路」
ボルヘスの作品には、象徴的な意味合いを持つ「迷路」がたびたび登場するが、これを模したものが彼の没後25周年に合わせて作られた。国際ホルヘ・ルイス・ボルヘス財団とジョルジョ・チーニ財団が出資したもので、2011年、ヴェネツィアに完成した。

巧妙な空想世界

テーマは多岐にわたるものの、ボルヘスの短編（その大半はわずか数ページしかない）にはおぼろげで風刺的、現実離れした世界観など、共通した独特の作風がある。彼は作品の中で時空を自由自在に操り、学識をひけらかす者や学術世界を揶揄した。そして、読者を複雑な迷路へと誘いこんだのだ。迷路、図書館、鏡など同じモチーフが繰り返し登場することによって、その物語は読者の記憶にこびりついて長く留まる。多くの作品はまた、ユーモラスで逆説的でもある。スペインの古典『ドン・キホーテ』を一字一句同じ言葉で書き直す作家や、すべてが原寸大で描かれた地図、全世界の本をありったけ集めた「バベルの図書館」など、読者の印象に残る人物やモチーフが多く登場する。

ペロン政権

ボルヘスはすべてにおいて過激なものを嫌った。第二次世界大戦中はヒトラーと敵対する連合国を支持したが、同時に全体主義の共産主義国への嫌悪も露わにしている。進歩的な思想を持つ彼は、1946年に政権をとったアルゼンチンの新大統領フアン・ペロンと反目した。ペロンは単独政権国家へと変革をすすめ、忠実な支持者を重要なポストや、多額の報酬を得られる楽な仕事につけた。一方で、図書館に勤めていたボルヘスを退職に追いこんだ。

それでもボルヘスは、英文学への思いを語る講演を開いて収入を得ながら、小説を書き続けた。遺伝性の疾患により、その視力は失われつつあった。彼はこの当時、イギリスの作家について述べた随筆も何冊か出版している。

1955年のクーデターでペロンが失脚すると、ボルヘスはアルゼンチンの国立図書館長に任命され、さらにブエノスアイレス大学にも英米文学教授として招かれた。こ

主要作品

1935
『汚辱の世界史』刊行。『クリティカ』紙に連載した作品を短編集として出版した。

1944
最も有名な『伝奇集』刊行。逆説と比喩を探求したこの作風により、ボルヘスの名は広く知られるようになった。

1949
『ボルヘスとわたし』刊行。不死などをテーマにしたファンタジー小説が収録された。

1970
短編集『ブロディーの報告書』刊行。ブエノスアイレスを舞台に、悪夢や暴力について生々しく描かれている。

1975
ボルヘス晩年の、自身が最高傑作として選んだ短編の作品集『砂の本』刊行。

ホルヘ・ルイス・ボルヘス | 225

> "どれだけ多くの量を書いたか自慢するのは他人に任せよう。
> 私はどれだけの量を読んだかを誇りに思う。"
>
> ホルヘ・ルイス・ボルヘス

の頃は完全に失明しており、国が所有する本を管理するという理想の仕事を得たのと同時期に視力を失った皮肉を「天恵の詩」で綴っている。

海外での名声

大学教授兼図書館長に任命されたボルヘスは、書くべきこと、語るべきことを表現する理想的な場を得た。数作の短編を発表し、また『伝奇集』や『迷路』(おもに『伝奇集』と『アレフ』からの抜粋)をイギリス、アメリカ、フランスで翻訳出版して、その存在を世に知らしめた。1961年には（サミュエル・ベケットと共に）名誉あるフォルメントール文学賞を受賞し、自身の国際的な地位をますます高めていく。1967年からはアメリカ人作家のノーマン・トーマス・ディ・ジョバンニに翻訳を依頼し、英語圏にいるより多くの読者にも著書を届けられるようになった。

ボルヘスは1960年代から70年代にかけても執筆を続け、短編を何冊か発表している。『幻獣辞典』『ブロディーの報告書』『砂の本』など、晩年には詩的で簡潔な、多くの寓話を用いた作品を刊行した。失明した彼の執筆を助けたのは母親（ボルヘスは1960年代に未亡人エルサ・アステテ・ミジャンと結婚していた短期間を除き、成人してからもほぼ母親と同居していた）と、個人秘書のマリア・コダマだ。

海外での講演活動

1970年代にその名を国際的に知られるようになると、ボルヘスは世界各地を回って（ほぼコダマを同伴していた）講演やテレビ番組に出演した。また、失明後に温めていた詩の数々も完成させている。頭の中だけで仕事が完結するという理由で、彼は詩作を好んだ。母親が99歳で亡くなってからも、家政婦の世話を受けて同じアパートに住み続けた。1986年に86歳でコダマと結婚し、その数カ月後に息を引き取った。

◁『アレフ』
アルゼンチンで1952年に刊行された『アレフ』。ボルヘスの他の作品と同様、幻想、無限の時間、言葉で伝えきれない人間の感情といったテーマを扱っている。

偉大な遺産

ボルヘスが、セルバンテス以来最も重要なスペイン語圏の作家であることは、多くの批評家も認めるところだ。彼の作品にはヨーロッパと南北アメリカの文化、現代性と伝統、親しみやすい小説と哲学の融合がある。さらに、その幻想的で魔術的な世界観は、ラテンアメリカで「マジックリアリズム」を開花させる1つのきっかけとなった。その影響は、ガブリエル・ガルシア＝マルケスらの魅惑的な物語の中だけでなく、新世代の北米作家の作品にも見ることができる。ボルヘスが遺した功績は極めて大きく、「ボルヘス文学」という新しいジャンルまで確立されたほどだ。

◁ マリア・コダマ
出会いは、ボルヘス54歳、コダマ16歳のときだ。1975年にコダマは彼の個人秘書となり、失明後の執筆を手助けして多くの作品を共に生み出した。2人は1986年に結婚するが、そのわずか数カ月後にボルヘスは癌で死去した。

IN PROFILE

アドルフォ・ビオイ＝カサーレス

アルゼンチンの作家アドルフォ・ビオイ＝カサーレス（1914～99）は、1932年以来、ボルヘスの長年にわたる友人だった。カサーレスの代表作には、短編『モレルの発明』（1940年）がある。これは、ポリネシアの孤島に身を隠した逃亡者が、さまざまな謎の現象——空に太陽が2つ浮かんでいたり、人々の姿が現れたり消えたりする——を目撃するという物語だ。ビオイ＝カサーレスは、ボルヘスとの共著で小説やファンタジー、映画シナリオなど多くの作品を出版した。また、英語圏で探偵小説を翻訳出版する際には、共同で編集も行った。

アドルフォ・ビオイ＝カサーレス（1991年撮影）

アーネスト・ヘミングウェイ

Ernest Hemingway　1899〜1961　アメリカ

男らしさの象徴であり、戦場と暴力と死に魅入られた"パパ"・ヘミングウェイは、モダニズム文学を代表する作家だ。それまでになかった率直で硬派な作風は、20世紀の文学において最も模倣された技法と言えるかもしれない。

◁ オーク・パークの家
ヘミングウェイが子供時代を過ごしたのはイリノイ州、シカゴからほんの16kmのところにあるオーク・パークだ。しかし、この中西部の町は保守的で信仰深く、大都市シカゴとはまったく異なる気風を持っていた。

自身の経験を何らかの形で小説に反映したがる作家は多いが、その代表格がアーネスト・ヘミングウェイだ。彼の人生と作品とは密接に結びついている。私生活におけるヘミングウェイは、自身の小説の登場人物のごとく、大酒を飲み、男らしく振る舞うことで有名だったからだ。そうした人生経験は作品のテーマとなったが、闘牛や猛獣狩り、戦争など、荒々しく過激なものも多かった。『日はまた昇る』で1920年代に文壇の寵児となった彼は、そのパワフルな人生を生かし、これまでにない文芸作品を生み出そうとしていた。

少年時代

アーネスト・ヘミングウェイは1899年7月21日、6人兄弟の2番目としてイリノイ州シカゴ郊外、中産階級が住むオーク・パークで生まれた。彼にいわせれば、「広い芝生と狭い心を持つ」人々が住む地域だったという。父のクラランス・エドモンズ・ヘミングウェイは地元では高名な医師で、母のグレース・ホール・ヘミングウェイはオペラ歌手だった。グレースの変わった趣味により、ヘミングウェイと姉のマーサリーンは、生まれて数年間は互いにそっくりなドレスをよく着せられていたそうだ。成人後のヘミングウェイがあれほど男らしさを強調した背景には、こうした過去を相殺したいという気持ちがあったのかもしれない。また、女性に対する接し方の根底にも、母親への反感があったのだろう。

運動は得意な方ではなかったが、学校ではフットボールやボクシングなどのスポーツにいそしんだ。成績は特に国語が優秀で、学校新聞『トラペーズ』や、1年に1回発行される文芸誌『タブラ』に寄稿も行った。こうした経験に加え、夏の休暇を過ごすミシガン州ウォルーン・レイクでは、父親から狩りや釣り、キャンプのやり方を教わった。この時期に深まった冒険や自然に対するヘミングウェイの愛は、生涯変わることはなかった。

1917年に高校を卒業すると、大学には進学せずに地方紙『カンザスシティ・ス

ON STYLE
氷山理論

『午後の死』でヘミングウェイはこう書いている。「氷山の動きに威厳があるのは、それが8分の1だけ海上に出ているからだ」。この氷山理論によると、彼が読者に提示しているのは物語の本質的な事実だけで、残りの補助的な構造、背景、潜在的テーマなどは暗示されているに過ぎない。そのため、読者はその作品が「意味する」ものを表面下から見つけ出さねばならないのだ。例えば短編「二つの心臓の大きな川」では、若き帰還兵が砲弾ショックを発症し、苦悩しながらもやがて自然に癒されていく様が淡々と描かれている。表面的にはただの釣り旅行の話のようだが、その下に多くのものが秘められているのだ。

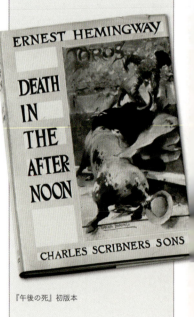

『午後の死』初版本

▷ アーネスト・ヘミングウェイ
若くして名声を得たヘミングウェイ。タフガイを演じた彼は、野生的なヒーローのイメージで知られている。わざわざ戸外で執筆する様子を撮影したこの写真には、さすがの本人も失笑したようで、「私はこんなところでは本は書かない」と語っている。

> "名作と呼ばれる小説にはひとつの共通点がある。
> たとえ実際にあった出来事を書いたにせよ、
> 　小説のほうがずっと現実味があると思わせることだ。"
>
> アーネスト・ヘミングウェイ

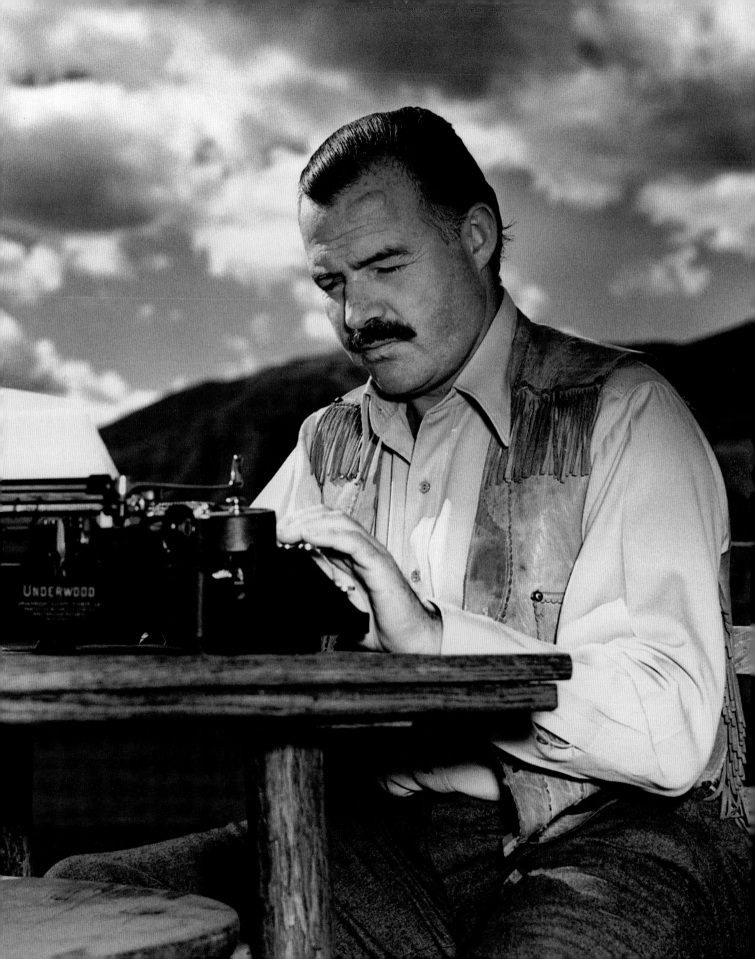

20世紀前期

△ ロイヤル社のタイプライター
立ったまま執筆することもあったというヘミングウェイは、ロイヤル社製のタイプライターを愛用していた。友人の女優エヴァ・ガードナーには、自分が心を開ける唯一の精神科医はタイプライターだ、と話したという。

ター』の見習い記者になる。ここで警察や緊急救命室の記事を書きながら、彼の特徴とも言うべき文体を確立していった。当時指針としていたのは『スター』紙のスタイルガイドで、その出だしにはこんな風に書かれている。「一文は短く。最初の数段落も短くする。力強い言葉を使うこと。否定的ではなく、前向きな表現を心がけよ」。明瞭かつ断定的で、意外にも平易なヘミングウェイの文体も、こうした基本ルールを下敷きとしていたようだ。

戦争という名の冒険

ヘミングウェイはわずか半年で『スター』紙を退職した。第一次世界大戦が激化する中、ヨーロッパで行われているこの大冒険に参加したいと考えたからだ。視力の問題で陸軍には入隊できず、赤十字の救急車の運転手に志願してイタリアに派遣される。戦地では血なまぐさい恐怖の体験をし、またイタリアの兵士たちを救護中、自らも脚に重傷を負った。ヘミングウェイはこの行為により、イタリアから勲章を授与されている。ミラノの病院でアメリカ人看護婦アグネス・フォン・クロウスキーと恋に落ちたが、彼女はヘミングウェイを袖にしてイタリア人士官を選ぶ。この経験は戦争小説『武器よさらば』に生かされた。

意気消沈して帰国した彼は『トロント・スター』紙の記者になり、最初はトロント、次にシカゴに駐在する。友人らとミシガンの奥地でキャンプや釣りをした経験が、短編の名作「二つの心臓の大きな川」（1924年）の題材となった。これはニック・アダムスという青年が主人公の、半自伝的な作品だ。

シカゴでは、8歳年上のハドリー・リチャードソンとの出会いもあった。2人は恋に落ち、1921年9月に結婚する。その2カ月後、『トロント・スター』の特派員となったヘミングウェイは、ハドリーを伴ってパリに渡った。

ヨーロッパ特派員時代

1920年代のパリは芸術の都であり、ヘミングウェイはその芸術の渦に喜んで身を投じた。親交を結んだ人物にはジェイムズ・ジョイス、ガートルード・スタイン、エズラ・パウンド、F・スコット・フィッツジェラルドらがいる。こうしたメンバーを、スタインは「失われた世代（ロスト・ジェネレーション）」と名づけた（左のコラム参照）。ヘミングウェイはスタインに原稿を見せてアドバイスを受けていた。また、エズラ・パウンドのイマジズム詩（p.197参照）にも触発され、簡潔で余分なものをそぎ落とした文体に磨きをかけていく。

特派員として記事を書き、また自身の短編の題材を集めるため、彼はヨーロッパ中を回った。1923年9月、ヘミングウェイ夫妻はトロントに戻り、ハドリーは息子のジョン・ハドリー・ニカノール（通称バンビ）を出産する。だが、1924年の1月には一家で再びパリに移り住んだ。この時期、最初

△ キーウェストの邸宅
ヘミングウェイと妻のポーリンは1931年、フロリダ州キーウェストにあるスパニッシュ・コロニアル様式の大邸宅を購入した。現在ここは博物館になっており、アメリカ合衆国国定歴史建造物に指定されている。

IN CONTEXT

失われた世代

第一次世界大戦時、主にパリに集まっていた外国人作家をガートルード・スタインは「失われた世代」と名づけ、ヘミングウェイは彼らを題材に『日はまた昇る』を執筆した。こうした作家たちは頼るべき指針を「失った」迷える世代であり、戦争がもたらした、戦前の価値観とはまったくかけ離れた変化にとまどっていた。「失われた世代」のメンバーには、ヘミングウェイの他にもアーチボルト・マクリーシュ、F・スコット・フィッツジェラルド、ジョン・ドス・パソス、E・E・カミングス、ジョン・スタインベックなど、大物が揃っていた。

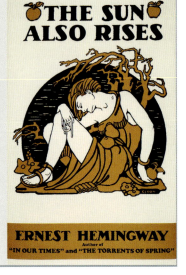

『日はまた昇る』初版本（1926年）

> "世界はすべての人間を打ちのめすが、
> 打ちのめされた同じ場所でかえって強く生きていく者も多い。
> だが、打ちのめすことのできない人間は、世界が殺してしまうのだ。"
>
> アーネスト・ヘミングウェイ『武器よさらば』より

アーネスト・ヘミングウェイ / 229

の著作『三つの短編と十の詩』を出版し、1925年には短編集『われらの時代に』のニューヨーク版を出版して、批評家の称賛を浴びた。

キーウェスト

次の作品『日はまた昇る』(1926年)が刊行されると、ヘミングウェイの名声はさらに高まった。初の長編であるこの作品には、フランスとスペインでバー通いや闘牛観戦に明け暮れる外国人たちの姿が描かれている。簡潔、明瞭、斬新な文体で綴られるこの物語は、小説の形をとってはいるものの、実際はヘミングウェイの友人たち——皮肉屋で、薄っぺらく、贅沢に慣れた面々——の戦後の姿を描いたものだ。

裕福なアメリカ人女性、ポーリン・ファイファーとの情事が始まったのは『日はまた昇る』執筆中のことだ。1927年、ヘミングウェイはハドリーと離婚しポーリンと結婚するが、急ぐべきではなかったと後に語っている。同年10月には、短編集『女のいない男たち』を出版した。この作品には、傑作と名高い「殺し屋」「白い象のような山並み」「異国にて」なども収録された。

1928年にポーリンが妊娠し、引っ越し先のフロリダ州キーウェストで息子のパトリックが生まれる。その年の後半にヘミングウェイの父親が自殺し、彼は憔悴してこう述べた。「私もいつか同じ道をたどるだろう」。翌年はその大半を『武器よさらば』(1929年)執筆に費やした。この力強い小説は、イタリアに従軍して傷病兵運搬にあたるアメリカ人青年と、イギリス人看護婦との恋物語で、簡潔なリリシズムをもって戦争を描き出している。下敷きとなったのが彼自身の体験であることは間違いない。この作品は商業的にも成功し、批評家からも絶賛された。

狩りへの情熱

やがてヘミングウェイは家族と住むキーウェストを離れ(1931年には3人目の息子グレゴリーが誕生している)、頻繁に旅に出るようになる。最も気に入っていたスペインでは、数年前に夢中だった闘牛にまた通うようになり、この経験をもとにノンフィクション『午後の死』(1932年)を完成させた。闘牛という悲劇的な儀式を深く考察し、勇気と恐怖を掘り下げたこの作品で、彼は「闘牛は、唯一芸術家が死の危険にさらされる芸術である」と書いている。1933年には東アフリカのサファリでの猛獣狩りにも熱中するようになり、これに触

▽闘牛
ヘミングウェイは闘牛に強い興味を持ち、スペインを代表する魅力的なマタドールの大半と友人になっていた。『日はまた昇る』にパンプローナの牛追い祭りの場面が登場したことで、この祭りは世界的に有名になった。

> "マダム、どんな話にせよ、
> つきつめればすべて死にたどり着くのです。
> 死の話を避けるようなら、
> そいつは本物の語り手じゃない。"
>
> アーネスト・ヘミングウェイ『午後の死』より

△ 作家としての最盛期
『老人と海』でヘミングウェイの評価と富は不動のものとなった。内容の一部が『ライフ』誌の1952年9月1日号（この号は500万部も売れた）に掲載されると、同作はまたたく間に世間の注目を集めた。

発されて書いた短編の傑作が「キリマンジャロの雪」と「フランシス・マコーマーの幸福な短い生涯」だ。また、こうした作品に比べると一般の評価は劣るが、ノンフィクションの『アフリカの緑の丘』（1935年）も発表した。1934年にはピラール号という船を購入し、またもや男らしい楽しみ——つまり大魚釣りを心ゆくまで楽しんでいる。

戦争特派員として

1937年、ヘミングウェイは戦争特派員として再びスペインに赴き、スペイン内戦を取材する。このとき頻繁に行動を共にしていたのがアメリカ人ジャーナリスト、マーサ・ゲルホーンだ。マーサとはその前年、キーウェストにあるヘミングウェイの行きつけのバー「スロッピー・ジョーズ」で1度会っていた。2人は恋仲になり、マドリードのホテルにマーサと滞在していた期間に唯一の戯曲『第五列』（1937年）を執筆するが、世間の反応は芳しくなかった。

ヘミングウェイは戦争特派員として2年間活動し、激戦となったエブロ川の戦い（1938年7～11月）も目の当たりにした。1940年に発表された『誰がために鐘は鳴る』はこのスペイン内戦を基にした名作で、過酷な状況下で生まれた仲間の結束に焦点が当てられている。やがて彼はマーサと共にスペインからキューバに向かい、ハバナ近郊の農場、フィンカ・ビヒアの邸宅を購入する。狩猟や釣り、ボクシングを楽しみ、大量の酒を飲むなどして、タフな"パパ"・ヘミングウェイのイメージを作り上げた。

1940年、ポーリンとの離婚が成立してマーサと結婚、翌年に日中戦争の取材のためマーサを伴い中国に向かった。だが、この仕事にはあまり乗り気でなかったようだ。1944年、再びマーサとヨーロッパへ取材旅行に赴くが、この頃には結婚生活は暗礁に乗り上げていた。ヘミングウェイは『タイム』誌記者のメアリー・ウェルシュとロンドンで知り合い、1946年に彼女と結婚する。

1950年には『川を渡って木立の中へ』

▽ 猛獣狩りの戦利品
レイヨウの2本の角を手にしたヘミングウェイ。ケニアやタンザニアのサファリで過ごした経験は、アウトドア派という彼のイメージを強調し、小説の題材としても役に立った。

△ キューバの自宅
ヘミングウェイはキューバの自宅、フィンカ・ビヒアの書斎で小説『誰がために鐘は鳴る』『老人と海』、回想録『移動祝祭日』を執筆した。

IN PROFILE
マーサ・ゲルボーン

ヘミングウェイの3番目の妻マーサ・ゲルボーン（1908～1998）は、自身も小説家でジャーナリストであったため、夫の脇役扱いされることを拒んだ。彼女は20世紀の戦争特派員の中でもとりわけ優秀な人物で、スペイン内戦やロンドン大空襲など、世界各地の大戦を60年以上にわたり取材した。1944年のノルマンディー上陸作戦を取材した唯一の女性特派員でもあり、またドイツのダッハウの解放後の報復、中東戦争、ベトナム戦争も報道した。そして彼女にとっては、ヘミングウェイとの結婚生活もまた戦いだった。マーサによれば、夫は彼女に嫉妬してつらく当たったという。ヘミングウェイの妻のうち、自分から離婚を切り出したのはマーサだけだ。

イタリアにて、イギリス軍の兵士たちと話をするマーサ・ゲルボーン

を刊行するも、酷評を受けた。続いて発表した『老人と海』（1952年）は、叙事的な広がりを感じさせる短編小説だ。キューバに住む年老いた漁師が主人公で、大きなカジキを釣ろうと格闘して仕留めるが、結局カジキは港に戻る途中にサメの大群に食べられてしまう。「私の人生において書き得る最高傑作」とヘミングウェイに言わしめたこの作品は、1953年にピュリッツァー賞を受賞する。また、1954年のノーベル文学賞受賞にも大きく貢献した。

病気に苦しんだ晩年

作家としては頂点を極めたヘミングウェイだが、当時、私生活では強い不安や病気に悩まされていた。長年にわたる不摂生が祟っただけでなく、1954年にはサファリで2度の飛行機事故にも遭っている。1956年終盤、彼はパリで昔つけていた数冊の古いノートを見つけた。それをもとに数年かけて書き上げたのが回想録『移動祝祭日』だ。彼は1960年にキューバを発つと、故郷アメリカのアイダホ州に移り住んだ。被害妄想と不安、過度の飲酒癖のためミネソタ州のメイヨー・クリニックに2度入院し、電気ショック療法を受けていた。1961年には、体内に過剰な鉄が溜まる遺伝病と診断され、その年の7月にショットガンで自ら命を絶った（父親、妹、弟、孫娘も自殺している）。

ヘミングウェイが文学界に与えた影響は計り知れない。彼は、自然体験や人間としての経験を、20世紀の文学に波及させる新たな表現法を生み出した。死後に出版された『エデンの園』（1986年）はジェンダーについて深く掘り下げた小説だ。これを読むと、ヘミングウェイが周囲に植えつけようとした男らしく硬派なイメージと、彼の本質とがかけ離れていることが分かる。

主要作品

1925
アメリカ版『われらの時代に』刊行。前年にパリで発表されたものに数編の短編を追加収録した。

1926
初の長編小説『日はまた昇る』刊行。着想点となったのはヘミングウェイの友人たち、そしてスペインのサン・フェルミン祭やパリのカフェにたむろする中で起こった実際の出来事だ。

1929
『武器よさらば』刊行。アメリカのモダニズム作家としての地位を確立した。

1932
『午後の死』は、闘牛に関するヘミングウェイの幅広い研究の賜物だ。

1940
『誰がために鐘は鳴る』がピュリッツァー賞候補となり、発売から数カ月で50万部を売り上げた。

1952
8週間で完成した『老人と海』は発売からすぐに評判を呼び、翌年ピュリッツァー賞を受賞した。

1964
パリで過ごした青春時代の感動的な回想録『移動祝祭日』は、彼の死後に出版された。

1986
『エデンの園』刊行。作家とその妻の関係を通してジェンダーの流動性を描いたこの作品は、遺稿を編集して出版された。

川端康成

かわばた やすなり　1899〜1972　日本

川端康成は無駄のない抒情的な文章で「日本人の精神の精髄」を表現したことを評価され、日本人初のノーベル文学賞を受賞した。

川端康成の人生には最初から喪失感、トラウマ、孤独がつきものだった。この経験は、後に登場人物たちの孤独感や、自身が抱く死への興味という形でしばしば作品に反映される。川端は1899年に大阪で生まれ、4歳で身寄りがいない子供となった。姉は叔母の家に預けられ、自身は母方の祖父母に引き取られる。15歳になる頃には祖母と姉もこの世を去っており、天涯孤独の身だった。

幼少期の影響

川端は1917年から東京で暮らし始め、東京帝国大学文学部英文学科を1924年に卒業した。14歳の伊藤初代と婚約するが、初代は預けられていた寺の僧侶に性的暴行を受けたとして婚約破棄を申し入れ、川端は失意の底に落ちる。初代の存在や、2人の悲劇的な結末はその後の作品に取り入れられた。有名なものでは、傷心旅行で伊豆を訪れた青年が踊子の少女に魅かれる半自伝的な短編『伊豆の踊子』（1926年）がある。他の作品も自身の若い頃の経験を下敷きにしており、叶わぬ恋や虚無

△『名人』（1951年）
長編小説『名人』は、1938年に行われた伝説的な碁の対局を題材にした、半実話的な作品だ。2人の囲碁棋士の戦いを第二次世界大戦の比喩とする見方もある。

感というテーマ、救済を求める登場人物の心理を追求した。

日本のモダニズム

大学卒業後の数年間、川端は共同で同人雑誌『文藝時代』を主宰し、新感覚派と呼ばれる作家たちに発表の場を提供した。西洋では表現主義が盛んだったこの時期、新感覚派は「芸術のための芸術」を重視し、芸術は道徳的なメッセージを伝えるものだという当時一般的だった概念を拒絶した。

1926年に松林秀子と結婚し、1934年には夫妻で鎌倉に移る。この時期から代表作となる作品群の執筆が始まるのだが、川端はかなりの遅筆だった。『雪国』は1935年から断続的に発表され、完結したのは1947年だった。また、1949年に着手した『千羽鶴』の続編『波千鳥』はついに完結せず、『山の音』は書き上げるまでに6年の歳月を要した。彼の作品には未完のものも多い。本人が小作品を好んだこともあるが、物語の結末を確定したがらなかったというのも大きな理由だ。この消極性は政治的見解にも現れており、第二次世界大戦の軍国主義に対しても賛否を表明せず、深入りしない姿勢を貫いた。

1968年、ノーベル文学賞を受賞する。彼の作品の特徴でもある物悲しさは、禅や生け花、さらには自殺についても言及した受賞スピーチにも見てとれる。1972年、川端は自宅で死亡しているところを発見された。ガス管を口にくわえ、そばには空のウイスキー瓶があったという。日本古来の伝統である格式の美に慰めと着想を得ていた人物としては、混乱を極めた最期だった。

IN PROFILE

三島由紀夫

川端康成は作家の三島由紀夫（1925〜70）との親交が深かった。1960年代初めに三島はノーベル文学賞候補に選ばれていたが、1968年にはその機運は弱まっていた。彼は選考委員から共産主義者と誤解されていたのだ。結局ノーベル文学賞は川端が受賞し、その2年後に三島は自決の道を選ぶ（301ページ参照）。後に分かったことだが、かつて裁判沙汰に巻き込まれた三島を川端が支援した際、川端はその見返りとして、自分をノーベル文学賞に推薦するよう三島に依頼していたようだ。その三島が自殺を遂げたことで、川端は罪悪感を募らせ、自身も一年半後に自死を選んだのかもしれない。

三島由紀夫（1970年、東京で撮影）

▷ **鎌倉文学館**
川端は1934年、神奈川県の鎌倉に移り住んだ。当初は近隣に暮らす知識人たちとの交流もあったが、高齢になるにつれつき合いは途絶えていった。川端の原稿や書簡といったゆかりの品々は、現在、鎌倉文学館に保存されている。

▷ **川端康成**（1968年撮影）
ノーベル文学賞を受賞した年の川端康成。明治維新からちょうど100年後のこの受賞によって、日本文学はその存在感を世界にアピールした。

20世紀前期の文学者

イーディス・ウォートン

Edith Wharton　1862〜1937　アメリカ

　作家イーディス・ウォートン（旧姓イーディス・ニューボールド・ジョーンズ）は、自身も属していた特権階級社会を痛烈に批判する風刺小説で有名だ。ニューヨークの裕福な家庭に育ち、若い頃から執筆を始めていたが、両親は彼女が職業作家になることに反対だった。

　上流階級出身のテディ・ウォートンと不幸な結婚生活を送り、40歳になってようやく小説を出版する。作家としての快進撃が始まったのは1905年に『歓楽の家』が刊行されてからだ。ニューヨーク上流社会の偽善的な道徳観に押しつぶされる若い女性を描いたこの小説は、刊行から間もなくベストセラーになった。作家としての評価を不動にしたのは、ニューイングランドのピューリタニズムをテーマにした中編『イーサン・フロム』だ。1913年に離婚後はフランスに渡り、生涯この地で暮らした。晩年の代表作『無垢の時代』は、自分がニューヨークで幼少期を過ごした時代を批判的に描いている。また、女性として初めてピュリッツァー賞を受賞した（1921年）。

主要作品　『歓楽の家』（1905年）、『イーサン・フロム』（1911年）、『国の慣習』（1913年）、『無垢の時代』（1920年）

モーリス・メーテルリンク

Maurice Maeterlinck　1862〜1949　ベルギー

　メーテルリンクは象徴主義の詩人、劇作家、随筆家であり、1911年にノーベル文学賞を受賞している。ヘントという町の出身で、フランス語を話す裕福なフラマン人の家に生まれた。作家としての初の成功はグリム兄弟の物語を戯曲にした『マレーヌ姫』（1889年）だ。

　彼は劇作品の形式をとった小説というジャンルを編み出した。その作品は象徴主義的雰囲気に満ち、登場人物たちは破滅へと向かう自らの運命に抗う術もない。陰鬱な恋物語『ペレアスとメリザンド』は、1902年にクロード・ドビュッシーによりオペラになった。多岐にわたる随筆も評価が高く、自然界は人類の存在を反映した神秘的な底流だとする『蜜蜂の生活』が有名だ。20世紀の最初の10年間には、『青い鳥』を代表とするおとぎ話の戯曲が前衛芸術家の間で高い評価を得た。だが晩年になると、文学の主流はメーテルリンクの洗練された耽美主義とは相反するものとなり、創作活動は徐々に途絶えていった。

主要作品　『マレーヌ姫』（1889年）、『ペレアスとメリザンド』（1892年）、『蜜蜂の生活』（1900年）、『青い鳥』（1908年）

ガブリエーレ・ダンヌンツィオ

Gabriele d'Annunzio　1863〜1938　イタリア

　センセーショナルなイタリア人作家、ガブリエーレ・ダンヌンツィオは、著作だけでなくその政治活動と恋愛沙汰でも名を馳せた。初の詩集『早春』を16歳で発表し、間もなく独自の才を持つ詩人、短編作家としての評判を確立する。1889年の『快楽の子』を皮切りに、激しい感情と色恋に左右される自らの人生を思わせる情熱的な小説を次々と発表した。そのなかには、女優エレオノーラ・ドゥーゼとの有名な恋愛を基にした『炎』などがある。また、戯曲作家としても高く評価され、ドゥーゼのために書いた『フランチェスカ・ダ・リーミニ』（1901年）は代表作となった。

　ダンヌンツィオは熱心な国粋主義者で、第一次世界大戦へのイタリアの参戦を大衆に訴えたこともある。国のため戦場にも赴いて英雄として称賛され、戦闘中に片目を失明した。戦後、短期間だが自らを司令官とする軍団を結成し、フィウーメ市（現クロアチア領のリエカ）を占拠した。

主要作品　『新しき歌』（1882年）、『死の勝利』（1894年）、『炎』（1900年）、『フランチェスカ・ダ・リーミニ』（1901年）

コンスタンディノス・カヴァフィス

Constantine Cavafy　1863〜1933　ギリシャ

　20世紀の最も影響力のあるギリシャの詩人コンスタンディノス・カヴァフィスは、エジプトのアレクサンドリアで生まれた。子供の頃は親の仕事の関係でイギリスに住んだこともあるが、1885年にアレクサンドリアに戻った後は生涯をこの地で過ごした。30年間官吏として働きながら、時間を見つけて詩作を行う。独自の作風を確立したのは40歳前後のことで、その後ようやく本人も納得できる短い詩を約150編制作した。

　有名な「バーバリアンを待ちながら」、「神はアントニーを見放し給う」など、彼は多くの詩の舞台を古代ギリシャおよびローマとし、卓越した繊細な筆致で古代の世界を現代に映し出した。作品の中には男性同士の焼けつくように熱い、だがすぐに快楽が失われてしまう行きずりの情事をテーマにした愛の詩もある。このように官能的な題材が多かったせいか、カヴァフィスの詩の大半は生前出版されることはなかった。

主要作品　「バーバリアンを待ちながら」（1904年）、『イタカ』（1911年）、『C・P・カヴァフィス詩集』（1935年）

△ イーディス・ウォートン（1885年頃）

20世紀前期の文学者

アンドレ・ジッド
André Gide　1869~1951　フランス

　ノーベル文学賞作家アンドレ・ジッドは、大学教授を父に持つプロテスタントの家庭に生まれ、21歳で最初の小説を出版した。1890年代の北アフリカ滞在中に同性愛を経験し、キリスト教を批判したニーチェに影響を受ける。それを反映した抒情あふれる作品が『地の糧』(1897年)だ。

　パリの文学界にその存在を確立したジッドは、1909年に文芸雑誌『新フランス評論』を創刊し、大きな影響を与えた。小説『法王庁の抜け穴』(1914年)では無償の行為と恣意的な自由をテーマとし、複雑な構造を持つ小説『贋金つくり』は本物と贋物の概念を深く掘り下げた。

　彼は同性愛を擁護し、植民地主義を非難し、ソ連共産主義を拒絶した。1947年、ノーベル文学賞を受賞する。『一粒の麦若し死なずば』や『日記』などの自伝的作品も非常に興味深い。

主要作品　『背徳者』(1902年)、『狭き門』(1909年)、『田園交響曲』(1919年)、『贋金つくり』(1926年)

コレット
Colette　1873~1954　フランス

　最も人気のあるフランス人作家の1人、シドニー=ガブリエル・コレットを文学に導いたのは、最初の夫で作家のアンリ・ゴーティエ=ヴィラールだ。初期の小説でありベストセラーとなった『クローディーヌ』シリーズは夫の筆名ヴィリーで出版されている。1906年に離婚した後はミュージック・ホールの妖艶な踊り子として生計を立て、また男女両方との情事など自身の体験を題材に『漂い人』をはじめとする半自伝的な小説を書いた。2度目の結婚で経済的安定を得てからは、創作活動に専念できるようになった。女性や年下の男性との恋愛は、高い評価を得た『シェリ』などの小説にしばしば登場するテーマでもあり、自身も同じ経験をしている。また、夫の連れ子とも関係を持ち、3番目となる最後の夫は16歳年下だった。コレットは深い官能や自然の鋭い描写を特徴とし、また男の弱さを描き出した。彼女はこの男の弱さをうまく利用し、性差別が蔓延する社会でしたたかに生きたのだ。

主要作品　『漂い人』(1910年)、『シェリ』(1920年)、『青い麦』(1923年)、『ジジ』(1944年)

ロバート・フロスト
Robert Frost　1874~1963　アメリカ

　詩人ロバート・フロストはカリフォルニア州に生まれ、11歳でニューイングランドに移った。彼は長い期間を憂鬱と失意

△ ポール・アルバート・ローレンス《アンドレ・ジッド》(1924年)

の中で過ごしている。詩作のうち出版にこぎつけたのはごく一部で、結婚生活は6人の子供のうち3人が夭折したことで行きづまり、さらに農場経営も破綻したのだ。1912年にイギリスへ渡り、以前より創作活動に適した環境に身を落ち着ける。最初の2冊の詩集『少年の心』(1913年)と『ボストンの北』(1914年)はニューイングランドの田舎を背景に通常の話し言葉で綴った作品で、詩人としての地位を固めるきっかけとなった。1915年にニューイングランドに戻り、「選ばれざる道」(1916年)、「雪の降る夕方森に寄って」(1922年)などの名詩でさらに評価を確定する。当時勢いのあったモダニズム文学には関心を示さず、生涯にわたり繊細で抑制の効いた詩を書き続けた。有名な「無条件の贈与」(1941年)は、1961年のジョン・F・ケネディ大統領の就任式で朗読された詩だ。

主要作品　『ボストンの北』(1914年)、「山の期間」(1916年)、『ニューハンプシャー』(1923年)、『遥かなる山並み』(1936年)

ライナー・マリーア・リルケ
Rainer Maria Rilke　1875~1926　オーストリア

　モダニズム運動に大きな影響を与えた抒情詩人として名高いリルケは、オーストリア=ハンガリー帝国領プラハに生まれた。詩の才能があったにもかかわらず、両親の強い要望により5年間陸軍学校に通っている。

　初期の詩は官能と精神性が溶け合う、退廃的な西洋文化思潮の典型とも言える特徴を持つ。フランスの前衛芸術に触発され始めた1902年以降は、現代社会における精神的疎外感を言葉で具体化するという、力強い事物詩の作風に向かっていった。1912年、トリエステのドゥイーノ城に滞在中、彼はあの有名な連作詩『ドゥイーノの悲歌』の第一歌を執筆する。しかし、第一次世界大戦勃発によって詩作は一時中断された。晩年に差しかかった1922年になって、リルケは創作意欲が弾けたように『ドゥイーノの悲歌』を完成させ、『オルフォイスに寄せるソネット』を書いた。こうした後期の作品は非常に美しく難解で、リルケ独特の審美的神秘主義が表現されている。

主要作品　『新詩集』(1907年)、『マルテの手記』(1910年)、『ドゥイーノの悲歌』(1912~22年)、『オルフォイスに寄せるソネット』(1923年)

ヘルマン・ヘッセ

Hermann Hesse　1877〜1962　ドイツ

　小説家で詩人のヘルマン・ヘッセは、プロテスタント宣教師の家庭に生まれた。神学校を退学したが、精神的な観点から物事を考える姿勢は終生持ち続けていた。最初の小説『ペーター・カーメンツィント』（1904年）が評価を受け、創作活動に専念することになる。第一次世界大戦中に精神的危機に陥り、離婚も経験した彼は東洋哲学とユング派精神分析学に救いを見出した（後に彼はユング心理学の元型を作品に取り入れることになる）。

　1920年代の小説『シッダールタ』は西洋に仏教を知らしめ、『荒野のおおかみ』の「魔術劇場」は誰も踏み入れたことのない空想の世界を読者に提示した。1932年からは、精神生活の秩序が保たれている世界のユートピア・ファンタジー『ガラス玉遊戯』に着手し、1943年に出版した。晩年はスイスで暮らし、1946年にノーベル文学賞を受賞している。ヘッセの小説は1960年代の反体制文化において多くの支持を得た。

主要作品　『デーミアン』（1919年）、『シッダールタ』（1922年）、『荒野のおおかみ』（1928年）、『ガラス玉遊戯』（1943年）

ローベルト・ムージル

Robert Musil　1880〜1942　オーストリア

　小説家で短編を多く書いたローベルト・ムージルは、クラーゲンフルトの裕福な家庭に生まれた。軍人を目指して陸軍学校に入学、このときのつらい経験が最初の小説『生徒テルレスの惑い』の下敷きとなる。

　方向転換して大学で機械工学、次いで哲学を学びながら短編を書き溜め、1911年に短編集『合一』を出版する。第一次世界大戦に出征し、帰還後は戯曲『熱狂家たち』（1921年）や短編集『三人の女』を発表して文学通の間で評価を高めた。オーストリア帝国の斜陽の時代を舞台にした不朽の名作『特性のない男』第1巻が、1930年に刊行される。モダニズム文学の傑作とされる作品だが、当初はあまり売れなかった。最終巻は未完に終わっている。ナチス政権から逃れてユダヤ人の妻とスイスに亡命し、この地で死去した。

△ キャサリン・マンスフィールド

主要作品　『生徒テルレスの惑い』（1906年）、『合一』（1911年）、『三人の女』（1924年）、『特性のない男』（1930、1932、1942年）

ニコス・カザンザキス

Nikos Kazantzakis　1883〜1957　ギリシャ

　ニコス・カザンザキスはオスマン帝国支配下のクレタ島で生まれ、帝国の圧政にギリシャが反乱を起こす不穏な社会背景の中で育った。ギリシャ人の日常的な話し言葉を文学表現として用いるべきだという考えのもと、小説や戯曲を20代から発表し始める。

　カザンザキスは世界各地を旅し、仏教と共産主義という相容れない2つの思想に触発された。

　翻訳や紀行本、教科書の執筆で生計を立てながら長い年月をかけて叙事詩『オデュッセイア』に取り組み、1938年に完成させている。

　彼の著作で最もよく知られる『アレクシス・ゾルバスの生活と行状』は第二次世界大戦中に書かれた小説だ。この作品を皮切りに、クレタ島への思いと独特の観点から捉えた信仰心をテーマにした作品の発表が続く。『最後のこころみ』は物議を醸し、正統派カトリック教会でもローマカトリック教会でも禁書となった。

主要作品　『オデュッセイア』（1938年）、『アレクシス・ゾルバスの生活と行状』（1948年）、『ミハリス大尉──自由か死か』（1950年）、『最後のこころみ』（1955年）

キャサリン・マンスフィールド

Katherine Mansfield　1888〜1923
ニュージーランド

　短編作家キャサリン・マンスフィールド・ビーチャムはニュージーランドのウェリントン出身で、父親は裕福な実業家だった。息苦しい環境に反発した彼女は、作家を志して1908年にイギリスに向かう。ボヘミアン的な生活を送り、奔放な恋愛関係を持った。最初の結婚はわずか数週間で終わっている。作家としては早い時期に認められ、1910年には権威ある文芸誌に作品が掲載されるようになった。翌年には初の短編集『ドイツの宿で』も刊行されている。

　アントン・チェーホフに影響を受けた、鋭い視点で描かれる短編は文学仲間からは非常にモダニズム的だと評価された。やがてブルームズベリー・グループと交流を持つようになり、1918年に批評家ジョン・ミドルトン・マリーと結婚する。『序曲』や『園遊会、その他』など後期の傑作は、ニュージーランドの少女時代の体験が基になっている。結核で長い間闘病していたが、フランスで息を引き取った。34歳だった。

主要作品　『ドイツの宿で』（1911年）、『序曲』（1918年）、『幸福、その他』（1920年）、『園遊会、その他』（1922年）

フェルナンド・ペソア

Fernando Pessoa　1888〜1935　ポルトガル

　特異なモダニズム詩人フェルナンド・ペソアは、母の再婚相手であるポルトガル領事の駐在地、南アフリカのダーバンで育った。17歳で生まれ故郷のリスボンに戻り、生涯をここで過ごす。ポルトガルの文学界の内では有名だったペソアだが、一般的には無名だった。少年時代に教育を受けた英語で書いた数編の詩を除けば、彼の存命中に出版された詩集は『歴史は告げる』だけだ（他の作品は彼の死後に出版された）。

　とはいえ、ペソアの創作活動はたゆみなく続き、架空の人物になりきってそれぞれの視点や作風で詩や文章を書くという、「ヘテロニム（異名）」の技法を編み出した。詩に登場する代表的な異名はアルベルト・カエイロ、リカルド・レイス、アルヴァロ・デ・カンポスだ。「作りごとばかりの」自伝『不安の書』は、ペソアの異名の1人、帳簿係補佐のベルナルド・ソアレスの手記という形をとっている。

　ペソア自身の名で書かれた詩は倦怠と郷愁を追求し、憂いに満ちた作風が特徴的だ。詩人としての彼の評価は、死後着実に高まっている。

主要作品　『歴史は告げる』（1934年）、『フェルナンド・ペソア詩選集』（1942年）、『アルベルト・カエイロ詩篇』（1946年）、『不安の書』（1982年）

ボリス・パステルナーク

Boris Pasternak　1890～1960　ロシア

　ボリス・パステルナークは詩人で小説家であり、1958年にノーベル文学賞受賞をめぐって政治的論争の渦中となった人物だ。サンクトペテルブルクの教養ある家庭に生まれ（父親はトルストイの挿絵を描いていた）、1914年に最初の詩集を出版する。1917年の十月革命後はロシアに留まることを選んだ。1920年代に発表した抒情詩には、象徴主義の詩人アレクサンドル・ブロークや未来派詩人ウラジーミル・マヤコフスキーの影響が色濃く出ている。スターリンの独裁体制の時代には、彼の作品の発表は制限されていた。1949年、愛人のオリガ・イヴィンスカヤが強制収容所に送られたが、パステルナークは難を逃れた。

　1956年、ロシア革命時を舞台にした恋物語『ドクトル・ジバゴ』を完成させる。共産主義を強調した小説ではないにもかかわらず、ソ連では発禁処分になった。西洋諸国で出版されてノーベル文学賞受賞が決定したが、パステルナークはソ連当局の圧力により受賞を辞退せざるを得なかった。

主要作品　『わが妹人生』(1922年)、『主題と変奏』(1923年)、『ドクトル・ジバゴ』(1956年)、『晴れようとき』(1959年)

J・R・R・トールキン

J.R.R. Tolkien　1892～1973　イングランド

　近代ファンタジー小説の祖、ジョン・ロナルド・ロウエル・トールキンは南アフリカに生まれ、イギリスのウェスト・ミッドランズで育った。12歳で身寄りがいない子供となり、カトリック司祭の後見を受ける。第一次世界大戦で少尉として従軍した時期に神話的な空想物語を書き始め、これはその後の作品の共通したテーマになった。戦後はオクスフォード大学ペンブルック・カレッジで、英語英文学の教授職を得る。

　作風に大きな影響を与えたのは古英語詩、特に叙事詩『ベーオウルフ』だ。わが子たちに向けて書いた『ホビットの冒険』は1937年に発売されるとすぐに人気となり、その後の『指輪物語』三部作の執筆に結びついた。三部作は1948年に完成して1950年代に刊行され、その後10年間にわたって全世界で大ベストセラーになる。初期に執筆した未完の『シルマリルの物語』は、彼の死後1977年に刊行された。

主要作品　『ホビットの冒険』(1937年)、『旅の仲間』(1954年)、『二つの塔』(1954年)、『王の帰還』(1955年)

フェデリコ・ガルシア＝ロルカ

Federico García Lorca　1898～1936　スペイン

　詩人で劇作家のフェデリコ・ガルシア＝ロルカは、アンダルシアのグラナダで農場主の息子として生まれた。1919年からマドリードで学び、若きサルバドール・ダリなど野心に満ちた同世代の芸術家や作家と親交を結ぶ。1921年、初の詩集を刊行した。西欧のモダニズムとアンダルシアに伝わる民謡を融合させた独特の作風を持ち、それは1928年に発表した有名な『ジプシー歌集』で最も顕著に表れた。その翌年アメリカを訪れ、超現実主義の詩『ニューヨークの詩人』(1940年)を書いた。1931年、スペイン共和国政府の支持を受けて劇団を結成し、地方を巡業して演劇の普及に努める。巡業中にも、スペインの農村で婚礼の晩に起きた、男女関係のもつれがもたらす悲劇を描いた『血の婚礼』や『イェルマ』(1934年)などの傑作を発表した。

　スペイン内戦が始まって間もない1936年8月、ロルカは国粋主義者によって殺害された。遺体はいまだに見つかっていない。

主要作品　『歌集』(1927年)、『ジプシー歌集』(1928年)、『血の婚礼』(1932年)、『イグナシオ・サンチェス・メヒアスを悼む歌』(1934年)

△J・R・R・トールキン

MID-
20th
CENTURY

20世紀中期

CHAPTER 5

ウラジーミル・ナボコフ	240
ジョン・スタインベック	242
ジョージ・オーウェル	244
パブロ・ネルーダ	248
グレアム・グリーン	252
ジャン＝ポール・サルトル	254
サミュエル・ベケット	258
ナジーブ・マハフーズ	262
アルベール・カミュ	264
エメ・セゼール	266
ディラン・トマス	268
マルグリット・デュラス	270
ソール・ベロー	272
アレクサンドル・ソルジェニーツイン	274
プリーモ・レーヴィ	276
ジャック・ケルアック	280
イータロ・カルヴィーノ	282
ギュンター・グラス	284
ガブリエル・ガルシア＝マルケス	286
マヤ・アンジェロウ	290
ミラン・クンデラ	292
チヌア・アチェベ	294
20世紀中期の文学者	298

ウラジーミル・ナボコフ

Vladimir Nabokov　1899～1977　アメリカ（出身はロシア）

ナボコフは小説『ロリータ』で悪名をはせ、当時の社会を揺るがし、現在も論議を呼んでいる。類まれな英語の名手は、長編小説から詩、短編、自伝、批評まで、数々の作品を遺した。

△ 映画化

『ロリータ』は、ブラックユーモアと知的な言葉遊び、美しい抒情的文章が織り合わさって芸術に昇華され、低俗なエロチシズムとは一線を画した。人間のどうにもならない妄執を見事に描きながら、1950年代アメリカのトラッシュカルチャーを鋭く風刺する。1962年にスタンリー・キューブリック監督のもと映画化され成功を収めた。

　ウラジーミル・ナボコフは、5人きょうだいの長子として、革命前のロシア・サンクトペテルブルクで貴族の家に生まれた。ロシア語、英語、フランス語の3カ国語が飛び交う環境で育ち、「想像しうる最も幸福な子供時代だった」とふり返っている。ロシア革命後の1919年、体制側の要人である父親は家族を連れてロンドンへ亡命する。その後ウラジーミルはロンドンに残り、家族はベルリンへ移ったが、父親は3年後に極右主義者に暗殺された。

　ナボコフはケンブリッジ大学を卒業した後、ベルリンへ移住した。すでにロシアで2冊の詩集を刊行していたが、今度は亡命ロシア人のコミュニティで詩人として名声を博する。この時期はウラジーミル・シーリンの名で作品を発表していた。1925年にロシア系ユダヤ人女性のヴェラ・スロニームと結婚、1934年に一人息子ドミトリをもうける。

ヨーロッパからアメリカへ

　ナボコフは1926年、自伝的色彩の濃い処女小説『マーシェンカ』を発表する。
　続いて1928年には『キング、クイーン、ジャック』を発表したが、この作品で見られる革新的な文体と言葉遊びは、のちにナボコフの代名詞となる。その後10年間、ロシア語で執筆にいそしみつつ、テニスやボクシング、語学を教えて家族を養う。妻も翻訳をして家計を助けた。

　やがて戦争が勃発し、一家はアメリカへ逃れる。ナボコフは、マサチューセッツ州のウェルズリー大学で講師の職を得る。おかげで執筆の時間がたっぷりでき、かねて情熱を注いでいた蝶の収集にも没頭した（結局、昆虫学について18本もの論文を書く）。英語での処女作品『セバスチャン・ナイトの真実の生涯』（1941年）は、ケンブリッジ時代の体験を元にしたものである。2作目の『ベンド・シニスター』（1947年）は、全体主義体制下の社会という設定で、結末には著者本人が登場する。

　1945年、ナボコフはアメリカに帰化し、1948年にはニューヨーク州コーネル大学でロシア文学の教授になる。生活の不安がなくなったことで野心作『ロリータ』に取り組み、一躍、世界の注目を浴びることになる。ナボコフ自身が「時限爆弾」と評した本作は、まず1955年にフランスで出版され、1958年にアメリカで刊行されるや、3週間で10万部の大ヒットとなる。語り手の中年男が12歳の少女に溺れ、身を滅ぼすというテーマは、現在でも物議を醸している。『ロリータ』によってナボコフは名声と称賛、莫大な金を手にした。

　『プニン』（1957年）は、アメリカに住む亡命ロシア人教授の物語である。『ロリータ』よりあとに書かれたものの、こちらの方が先に出版され、批評家に絶賛された。『青白い炎』（1962年）は、架空の詩人による999行の詩と架空の批評家による注釈で構成されており、こうした小説の形式をナボコフ自身が楽しんでいる様子がうかがえる。

　ナボコフは未完の原稿『ローラのオリジナル』を遺して、1977年に死去した。遊び心に富み、精緻を極め、詩のように美しい散文体は、後世の作家に影響を与え、マーティン・エイミス、トマス・ピンチョン、ジョン・アップダイクらの作品にその影が認められる。

◁ 晩年

1958年、ニューヨーク州イサカで撮影されたナボコフ。3年後、彼はスイスのモントルーへ移り、妻ヴェラとともにホテル「モントルー・パレス」で晩年を過ごした。

IN CONTEXT
インデックスカード

ナボコフはインデックスカードを使って小説を書いた。作品1つにつき数百枚カードを使ったという。ナボコフが執筆に取り掛かるのは「物事のパターン」がくっきりと頭に浮かんでからだった。直線的に作品を書き進めるのではなく、「あちらこちらをつまみだし、紙面の隙間をすべて埋めるまで続けた」という。カードを並べ直し、その作業がすむと番号を割り振った。それから妻に指示を出して3部ずつ打ち出させた。ナボコフの死後、2009年に（本人の希望に反して）出版された未完の小説『ローラのオリジナル』では、この創作手法が贅沢にもありのままの形で記録されている。

インデックスカードを見ながら妻ヴェラに指示を出すナボコフ（1958年）

ジョン・スタインベック

John Steinbeck　1902〜1968　アメリカ

アメリカ文学の巨人、スタインベック。彼は「国民の良心」を自称した。大恐慌時代の社会を激しく批判し、庶民にふりかかった悲運と不正義を描き出した。

ジョン・アーネスト・スタインベックは学生時代、休暇に砂糖農場で働いて初めて、季節労働者の惨状を知った。この原体験が、1930年代に書かれる社会小説の種となる。スタインベックは、カリフォルニア州モントレー郡の中流家庭に生まれた。元教師の母親の影響で、本好きな青年に育つ。スタンフォード大学で文学と生物学を気ままに学んだのち、中退し、ニューヨークで建設作業員や新聞記者をする。カリフォルニアに戻ると、農場や林業、漁業の現場で働いて生活費を稼ぎながら、執筆を行った。

最初の3冊はほとんど売れなかったが、1935年の『トーティヤ平』で日の目を見る。これは、酒浸りの生活を送るメキシコ系アメリカ人労働者の話で、アーサー王の円卓の騎士伝説を下敷きにしている。続く『二十日ねずみと人間』は、子供のように純真な大男レニーと、その保護者たるジョージ、二人の季節労働者がたどる悲劇だ。

1939年には大作『怒りのぶどう』を発表し、一大センセーションを巻き起こす。オクラホマなどの黄塵地帯(右のコラム参照)から命からがらカリフォルニアへ逃げだした人々、いわゆる「オーキーズ」と一緒に旅をした後、5カ月かけて書き上げた作品である。ピークには週1万部売れ、ピュリッツァー賞に輝いたが、一方では、アメリカンドリームを槍玉にあげたと批判にさらされた。

戦後

第二次大戦中、スタインベックは、「ニューヨーク・ヘラルド・トリビューン」紙の従軍記者だった。この時期に書き上げた『月落ちぬ』(1942年)は、かつては平和だった村への戦争と占領の影響を考察したものである(ぼやかしてはいるが、ナチスのノルウェー占領を題材にしている)。

今やすっかりニューヨーク住民となったスタインベックだが、再び、自身のルーツに回帰する。『キャナリー・ロー(缶詰横町)』(1944年)は、モントレーのサーディン工場地区が舞台であり、大作『エデンの東』(1952年)は、サリーナスでの自分の一族の歴史を下敷きにしている。1960年代になると、ベトナム戦争を支持したことから(再婚した妻とのあいだにもうけた息子は二人とも従軍した)、大衆を代弁する作家とは見なされなくなる。

『我らが不満の冬』(1961年)で、アメリカの倫理的退廃を鮮やかに描き出し、往時の姿を取り戻すと、1962年にはノーベル文学賞を受賞した。1968年12月に心臓病で死去するまで、生涯に30冊近い著書を残した。

△『怒りのぶどう』
聖書のような雰囲気で、ジョード一家の暮らしを、まるで手織り物のように丹念に描いている。「私が書きたかったのは、作り話ではなく、生身の人間の暮らしなのです」と、スタインベックは言った。

IN CONTEXT
黄塵地帯

1929年に始まった大恐慌で、アメリカは深刻な不況に落ち込む。1930年代半ばには国民の25%が失業した。穀物価格は60%下落し、過耕作、土壌侵食、干ばつもあいまって、肥沃な大平原は、砂嵐の巻き起こる「黄塵地帯」と化した。無数の小自作農が、地主や銀行に家や土地を没収された。そうした人々は一路、西部を目指した。「カリフォルニアに行けば、土地がたっぷりあり、仕事にも生活にも困らない」という話に乗せられたのだ。しかし、たどり着いた先で待っていたのは敵意と拒絶ばかりなのだった。

黄塵地帯で砂嵐から避難する一家

"人によっては信仰に見出す何ものかを、
　作家は自分の作品に見出すのかもしれない
　　──神の光が突然見えてくるように。"

ジョン・スタインベック

▷ スタインベック(1939年頃)
ピュリッツァー賞受賞作『怒りのぶどう』の出版年に撮影した肖像写真。出版後、騒ぎから抜け出すように、スタインベックはコルテス海(カリフォルニア湾)へ向かい、親友の海洋生物学者エドワード・リケッツとともに海の生き物を採集した。

ジョージ・オーウェル

George Orwell　1903〜1950　イングランド

オーウェルは、暗い皮肉に満ちた作品によって、2度のおぞましい世界大戦が残した不満と不安を描き出した。熱心な社会主義者でモラリストでもあった彼は、ときに身を挺(てい)して真実を追い求めた。

ジョージ・オーウェル（本名エリック・アーサー・ブレア）は1903年、英領インドのモチハリ（現ビハール）に生まれた。父親はインド総督府アヘン局の官吏で、アヘンの輸出を監督していた。オーウェルはまだ1歳の頃、母アイダとイングランドに帰国する。アイダは子供たちとオックスフォードシャーに移り住み、1912年までの数年間、父親と離ればなれになる。オーウェルがのちに言ったように、一家の社会的地位は「『中の上』の『下』寄り」だった。つまり、上層階級出身ではあっても落ちぶれて暮らし向きは厳しかった。

寄宿学校時代

孤独な少年時代、心の慰めは物語や詩を書くことで、いくつかは地元の新聞や雑誌に載った。8歳のとき、奨学金のおかげもあって、イーストサセックスの「気取った」寄宿学校に入る。ここで、イギリス階級制度の現実を目の当たりにし、自分のみじめな待遇と、「高貴な生まれの」裕福な子との格差を思い知る。

オーウェルは再び奨学金を得て、名門私立校イートンに入る。在学中、学校誌の制作に関わるが、学業の方はふるわなかった。卒業後、経済的に大学進学は難しかったため、インド帝国の警察官になる。勤務地に選んだのは、祖母の住むビルマだった。オーウェルはこの仕事を嫌い、エ

△ **ミャンマーの街カタ**
小説『ビルマの日々』の舞台となったミャンマー（旧称ビルマ）のカタ。警察署の前を荷馬車が通る。

ッセイ「象を撃つ」の冒頭でこう言っての
けた——「ビルマ南部のモールメインでは、たくさんの人に憎まれた。そんな目に遭うほど偉くなったのは、生涯でこのときだけだ」。権力への不信と帝国支配への嫌悪がありありと見てとれるが、ビルマという国自体は愛しており、『ビルマの日々』（1934年）では、珍しく美文体でその思いを綴(つづ)っている。

ロンドンとパリ

1928年、オーウェルは、作家になると決めて母国へ帰国する。ロンドンのウエストエンドに住みながら、労働者階級の暮らしを身をもって体験しようと貧困地区イーストエンドに繰り出す。そのために姿を変え、ぼろをまとい、安宿に寝泊まりし、「豚箱」にまで入れられた。だが、オーウェルはこれに懲りず、さらにパリにも調査に出掛ける。パリにはおばが住んでおり、何かと助けてもらえた。排他的なパリ文壇には近寄らず、むしろ都市の暗がりに生きる人々と交わった。そうした体験から、社会

> **IN PROFILE**
> **影響を受けた人物**
>
> オーウェルの青年時代の夢は、H・G・ウェルズの『モダン・ユートピア』のような本、すなわち、哲学的分析を含んだ物語を書くことだった。また、ジャック・ロンドンの書いたロンドン・スラムのルポルタージュ『奈落の人々』（1903年）にも影響を受けた。オーウェルはこう語る。「敬愛してやまない作家と聞かれれば、シェイクスピア、スウィフト、フィールディング、ディケンズ、チャールズ・リード、フローベール、そして現代作家では、ジェイムズ・ジョイス、T・S・エリオット、D・H・ロレンス。ただ……最も影響を受けた現代作家と言えば、やはりW・サマセット・モームだろう。いささかの気取りもなくまっすぐに物語を語る手腕には、脱帽するしかない」

小説家のW・サマセット・モーム

◁ **BBC時代のオーウェル**
第二次世界大戦中の1943年、ロンドンのBBCでマイクに向かう。オーウェルは1941年から同局東洋部に勤務し、ラジオ放送制作などに携わったが、1943年に辞職した。

> "すべての動物は平等である。
> しかし、一部の動物は
> 他の動物よりもっと平等である。"
>
> ジョージ・オーウェル『動物農場』より

△ ワイガン波止場（1939年）
大マンチェスターのワイガン波止場（写真右手、運河に面している）。オーウェルの陰惨な小説『ワイガン波止場』（1937年）は、イングランド階級社会の偽善と貧困を暴き出した。

△ 人民戦線（共和国政府）のポスター
オーウェルは志願してスペイン内戦に参加する。だが、ソ連を後ろ盾にした共産主義者が、それにはむかう他の社会主義者を弾圧する中、ほうほうの体で戦場を後にした。

批評と旅行記を混ぜ合わせたような原稿ができあがった。

　この作品はレイプや薬物売買などタブーに踏み込んでいたので、当初は文壇に受け入れられなかった。ほぼ同時代のイギリスの小説家D・H・ロレンスも同じ目に遭っているが、オーウェルもやはり憤り、イギリスの出版社はどこも「意気地なし」だと言い放った。それでも、その後、版権代理人レナード・ムーアと知り合い、そのつてで1932年の夏、出版社ヴィクター・ゴランツから色よい返事をもらう。翌年、『パリ、ロンドンに落ちぶれて』という書名でようやく刊行された。

北部の貧困

　昼間は教師をしながら、初めて本格的な小説に取り組み、『ビルマの日々』（1934年）を発表する。その後教師を辞め、ロンドン北西部ハムステッドに移り住む。書店員として生計を立てながら執筆を続けていたが、この頃、友人を通じてエイリーン・オショーネシーと出会い、翌年結婚する。この時期の暮らしは小説『葉蘭をそよがせよ』（1935年）に詳しいが、円満かに見えた家庭生活は、長くは続かなかった。

　当時、イングランド北部では人々が貧困に喘いでおり、その窮状を書いてほしいと出版社から請われた。オーウェルはそれに応え、再び取材の旅に出る。北部の町の現状をその目で確かめると、自身の社会主義者としての信条も交えてルポルタージュ『ワイガン波止場への道』（1937年）を発表する。この作品がイギリス情報機関の注意を引き、オーウェルに共産主義者の嫌疑がかけられる。「放浪者のような服装をしていた」せいもあったが、ともかくその後10年間、監視下に置かれた。

スペイン内戦

　1936年、スペインでファシストのフランコ将軍が反乱を起こすと、オーウェルは、反フランコ義勇軍への参加を決意する。バルセロナへの途上、パリで、作家のヘンリー・ミラーと会うが、ファシスト打倒などという考えは「たわ言」だとたしなめられる。事実、共和国政府側では内部対立が激化し、ファシストと戦うどころではなかった。オーウェルは前線に赴くが、狙撃兵に撃たれて、あえなく戦線を退く。銃弾は

"どんな問題にも政治が絡んでいるが、
　政治そのものは虚偽と欺瞞と愚劣と憎悪の塊である。"
ジョージ・オーウェル

主要作品

1933
『パリ、ロンドンに落ちぶれて』刊行。オーウェルが各地を浮浪し、日雇い労働をし、困窮に近い状態で生活した時期の記録。

1937
『ワイガン波止場への道』刊行。陰惨で目を背けたくなるが、読まずにいられない筆致で、北部工業地帯の貧困を描いた。

1938
『カタロニア賛歌』刊行。スペイン内戦への従軍体験を描いた。

1939
『空気を求めて』刊行。ノスタルジックな作品で、パンに肉汁をかけて食べたオーウェルの少年時代を回想する。

1945
『動物農場』刊行。全体主義の姿を寒々しく描き、絶賛される。

1949
『1984年』刊行。独裁社会の生活を悪夢のように描き出す。

のどを貫いたが、一命は取り留めた。

イングランドに戻ったオーウェルは、スペイン内戦の体験を『カタロニア賛歌』にまとめ、1938年に刊行する。子供の頃から優れなかった体調が、この頃とみに悪化し、結核の診断を受ける。とある人物が匿名で資金援助をしてくれたため、オーウェルは仏領モロッコで一冬を過ごし、翌1939年に『空気を求めて』を発表する。この小説は過去への郷愁に満ち、現在のイングランドは経済発展と商業主義に毒されている、と訴える。

戦後の作品

戦雲垂れ込める中、エイリーンはロンドンの情報省検閲局に入る。一方、オーウェルはBBCに勤め、大英帝国の東洋支配のための宣伝放送を制作する。が、やがてうんざりして退社すると、民主社会主義系の雑誌『トリビューン』に寄稿するようになり、1943年には文芸欄の編集長となる。つづいて小説『動物農場』の執筆に取りかかる。ロシア革命の約束にそむいたスターリンを皮肉った寓話であるが、この作品は当初、出版社からはねつけられ、文壇からも酷評された。当時のイギリスはスターリンのロシアと戦時同盟を組んでいたからである。しかし、ようやく1945年に刊行されると、大評判となった。

戦争の末期、オーウェルは赤ん坊のリチャード・ホレイショーを養子に迎えるが、家族団欒の時はあえなく終わる。ロンドンの自宅がドイツ軍の爆撃に遭い、さらにエイリーンが、子宮摘出手術の麻酔の副作用で亡くなったのだ。オーウェルは1人で息子を育てざるをえなくなった。最愛の妻を失い、体調も崩しながら、自分にむち打つように評論や記事を次々と書き、またいよいよ、不朽の古典『1984年』の執筆に取りかかる。かねてから支援してくれていた新聞経営者デイビッド・アスターの好意に甘え、スコットランドのジュラ島にある、自然豊かな、静かな地所を借りて、執筆に専念する。そこで書き上げたのが、『1984年』――独裁体制下で国家の管理監督がもたらす未来を描いた、背筋の凍るディストピア小説である。

ジョージ・オーウェルは、1950年1月に死去した。なお、死ぬまぎわにソニア・ブラウネルという女性と慌ただしく再婚しており、ブラウネルがオーウェルの死後、その作品を大学などに寄贈した。

ON STYLE
新語創作

オーウェルが果たした文学への最大の貢献は、忘れがたい新語をいくつもつくりだし、英語に導入したことである。小説『1984年』では、日常語を組み合わせて、「思考犯罪（thoughtcrime）」「二重思考（doublethink）」「良思考（goodthink）」「ニュースピーク（newspeak）」といった言葉をつくりだした。オーウェルの言葉は今日でも意味を持ち、マスメディアの発達した現代への警鐘となっている。造語という手法によってオーウェルは、「言葉は力である」という信念を証明しようとした。オーウェルが必死に伝えたようとしたもの、それは――言葉とメディアによって人々はいとも簡単に洗脳されてしまうこと、そして、体制側が故意に人々を攪乱し、判断能力を失わせて、意のままに操ることは可能である、ということであった。

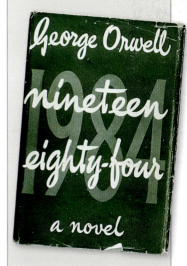

英国で出版された『1984年』の初版

◁ ロンドン大学本部
ロンドン大学の行政本部、通称「セネト・ハウス」。これをモデルにオーウェルは『1984年』で恐ろしい「真理省」をつくりだした。国家の宣伝工作と歴史修正を担う機関である。

パブロ・ネルーダ

Pablo Neruda　1904～1973　チリ

ネルーダはそのあふれる情熱で、さまざまな作品を豊かにうたいあげた。優しく情熱的な愛の詩、叙事詩、政治詩、そして、ありふれた物や生きものの詩を。

　詩人であり外交官・政治家でもあったパブロ・ネルーダは、本名をリカルド・エリエセール・ネフタリ・レイエス＝バソアルトといい、チリ南部パラルで生まれた。教師の母親はネルーダを生んですぐに亡くなった。2年後、鉄道員の父親はテムーコに移り住み、再婚する。ネルーダは10歳で詩を書きはじめるが、父親には反対された。だが、ガブリエラ・ミストラル（右のコラム参照）の勧めもあり、1918年から1920年にかけて地元の雑誌・新聞に次々と寄稿する。1920年からは父親の目をごまかすため、「パブロ・ネルーダ」の筆名を使った（1946年には法律上も改名）。

　ネルーダは1921年に首都サンティアゴに移り、大学に入学する。教師をめざしてフランス語を勉強した。2年後、わずか18歳で最初の詩集『たそがれ』を出す。翌1924年に『二十の愛の詩と一つの絶望の歌』が続く。こちらはロマンチックでメランコリックな愛の詩集で、一躍脚光を浴びるが、その率直な官能性から物議を醸す。最初の詩はこんな風にはじまる。「女の肉体　白い丘　白い腿／その身をまかせたおまえの姿は　まるで一個の世界のよう」

　ネルーダは独特の想像力と比喩を用いて、自らの恋愛遍歴をたどり、海や気候、故郷の荒々しい自然、さらにはその肉体に宿る情熱を、織り上げるように描き出した。

　3冊目の詩集『無限の人間の試み』が1926年に刊行され、さらには小説も出て、ネルーダの評価は不動のものとなる。

領事時代

　1927年、ネルーダはビルマ（現ミャンマー）のラングーン駐在の名誉領事になる。その後数年間、外交官として各地を転々とし、セイロン（現スリランカ）、ジャワ、シンガポールで暮らす。領事といっても無給で、つましい身分だったネルーダは、貧困を目の当たりにして胸を痛める。貧窮するアジアの民に共感を募らせ、『地上のす

▽ ウルグアイの隠れ家
ウルグアイの首都、モンテビデオ近郊の保養地アトランティダの隠れ家にあるネルーダの執筆机。ネルーダと妻マチルダはここによく滞在した。

IN PROFILE
ガブリエラ・ミストラル

チリの詩人、外交官、教育者のガブリエラ・ミストラル（本名ルシーラ・ゴドイ＝アルカヤガ。1889～1957）は女性で初めて、またラテンアメリカで初めて、ノーベル文学賞を受賞した（1945年）。テムコの女学校の校長時代に、まだ10代のパブロ・ネルーダと出会う。ミストラルの応援があったからこそ、ネルーダは詩人として羽ばたくことができた。ミストラルは教育者としての顔も持ち、チリ、メキシコ両国の学校制度改革に尽力した。1922年発表の最初の詩集『寂寥』が、代表作にあげられる。

チリのモンテグランデにある、ミストラルの生涯を称える像

▷ ネルーダ（1952年頃撮影）
ネルーダは今でも、チリの歴史と政治史にそびえ立つ巨人である。しかし、その慌ただしい冒険的な人生が、作品の評価に影を落とすことはない。作家ガルシア＝マルケスは、いみじくもネルーダを「言語の違いを越えた20世紀最大の詩人」と呼んだ。

> "どんな詩人にとっても……
> 最大の敵は、自分の力不足で、
> 忘れ去られ搾取された人々に
> 言葉を届けられないことなのです……"
>
> パブロ・ネルーダ、ノーベル賞受賞講演より

250 / 20世紀中期

> "孤立した希望というものがないように、孤立した闘争というものもありません。"
>
> パブロ・ネルーダ、ノーベル賞受賞講演より

△ 軍事政権への抗議
1973年、チリでクーデターが起こり、ネルーダの親友にして同志のアジェンデが失脚、民主的統治に終止符が打たれる。左派陣営は軍事政権に抗議・抵抗した。

▽ ラ・セバスティアーナ
チリのバルパライソ市にある丘の上に立つネルーダの家(通称「ラ・セバスティアーナ」)。ここからはカラフルな町並みと太平洋が一望できる。ネルーダは遊び心で家を飾り立て、壁を鮮やかな色に塗り、「踊っている」ように見せかけた。書斎には、敬愛する詩人ウォルト・ホイットマンの等身大の肖像画が置かれていた。

み か』(1933、1935年)を発表する。これらの詩でネルーダの名は世界に知れ渡ることになったが、スタイルの点では『二十の愛の詩と一つの絶望の歌』の伝統的なリリシズムから様変わりした。ネルーダの疎外感を反映して、さらには世界の混沌と愚かさへの抗議として、シュルレアリスムの形式をとっている。

ジャワ駐在時代、ネルーダはオランダ人女性マリア・アントニエタ・ハーヘナルと出会い、1930年に結婚した。1932年、夫婦でチリへ戻る。翌年、ネルーダはアルゼンチンのブエノスアイレス駐在領事となる。この地で、スペインの詩人・劇作家のフェデリコ・ガルシア＝ロルカと親交を結ぶ。

スペイン内戦

1934年、ネルーダはスペインのバルセロナ駐在領事になり、その後、マドリードへ赴任する。この地で娘マルバが生まれる。ガルシア＝ロルカとの交友を通じて、左派の政治思想を持つ文学者グループに加わる。1936年にスペイン内戦が勃発すると、ネルーダは人民戦線(共和国)側への支持集めに奔走する。ガルシア＝ロルカがファシスト党員に殺害されると、さらに政治活動に没入していった。

この時期、ネルーダの詩は個人的性格を弱め、社会的・政治的色彩を濃くする。1937年に発表した『心の中のスペイン』は、人民戦線を支持する詩であったため、ネルーダは領事職を解かれる。チリに召還されると、今度は国内で左派の政治運動に携わった。この頃には妻と別れ、新しい恋人、アルゼンチンの画家デリア・デル・カリルと暮らした。

駐パリ領事を経てメキシコシティー総領事となり、1943年、当地でデル・カリルと結婚する。その年、ペルーを訪れて、インカの都市遺跡マチュ・ピチュへ登る。この体験をもとに書いたのが『マチュ・ピチュの頂』(1945年)だ。全12部からなる長詩で、南米の古代文明を称えている。この詩はやがて、大作『大いなる歌』のメインテーマとなった。1938年頃から断続的に書き綴った一大叙事詩である。

政治と亡命

1943年にチリに戻ると、国政に身を投じる。上院議員となり、間もなく共産党に加わる。大統領選では左派候補ガブリエル・ゴンサレス・ビデーラを応援するが、1946年に当選したビデーラは、就任後、なんと右派に転向する。ビデーラの弾圧的手法を公然と批判したためにネルーダは上院から追放され、逮捕の話まで出る。1948年にやむなく身を隠し、1年あまり地下に潜伏したのち、国外に脱出した。馬の背に揺られてアンデス山脈を越え、アルゼンチンに入る。その後3年間、ヨーロッパを転々とする。行き先にはソ連も含まれていた。その独裁者スターリンを当時は敬愛していたのである。

ネルーダはこの頃、チリ人女性マチルデ・ウルティアと恋に落ちる。ネルーダはウルティアを深く愛し、生涯で最も多くの詩を捧げた。2人は1966年に結婚する。

執筆を続けていた『大いなる歌』は、ついに1950年にメキシコで出版された。ネルーダ社会詩の頂点を極める本作は、共産主義への連帯と自国への誇りをテーマとする。330の詩が15の篇に配置され、ラテンアメリカの過去と現在を探訪する。そこでうたいあげられるのは、豊かな自然

主要作品

1924 『二十の愛の詩と一つの絶望の歌』刊行。のちにスペイン語圏でベストセラー詩集となる。

1935 『地上のすみか』、2巻本として刊行。3巻目は1945年。

1945 『マチュ・ピチュの頂』。聖なる都市と虐げられた大衆への賛歌。

1950 『大いなる歌』、ネルーダの亡命中にメキシコで出版。チリでも地下出版される。

1954-57 『基本的なもののオード』(3巻本)。身の回りの何気ない物や動植物に目を向け、素朴な飾らない言葉でうたいあげた。

1959 『愛のソネット』。ネルーダのミューズである、3人目の妻マチルデ・ウルティアにささげた詩集。

1964 『イスラ・ネグラのメモ』。内省的な趣の、自伝的な詩を100編以上収める。

△ **マチュ・ピチュ**
ネルーダの最高傑作ともいわれる『マチュ・ピチュの頂』は、ペルーのアンデス山脈にたたずむインカの失われた都への旅を綴ったものだ。ネルーダは、時間を遡り、都を建設した人々の偉業を称え、その苦しみに思いをはせ、人間とは何かという普遍的な真理を探求した。

はもちろん、探検者と征服者、英雄と殉教者、そして名もなき庶民である。

チリでの活動

1952年、ネルーダはチリへの帰国を許される。大統領選でサルバドール・アジェンデを支持するが、当選にはいたらなかった。また、ウルティアに捧げる愛の詩集(『船長の詩』)を作るが、正式な妻デル・カリルに配慮して匿名で出版した。この時点ではまだ結婚を解消していなかったのである。1955年、離婚が成立し、以後、ネルーダはウルティアと暮らす。

この頃には、ネルーダは地位も名声も手にしており、その作品は何カ国語にも翻訳されていた。晩年の20年間も旺盛に詩作を続け、20冊以上出版した。1954年の『基本的なもののオード』ではスタイルの変化がうかがえ、身の回りの小さな物に目を向けた短い詩を、シンプルな言葉——道ばたの言葉——でうたっている。「葡萄酒へのオード」の冒頭を引いてみよう。「昼色の葡萄酒よ／夜色の葡萄酒よ／おまえには紫色の足がある／あるいは、トパーズ色の血が流れる」。次の重要作『気まぐれ詩集』(1958年)は内省的な詩が多く、愛の詩も収める。この時期には自然の詩も書いたし、個人、政治、社会に関する詩も書いた。

1970年、社会主義を掲げて大統領に当選したアジェンデは、ネルーダを駐フランス大使に任命する。翌年、ネルーダにノーベル文学賞が贈られる。がんと診断され、衰弱しながら、ネルーダは1972年にチリへ帰国し、1973年に当地で死去した。軍部のクーデターで友人アジェンデが死亡し、祖国への希望がついえた、ほんの数日後のことだった。ネルーダの葬列には悲しみに暮れる人々が集まり、自然と、新たな独裁への抗議集会に発展した。ネルーダがクーデターの首謀者ピノチェト将軍に殺されたと考える人は、今も絶えない。

> **IN CONTEXT**
> ## 共産主義への共感
>
> スペイン内戦のあとも、ネルーダは生涯、共産主義を支持してやまなかった。当時、理想主義を掲げる左派系知識人は多く、ネルーダもやはりソ連とその首領スターリンを支持した。その体制を称える詩もいくつか書き(1942年の「スターリングラードにささげる詩」など)、1953年に「スターリン平和賞(のちにレーニン平和賞に改名)」を受賞する。その年スターリンが死去すると、頌詩をささげた。ネルーダはレーニンも敬愛し、「今世紀最高の天才」と呼んだ。ネルーダは生涯、共産主義の信念を失わなかったが、後年、スターリンへの支持は撤回した。
>
>
>
> 「スターリンこそ我らが旗頭!」と書かれたソ連の扇動・宣伝ポスター(1948年)

グレアム・グリーン

Graham Greene　1904〜1991　イングランド

小説家、エッセイスト、劇作家のグレアム・グリーンは、大衆向けの娯楽作品で人気を博す一方、カトリック教徒の立場から複雑な道徳問題にも取り組んだ。

ヘンリー・グレアム・グリーンは1904年、イングランドのハーフォードシャーの名家に生まれる。父親が校長だったバーカムステッド校に寄宿するが、いじめを経験し、何度も自殺を試みる。16歳のときには精神分析医の元に通院した。オックスフォード大学を卒業した翌年の1926年、恋人ヴィヴィアン・ディレル・ブラウニングの影響でカトリックに改宗する（それまでは無神論者だった）。ヴィヴィアンとは1927年に結婚する。

グリーンの最初の小説『内なる私』（1929年）は「救いようもなくロマンティックな」、密輸と裏切りを巡る物語だ。幸い好評を博したため、グリーンは『タイムズ』紙の原稿整理係を辞め、フリーの記者・作家となる。

◁ **グレアム・グリーン**（1940年頃撮影）
『権力と栄光』刊行の年に撮影。この作品は初期の傑作と見なされ、グリーン自身も好きな作品にあげている。

「真面目」な娯楽作品

売れっ子小説家となるきっかけは『スタンブール特急』（1932年）だった。テンポのよいスリラー小説で、グリーンのいう「娯楽作品」（大衆受けを狙った作品）の系譜の幕開けとなる。代表作の1つ『ブライトン・ロック』（1938年）も娯楽性に溢れ、主人公が追われるスリラー仕立てだが、善と悪という深遠なテーマにも踏み込んでいる。なおその年、グリーンは裁判沙汰に巻き込まれ、一時メキシコへ雲隠れした。そのときの体験から生まれたのが、旅行記『掟なき道』（1939年）と、小説『権力と栄光』（1940年）である。後者は、カトリックの破戒僧「ウイスキー神父」を軸に、メキシコでの教会迫害の時代を描いている。

生来のプレイボーイであるグリーンは、1946年にカトリックの既婚女性キャサリン・ウォルストンと関係を持つ。1951年に破局を迎えるが、この体験から傑作『情事の終わり』が生まれ、その年刊行される。なおヴィヴィアンとは1947年に別れたが、2人は生涯、正式には離婚しなかった。

僻地への旅

グリーンは世界中の「未開の僻地」を渡り歩き、紛争や戦争の設定を作品に取り入れた。そうやって、登場人物の陥る道徳的葛藤や倫理的ジレンマを劇的に描き出した。1954年にはハイチに滞在し、小説『喜劇役者』（1966年）で同国の政治的迫害を描く。一方、ベルギー領コンゴのハンセン病患者施設を訪れた体験から生まれた『燃えつきた人間』（1960年）は、個人の救済の可能性を巡る悲劇である。また、キューバ訪問を下敷きにした『ハバナの男』（1958年）は、カストロ革命直前のキューバを描いたブラックコメディーである。

1966年、フランスのアンティーブに移り住み、恋人のイヴェット・クロエッタと暮らす。その後、スイスのヴヴェーへ移り、晩年を過ごした。1966年と67年には、ノーベル文学賞候補になる。死ぬまで執筆を続け、晩年の作品としては『名誉領事』（1973年）と『ヒューマン・ファクター』（1978年）がとくに秀逸だ。

明瞭な文体、リアルな会話、読者を引き込むプロットにくわえ、道徳的真摯さも持ち合わせたグリーンは、20世紀文学の殿堂に確かにその名を刻んでいる。

IN CONTEXT

映画化

グリーンの作風・文体は映画化するのに適しており、そのスリラー風娯楽小説はほとんど映画化されている。キャロル・リード監督によるフィルム・ノワールの古典『第三の男』（1949年）では、グリーン自ら脚本を書いた。グリーンは脚本執筆にあたり、舞台や人物設定、雰囲気を練るため同名の小説も書いていた。調査のため戦後のウィーンを訪れ、路地や下水道やナイトクラブを見て回り、軍の関係者やいかがわしい闇市場の売人とも会った。グリーンが当初考えていたハッピーエンドは、映画の暗い結末とは違うが、グリーンはのちに「（リードの）勝ちだ、あれでよかった」と述べている。

キャロル・リード監督『第三の男』のポスター

◁ **フリータウンのシティー・ホテル**
グリーンはシエラレオネでスパイ活動に従事した。写真は、首都フリータウンのシティー・ホテル。小説『事件の核心』（1948年）でベッドフォード・ホテルと名を変えて登場し、衰えゆく帝国の野望を象徴する。

254 / 20世紀中期

ジャン＝ポール・サルトル

Jean-Paul Sartre　1905〜1980　フランス

実存主義の哲学者、小説家、劇作家であったサルトルは、「人間は自由の刑に処されている」と考えた。生涯、「自由と行動」の思想と取り組み、さまざまな哲学作品を残した。

IN CONTEXT

『タン・モデルヌ』

サルトルやシモーヌ・ド・ボーヴォワールら知識人が1949年に創刊した左派系雑誌。「創刊の辞」でサルトルは、「実存主義の考える個人的・政治的義務に従って"アンガジュマン"（参加）の文学を掲載する」と表明した。同誌は、新人作家の作品を次々と紹介する一方、ベトナム戦争やアルジェリア独立闘争、アラブ・イスラエル抗争など国際情勢を論じて影響力を誇った。

◁ 集合写真（1922年撮影）
サルトルは、高等師範学校受験のために準備課程に通っていた。写真は、人文学系クラスの集合写真。前列右から2番目がサルトル。サルトルから左に2人目が、友人の作家ポール・ニザンだ。

1929年から1931年まで兵役を務めたサルトルは、その後14年にわたり、フランス各地の高等学校で哲学を教える。その間、一時期ベルリンに留学し、エドムント・フッサールの現象学的哲学と出会う。これはサルトルの思想に大きな変容を迫った。

実存主義の宣言

1938年、最初の小説『嘔吐』を発表する。自伝めいた哲学作品で、「現象学」（意識にのぼる「現象」の探求）の影響がうかがえる。主人公ロカンタンは、救いようのない絶望にとらわれ、吐き気を覚えるのだが、それは、あらゆる存在の無意味さに気づいたからである。「存在に意味などない」——これこそが人間の自由の正体であると、サルトルは考えた。そして、この「自由の刑」から逃れるには、1人1人が自分の存在に責任をもって生きていくしかない。この独特の実存主義哲学は、翌年出版された短編集『壁』にも引き継がれている。

第二次世界大戦が始まると、サルトル

ジャン＝ポール・サルトルは、パリの中流家庭に生まれた。サルトルが2歳になる前に、海軍将校の父親が黄熱病で亡くなり、母親はパリ郊外の実家へ戻る。祖父のチャールズ・シュバイツァー（ノーベル平和賞受賞者アルベルト・シュバイツァーの兄）は、立派な知識人で、サルトルの家庭教師として古典文学の手ほどきをした。

教育と影響

サルトルが12歳のときに母親が再婚し、一家はフランスの大西洋沿岸ラ・ロシェルに引っ越す。サルトルは高等中学に入るが、いじめを経験し、15歳でパリの学校に移る。学業は優秀で、1924年、フランス最高峰の高等師範学校（エコール・ノルマル・シュペリュール）に進学する。在学中は、頭脳明晰な天才、おまけにひょうきんな性格で知られていた。

哲学の教師をめざして勉強していた頃、生涯のパートナーとなる「運命の女性」シモーヌ・ド・ボーヴォワールと出会う。サルトルはボーヴォワールに一心に愛を捧げたが、2人はオープンな関係で知られ、互いに他に恋人を持つこともあった。

『タン・モデルヌ』（1970年10月号）

> "人間は自由の刑に処せられている。
> ひとたび世界の中に投げ出されたら、
> 自分のなすこと一切に責任を負うからである。"
>
> ジャン＝ポール・サルトル『存在と無』より

▷ ジャン＝ポール・サルトル（1946年撮影）
戯曲『恭しき娼婦』の上演時、パリの劇場テアトル・アントワーヌで撮影。アメリカの人種分断と自由思想をテーマとする劇だった。

20世紀中期

主要作品

1938
最初の小説『嘔吐』を発表。自らの実存主義哲学を小説の形式で提示する。

1943
ナチス・ドイツ占領下のパリで、当局の目をかいくぐり政治戯曲『蠅』を発表。

1943
大作『存在と無』を発表。サルトル哲学の金字塔となる。

1944
戯曲『出口なし』を上演。実存主義の立場から地獄を描く。「地獄とは他人のこと」というセリフで有名。

1945
『分別盛り』『猶予』を出版。どちらも大作『自由への道』の一部で、もともと4巻本になるはずだった（結局3巻までで終わる）。

1948
戯曲『汚れた手』で、個人・政治を問わず犯罪の動機を考察した。

1960
『弁証法的理性批判』を発表。この哲学書によって自分は記憶されたいと、サルトルは語っている。

▽『出口なし』（1946年上演）
ニューヨークで上演されたこの劇では、3人の人物が地獄の一室に閉じ込められている。3人とも罪深い生活を送ったため、永遠の刑に服しているのだ。劇はアメリカの批評家に絶賛され、「現代演劇の一大事件」とも評された。

はフランス軍に召集される。1940年にドイツ軍の捕虜となり、収容所で9カ月ほど過ごす。この体験がサルトルの政治意識を目覚めさせた。それまではもっぱら個人の自由を論じ、世界情勢にはさほど関心を寄せていなかったが、これ以降は社会的責任や政治参加をテーマにした著作が増えていく。

1941年、サルトルは健康上の理由で釈放され、パリで教職に就く。やがて対独レジスタンスに参加するが、自ら立ち上げを手伝った地下組織が失敗に終わると、ペンこそが最大の武器との思いを強める。1943年、古代ギリシャのエレクトラ神話を下敷きに戯曲『蠅』を書き上げる。占領下のパリの、閑散とした劇場で上演されたこの劇は、ギリシャ神話を隠れみのにドイツ軍の目をごまかし、抑圧への抵抗を表現した。もちろん、「自由と責任」という実存主義のテーマもしっかり盛り込んでいた。上演初日の夜、サルトルはアルベール・カミュと出会い、レジスタンス組織「コンバ」に誘われる。それをきっかけに、サルトルは同名の非合法紙に寄稿を始める。

サルトルはその年、哲学書の大作『存在と無』を発表する。「本質は実存に先立つ」という哲学の常識を覆して、「実存は本質に先立つ」という考えを打ち出し、自由な選択の重要性を訴えた。1944年5月に上演された一幕劇『出口なし』では、『存在と無』のテーマを引き継いで、「他者」という概念を考察している。そして他者を通して、1人1人の自己意識が形づくられていくことを示した。

政治参加

サルトルは雑誌『タン・モデルヌ』を創刊し、実存主義文学——文化的価値はもちろん社会的価値にも富む作品——の発表に乗り出す。サルトル自身の作品はもちろん、戦後の名だたる思想家の作品を次々と紹介した。シモーヌ・ド・ボーヴォワールと哲学者レイモン・アロン（2人とも同誌の編集委員）、さらにはジャン・ジュネ、サミュエル・ベケットらがいた。

1945年、サルトルは『分別盛り』『猶予』を出版する。これらは、三部作『自由への道』の最初の2冊にあたる。3冊目の『魂の中の死』は1948年に刊行された。この

IN PROFILE
シモーヌ・ド・ボーヴォワール

著名な小説家、エッセイスト、実存主義哲学者、フェミニストのシモーヌ・ド・ボーヴォワール（1908～1986）は、サルトルの生涯のパートナーだった。2人は結婚はせず、一緒に暮らしたこともないが、いつも互いに作品を読み意見を交わし、考えを深め合った。ボーヴォワールの私生活は波瀾万丈で、色恋沙汰が絶えなかった。教師時代、女子生徒をたぶらかしたとして首になったこともある。ボーヴォワールとサルトルはしばしば、女性の恋人を共有した。

1949年、ボーヴォワールは『第二の性』を発表。実存主義哲学とフェミニズム思想を結びつけ、フェミニズムの礎を築く。ボーヴォワールは1986年にパリで死去した。墓所はモンパルナス墓地の、サルトルの隣にある。

シモーヌ・ド・ボーヴォワールとジャン＝ポール・サルトル（1970年撮影）

三部作は自伝的要素を含みつつ、サルトルお得意のテーマである義務、自由、責任、自己欺瞞、確実性を縦横に論じる。中でも『猶予』は実験的文体で書かれ、視点の移り変わりや自由な句読点の使い方を採用し、ドス・パソスやヴァージニア・ウルフらモダニストの影響を漂わせる。

三部作を通して読むと、サルトルの考え方の変化が分かる。戦前はもっぱら個人に意識を向けていたが、戦後は行動と参加の重要性に気づき、自ら積極的に政治に関わるようになる。それにつれて実存主義からマルクス主義に宗旨変えし、「われわれの時代の哲学」と称えた。当初はソ連を支持したが、共産党には一度も加わらなかった。

ソ連型社会主義に入れこんでいたサルトルだが、1956年にソ連がハンガリーに侵攻して作家を弾圧したことで、幻滅を味わう。それでも政治参加をやめることはなく、反ユダヤ主義や帝国主義に反対し、フランスのアルジェリア支配にも反対の論陣を張った（そのせいで1961年に爆破テロの標的となる）。さらに、キューバ革命を支持し、1960年にシモーヌ・ド・ボーヴォワールとともにキューバを訪問する。フィデル・カストロおよびチェ・ゲバラと会見し、ゲバラを「われわれの時代で最も完璧な人間」と称えた。

サルトルは死ぬまで左派の政治運動を熱心に支持した。1968年のフランス五月革命でもそうだった。アメリカのベトナム介入やソ連の「プラハの春」弾圧に抗議し、パレスチナ人やベトナム難民の権利擁護を訴えた。晩年になっても、パリで隠遁生活を送りながら、折にふれて過激な学生団体の世話をし、左派系出版物の名誉編集長を務めた。

最後の日々

1964年、サルトルはノーベル文学賞を授与されるが、「体制に取り込まれたくない」として受賞を拒否する。その年、機知に富んだ自伝『言葉』を発表し、事実上文壇に別れを告げる。視力の低下に伴い、1970年代半ばに執筆を断念した。1960年代から続けていたフローベールの伝記は未完に終わった。

サルトルは74歳に肺水腫で亡くなった。葬列には5万人が参加し、パリの通りを練り歩いた。

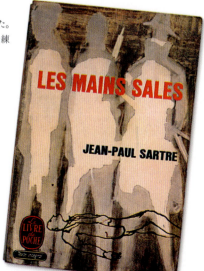

▽『汚れた手』（1948年）
戯曲『汚れた手』は政治参加について考察し、とりわけ、革命運動における政治的暴力の是非を論じた。

"われわれの責任は
自分で思っているよりも遥かに大きい。
全人類に関わる責任なのだから。"

ジャン＝ポール・サルトル『実存主義とは何か』より

サミュエル・ベケット

Samuel Beckett　1906〜1989　アイルランド

荒涼とした不条理劇で有名なベケットだが、モダニズムの詩人・小説家としても知られる。大人になると祖国アイルランドを出て、主にパリで暮らし、フランス語で次々と傑作を生み出した。

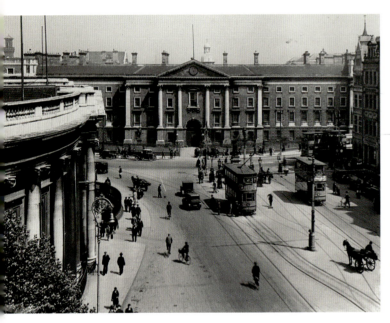

◁ ダブリンのトリニティ・カレッジ
（1920年代撮影）
ベケットは大学では優等生で、卒業時に金メダルをもらった。講師になってからは、学者たちの虚栄心、「教養のなさ」を嘆いていた。

オスカー・ワイルド、ジョージ・バーナード・ショー、W・B・イェイツと同じく、ベケットもダブリンのプロテスタント中流家庭に生まれた。建築積算士の父が、緑豊かな郊外のフォックスロックに大きな家を建て、そこで1906年4月13日、サミュエル・バークレー・ベケットは生を受けた。ベケット家のようにイングランド系のアイルランド人は当時羽振りがよく、ベケットもよい教育を受けられた。ベケットは実家を離れ、エニスキレンのポートラ・ロイヤル校に寄宿する。学業優秀で、身体能力に恵まれていたためスポーツに夢中になる。とくにイギリスの伝統球技クリケットを愛し、プロ顔負けの腕前となる。その情熱は生涯消えなかった。

1923年、ベケットはダブリンのトリニティ・カレッジに進学し、ロマンス語を学ぶ。1927年、文学士号を取得し、学問の道に進む。ベルファストでしばし教えたのち、パリの高等師範学校（エコール・ノルマル・シュペリュール）の英語講師となり、1928年、パリに移り住む。

ジョイスとベケット

ベケットはパリを気に入っていたが、学者の世界には嫌気がさしていた。幸い、ベケットの求めていた刺激はすぐに訪れる——ジェイムズ・ジョイスとの出会いである。ジョイスもアイルランド人で、パリに住んでいたのだ。ジョイスはこの頃、小説『ユリシーズ』で物議を醸して悪名を馳せ、パリ文壇の寵児になっていた。ジョイスは、まだ若いベケットの世話役となり、他の作家や芸術家と引き合わせた。また、その類まれな言語感覚を見抜き、自身の小説『フィネガンズ・ウェイク』の調査を手伝わせた。

ベケットはだんだん独り立ちし、自分でも創作に取り組むにつれ、このまま師の影響から抜け出せないのではないかと焦りだす。自分の書いたある短編について「ジョイスの臭いがする」と、ベケットは嘆いた。ジョイスの娘ルチアから言い寄られて困っていたこともあり、師弟の関係がこじれだ

ON STYLE
不条理劇

「不条理劇」という言葉を作ったのは、ハンガリー出身の批評家マーティン・エスリンである。1950年代に興った、ブラックユーモアとシュール、ナンセンスなプロットを特徴とする一群の劇を指す。その代表例が、ベケットの『ゴドーを待ちながら』『勝負の終わり』『しあわせな日々』であり、エスリンによれば、カミュの唱えた実存主義流の存在の不条理を見事に描きだしている。ただし、ベケット自身は哲学者ぶる気はなく、自分の作品はむしろ、人間模様を描いた悲喜劇だと語っている。『勝負の終わり』のネルが吐く次の言葉から、それが分かるだろう。「不幸ほど愉快なものはない……この世で最も滑稽なものだ」。

ニューヨークで上演された『しあわせな日々』の一場面（2008年撮影）

▷ ベケット（1976年撮影）
いかめしい風貌から、厳格で気難しい性格と思われがちだったベケット。友人や仲間によると、その人柄は温かく、ユーモアにあふれていたそうだ。

"すんだこと。そればかりずっと。やっては。しくじった。かまわない。もう一度。またしくじる。まあいい。"

サミュエル・ベケット『さいあくじょうどへほい』（近藤耕人訳、ユリイカ、1996年2月号）より

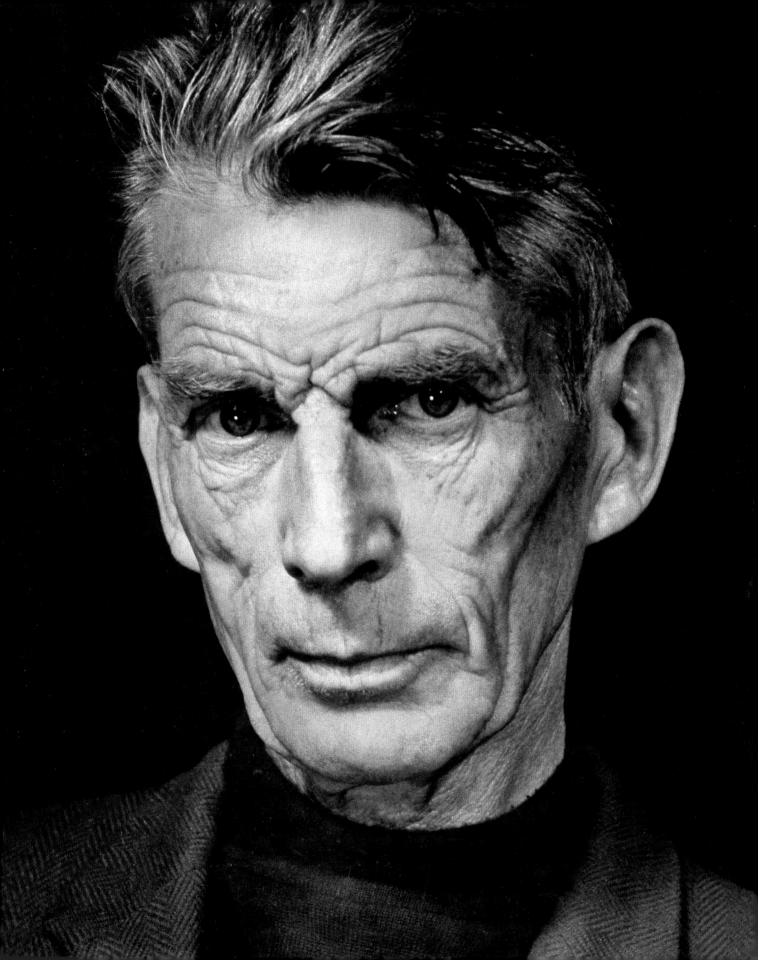

△『ゴドーを待ちながら』(1953年)
ベケットの画期的な不条理劇。1953年にパリ、バビロン座で初演。批評家ビビアン・メルシエがこの2幕劇を評して「何も起きない、それも2回とも」と言ったのは有名だ。

し、1930年、ベケットはダブリンに戻る。母校トリニティ・カレッジでフランス語を教えるが、翌年には辞職する。

学者としての人生に見切りをつけると、ヨーロッパ各地を転々とする生活を6年続けた。この時期、本格的に創作に取りかかり、詩集1冊、多数の短編、そして小説『並には勝る女たちの夢』を書く。この小説は生前、出版には至らなかったが、これを下敷きにして短編集『蹴り損の棘もうけ』が生まれた(1934年に刊行)。

最愛の父が1933年に亡くなると、ベケットは生きる意味を見失い、不安に襲われ、

これを克服するため2年間、ロンドンで精神分析療法を受ける。この体験から、夢幻的なシナリオと苛まれた精神という、のちのベケット作品の素地ができあがる。そうして生まれたのが、2冊目の小説にして不条理小説の傑作『マーフィ』だった。この薄ら寒い喜劇の主人公は、物質世界で安らぎを得られないことを悟り、揺り椅子に引きこもる男だ。

パリに戻って

ドイツ国内を点々としたベケットは、1937年にアイルランドに戻るが、帰郷はつかの間に終わる。家ではいざこざが絶えず、母親と口論の末、とうとう仲違いしたのである。ベケットはもうアイルランドには帰らず、パリに定住することを決める。

フランスに戻ると、パリの芸術界にまた出入りし、ジョイスとの交際も復活する。大富豪のペギー・グッゲンハイムとも恋仲になった。パリでの最初の冬、ベケットは路上で客引きに胸を刺され、命を落としかける。肺の治療で入院したのち、法廷で男と対面し、自分を襲った理由を尋ねた。すると、男はこう答えた。「分かりません、旦那。すみません」──この答えに感じ入り、ベケットは告訴をすっかり取り下げた。

療養中、ベケットは、シュザンヌ・デシュヴォー=デュムニールの訪問を受ける。シュザンヌとはその数年前から知り合いだったが、これを機に2人は交際をはじめ、生涯連れ添うことになる。

戦争と抵抗

1940年にドイツ軍がパリに侵攻する。中立国アイルランドの市民であるベケットは、シュザンヌとともにパリにとどまることができた。ナチスによる占領とその蛮行に慣り、ベケットはレジスタンスに参加し、密使を務める。1942年、仲間がゲシュタポに逮捕されたため、ベケットとシュザンヌは潜伏を余儀なくされ、結局、まだ占領されていない南フランスのルシヨン村に逃げる。2人の長くわびしい、南部への田舎道の旅から、『ゴドーを待ちながら』のシナリオが生まれたと言われている。

戦争が終わると、ベケットはパリに戻って創作を再開する。母親に会いに一時アイルランドに戻るが、そのとき、母親の寝室で突然、今後の作家としての道を指し示す「天の啓示」を受ける──「愚劣と欠乏、無力と無知をかかえた」己の闇を受け入れよ、と。これ以降、ベケットは無知と混乱の視座から、作品を書き始める。知識と秩序を生み出すために言葉を足して

"女たちは墓石にまたがってお産をする、
　ちょっとばかり日が輝く、そしてまた夜。"
サミュエル・ベケット『ゴドーを待ちながら』(安堂信也・高橋康也訳、白水社、1990)より

▷ **軍功十字章**
ベケットは戦争中、パリおよび南フランスで対独レジスタンスに参加した。戦後、軍功十字章およびレジスタンス記念章を受賞した。

いくのではなく、むしろ反対に削っていったのである。

さらにフランス語でも書いたことで、英文学の伝統に縛られず「スタイルのない」作品をつくることができた。この旺盛な執筆期に生まれたのが、散文学の歴史を変えた三部作『モロイ』『マロウンは死ぬ』『名づけえぬもの』である。自己言及的な独白からなるこれらの作品は、明確な筋もなければ人物の肉づけもなく、抽象絵画を文学作品に仕立てたようなものと評される。1951年にようやくシュザンヌが『モロイ』の出版先を見つけ、まずまずの売れ行きだったため、ベケットの他の本も続々と出版が決まる。

劇作品

1948年、ベケットは、のちの傑作『ゴドーを待ちながら』の執筆に取りかかる（まずはフランス語で書かれ、のちにベケット自身の手で英語に翻訳された）。これは、永遠に引き延ばされた救済の話で、不可解な道化のような人物を通して語られる。1953年、パリで初めて上演されると、一部批評家から「演劇に革命が起きた瞬間」と絶賛され、またたく間に評判となる。ベケットは名声を手にしただけでなく、自分の力をいかんなく発揮できるスタイルとジャンルを見つけたのだ。これ以後、戯曲に精力を注ぎこみ、脚本も書けば演出もした。1950年代にはラジオの台本も書くようになり、ロンドンでBBCの仕事をすることが増えた。BBCでベケットは、台本担当のエディター、バーバラ・ブレイと出会う。バーバラは未亡人だが、まだ若く、2人は恋仲になる。この関係は生涯続くことになった。ただしベケットは、1961年にシュザンヌとひっそり民事婚をしている。

隠遁と晩年の詩作

ベケットはずっとパリで暮らしていたが、仕事のために静かな生活を求めて、マルヌ盆地の田舎家に移る。そこで隠遁生活を送り、人前に姿を見せず、取材にも応じなかった。1969年、ノーベル文学賞受賞の知らせを受けると、当時チュニジアで休暇を過ごしていたベケットとシュザンヌは雲隠れし、友人をストックホルムへ送って代理受賞させた。

しかし晩年になって、ベケットはふたたび散文と詩作に取り組む。1986年、肺気腫と診断され、おそらくパーキンソン病にもかかっていたベケットは、介護施設に移る。妻シュザンヌが1989年7月に亡くなると、後を追うように5カ月後、ベケットも亡くなる。83歳だった。2人は一緒にパリの墓地に埋葬された。

> ### ON FORM
> ### メディアの巨匠
> ベケットが演劇に転向したのは割と遅かったが、すぐに劇作の名人となる。その類まれな手腕を生かして、いろいろなメディアで常識を打ち破り、とくにテレビ向けのドラマ制作で有名になった。代表作『ねえジョウ』（1965年）は、テレビでモダニズムを実験した作品である。限定された言語表現、最小限のセット、過剰なまでにスローな体の動きを特徴とし、作品の最後では、主人公ジョウにカメラがじわじわ寄っていき、強烈な顔のクローズアップで終わる。ベケットのラジオ作品もやはり革新的で、かつてないほど巧みに音と声と音楽を組み合わせた。ベケットは短編映画も制作し、バスター・キートンが主演した。

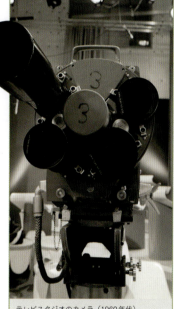

テレビスタジオのカメラ（1960年代）

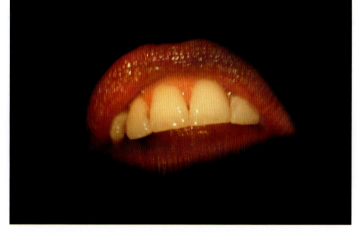

◁ **『わたしじゃない』**（2014年撮影）
ベケットの寸劇（上演時間はわずか14分）。役者の姿で見えるのは、暗闇に浮かび上がる口だけ。そこから吐き出されるのは、苦難の人生を巡る内的独白だ。

主要作品

1934	1938	1948-49	1951	1972	1989
ベケット初の本格的な著作、『蹴り損の棘もうけ』が出版される。短編集の体裁をとっていた。	小説『マーフィ』がようやく刊行される。出版元を探すのに2年かかった。	『ゴドーを待ちながら』の執筆に取り組む。劇場用に書かれた初めての重要作品。初演は1953年パリ。	フランス語で書かれた「三部作」小説の第1作『モロイ』が出版される。第2作『マロウンは死ぬ』、第3作『名づけえぬもの』もすぐに続く。	演劇『わたしじゃない』がニューヨークのリンカーン・センターで上演される。	『伴侶』『見ちがい言いちがい』『さいあくじょうどへほい』の3つの小説をまとめて『どうにも』として出版される。

▷ **カイロでのマハフーズ**
マハフーズの生まれ育った、カイロの旧市街ガマーリーヤ（1989年撮影）。マハフーズは多作で、34冊の小説と数百本の短編を書いた。一部は映画化されている。

ナジーブ・マハフーズ

Naguib Mahfouz　1911～2006　エジプト

マハフーズは、アラブ人作家として初めてノーベル文学賞を受賞した。20世紀前半のカイロの暮らしを活写したリアリズム小説で知られる。

ナジーブ・マハフーズ

> "第三世界から来たこの男が、
> どうしてのんきに物語などを書けたのでしょうか？"
>
> ナジーブ・マハフーズ、ノーベル賞受賞講演より

ナジーブ・マハフーズは1911年、カイロ旧市街のガマーリーヤで生まれた。そこでは中世からの狭い通りに人家がひしめき、イスラム教にのっとった伝統的な生活が営まれていた。公務員の父親は昔気質の男で、厳しいイスラムの戒律を家族に守らせていた。マハフーズはそんな一家の末っ子として育った。8歳のとき、「1919年エジプト革命」（右のコラム参照）が起き、さまざまな暴力沙汰を目にする。地元のイスラム神学校からスタートし大学まで進んだマハフーズは、そうした教育の背景もあり、1930年代には反英民族主義のワフド党を支持するようになる。

マハフーズは生活のためにエジプトの公務員となり、生涯、安定したキャリアを歩む。しかし、心の底では小説を書きたいと願っていた。ファラオ時代のエジプトを舞台に歴史小説をいくつか書いてみたあと、『ミダック横町』（1947年）でついに自分のテーマとスタイルを見つける。この小説の舞台は第二次世界大戦中のカイロだ。貧困と不満から逃れるには西洋式の近代化を受け入れるしかない、そんな社会が描かれる。圧巻なのは登場人物の多彩な顔ぶれだ。ゲイの麻薬密売人もいれば結婚仲介人もおり、外国人高官に身を売る無情な美女もいれば、わざと貧しい人々の体の一部を不自由にして物乞いができるようにしてやる商売の男まで出てくる。

先進的思想

『ミダック横町』に続くのが、いわゆる『カイロ三部作』である。1910年代から1940年代にかけてアブド・アル・ジャッワード一家の暮らしを描いた、この見事な大河小説で、マハフーズの名はアラブ世界にとどろいた。1作目の『バイナ・アル・カスライン』（1956年）では、マハフーズが子供の頃に見た世界を描いた。一家の長の男は、イスラムの戒律から妻を家に閉じ込めながら、自分は不義にふける。こうした家父長の横暴に対してほかの家族がそれぞれ見せる反応が、ドラマの中心をなす。2作目『カスル・アッ・ショーク』と3作目『スッカリーヤ』はどちらも翌1957年に出版された。急速に変化する時代にあってエジプトの政治・社会を見舞った混乱と、イギリスの影響力から脱し駐留軍を追い出す闘争とを年代記風に描いている。

マハフーズの小説はその後、実験的構造が増え、寓意的性格を強める。『わが界隈の子供たち』（1959年）は、預言者ムハンマドを登場させてイスラム保守派の反発を買い、エジプト国内で発禁となった。アレクサンドリアを舞台とした『ミラマール』（1967年）では、4人の語り手が同じ出来事を異なる視点で語る。

1988年、ノーベル文学賞を思いがけず受賞すると、ようやく非アラブ世界の目がマハフーズに向けられる。そのリアリズム小説は北米とヨーロッパでベストセラーとなった。晩年になっても衰えぬ政治的言動で議論を呼び、1994年にはイスラム原理主義者に暗殺されかけた。2006年、マハフーズは94歳で死去した。

IN CONTEXT

1919年革命

第一次世界大戦中、エジプトは英国の保護領となり、軍事基地が置かれた。オーストラリアと英国の兵士は粗暴な振る舞いでカイロ住民の反感を買う。戦争が終わるや、エジプトの民族主義者はサード・ザグルールを先頭に、英当局に保護領制をやめるよう申し立てる。1919年、エジプト全土で大衆デモが展開され、外国人の退去を要求した。このときは、英国軍による鎮圧で数百人の死者が出た。1922年、やまない抵抗に音を上げ、英国はエジプト独立を正式に認めるが、実質的にはその後も支配を続けた。1919年革命の様子はマハフーズの小説『バイナ・アル・カスライン』に詳しい。

ギーザの大ピラミッドの前で、オーストラリアの歩兵（1915年撮影）

◁ **カイロの市場**
マハフーズの初期作品は、カイロの都市部（写真は1950年代撮影）を舞台としたものが多い。登場人物はみな庶民で、伝統社会と西洋化の葛藤にもがく。

アルベール・カミュ

Albert Camus　1913～1960　フランス

モダニズム運動の旗手にしてパリの急進的知識人だったカミュ。彼は、伝統的な散文手法を拒み、人間存在の不条理を巡る独自の哲学を小説に仕立てた。

△ レジスタンス作品
カミュは戦争中、フランスの対独レジスタンスを応援し、新聞『コンバ』の編集長を務めた。同紙は自由と正義を掲げ、ドイツ軍の残虐行為を糾弾した。

「今日、ママンが死んだ。それとも昨日だったか。私には分からない」──カミュの最初の小説『異邦人』はこの一文で幕を開ける。たった一文で、主人公ムルソーの超然たる感情を描きだし、著者の不条理哲学を表現したのだ。すなわち、存在には意味も秩序もない、それを誰もが受け入れねばならない、ということだ。カミュの文章は直截簡明で、比喩や装飾を避け、ムルソーの思考や見かけの動機を淡々と記述する。

過酷な子供時代

カミュはフランス領アルジェリアのモンドヴィ(現ドレアン)で1913年に生まれた。どちらかと言えば貧しい家だった。翌年、父リュシャンが第一次世界大戦で戦死する。字が読めず耳も悪い母カトリーヌが、アルジェリアの貧困地区で息子を育てる。カミュはやがて、アルジェリア大学に入り、哲学を学ぶ。在学中、共産党に入り、学友らと「労働座」を旗揚げすると、ここを拠点に左派の政治戯曲を発表する。カミュは制作、指揮にあたりながら、脚本の執筆にも携わった。その1つ、『アストゥリアスの反乱』は、カミュにとって初めて活字になった劇作品である。カミュは生涯サッカーを愛したが、1930年に結核を患い、やむなくスポーツは断念した。後年、演劇とサッカー、どちらが好きかと聞かれて、「むろんサッカーだ」と答えている。

健康上の理由でフランス軍に入れなかったカミュは、ドイツ軍占領下(1940～44年)のパリで雑誌に文章を書いていた。やがてボルドーへ移り、小説『異邦人』とノンフィクション作品『シーシュポスの神話』(ともに1942年)を完成させる。その後は新聞雑誌の仕事を減らし、2冊目の小説『ペスト』(1947年)に打ち込んだ。同作はアルジェリアのオラン市でペストが蔓延するという筋立てで、寓意を通して人間存在を考察する。カミュはほかにも戯曲やエッセイを多数執筆し、理解しがたい残酷な世界における個人の自由を探求した。1957年には、ノーベル文学賞を受賞している。

波乱の恋愛関係

私生活の「ドラマ」も、カミュの作品に影響を及ぼした。カミュは根っからのプレイボーイで、既婚女性との情事も多かった。シモーヌ・イエとの最初の結婚は結局、離婚に終わる。2人目の妻フランシーヌ・フォールのことは愛していたが、結婚制度そのものはくだらないと公言していた。のちにフランシーヌの心の崩壊を告白小説『転落』(1956年)に描いた。

カミュは46歳のとき、自動車事故で亡くなる。友人の出版人ミシェル・ガリマールも一緒だった。

IN PROFILE
ジャン=ポール・サルトル

カミュは対独レジスタンス運動を通じて、実存主義作家ジャン=ポール・サルトルを知り、交友を持つ。2人は一時、パリのカフェ・ド・フロールに集う左派知識人サークルの花形だった。互いに作品を批評し、サルトルにいたっては自分の戯曲『出口なし』でカミュに役を与えたほどだ。しかし、個人的なもつれや政治信条の違いから、蜜月関係はあっという間に終わる。カミュがサルトルの恋人ワンダに言い寄り、サルトルの共産主義思想を非難したのである。

パリのサンジェルマン大通りにあるカフェ・ド・フロール(1946年撮影)

◁ フランス統治下のアルジェ
カミュはアルジェリアのフランス植民地政府を厳しく批判した。1930年代には、アルジェリア人に完全なフランス市民権を与える案を支持していた。

> "人は自分が裁かれないように、
> あわてて他人を批判する。"
>
> アルベール・カミュ『転落』より

▷ 異邦人
カミュはフランス文学の巨匠と見なされているが、アルジェリア生まれという背景から、独特の文学的視点を持っていた。写真は1947年、『ペスト』出版の年に撮影したもの。

▷ **エメ・セゼール**（1967年撮影）
セゼール54歳のとき。当時のセゼールは、詩の形式で対話を描く「詩劇」に、強い政治的メッセージを込めて発表することが多かった。

エメ・セゼール

Aimé Césaire　1913〜2008　フランス海外県マルチニック島

カリブの詩人であり政治家でもあるセゼールは、ネグリチュード運動の主導者として、植民地の人々に自らの遺産に誇りを持ち、同化政策を拒むよう訴えた。

"私は虐げられた人々の側に立つ。"

エメ・セゼール

◁ バス＝ポワント
1960年代にマルチニック島で発行された切手。エメ・セゼール生誕の町バス＝ポワントを描いている。

エメ・セゼールは、フランスの植民地だったカリブ海東部マルチニック島で生まれた。6人きょうだいの次男で、暮らしは貧しかった。プレー火山の噴火によって10年ほど前に壊滅しかけた故郷の町バス＝ポワントは、当時まだ復興の途上にあった。セゼールは高校で頭角を現し、奨学金を獲得して、パリの名門、ルイ＝ル＝グラン高等中学に入学する。卒業後は、高等師範学校（エコール・ノルマル・シュペリュール）に進学した。

パリではアフリカ系の知識人と交わり、『黒人学生』誌を共同で立ち上げる。同誌では、セゼールをはじめさまざまな思想家が、新たな視点から、根強い人種差別と植民地の搾取の歴史を論じた（右のコラム参照）。その中から生まれた概念が、ネグリチュード（黒人性）である。ネグリチュードとは何か？　ざっくり言えば、植民地のカリブ海住民に対して、アフリカ系の者どうし団結し、ヨーロッパ白人支配者に強いられた従属的地位を拒もうと呼びかけたのである。

マルチニック島への帰還

第二次世界大戦前夜、結婚し息子も生まれたセゼールはマルチニック島に戻り、中心都市フォール＝ド＝フランスのシェルシェール高等中学で教鞭を執る。妻シュザンヌと文芸誌『熱帯』を創刊し、マルチニック島住民のアイデンティティを主張し、アフリカ系カリブ人の詩を称えた。

ちょうどこの頃、セゼールの画期的な作品、『帰郷ノート』がフランスの文芸誌に掲載される。1冊の本になるほど長大で、自伝的要素を含んだこの詩で、セゼールは、幻想的な比喩、口語表現、歴史的記述、フランス語の文語を組み合わせ、独自の表現を生み出した。そしてこの革新的な表現形式によって、アフリカ系のアイデンティティを探求したのである。

その後の10年間、セゼールの作品はシュルレアリスム運動の影響を色濃く反映するものとなった（同運動の指導者アンドレ・ブルトンとも交友があった）。セゼールは多数の詩集を出し、さらに、その政治活動の増加と歩を合わせるように戯曲や評論を書いた。セゼールは1945年にフォール＝ド＝フランスの市長となり、一時期途切れたものの、ほぼ56年にわたりその任を果たした。セゼールの尽力もあってマルチニック島はフランスの海外県の地位を得た。

ただし、セゼールに対する後世の評価はさまざまで、矛盾を指摘する声もある。セゼールはこの地にやって来た白人植民者を批判し、抵抗を呼びかける一方で、自分は伝統的なフランス語でものを書き、フランス文壇の巨匠と認められていたからである。マルチニック島をフランスへむしろ近づけるように働いていた、そんな風に見られることもあった。

▽ フォール＝ド＝フランス
セゼールはマルチニック島の風景からひらめきを得て、詩を書いていた。中心都市フォール＝ド＝フランスの市長も長年務めた。同島の空港はセゼールの名を冠している。

IN CONTEXT

ネグリチュード（黒人性）

セゼールはアフリカ系の学生らと文芸誌『黒人学生』を創刊し、ネグリチュード（黒人性）の概念を打ち出した。創刊には作家のレオポール・セダール・サンゴールも名を連ねた（サンゴールは1960年に初代セネガル大統領となる）。彼らは「汎アフリカ主義」を唱え、植民地支配下の全カリブ住民に連帯を訴えた。ネグリチュードとは、被支配者の共通の経験——とくに奴隷の歴史——から生まれてきた文化運動だったのだ。

セゼールはまた、革命思想家フランツ・ファノンの師となる。ファノンは師よりもはるかに過激な姿勢で植民地主義への抵抗を呼びかけ、キューバのチェ・ゲバラやアメリカのマルコムXに影響を与えた。

セネガル独立運動のリーダー、レオポール・セダール・サンゴール

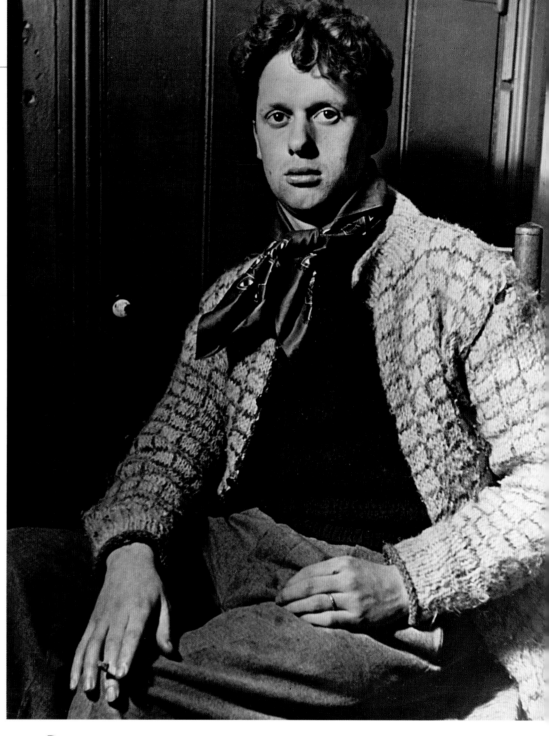

▷ **トマス**（1936年撮影）
20代前半の写真。役者のように着飾り、技巧を凝らした詩を、ウェールズなまりで歌うように、韻を響かせながら読み聞かせていた。ほかの詩人たちにも人前で作品を朗読するよう呼びかけていた。

ディラン・トマス

Dylan Thomas　1914〜1953　ウェールズ

トマスはウェールズの作家・詩人で、詩的散文も書いた。天賦の才に恵まれ、絢爛豪華なレトリックと軽妙洒脱なユーモアで知られた。20世紀中期の文学を代表する人物だったが、酒に溺れて命を縮めた。

ディラン・トマス

> "時はぼくを若さと死に縛り付けていたのだった、
> ぼくは海のように鎖に繋がれ歌っていたけれども。"

ディラン・トマス『羊歯の丘』
（『ディラン・トマス全詩集』松田幸雄訳、青土社、2005年）より

IN CONTEXT
ラジオ劇

ディラン・トマスはラジオ劇の黄金時代に脚本を書いた。ラジオ劇の旗振り役はBBCで、経営陣は芸術に並々ならぬ情熱を注いだ。テレビが興隆する前、ラジオ劇は多くの聴衆を引きつけ、決して劇場には来ないような何百万もの人々に劇を届けた。トマスの『ミルクの森で』もBBCの依頼で書かれたものだ。初放送は1954年1月、トマスの死から2カ月後のことだった。名優リチャード・バートンが主役を務めた。BBCのラジオ劇を書いた著名作家にはほかにも、サミュエル・ベケットやハロルド・ピンター、ジョー・オートンなどがいる。

『ミルクの森で』を朗読中の俳優シビル・ソーンダイクとリチャード・バートン

ディラン・トマスはウェールズ南部のスウォンジーで生まれた。父親は英文学の教師だった。「ディラン」のファーストネームはウェールズ神話から取ったものだが、ディラン自身はウェールズ語を覚えようとしなかった。学業優秀な父とはまるで似ず、学校では劣等生だった。母親にさんざん甘やかされたせいで小さい頃から悪童で通っていたが、一方では早くから詩の才能を見せる。15歳になるとノートに大量の詩を書き、19歳になる頃には「死は支配することなかるべし」などの傑作を完成させていた。父ががんと診断されたこともあって、20代のトマスは、強烈で、陰鬱で、超現実的な詩を次々と作るようになる。「緑の信管を通して花を駆る力」や「太陽の照らぬところに光が射す」がこの時期の代表作である。1934年、これらの詩が『十八編の詩』として出版されると、有望な若手詩人が現れた、と批評家に絶賛される。1936年には第二詩集『二十五編の詩』を出版する。ここに収めた詩は半分以上が、青春期の詩作ノートから取ったものだ。この頃早くも、新たな詩をつくり出すペースは沈滞していた。

ロンドンからラーン村へ

まだ20代前半で、トマスはロンドンへ移り、作家など芸術家のたまり場だったソーホーのパブの常連となる。1937年にはキャトラン・マクナマラと結婚した。キャトランは気性の激しいアイルランド系のダンサーで、画家のモデルもしたことがある。2人の結婚生活はまるで嵐のようで、互いに不義をはたらき、いつもお金に困っていたが、その間に3人の子をもうけた。トマスはこの頃、詩作のかたわら短編や自叙伝を書きはじめる。中でも傑作なのが『仔犬のような芸術家の肖像』（1940年）で、スウォンジーでの子供時代の体験をもとにしている。

絶えず体を壊していたトマスは、第二次世界大戦の兵役を免除される。戦争中はドキュメンタリー映画の脚本を書き、ラジオ放送作家として順調な滑り出しを見せた。さらに、詩作の情熱も取り戻す。戦時中につくった詩には、ウェールズにあるおばの農場を訪れた夏を詠む「羊歯の丘」や、ロンドン大空襲をうたった「ロンドンで焼死した子供の追悼を拒む詩」などがある。こうした詩を集めて1946年に出版した『死と入り口』で、トマスは一躍文壇の寵児となる。

1949年、トマスはウェールズ沿岸ラーン村のボートハウスに移り住む。この村をモデルに、トマスは架空の町ラレジブの構想を思いつき、これを有名な音声劇『ミルクの森で』に仕立てた（初演は1954年）。1952年には『全詩集』を刊行する。同作には「サー・ジョーンの丘の上で」など、ラーンの自然への感興をうたったものもあれば、死にゆく父に捧げるヴィラネル（19行2韻詩という詩の形式）の傑作「あの快い夜におとなしく入ってはいけない」も収められた。

1950年以降、トマスはアメリカへ何度か渡航し、詩の朗読で聴衆を酔わせる一方、酒に酔って醜態をさらした。ニューヨーク滞在中の1953年11月、肺炎により39歳で亡くなった。

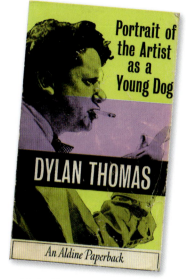

△ 自伝的小説

『仔犬のような芸術家の肖像』の仔犬とは、もちろんトマス本人である。この仔犬が、若い頃の冒険と恋愛を物語り、さらには子供の頃ウェールズで出会った風変わりな人たちを紹介する。

▷ ラーンの執筆小屋

ラーンのボートハウスの上に建てた、執筆のための小屋。ここにトマスは4年間住んだ。小屋からは4つの入り江が見渡せ、創作意欲をかき立てた。その美しい景色は、ここで初めて書かれた詩「サー・ジョンの丘の上で」にうたわれている。

マルグリット・デュラス

Marguerite Duras　1914〜1996　フランス

デュラスはフランスの小説家、劇作家、脚本家、エッセイストであり、実験的な映画も制作した。自伝なのか虚構（きょこう）なのか曖昧（あいまい）な作品の中で、彼女は破天荒（はてんこう）な人生を謎めかして綴（つづ）っている。

◁ デュラス（1955年撮影）
私生活でも仕事でも破天荒なデュラスは、監督にとっても出版社にとっても実に手強い相手だった。あるとき、こんなに酒を飲んでも書けるのは「自分でもびっくり」と、言ってのけたという。

◁『ヒロシマ、私の恋人』
2人の恋人の長い会話を通して描かれる記憶と忘却が、この映画の主題である。デュラスが脚本を書き、1959年に公開された（邦題『二十四時間の情事』）。

デュラス（本名マルグリット・ドナディユー）はフランス領インドシナ（現ベトナム）のザー・ディンに生まれた。4歳のときに父が亡くなる。残された母は、デュラスと2人の兄弟を連れてカンボジア沿岸の土地に移り、小さな農地を買う。しかし、洪水の多い土地で耕作は難しく、一家は極貧（ごくひん）に落ちこんだ。

幼い頃の貧困、そして母と上の兄から味わった暴力（ぼうりょく）と恥辱（ちじょく）は、デュラス作品のテーマとなった。デュラスは後年、小説『愛人』で描いた15歳の少女と27歳の中国人男性の情事について、あれは自分の身に起きたことだと言い放つ。この発言で、デュラスは時の人になるが、これに限らず、デュラスの私生活のあれこれは常に注目の的だった。本人は嘘と真を織り交ぜて、楽しんでいる様子だった。

恋愛と政治

デュラスは18歳でパリの大学に進学し、1939年に作家のロベール・アンテルムと結婚する。男の子を身ごもるが、死産してしまう。やがて酒に溺れだし、同じく作家のディオニス・マスコロと情事を重ねる。第二次世界大戦が始まると、デュラス、アンテルム夫妻はフランスの対独レジスタンスに参加する。戦時回想録『苦悩』で、デュラスは、ナチスの強制収容所から生還した夫を介抱した顛末（てんまつ）を語っている。

デュラスはアンテルムと離婚してマスコロと再婚し、一男をもうける。1945年、デュラスは共産党に入り、10年ほど熱心に活動するが、芸術の自由を巡って対立し、脱退する。

小説『あつかましき人々』（1943年）は、「デュラス」の筆名で書かれた第一作である。これ以後、数多くの小説を書き、さらに映画の脚本も書いた。名作『ヒロシマ、私の恋人』は今でも熱狂的なファンを持つ。やがて自分でも映画を作るようになったデュラスは、華麗なフランス映画の世界に欠かせぬ存在となった。

デュラスは後年、肝硬変（かんこうへん）の診断を受け、禁酒を強いられる（死ぬほどの苦しみだった）。5カ月ほど昏睡（こんすい）が続いたのち、息を吹き返した。1996年、とうとう咽頭癌（いんとうがん）に倒れた。

> **ON FORM**
> **ヌーヴォーロマン**
>
> 1950年代に興ったヌーヴォーロマン運動で、デュラスは、ミシェル・ビュトールやクロード・シモンといった作家とともに活躍した。従来の小説のスタイルを嫌ったこの作家たちは、プロットや対話、直線的な語り、人情的要素といった決まり事に縛られることなく、戦後の世界を自由に描こうとした。デュラス作品にもそうした傾向がはっきりうかがえ、人物描写や物語に抜けがあったり、対話の主体が曖昧だったりする。とはいえデュラスに、文学を変えようなどという頭でっかちな欲求があったわけではない。心の複雑な動きや情熱を描きだすには、こうするしかないと感じていただけだ。

▽ メコン川
デュラスは子供の頃、一時期、ベトナムのメコンデルタの町サデックで暮らした。ここを舞台に書いたのが半自伝小説『愛人 ラマン』である。

> "男ってのはしっかり愛さなきゃだめ。
> しっかりしっかり愛すの。
> しっかり愛せば、ほんとに愛してるって思えてくるから。
> じゃないと、ただただ耐えがたいだけ。"
>
> マルグリット・デュラス

ソール・ベロー

Saul Bellow　1915～2005　アメリカ（カナダ出身）

エッセイスト、小説家、大学教授だったベローは、現代世界の狂気と物質主義の中に飛び込み、正気さを追い求めた。文語と俗語、ユーモアとペーソスを織り交ぜて、途方もない傑作を生み出した。

ソール・ベロー（本名ソロモン・ベローズ）はカナダのケベック州で、リトアニア系ユダヤ人の家に生まれた。9歳の頃、一家はシカゴへ引っ越す（のちにこの町を舞台に小説を書くことになる）。1935年、ノースウェスタン大学の社会学・人類学コースを卒業し、2年後に最初の結婚をする（生涯で5度の結婚をした）。戦時中、軍役で商船に乗っていた時期に、最初の小説『宙ぶらりんの男』（1944年）を書き上げる。戦場へ送られるのをせわしなく待つ男の、不安にみちた話である。ベローはのちにこの作品を、ヨーロッパ文学の模倣だ、と言って嫌った。

都会の文学

1940年代後半から1950年代前半にかけて、ベローはニューヨークに住んだ。この街の「ぞくぞくするような熱気」に魅了されたのだ。しかし、彼は出世作となる『オーギー・マーチの冒険』（1953年）をパリで執筆し（グッゲンハイム助成金で渡航）、作品の舞台をシカゴに設定した。躍動感に満ちたこの小説は、くだけた口語体により、子供の頃からよく知るユダヤ人コミュニティを描いたものだ。批評家から絶賛され、売れ行きもよく、全米図書賞に輝いた。

1955年に再婚すると、翌年、ニューヨークを舞台にした中編『今をつかめ』を発表、初期作品の引き締まった文体に戻る。『雨の王ヘンダソン』（1959年）はアフリカが舞台で、「もっとよいもの」を貪欲に追い求める中年男の、野放図なピカレスク小説である。活気溢れる喜劇と哲学的洞察を併せ持つ本作は、ベロー本人も気に入っていたという。

1950年代後半、ミネソタ大学で教鞭を執ったあと、3人目の妻とともにシカゴへ戻る。1964年の小説『ハーツォグ』は、友達でも哲学者でも神様でも、相手かまわず取り憑かれたように手紙を書きまくる（しかし送りはしない）大学教授の苦悶の話だ。妻が親友と不義をはたらいていたことを知って、その絶望を乗り越えようとしたのである（ベローの実体験が反映されている）。基本的には知的な作品だが、独特の暗い笑いが感動を呼び、42週間もベストセラー入りした。そして1975年には『フンボルトの贈り物』でピュリッツァー賞に輝く。本作品は「死を巡る喜劇小説」であり、かつてベローの師だった、自己破壊的な天才詩人デルモア・シュウォーツとの関係を描いた。

スタイルの成熟

1976年にノーベル文学賞を受賞するが、晩年になってもベローは、その独創きわまるスタイルに磨きをかけていった。「都会の処世術」を描きながら文化的洗練を漂わせ、不条理主義の気配を匂わせながら読者の胸に感動を呼び起こした。

ベローはユダヤ人作家というレッテルを嫌ったが、作中のヒーローはみな内省的で、知的で、疎外された、いかにもユダヤ人らしい人物ばかりだ。ベロー自身も、移民一家から身を立てたユダヤ人知識人と、自らを規定していた。

1989年に5度目の結婚をする。1999年には、4人目の子供にして唯一の娘が産まれる。最後の小説となる『ラヴェルスタイン』は2000年に出版された。友人であり大学の同僚でもあったアラン・ブルームの肖像を、小説風に描いたものだ（右のコラム参照）。2005年にベローは死去し、数々の栄光に彩られた生涯を閉じた。

IN PROFILE
アラン・ブルーム

85歳のとき、13年の空白を経て、ベローは最後の小説『ラヴェルスタイン』を発表した。親友アラン・ブルーム（1930～1992）の晩年を小説に仕立てたものだ。伝説の人物だったブルームは保守的な知識人で、シカゴ大学で哲学を講じ、『アメリカン・マインドの終焉』（1987）で大学教育の風潮に異を唱えたことで有名だ。同書は古典学問の軽視を痛烈に批判してまさかのベストセラーとなり、ブルームは一躍、時の人となった。

『ラヴェルスタイン』には、死を覚悟したエイブ・ラヴェルスタイン、ブルームの実在の恋人をモデルにした男性、ベロー本人とみられる語り手（作中、ラヴェルスタインの回想録を執筆する）が登場する。この小説は、ブルームがエイズがらみの病気で亡くなったことを示唆して論議を呼んだ（別に隠していたわけではないが、ブルームの性的指向は公に知られていなかった）。

『ラヴェルスタイン』のアメリカ版初版（1982年）

◁ 風の街
『オーギー・マーチの冒険』の冒頭で、ベローは故郷からの強い影響を認める。「ぼくは、シカゴ生まれのアメリカ人──シカゴ、あの黒っぽい町。ぼくは、この身で覚えた自由形で、なんでも飛び込んでいく。ぼくのやり方で記録を作るんだ……」

▷ パリでのベロー（1982年撮影）
ベローは難しい性格だった。女性に対しては感じよく振る舞い、非常にもてたが、人から批判されると我慢できず、友人と口論になることもしょっちゅうだった。

アレクサンドル・ソルジェニーツイン

Aleksandr Solzhenitsyn　1918〜2008　ロシア

ソルジェニーツインは保守的モラリストであり、共産主義ソ連の生活、とくに強制収容所の暮らしを、実体験をもとに描き出し、痛烈に風刺した。

アレクサンドル・イサエヴィチ・ソルジェニーツインはロシア革命の翌年、カフカスのキスロヴォツクで生まれる。母親に育てられ、大学進学後は物理学と数学を学びながら作家を夢みた。第二次世界大戦では赤軍の砲兵将校として武勲を挙げる。

1945年2月、ソルジェニーツインは、友人への手紙でスターリンを侮辱したとして秘密警察に逮捕される。有罪となり、8年間の収容所送りとなった。刑期の一部は特殊収容所で過ごしたが、そこでは大学出の収容者が国家のために科学研究をさせられていた。このときの体験は小説『煉獄のなかで』(1968年)に詳しい。その他の刑期は『イワン・デニーソヴィチの一日』(1962年)で描かれているように、過酷な条件で単純労働を強いられた。

解放と出版

ソルジェニーツインは1953年に釈放される。折しもスターリンが死去した日だったが、ソルジェニーツインはカザフスタンへの永久追放に処せられた。1956年、ソ連の新指導者ニキータ・フルシチョフがスターリンの恐怖統治を公然と非難する。ソルジェニーツインはおかげで市民権を完全回復するが、この時点では自分の書いている作品が将来出版されるとは思っていなかった。だが、1961年に『イワン・デニーソヴィチの一日』が『ノーヴイ・ミール』誌に掲載され、翌年、フルシチョフ公認のもとに出版される。その率直な、生々しい収容所生活の描写はソ連国内で大きな反響を呼ぶ。1963年には短編集『公共のためには』が刊行になる。

フルシチョフが失脚すると、ソルジェニーツインに対する嫌がらせが始まり、彼の作品はソ連国内では地下出版物（非合法の出版物）でしか出回らなくなる。ただし西側諸国では翻訳されて読まれていた。

ソルジェニーツインは長年にわたってソ連の収容所制度の歴史に取り組み、『収容所群島』を書き上げる。1973年に西側諸国で出版されるや、ソ連指導部もついに堪忍袋の緒を切らし、ソルジェニーツインを国外追放する。彼はアメリカへ渡り、ヴァーモント州に腰を落ち着けた。有名人としてもてはやされるのを拒み、ひっそりと暮らしながら、西側社会の神を忘れた物質主義を批判した。

ソルジェニーツインは一方で、大長編小説『赤い車輪』の執筆に乗り出していた。トルストイのように叙事詩的に現代ロシア史を描こうとしたもので、第一巻の『1914年8月』が1971年に出版されたが、その後は断片的に発表されただけに終わる。1991年にようやくロシアへの帰国が叶い、2008年、当地で死去する。晩年は過去の人物として、半ば忘れられた存在だった。

◁ 亡命中のソルジェニーツイン
『収容所群島』が西側諸国で出版されると、ソ連の指導者レオニード・ブレジネフは「このソルジェニーツインなる無法者は、もはや手に負えぬ」と言明した。1974年、ソルジェニーツインは国外追放となり、妻ナタリアや子供たちとチューリヒでしばらく暮らしたのち、アメリカへ渡った。

IN CONTEXT
グラグ

グラグ (Gulag) とは、ソ連初期に設置された強制収容所をさす略語だ。1930年代から1953年までスターリンのもと大規模に展開された。スターリン時代、少なくとも1400万人がグラグに送られ、過酷な生活で数百万人が命を落とした。全3巻の大作『収容所群島』でソルジェニーツインは、ソ連中に散らばる秘密収容所を「島」にたとえて描いた。自らの体験と数百人の収容者仲間の体験とを織りなして、人々の苦痛と不正義を描き出したのだ。

『収容所群島』のイタリア語版

▷ 解放（1953年撮影）
収容所から解放された日に撮った写真。このとき、ソルジェニーツインは癌と闘っていた。この体験がのちに小説『ガン病棟』(1966年)を生む。

プリーモ・レーヴィ

Primo Levi　1919〜1987　イタリア

アウシュビッツ強制収容所での地獄の一年を描いたレーヴィの作品は、読む者の心を揺さぶる、ホロコースト文学の金字塔である。

1919年生まれのプリーモ・レーヴィは子供の頃、内気で勉強好きで、病気のため1年間自宅で教育を受けた。妹のアンナ・マリアとともに、トリノのコルソ・レ・ウンベルトの大きなアパートで育った。このアパートは、中産階級の知識人たる母エステル（リナ）と、20歳年上で技師の父チェーザレが結婚祝いに贈られたものだ。

レーヴィはユダヤ人であることをあまり意識せず、せいぜい文化の違いがあるくらいだと考えていた。クリスマスツリーがないとか、「バル・ミツバー」（ユダヤ教の男子の成人式）のためにヘブライ語を学ぶとか、サラミを食べてはいけないとか（しょっちゅう食べていたが）、その程度だった。仕切りたがりやの母親と気ままなタイプの父親はよくぶつかり合ったが、そんな家族の絆をつないだのは文学など、芸術への愛情だった。両親の影響でレーヴィも本好きになる。14歳で地元の名門高等学校に入り、古典と文学で優秀な成績を収めた。しかし、ノーベル物理学賞受賞者ウィリアム・ブラッグの科学書『物事の道理に関して』を読んで夢中になり、化学と生物学に関心を移す。

ムッソリーニ政権下のイタリアでは、男子生徒はみな、青年ファシスト養成のアバンギャルド運動に参加することになっていた。レーヴィもむろん参加したが、銃の練習より山でスキーをする方が好きだった。

1937年、トリノ大学に入学し、化学を学ぶ。このタイミングは実にラッキーだった。イタリアで「人種宣言」が布告されたとき、ユダヤ人が国立の学校に通うことは大学を含め一切禁止されたからだ。レーヴィはすでに入学していたため、通学を許可された。ユダヤ人排斥の声が高まるなか、大学だけは安全な避難所だった。1941年にレーヴィは首席で卒業するが、卒業証書には「ユダヤ人」の一語が添えられていた。

迫害の年月

イタリア北部・中部にドイツ軍が侵攻してくると、レーヴィは働き口を見つけるために素性を偽らざるを得なくなる。石綿鉱山の鉱滓からニッケルを抽出する仕事にありつき、しばらく働いた後、ミラノにあるスイス系の化学企業に勤める。

ユダヤ人を強制収容所に送る動きが加速するなか、1942年に父が亡くなる。レーヴィは母と妹をスイス国境に近い小さなホテルに移し、かくまう。

レーヴィ自身は、あるレジスタンスのグループに参加するが、素人の寄せ集めのずさんな組織だったので、たちまち2人の仲間とともに逮捕される。パルチザンとして処刑されるかユダヤ人として収容所送りになるか、選択を迫られたレーヴィはユダヤ人であることを認める。

1944年2月、レーヴィは、女性子供を含む650人の一団に混じり、フォッソリ村で鉄道貨車に押し込められ、5日間の旅

◁ 故郷トリノ
トリノの街中で育ったものの、レーヴィの心はいつも街を見下ろすピエモンテ山にあった。山に登ると元気が湧いてきた、とレーヴィは言っていた。

IN CONTEXT
戦争の進行

1939年、イタリアのファシズム指導者ベニト・ムッソリーニはナチス・ドイツと「鉄鋼同盟」を結んだ。この時点でムッソリーニはすでに、ヒトラーの働きかけで「人種宣言」政策を取り入れていた。やがて、ドイツ軍の「電撃戦」でヨーロッパが制圧されると、1940年6月、イタリアはイギリス、フランス両国に宣戦布告する。その後3年間、戦況は思わしくなく、ムッソリーニは失脚するが、北部に侵攻してきたドイツ軍によって再び権力の座に据えられ、傀儡政権が誕生する。こうして、ユダヤ人をナチスの死の収容所に送る政策が始まった。1万人ものイタリア系ユダヤ人がポーランドのアウシュビッツに送られ、大半が命を落とした。アウシュビッツで亡くなった人々は110万人にのぼる。

「鉄鋼同盟」を称える絵葉書

▷ プリーモ・レーヴィ（1986年1月撮影）
死の前年、ローマの書斎で撮影したもの。レーヴィは生涯に十数点の作品を書いた。作品の形式は回想録から短編、長編小説、詩、エッセイまで多岐に及んだ。

"なぜ日々の苦しみが、こうもきまって夢に出てくるのだろうか。
だれも話を聞いてくれない光景が、延々と繰り返されるのだ。"

プリーモ・レーヴィ『これが人間か』より

△ 地上の地獄絵図
1944年、アウシュビッツ＝ビルケナウ収容所のすぐ外の停車場で囚人の「選別」をするナチスの兵士。大半は労役に就かされることもなく、直ちにガス室に送られ抹殺された。

出た。向かう先は、ポーランドの一大収容所群、いわゆる「アウシュビッツ強制収容所」だ。貨車の中は水もなく衛生状態も悪かったため、途中で3人が死亡した。最終目的地に着いたとき、生き残った者のうち男性96人、女性29人が労働に適格とみなされ、残りの女性子供、老人、虚弱者はガス室送りとなった。レーヴィはモノヴィッツでブナ合成ゴム工場の配属となり、奴隷のように働かされた。この24歳のきゃしゃな若者は、体こそ強くなかったかもしれないが、気力を振り絞っておぞましい地獄の1年を生き延びた。見たものを記録し伝えようという決意を支えに、戦後、ホロコースト文学の金字塔を打ち立てた。

『これが人間か』で、レーヴィは、ラーゲル（強制収容所）の生活を、感情を排して淡々と描き出す。身ぐるみ剥がされ、頭を剃られたこと。番号の入れ墨を入れられ、ヘフトリング（囚人）174517番となったこと。薄い綿の縞模様の服とサイズの合わない靴を支給されたこと。夜は狭苦しい寝台に体を押し込めて寝たこと。朝4時におそろしい労働開始の鐘が鳴ること。レーヴィはまた、飢え死にしそうな食事の配給（パンと水っぽい野菜のシチュー）や、凍える寒さの中での重労働からくる疲労困憊についても語っている。近くのビルケナウ収容所では昼も夜も死体を燃やす煙が上っていた。定期的に行われる「選別」で

△ 人種の防疫
イタリアでは1938年に人種宣言が発表された。10カ条からなるこの宣言は、大衆文化省の指導で大学教授らによって作成された。「交雑人種という疫病がもたらす惨事を防ぐため」と、趣旨を説明していた。

主要作品

1958
『これが人間か』新版が国内外で出版される。地獄に落ちた男を冷徹な筆致で描いた、と絶賛される。

1963
『休戦』出版。ポーランドを出てからトリノに帰り着くまでの、苦難の鉄道の旅を描いた。

1975
『周期律』出版。21個の化学元素にからめて書いた自伝風の作品。

1978
『星形のスパナ』出版。女たらしの技師がさまざまな問題の解決にあたるという筋書きの短編集。

1982
『今でなければいつ』出版。敵陣にはまりこんだロシア人、ポーランド人、ユダヤ人パルチザンを描いた小説。

1986
『溺れるものと救われるもの』出版。絶望感に満ちた作品で、抑圧する者とされる者の真理を探究した。

プリーモ・レーヴィ / 279

> "アウシュビッツがあるのに、そこにいるはずの神がいない。
> この矛盾を解こうと答えを探した。
> 今も探している。でも、見つからないのだ。"
>
> プリーモ・レーヴィ

は、収容者を裸にして元気に動けるかどうかを調べた。弱った者や老人はレーヴィの収容所から連れ出され、ガス室に送られた。

忍耐と生存

正確な証言と公正な倫理観を併せ持つレーヴィの描写は、このうえなく非人間的な企てにとらえられた人々の尊厳を、確かに伝えてくれる。犠牲者を、名もなき人々としてひとくくりにせず、決意と機知と幸運で生き延びた1人の人間の側から描き出したのだ。

収容所にはさまざまな国の収容者がいて、ドイツ語の分からない者も多かった。ドイツ語の指示が理解できないのは命取りだ。レーヴィはそういう人々にドイツ語を教え、代わりにパンをもらって生き延びた。また、同じイタリア人収容者のアルベルト・ダッラ・ヴォルタと親友になり、なにかと助けてもらった。それから、アウシュビッツで働いていたイタリアの民間人ロレンツォ・ペッローニが、素朴な善意を寄せてくれた。彼はいつも自分の食事を分けてくれたのだ。「ロレンツォのおかげで、私は自分が人間であることを忘れずにいられた」と、レーヴィは書いている。

1945年1月、ロシア軍による解放が近づくなか、撤退を急ぐドイツ軍は収容者を消し去りにかかる。アルベルトを含めほとんどの者が収容所から連れ出され、死の行進を歩んだ。幸運にもレーヴィは猩紅熱にかかり、800人ほどの病人とともに診療所に取り残されたため、九死に一生を得た。

人間社会への帰還

回想録『休戦』で、レーヴィは、救出を待っていた日々を振り返る。レーヴィは、100人ほどの生存者とともにロシア軍に引き取られ、7カ月にわたり無用な鉄道の旅を強いられる。ベロルシア(現ベラルーシ)の奥部にまで旅したのち、1945年秋にトリノに帰り着いた。1944年2月に同じ貨車に乗り合わせた者で、生きて故郷の地を踏んだのは、レーヴィを含め3人しかいなかった。

文壇での成功

故郷に戻ったレーヴィは、数カ月と経たずに執筆を始め、自らの体験談を、最初の読者にして編集者でもあるルチーア・モルプルゴに語った(2人はのちに結婚する)。1947年に出た『これが人間か』初版はほとんど話題とならず、レーヴィは再び化学者として働きだし、やがてトリノ郊外の塗料工場の主任となる。1958年、同書の新版が広く翻訳されベストセラーとなる。続いて1963年には『休戦』が出版される。

20世紀の天才作家としてのレーヴィの名声を確立した作品が、1975年の『周期律』である。この作品は、生への希望に満ちた短編集であり、各短編がメンデレーエフ周期律の21元素の1つと対応している。

レーヴィは会社を辞めて執筆に専念し、新たなアウシュビッツの回想集や詩集を発表し、さらには小説『星形のスパナ』でストレーガ賞に輝く。イタリア人技師の冒険を通して語られる珠玉の逸品である。

1987年、レーヴィはアパートの自室の外の吹き抜け階段から転落し、階段の下で死んでいるのが見つかった。検死官が自殺と判断したため、アウシュビッツがとうとうレーヴィの命を奪った、と考える者が多かったが、単なる事故との見方もある。

ON STYLE
目撃者の視点

レーヴィはアウシュビッツを、被害者ではなく目撃者の言葉で描いた。収容所のしきたり、労働、飢餓寸前の状態を、事実として淡々と綴った。そして、持ち前の哲学的洞察をもって、人間をさまざまなタイプ——楽観的な者、悲観的な者、敵に協力する者、のし上がろうとする者、カポー(監督者として指名された収容者)——に分類し、分析を加えた。ちょっとしたエピソードから人間の本性が見えてくるものだ。たとえば、カポーはなんの感情も見せず、泥のついた手を収容者の肩で拭う。一方、レーヴィはフランス人収容者にダンテ『神曲』の「オデュッセウスの歌」を聞かせながら、じわじわと幸せを感じるのだ。

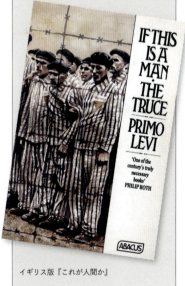

イギリス版『これが人間か』

◁ モノヴィッツ強制収容所(1942年撮影)
写真は、プリーモ・レーヴィが入れられたモノヴィッツ強制収容所。ここはIGファルベン社の工場に労働力を供給していた。同工場では毒ガスのチクロンBを含む多数の化学薬品を製造していた。

280

▷ ジャック・ケルアック
ケルアックはビート・ジェネレーションのシンボルとなった。しかし、文芸評論家の多くはこれを一時的な流行と見なしたので、その象徴たるケルアックも生涯不遇に甘んじた。

ジャック・ケルアック

Jack Kerouac　1922〜1969　アメリカ

1950年代ビート・ジェネレーションのシンボルといわれるケルアックは、まさに異才の作家。生涯、魂の探求を続けながら、まるでその足跡を印すように作品を書いた。自伝的小説『路上』が代表作だ。

ジャック・ケルアック

"ぼくにとってかけがえのない人間とは、なによりも狂ったやつら、狂ったように生き、狂ったようにしゃべり……"

ジャック・ケルアック『路上』(『オン・ザ・ロード』大竹昭子訳、河出書房新社、2007年)より

ジャン=ルイ・ケルアックは、マサチューセッツ州の寂れた工場町ローウェルで、フランス系カナダ人の家に生まれた。小さい頃はフランス語を使い、思春期になってからようやく英語を使いこなすようになった。父親は印刷業をしていたが、大恐慌で破綻し酒に溺れる。そのため、ケルアックはほとんど母親に育てられた。スポーツの才能に恵まれ、アメリカンフットボールで奨学金を獲得し、ニューヨークのコロンビア大学に進学する。が、中退し、しばらく商船の乗組員をした。

1940年代半ばのニューヨークで、新進気鋭の作家たち——詩人アレン・ギンズバーグ、ウィリアム・バロウズ、ニール・キャサディと出会う。彼らは自由奔放に生き、物質主義を拒んで薬物や神秘主義、フリーラブを追求していた。ケルアックはのちにそんな彼らを「ビート族」と命名した。

即興的散文

ケルアックの最初の小説『町と都会』(1950年)は月並みな作品で、ほとんど話題にならなかった。しかし、ケルアックはその頃すでに、まったく新しいスタイルで、創作に取り掛かっていた。いわゆる「即興的散文」というもので、モダンジャズの手法を取り入れて思いつくままに言葉を紡いでいくのだ。翌1951年、このスタイルで書いた作品が『路上』である。ニール・キャサディとともにアメリカ中を気ままに旅した記録であるが、その後6年にわたって発表されず、他の原稿といっしょにリュックの中で埃をかぶっていた。

ビート運動の中心がサンフランシスコへ移ると、ケルアックも西部へ向かう。ここで詩人ゲーリー・スナイダーに感化され、仏教にはまり込んだ。1957年に書いた『ダルマ行脚』は、スナイダーとともに、新鮮な空気と悟りを求めて山に登る話である。この年、ケルアックの人生を一変させる出来事がある。『路上』が、不穏当な部分を

◁ 『路上』初版本
『路上』は、虚構と自伝を織り交ぜた作品だ。主人公サル・パラダイス(ケルアック本人がモデル)とその神がかった友人ディーン・モリアーティが、自分が何ものかを探求して回る、快楽主義的で、しばしば混乱を極める旅の記録である。

削られて、ようやく出版されたのだ。たちまち大評判となり、「世代の声」ともてはやされ、時代の寵児となった。他の作品も次々出版が決まり、1958年に『ダルマ行脚』と『地下街の人々』、1959年には『サックス博士』と『マギー・カシディ』が刊行された。

名声の代償

ケルアックの作品は若者に愛されたが、批評家には酷評された。傷ついたケルアックは酒に溺れていく。執筆に苦しみ、作品の発表も途切れ途切れになっていく。『ビッグ・サー』(1962年)はアルコール依存症とうつ病との闘いの記録だ。『デュルオズの虚栄』(1968年)では久しぶりに青春期の体験を描いた。けれども、私生活ではたいてい酒を飲んだりカード遊びをして過ごし、ニューヨーク市クイーンズに母親と暮らしていた。アメリカのベトナム介入を支持するなど保守的な政治観を持っていたため、60年代のヒッピーのような尖った若者には受けなかった。長年のアルコール乱用がたたって47歳で亡くなった。

IN PROFILE

ニール・キャサディ

『路上』のディーン・モリアーティのモデルとなったニール・キャサディ(1926〜68)は、ケルアックのインスピレーションの源だった。収監歴があり、両性愛者で、けちな犯罪者だったキャサディは、ニューヨークでビートの作家とつるむうちに文学の味を覚えた。キャサディの書く、とりとめのない手紙の即興的スタイルに触発され、ケルアックは『路上』の独創的な文体を生んだとされる。1960年代、キャサディは、作家ケン・キージーが始めた「LSD中毒者(アシッド・ヘッド)」のサークル、メリー・プランクスターズに加わり、1964年、サイケデリックな塗装のバスで全米を回った。その旅のあらましはドキュメント映画にもなっている。

ニール・キャサディ

▽ 巻物にした原稿
中断せずに書き続けられるように、ケルアックは用紙をつなげて1つの巻物にし、タイプライターにセットして次々と送りだせるようにした。『路上』の原稿はなんと36mもある。

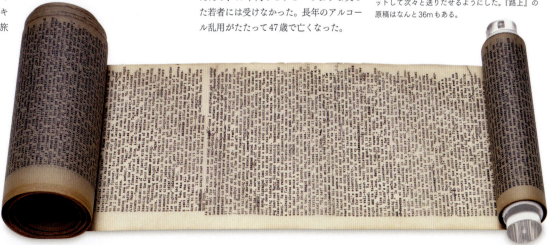

▷ **イータロ・カルヴィーノ**（1984年撮影）
ローマの自宅前で撮影。翌年、亡くなったときには、ただちにローマ法王やイタリア大統領から追悼の辞が寄せられた。イタリアでの地位と人気がうかがえよう。遊び心あふれる機知と尽きぬ独創性で、現代イタリア文壇でも際立つ存在だった。

イータロ・カルヴィーノ

Italo Calvino　1923〜1985　イタリア

衒学的だが遊び心に富んだポストモダン作品によって、カルヴィーノは20世紀文学の巨匠の地位を築いた。その型破りな物語で、形式と内容、著者と読者の関係を巡る常識を覆した。

イータロ・カルヴィーノは1923年、キューバで生まれた。イタリア人の両親は、どちらも科学者だった。一家はイタリアのサンレモに引っ越し、カルヴィーノはそこで子供時代を送る。18歳のとき、文学は好きだったものの、トリノ大学農学部へ進学する（のちにフィレンツェへ移る）。

第二次世界大戦中に共産主義を信奉し、反ファシズムのレジスタンスに参加する。戦後、トリノへ戻って学業を再開し、文学修士号をとって卒業する。政治意識に燃えて、共産党機関紙『ウニタ』の編集員となる。しかし12年後の1956年、ソ連軍のハンガリー侵攻に幻滅して、共産党を脱退した。

カルヴィーノはレジスタンスの体験を下敷きにして、2つの小説を生んだ。1つは、ある少年の視点からレジスタンスを描いたネオリアリズム小説『蜘蛛の巣の小径』（1947年）、もう1つは短編集『ある日の午後、アダムが、その他』（1949年）である。1955年、カルヴィーノは、エルザ・デ・ジョルジという既婚の映画女優と激しい恋に落ちる。この女優に書き送った愛の手紙が、カルヴィーノの死後、2004年に出版され話題となった。秘密主義だったカルヴィーノが、私生活をこんなふうにほじくり返されているのを知ったら、さぞかしばつの悪い思いをしただろう。

小説の技巧

1950年代に入ると、カルヴィーノの作品は空想と寓意に傾く。なかでも国際的な評価が高いのは、『まっぷたつの子爵』（1952年）、『木のぼり男爵』（1957年）、『不在の騎士』（1959年）の3作である。この頃からボルヘス、セルバンテス、カフカの影響が顕著に見られるようになる。リアリズムの手法を捨て、「書き手が意味を支配できる」という考えも捨てた。1960年代以降は、短編集『柔らかい月』（1967年）のように、精巧なゲームという趣を帯び始め、読者に対して物語の展開に参加するよう促した。

1964年、カルヴィーノはアルゼンチンの翻訳家エスター・ジュディス・シンガーと結婚する。ローマへ引っ越し、娘ジョバンナをもうける。短編小説に関心を移し、やがて、独創的な短編集『コスミコミケ（宇宙喜劇）』（1965～1968年頃）を書き上げる。サミュエル・ベケットからルイス・キャロル、代数学、天文学、記号論、構造主義、はたまた漫画のポパイまで取り上げ、宇宙の創成と進化を語り直そうとした傑作である。

1968年、フランスの五月革命の直前、カルヴィーノは一家でパリへ移り、急進的な文学グループ「ウリポ」（右のコラム参照）に加わる。続いて1972年に『見えない都市』を刊行する。美酒のように酔わせる文章で、「意味」とは不動でなく、絶えず揺れ動くものであることを描いてみせた。唯一絶対の真実などないということだ。

カルヴィーノのメタフィクション小説の傑作が『冬の夜ひとりの旅人が』（1979年）で、これは10編の未完の小説から成る。読むという行為、ならびに創作過程そのものがテーマで、小説なのに2人称の文章が出てくる――つまり、読者である「あなた」のことで、読者が作品の中心人物になるのだ。「あなたは今からイータロ・カルヴィーノの新しい小説、『冬の夜ひとりの旅人が』を読みます。さあ、リラックスして。集中して。余計な考えは追い払おう」

1980年、カルヴィーノはローマへ戻り、3年後、最後の作品『パロマー氏』を発表する。1985年、61歳で、脳出血によりシエナの病院で死去した。亡くなったとき、カルヴィーノは現代イタリア作家の中で、最も広く翻訳された存在となっていた。

◁ 『木のぼり男爵』（1957年）
貴族の少年コジモを巡る魅惑的な空想作品。コジモは木に登ったきり降りてこず、そのまま生涯――波乱に富んだ生涯――をまっとうする。反乱と逃亡と別離のユートピア小説である。

◁ 共産主義のポスター
第二次世界大戦後、カルヴィーノは、イタリア共産党が国際的な共産主義の復興を担うと信じていた。

> "私の書いた本はほとんど……
> 自分にこんな本が書けるはずはない
> という考えから生まれたのです。"
> イータロ・カルヴィーノ

IN CONTEXT
ウリポ

1960年代後半、カルヴィーノはパリを拠点とする実験的な作家集団「ウリポ」（ポテンシャル文学工房 Ouvroir de littérature potentielle の略称）に参加し、積極的に活動する。その中で、ロラン・バルト、レーモン・クノー、クロード・レヴィ＝ストロース、ジョルジュ・ペレックといった作家・思想家と出会い、文学・創作理論の面で大きな影響を受ける。このグループはとくに、数と方式と文学の間の潜在的関係を探求した。「言語の無限の可能性を開いて新たな形式を生み出そう」としたのである。

ロラン・バルト（1979年、パリで撮影）

▷ **時代の代弁者**
1981年撮影。小説、回想録、短編、詩、戯曲、政治評論など生涯に40編近い作品を残した。2度結婚し、8人の子供と18人の孫がいた。

ギュンター・グラス

Günter Grass　1927〜2015　ドイツ

作家、芸術家、詩人のグラスは小説『ブリキの太鼓(たいこ)』で、ナチス政権下のドイツ人の日常と、戦後の過去の否定とを、暗い風刺(ふうし)で描き出した。そのことによって「国民の良心」とうたわれた。

> "何十年も、目を背けてきた、
> あの言葉、あの二文字（SS）から。
> 自分があそこにいたとは、
> 認めることができなかった。"
>
> ギュンター・グラス『玉ねぎの皮をむきながら』より

ギュンター・ヴィルヘルム・グラスは1927年に生まれた。11歳のとき、故郷ダンチヒ（現ポーランド、グダンスク）がナチス・ドイツに併合される。ダンチヒは国際連盟に認められた自由都市だったが、ドイツ系市民の多くはドイツ帝国に忠誠を誓っていた。妹と、ドイツ系の父と、カシューブ人の母と過ごした少年時代、グラスの目の前で、ナチスの影響力がじわじわ広がり、少数派住民の迫害が続いていた。グラスは自分でも認める「母親っ子」で、母の買うタバコについてくる絵画カードを収集していた。それを通じて美術史への興味を育んだのだ。

「祖国ドイツ」のための戦い

グラスはナチスの少年組織「ユングフォルク」に入り、強制軍事教練をへて、わずか17歳で泣く子も黙る「武装親衛隊（Waffen SS）」の砲兵隊員となる。残酷な戦争の末期に成人を迎えるが、迫り来るソ連軍との戦闘で負傷し、野戦病院に寝ているところをアメリカ軍の捕虜となった。

三部作の回想録の1つ、『玉ねぎの皮をむきながら』（2007年）でグラスは、必死に若き日の自分を思い起こそうとする。「総統、民族、祖国」の大合唱の中、苦しむ人々がいることに気づかなかった。勇ましいドイツ兵のニュース映画に心躍らせた。「白黒きれいに分けられた『真実』に、手を叩いて喜んでいた」。そして、半世紀近くも武装親衛隊の過去を隠していたことを深く悔いた。

成功と論争

グラスは戦後、農場やカリ採掘場で働き、やがてデュッセルドルフやベルリンで芸術に打ち込む。パリでは、新進作家の「47年グループ」に加わり、詩や戯曲を書き、1959年には最初の小説『ブリキの太鼓』を発表する。本書は、ドイツでは不敬、わいせつであると非難され、舞台となったグダンスク（当時、共産主義圏に組み入れられていた）でも発禁処分となった。とはいえ、この作品でグラスの名は世界的に高まり、1999年にはノーベル文学賞を受賞した。

『ブリキの太鼓』の主人公、ちっぽけで荒々しいオスカル・マツェラートは、ブリキの太鼓を持ち、叫び声ひとつでガラスを割ることができる。そんなオスカルを通して、グラスは戦争の残虐さと戦後の安逸を今一度呼び起こし、魔法と幻想と慧眼を交えて、白日の下にさらけだした。

その後もグラスは作品ごとに新しいスタイルに挑戦し、1961年に『猫と鼠』、1963年に『犬の年月』を発表する（『ブリキの太鼓』と三部作を構成）。2002年の『蟹の横歩き』は実際の事件に題材をとっている。数千人のドイツ人避難民を乗せたヴィルヘルム・グストロフ号がロシアの潜水艦に撃沈された事件である。

熱心なモラリストだったグラスは、ヴィリー・ブラント率いる社会民主党のためにゴーストライターを務め、数々の政治作品を著し、1990年の東西ドイツ統合に際してはひとり果敢に反対した。統一ドイツが再び侵略的な民族国家になることを危惧したのだ。そして87歳のとき、ドイツ北部リューベックの自宅でグラスは死去した。

ON STYLE
現実の拡張

グラスの小説は「マジックリアリズム」とよく評される。歴史的事実に忠実な描写に、奔放な空想や詩的な遊びをからめているからだ。しかしグラス本人は、「現実の拡張」という言い方を好み、この方が自分の作風にしっくりくると考えていた。『ブリキの太鼓』では、オスカルという「信頼できない語り手」が精神科病棟で語るという設定によって、リアリズム小説の約束事を密かにねじ曲げた。一人称から三人称へするると語り手が変わり、ときには別の人物に筆を委ねて、視点を転換させてしまったのだ。

グラス自らデザインを手がけた、『ブリキの太鼓』の表紙

△ 戦時記録
戦後ドイツを占領したアメリカ軍の登録用紙で、グラスが武装親衛隊（Waffen SS）に入っていたことが確認できる。グラスによれば、自分から志願したわけではなく、また、戦場で怒り任せに発砲したことはなかったという。

▽ 掌中のひらめ
グラスには彫刻の才もあり、1977年に小説『ひらめ』を発表したあと、このブロンズ像を制作した。お伽噺しかしたこの小説は、ドイツ国内でベストセラーとなった。

ガブリエル・ガルシア＝マルケス

Gabriel García Márquez　1927〜2014　コロンビア

スペイン語作家の大巨匠ガルシア＝マルケスは、マジックリアリズムの名手だった。幻想、民話、歴史を織り交ぜた物語で、ラテンアメリカの美と狂気を描き出した。

ON STYLE
現実を超えて

ガルシア＝マルケスは歴史の「事実」ではなく「香り」を、その物語に添加した。さまざまな独創的手法によって、ラテンアメリカの豊かさと複雑さを喚起したのだ。彼が用いる象徴（たとえば、しゃべる鳥や花）は西洋の文学やカリブの文化から意味を召喚する。時間は直線でなく、移ろい、砕け、巡る（『百年の孤独』でおなじみだ）。さらには視点も、全知の語りから、意識の流れ、メタフィクショナルな陳述へと変化する。現実を形づくる、日常の出来事と魔術的な出来事が、どちらも同じ調子で語られ、そこに匂いや味、音、手ざわり、イメージが添えられる。この多感覚的な手法により、ガルシア＝マルケスは、登場人物と物語をその世界に見事に埋め込んでいるのである。

　1967年、ガブリエル・ガルシア＝マルケスの書いた1冊の小説が、一家を貧窮から救い出し、世界中で3000万部を超えるヒットになる。当時40歳の作家はそのほとばしる想像力で『百年の孤独』を書き上げたわけだが、作品自体の種はずっと昔に蒔かれていた。この傑作小説の舞台はマコンドという名の、バナナ・プランテーションに囲まれた村だが、そのモデルになったのはガルシア＝マルケスが子供時代を過ごしたコロンビアの小都市アラカタカなのだ。

　1927年3月6日、ガルシア＝マルケスは11人きょうだいの長男として、母ルイサ・サンティアガ・マルケス・イグアランと、電信係からのちに薬屋となった父ガブリエル・エリヒオ・ガルシアとの間に生まれた。8歳になるまではアラカタカで祖父母と暮らした。祖父ニコラス・マルケス・メヒアは退役将官で、コロンビアの内乱、いわゆる「千日戦争」では自由党側に立って戦った。少年時代のガルシア＝マルケスにとっては、祖父こそが世界の中心だった。祖父から聞いた戦争談は、後年、作品の人物造形にも生かされている。また、祖母ドーニャ・トランキリーナ・イグアラン・コテスの影響も大きかった。この古い家にはお化けが住んでいる、と祖母は言って、いろいろな空想や兆しをまことしやかに語った。

　やがて両親に引き取られた少年は、町から町へ旅回りの生活を始める。父親がその頃、代替療法で生計を立てようともがいていたのだ。そんな生活から逃げだすチャンスが、奨学金によって訪れ、ボゴタ郊外の国立寄宿学校に入る。1日3度の食事を保証され、いまや「海辺育ちの少年」は本の虫、詩人、前途有望な学生になった。

　長男にはきちんとした職業に就いてほしいという家族の希望もあって、ガルシア＝マルケスはまずボゴタ、続いてカルタヘナで法律を勉強した。しかし創作への情熱は消えず、新聞などに記事を書き続け、けっきょく法律の勉強はやめて作家になろうと決意した。

若き日の体験

　20代の頃、ガルシア＝マルケスは娼家のすぐ上に下宿しながら新聞記事を書いて食いついだ。伝記によると、初めて女性を知ったのは13歳のとき、相手は娼婦だった。15歳のときには、蒸気船の水先

◁ タイプへのこだわり
ガルシア＝マルケスは「ホテルや借りた部屋では書けないし、借り物のタイプライターでも書けない」と言っていた。愛用のタイプライターは、作家の分身として広く知られている。

◁ 生誕の地
ガルシア＝マルケスが少年時代、祖父母の話を聞いて育ったアラカタカの家。現在は小さな博物館となり、作家の生涯を後世に伝えている。

漠然とした象徴性こそ、ガルシア＝マルケス作品の魅力だ

◁ 執筆の人生
1982年、ノーベル文学賞受賞の年に撮影された写真。70代になっても創作意欲は衰えず、最後の小説『わが悲しき娼婦たちの思い出』は2004年に刊行された。

> "どんな人間にも3つの生活がある。
> 公の生活、私の生活、そして秘密の生活だ。"
>
> ガブリエル・ガルシア＝マルケス

20世紀中期

> "実をいうと、私の作品で、
> 現実に根ざさない文章は1つもない。
> 問題は、カリブの現実が、
> 野放図な想像力にそっくりだということだ。"
>
> ガブリエル・ガルシア＝マルケス

△ 一意専心
仕事狂で、名うてのチェーンスモーカーでもあったガルシア＝マルケスは、『百年の孤独』の執筆中、「18カ月間机から立ちあがらなかった」とうそぶいた。

△ 黄色の象徴
『百年の孤独』でマウリシオの周りを飛び交う黄色の蝶。ガルシア＝マルケス自身の象徴ともなった。

案内人の妻に誘惑される。さらにその後も、警官の妻とベッドにいるところを夫に見つかり、リボルバーでロシアン・ルーレットをさせられたりした。こうした途方もない性体験や、娼婦たちのおおらかさが、やがてその作品の大きな特色となる。

ガルシア＝マルケスは青年記者時代、作家やジャーナリストでつくる「バランキージャ・グループ」に加わった。ヘミングウェイやマーク・トウェイン、メルヴィル、フォークナーを読み漁り、なかでもアメリカ深南部をありありと想起させるフォークナーの手法に感嘆した。さらにディケンズやトルストイ、カフカ、プルーストも読みふけり、ヴァージニア・ウルフとジェイムズ・ジョイスの内的独白に学んだ。「この1万年の文学の歩みをざっとでも知らずに、小説を書こうなどと思えるでしょうか。わたしには想像もできません」と、インタビューで語っている。

初期の創作

コロンビアで10年に及んだ内乱と弾圧で30万人もの死者が出ると、ガルシア＝マルケスの政治意識はいやおうなく高まった。1955年、最初の中編小説『落葉』を発表し、また同じ年、密輸品を満載した海軍船から海に投げ出された船員の話をスクープする。この記事はのちに『ある遭難者の物語』という本になるが、その内容は当局の説明を否定するものだった。それによって追われる身となったガルシア＝マルケスは、ヨーロッパへ一時避難する。ロンドン、パリ、ローマを転々とし、さらに東ヨーロッパを回って、南米、ベネズエラへ戻る。その後、キューバの通信社「プレンサ・ラティーナ」に入り、ニューヨーク特派員となる。1958年、コロンビアへ戻り、小学校からの恋人、メルセデス・バルチャ＝プラドと結婚した。夫妻はフォークナーの足取りをたどるようにアメリカ南部諸州を旅して回り、やがてメキシコシティーに落ち着くと、そこで2人の息子をもうけた。

苦闘と成功

ガルシア＝マルケスはその後も小説を書き続けた。短編集『ママ・グランデの葬儀』は架空の町マコンドを舞台としている（のちに『百年の孤独』で再び登場する）。『大佐に手紙は来ない』は、明らかに実の祖父を思わせる貧しい退役将校の話で、最初のヒット作となった。とはいえ、成功の間には不作の時期もあり、家財を質に入れて耐え忍んだ。そうした不遇の、張り詰めた4年間の末に、『百年の孤独』の出だしの一文が、アカプルコへ車を走らせていた作家の頭にふいに浮かんできた。「長い歳月が流れて銃殺隊の前に立つはめになった時、恐らくアウレリャノ・ブエンディア大佐は、父親のお供をして初めて氷というものを見た、あの遠い日の午後を思いだしたにちがいない」（鼓直訳、新潮社、2006年より）。執筆から18カ月後の1966年8月に小説は完成し、初版8000部は数週間で完売した。すでに1年分の家賃を滞納していた一家にとっては天の救いだった。

『百年の孤独』

この小説で、ガルシア＝マルケスは記憶の海を遡る。自身の子供時代の窮乏、アラカタカの家での大人たちの謎、ユナイテッド・フルーツ社にストを起こしたバナナ・プランテーション労働者の実在の虐殺事件、祖父の語った戦争体験……。ガルシア＝マルケスは自身の文化から失われていた魔術、復活、再生の伝統を掘り起こし、だれも見たことのない物語をこしらえた。つまり、南米における抑圧と西洋化

主要作品

1967
『百年の孤独』刊行（25カ国語に翻訳される）。マコンドの町のブエンディア家の100年の歴史を描く。

1981
『予告された殺人の記録』刊行。一種の推理小説で、時間を遡るように話が進む。実際の殺人事件を下敷きにしている。

1985
『コレラの時代の愛』は、2人の元恋人の劇的な再会を軸に、セックスをロマンチックに称えあげた。

1989
『迷宮の将軍』は、史実をもとにした小説だ。ベネズエラの指導者シモン・ボリバルの最後の日々をありのままに描いた。

2002
『生きて、語り伝える』刊行。作家自ら25歳までの人生を振り返り、影響を受けた出来事を回想した。

ガブリエル・ガルシア＝マルケス 289

の歴史を寓意的に説明してみせた。フォークナーがアメリカ深南部を創造したように、ガルシア＝マルケスも南米とその複雑さを読者の頭に想起するすべを見つけたのだ。

文化のヒーロー

『百年の孤独』は1960年代の革命的カウンターカルチャーと共鳴し、南米における文学的創造力の爆発、いわゆるラテンアメリカ文学ブームにおいて輝く炎となった。マジックリアリズムはガルシア＝マルケスの専売特許ではないが、その芸術性は世界中の作家を触発し、チリのイサベル・アジェンデ、英国のサルマン・ラシュディらに影響を与えた。ガルシア＝マルケスはその後の作品が期待外れに終わるのではないかと心配したが、『族長の秋』（1975年）、『予告された殺人の記録』（1981年）、『コレラの時代の愛』（1985年）と次々にベストセラーを生んだ。生涯に17冊の小説と短編集、8冊のノンフィクション作品、さらには20本を超える映画脚本を書いた。

◁ 新たな始まり
『百年の孤独』は1967年にスペイン語で発表され、大評判となる。その後、世界中で3000万部以上売れた。

ガルシア＝マルケスは南米では英雄だったが、その政治観からアメリカへの入国は拒否されていた。生涯に多くの栄誉に輝き、1982年にはノーベル文学賞も受賞した。数多い友人の中には各国の元首もいた。長年の愛読者だったアメリカのクリントン大統領は、30年の月日を経てガルシア＝マルケスの人国禁止令を解いた。

ガルシア＝マルケスは70代になっても精力的に執筆し、2002年に回想録『生きて、語り伝える』、2004年に最後の小説『わが悲しき娼婦たちの思い出』を発表した。87歳のとき、リンパ腫により、メキシコシティーの自宅で亡くなった。

> **IN CONTEXT**
> ## 政治参加
>
> 文学的創造力の爆発をみた「ラテンアメリカ文学ブーム」によって、ガルシア＝マルケス、フリオ・コルタサル、マリオ・バルガス＝リョサらラテンアメリカの作家に世界の注目が集まった。作家たちはラテンアメリカの政治闘争に深く関わり、1960年代のカウンターカルチャーの熱気に駆り立てられるように執筆した。ガルシア＝マルケスは生涯、フィデル・カストロを友人として支持し、また一方ではチリの独裁者アウグスト・ピノチェトを痛烈に批判した。

フィデル・カストロ（1998年撮影）

◁ アラカタカ（マコンド）
ガルシア＝マルケスの故郷であるアラカタカが、マコンドのモデルとなった。マコンドは『百年の孤独』を含め、何本かの作品に登場する。当時は、アメリカのフルーツ会社の経済力に支配された、繁華な商都だった。

290

▷ **マヤ・アンジェロウ**（1976年頃撮影）
写真は、痛ましい自叙伝『籠の鳥の鳴くわけを知っている』の出版から数年後に撮ったもの。アンジェロウはこの作品で一躍有名になった。本人によれば、本書の執筆中、「午後は半分飲んだくれ、夜通し泣いていた」という。

マヤ・アンジェロウ

Maya Angelou　1928〜2014　アメリカ

アンジェロウは勇気と不屈の精神をもって、子供時代に受けた虐待とネグレクトから立ち上がり、伝説の作家に、そして黒人権利拡大運動の立役者になった。彼女が書いた本の内容と同じくらいまばゆい人生だった。

マヤ・アンジェロウ / 291

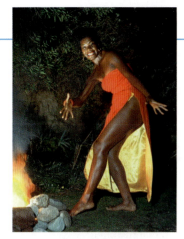

◁『ミス・カリプソ』
1950年代、アンジェロウは、カリブ海の音楽の一種カリプソをベースにした舞台で、アメリカ・ヨーロッパをツアーして回り、盛況を博した。写真は、1957年のアルバム『ミス・カリプソ』のカバー。

△ 運動のシンボルバッジ
アンジェロウは、公民権運動を通してマルコム・Xと出会い、「アフリカ系アメリカ人統一機構」の創設計画を立てた。また、キング牧師のために「南部キリスト教指導者会議」の資金集めに尽力した。

　マヤ・アンジェロウの子供時代の夢は、不動産業者になることだった。けれども、亡くなったとき、アンジェロウは詩人、劇作家、エッセイスト、映画監督、エンターテイナー、大学教授、公民権運動家として名を遂げていた。大統領諸問委員を2度務め、数々の名誉学位を授かり、グラミー賞の最優秀スポークン・ワード・アルバム賞に3度輝き、2010年には文民にとって最高位の「大統領自由勲章」を贈られていた。とはいえ、決して順風満帆な人生ではなかった。

幼少期のトラウマ

　マヤ・アンジェロウ（本名マーガリート・アン・ジョンソン）はミズーリ州セントルイスに生まれた。1931年に両親が離婚すると、アンジェロウは、アーカンソー州の田舎町スタンプスで祖母と暮らすため電車で送り出された。手首には、「みなさまへおねがい」と書いた"荷札"を巻かれていた。8歳のとき、セントルイスの家へ戻ると、母親のボーイフレンドにレイプされた。男はあとで死体となって発見された。その後5年ほど、アンジェロウは口をきくことを拒んだ。「わたしの声があいつを殺したんだって思った」と、アンジェロウは言う。「わたしがあの男を殺した。あいつの名前を呼んだから」

　10代前半で学校を中退し、サンフランシスコで、女性で、そしてアフリカ系で初の路面電車の車掌となる。しかし翌年、復学するものの妊娠する。1945年、卒業してすぐに一人息子のガイ・ジョンソンを生むと、ウェイトレス、コック、さらに売春までしてわが子を養った。1952年、サンフランシスコのナイトクラブでダンサー、シンガーとして働きはじめる。この頃、マヤ・アンジェロウを名乗りだし、1度目の結婚生活に入る（彼女は生涯で3度結婚した）。

　1950年代後半にニューヨークへ移ると、アンジェロウは公民権運動に携わり、「ハーレム・ライターズ・ギルド」（1950年に発足したアフリカ系アメリカ人作家の団体）に加わる。そこで詩作の技を磨き、著名な黒人作家とも出会った。1960年には『アラブ・オブザーバー』誌の編集員としてエジプトのカイロへ赴き、続いて『アフリカ・レビュー』誌の編集員としてガーナへ渡った。

作家としての躍進

　1964年にアメリカに戻ると、その後40年にわたり旺盛に作品を発表する。『籠の鳥の鳴くわけを知っている』（1970年）は7作にわたる自伝の1作目で、とくに名作の呼び声高い。子供時代に体験した、南部における人種差別の暴力をありありと描き出し、たちまち大評判となった。批評家からも、自伝と小説の巧みな融合を絶賛された。

　アンジェロウは詩人としても名をはせた。「それでもわたしは立ちあがる」や「フェノメナル・ウーマン」（ともに1978年）など、胸に迫る詩で熱狂的支持を得た。愛や人間精神の不屈さから、人種、性、差別といった問題まで、さまざまなテーマをうたった。

　アンジェロウはまた、自作の朗読でも才能を発揮した。その証拠に、彼女は1993年のビル・クリントン大統領の就任式に招かれ、「朝の鼓動に」という詩を読み上げている。多様性を称えつつ、耳に痛い希望のメッセージを届けたのだ。「歴史は、つらい痛みを抱えている／だからといって、覆い隠すことはできない／でも、勇気をもって、きちんと向き合うなら／同じ過ちを二度と繰り返さなくていい」

　2000年、最高峰の芸術賞といわれる「国民芸術勲章」をアンジェロウに授与した際、クリントン大統領はこう言い切った。アメリカはアンジェロウに「大きな借り」がある、倦まずたゆまず「生の真実」を伝え、おまけに「我々の目をいつも夜明けに向かわせてくれた」と。

　アンジェロウの最後の自伝作品『ママと私とママ』は亡き母と祖母に捧げたもので、2013年に出版された。その翌年、アンジェロウはノースカロライナの自宅で死去した。

IN CONTEXT

影響を受けた文人たち

　アンジェロウの作品はある意味で、アフリカ系アメリカ人奴隷の歌や語りに始まった伝統を受け継いでいる。たとえば、逃亡奴隷フレデリック・ダグラスの画期的な自伝『ある黒人奴隷の半生』（1845年）もその1つである。アンジェロウはまた、ゾラ・ニール・ハーストン、W・E・B・デュボイス、ポール・ローレンス・ダンバー、ラルフ・エリソンといった20世紀の黒人作家の作品にも親しんでいた。これらの作家は皆、1920年代から30年代にかけてニューヨークで花開いたアフリカ系アメリカ人の文化運動、「ハーレム・ルネサンス」に何らかの形で関わっていた。文学や演劇、音楽、絵画や彫刻によって自分たちの誇りを表現したのである。

『ある黒人奴隷の半生』の扉絵（1845年）

ミラン・クンデラ

Milan Kundera　1929〜　フランス（チェコ出身）

小説家でエッセイストのクンデラは、洒落っ気のあるエロチックな語り口で、祖国チェコスロバキアの政治的混乱を鮮やかに照らし出した。

▷ **クンデラ**（1979年、パリにて撮影）
『笑いと忘却の書』の出版年に撮影。本書は7つの別個の物語から成る。

自由と抑圧

　ミラン・クンデラは祖国チェコスロバキア（チェコ共和国）からフランスに亡命して以来、当地でほぼ半生を過ごしてきた。しかし、たいていの読者はクンデラをチェコ人と見なしている。『笑いと忘却の書』（1979年）、『存在の耐えられない軽さ』（1984年）という2大傑作小説のためだ。この2作によって、クンデラは20世紀半ばの祖国への侵略を鋭く風刺したのである。

　クンデラは1929年にチェコ東部ブルノで生まれた。父親は音楽学者でコンサートピアニストだった。クンデラもはじめは音楽を学んだが、のちに作家に転向する。第二次世界大戦中に少年時代を送り、ドイツ軍の侵攻でチェコスロバキアが荒廃していくのを目撃する。1948年に共産党が政権を握るとクンデラも入党するが、学生の身で「反党的活動」を行ったとして除名される。プラハで文学と美学を勉強したあと、脚本の執筆や映画の監督にいそしみ、卒業後の1952年に文学の教師となった。その後、1956年に共産党に復帰する。

　1960年代のチェコスロバキアでは、アレクサンデル・ドゥプチェク共産党第一書記のもと、「プラハの春」とよばれる社会的自由を謳歌した。この時期、クンデラや劇作家ヴァーツラフ・ハヴェルなど、急進的なチェコ人作家が世界の注目を集める。クンデラは詩作や劇作から小説の執筆に転じ、処女作の『冗談』（1967年）でスターリン時代のチェコスロバキアを鮮やかに描き出した。まじめなガールフレンドに送った反体制的な葉書がもとで悲劇の連鎖が始まり、炭鉱での苦役に行き着くという話である。

　1968年にソ連主導の侵攻が行われると、急進的な作家の作品は発禁となる。クンデラはまたも党から除名され、大学のポストも失う。1975年、8年連れ添った妻ヴェラ・フラバーンコヴァーとともに国外移住を許され、以後、フランスのレンヌ大学で教鞭を執る。

フランス移住後

　クンデラが続いて書いた3つの小説はどれも、外的な力によって人生を奪われた人々を描いたものだ。『笑いと忘却の書』は、個人の体験と想像をゆるやかに編み上げた物語で、記憶の否定と歴史的事実の抹消——不都合な人物を写真から文字どおり消し去る、ソ連体制のやり口——を批判する。『存在の耐えられない軽さ』は、プラハの春からロシアの侵攻にかけて、4人の知識人の人生をすべるように描いていく。1990年の『不滅』は、クンデラがチェコ語で書いた最後の作品である。その後の小説は『無知』（2000年）、『無意味の祝祭』（2014年）など、フランス語で書かれ、またその評論も、政治ではなく哲学に傾いている。

　1989年のビロード革命によってチェコスロバキア（これを機にチェコとスロバキアに分離）に民主主義が戻ったが、クンデラはめったに祖国へ戻っていない。今や自分はフランスの作家であり、フランス文学を書いていると考えているからだ。

> **ON STYLE**
> ### リアリズムの転覆
> 　クンデラは哲学作品『小説の技法』で、リアリズム文学を批判し、セルバンテスやラブレーのような自由奔放な物語を称えた。クンデラの小説では、著者自身がたびたび話に割り込んで、言葉や行為の選択に疑義を呈する。人物描写はどこか断片的で、読者の想像で埋めなければならない。政治風刺に時折エロチシズムや戯れをまぎれこませるが、空しいセックスやばか騒ぎの薄ら寒いイメージは、人間性への批評とも受けとれる。また、直線的な読みを妨げるように、随所に、年代記や哲学思索が挿入されるが、「忘却」や「天使」といった特定のテーマを展開することで、テキストの一貫性は保たれている。

ドイツ語版『冗談』の初版本

◁ **侵攻**（1968年撮影）
1968年8月20日、チェコスロバキアに侵攻したソ連軍の戦車を取り囲むプラハ市民。侵攻を指示したのはソ連の指導者レオニード・ブレジネフで、チェコスロバキアでの改革と革命熱の高まりを抑えようとした。

20世紀中期

チヌア・アチェベ

Chinua Achebe　1930〜2013　ナイジェリア

アフリカ文学の祖とうたわれるアチェベは、ナイジェリアを舞台にした
ポストコロニアルな小説で、虐げられた人々に声を与え、世界文学
の輝かしい発展を促した。

小説家チヌア・アチェベは、先祖伝来の地であるナイジェリア南東部イボランドの小都市オギディで、1930年に生まれた。プロテスタント系団体の宣教により部族伝来の宗教を捨てて改宗した両親から、アルバート・チヌアルモグ・アチェベの洗礼名を授かった。キリスト教の日曜学校に通い、学校では英語を学んだが、家ではイボ語を使っていた。少年時代は伝承や儀礼に囲まれて、5人のきょうだいと育った。「私たちは文化の交差路にいたのです」と、アチェベは振り返る。アチェベはのちに自分の名前から、ヴィクトリア朝イングランドへの敬意を示す「アルバート」を削った。アチェベは、植民者が来る前の暮らしぶりを年長者から聞いて育った最後の世代だ。部族の伝統と植民地主義の破壊力との摩擦や葛藤が、その創作の基本姿勢となった。

エリート学生として

13歳のとき、アチェベは、ウムアヒヤの名門校ガバメント・カレッジの入学試験に合格する。ここは、ナイジェリアの未来のエリート養成を目的とした植民地学校だった。イギリスのパブリックスクールがモデルで、ナイジェリアのさまざまな言語を話す少年たちに、共通語として英語を課した。アチェベも、石鹸を借りようとしてイボ語を使い、罰を受けたことがあるという。

アチェベは奨学金を獲得し、イバダンのユニバーシティ・カレッジで医学を学ぶが、途中で英文学に転向する。世界の宗教やアフリカの文化にのめり込み、古典を読み漁るが、文学作品でのアフリカの描かれ方に憤りを覚える。アイルランドの作家ジョイス・ケアリーの小説『ミスター・ジョンソン』が、見事にアフリカを描いていると言われていたが、アチェベら学生からすると、そのナイジェリア人の主人公は英雄どころか「とんでもないまぬけ」であり、自分たちを軽んじる作者の価値観が透けて見えるようだった。アチェベは後年、半自伝的作品『祖国と亡命』(2000年)でジョゼフ・コンラッドの『闇の奥』を批判している。コンラッドによる未開人の忌まわしい描写について、これこそ500年にわたるヨーロッパのアフリカ支配から生まれた人種主義文学の典型であると言い放ったのだ。

アフリカ三部作

卒業後、アチェベは、オバにある粗末な学校で英語を教える。やがて首都ラゴスへ移って、ナイジェリア放送局でラジオ番組の制作を手伝う。1956年、英国放送協会(BBC)の研修で初めてロンドンを訪れる。アチェベは当時、ヨーロッパ人の言う「暗黒大陸」なるものを現地人の目から描き直そうと、小説を執筆中で、原稿をロンドンにも携えていった。『崩れゆく絆』は、ナイジェリアの架空の村が19世紀後半、イギリスの植民者と出遭い崩壊していく物語だ(のちに三部作に発展する)。昔

ON STYLE
芳醇な英語

アチェベはイボ語で育てられたが、小説は英語で書いた。アフリカの物語を自分たちの手で語り直すには、支配者側の言語を使うのが良い戦法だと考えたのだ。標準的な英語に、ピジン(混合)英語や、イボ語の口語韻律、ナイジェリアの豊かな口承からとった諺や神話を添えて、ふくよかな文体をつくりあげた。アチェベは『崩れゆく絆』についてこう語っている。「ディケンズやコンラッドのように書けないのは分かっていた。わたしの物語にはああいう書き方は合わない。それなら、新しい英語をつくるしかない。うまくいくかは分からなかったが」。その類まれな文体は、批評家の絶賛の的になった。

50周年版『崩れゆく絆』

▷ **チヌア・アチェベ、ニューヨークにて**
ニューヨーク、バード大学の教授時代に撮った写真。アチェベはその作品を通じて、アフリカの歴史を新たな視点で描き、自分たちの手に取り戻した。

◁ **イボの文化**
仮面をつけた踊り、歌、劇はイボの文化の特色である。アチェベの物語はイボの民謡や昔話などをふんだんに取り入れている。

> "チヌア・アチェベという作家がいた。
> この男が一緒なら、
> 刑務所の壁など消えてしまった。"
> ネルソン・マンデラ

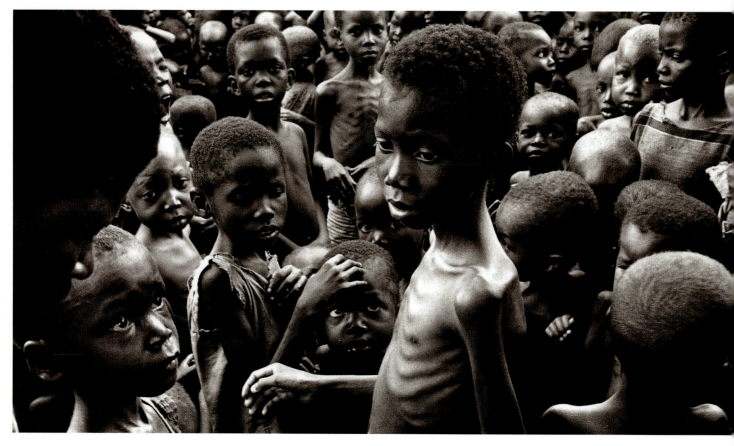

△ ビアフラ戦争
1967年、ナイジェリア東部のイボ族が新国家ビアフラを樹立する。続いて始まったナイジェリアとの戦争で、数百万人のビアフラ人が、飢えなどが原因で死亡した。

気質の誇り高き戦士オコンクウォを中心に、豊かな商業・文化・宗教・道徳を持った部族社会が描かれる。本作は英語で書かれ、アチェベの言葉を借りれば、「アフリカの民がヨーロッパ人から文明を知ったというのは嘘っぱち」であることを世界に知らしめた。

◁ 『神の矢』
アチェベのいわゆる「アフリカ三部作」の3冊目は、1964年に出版された。『神の矢』というタイトルはイボ語の諺に由来する。『神の矢』とは神の裁きを届ける人のことなり」

ロンドンに住む友人の小説家が出版の斡旋を申し出てくれたが、アチェベは本国に戻って執筆を続けることにし、やがて出来上がった原稿(原稿には写しがなく、それ一部だけだった)をロンドンの出版エージェントに送った。届いた包みは置き忘れられ、何カ月も事務所の隅で埃をかぶっていたが、ある日ついにハイネマン社の編集者に拾い上げられ、日の目を見た。

アチェベは本作のタイトルを、第一次大戦直後に書かれたW・B・イェイツの詩『再臨』からとっている。『再臨』の一節、「すべてが崩れ、中心は持ちこたえられず……」は部族社会の植民者による破壊を見事に言い表している。『崩れゆく絆』は1958年に出版されると、その国際的な影響力を証明した。同作は今日までに57カ国語に翻訳され、世界で最も広く読まれるアフリカの小説となった。かのネルソン・マンデラも、南アフリカのロベン島に収容されていた27年間、『崩れゆく絆』を心の慰めにしていたと語っている。

汚職不正と植民地主義

アチェベはその後、ラゴスに戻る。ナイジェリア独立が近づくなか、当時のラゴス

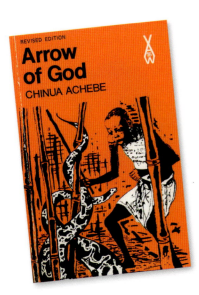

"勝者が物語をつくるのだ。
敗者の声など耳を貸しやしない。"
チヌア・アチェベ『祖国と亡命』より

主要作品

1958
『崩れゆく絆』刊行。架空の部族の村が植民者と出遭って一挙に崩壊していく様を描いた。

1960
『もはや安楽なし』刊行。舞台はナイジェリア独立前夜、汚職と収賄に苦しみもがく男が主人公だ。

1983
評論集『苦悶するナイジェリア』で、自国の指導部の無能ぶりを論じた。

1987
『サバンナの蟻塚』では、軍事政権に迫害される3人の友人の人生を描いた。

2000
『祖国と亡命』刊行。歴史とは誰が書くかに左右され、書き手のさじ加減で生かすも殺すも自由であることを示した。

2012
『かつてあった国：わたしの見たビアフラの歴史』で、ナイジェリア内戦について再び論じた。

は、あちこちの村からの移住者で溢れ、急激な変化の真っ只中だった。そんな時期にアチェベは、2作目の『もはや安楽なし』（1960年）を書き上げる。オコンクウォの孫が、汚職にまみれた町で奮闘する物語だ。そして三部作の最後を飾る『神の矢』（1964年）は、アチェベがラジオ局時代につかんだ話をもとにしている。イボの神官が、英国植民者への協力を拒んで捕まるまでの顛末を描くというものだ。アチェベはこの頃ラゴスで、イバダン大学の学生クリスティー・チンウェ・オコリと出会い、1961年に結婚した。

独立宣言

『民衆の中の男』（1966年）は架空のクーデターを巡る風刺喜劇だが、折悪しく、ナイジェリアの分離地域ビアフラが独立を宣言する。アチェベは予言めいた話を書いたことで当局に睨まれ、急遽、イボランドへ避難する。当地で平和活動に乗り出すと、ビアフラ独立戦争で無数のイボ族の子供が餓死し、虐殺されていることを世界に訴えた。アチェベは自宅を爆破され、大親友で詩人のクリストファー・オキグウォも殺害される。詩集『魂魄と化した兄弟よ、心に銘記せよ』（1971年）と短編集『戦場の女たち』（1972年）はどちらも、この戦時体験をもとにしている。

1970年にナイジェリア政府がビアフラを奪還すると、アチェベはヌスカのナイジェリア大学で教鞭を執り、ハイネマン社と協力してアフリカ人作家の名作文学シリーズを立ち上げる。1980年代を通じてアチェベは時間を2つに分け、一方は政治活動に、他方はナイジェリアおよびアメリカの大学での講義にあてていた。長編『サバンナの蟻塚』（1987年）は、汚職にまみれ、指導力を欠き、外国の言いなりになるナイジェリア社会を描いた作品である。3人の主人公の1人、イケムは、統治者が自国の貧しく虐げられた民と乖離している現状を「国のまさに中心で、傷ついた心が痛みに震えている」と表現した。

アメリカで

1990年、60歳の誕生日にあわせてアチェベはアメリカからナイジェリアに戻るが、そのとき自動車事故に遭い、腰から下が不随になる。そこで将来の治療費のためにニューヨーク、バード大学の教授に就任し、のちにロードアイランドのブラウン大学へ移った。しかし、祖国への政治的発言をやめることはなく、1990年代には軍事独裁者サニ・アバチャによる国家資産の横領を批判し、その後もイスラム教徒とキリスト教徒の不和をあおるような政治的扇動を戒めた。

2009年、身を切るような思いで祖国の地を踏んだアチェベは、国賓として迎えられ、祖先からの神話や伝承を掘り起こした立役者と称賛された。アチェベは生涯に5冊の長編、5冊のノンフィクション、そしていくつかの短編集と詩集を書き、ブッカー国際賞（フィクション部門）など、数々の賞に輝いた。

アチェベは晩年までアメリカの大学で教壇に立ち、2013年、82歳で生涯を閉じた。遺体は故郷のオギディに埋葬された。

△ **サニ・アバチャ将軍**
アバチャの独裁下（1993～98年）、ナイジェリアの石油が生んだ富は指導部の懐に入り、国家のインフラは荒廃し、表現の自由は制限された。1995年に起きた作家ケン・サロ＝ウィワの殺害がその象徴である。

IN CONTEXT
ナイジェリア人としての人生

アチェベの人生と小説は、ナイジェリアの苦難の歴史と切っても切り離せない。幼い頃から聞かされた部族の歴史、植民地学校での生活、知的エリートの一員としての生活と一般大衆の貧困との落差を巡る葛藤が、アチェベの作品のはしばしに感じられる。50年にわたる英国の支配から独立したあとも、ナイジェリアは次々と問題に見舞われ、クーデターでできた政権がまた別のクーデターに倒され、指導者や作家、運動家の暗殺が相次ぎ、莫大な油田の富も大統領が使い込んでしまう。1967年にはアチェベの目の前でビアフラ独立の試みが失敗し、凄惨な内戦へ落ち込んだ。それから50年後の記念日には、各地で住民の抗議デモが行われ、独立を改めて要求した。

独立宣言50周年を記念するビアフラの旗

20世紀中期の文学者

ルイ=フェルディナン・セリーヌ
Louis-Ferdinand Céline　1894～1961　フランス

セリーヌは間違いなく一流の小説家だったが、政治思想のせいで名声をふいにした。下層中産階級の出で、第一次世界大戦で負傷する。戦後、医者となり、あえてパリの場末町で開業した。

衝撃的なデビュー作となった小説『夜の果てへの旅』は、口語体で書かれた、俗悪極まるブラックコメディーである。続く『なしくずしの死』で、セリーヌの代名詞ともなる「省略」の手法の多用など、スタイルの革新を推し進め、名声を確立した。

1930年代に、反ユダヤ主義の誹謗文をいくつも書き、さらに第二次世界大戦中は、フランスを占領したナチス・ドイツの手先と関係を持った。戦後、デンマークで逮捕され、1年投獄された。フランスへの帰国が叶うと、ドイツ第三帝国の崩壊の目撃者として自らの体験を小説にまとめ、次々に発表する。怨恨と茶番と悲劇の入り交じる、とりとめない幻覚的な独白である。

主要作品　『夜の果てへの旅』(1932年)、『なしくずしの死』(1936年)、『ギニョルズ・バンド』(1943年)、『北』(1960年)

ジュゼッペ・トマージ・ディ・ランペドゥーザ
Giuseppe Tomasi di Lampedusa　1896～1957　イタリア

トマージ・ディ・ランペドゥーザは、生前に出版されなかった、たった1冊の小説で歴史に名を残した。没落の一途を辿るシチリアの貴族階級に生まれ、1934年に父が死ぬと「ランペドゥーザ公」の称号を受け継ぐ。青年時代、第一次世界大戦に従軍したが、それを除けばとくに波乱のない人生だった。イタリアのファシスト政権期も、事を荒立てないように構え、1943年にパレルモの宮殿が連合国軍の爆撃で破壊されても辛抱した。

ランペドゥーザが傑作『山猫』を書き始めたのは1940年代後半のことで、毎日歩いてカフェに通っては執筆にふけった。『山猫』はイタリア統一運動期のシチリアを舞台にした豪華絢爛な小説で、ランペドゥーザは2つの出版社に原稿を持ち込むも断られる。だが彼の死後、ほどなくして本書は刊行され、大評判となった。他の作品には短編『セイレーン』と、回想録や批評があるのみだ。

主要作品　『山猫』(1958年)、『短編集』(1961年)

ヴィトルド・ゴンブローヴィチ
Witold Gombrowicz　1904～1969　ポーランド

小説家で劇作家のゴンブローヴィチは、愛国主義的なカトリック地主階級に生まれた。そしてこの集団の社会的・文化的価値観を転覆させようと生涯闘った。1933年に初めて短編集『成長期の手記』を書き、ポーランド文壇で地歩を固める。

最初の長編『フェルディドゥルケ』は、大人の男性が突然、思春期に逆戻りするという設定の、グロテスクな風刺小説である。モダニズム文学の金字塔とも言われている。第二次世界大戦が勃発すると、ゴンブローヴィチはアルゼンチンに亡命し、貧窮にあえぎながら24年間を過ごした。戦後、ポーランドの共産主義政権はゴンブローヴィチの作品を発禁処分にする。しかし1950年代以降、彼の小説や戯曲は国外で翻訳され注目を集める。ゴンブローヴィチは1963年にヨーロッパに戻り、主にフランスで暮らしながら、名士としてささやかな歓待を受けた。1957年から66年にかけて刊行された、エキセントリックな『日記』は、とくに傑作の呼び声が高い。

主要作品　『フェルディドゥルケ』(1937年)、『ブルグント公女イヴォナ』(1938年)、『トランス・アトランティック』(1953年)、『ポルノグラフィア』(1960年)

W・H・オーデン
W.H. Auden　1907～1973　イングランド

ウィスタン・ヒュー・オーデンは多作の詩人で、伝統的な詩の形式を巧みに使いこなした。初期の詩は漠として謎めきながらも、そこには彼の故郷イングランド中部

△W・H・オーデン

の工業化された風景が浮かび上がる。1930年代、オーデンは、オックスフォード大学で一緒だった左派詩人グループのリーダーと見なされた。

スペイン内戦中（1936〜39年）、オーデンは反ファシズムの姿勢を断固として示した。しかしだからといって、詩の中で特定の政治観を打ち出すわけではなく、むしろ同性愛者としての鬱屈やありふれた生活の不安をうたった。1939年、オーデンはアメリカへ移住し、1946年にアメリカ市民となる。オーデンは、詩によって社会を変革しようという考えに異を唱え、「詩を書いても何も変わらない」と言い切った。晩年の作品ではキリスト教徒としての信条や現代文明への悲観をうたった。代表的な詩に「ミス・ジー」（1938年）、「葬儀のブルース」（1938年）、「1939年9月1日」（1940年）などがある。

主要作品　『詩集』（1930年）、『見よ、旅人よ』（1936年）、『不安の時代』（1947年）、『アキレスの楯』（1955年）

アルベルト・モラーヴィア
Alberto Moravia　1907〜1990　イタリア

アルベルト・ピンケルレ（筆名：モラーヴィア）は、長短編おりまぜてイタリア・ブルジョア階級の生活を克明に描き、金銭やセックスを巡る欲望、卑小、偽善を暴きだした。

モラーヴィアは子供の頃、骨髄カリエスを患った。そしてこれを人格形成期に起きた2大事件の1つに挙げている。もう1つはファシスト政権の誕生だった。ムッソリーニの時代にモラーヴィアは物書きとして世に出たのである。1929年に最初の小説を出し、新聞記者をし、2つの文芸誌の創刊に携わった。何冊かの本はファシスト政権に差し止められた。

第二次世界大戦後、モラーヴィアは人気小説家としての地位を確立する。飾りのない写実的な作風であるが、鋭い眼でイタリアの新たな消費社会と、その名ばかりの民主主義を観察し、根底にある心の闇を描き出した。1960年代以降は筆勢が衰えた。晩年はイタリア共産党の代表として欧州議会議員を務めた。

主要作品　『無関心な人びと』（1929年）、『孤独な青年』（1951年）、『ローマの物語』

△ ジョルジェ・アマード

（1954年）、『二人の女』（1957年）

エリザベス・ビショップ
Elizabeth Bishop　1911〜1979　アメリカ

20世紀を代表するアメリカの詩人、エリザベス・ビショップはマサチューセッツ州で生まれた。しかし、父が死んで母も精神科病棟に入院したため、ビショップは幼少期のほとんどをカナダ東端のノヴァスコシアで親類と暮らした。

ニューヨークのヴァサー・カレッジ在学中に、詩人マリアン・ムアの影響で詩作を始める。ビショップの詩は、その旅多き人生を映しだすように、パリやフロリダ、ブラジルでの長年の生活を描いている。精緻な観察描写を得意とし、また、伝統的な詩の形式を重んじたので、人生告白的な調子に陥るのは免れている。が、それでもやはり、度重なるうつ病やアルコール依存症、レズビアンとの関係をほのめかす詩も少なくない。

ビショップは完璧主義者で、生涯に発表した詩は101篇のみだ。1950年代以降はそこそこ名を知られるようになったが、正当な評価を得たのは死後のことである。代表的な詩に「奇跡の朝餉」（1935年）、「魚」（1946年）、「一芸」（1976年）などがある。

主要作品　『北と南』（1946年）、『旅について』（1965年）、『全詩集』（1969年）、『地理III』（1976年）

ジョルジェ・アマード
Jorge Amado　1912〜2001　ブラジル

小説家のジョルジェ・アマードはブラジル北部バイーア州で、プランテーション経営者の家に生まれた。18歳で初めて本を書く。マルクス主義のリアリストとして、ブラジル社会の根底に潜む残忍性と搾取を暴いた。独裁者ジェトゥリオ・バルガスの統治下でアマードの本は焚書にされ、自身も亡命を強いられる。1954年にブラジルに戻ると、作風を変え、よりくだけた調子の小説を、空想やユーモア、官能性たっぷりに書く。その第一作『ガブリエラ、丁字と肉桂』はブラジル国内外でベストセラーになる。それに負けない成功を収めた『ドナ・フロールと二人の夫』は、マジックリアリズムといってよい作品で、解けるはずのないもつれが超自然的な解決を見る。

人気小説家になってからも、アマードは女性の露骨な性描写で物議を醸した。晩年になっても、ブラジル文化におけるヨーロッパとアフリカの要素の和解など、重大な問題に取り組み続けた。

主要作品　『ジュビアバー』（1935年）、『果てなき大地』（1943年）、『ガブリエラ、丁字と肉桂』（1958年）、『ドナ・フロールと二人の夫』（1966年）

オクタビオ・パス
Octavio Paz　1914〜1998　メキシコ

詩人・批評家のオクタビオ・パスはメキシコシティーの知識人の家庭に生まれた。小さい頃から詩を書き、1933年に最初の詩集を発表する。祖国に深い関心を抱きつつ（評論集『孤独の迷宮』ではメキシコ人のアイデンティティと文化を考察）、ヨーロッパのモダニズム、とりわけフランスのシュールレアリスムに強い影響を受けた。

1945年以降、外交官として世界を飛び回る。詩集『東斜面』は、1962年から大使として駐在したインドでの体験をうたったものだ。1968年、メキシコシティーで起きた政府軍による学生虐殺事件に抗議し、外交官の職を辞した。メキシコの代表的知識人にして偉大な詩人と称えられたパスは、1981年に待望のセルバンテス賞を受賞、1990年にはノーベル文学賞を授与された。

主要作品　『石と花の間で』（1941年）、『孤独の迷宮』（1950年）、『太陽の石』（1957年）、『東斜面』（1969年）

カミーロ・ホセ・セラ

Camilo José Cela　1916〜2002　スペイン

小説家のカミーロ・ホセ・セラ・トルロックは、革新的な小説技法を駆使して、スペイン社会のおそろしく厭世的な像を描き出した。「文学の狂った仮面で生活の実像を覆い隠す」ことを拒んだのである。

スペインのガリシア地方に生まれたセラは、スペイン内戦ではフランコ側で戦った。センセーショナルなデビュー小説『パスクアル・ドゥアルテの家族』は、無情な殺人を犯して死刑となった農夫の告白を通して、貧困と後進性がいかに人間性を奪うかを見せつけた。

セラの作品のいくつかは当初、スペインでは発禁処分を受けていた。傑作の呼び声高い『蜂の巣』もその1つである。マドリードのうらわびしい生活の実像が、作中に配された無数の人物がおりなす3日間の物語を通して浮かび上がる。晩年の作品ではさらに過激な実験に挑んだ。『キリスト対アリゾナ』(1988年)は、作品全体が100ページを超える1つの文章から成る。1989年にノーベル文学賞を受賞した。

主要作品　『パスクアル・ドゥアルテの家族』(1942年)、『休息の宿』(1944年)、『蜂の巣』(1945年)

カーソン・マカラーズ

Carson McCullers　1917〜1967　アメリカ

小説家カーソン・マカラーズ(本名ルーラ・カーソン・スミス)はジョージア州コロンバスに生まれた。大人になってからは主にニューヨークとパリに暮らしたが、心の中の想像の世界にはいつも、生まれ故郷のアメリカ深南部があった。

初めての短編「神童」を1936年に発表する。1940年代に相次いだ傑作『心は孤独な狩人』『黄金の目に映るもの』『結婚式のメンバー』はどれも、社会からの隔絶、身体の不自由さ、精神の攪乱といったテーマを、力強い筆致で感性豊かに探求している。

マカラーズ自身、重い病気やアルコール依存症に苦しみ、つらい人生を歩んだ。リーブス・マカラーズとの夫婦関係は離婚に終わり、1度は再婚したものの、結局1953年にリーブスは自殺した。中編『悲しい酒場の唄』が最後の重要な作品となった。1958年に戯曲『素晴らしさの平方根』、1961年に長編『針のない時計』を書いたものの、以前の作品ほどは評判にならなかった。

主要作品　『心は孤独な狩人』(1940年)、『黄金の目に映るもの』(1941年)、『結婚式のメンバー』(1946年)、『悲しい酒場の唄』(1951年)

ハインリヒ・ベル

Heinrich Böll　1917〜1985　ドイツ

小説家として長・短編の傑作を生んだハインリヒ・ベルは、ケルンで、芸術好きなカトリックの家庭に育った。人格形成期の重大事件は、唾棄していたナチス政権のもと第二次世界大戦に従軍させられたことだ。戦争が終わると、ベルは筆を執り、平凡なドイツ兵の戦闘体験と物理的・精神的に荒廃した祖国へ帰還したあとの幻滅をまざまざと描き出す。その初期の作風

△ ハインリヒ・ベル

は、アーネスト・ヘミングウェイらアメリカ人作家の影響もあって、現実的、直截的、かつ冷笑的だった。しかし、次第に技巧を凝らした作品へ進化し、それにつれて西ドイツ社会の無情な物質主義と、不都合な歴史事実からの逃避を容赦なく批判するようになった。

ベルの作品はしばしば闘争的で、『道化の意見』(1963年)ではカトリック教会、『カタリーナ・ブルームの失われた名誉』ではゴシップ誌に戦いを仕掛けた。旧西ドイツの作家では例外的に、共産主義時代の東ドイツでも広く読まれていた。1972年、ノーベル文学賞を受賞した。

主要作品　『列車は定時に発着した』(1949年)、『旅人よスパ……に至りなば』(1950年)、『女性のいる群像』(1971年)、『カタリーナ・ブルームの失われた名誉』(1974年)

J・D・サリンジャー

J.D. Salinger　1919〜2010　アメリカ

青春小説の古典『ライ麦畑でつかまえて』の著者ジェローム・デイヴィッド・サリンジャーは、ニューヨーク市のユダヤ系家庭に生まれる。作家として世に出るのは第二次世界大戦が終わってからで、除隊して帰国したサリンジャーは1948年『ニューヨーカー』誌に「バナナフィッシュに最良の日」を発表する。

1951年、『ライ麦畑でつかまえて』が刊行され、たちまち評判となる。10代の孤独と反抗というテーマを、悩める主人公ホールデン・コールフィールドの声を通して描き出し、長年にわたってティーンエイジャーのバイブルとなってきた。

名作の誉れ高い「エズメに——愛と悲惨をこめて」を収めた『九つの物語』の出版後、サリンジャーはニューヨークからニューハンプシャーに移り、世捨て人のように、頑なに隠遁生活を送った。創作のペースも落ち、1953年から10年間に4編し

か発表していない。しかも、そのいずれもがニューヨークの架空のグラース家を巡る話だった。本当に傑作と言えるのは『フラニーとズーイ』が最後だったと、批評家も読者も考えている。サリンジャーは1965年以降、ついに1冊も本を書かなかった。

主要作品 『ライ麦畑でつかまえて』(1951年)、『九つの物語』(1953年)、『フラニーとズーイ』(1961年)

ドリス・レッシング

Doris Lessing　1919〜2013　英国

ドリス・メイ・テーラー（のちに結婚してレッシングと改姓）は、南ローデシア（現ジンバブエ）で、英国人の両親が所有する農場で育った。1949年にイングランドに戻る頃には、レッシングは筋金入りの共産主義者にして反植民地主義の闘士となっており、すでに2度の離婚を乗り越えていた。初期の作品はアフリカを題材とし、最初の長編『草は歌っている』、そして半自伝的シリーズ『暴力の子供たち』も全5部のうち4部までがアフリカを舞台としている。

1950年代に入ると、レッシングは共産主義に幻滅する。1962年の『黄金のノート』では、それまでの政治的リアリズムを離れ、心理分析を取り入れた革新的形式を見せた。1979年から1983年にかけて『アルゴ座のカノープス』シリーズでSFジャンルを試みて世間を驚かす。1985年の『お人好しのテロリスト』で政治のテーマへ鮮やかに回帰した。2007年にノーベル文学賞を受賞している。

主要作品 『草は歌っている』(1950年)、『黄金のノート』(1962年)、『シカスタ』(1979年)、『お人好しのテロリスト』(1985年)

遠藤周作

えんどう しゅうさく　1923〜1996　日本

小説家の遠藤周作は、日本社会では珍しくカトリックのキリスト教徒だった。1950年代にフランスのリヨンで学び、小説家ジョルジュ・ベルナノスらフランスの急進的カトリック作家の影響を受ける。この頃、遠藤は肺結核を発病して、長い病との闘いがはじまる（そのため、遠藤作品では病院がよく出てくる）。

日本に戻ると、自国社会を批判する小説を相次ぎ発表し、キリストの愛のメッセージを受けつけない無慈悲な「沼」であると批判した。代表作『沈黙』はカトリック宣教師の苦悶の物語で、日本人の無関心と残酷さによって宣教師の信仰が試される。ただし遠藤の批判の矛先は、カトリック教会の権威主義的態度にも向けられていた。遠藤の信じるイエス・キリストとは、権威によって裁きを下す人ではなく、憐れみにあふれ苦しみを分かちあう人だったのだ。インドを訪ねた日本人一行を巡る晩年の小説『深い河』など、遠藤作品は温かいヒューマニズムを湛えている。

主要作品 『白い人』(1955年)、『海と毒薬』(1957年)、『沈黙』(1966年)、『深い河』(1993年)

三島由紀夫

みしま ゆきお　1925〜1970　日本

三島由紀夫、本名平岡公威は、第二次世界大戦後の日本を代表する文化人だった。大日本帝国のエリート階層に生まれたが、厳格な躾けと日本の敗戦の屈辱によって青年期の心に深い傷を負う。最初の長編『仮面の告白』で、サド・マゾ的な同性愛の世界を夢想して生きてきたことを告白し、この作品で23歳にして文壇の寵児となる。

西洋のモダニズムを手本にしつつ、日本の侍の過去をロマンチックに描き出した三島は、長編・短編作家としてはもちろん、劇作家、俳優、映画制作者としても活躍した。政治思想の面では保守的であり、かつての天皇の力を取り戻そうと奔走した。

1970年、三島は、自ら民間防衛組織として結成した楯の会の隊員とともに自衛隊本部に乗り込み、決起を促すが失敗し、割腹自殺した。死ぬ間際に遺作となる全4巻の『豊饒の海』を完成させていた。20世紀の日本人の生を描いた長編小説である。

主要作品 『仮面の告白』(1948年)、『金閣寺』(1956年)、『午後の曳航』(1963年)、『豊饒の海』(全4巻、1965〜70年)

シルヴィア・プラス

Sylvia Plath　1932〜1963　アメリカ

マサチューセッツ州生まれのプラスは、その苦難の人生によって、そしてそれを告白した詩や散文によって有名である。父親はドイツ系で生物学の教授だったが、プラスがまだ8歳のときに亡くなった。プラスは若い頃から詩や物語を書き、1955年にスミス・カレッジを卒業した。この頃には最初の自殺を試み、電気ショック療法を含む治療を受けていた。こうした体験を下敷きにしてのちに、唯一の小説『ベル・ジャー』を書いた。

フルブライト奨学金でイングランドへ渡ってケンブリッジ大学で学び、やがて英詩人テッド・ヒューズと結婚する。最初の詩集『巨像、その他』を出すが、あまり注目を集めなかった。プラスとヒューズの間には2人の子が誕生するが、1962年9月、ヒューズの不義のため夫婦関係は破綻する。この時期にプラスは、「お父さん」「ラザロ夫人」といった傑作詩を書いている。これらは死後、詩集『エアリアル』に収められた。プラスは1963年2月に自殺により生涯の幕を閉じた。

主要作品 『巨像、その他』(1960年)、『ベル・ジャー』(1963年)、『エアリアル』(1965年)、『全詩集』(1981年)

△ シルヴィア・プラス

WRITING
TODAY

現代

CHAPTER 6

ジョゼ・サラマーゴ	304
デレック・ウォルコット	306
トニ・モリスン	308
アリス・マンロー	310
ナワル・エル・サーダウィ	312
ジョン・アップダイク	314
コーマック・マッカーシー	316
シェイマス・ヒーニー	318
J・M・クッツェー	322
イサベル・アジェンデ	326
ピーター・ケアリー	328
黄皙暎	330
W・G・ゼーバルト	332
ローナ・グディソン	336
村上春樹	338
オルハン・パムク	340
莫言	342
アルンダティ・ロイ	344
現代の文学者	346

ジョゼ・サラマーゴ

José Saramago　1922〜2010　ポルトガル

サラマーゴは確固とした政治信念を持っていた。宗教、権力、搾取、汚職、社会の崩壊などをテーマとし、寓意や風刺に満ちた作風で、挑戦的な作品を執筆した。

△ ノーベル賞の賞状（1998年）
スウェーデン・アカデミーは、サラマーゴの「想像と思いやり、そして皮肉に支えられた寓意」を称え、1998年にノーベル文学賞を授与した。

　ジョゼ・サラマーゴは晩年、自身の作品は「不可能の可能性から始まる。不合理な話でもその先を想像することが肝心なのだと、読者には分かってもらいたい」と記した。なかなか文を切らず、段落分けもせず、手がかりとなる会話文を大文字で始めるだけの、洗練されてはいるが異端的な長文の数々は、歴史とファンタジーとが、あるいは現実的なものと奇抜なものとがからみあった、とてつもなく独創的な寓意の旅へと読者を駆り立てる。

　物語は次々と飛躍する。例えば『修道院回想録　バルタザルとブリムンダ』（1982年）では、傷を負った兵士が偉業を成し遂げ、彼の恋人は透視力を持ち、不思議な空飛ぶ機械も登場する。あるいは『石の筏に乗って』（1986年）では、イベリア半島がヨーロッパから分離する。さらに、悲惨な政治的寓意小説『白の闇』（1995年）では、感染症で人々が失明し、都市が荒廃する。メタフィクション、あるいはマジックリアリズム的で、くだけた文体のサラマーゴの小説は、セルバンテスやガルシア＝マルケス、ボルヘス、カフカといった作家たちと並び称されるものとなっった。

出生登録時の誤記

　サラマーゴはアジニャガの田舎町で、貧しい一家に生まれた。父親の名字はソウザだが、係官が酔っていたのか悪ふざけだったのか、その子を「サラマーゴ」（父方の通称）と出生登録した。10代の頃は自動車整備工として訓練を受け、その後は翻訳者やジャーナリストとして生活費を稼いだ。1947年、24歳で初の小説『罪の土地』を発表し、同年、最初の妻イルダ・レイスとの間に娘のヴィオランテが生まれた。

活力のもと

　1966年から1976年の10年間に詩集を3冊上梓したサラマーゴだが、その名はむしろ小説家として知られることとなる。1969年、当時非合法組織だったポルトガル共産党に入党した。最大の理由は、アントニオ・デ・オリヴェイラ・サラザールによるファシズム的独裁への反発だ。そして忠実な共産主義者にして無神論者として一生を送った。1974〜75年、カーネーション革命でサラザールの後継者が退陣したのち、サラマーゴは革命的な日刊紙『ディアリオ・デ・ノティシアス』の編集者を務めたが、強硬路線をとったとして解雇された。非共産主義者を全員排除したと言われている。厳格で尊大、いくぶん冷酷な男と評されるその人格は、この頃確立したとも考えられる。長年極右にどっぷりと浸かってきた国では歓迎されない、本人の政治信条がはっきりと現れた時期だった。

　『修道院回想録　バルタザルとブリムンダ』が英訳され、サラマーゴは60歳でようやく国際的な評価を受けた。その後の作品は次々と成功し、1998年、ポルトガル語圏の作家として初のノーベル文学賞を受賞した。2010年、白血病のため、ランサロッテ島で没した。ポルトガルのリスボンで行われた葬儀には2万人以上が参列した。

IN CONTEXT
作家で闘士

　サラマーゴは「社会や政治に一切関わらない」自分など想像できない、と述べていた。政治的、宗教的信条は、その小説の中でしっかりと息づき、怒りや論争を巻き起こすことも多かった。例えば『石の筏に乗って』（イベリア半島がヨーロッパから切り離されたという寓意小説）は1986年に出版されたが、それはスペインとポルトガルがECに加盟した年でもあった。加盟を激しく批判したこの作品は、ポルトガル内外で非難された。

　5年後の1991年、『イエス・キリストによる福音書』がカトリック国であるポルトガルを揺るがした。欲望を持つ、誤りをおかしがちな人間としてキリストを描き、権力の座に飢えた、人を手玉にとる存在として神を描いたからである。ポルトガル政府は教会からの圧力でこれを禁書の扱いにし、1992年のヨーロッパ文学賞へのサラマーゴのノミネートを阻止した。また、2002年、サラマーゴはヨルダン川西岸への旅の途中、イスラエル統治下のパレスチナ人の窮状を、アウシュビッツでユダヤ人が受けた仕打ちになぞらえ、さらなる騒乱の種を蒔いた。

◁ ジョゼ・サラマーゴ（1997年撮影）
宣伝旅行の途中、パリで撮影されたサラマーゴの肖像写真。晩年まで執筆を続け、ブログにも挑戦した。

◁ 作家の書斎
ランサロッテ島のサラマーゴの書斎。ポルトガル政府による著作の検閲に抗議して、1991年、2人目の妻ピラール・デル・リオとともに、カナリア諸島に移住した。

デレック・ウォルコット

Derek Walcott　1930〜2017　セントルシア

ウォルコットは、故郷の植民地時代の過酷な過去と、現代の複雑なアイデンティティとの関わりに、生い立ちや属性、風景、記憶などをからめて語る。その言葉は、抒情的で美しい。

1990年、デレック・ウォルコットは『オメロス』を発表した。彼の名を世界に広めた、とてつもなく重厚な叙事詩である。その2年後、62歳でノーベル文学賞を受賞する。世界的に有名になった時期は遅かったが、カリブ海諸国の読者には、傑出した作品でよく知られていた。

植民地時代の遺産

ウォルコットはセントルシアという小さな美しい島国で生まれた。父親は画家・詩人、母親は校長で、よく古典を暗唱していたという。島ではフランス語の方言が使われていたが、一家は家では英語を話していた。ウォルコットはその「英語での優れた教育」を尊重していた。ホメロス、シェイクスピア、ダンテ、ミルトン、エリオット、パウンド、ジョイス、イェイツといった西洋文学の大家に夢中になり、大きな影響を受けた。

彼の作品にはしばしば英語や西洋風の伝統の形式が垣間見られるが、それは独特の出自を探求するがゆえのことで、作品の多くは植民地制度の問題やカリブ系、アフリカ系のアイデンティティに重きを置いている。例えば『オメロス』は、ホメロスの『オデッセイ』や『イリアス』になぞらえて、現在のカリブ海諸国での移動や放浪を描いたものだ。

称賛と論争

母親から200ドルを借り、初の詩集を出版したとき、ウォルコットはまだ10代だった。その2年後には初の戯曲を執筆、上演し、劇作家としてのキャリアをスタートさせた。その後もオビー賞外国語作品賞受賞作品『モンキー山の夢』(1970年) や『ティジャンと兄弟たち』(1972年)、『セヴィールのいたずら者』(1978年) などを発表している。トリニダード演劇ワークショップ (1959年)、アメリカのボストン大学でボストン・プレイライツ・シアター (1981年) をそれぞれ設立した。しかし、何よりも知られているのは詩作である。

ウォルコットは1953年に西インド諸島大学を卒業し、その後トリニダードに移って記者、批評家として働いた。転機は1969年に訪れた。詩集『緑の夜に 1948-1960』がアメリカで出版されたのだ。1980年代から2007年まで、ウォルコットはハーバードやイェールを含むいくつかの大学に職を得て、詩、クリエイティブライティング、戯曲を教えた。受賞歴は数々あるが、最後の詩集である『白鷺』(2010年) はT・S・エリオット賞を受賞した。

ウォルコットの人生は、波乱に満ちていた。3回の結婚と離婚を経験し、友人であった作家のV・S・ナイポールとは訣別した。そして2009年、オックスフォード大学の詩学教授への応募をとりやめ、2010年から2013年まではエセックス大学で詩作の教鞭をとった。

シェイマス・ヒーニー、ヨシフ・ブロツキーといった一流の詩人と交流し、彼らに称賛されたことで、ウォルコットは国際的なレベルでも偉大な詩人の1人に数えられるようになった。だが本人は「もともと間違いなく」カリブ系の作家であると自認し、引き続きセントルシアに暮らした。そして2017年3月17日、ウォルコットは自宅で息を引きとり、国葬が営まれた。

△ シラサギ

詩集『白鷺』は、亡くなる7年前に発表された。ウォルコットは、友情、死すべき運命、そして時の経過についての内省を表すものとして、カリブの空を優雅に飛ぶ白鷺を選んだ。この「ふいに現れる天使たち」の強欲さを自らの知的好奇心になぞらえて詠んでいる。「わたしのペンの嘴は　名詞のごとき／もだえる虫をつまみあげ　飲み込んでいく」

IN CONTEXT
失われたパラダイス

カリブ海域の風景、殊に海は、ウォルコットの創作の大きなモチーフとなった。そのため、地域の繊細な生態系が観光産業によって荒らされ、国の文化遺産や環境遺産が政府によって破壊されると、彼はそれを激しく非難した。2013年、セントルシア政府が島にそびえ立つ峰々のふもとに豪奢なホテルの建設を計画した際、ウォルコットは「自国の美の破壊を容認した国に、もはやかける言葉などない」と嘆いた。

セントルシアのランドマークとして有名な、火山が造ったピトン山

◁ 画家で作家

書斎のデレック・ウォルコット。初めは画家になるための勉強をしていた。カリブ海域の鮮やかな景色を描いた水彩画のいくつかは、著作の表紙絵になった。右上方に見える絵はその1つである。

トニ・モリスン

Toni Morrison　1931〜　アメリカ

モリスンの小説は、アフリカ系アメリカ人の歴史を力強く、そして詩的に探究している。極めて激しく実直なその筆致は国際的な評価を得、彼女は黒人女性初のノーベル文学賞を受賞した。

△ 大統領からの栄誉
モリスンは小説家として高く評価され、1993年、ノーベル文学賞を受賞した。その作品に「先見的な能力と詩的な重要性」が認められる、というのが受賞理由だった。2012年には、アメリカ合衆国で最も栄誉ある賞、大統領自由勲章を授与された。

クロエ・ウォフォードはオハイオ州の小さな工業都市ロレインに生まれた。若き日のニックネームがトニで、のちにモリスン姓で本を書くようになった。1958年から1964年まで夫だったハロルドの姓である。

モリスンは溶接工のジョージとメイドのラマーの2人目の子供として生まれた。夫婦は南部で広がっていた人種差別と分離政策を逃れ、ジョージア州から転居していた。メソジスト派の母親には音楽や歌、物語の才能があり、とくに自分の母親から伝え聞いていた幽霊の話をするのがうまかった。作家としてモリスンが扱うテーマや、幻想的で呪文のような散文、現実に近い会話文は、彼女が幼い頃に聞いた超自然的な物語や歌をルーツとしているのだ。

生徒と先生

両親の励ましもあり、モリスンは学校で優秀な成績をおさめた。文学に大きな創造的刺激を見出して、客間喜劇から古典にいたるまで、あらゆるものをむさぼるように読んだ。1949年、モリスンはワシン

△ 分離された社会
アラバマのプランテーションでのパーティ風景。この写真から、アメリカ南部における差別と分離が一目で分かる。こうした不公平な状況を、モリスンは小説に書き記した。

◁ 多方面にわたる業績
この写真が撮影された1977年当時、モリスンはすでに11の小説と、それに近い数のノンフィクションを出版していた。アフリカ系アメリカ人の権利の擁護者として傑出し、教育者としても成功していた。1989年から2006年にかけてプリンストン大学で教鞭をとり、現在は同大学の名誉教授である。

トンD.C.のハワード大学に入学した。彼女はここで、著名な黒人の識学者たちとの交友を楽しむ一方、息の詰まるような現実とも向き合うことになる。当時は人種に階層があり、モリスンのようなアフリカ系アメリカ人は、隔離された地域の中で暮らさなければならなかったのだ。

コーネル大学で修士号を取得したのち、モリスンは英語教師の職を得た。ハワード大に戻って教鞭をとり、クリエイティブライティングのグループに所属した。そこで、のちに初の小説となる『青い眼がほしい』（1970年）の前身となる短編を書いた。大衆文化から排除される黒人女性の姿を描いた物語だ。

モリスンの作品の多くは歴史小説である。それまで、アフリカ系アメリカ人の真実が「表現されず、調査もされてこなかった」と感じていたモリスンは、自らの作品を通して、この人種のイメージを再構築した。そして心の内を率直に表現し、不当に抑圧されてきた黒人たちの静かな声を解放しようとした。『ビラヴド』に登場するセサの「繰り返し蘇る記憶」がそれだ。

モリスンはその後も小説の執筆を続け、2015年に『神よ、あの子を守りたまえ』を出版した。

IN CONTEXT
出版界での成功

2人の子供を抱えて離婚したモリスンは、1967年からニューヨークのランダムハウス社で編集者として働き始めた。そのため、子供たちが眠っている早朝だけが執筆時間になった。黒人文学に造詣が深かったモリスンは、『現代アフリカ文学』（1972年）の出版にも携わった。これは、ウォーレ・ショインカ、チヌア・アチェベ、アソル・フガードをはじめとする作家の作品を一冊にまとめた本だ。また、モハメド・アリの衝撃的な自伝を出版したり、その後には『ザ・ブラック・ブック』（1974年）を制作して、奴隷制に始まるアメリカでの黒人の生き様を世に知らしめた。

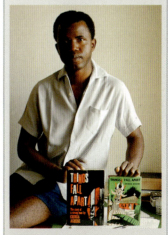

著書出版にモリスンが携わった、ナイジェリア人作家チヌア・アチェベ

> "彼女の物語は彼の物語でもあったから、
> 語り、練り、鍛え、
> さらにまた、語るに耐えられるものなのだ。"
> トニ・モリスン『ビラヴド』（吉田廸子訳、ハヤカワepi文庫、2009年）より

アリス・マンロー

Alice Munro　1931〜　カナダ

ノーベル文学賞作家のマンローは、生まれ育ったカナダの、普通の人々の暮らしや思考から日常の驚きをあぶり出し、秀逸な短編を紡ぎ出すことで名高い。

1931年、アリス・アン・レイドローはカナダのオンタリオ州ヒューロン郡にある田舎町ウィンガムで生まれた。父親はミンクと狐の毛皮牧場の経営に苦労していた。教師から農家の妻に転身した母親と、通学中に物語を考え出す「利口すぎる」その娘は、町になじめなかった。母親がパーキンソン病を発症すると、アリスは家事を引き受け、弟妹の面倒をみた。

アリスは奨学金を得てウェスタン・オンタリオ大学で英語とジャーナリズムを学んだが、奨学金は卒業前に終わってしまった。20歳で同じ大学の学生だったジェイムズ・マンローと結婚し、ウェストバンクーバーに移り住み、最初の子を出産する。それから15年以上、雑誌やラジオで短編を発表し続けた。妊娠中はもとより子供たちの昼寝の間や学校に行っている間、夜中にも一心不乱に書いた。二度とそんな時間がとれないのではという不安にかられていたのだ。マンローは3人の娘を産んだが、2人目は産後まもなく亡くしている。後年、ノーベル賞の受賞インタビューでは「書いている間はとにかく夢中でしたが、子供たちのお昼は必ずつくっていました」と語った。

巧みに物語る

37歳のとき、マンローは初の短編集『ピアノ・レッスン』(1968年)を上梓し、カナダで最も権威ある、カナダ総督文学賞に輝いた。一家は当時、トロントに転居して書店を開いていた。マンローはその後成長物語の長編を書こうとしたものの、途中で慣れ親しんだ短編の形式に立ち戻り、1971年に短編集『少女と女性の人生』を発表した。「わたしには本物の小説は書けない、とそのときに分かりました。そういう形では考えつかないのです」とマンローは振り返っている。物語るというよりも、あからさまに描く名手であるマンローは、動きは少ないが、深みのある物語を紡ぐ。興味をそそる複雑な登場人物を描き、その人生を深く掘り下げ、人々を輝かせながらも往々にして不道徳にするものの正体を明らかにしていく。それが彼女の真骨頂だ。

近作

1980年代以降、マンローは少なくとも4年に1冊は短編集を出してきた。『公然の秘密』(1994年)、『善き女の愛』(1998年)、『ジュリエット』(2004年)をはじめとする作品で、カナダ、イギリス、アメリカで20近くの大きな賞に輝き、2009年にマン・ブッカー国際賞、2013年にはカナダ初のノーベル文学賞を受賞した。

後に地理学者のゲリー・フレムリンと再婚したマンローは、オンタリオ州の田舎町クリントンに移り住んだ。生まれ育ったウィンガムまでわずか30kmの場所だ。2013年、マンローは81歳で執筆活動から引退し、最後の作品集『ディア・ライフ』には「わたしの人生について語らねばならないことに一番近い話」が4編収められている。

▽ ヒューロン郡
オンタリオ州ヒューロン郡での質素な生い立ちから、マンローは豊かな作品を紡ぎ出した。その物語は、人々の関係が複雑で噂話に満ちた農村に、繰り返したちもどる。

ON FORM
非線形の物語

マンローは非線形の語りの先駆者だった。現在と過去、そして未来の間を次々と移動する形式だ。マンローの物語は薄物に包まれたようで、全てをあらわにしないことも多い。その手に残るものが過去を呼び起こしたり、新聞の切り抜きや信頼できない目撃者の口から、秘密が表ざたになったりする。語り手に起きたことが、その後別の登場人物によって明らかにされる場合もある。その文章は「自然体」だが、「一息で書けるものではない」とマンローは言う。走り書きを書き写し、タイプし、徹底的に修正してようやく、人生の機微や複雑性を語る澄み切った散文になるのだ。

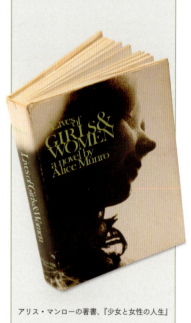

アリス・マンローの著書、『少女と女性の人生』

▷ カナダのチェーホフ
アリス・マンローは82歳でノーベル文学賞に輝いた。女性では13人目の受賞者だった。少しの出来事から多くがあぶり出されるその作品は、チェーホフのそれになぞらえられてきた。

ナワル・エル・サーダウィ

Nawal El Saadawi　1931〜　エジプト

エル・サーダウィは、アラブ世界での女性差別を白日のもとに晒し、ジェンダーや階級の問題を提起することに人生のほとんどを割いている。そのため国際的には評価されているが、国内では迫害されてきた。

ナワル・エル・サーダウィの文章はフェミニズムと政治、そしてアラブ世界における精神科医としての自身の経験に根ざすものだ。広く知られた小説の1つ『0度の女　死刑囚フィルダス』（1975年）は、客引きを殺した罪で死刑判決を受けた、誇り高く物怖じしない女性フィルダスの物語だ。中東の多くの国で発禁となったその小説は、エル・サーダウィがエジプトの悪名高きカナティール女子刑務所で死刑を待つ女性と面会した経験に基づいている。

エル・サーダウィは1931年にナイル川のほとりの村、カフル・タハラで生まれた。政治的道義心は早くから培われた。自伝には、祖母に「男の子は少なくとも女の子15人分の価値がある……女の子は諸悪の根源だ」と言われ、地団駄を踏んで怒ったと綴っている。6歳で恐ろしい女子割礼を受けた。エジプトでは宗教的、社会的な理由で広く行われていたものだ。「肉の奥深くに膿瘍ができたような痛みだった」とのちに書いており、著作の中で虐待的な慣習への抗議をし続けている。

医師、フェミニスト、活動家

エル・サーダウィはカイロにある大学で医学を学んだのち、精神科医となった。故郷の村に戻って開業したが、そこでまず目にしたのは、女性への残虐な行為だった。そして初めての小説『あるフェミニストの告白』（1958年）を書いた。1963年、エジプトの保健教育局長に任命されたが、『女性と性』（1972年）を著して解雇された。それはFGM（女性性器切除）をはじめとする差別的な慣習に対する批判的な論調の作品だった。当局から危険分子と見なされても、エル・サーダウィは次々に書き続けた。

1981年、エジプトのサダト大統領を批判したエル・サーダウィは、カナティール刑務所に「国家に反抗した罪」で投獄された。そこで『女子刑務所――エジプト政治犯の獄中記』を執筆した。こっそり持ち込んだ眉ペンシルで、トイレットペーパーに書き記したのである。3カ月後、サダト大統領が暗殺され、エル・サーダウィは釈放された。

迫害や脅迫が増えたため、当時の夫とともにエジプトからアメリカに亡命し、いくつもの大学で教鞭をとった。1996年にはエジプトに戻るも、執筆や政治活動はやめなかった。最近の作品には『ゼイナ』（2009年）があるが、そこでは文芸評論家ボドゥールと彼女が捨てた娘ゼイナの人生、そして父権制によるさまざまな圧迫を受けるゼイナの姿が描かれる。

IN CONTEXT
政治活動

エル・サーダウィはFGM（女性性器切除）や、アラブ世界での男性から女性への不当な迫害などに反対する活動を続けてきた。1979〜80年、国連のアフリカと中東での女性プログラムのアドバイザーを務めた。政治的イスラームとは対立し、欧米の帝国主義やアラブ諸国の階級制に反対を表明しているエル・サーダウィは、それらが共謀して女性を二流の市民たらしめていると考えている。2011年、カイロのタハリール広場での抗議活動に参加したが、その後ホスニー・ムバラク大統領は退陣した。

エジプト革命当時の、タハリール広場の女性。革命は警察の残虐行為への抗議に端を発した

"ペンを執って書き始めて以来、
　危険は常にわたしの生活の一部でした。
　この世で真実以上に危ういものはないのです。"
ナワル・エル・サーダウィ

▷ **自然の力**
ナワル・エル・サーダウィは多作の作家であり、熱心な活動家だ。通常の検閲に加えて政府の検閲があるにもかかわらず、50冊以上の本を出版し、最近では「年をとるほどに過激になっている」とまで主張している。

▷ **ジョン・アップダイク**（1991年）
撮影当時アップダイクは、1977年に結婚した2人目の妻マーサ・ラグルス・バーナードと、マサチューセッツ州ベヴァリーで暮らしていた。

ジョン・アップダイク

John Updike　1932〜2009　アメリカ

短編、長編小説を多数著した作家のアップダイクは、デビュー以降生涯を通じてその才を保ち続けた。魅力にあふれ、美観に訴え、隠れていたものをあらわにする散文で日々の暮らしを綴る力が、この作家にはあった。

ジョン・アップダイク

> "わたしの唯一の義務は、
> 身の回りの現実を描き、
> 日常を美しくて当たり前のものにすることだった。"
>
> ジョン・アップダイク『アーリー・ストーリーズ』より

ジョン・アップダイクは1932年、ペンシルベニア州レディングで生まれた。両親は貧しかったが、アップダイクは成績優秀でハーバード大学への奨学金を獲得し、入学後は『ハーバード・ランプーン』誌の編集者となった。漫画家志望だったが、その実績を積む前に、ライターとしてかなりの報酬を得るようになっていた。

1950年代半ば、妊娠中の妻とともにしばらくニューヨーク市で暮らした。かの有名な『ニューヨーカー』誌の若き寄稿者となり、偉大なウィリアム・マクスウェルの編集を受けた。マクスウェルは、J・D・サリンジャー、ユードラ・ウェルティー、ジョン・チーヴァーなど20世紀を代表する作家を数多く育てた人物だ。1957年、アップダイクは家族とともに転居した郊外で、そこを自らの居場所だと感じた。マサチューセッツ州イプスウィッチに居を構え、勤勉で教会通いを欠かさない郊外の中産階級代表のような近隣の人々から、

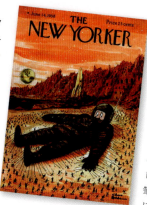

◁『ニューヨーカー』
アップダイクは『ニューヨーカー』誌の常連で、生涯にわたり小説や詩、エッセイ、批評を寄稿した。

長年にわたって作品の題材を得た。若き日のアップダイクはかなりの多作で、次々と依頼も受け、24歳になる頃には文筆業で家族を養えるようになっていた。

郊外の物語

1959年、アップダイクは初の小説『プアハウス・フェア』を出版し、その1年後『走れウサギ』を書いた——それは「ラビット」シリーズの1作目で、アップダイクをアメリカで最も知られた作家の1人に押し上げた作品であり、今もなお代表作に挙げられることが多い。ペンシルベニア州ブルーワー市に暮らすごく普通の中流家庭の男性ハリー・"ラビット"・アングストロームを主人公とした4作の長編小説と中編からなるシリーズは、目的もない若者時代から、(不幸で満たされなくはあるが)裕福な中年時代、そしてその死までを描いている。アップダイクの豊かな散文で綴られたこのシリーズでは、日常の些細なことの1つ1つが美しく意味を持って輝いている。また、特筆すべきは主人公とアップダイクが同じように年を重ね、作品がおよそ10年おきに出版されていることだ。シリーズ(1961～2000年)はピューリッツァー賞を2度受賞し、戦後のアメリカの好況の中心にある孤独、強情、絶望の象徴となっている。

アップダイクは1950年代のキリスト教的道徳の衰退と、1960年代の性革命が社会に及ぼした影響を『カップルズ』(1968年)で描いた。セックスで実存的恐怖を紛らわせる郊外の知識人集団の不倫や肉欲を詳細に描き、それは論争を巻き起こした。凝りすぎだという批評家もいた。

アップダイクの創作意欲と好奇心は年を重ねても衰えず、その後もアフリカの独裁(『クーデタ』1978年)、終末後の未来(『終焉』1997年)、「ハムレット」の続編(『ガートルードとクローディアス』2000年)など、さまざまな題材に取り組み、多くの小説を書いた。2009年、アップダイクは肺がんの闘病の末、マサチューセッツ州のホスピスでその生涯を終えた。

IN CONTEXT

何度も現れる登場人物

ジョン・アップダイクや同時代のフィリップ・ロス(自身の分身であるネイサン・ザッカーマンを9作の小説に描いた)のような文学作家は、1人の主人公のシリーズ作品で有名になった。そういった場合、作者は時代を追って主人公を成長させ、単独作品にはできない形で政治的・社会的背景を変えられる。親しみやすさが商業的価値を高めるという利点もある。読者は登場人物のその後を追いたがり、作者はテーマに戻るのを楽しむ。アップダイクにとって、ラビットを描くのは「10年ごとに故郷に戻ってラビットを訪ねているような気持ちになる」ものだった。

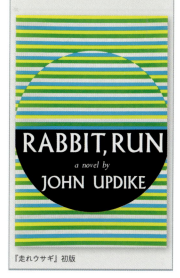

『走れウサギ』初版

◁ ポリー・ドール・ハウス
味わいのあるこの古い家屋はマサチューセッツ州イプスウィッチにあり、一部は1680年の建造だ。ジョン・アップダイクと最初の妻メアリーは、ここで4人の子供を育てたが、1974年に離婚した。

コーマック・マッカーシー

Cormac McCarthy　1933〜　アメリカ

アメリカで最も謎めいた作家の1人マッカーシーは、最も有名なアメリカ作家の1人でもある。身を刺すような力強いその作品には、厳しい自然の中で生き抜こうともがく男たちの姿が描き出されている。

コーマック（本名チャールズ）・マッカーシーは、ロードアイランド州で生まれ、テネシー州ノックスビルで育った。父親はテネシー川流域開発公社で働き、浸水のおそれがある土地に代々暮らしてきた人々を立ち退かせるのが、その仕事の一部だった。これが若き日のマッカーシーに影響を与えたとみられ、そういった地方の人々に共感し、魅了され、彼らの人生とその置かれた状況から最初の4作品が生まれた。

アメリカン・ゴシック

1950年代、マッカーシーはテネシー大学に入学した後、アメリカ空軍に4年間従軍した。そして、大学を中退して作家として生きる道を選んだ。1965年の『オーチャード・キーパー』に始まる最初の4作品は好評を博し、多くの賞や賞金を得て創作を続けられることになったが、その題材の多くは子殺し、近親相姦、遺体切断、死体嗜好症など、凄惨なものだった。そのためいずれの作品も版を重ねることはなく、マッカーシーは困窮しがちだった。2度の離婚後の1980年代半ば、『ブラッド・

◁ コーマック・マッカーシー
引きこもりがちなマッカーシーを撮影した1991年の写真。彼はほとんど公の場に出ないが、2007年にテレビのトーク番組「オプラ・ウィンフリー・ショー」に出演して文学界をあっといわせた。

メリディアン：あるいは西部の夕日の赤』のための素材をより深く調べるため、テキサス州エルパソに転居した。それは、歴史もからむ猛烈な「反西洋」の小説で、マッカーシーの新たな作風がここで円熟期を迎えた。その後、『すべての美しい馬』（1992年）が評価されて全米図書賞を受賞し、彼の作家としてのキャリアも一変する。これは国境三部作の第一作で、アメリカ南部とメキシコに暮らす2人の若者の成長を描いた作品だ。

マッカーシーは、荒涼とした風景のただ中で、自らの力で悪に立ち向かいながら無慈悲な世界でもがく男たちを描く。その業績はウィリアム・フォークナー、フラナリー・オコナーといった作家たちと並び、南

△ 南部スタイル
マッカーシーの作品は、アメリカ南部の州にしっかりと根ざしつつ、道徳観念がねじれている。アメリカの伝統的な物語の中では英雄扱いされていたカウボーイを、その風景の中で堕落させていくのだ。

部ゴシックの分野に大いに貢献した。さらに、アメリカの西部劇小説に闇の側面をつくりだした。

1997年、マッカーシーは3人目の妻となるジェニファー・ウィンクリーと結婚し、息子を1人（マッカーシーにとっては2人目）もうけた。彼の存在が『ザ・ロード』の執筆を促したと語っている。本作は、終末世界を父と息子が旅をする、ベストセラー小説である。

ON STYLE
邪魔者は減らす

コーマック・マッカーシーは以前から、会話文に引用符を使用せず、だれが話しているのかもほとんど示さない。実のところ、句読点もできる限り避けている。これは、ウィリアム・フォークナーやジェイムズ・ジョイスを踏襲した方法だ。「意味がないからだ」とマッカーシーは言う。「おかしな点々でページをよごしても……きちんと書けば、句読点を打つ必要などない」。その結果、ページには空間が目立つ。だが往々にしてそれが、作品の舞台である荒涼とした印象深い風景と響き合う。削ぎ落とされて平易ながら冷酷なその文章とも、やはりよく合う。

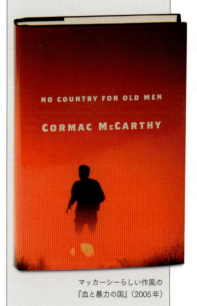

マッカーシーらしい作風の『血と暴力の国』（2005年）

"部屋で白紙を前に1日座っていられれば、何も言うことはない。
　まさに天国だ。値千金だ。
　ほかはすべて時間の無駄でしかない。"

コーマック・マッカーシー

シェイマス・ヒーニー

Seamus Heaney　1939〜2013　アイルランド

ヒーニーは哀歌調を作風とする偉大な現代詩人であったと同時に、文学評論、翻訳でも特筆すべき人物だった。古典文学を探求し、北アイルランド問題などさまざまな形態の愛を語るその著作は、万人に訴えかける。

△ デリー市とフォイル川
北アイルランドはヒーニーの人生と詩作の背景となっている。子供時代は家族愛に満たされ、地域との繋がりも深かった。

IN CONTEXT
困難の始まり

1960年代後半、北アイルランドの政治情勢は不安定で、アイルランド共和国との統合を目指すカトリックの過激派が、英国政府の支配と戦おうとしていた。1968年10月5日、デリー市で差別撤廃を求めるデモ隊の進行を王立アルスター警察が阻止し、多くの参加者が負傷した。1970年代には、ユニオニスト（英国政府支配の支持者）とカトリック共和派の敵対がますます激しくなる。ともすれば暴力を伴うこうした諍いを、ヒーニーは幅広い歴史の文脈に落とし込み、詩として表現した。『冬を生きぬく』（1973年）や『北』（1975年）などの詩集がそれにあたる。

シェイマス・ジャスティン・ヒーニーは、1939年、牛の仲買をしていたパトリックとその妻マーガレットの9人の子供の長男として生まれた。北アイルランドの郊外、デリー州にある一家の農場でカトリック教徒として育ち、ベラーイーに近いアナホリッシュ小学校に入学した。ヒーニーはのちに、そこで身についたものの価値に気づき、学校の「ブリキの小屋」で勉強したことを誇りに思った。デリー州の人々は、ヒーニーを「謙虚なベラーイー人」と称えている。

ヒーニーの詩には、過去への畏敬の念が込められたものが多い。子供時代や、地元の村の価値観や慣習をうたい、しばしばごく小さなことに目を向けている。例えば「陽光」では料理をする伯母を回想し、「鍛冶屋」では村の鍛冶職人の仕事（詩人の創作のメタファー）についてうたっている。しかし、第二次世界大戦の最中に育った少年は、近所のアメリカ軍基地で演習を目撃することにもなる。それはベラーイーの安全や親しみやすさとは大きく違う世界だった。ヒーニーの人格や教養、そして帰属意識を形づくっていったのは、そういった子供時代の経験で、それがやがて詩となっていく。

天国と地獄

1951年、ヒーニーは奨学金を得て、家から60km以上も離れたデリー市にあるカトリックの寄宿学校に入学する。そこで学んだラテン語とアイルランド語は、詩人としてのヒーニーの中核となる言語だった。ヒーニーは、この初めての転居を「農作業の大地から学問の天国に移った」と言い表

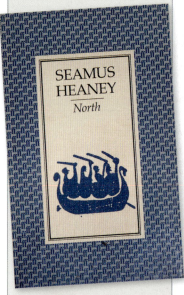

シェイマス・ヒーニーの詩集『北』（1975年）

> "詩人は　自分の言葉の蔵から
> 命も慈しみも失われた
> 不気味な物語を引っ張り出す。"
>
> シェイマス・ヒーニー「ヒューズの一冊の詩集　テッド・ヒューズを偲んで」
> （『電燈』村田辰男・坂本完春・杉野徹・薬師川虹一訳、国文社、2006年）より

▷ シェイマス・ヒーニー（1995年撮影）
社交的で人気者だったヒーニーは、カリスマ教師、テレビ番組のコメンテーターとしての顔も持ち、また自身の作品の一番の批評家でもあった。この写真は、ノーベル文学賞を受賞した年のものだ。

320 / 現代

IN CONTEXT
共同編集の名詩選

ヒーニーは、デレック・ウォルコット、ロバート・ロウエル、ヨシフ・ブロツキーをはじめとする多くの巨匠と創作上の交友があった。しかし、特に親しくしていたのはイギリス人作家のテッド・ヒューズ（1930〜1998）で、その作品の多くはヒーニーと同じく残虐な戦争の記憶から生まれていた。2人は協力して『ラトル・バッグ』（1982年）、『スクール・バッグ』（1997年）を編集した。いずれも厳選した英語の名詩選で、詩作教育に携わる人々に世界中で広く使われている。

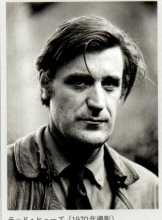

テッド・ヒューズ（1970年撮影）

△ デリー市の通り（1975年8月撮影）
1970年代、北アイルランド問題のピーク時に、防護盾を持った武装英兵がデリー市の通りを封鎖している。

したが、4歳の弟クリストファーが交通事故で亡くなったため、退学した。そのときの喪失感を、「中間休み」という散文詩に表している。「ベッドにいるように四フィートの箱の中に寝ていた／ひどい傷もつけずに車のバンパーがきれいに弟を倒したのだ／四フィートの箱　一フィート一年だ」（『シェイマス・ヒーニー全詩集』村田辰夫・坂本完春・杉野徹・薬師川虹一訳、国文社、1995年より）

学校をやめたヒーニーは、ベルファストのクイーンズ大学で学び始め、英語で最優秀の成績をおさめた。卒業後もベルファストに残り、聖ヨセフ教員養成大学（現在はユニバーシティ・カレッジ）で学んだ後、聖トーマス中等学校で教鞭をとった。そこの主任教師はすでに名が売れていたアイルランド人作家のマイケル・マクラヴァティだった。ヒーニーの師となったマクラヴァティ（「養育」という詩は彼に捧げられ

ている）は、パトリック・カヴァナをはじめ多くの詩人にヒーニーを紹介した。ヒーニーはまた、ベルファストで「ザ・グループ」として知られる作家のワークショップに出会う。創設者のフィリップ・ホッブズバウムはクイーンズ大学で教鞭をとっていた。それ以外にも、ヒーニーは同時代の詩人たちの作品に注目し、とりわけテッド・ヒューズの『ルペルクスの岩屋』（1960年）を気に入っていた。

神からの手紙

1962年には、ヒーニーの詩は世に出ていた。その後2、3年の間に『アイリッシュ・タイムズ』『ニュー・ステーツマン』をはじめ、名だたる新聞雑誌がヒーニーの詩を取り上げた。そして1964年、大きな転機を迎える。イギリスの有名出版社「フェイバー・アンド・フェイバー」の重役だった、北アイルランド出身のチャールズ・モンテ

ィースから、作品を見たいという手紙を受け取ったのだ。ヒーニーはその要請に立ちすくんだといい、「父なる神から手紙をもらったようだった」と語っている。2年後、フェイバー社はヒーニー初の詩集『ある自然児の死』（1966年）を出版する。それはサマセット・モーム賞、ジェフリー・フェイバー賞をはじめ、4つの賞に輝いた。ヒーニーはこの詩集を1965年に結婚した妻のマリー（デヴリン）に捧げた。34編からなるその詩集は、愛、2人で歩む人生への期待、子供時代、家族、自然、アイルランドの田舎、そして戦争など、さまざまなことに焦点をあてている。

北アイルランドの闘争は1960年代末に

主要作品

1966
『ある自然児の死』刊行。ヒーニー初の詩集は、出版後すぐに好評を博した。

1975
『北』が出版される。北アイルランドの暴力や政情不安問題に取り組んだ初の詩集。

1980
ヒーニー初の散文集『プリオキュペイション』には、イェイツやワーズワス、ホプキンスについてのエッセイが収録されている。

1984
詩集『ステーション島』では、ヒーニーは現代に起きていることと過去との関わりに焦点を当てた。

2000
ヒーニーがアングロ・サクソンの叙事詩を翻訳した『ベーオウルフ』が出版され、いくつもの映えある賞を受賞した。

2004
ヒーニーの戯曲2作目『テーベの埋葬』は、テーベの支配者クレオンとアメリカのジョージ・W・ブッシュを対比している。

2010
ヒーニー最後の詩集『人間の鎖』が出版される。収録された詩の多くが最高傑作だと評す向きが多い。

> "人差し指と親指の間に
> ずんぐりしたペンがある
> 銃のようになじんでいる"
>
> シェイマス・ヒーニー「土を掘る」(『シェイマス・ヒーニー全詩集』) より

さらに激化していった。ヒーニーの作品も、より政治色を増した。大英帝国の支配にますます批判的になり、故郷の騒乱や暴力に言及することが多くなった (p.318のコラム参照)。

ヒーニーは北アイルランドの代弁者になることへのためらいを見せるときもあったが、それでもその詩で人命の悲劇的な損失を語り、さまざまな解釈を呼んだ。また、日々の暮らしや風景もうたい続け、小教区を称える権利を守り続けた。

内紛を逃れて

1970年、ヒーニーはアメリカのカリフォルニア大学で1年間客員教授を務め、一家は北アイルランド問題からしばし逃れた。

1971年9月に北アイルランドに戻ると、ベルファストのクイーンズ大学を辞し、1972年、アイルランド共和国のウィックロー州グランモアに移り住んだ。ヒーニーにとって、これは意義深い一歩だった。ウィックローは、アイルランドの劇作家J・M・シングも暮らしたことのある土地だ。詩集『北』(1975年) の最後で、ヒーニーは「殺戮から逃亡し」という表現に自身の置かれた状況を重ねている。彼はグランモアを愛し、グランモアは彼に多くのひらめきを与えた。ヒーニーは家に電話もひかず、夜更けまで恍惚として詩を書き綴ることも多かった。

ヒーニーの次の詩集『自然観察』(1979年) は、政治との直接的な関わりから距離を置いたものと考える向きもあるが、アメリカの詩人ジョシュア・ウェイナーなどは「関わっていたい気持ちは増しているようだが……長期的視野を保っており、その見かけ以上に多くの問いを投げかけている」としている。

1970年代の終わりには、ヒーニーの業績は世界に広く認められ、とくにアメリカでは称賛された。1979年、ハーバード大学で1学期間詩を教えた。また、2つの大学から名誉博士号を授与されている。1981年にハーバード大学に戻り、1997年まで1年に1学期を教えた。

また1980年代には、劇作家のブライアン・フリール、俳優のスティーヴン・レイと組んでデリー市にフィールド・デイ劇団を創設した。同じくアイルランドの詩人イェイツがダブリンにアベイ座を作ったのに倣ったものだ。両親を2年の間に相次いで亡くし、詩の内容は悲痛なものへと変わった。『サンザシ提灯』(1987年) では、「心の隙間」というソネット連作が亡き母に捧げられている。また、アイルランドの詩を『さ迷えるスウィーニー』(1984年) として現代語訳し、20世紀の終わりには『ベーオウルフ』の現代語訳 (2000年) が高く評価され、いくつもの賞を受賞した。叙事詩を革新的に現代化した名作と評されたのだ。

ヒーニーは1995年、ノーベル文学賞を受賞した。その作品は「抒情的な美しさと、倫理的な深みを持つ」と選考委員から評された。この受賞によってヒーニーは、イェイツ、ショー、ベケットというアイルランドの偉人と肩を並べることになり、本人はそれを「山岳地帯のふもとにある小さな丘になったようだ」と語った。翌年にはさらなる栄誉を得る。詩集『水準器』がウィットブレッド賞を受賞したのだ。

ヒーニーの晩年の詩は道徳性を追求している。ウェルギリウスの『アエーネイス』を再研究し、詩集『ものの奥を見る』(1991年) では、死後の世界についてこう詠んでいる。「突然光が差して僕を包み込む時……僕は僕から逃げていったものとひとつになるのだ」。2006年、脳卒中に倒れ、「死の瀬戸際まで行った」ことで、最後の詩集『人間の鎖』への意欲が湧いたという。ヒーニーは74歳でダブリンで没したが、生前からベラーイーへの埋葬を望んでいた。初期の詩の1つ、「土を掘る」でうたった、父と祖父が働いた土地に。

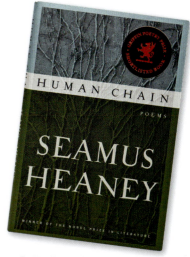

△『人間の鎖』
最後の詩集『人間の鎖』で、ヒーニーはそれまで2回惜しくも逃していたフォワード賞をついに受賞した。フォワード賞は、詩作に対する英国の賞では最も権威あるものの1つである。

▽ ベラーイーにあるヒーニーの墓
墓石には「あなたたちの考えに反するとしても うきうきと雲の上を歩いていることだ」(『水準器』村田辰夫・坂本完春・杉野徹・薬師川虹一訳、国文社、1999年より) と書かれている。これは「砂利の小道」(1992年) の中の言葉で、ヒーニーはノーベル賞受賞スピーチでも引用した。

J・M・クッツェー

J.M. Coetzee　1940〜　南アフリカ共和国

作家、言語学者、エッセイスト、翻訳家であるクッツェーは、説得力のある複雑なその作品で、小説の執筆を新たな想像の領域へと導いた。ノーベル文学賞をはじめ、数多くの文学賞を受賞している。

◁ ケープタウン大学（1985年撮影）
大規模な抗議集会に学生、教師が集結した。大学入学に人種別の定員があることも含め、アパルトヘイトを非難している。

ON STYLE
ポストモダニズムの物語

クッツェーは自分の文章作法を、新しい洞察力と物語の形式をつくり出す挑戦だとしている。その物語は、あいまいでとらえどころがなく、ポストモダニズム的な言葉への執着が見られる。意図的に不信感を持たせる語り手たちは、ストーリーと矛盾した話を出してくることも多い。アパルトヘイトの時代に南アフリカで生まれた物語の多くが社会派リアリズムや政治に根ざしているのに対し、クッツェーは作品の中で「歴史を競合させること」を目指した。その小説では、歴史が現在をおびやかし、自伝的要素、フィクション的要素、エッセイ的要素が折り重なって、時間と空間を超越した物語が語られる。

70代になったジョン・マクスウェル・クッツェーは、南アフリカで最も称賛される作家で、フィクションとも、エッセイとも、自伝ともとれる一連の小説が評価されている。その高い知名度にもかかわらず、公の場に現れることは少ない。私生活を垣間見るには、いずれも三人称で語られる3編の自伝的小説『少年時代』（1997年）、『青年時代』（2002年）、『サマータイム』（2009年）を読むしかない。

クッツェーは1940年、アフリカーナの両親ザカリアス（ジャック）とヴェラのもとに生まれた。父親は弁護士だったが、違法行為とアルコール依存症で一家を混乱と貧困に追い込むことになる。父親が第二次世界大戦で従軍している間に、教師だったヴェラは借家で暮らしながらジョンと幼い弟デイヴィッドの子育てに奮闘した。ジャックの復員は、完全に母親中心となった家庭への侵入にほかならなかった。

学問の道

クッツェー一家は英語を話すリベラルで、人種差別のアパルトヘイト政策をとる南アフリカ政府の強硬路線からは浮いた存在だった。それでも、世の中の動きを暗黙のうちに受け入れており、ケープタウンで暮らしていた間はエディーという7歳の「カラード」の少年を雇っていた。やがて一家は西ケープ州ヴスター近郊の新興住宅地に移り住むが、これによりカルーにある伯父の農場に近づいたことは、唯一の良い点だった。クッツェーにとってカルーは自由の地、憧れの場所だった。

ヨーロッパの文化

学校でのクッツェーは孤独だった。アフリカーンス語で学ぶクラスに移されるのを嫌がり、英国風を貫いた。学校でのことはいつまでも記憶に残った。1990年に上梓した小説『鉄の時代』で、クッツェーはアフリカーナの政治家を「学校の教室の最後列に陣取っていたガキ大将たちが、ごつい骨の、ずんぐりした少年たちが、いまやすっかり大人になって、出世して、この土地を支配している」（『鉄の時代』くぼたのぞみ訳、河出書房新社、2008年）と記している。ケープタウンにあるカトリックの中等学校に在籍中、クッツェーはヨーロッパ文化への情熱をわき上がらせ、T・S・エリオットやエズラ・パウンドといったモダニストの詩人やバッハの音楽に惹かれた。

その後、ケープタウン大学に進学し、数学と英語を学んだ。当時、政府はいよいよ独裁化の方向に舵を切っており、学内はそれに反対する左翼の温床になっていた。クッツェーは傍観を決め込んだ。大勢が集まった様に「パニックに近いもの」を感じたからだ。大学時代の教授はクッツェーの

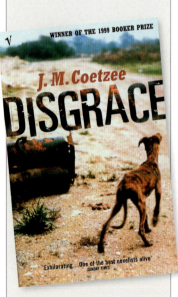

クッツェー作『恥辱』のイギリス版の表紙

▷ J・M・クッツェー
クッツェーは小説13作、自伝的小説3作、短編小説7作をはじめ、文学理論や評論、書簡集なども出版し、オランダの詩を数多く翻訳している。

> "自分自身の作品は論じない、
> 　そんなルールをわたしは作っていないだろうか。"
> 　　J・M・クッツェー

△ **クッツェーのカルー**
クッツェーは子供時代、南アフリカのカルー高原で長く暮らし、その地方の乾ききった光景を心から愛するようになった。カルー高原は2作目の小説『石の女』の舞台となっている。孤立した農場に暮らすアフリカーナの女性の物語だ。

印象を、とにかく謙虚で影が薄かった、と述べている。結局、クッツェーは卒業式を欠席した。強制の兵役をのがれるため、彼はすでにイングランドのサウサンプトンに向け出発していた。

ロンドンとアメリカ
ロンドンに移住後、クッツェーはコンピュータ・プログラマーとして働きながら、イングランドのモダニズム作家フォード・マドックス・フォードについての修士論文を書き上げていった。女優を目指すフィリパ・ジャバーと出会ったのもこの頃だが、色恋沙汰を生涯の恥と語るクッツェーらしく、『青年時代』にジャバーの名は一度も登場しない。実際には、クッツェーはケープタウンでジャバーと知り合い、彼女と結婚するため一時期南アフリカに戻っていた。

その後アメリカに留学して教職につき、6年間を過ごすうちに、クッツェーの想像力に火がついた。テキサス大学での博士課程では、ゲルマン諸語、言語学などを学び、サミュエル・ベケットの著作のコンピュータ解析を行った。そのせいか、クッツェーの『石の女』（1977年）には、ベケットの厭世的な独白劇の模倣が見られる。『石の女』は、人里離れた南アフリカの農場で、未婚で処女のマグダが自分の過去と矛盾する話を語るものだ。

クッツェーはニューヨーク州立大学バッファロー校に職を得て、研究を続けるかたわら、学生に南アフリカ文学を教えた。ニコラスとギゼラという2人の子供にも恵まれ、アメリカに住み続けたいと願ったが、永住の許可は下りなかった。不許可になった理由の1つは、クッツェーがベトナム戦争反対のデモに参加したことだとされている。

しぶしぶの帰国
クッツェーは1971年に南アフリカに戻った当時、初の小説『ダスクランズ』を書き始めていた。この作品は、17世紀の南アフリカにおける植民地開拓者たちの堕落

"いま、わたしたちのあいだで交わされるのはそれの模倣にすぎない。
わたしは階級社会の言語、距離と遠近法の言語のなかで生まれた。
これはわたしの父語。"

J・M・クッツェー『石の女』（村田靖子訳、スリーエーネットワーク、1997年）より

主要作品

1974
『ダスクランズ』では、ボーア人がホッテントットに復讐した物語を、ベトナム戦争でのナパーム弾投下にからめて語っている。

1977
『石の女』は、結婚適齢期を過ぎた1人の女性が、セックスと死をめぐる幻想から狂気に陥っていく様を描いた物語だ。

1980
『夷狄を待ちながら』は、正義と礼節を無視した政治形態との共犯関係を検証している。

1983
『マイケル・K』は、死が迫った母親を故郷に連れ帰ろうとする男の、向こう見ずな旅を追った物語だ。

1999
『恥辱』刊行。その希望のない筋書きは、初の自由選挙後に南アフリカに流れていた明るいムードと好対照をなす。

2007
『ある厄年の日記』は、自身の教授職での沈思を老年の作家の妄想にからみあわせている。

と、アメリカ軍によるベトナムでの残虐行為とを並べて語ったものだ。クッツェーはケープタウン大学で教鞭をとり、30年の間に文学の特別栄誉教授の地位にまでのぼりつめた。サバティカルでアメリカに渡り、学生の指導と研究を行っていた期間には、小説『夷狄を待ちながら』(1980年)を書き始めている。これは、いつともしれない時代に想像上の王国で起きる拷問、尋問、暴力がテーマの作品だ。クッツェーは本作でジェイムズ・テイト・ブラック記念賞を受賞し、さらに国際的名声を高めた。

歴史を超えて

丹念に作り上げられた小説の成功で、クッツェーは反アパルトヘイト運動の最前線に立たされたが、自分では活動家ではなく実験的な物語作家だと考えていた。作品についても、自らの出自とは切り離して読まれるのを期待し、階級闘争や人種差別という差し迫った問題とはやや距離を置いた。そして結果的には、この態度がクッツェーの作品を検閲から守ることになる。当局としても、その抽象化された設定の中に性的・政治的問題点を見いだすのは難しく、こんな「難解な本」は放っておいても誰も読まないはずだ、と判断したのだ。南アフリカ出身の作家による作品が次々と発禁処分を受ける中、クッツェーの複雑なポストモダン小説が難を逃れたのは、そういう事情だった。

ブッカー賞

『マイケル・K』でクッツェーは、病気の母親を手押し車に乗せ、カルーに戻る旅に出た、口唇裂の庭師の物語を書いた。主人公は何度も投獄され、餓死しかけながらも一定の自由を得た。あまりにも過酷な、しかし読者の心に残るこの物語は、1983年にブッカー賞を受賞した。

クッツェー2度目のブッカー賞受賞作『恥辱』(1999年)は、南アフリカ初の自由選挙の5年後に発行された。アパルトヘイト撤廃後の楽観的な「ハネムーン」文学とは好対照をなす作品だ。筋書きは過激で、批判も多かったが、過去と現在それぞれの恥辱の均衡がとれた作品だ。クッツェーはジャーナリストや批評家とはうまくいかないと言われてきた。自身の作品の意味を問われても、答えないことが多かったからだ。1980年代の終わりから1990年代にかけては、文学評論と文学論の作品に重点を置いていた。『白人の文学：南アフリカの文字文化』では、「ヨーロッパ人ではなくなったが、アフリカ人でもない」近代の南アフリカの作家の作品を検証している。

個人的な哲学

30代の頃からベジタリアンを貫くクッツェーは、動物の権利保護の熱心な支持者だ。『動物のいのち』(1999年)に登場する彼自身の分身、エリザベス・コステロもまたそうである。作家のドロシー・ドライバーとオーストラリアに移住後、クッツェーは2006年にオーストラリアの市民権を取得した。2012年、アフリカーンス語文学の伝記作家ジョン・カンネメイヤーが『J・M・クッツェー：物語る人生』でその半生を詳細に描き、クッツェーに起きた一連の悲劇を明らかにした。息子が不慮の事故で23歳で亡くなり、娘は病気で衰弱、弟や元妻フィリパもこの世を去った。クッツェーは年老いて角が取れたかもしれないが、自身の哲学を主題にした小説『イエスの幼子時代』(2013年)、『イエスの少年時代』(2016年)で、まだまだ自身の限界を押し広げている。

> **IN CONTEXT**
> **専制的人種差別**
>
> クッツェーは南アフリカでの暮らしの中で、常にアパルトヘイトによる不平等を目撃していた。彼が8歳の頃、南アフリカの人々は、カラード、黒人、白人、インド系といった具合に、人種で分けられていた。雇用や教育の場では差別が合法的に行われ、人種を超えてのセックスや結婚は禁止され、何百万もの黒人が「ホームランド」と呼ばれる地域に強制移住させられた。クッツェーの学生時代には、市民による反抗、妨害行為、武装闘争が起き、政府はそれを厳しく取り締まった。南アフリカは世界から非難を浴び、貿易やスポーツの領域で制裁を受け、孤立した。しかしアフリカ民族会議との交渉により、1994年、ネルソン・マンデラを首相とする民主主義政権が誕生する。この政権交代は、南アフリカを平和へ導く第一歩となった。

自身の勝利を喜ぶネルソン・マンデラ(1994年5月2日撮影)

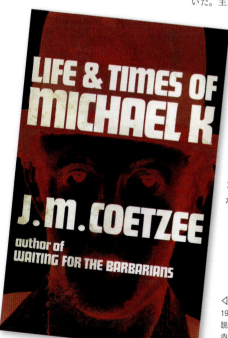

◁『マイケル・K』
1983年に出版されたクッツェーのこの小説は、1人の男が生きようともがきながら、内戦で荒れ果てた国の中で自身の尊厳を追い求める物語だ。

イサベル・アジェンデ

Isabel Allende　1942〜　チリ

ラテンアメリカの人気作家の1人であるアジェンデは、政治的迫害を受けて激しく動揺した登場人物たちの不屈の勇気を、マジックリアリズムの手法で描き出す。

イサベル・アジェンデは、社会からの孤立者や不正の犠牲者を擁護する作家だが、意外にも若い頃は体制側の立場にいた。1960年代から70年代初めには、故郷チリでジャーナリストやテレビ番組の司会者として成功し、時の大統領サルバドール・アジェンデとは父のいとこというつながりがあった。だがその後、本人と故国の行く末を一変させる事件が起きる。アメリカが後ろ盾となったクーデターだ。民主的投票で選ばれていた社会主義者のアジェンデ大統領は、ピノチェト将軍（右下のコラム参照）によってその座を追われ、将軍は軍事政権を打ち立てた。

世代を超えたお話

イサベル・アジェンデはベネズエラに脱出し、その地に13年とどまる。そこで1981年、第一作にして最も有名な小説『精霊たちの家』を、命を終えんとする100歳の祖父への手紙として書き始めた。父親が失踪して以来、アジェンデを育ててくれた人物だ。執筆の目的は、皆の心の中に祖父はずっと生き続けると伝えることだった。しかし、書き綴るうちに、それはチリ人一家の三世代の女性たちの奮闘の物語となっていった。1982年に出版されたこの作品で、アジェンデはラテンアメリカ文学の旗手と見なされた。以来、短編集や回想録、児童書を含めて20冊以上を著し、その販売部数は5000万部を超える。1989年、アメリカのカリフォルニアに移住し、今も執筆を続けている。

マジックリアリズム

アジェンデは、マジックリアリズムの作家と評されることが多い。その作品では、現実的な設定にもかかわらず、透視や空中浮揚、幽霊の出現など、超自然的なことが起きる。ときにはあまりに凄惨、ときには見事すぎて、とても現実とは思えない複雑な事件や思想に、そういった不思議な事象をからめ、さらに詳しく語るのがアジェンデだ。また、物語はしばしば写実主義の枠を超え、彼女自身の強い感情が主題に投影される。作品はつねに、迫害された人々（多くは女性）の逸話に焦点をあて、その不屈の精神と逆境に打ち勝つ力、さらには愛の勝利を描き出す。『精霊たちの家』を例にとれば、登場人物の中で一番若い女性が投獄され、拷問され、暴行されるが、生き延びてトラウマを克服する。また、回想録『パウラ、水泡なすもろき命』では、ポルフィリン症の合併症により28歳の若さで生涯を終えた娘にむけて、感情のままに書き綴っている。

アジェンデは、自身の作品にはなんの政治的意図もなく、人々の物語をただ伝えたいだけだと表明している。偽らざる感情をこめて説得力のある物語を綴るという彼女の姿勢は、現在の人気を支えているだけでなく、後世まで語り継がれるに違いない。

△『愛の奴隷』
アジェンデの2作目の小説は、1985年に出版された。愛と犠牲、裏切りの物語で、恐怖と抑圧で支配された国が舞台だ。

▷ イサベル・アジェンデ（2004年撮影）
小説『黄金の龍の王国』出版年の写真。今なお創作意欲は衰えず、2017年に最新作を発表した。

> **IN CONTEXT**
> ### チリの「革命」
>
> 1973年にチリで起きた「革命」は、社会主義者のサルバドール・アジェンデを倒したが、陰で糸を引いていたのはCIAだった。社会主義の広がりがアメリカの安定をおびやかすのを危惧したためだ。アジェンデ大統領に取って代わったのは軍事独裁者ピノチェト将軍で、その政権下では何千人もの政敵が処刑されるか「姿を消し」、何万という人々が拷問を受けた。国際的な圧力を受け、ピノチェトは1987年、反対勢力の政党活動を合法化し、その結果1988年に国民投票でその権力を剥奪された。1998年には逮捕されたが、元政権指導者がその罪を問われるのは初めてのことだった。しかし、裁判が始まる以前、2006年に亡くなったため、刑を受けることはなかった。

チリの首都サンティアゴを歩くアウグスト・ピノチェト将軍（中央）（1983年撮影）

ピーター・ケアリー

Peter Carey　1943〜　オーストラリア

ケアリーは、世界的に最も成功した純文学作家の1人だ。その作品は活力と空想力にあふれ、オーストラリアの重要な歴史問題も取り上げている。

人気作家であるピーター・ケアリーは、映えあるブッカー賞を2度受賞した4人のうちの1人だ。彼は1943年、メルボルン近郊のバッカス・マーシュで生まれた。家庭は下位中流階級だったが、ケアリーをオーストラリア屈指の寄宿学校、ジーロング・グラマー・スクールに入れるため、両親は貯蓄に励んだ。のちにケアリーは、自身の小説の登場人物に身寄りのない子供が多い理由を、かのディケンズがそうだったように、そんな年齢で家族と離れたからだと説明している。そして後年、尊敬するディケンズの『大いなる遺産』の非公式続編として『ジャック・マッグズ』を著した。

著作の成功

ケアリーは大学を中退後、広告代理店で働いた。この頃文学に目覚め、執筆を始めた。1970年代に数々の短編を雑誌で発表し、1974年には短編集として出版されたが、ようやく初の長編小説『天上の喜び』が出たのは1981年のことだった。当時ケアリーは38歳で、(著名な小説家としては) 比較的遅咲きだったと言える。しかし、それから大きな成功を手にするまでに、

◁ **ニューヨークの自宅にて**（2007年撮影）
ケアリーは1991年にニューヨークに移住し、現在もそこで教鞭をとっている。最もよく知られるのは長編小説だが、短編、旅行記、映画脚本、児童書も著している。

◁ **ネッド・ケリー**
ケアリーの『ケリー・ギャングの真実の歴史』は、植民地時代の無法者ネッド・ケリーの物語だ。ネッドは自由を求めて放浪し、ビクトリア州北東部を恐怖に陥れた。自作の甲冑で銃撃戦を生き抜いたが、それから間もなく絞首刑に処された。

時間はかからなかった。1988年、ケアリーは3作目の小説『オスカーとルシンダ』でブッカー賞を、2001年にも『ケリー・ギャングの真実の歴史』で再びこの賞を受賞した。

ケアリーは2006年、スキャンダルに巻き込まれた。彼の小説『窃盗：ラブストーリー』によって名誉を傷つけられたとして、元妻に訴えられたのだ。この作品では、語り手の元妻である「原告」が、浅はかな浪費家として描かれる。作家本人は元妻をモデルにしたことを否定しているが、問題の語り手の1943年ビクトリア州バッカス・マーシュ生まれという設定がケアリーと同じなのは、誰もが気づくところだった。

ケアリーの小説には、「人を欺く」というテーマがたびたび登場する。2作目の小説の『イリワッカー』(1985年) は、自称139歳の嘘つきが語る物語で、タイトルはカーニバルのペテン師を表すオーストラリアのスラングだ。『窃盗』と『我が偽りの人生』は、いずれも芸術界での詐欺に関わる物語である。

ケアリーはまた、オーストラリアの歴史も紐解いている。『遠い我が家』(2017年) ではオーストラリアの植民地時代の罪を暴き、『記憶喪失』(2014年) では1970年代の政府の堕落に言及し、『ケリー・ギャングの真実の歴史』では無法者の英雄ネッド・ケリーを描いた。

ケアリーが優れているのは、それぞれの作品に応じて、説得力ある語り手を登場させることだ。ネッド・ケリーは良い例で、文法にこだわらず、無骨ながらも表現力豊かに語るのが特徴だ。ケアリーは常に歩みを止めず、エネルギッシュで独創性にあふれ、異なる時代や異なる土地、そこで暮らす人々への興味を絶やさない。そして、良くも悪くも自由だという点が、読者を惹きつけて離さない理由だろう。

IN CONTEXT
文学的なインスピレーション

ケアリーの作品には典型的なオーストラリアの話が多い中、大英帝国やアメリカ合衆国の文学史から直接ヒントを得た作品もいくつかある。『ジャック・マッグズ』(1997年) は、『大いなる遺産』に登場するマグウィッチがオーストラリアに流刑になった後の人生を追い、『トリスタン・スミスの奇妙な人生』(1994年) はローレンス・スターンの『トリストラム・シャンディ』のテーマを汲んでいる。『パロットとオリビエ、アメリカに行く』(2010年) は、アレクシ・ド・トクヴィルの人生を小説にしたものだ。トクヴィルは、アメリカ合衆国の政治文化論に関する研究書として有名な『アメリカのデモクラシー』を著した人物である。

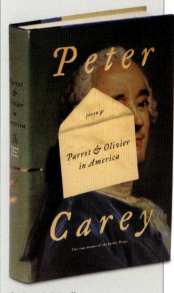

ピーター・ケアリー著
『パロットとオリビエ、アメリカに行く』

> "自分をこれまで以上に成長させてくれる小説になると感じない限り、書き始めません。"
>
> ピーター・ケアリー

▷ パリの黄（2005年撮影）
黄晳暎が政治的反体制派からベストセラー作家として国を挙げてもてはやされる側に移ったのは祖国の歴史上不穏な時代で、個人的には大きな犠牲を払うことになった。

黄晳暎
（ファンソギョン）

Hwang Sok-yong　1943〜　韓国

韓国の戦後世代の作家たちを牽引（けんいん）する黄は、戦争と政治的なパワープレイで引き裂かれた地域の人々の暮らしを、長編や短編の小説に綴（つづ）ってきた。

黄晳暎 / 331

> "お互いを赦し合わねば、
> 我らは永遠に逢えなくなるんだ。"
>
> 黄晳暎『客人(ソンニム)』より

△ 現代のソウル
よりリベラルな雰囲気になった21世紀の韓国で、黄は『客人』(2001年)や『見慣れた世界』(2011年)など、分断された祖国の悪弊を書き続けている。

黄晳暎は中国の新京(現在の長春)で生まれた。1945年に故郷の朝鮮半島から大日本帝国が撤退するまで、一家はそこで暮らした。その後、ソビエト連邦とアメリカ合衆国により分断支配されていた祖国に戻る(右のコラム参照)。

韓国で育った黄は、ソウルの東国大学校で哲学を学んだが、そこでは冷戦による分断の影が消えることはなく、国民意識を失ったような感覚があった。その結果、黄は政治活動に積極的に関わるようになり、本来の独立ではなく外国からコントロールされた状態の祖国に異を唱えた。1964年に一時投獄されたが、精力を傾ける先を政治活動から執筆活動に転換したのは、1960年代後半にベトナム戦争で従軍したのちのことである。抑圧的な独裁政権下で、黄はレジスタンス活動の実働部分を担いはじめ、軍の支配に反発した1980年の光州事件で活動は最高潮に達した。ただし執筆においては慎重な姿勢を保ち、短編集『森浦へ行く道』(サンポ)(1974年)を出版後、長編の連載歴史小説『張吉山』(チャンギルサン)では、独裁の不公平を寓話でほのめかして検閲をかわしたこともある。しかし1980年代に入ると、ベトナム戦争を題材にした『武器の影』(1985年)などの小説を執筆し、ときには直接政府を非難するなど、さらに率直な発信を行った。

不当な扱い

明確な政治意識を持った民主主義論者の黄は、南北の芸術家間の交流を契機とする朝鮮半島統一を目論み、法の網をくぐり、日本や中国を経由して北朝鮮の平壌(ピョンヤン)に向かった。その後ソウルに戻って法の裁きに直面する道はとらず、アメリカ合衆国に亡命し、ロングアイランド大学で教鞭をとった。また、しばらくドイツで暮らしたこともある。

しかしながら故郷への思いは絶ち難く、黄は1993年、韓国に戻った。国家安全保障違反で7年の刑が下ると、刑務所に執筆の道具は持ち込めず、収監中の扱いは劣悪だった。

黄はハンガーストライキで対抗し、アムネスティや米国ペンクラブをはじめ、各種人権擁護団体が黄を支持した。1998年、新たに選出された金大中(キムデジュン)大統領への圧力が功を奏し、黄は5年の服役ののちに恩赦で釈放された。

この作家の歴史や政治に関する幅広い作品は、「家郷喪失」の心情を代弁している。戦争や統治による喪失や分断を、そして現代化によって伝統的価値観が疎外され、失われていくことを憂いているのだ。

IN CONTEXT
38度線

1945年まで、朝鮮半島は日本の統治下に置かれていたが、第二次世界大戦が終結すると、北緯38度の緯線で2つに分断された。北はソビエト連邦、南はアメリカ合衆国が占領し、その後の冷戦中に、統合は不可能だと判明した。そのかわりに1948年、南に大韓民国が、北に朝鮮民主主義人民共和国が成立した。どちらも朝鮮全土の権利を主張したため、1950年から53年にかけて朝鮮戦争が起きた。以来、非武装地帯が38度線の両側に広がり、半島を2つに分断している。

◁ 紛争の小説
黄はベトナム戦争で大量虐殺による「浄化」の事実を目のあたりにし、短編『塔』(1970年)を書いた。同じ年、初の中編小説『韓氏年代記』を仕上げた。これは、朝鮮戦争で家族と別れ別れになった医師の物語だ。

朝鮮戦争当時、38度線を渡る光景(1950年撮影)

W・G・ゼーバルト

W.G. Sebald　1944〜2001　ドイツ

ドイツ人学者のゼーバルトは自伝、旅行記、瞑想的な随筆、歴史を織りあわせ、独特で力強い散文を作り上げた。だが残念なことに、その創造力の絶頂期、57歳でこの世を去った。

◁ バイエルンアルプス
ゼーバルトはアルプスのふもとにある人口1000人ほどの村で育った。1年のうち、雪に覆われる時期が長い地方だ。本人はこの地を「静かな場所」と書き表している。

ヴィンフリート・ゲオルク・ゼーバルトは、1944年、南ドイツのアルゴイ地方ヴェルタッハで生をうけた。第二次世界大戦の敗戦数カ月前のことである。両親は労働者階級のカトリック教徒で、農業に従事していたが、父のゲオルク・ゼーバルトは陸軍の大尉までのぼりつめた。しかし、1947年までフランスの捕虜収容所に拘束されていたため、幼いゼーバルトは優しい祖父の元で育ち、この祖父はゼーバルトの人生で大きな存在となった。

◁ W・G・ゼーバルト（1999年撮影）
ゼーバルトは長年イギリスで暮らした。イギリス人のユーモアのセンスと、住まいにしていたノーフォークの古い牧師館が、とくに気に入っていた。

世代間の沈黙

戦後の余波が残るドイツで育ったにもかかわらず、17歳でベルゲン・ベルゼン強制収容所についてのドキュメンタリー映画を見るまで、ゼーバルトはドイツの強制収容所で行われていた迫害を知らなかった。「事情を理解しなくてはならなかったのでしょうが――もちろんそんなことはできませんでした」。1950年代は、ユダヤ人や少数民族に対する迫害について、いわゆる沈黙の共謀の時代だった。戦争の惨事が傷痕となり、罪の意識と羞恥にまみれていたであろうドイツ人たちは、これほどの暴挙の前例を祖国の歴史には見出せなかった。その結果、驚くべきことに、ゼーバルトの世代はみな、その事実にまったく触れずに成長したのだった。ゼーバルトいわく、ホロコーストは「すべてのドイツ人が共有していた秘密」であり、実際に起きたことを知るまでには「何年もかかった」そうだ。とほうもない過去の隠蔽が明らかになったとき、ゼーバルト世代の多くの若者は、怒りを覚えた。

不安と「放浪」

1960年代前半、ゼーバルトはフライブルク大学でドイツ文学と英文学を学んだ。1965年に卒業して翌年イギリスのマンチェスターに渡り、大学で3年間講師を務めた。下宿先の大家はユダヤ人で、『移民たち』（1992年）に登場するマックス・アウラッハの発想のもととなった。この作品におけるアウラッハの物語には、語り手である「私」の罪の意識が滲んでいる。「私」は、ドイツ系ユダヤ人のアウラッハ一家にホロコーストがもたらした運命を知り、来歴の記録を躊躇さえしたのだ。マンチェスターで暮らしながら、ゼーバルトはバイエルン地方での守られた生活を思い返した。多様性などほとんど経験せず、もちろんユダヤ文化には触れたこともなかった。

1967年、ゼーバルトはオーストリア出身のウーテと結婚した。2年後、放浪生活に見切りをつけ、教師としてスイスで暮らそうと決意する。しかしどうにも落ち着か

IN CONTEXT

残虐さの表現

ゼーバルトは、プリーモ・レーヴィとともに、ホロコーストに関する作品を発表している代表的な作家の1人だ。しかしゼーバルトは、強制収容所の実際の残虐行為を言葉で表すことはできないと考えていた。『アウステルリッツ』（2001年）ではユダヤ人の主人公ジャックが子供の頃にイギリスに養子に出されるため、恐ろしい場面は出てこないが、そのような作品でも、物語の中核には形のない恐怖が存在している。残虐性を遠回しに語ると決めたゼーバルトは、「こういった問題は常にそこにある。その存在が、作品の一文一文の抑揚に影を落としている」と、読者にほのめかしている。

キンダートランスポートでイギリスに到着したユダヤ人の子供たち（1939年撮影）

"何も覚えていない人たちは、
　幸せな生活を送る大きなチャンスを持っていると、
　わたしには思えます。"

W・G・ゼーバルト

334 / 現代

△ イースト・アングリア大学
ゼーバルトは1970年から突然の死を迎えた2001年まで、この大学で教鞭をとった。ノーフォーク州ノリッジにあるブロードと呼ばれる湖の対岸からは、大学のブルータリズム様式の建物が一望できる。

主要作品

1990
ゼーバルトの三部作の第一作『目眩まし』では、スタンダール、カフカ、カサノヴァ、そしてゼーバルト自身に起きたことが順を追って語られる。

1992
三部作第二作『移民たち』では、イギリスやアメリカで暮らす4人のドイツ人移民の生き様が語られる。

1995
三部作最後の『土星の環』では、語り手が真実、芸術、歴史について思いを巡らせる。

2001
『アウステルリッツ』の主人公は、強制収容所行きを免れた、避難民の子だった。

ず、イギリスに戻り、イースト・アングリア大学（UEA）で講師の職を得た。以後ゼーバルトはイギリスで暮らし続けたが、とうとう最後まで心の安らぎを得ることはできなかった。というより、彼が落ち着ける場所など、世界中のどこにもなかったのかもしれない。

ゼーバルトは1973年、ドイツ人作家アルフレード・デーブリーンについての研究で博士号を取得した。旅行記、哲学書、SF、歴史小説など多彩な作品を著したデーブリーンが、ゼーバルトの創造性に影響を与えたのは明らかだ。ゼーバルトはほかにも、辛辣なオーストリア人作家のトーマス・ベルンハルトを敬愛の対象として挙げ、『移民たち』や『土星の環』（1995年）では、ボルヘスやカフカ、ナボコフの作品に言及している。

1987年、ゼーバルトはUEAでヨーロッパ文学科の学科長に就任すると、同大学で生涯にわたり現代ドイツ文学の研究を続けた。修士課程の学生を支えるため、1999年には、イギリス文芸翻訳センターも設立している。同センターで毎年開かれるゼーバルト・レクチャーは、偉大な作家・研究者であったゼーバルトに敬意を表すための催しだ。およそ20年にわたって、ゼーバルトは多くの学術論文を執筆した。ドイツ文学やオーストリア文学の優れた批評家でもあり、その分野の研究書やエッセイ集も出している。

熱狂的支持

ゼーバルトは40代半ばになると、ウーテと娘のアンナとともに暮らすノーフォークにもようやく慣れてきた。そしてこの頃から、自身の母国語で散文を綴り始める。形式とリズムは19世紀のドイツの散文や、ド・クインシーのようなイギリスの随筆家の作品を彷彿させるものだった。ここでのゼーバルトの文章は長いうえに堅苦しく、抽象的だが、実際はさまざまな資料が下敷きになっている（下のコラム参照）。また、英語ではなくドイツ語で綴るのは、そのほうが自然体で書けるからだと説明した。「コンラッドやナボコフとちがって、わたしは自分の母国語を使うなと強要されるような環境にはありませんでした」そうゼーバルトは話している。

『移民たち』（英語版の刊行は1996年）は、ドイツ語から翻訳された初の作品で、翻訳を担当したマイケル・ハルスはその後ゼーバルトの作品の多くを英語に翻訳した。『移民たち』は大評判となり、ベルリン文学賞、リテラトゥア・ノルト賞、ヨハネス・ボブロフスキ・メダルを受賞した。批評家からは困惑の声と絶賛の声がどちらも寄せられたが、いずれにせよ、読者には熱狂的に支持された。

ハルスにより英語に翻訳され、現在も流通しているゼーバルトの作品には、『土星の環』と『目眩まし』がある。文化批評家のスーザン・ソンタグは『目眩まし』を称賛し、そこに表現された「不安を抱え、常に満たされない心」「強烈なわびしさ」が読者の共感を呼ぶのだと指摘した。

ON STYLE
文章作法

ドイツ語で書かれたゼーバルトの散文は、1文が長くなりがちだ。節が多く、段落は少ない。物語は何世紀にもわたって展開し、さまざまな話題、互いには関係のなさそうな歴史的、個人的、はたまた文学的な記述が交錯する。作品の中には、不完全ではあるが鮮やかな記憶、旅の記録、史跡への訪問をテーマにしたものもある。ゼーバルトは自分で撮影したモノクロの写真を挿絵に使った。説明文のない写真は、読者を引きつけ、戸惑わせ、文章の意味や必然性を分からなくさせる。陰鬱で啓示的なスタイルのその作品は、マルセル・プルーストと比較されることもあった。

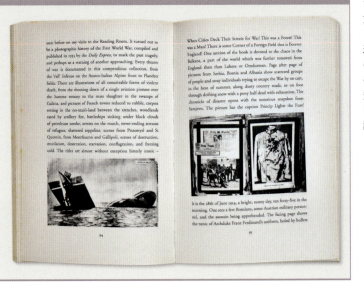

『土星の環』で使われている写真

"彼らはこうやって還ってくるのだ、死者たちは。"

W・G・ゼーバルト『移民たち』（鈴木仁子訳、白水社、2005年）より

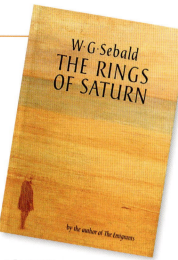

△『土星の環』
1995年に出版されたこの小説では、名もない語り手が、イギリスのサフォークを歩いて旅をする。フィクション、歴史、旅の思い出をないまぜに語った、ゼーバルトらしい作品だ。

沈黙を破る

　小説家として成功を収めると、ゼーバルトにはさらなる作品が求められた。しかし、1990年代後半、彼が執筆していたのはノンフィクションだった。『空襲と文学』（1999年）は、第二次世界大戦中にドイツの都市が受けた空襲と文学との関係を検証した論考集だ（ゼーバルトの死後、2003年に英語で翻訳出版された）。ホロコーストがもたらしたものを語る散文作品の『移民たち』とは趣を異にし、ドイツ市民が空襲によって受けた被害が文学でどう表現されてきたかを、丁寧に検証している。しかし、作家自身の強い決意が感じられるという点では、このノンフィクションも小説と変わらない。ゼーバルトは、歴史の中に葬り去られた時間を取り戻し、記録の不備を暴き、人命が損なわれ破壊が行われたという事実を、正確に記そうとしたのだ。

　2001年には『アウステルリッツ』が刊行され、大好評を博したが、それがゼーバルトの遺作となった。小規模な出版社からペンギン社に契約を移し、新たな翻訳者のアンシア・ベルも得たところだった。『アウステルリッツ』のヒントになったのは、BBCで放送された恐ろしいドキュメンタリー番組だ。1939年、当時3歳だったユダヤ人のスージー・ベッヒヘーファーは、ドイツから脱出してイギリスに渡り、ウェールズの聖職者夫婦に引き取られた。彼女はそのまま無事に成長するが、実の父親がナチスの兵士であったこと、母親がアウシュビッツで殺されたことを後になって知る――そんな内容の番組だった。本は2001年11月に出版されたが、不幸にもその1カ月後、ゼーバルトはノーフォークの自宅近くで運転中に脳卒中が起き、大型トラックに衝突して帰らぬ人となった。同乗していたゼーバルトの娘は、命を取り留めた。

　『アウステルリッツ』は全米批評家協会賞を受賞した。ゼーバルトの作家としての地位は当時すでに確立されており、亡くなるまでは、次のノーベル文学賞候補とも目されていた。歴史の記憶を文章で描こうともがき、ヨーロッパの文学を豊かにした作家の死は、人々を大いに悲しませた。

▽ キール上空の連合軍の飛行機
　（1944年撮影）
連合国軍によるドイツ都市部への空襲では、何十万という一般市民の命が奪われた。ゼーバルトは『空襲と文学』で、その事実を黙して語らない戦後のドイツ人作家たちを批判している。

ローナ・グディソン

Lorna Goodison　1947〜　ジャマイカ

想像力豊かなグディソンは、戦後世代のカリブ系作家として、最も優れた1人に数えられる。その詩や短編が探求するのは、言語、歴史、家族、ジェンダー、そして人種的アイデンティティだ。

ローナ・ゲイ・グディソンは、1947年にジャマイカのキングストンで生まれた。その際、母親が砂糖つぼにつっこんだ指で「私の舌の裏をなで、言葉という贈り物をくれました」とグディソンは言う。しかし、詩が好きなのは、小学校で受けた植民地教育が理由だとしている。「本国」から入ってきたカリキュラムに従い、グディソンはシェイクスピア、キーツ、エリオット、ロレンスといった男性作家について学んだが、作品に登場するイギリスの文化はジャマイカのそれと大きく違い、共感できる要素が少なかった。ワーズワスの有名な「水仙」を読んで「いらいらした」というグディソンは、自分たちの文化を反映する詩を書こうと決意した。

学業を終え、図書館員として働いたのち、グディソンは広告のコピーライターになった。だが、早くから芸術家を夢見ていたため、1967年、ジャマイカ芸術学校に入学、その後アメリカのアート・スチューデント・リーグ・オブ・ニューヨークに進んだ。それ以来、さまざまな場所で芸術を教え、デザイナーやイラストレーターとしても働いた。彼女のイラストは文芸作品と同様に広く知られており、自身の書籍の表紙にも採用されている。

グディソンが詩に「寝ても覚めても夢中になった」のは、まだ20代の頃、ニューヨークでのことだった。初の詩集『タマリンドの季節』は、創作の原点になった作品で、生きる上での困難や戦い、そして国民的、ジェンダー的なアイデンティティなどを取り上げている。出版は1980年、グディソンが息子マイルズを出産した年だ。3年後、彼女はアイオワ大学の客員教授となり、学生を見事に指導して高い評価を得る。1986年には、2冊目の『わたしはわたしの母になる』を刊行し、奇跡のようにものを作り出すカリブ人女性の姿(「四角い布を服にする／目にも留まらぬ速さで」)と、彼女たちに内在する自己犠牲や自己否定を詠いあげた。しかし、文学界におけるグディソンの地位を決定づけたのは、間違いなく『バラ:詩』(1995年)だろう。そしてこの作品によって、戦後の西インド諸島における最高の詩人の1人に数えられるようになった。

描くように書く

グディソンは自身の詩作の方法を、絵画のキアロスクーロ(明暗法)になぞらえ、こう説明する。「歴史の暗い事実の中で一息つけるもの、絶望や失望に打ちのめされたときに護符のようにかかげるものとして、光を使うということです」。だが実際にグディソンの詩を読むと、視覚だけでなく、五感すべてが刺激されるような気分になる。ごく日常的な題材、例えば食べかけのマンゴー、ミントのかおり、洗濯、日曜のランチといった風景が切り取られ、それらが感覚的に描かれている。グディソンはまた、独特なリズムを持つ母国の言葉を生かし、詩のわずか1〜2行に異なる言語(標準英語、ジャマイカのクレオール語、ラスタファリアンの「ドレッド・トーク」)を見事に織り込む。

これまでさまざまな大学のポストに就き、輝かしい経歴を築いてきたグディソンは、現在ミシガン大学の名誉教授を務めている。生活の拠点をいくつも持つようになったことで、ジャマイカと北アメリカを忙しく行き来する毎日だ。

△ アート・スチューデント・リーグ
グディソンは20代の前半、このニューヨークの芸術学校で学んでいた。彼女が詩の中で、風景をその色や手触りまで伝わるように表現できるのは、画家としての才能のおかげだろう。

IN CONTEXT
先祖の歴史

グディソン初の散文作品『ハーベイ川から』(2007年)は、自身の家族をテーマにした、優美で繊細、そして示唆的な回顧録である。ジャマイカの歴史と絡めて紹介される登場人物たちは、その誰もが魅力的で、非常に個性的だ。『ハーベイ川から』というタイトルは、グディソンの曽祖父、イギリス人のウィリアム・ハーベイと関わりがある。ハーベイは、ジャマイカ北西部のハノーバー教区にある小さな村と、その近くを流れる川に自分の名をつけ、そこで家族と暮らすようになったのだ。この作品は広く称賛され、ブリティッシュ・コロンビア・ナショナル・アウォード・フォー・カナダ・ノンフィクション賞(2008年)を受賞した。

『ハーベイ川から』

"良い詩は効き目のある祈りのようなもので、人間の魂を育て、滋養を与え、自分では想像もつかないほど大きな力に触れさせてくれるものなのです。"

ローナ・グディソン

▷ ローナ・グディソン(2017年撮影)
この写真が撮られた年、グディソンはジャマイカの第二代桂冠詩人に選ばれた。2020年までその座に就く。

▷ 村上春樹（2004年撮影）
54歳のときに撮影された肖像写真。村上は世界的に有名だが、日本国内ではもはや崇められているとも言える。傑出した知識人として、母国について公に自身の考えを述べることも多い。また、長距離ランナーとしての経験も長く、海外作品の翻訳も行う。

村上春樹

むらかみ はるき　1949〜　日本

村上は国内外において人気の作家であり、エッセイストだ。多くの読者を魅了するその作品は、シュルレアリスムとマジックリアリズムを撚りあわせ、人間とはどういうものか、という普遍的な問題を探っていく。

村上春樹

> "思い出はあなたの身体を内側から温めてくれます。
> でもそれと同時にあなたの身体を内側から激しく切り裂いていきます"
>
> 村上春樹『海辺のカフカ』（新潮社、2002年）より（HARUKI MURAKAMI, *KAFKA ON THE SHORE*）

アメリカ占領下の京都で国語教師の両親のもとに生まれた村上春樹は、日本での自分をつねに部外者のように感じていた。育ったのは神戸市で、そこで西洋やロシアの文学とジャズに没頭した。とくに、ハードボイルドの探偵小説が好きだった彼は、日本文学を読むのは拒否していたという。読めば父親と議論をさせられるのが嫌だったからだ。文学を通じて、西洋社会で生きていたかもしれないもう1人の自分を想像することに、村上は夢中になっていた。

反抗と執筆

村上は早稲田大学で演劇を学び、のちに妻となる陽子と知り合った。卒業後は会社勤めの「サラリーマン」という将来に反抗して髪を伸ばし、レコード店で働き始める（村上が1987年に発表した愛と青春を瞑想する小説『ノルウェイの森』の登場人物ワタナベトオルが似たような道をたどる）。ある程度お金がたまると、東京の郊外にジャズ喫茶を開業し、店内にはアップライトピアノを置いて、ライブ演奏ができるようにした。

後述の『走ることについて語るときに僕の語ること』のなかで、村上は執筆活動を始めた経緯を語っている。1978年、東京で、ビールを飲みながらヤクルト・スワローズと広島カープの試合を観戦していたときに、何かが舞い降りたのだという。アメリカ人選手のデイブ・ヒルトンが二塁打を打った瞬間、小説を書きたくてたまらなくなった。試合終了後はすぐに球場から帰り、ペンと原稿用紙を買った。カート・ヴォネガットやリチャード・ブローティガンの反体制的な作品を参考に、その後10ヵ月で書き上げた『風の歌を聴け』（1979年）は、群像新人文学賞に輝いた。村上は後戻りすることなく、10年経営したジャズ喫茶は手放し、執筆に専念する道を選んだ。

肉体の鍛錬

日本の若者に人気が高い『ノルウェイの森』（1987年）は、数百万部を売り上げて、村上をスーパースターに押し上げた。世間の注目を浴びるのを嫌い、1986年、日本を出てアメリカに居を構えた。それ以降、ハワイと日本の家とを行き来しているが、執筆のため、どこにいても厳格なルーティーンで動くことにこだわっているのは有名な話だ。午前4時に起床し、5、6時間執筆、その後、泳いだり長距離を走ったりして、午後9時には就寝する。1996年、村上は北海道で自身初のウルトラマラソンを完走し、自分にとって走ることがいかに大切かをエッセイ集『走ることについて語るときに僕の語ること』（2007年）に記している。

2017年、ノーベル文学賞候補として大きく取り上げられたが、本人は「賞は欲しくありません。もらったら終わりだからです」と語っている。その年の賞は同じ日本生まれの作家カズオ・イシグロに渡ったが、村上は騒ぎから解放されて安堵したのではなかろうか。

ON STYLE

ジャズ小説

日本で最も実験的な作家の1人である村上は、ユーモア、ポップカルチャー、マジックリアリズムの要素を作品に取り入れることが多い。繰り返し使っているのは現実的な一人称の語りで、西洋文化への言及があちこちに見られ、シュルレアリスムの要素（空中に浮かぶ時計、しゃべる猫、破裂したようにバラバラになる犬）や、『スプートニクの恋人』（1999年）で見られるようなパラレルワールドが差し込まれる。世界をときにおもしろく、ときに現実的に、ときに象徴的に描くことで、村上は喪失、記憶、疎外といったテーマを追求するのだ。

村上春樹『スプートニクの恋人』

◁ **音楽と執筆**

1964年、神戸でアート・ブレイキー＆ザ・ジャズ・メッセンジャーズのコンサートを聴いたとき、村上のジャズへの情熱に火がついた。ジャズは村上の運命を決め、即興の執筆スタイルを作った。次のページがどうなるかは書いてみないと分からないと、本人はいう。

オルハン・パムク

Orhan Pamuk　1952〜　トルコ

ニューヨークで暮らした3年を除けば、パムクは今までの人生を生まれ育ったイスタンブールの同じ地域で過ごしている。その作品のテーマは、東洋と西洋、あるいは古代と現代との間にある緊張を反映したものが多い。

1923年、ケマル・アタチュルクによって、オスマン帝国に代わりトルコ共和国が建国されると、国内では急速な近代化が進んだ。非宗教的な新しい組織は西洋を社会のモデルとみなし、産業化で富を蓄える新たな中流階級が現れた。オルハン・パムクの祖父はこのエリート層の一員で、国内の鉄道敷設で財を成した。

学問と初期の作品

パムクが生まれた1952年の時点で一家の財産は漸減していたものの、彼らはイスタンブール有数の洗練された地区、ボスポラス海峡のヨーロッパ側にあるニシャンタシュで暮らしていた。家業を継いで土木技師になることを期待されたパムクだが、本人は芸術家を夢見ていた。イスタンブールのアメリカン・ロバート・カレッジを卒業後、家族からの重圧に屈し、イスタンブール工科大学に進学して建築を学んだ。だがやはり満足はできず、3年で建築の道を捨ててイスタンブール大学

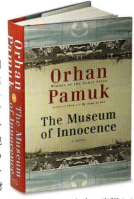

◁ **愛にとらわれて**
パムク作『無垢の博物館』では、年若い遠縁の娘に心を奪われた1人の男の物語を通じて、イスタンブールの愛と性が語られる。

に転入し、ジャーナリズムを学んで1976年に卒業した。

23歳からは母親と暮らし、小説の執筆に没頭した。出版された初期の作品には、ニシャンタシュの裕福な家庭の3世代にわたる物語『ジェヴデット氏と息子たち』(1982年)がある。これが批評家に受け入れられ、トルコの著名な文学賞を2つ受賞した。パムクはこの成功により、実家から独立することができ結婚もした。

東から西へ

1年後、『静かな家』を上梓し、1985年には17世紀のイスタンブールを舞台に師と奴隷との関係を描いた『白い城』を著した。その年、ニューヨークに渡り、コロンビア大学に客員研究員として滞在する。1988年には故郷に戻り、小説家としての活動を続けた。帰国後に書いた『わたしの名は紅』(1998年)は、オスマン帝国のスルタン、ムラト三世に仕えた芸術家たちの陰謀を描いた物語である。イスラム社会の伝統と西洋の価値観との文化的緊張が映し出されているという点で、じつにパムクらしい作品だ。

パムクは独創的な言葉を用い、またポストモダン文学的な仕掛けとして、犬や遺体などの変わった語り手を登場させる。その手腕は国際的に高く評価され、トルコ政府から「国家的芸術家」の称号の授与を打診されたこともあったが、本人はこれを拒否した。2006年にノーベル文学賞を受賞し、現在もニシャンタシュの自宅で執筆を続けている。

▽ **ボスポラス海峡の眺め**
パムクが執筆するデスクの向こうには、ボスポラス海峡の景色が広がる。オスマン帝国の首都であったイスタンブールは、パムクの多くの作品の舞台となっている。

IN CONTEXT

侮辱罪

パムクは自身を、公に政治を論じるタイプの作家だとは考えていない。しかし、トルコのEU加盟については賛成を表明し、反体制的な作家への弾圧やクルド人への仕打ちをはっきりと——言論の自由を擁護する人間として——批判している。

また、パムクは2005年、第一次世界大戦中トルコによって行われたアルメニア人虐殺を引き合いに出し、こう述べた。「3万人のクルド人がここで殺された。100万人のアルメニア人もここで殺された。なのに、誰もそのことに触れようとしない」。タブーとされる話題を持ち出したパムクは国家侮辱罪に問われた。このときは国際的な世論の後押しにより起訴を免れたが、上告で有罪となり、1700ドルの罰金を課せられている。

◁ **オルハン・パムク**（1992年撮影）
イスタンブールで撮影。パムクはトルコで最も成功した作家だが、国内では物議をかもす人物と見なされている。10作目の『赤毛の女』は井戸掘り職人とその弟子の物語で、2016年に出版された。

莫言

Mo Yan　1955〜　中国

莫言は、中国での生活を超現実的かつ風刺的な視点から、ブラック・ユーモアの手法で描くことで知られる。その独自の描写スタイルには、社会主義リアリズム、マジックリアリズム、中国の文学・民話が融合されている。

　莫言の小説の多くの舞台となっている「東北郷」は、本人の故郷である山東省高密市をモデルにした架空の町だ。莫言（本名は管謨業）は農業を営む両親のもとに生まれた。1958年から62年にかけての「大躍進運動」の時代、中国の近代化を目論んだ毛沢東により無謀な農業振興策が実施され、結果として、故郷は大規模な飢饉に見舞われた。

　1966年、毛政権後半の時代に、11歳の莫言は学校を辞めて農業に従事した。7年後、綿実油工場に職を得、働きながら文学への関心を育てていく。といっても、この時期に読めたのは政府公認の社会主義リアリズムの書物のみで、中国の古典や海外文学の翻訳作品を知るのは後年になってからのことだ。しばらくは魯迅などの中国系社会主義リアリズム作家に傾倒していたが、ウィリアム・フォークナーやガブリエル・ガルシア＝マルケスらの作品に出会い、衝撃を受けたという。

　莫言は人民解放軍に入隊後も、空き時間にはもっぱら本を読んだり執筆をしたりしていた。1981年、短編の1作が、初めて「莫言」の筆名で文芸誌に掲載された。こうした初期の作品には、ガルシア＝マルケスのマジックリアリズム、そして伝統的な中国文学から影響を受けた独自のスタイルの片鱗が見られる。一方で、作家の義務は芸術の前にまず政治であるという、毛の言葉を意識した内容にもなっていた。

高まる評価

　作家としての意欲をさらに高めるため、莫言は1984年、解放軍芸術学院文学科に入学して2年間学んだ。在学中に「透明な人参」「爆炸」を含む短編を発表し、好評を得たが、莫言の名を国内外に知らしめることになったのは、日中戦争当時を舞台にした『赤い高粱』だ。5部構成のこの作品は、もともと1986年に雑誌に連載されていたものだ。人気が高かったため、同年に書籍化され、1987年には映画化された（『紅いコーリャン』）。『赤い高粱』では、神話と現実をないまぜにして語るという手法が効果的に使われたが、莫言はその後もこの手法をよく取り入れている。たとえば『酒国』（1992年）は、探偵小説から中国伝統の怪奇小説まで多様な文学の形を借りながら、現実の中国社会を皮肉るという内容だ。こうした作品の実験的な構造は、西洋のポストモダニズムから影響を受けたものとみなされがちだが、あくまでも中国の民話や伝統の話芸にヒントを得たというのが本人の弁である。

　2012年、莫言は中国人として初めて、ノーベル文学賞を受賞した。多彩で革新的なその作品により、彼は祖国内でも、最も尊敬される作家の1人として捉えられている。

△『赤い高粱』
莫言の『赤い高粱』は、動乱の20世紀を生き抜いた、高密市の一家の物語だ。張芸謀監督によって映画化され、数々の賞を受賞した。

◁ 莫言（2006年撮影）
フランスのブックフェアで撮影。莫言は国際的に高い評価を築いている。筆名の「莫言」は「語るな」という意味だが、毛沢東政権時代、実際だれかにそう言われたことがあるのかもしれない。

IN CONTEXT
伝統の話芸

　莫言の文学的想像力に大きな影響を与えたのは、説話という中国古来の話芸だ。その歴史は古く、2000年以上の伝統がある。語り手を目指す者は、文章の暗記法などを長きにわたって師から学び、同時に簡単な小道具の使い方も習得する。扇子を使って、刀を抜く様子を再現するのはその一例だ。説話に登場する勇ましい兵士や、高潔な官吏（公正無私の象徴である包拯など）は、社会規範の好例として、中国の人々に語り継がれている。

包拯が描かれた中国の切手（2015年）

アルンダティ・ロイ

Arundhati Roy　1961〜　インド

ロイが4年以上かけて執筆した半自伝的小説はブッカー賞を受賞し、ベストセラーとなった。活動家として環境問題や政治問題にも熱心に取り組む彼女は、幾度となく投獄の危機にさらされてきた。

スザンナ・アルンダティ・ロイは、型破りな人生を送るよう生まれついた。母親のメアリーはシリアキリスト教徒、父親はベンガル人のヒンズー教徒だった。2歳のときに両親が離婚し、ロイはしばらく母親と兄とともに、祖父の家で暮らした。その後一家は南インドのケララ州に転居し、メアリーはそこで学校を設立する（はじめは生徒がたった7人で、そのうち2人は我が子だった）。メアリーはこのときから、人権運動家として名をあげ始めた。

厳格な父の圧力を受けず、慣習にとらわれない母のもとでのびのびと育ったことは、ロイの人格形成に大きな影響を与えた。成長するにつれ「インドの女性らしい振る舞い」を求められるようになったが、ロイはこれを拒否する。16歳で故郷アエメナムを離れ、デリーで当時のボーイフレンドと同居しながら、建築学を学んだ。

その後ゴアで暮らした時期を経て、ロイはデリーに戻る。そこで映画監督のプラディープ・クリシェンに出会い、彼の映画『マッセイ様』（1985年）に主演した。映画は国内外で数々の賞を獲得し、2人は結婚したが、のちに離婚している。

◁ アルンダティ・ロイ（2017年撮影）
ロイは『タイム』誌の「世界で最も影響力のある100人」に選ばれた。20年の時を経て2作目の小説を発表し、再び注目を集めた。

◁ 学校
ロイの母親が設立した学校に通う少女。かつてはロイも手伝いをしていたが、この経験から自分は子供を持たないことに決めた、とのちに語っている。

ベストセラー

31歳で、ロイは初の小説を書き始めた。『小さきものたちの神』は半自伝的小説で、インドのある一家が次第に没落し、悲劇やスキャンダルが積み重なって引き裂かれていく物語だ。書き上げるのに4年以上の歳月を要したが、1997年に出版されるとたちまちセンセーションを巻き起こした。本が売れると同時に、ロイには難題が降りかかった。故郷ケララ州からわいせつの罪で告発されたのだ。

執筆と活動

1990年代から、ロイは何十冊ものエッセイやノンフィクションを出版した。またドキュメンタリーの制作にも携わり、アフガニスタンにおけるアメリカの外交政策や、インドの核実験計画、ダム建設、国際化、ヒンドゥー・ナショナリズムなど、さまざまな問題に異議を唱えた。その結果、投獄され、家に石を投げ込まれ、扇動の罪で何度も告発されて争うことにもなった。2016年にはいよいよ身の危険を感じて、一時インドを離れざるを得なくなる。ロイの発言は、近代化を目指す国内の流れとは往々にして対立するが、彼女はその政治活動を通して、インドの経済発展から取り残された人々の声を代弁しているのだ。

2017年、ロイはついに2作目の小説、『最大幸福庁』を発表した。出版先を決めきれなかった彼女は、どこから出すべきか、この小説の登場人物たちに問いかけた。すると彼らは、他の半額の報酬を提示してきた出版社を選んだという。

ON STYLE
言語を創る

『小さきものたちの神』で、ロイは植民地独立後のインド人の生活を描きながら、英語という言語を——イギリスによる植民地支配への批判として——脱構築化した。その文体は、ルールにとらわれず、遊び心があり、生き生きとして、独創性にあふれている。普通の単語を大文字で始めたり、単語をつないで独特のフレーズや言葉を作り出したり、といった具合だ。アメリカの作家ジョン・アップダイクは、「独自の言語」を創り出すロイの才能を称賛した。

『小さきものたちの神』

"不注意にものを言うとそうなるの。
　みんなはあなたを今までみたいに愛さなくなるわ。"

アルンダティ・ロイ『小さきものたちの神』（工藤惺文訳、DHC、1998年）より

現代の文学者

ロアルド・ダール
Roald Dahl 1916〜1990 英国

存命中に世界で最も愛される児童文学作家の1人となったダールは、ノルウェー出身の両親のもと、ウェールズで生まれた。13歳のときに入学したダービーシャーの寄宿学校ではいじめを経験する。しばらく石油会社で働き、第二次世界大戦では空軍の飛行士として参戦したが、リビアに不時着して重傷を負った。戦時中の活躍は、初期の著作に影響している。

ダールの児童文学には、おぞましい悪役から変わり者まで、独特なキャラクターが多く登場する。大人向けの短編も人気が高い。プロットにはとんでもないひねりがあり、舞台やテレビで広く上演されている。自伝2作もよく知られている。

主要作品 『おばけ桃が行く』（1961年）、『すばらしき父さん狐』（1970年）、『予期せぬ出来事』（1979年）、『マチルダは小さな大天才』（1988年）

フィリップ・ロス
Philip Roth 1933〜2018 アメリカ

ロスは極めて自伝的な作家であり、長年にわたって成功をおさめ、晩年もさらに大きく花開いた。ニュージャージー州ニューアークでユダヤ系移民2世として生まれたロスの子供時代と、本人の女性関係が、小説の素材として重要な位置を占めた。

初の作品『さようならコロンバス』（1959年）で全米図書賞を受賞する。10年後、世界にその名を知らしめた『ポートノイの不満』は、同世代の愛と性への苦悩に満ちた意識を要約したかのような物語だ。キャリア半ばの作品では、ロスはフィクションと現実との境を曖昧にする方法を模索し、しばしばフィリップ・ロスという名の架空の語り手を小説に登場させた。1990年代に癌を克服したのち、驚くべき回復力をみせ、傑作と評される多くの小説を執筆した。そのうちのいくつかは、架空の分身であるネイサン・ザッカーマンとデイヴィッド・ケペシュが語り手となっている。

主要作品 『さようならコロンバス』（1959年）、『ポートノイの不満』（1969年）、『サバスの劇場』（1995年）、『アメリカン・パーニング』（1997年）

大江健三郎
おおえ けんざぶろう 1935〜 日本

戦後の日本で最も革新的な作家の1人、大江は1935年、四国の愛媛県で生まれた。大学時代は生来の内気に方言と吃音を恥じる気持ちがあいまって、人付き合いを避け、夜になると執筆を行っていた。

その内気な性格が、内省的な大江の小説を産んだ。作品は、実存主義の哲学に大いに影響を受けている。1963年、長男光の誕生で大江の人生は変わった。光は脳に障害をもって生まれた。大江は息子と強い絆を築き、互いの意思疎通の難しさが大江の作品の核となっていく。1994年、大江は日本人として2人目のノーベル文学賞受賞者となった。

主要作品 『芽むしり仔撃ち』（1958年）、『飼育』（1958年）、『個人的な体験』（1964年）

アニー・プルー
Annie Proulx 1935〜 アメリカ

作家で文芸評論家でもあるプルーは、コネチカット州ノーウィッチで生まれた。34歳で大学を卒業するまでに3度の結婚と離婚を経験し、4人の子供をもうけている。アウトドア好きで、1973年に修士号を得たのちはバーモント州の森の小屋で暮らし、狩猟や漁、自給自足についての執筆で子供たちを養った。

短編で人気を得ていたプルーに長編を書くつもりはなかった。しかし、出版契約の関係で書かざるを得なくなった結果、長編の方がいかに簡単かと驚愕する。結局、2作目の小説『シッピング・ニュース』でプルーは有名になった。彼女はその鋭い観察眼で、アメリカの田舎暮らしの現実を描き出し、多くの著名な賞を受賞している。

主要作品 『シッピング・ニュース』（1993年）、『アコーディオンの罪』（1996年）、『ブロークバック・マウンテン』（1997年）

△ アニー・プルー（2003年撮影）

マリオ・バルガス・リョサ
Mario Vargas Llosa 1936〜 ペルー

バルガス・リョサは、ペルー、アレキパの中流家庭に生まれた。出生前に両親は離婚し、母方の親族に育てられた。彼が10歳のとき、両親はよりを戻したが、文学の志を認めない父親によって、軍人養成学校に送り込まれる。バルガス・リョサはこの経験を初めての小説『都会と犬ども』に描き、公私にわたる抑圧を激しく非難した。国家の体制を批判したとあって、この作品は当時論争を呼ぶことになる。パリ、ロンドン、マドリードと移り住んだが、彼の作品は常にペルーの生活に根ざし、教会制度や独裁体制の崩壊を暴いている（とはいえ、ユーモアを基調とする作品もかなり多い）。

バルガス・リョサは1960年代、のちに「ブーム」と呼ばれるラテンアメリカ文学の急速な発展（その多くは政治批判を含んでいた）に貢献した。当初は急進派として、その後は民主主義的中道派としてペルーの政治にかかわり、1990年には大統領選に立候補もしている。2010年、ノーベル文学賞を受賞した。

主要作品 『都会と犬ども』（1965年）、『ラ・カテドラルでの対話』（1969年）、『フリアとシナリオライター』（1977年）

ジョルジュ・ペレック

Georges Perec　1936〜1982　フランス

　フランス在住のポーランド系ユダヤ人家庭に生まれたジョルジュ・ペレックは、第二次世界大戦で両親を失っている。母親はアウシュビッツで亡くなった。親族の手で育てられ、20歳になる頃には実験的な執筆に強い興味を抱く。社会学的分析を物語に活用した初めての小説『物の時代』は好評を博し、続く2作も成功した。

　その後、創作活動に行き詰まりを感じ、小説家レーモン・クノーと数学者フランソワ・ル・リヨネが立ち上げた「ウリポ」（ポテンシャル文学工房 Ouvroir de littérature potentielle の略称）に参加する。ここで数学と文学との融合を試みたペレックは、あえて制約をもうけて小説を書いてみようと考える。そうして書き上げられた『煙滅』には、eの文字が全く使われていないのが特徴だ。実験的な作品は他にもいくつか書いており、5000語の回文（前から読んでも後ろから読んでも同じ）で構成されたものや、『人生使用法』などがある。1982年、ペレックはその早すぎる死を迎えた。

主要作品　『物の時代』(1965年)、『煙滅』(1969年)、『人生使用法』(1978年)

トマス・ピンチョン

Thomas Pynchon　1937〜　アメリカ

　ピンチョンは、アメリカで最も謎の多い作家の1人である。ロングアイランドに生まれ、コーネル大学で学んだ後、アメリカ海軍に2年従軍している。ボーイング社のテクニカルライターとして働きながら初の小説『V.』を執筆、26歳で発表したのちは、プライバシーを守るためにあらゆる手段を講じた。謎に包まれた私生活は、ピンチョンのカルト的な読者を増やすことになった。また、彼の作品が1960年代のカウンターカルチャーと強く結びついているという理由で、ピンチョン自身についてもさまざまな憶測が広がるようになった。事実として分かっているのは、ピンチョンがメキシコ、カリフォルニア、ニューヨークに在住経験を持つということ、著作権代理人である妻との間に息子が1人いるということくらいだ。ここ数十年では、話があちこちに飛ぶ歴史長編小説の執筆が増え、メーソン＝ディクソン線（アメリカの南部と北部を分ける境界とされる）の測量が行われた18世紀から、インターネット・バブルが弾けた2000年代初めまで、幅広い時代を取り上げている。また、ジャンルを横断した実験的な作品も発表している。

主要作品　『V.』(1963年)、『競売ナンバー49の叫び』(1966年)、『重力の虹』(1973年)

レイモンド・カーヴァー

Raymond Carver　1938〜1988　アメリカ

　カーヴァーはアメリカで最もすばらしい短編作家の1人だ。オレゴン州で生まれ、結婚は早く、20歳のときには子供が2人いた。家族のために仕事を転々とし、創作のワークショップに参加したのち、執筆活動を始める。

　大学を2度中退し、教師および作家としてのキャリアの形成は遅かった。ようやくその才能が世間に認められたのは、肺がんを患って50歳で亡くなる頃である。カーヴァーのわびしく詩的な物語は、人間関係における苦悩を描き出している。登場人物たちは葛藤を抱えながら人と付き合い、逆境にあらがおうと必死になるのだ（カーヴァー自身は生涯アルコール依存症に苦しんだ）。

　いくつもの傑作を残したカーヴァーだが、それらの作品は編集者によって徹底的に修正され、質を高めた上で出版されていたことが、2000年代になって判明する。この件は物議を醸したが、それでも、カーヴァーが短編小説の真の名手であることには変わりがない。

主要作品　『頼むから静かにしてくれ』(1976年)、『愛について語るときに我々の語ること』(1981年)、『大聖堂』(1983年)

グギ・ワ・ジオンゴ

Ngũgĩ wa Thiong'o　1938〜　ケニア

　小説、戯曲、エッセイ、評論と幅広く執筆するグギは、ケニアのカミリズで生まれた。一家は1950年代に起きたマウマウの反乱の巻き添えとなり、母親は拷問を受けた。

　1964年、グギは奨学金を得てイギリス北部のリーズ大学へ進学し、そこでマウマウの反乱を取り上げた小説『川をはさみて』を執筆した。この作品は現在ではケニアの学校のカリキュラムに入っている。1967年、グギはキリスト教への信仰を捨て、英語を捨て、本名（ジェイムズ）も捨てて、ギクユ語やスワヒリ語で執筆する道を選ぶ。のちに彼を有名にした作品は、新しいタイプの戯曲で、即興や観客とのやりとりを取り入れ、ブルジョワ層以外の観客にも理解しやすい内容となっていた。

　1977年、戯曲『したい時に結婚するわ』が政治的メッセージを含むとして、ケニアで懲役1年の実刑を受ける。釈放後は国を逃れてイギリスで暮らし、その後アメリカに移った。現在もカリフォルニア大学で教鞭をとり続けるグギは、次のノーベル文学賞候補と目されている。

主要作品　『川をはさみて』(1965年)、『一粒の麦』(1967年)、『したい時に結婚するわ』(1976年)

△ ジョルジュ・ペレック（1965年撮影）

△ アリス・ウォーカー

マーガレット・アトウッド

Margaret Atwood 1939〜 カナダ

　アトウッドは多作にして数々の受賞歴を持つ作家・詩人である。オンタリオ州オタワに生まれ、夏にはケベックの大自然の中を駆けまわる子供だった。10代では絵画や服飾デザインに興味を覚えたが、その後執筆に専念するようになる。トロント大学では文芸評論家のノースロップ・フライのもとで学び、彼に詩作を勧められた。『ダブル・ペルセポネ』(1961年)に始まる数冊の詩集は好評を博したが、アトウッドの名が広く知られるようになったのは、小説を書き始めて以降である。

　アトウッドの作品として特に有名なのは、歴史小説とSFだ(本人はSFをサイエンス・フィクションではなく、スペキュレイティブ・フィクション「思索的な小説」の略と考えている)。彼女はこうしたジャンルを通して、環境の劣化や、自然と人との関わりを綴り、さらにはミソジニー(女性嫌悪)や女性の社会的地位といったテーマにも切り込んでいく。現時点での代表作『侍女の物語』は、近未来のニューイングランドを舞台にした、家父長制国家のディストピアを描いた作品だ。『侍女の物語』は、1995年にアメリカの学校の教科書に最も多く採用され、映画やテレビドラマにもなった。

主要作品　『浮かびあがる』(1972年)、『侍女の物語』(1985年)、『昏き目の暗殺者』(2000年)

アリス・ウォーカー

Alice Walker 1944〜 アメリカ

　ピューリッツァー賞受賞作家のウォーカーは、アフリカ系アメリカ人女性研究の分野を、ほぼ1人で切り開いた。ジョージア州の小作人の一家に生まれた彼女は、8歳のときに片方の目の視力を事故で失っている。シャイだが勉強好きだったため、母親に背中を押され、奨学金を得てアトランタ州のスペルマン・カレッジに入学した。在学中、アフリカ系アメリカ人の作家で民俗学者のゾラ・ニール・ハーストン(1891〜1960)の著書に出会い、影響を受けるようになる。

　ウォーカーは公民権運動に熱心で、複数の大学で教鞭をとった。作家としても多くの長編、短編、詩を書き、『カラーパープル』(1982年)がベストセラーとなる。この書簡体小説は、虐待を受け、学校にも通うことができないジョージア州の少女を主人公とした物語で、映画化されアカデミー賞を受賞した。

　現在はカリフォルニア州に暮らし、変わらず政治活動にいそしみ、アメリカ南部とアフリカ系アメリカ人女性の生活を書き続けている。

主要作品　『メリディアン』(1976年)、『カラーパープル』(1982年)、『喜びの秘密』(1992年)

ポール・オースター

Paul Auster 1947〜 アメリカ

　ニュージャージー州サウスオレンジのユダヤ人一家に生まれたオースターは、おじである翻訳家アレン・マンデルバウムの膨大な蔵書を丹念に読み、文学への愛を育んだ。コロンビア大学で学び、1970年に修士号を取得する。まもなくパリへ渡り、その後プロヴァンスに移って家屋の管理人として働いた。1974年、アメリカに帰国する。

　1970年代から80年代初めにかけて、オースターは詩やエッセイを書き、それを自分で編集していた。金銭的支援を受けながらの苦しい生活だったが、「ニューヨーク三部作」を発表してついに脚光を浴びる。それは、アイデンティティや幻覚をテーマとし、連続して発表された3つの中編小説で、読者の予想を超えた見事な展開が仕掛けられている。

　オースターの作品では、お決まりのよう

に、矛盾やカフカ的混乱ともいえる不条理さを抱えた主人公が登場する。そして、その多くは作家である。国際的なベストセラー作家の作品らしく、内容は訴求力が高く、難解ながらも読みやすい。オースターは現在、ニューヨークのブルックリンで暮らしている。

主要作品　「ニューヨーク三部作(『幽霊たち』、『ガラスの街』、『鍵のかかった部屋』)」(1985〜86年)、『幻影の書』(2002年)、『ブルックリン・フォリーズ』(2005年)

サルマン・ラシュディ
Salman Rushdie　1947〜　英国

ラシュディの作品で最も有名なのは、植民地独立後のイスラム世界の諸問題を描いた『真夜中の子供たち』だ。このマジックリアリズム小説で、数々の賞も受賞している。

ムンバイの裕福なイスラム教徒一家に生まれたラシュディは、インドとイギリスで教育を受けた。大学卒業後、ロンドンでコピーライターとして働くかたわら、小説の執筆を始める。2作目の『真夜中の子供たち』は、ブッカー賞を3度受賞した特異な作品だ。最初は1982年に贈られ、その後は特別賞にあたる「ベスト・オブ・ブッカー」賞を1993年と2008年の2度受賞している。

ラシュディの人生は1989年に一変した。イランの宗教的指導者であるアヤトラ・ホメイニ師から、ファトワー(死刑宣告)を受けたのだ。小説『悪魔の詩』で預言者ムハンマドを侮辱したというのがその理由だった。これにより、ラシュディは長年にわたって、武装護衛つきの逃避生活を送ることになる。1998年、イラン政府はファトワーの「終了」を宣言したが、今も完全に撤回されたというわけではない。ラシュディには4度の結婚歴があり、現在はニューヨークで暮らしている。

主要作品　『真夜中の子供たち』(1981年)『悪魔の詩』(1988年)、『ムーア人の最後のため息』(1994年)

ハビエル・マリアス
Javier Marías　1951〜　スペイン

作家・翻訳家のマリアスは、マドリードで生まれた。父親は著名なスペインの哲学者フリアン・マリアスで、スペインの独裁者フランコ将軍に反発して投獄された人物だ。ハビエルは子供時代の一時期を父親とともにアメリカで過ごしているが、その後帰国してマドリード大学に通い、海外の著名な作品をスペイン語に翻訳するようになった。その中にはアップダイク、ナボコフ、フォークナー、コンラッド、ハーディなどもある。そして『トリストラム・シャンディ』の翻訳でスペイン国家賞を受賞した。

翻訳の仕事は、彼の書く小説とも結びついている。主人公はおおむね翻訳家か通訳で、場面に応じて自らの意見を提供したり己を抑えたりして、これはフィクションなのか自伝なのかと読者を当惑させていく。このテーマに沿った最も意欲的な作品は『明日の顔は』三部作で、2000年代に完結している。2006年、マリアスは権威あるレアル・アカデミア・エスパニョーラの会員に選ばれた。だがその叙任式では、フィクションを書くという行為が「いかに子供じみた」仕事か分かった、と述べている。

主要作品　『白い心臓』(1992年)、『時の黒い背』(1998年)、『明日の顔は』(2002年、2004年、2007年)

カズオ・イシグロ
Kazuo Ishiguro　1954〜　英国

英語圏の作家で最も称賛される作家の1人、カズオ・イシグロは、日本の長崎で生まれた。両親は1960年、5歳のイシグロを連れてイギリスに渡った。

ケント大学卒業後、イシグロはイースト・アングリア大学の有名なクリエイティブライティング・コースに進む。マルカム・ブラッドベリとアンジェラ・カーターに学び、コースの初期の卒業生の1人となった。

最初の2作、『遠い山なみの光』(1982年)と『浮世の画家』(1986年)は日本を舞台とした小説。しかし本人も認めている通り、これらの作品で描かれるのは、あくまでもイシグロの想像上の日本である。なぜなら、幼くしてイギリスへ移住して以来、イシグロは母国を訪れたことはなかったからだ。1983年にイギリスに帰化しているが、日本人作家だという意識は忘れずに持ち続けている、と彼は言う。一人称体で綴られるイシグロの小説では、主人公が自身の曖昧な記憶を辿りながら、物語を徐々に展開させていく。彼の作品が持つ「壮大な感情の力」は、2017年、ノーベル文学賞という形で認められた。

イシグロの興味の幅は広く、アメリカのジャズシンガー、ステイシー・ケントに歌詞を提供したほか、大の映画好きであることも公言している。ロンドン在住。

主要作品　『日の名残り』(1989年)、『充たされざる者』(1995年)、『わたしを離さないで』(2005年)

ミシェル・ウエルベック
Michel Houellebecq　1956〜　フランス

ウエルベックは作家であり、評論家であり、脚本家でもある。インド洋に浮かぶレユニオン島で生まれたが、6歳で両親に捨てられ、パリ近郊の祖母の家で育った。1990年代、のちに彼を世界的に有名にする『素粒子』の執筆に着手する。現代社会の虚しさを、冷たくあざ笑うように描き出す小説。時に虚無的で、わいせつで、リベラル信奉を激しく批判する彼の作品には、常に賛否両論が寄せられる。

『プラットホーム』の出版ツアーを行っていた2001年、ウエルベックはイスラム教を侮辱し、宗教的嫌悪を誘発したかどで訴えられる。このスキャンダルのおかげで本は売れたものの、ウエルベックは身の安全を守るため、常に警備を付けなければならなくなった。2015年、フランスの風刺週刊紙『シャルリー・エブド』本社がイスラム過激派の襲撃を受けたその日、偶然にも同紙の表紙を飾っていたのは、ウエルベックの似顔絵だった。

主要作品　『闘争領域の拡大』(1994年)、『素粒子』(1998年)

△ カズオ・イシグロ(1995年撮影)

索引

太字は詳しい説明のあるページを示す

ア

アート・スチューデント・リーグ・オブ・ニューーヨーク 336
『アーリー・ストーリーズ』（アップダイク） 315
『愛人 ラマン』（デュラス） 271
『愛のソネット』（ネルーダ） 250
『愛の奴隷』（アジェンデ） 326
アイルランド文芸劇場 168
アウシュビッツ 276, 278–279, 305, 335
『アウステルリッツ』（ゼーバルト） 333, 334, 335
アエーネイス（ヴェルギリウス） 321
『青い眼』（ハーディ） 138
『青い眼がほしい』（モリスン） 309
『青白い炎』（ナボコフ） 241
『赤い高粱』（莫言） 343
『赤い車輪』（ソルジェニーツイン） 275
『赤い部屋』（ストリンドベリ） 145
『赤毛の女』（パムク） 341
『秋の木の葉』（ユゴー） 79
『阿Q正伝』（魯迅） 183
『アグネス・グレイ』（アン・ブロンテ） 95, 97
『悪の華』（ボードレール） 112, 114–115
『悪霊』（ドストエフスキー） 123
『朝の鼓動に』（アンジェロウ） 291
アジェンデ, イサベル 289, 326–327
アジェンデ, サルバドール 251, 326
『アストゥリアスの反乱』（カミュ） 264
『アダム・ビード』（エリオット） 105
『アタラ』（シャトーブリアン） 79
アチェベ, チヌア 294–297, 309
『あつかましき人々』（デュラス） 271
「アッシャー家の崩壊」（ポー） 85
アップダイク, ジョン 241, 314–315, 345
アデール・フシェ 79, 80
アトウッド, マーガレット 348
アバチャ将軍, サニ 297
アパルトヘイト（政策） 322, 325
『アブサロム、アブサロム！』（フォークナー） 216, 218
アフマートヴァ, アンナ 208
アフリカ系アメリカ人 291, 309, 348
『アフリカの緑の丘』（ヘミングウェイ） 230
アマード, ジョルジェ 299
『雨の王ヘンダソン』（ベロー） 272
『アメリカ』（カフカ） 194, 195
『アメリカのデモクラシー』（ド・トクヴィル） 329
アメリカン・ドリーム 213
『アメリカン・マインドの終焉』（ブルーム） 272
「アモンティラードの酒樽」（ポー） 85
『あら皮』（バルザック） 77

『嵐』（デフォー） 51
『嵐が丘』（エミリー・ブロンテ） 93, 94–95, 96, 97
アラブ・イスラエル抗争 254
アルーエ, フランソワ＝マリ →ヴォルテール
『ある黒人奴隷の半生』（ダグラス） 291
『ある作家の日記』（ウルフ） 189
アルジェ物語（セルバンテス） 30
アルジェリア独立 254
『ある自然児の死』（ヒーニー） 320
アルゼンチン 223
『ある遭難者の物語』（ガルシア＝マルケス） 288
アルディトン, リチャード 197
アルバレ, セレスト 176
『ある日の午後、アダムが、その他』（カルヴィーノ） 283
『あるフェミニストの告白』（エル・サーダウィ） 312
アルメニア人虐殺 341
『ある婦人の肖像』（ジェイムズ） 143
『ある厄年の日記』（クッツェー） 325
『アレオパジティカ』（ミルトン） 41
『アレグザンダーの橋』（キャザー） 179
アレクサンドル1世（皇帝） 120, 128
アレクサンドル2世（皇帝） 120, 123, 157
『荒地』（エリオット） 190, 198, 205
『アレフ』（ボルヘス） 223, 225
アロン, レイモン 256
アン（イングランド女王） 50, 53
アンガジュマン 254
『アンクル・トムの小屋』（ストウ） 162
アンジェロウ, マヤ 290–291
アンダーソン, シャーウッド 215
アンデルセン, ハンス・クリスチャン 82–83
『アントニーとクレオパトラ』（シェイクスピア） 36
『アンナ・カレーニナ』（トルストイ） 127, 128, 129
アンリ1世（フランス国王） 55
アンリ2世（フランス国王） 24
『アンリヤッド』（ヴォルテール） 55
イェイツ, W・B 168–169, 197, 198, 258, 296, 307, 321
イェーナの戦い 63
『イエス・キリストによる福音書』（サラマーゴ） 305
『イエスの幼子時代』（クッツェー） 325
『イエスの少年時代』（クッツェー） 325
異化効果 221
『怒りのぶどう』（スタインベック） 242
『生きて、語り伝える』（ガルシア＝マルケス） 288, 289
「異国にて」（ヘミングウェイ） 229
『居酒屋』（ゾラ） 141

意識の流れ 128, 143, 187, 189, 191, 207, 217, 287
イシグロ, カズオ 339, 349
『石の筏に乗って』（サラマーゴ） 305
『石の女』（クッツェー） 324, 325
『伊豆の踊子』（川端） 232
『イスラ・ネグラのメモ』（ネルーダ） 250
『偉大なギャッビー』（フィッツジェラルド） 210, 212, 213
イタリア
　ファシズム 171, 199, 276
　レジスタンス 283
『イタリア紀行』（ゲーテ） 63
『イタリアの黄昏』（ロレンス） 200
『夷狄を待ちながら』（クッツェー） 325
『移動祝祭日』（ヘミングウェイ） 231
『従姉ベット』（バルザック） 77
『従兄ポンス』（バルザック） 77
『田舎医者』（カフカ） 194
『犬を連れた奥さん』（チェーホフ） 159
イプセン, ヘンリック 124–125, 185
『異邦人』（カミュ） 264
イボ文化 294
イマジズム 197
『今でなければいつ』（レーヴィ） 278
『今をつかめ』（ベロー） 272
『移民たち』（ゼーバルト） 333, 334, 335
『イリワッカー』（ケアリー） 329
『イルペンセロソ（沈思の人）』（ミルトン） 41
『イレーヌ』（ヴォルテール） 55
『イワーノフ』（チェーホフ） 158
『イワン・デニーソヴィチの一日』（ソルジェニーツイン） 275
イングランド内戦 41
『イングランドの詩人とスコットランドの批評家』（バイロン男爵） 74
印象主義 141
インダイレクト・ナラティブ →間接的な語り
インデックスカード 241
インド 161, 345
『隠遁者』（ワーズワス） 66, 67
ヴァイマル公国 62
ヴァイマル共和政 221
ヴァイル, クルト 221
ヴァン・ゴッホ, ヴィンセント 190
『ヴィーナスとアドーニス』（シェイクスピア） 34
ヴィクトリア女王 105, 149
ヴィタ, サックヴィル＝ウェスト 190, 191
ヴィトゲンシュタイン, ルートヴィヒ 123
ヴィヨン, フランソワ 56, 221
『ヴィルヘルム・マイスターの演劇的使命』（ゲーテ） 62
『ヴィルヘルム・マイスターの修業時代』（ゲーテ） 62, 63

『ヴィレット』（シャーロット・ブロンテ） 95, 97
『ヴェニスに死す』（マン） 181
ヴェルヌ, ジュール 162–163
ヴェルレーヌ, ポール 115, 164
ヴォーン, ヘンリー 39
ヴォネガット, カート 339
ヴォルテール 54–55
ヴォロシン, マクシミリアン 208
ウィーヴァー, ハリエット・ショー 185, 186
ウィリアムズ, ウィリアム・カーロス 15, 185, 197
『ウージェニー・グランデ』（バルザック） 77
『ウーロフ師』（ストリンドベリ） 145
ウェセックス 136
『ウェセックス物語』（ハーディ） 138
ウェルギリウス 20, 93, 321
ウェルズ, H・G 223, 245
ウェルティー, ユードラ 315
ウエルベック, ミシェル 349
ウォーカー, アリス 348
ウォートン, イーディス 234
『ウォールデン』（ソロー） 162
ウォフォード, クロエ →モリスン, トニ
ウォルコット, デレック 306–307, 320
失われた世代 212–213, 228
『失われた時を求めて』（プルースト） 175–177
渦巻派 197
『内なる私』（グリーン） 253
『美しき呪われし者』（フィッツジェラルド） 212
ウッドベリー, チャールズ・ハーバート 53
『海に働く人々』（ユゴー） 80
『海辺のカフカ』（村上） 339
『恭しき娼婦』 254
ウリポ 283
ウルストンクラーフト, メアリー 73
ウルトライスモ 223
ウルフ, ヴァージニア 45, 188–191, 257, 288
ウルフ, トマス 210
ウルフ, レナード 190
『美しの乙女』（ツヴェターエワ） 208
『麗しのドロテ』（ボードレール） 112
『運命』（コンラッド） 153
映画
　『紅いコーリャン』 343
　『ヴェニスに死す』 181
　『大いなる眠り』 202
　『大鴉』 85
　『地獄の黙示録』 153
　『第三の男』 253
　『二十四時間の情事』 271
　『フランケンシュタイン』 73
　『墓地への侵入者』 218
　『ロリータ』 241
英語
　英語という言語を崩す 345

話し言葉　18
　芳醇な　**294**
英国ロマン主義　64, 98
エインズワース、ウィリアム・ハリソン　88
エヴァンズ、メアリー・アン →エリオット、ジョージ
『エヴゲーニイ・オネーギン』(プーシキン)　122
『エヴリーナ』(バーニー)　68
『疫病流行記』(デフォー)　50, 51
『エグモント』(ゲーテ)　62
『エゴイスト』　185–186
エジプト革命
　1919年　**263**
　2011年　312
エジャトン、サー・トマス　39
エスリン、マーティン　258
『エセー』(モンテーニュ)　**27**
エッジワース、マライア　68
エッセイ　**27**
『エデンの園』(ヘミングウェイ)　231
『エデンの東』(スタインベック)　242
『エドウィン・ドルードの謎』(ディケンズ)　91
エドワード3世(イングランド国王)　18, 20
エプスタイン、ジェイコブ　197
『エマ』(オースティン)　70, 71
エマーソン、ラルフ・ワルド　110, 162
エラスムス　**24**
エリオット、T・S　39, 153, 185, 187, 190,
　198, **204–205**, 245, 307, 322, 336
エリオット、ジョージ　97, **104–105**
エリザベス1世(女王)　**36**
エリソン、ラルフ　291
『エリナとメアリアン』(オースティン)　70
エル・サーダウィ、ナワル　**312–313**
『エルサレムよ、我もし汝を忘れなば』(フォークナー)　217, 218
『エルナニ』　79, 81
エルナンデス、ホセ　223
「演劇のための小思考論理」(ブレヒト)　221
『園丁』(タゴール)　161
遠藤周作　**301**
『オイディプス王』(ヴォルテール)　55
オウィディウス　20
『黄金の矢』(コンラッド)　152
『嘔吐』(サルトル)　254, 256
『大いなる遺産』(ディケンズ)　88, 90, 91, 329
『大いなる歌』(ネルーダ)　250
『大いなる眠り』(チャンドラー)　202
オーウェル、ジョージ　205, **244–247**
大江健三郎　**346**
『おお開拓者たちよ』(キャザー)　179
「大鴉」(ポー)　85
『オーギー・マーチの冒険』(ベロー)　272
オースター、ポール　**348–349**
オースティン、ジェイン　**68–71**
オーストリア゠ハンガリー帝国　195
『オーチャード・キーパー』(マッカーシー)　317
オーデン、W・H　205, **298–299**
『オードと雑詠集』(ユゴー)　79, 81

オートン、ジョー　269
『オーランドー』(ウルフ)　190, 191
オキグウォ、クリストファー　297
『掟なき道』(グリーン)　253
『お気に召すまま』(シェイクスピア)　35
『おくのほそ道』(芭蕉)　46
『桶物語』(スウィフト)　53
オコナー、フラナリー　317
『汚辱の世界史』(ボルヘス)　223, 224
『オスカーとルシンダ』(ケアリー)　329
『オセロー』(シェイクスピア)　36
『落葉』(ガルシア゠マルケス)　288
『オデュッセイア』(ホメロス)　186, 187
『溺れるものと救われるもの』(レーヴィ)　278
『オムー』(メルヴィル)　106
『オメロス』(ウォルコット)　307
『親指姫』(アンデルセン)　291
オヨス、ファン・ロペス・デ　28
『オランダ人の恋人』(ベーン)　45
『オリヴァー・トゥイスト』(ディケンズ)　88,
　89, 91
『折々の記』(バイロン)　74
『オルノーコ』(ベーン)　45
『オルメイヤーの阿房宮』(コンラッド)　152
オレンジ公ウィリアム(ウィリアム3世)　49, 50
『女のいない男たち』(ヘミングウェイ)　229

カ

『蚊』(フォークナー)　217
カーヴァー、レイモンド　**347**
ガードナー、スタンリー　202
『ガートルードとクローディアス』(アップダイク)　315
カーライル、トーマス　105, 175
カール・アウグスト(ザクセン゠ヴァイマル公)
　62, 63
カール5世(皇帝)　22
カーロフ、ボリス　73
『貝おほひ』(芭蕉)　46
『海賊』(バイロン)　74
『壊滅』(ゾラ)　141
『カイロ3部作』(マハフーズ)　263
カヴァナ、パトリック　320
カヴァフィス、コンスタンディノス　234
カヴァルカンティ、グィード　12
『籠の鳥の鳴くわけを知っている』(アンジェロウ)　290, 291
カザンザキス、ニコス　**236**
「鍛冶屋」(ヒーニー)　318
『カスターブリッジの市長』(ハーディ)　138
カストロ、フィデル　253, 257, 289
『カスル・アッ・ショーク』(マハフーズ)　263
『風の歌を聴け』(村上)　339
『カタロニア賛歌』(オーウェル)　247
『合作詩集』(ブロンテ姉妹)　95, 97
『かつてあった国：わたしの見たビアフラの歴史』
　(アチェベ)　297
『カップルズ』(アップダイク)　315

『カティリーナ』(イプセン)　125
『蟹の横歩き』(グラス)　285
『火夫』(カフカ)　194
カフェ・ド・フロール(パリ)　264
カフカ、フランツ　119, 123, 130, **192–195**,
　283, 288, 305, 334
『壁』(サルトル)　254
『神の国は汝らのうちにあり』(トルストイ)　129
『神の矢』(アチェベ)　296, 297
カミュ、アルベール　123, 256, 258, **264–265**
『神よ、あの子を守りたまえ』(モリスン)　309
『カミラ』(バーニー)　68
カミングス、E・E　228
『仮面』(パウンド)　197
『かもめ』(チェーホフ)　158–159
カモンイス、ルイス・デ　**56**
『ガラテア』(セルバンテス)　30, 31
『カラマーゾフの兄弟』(ドストエフスキー)　123
『ガリヴァ旅行記』(スウィフト)　52, 53
カリブ海諸国　307, 336
　植民地主義　207, 267
　風景と生態系　**307**
『ガリレイの生涯』(ブレヒト)　221
カルヴィーノ、イータロ　**282–283**
ガルガンチュワ(ラブレー)　22, **24**, 25
ガルシア゠マルケス、ガブリエル　225, 248,
　286–289, 305, 343
ガルシア゠ロルカ、フェデリコ　237, 250
『彼』(コレ)　117
川端康成　**232–233**
『川を渡って木立の中へ』(ヘミングウェイ)　230
『歓喜に』(シラー)　61
『頑健な肉体と修練』(ホイットマン)　109
韓国　331
『観察』(カフカ)　194
『韓氏年代記』(黄皙暎)　331
『感情教育』(フローベール)　119
間接的な語り　**150**
『カンタベリー物語』(チョーサー)　18, **20–21**
ガンディー、マハトマ　**129**
『カンディード』(ヴォルテール)　55
『ガン病棟』(ソルジェニーツィン)　275
ギース、コンスタンタン　115
キーツ、ジョン　**99**, 336
キートン、バスター　261
『消えた光に』(パウンド)　197, 199
『記憶喪失』(ケアリー)　329
『帰郷』(ハーディ)　138
『帰郷ノート』(セゼール)　267
『喜劇役者』(グリーン)　253
『北』(ヒーニー)　318, 320, 321
北アイルランド　318–321
北朝鮮　331
『ギタンジャリ』(タゴール)　161
『木のぼり男爵』(カルヴィーノ)　283
ギフォード、エマ　**138**
キプリング、ラドヤード　**154–155**
『キプリングのなぜなぜ話』(キプリング)　154
『基本的なもののオード』(ネルーダ)　251

『気まぐれ詩集』(ネルーダ)　251
金大中　331
『肝っ玉おっ母とその子供たち』(ブレヒト)　221
キャザー、ウィラ　**178–179**
キャサディ、ニール　**281**
ギャスケル、エリザベス　97, **101**
『キャナリー・ロー(缶詰横町)』(スタインベック)
　242
キャロル、ルイス　**163**, 223, 283
『キャントーズ』(パウンド)　197, 198, 199
『吸血鬼』(ポリドリ)　73
『九十三年』(ユゴー)　81
『休戦』(レーヴィ)　278, 279
「宮廷風恋愛」　12
キューバ革命　257
『窮余の策』(ハーディ)　138
キュビズム　197
「今日──わたしの運命は敗北」(ディキンソン)
　132
共産主義　183, 208, 250, 251, 257, 264, 271,
　275, 283, 292, 305
『教授』(シャーロット・ブロンテ)　95, 97
『狂人日記』(魯迅)　183
強制収容所　333, 334, 335
教養小説　**62**
『キリスト教精髄』(シャトーブリアン)　79
「キリスト降誕の朝に」(ミルトン)　41
「キリマンジャロの雪」(ヘミングウェイ)　230
『金色の盃』(ジェイムズ)　143
『キンカス・ボルバ』(マシャード・デ・アシス)
　131
『キング、クイーン、ジャック』(ナボコフ)　241
キング牧師　291
ギンズバーグ、アレン　281
クイーンズベリー侯爵(第9代)　149
『空気を求めて』(オーウェル)　247
『空襲と文学』(ゼーバルト)　335
空想科学小説　162-3
『クーデタ』(アップダイク)　315
グェルフィ党とギベッリーニ党　14
グギ・ワ・ジオンゴ　**347**
「草」の象徴性　109
『草の葉』(ホイットマン)　109–111
『崩れゆく絆』(アチェベ)　294–296, 297
クッツェー、J・M　**322–325**
グディソン、ローナ　**336–337**
宮内大臣一座　34, 36
『苦悩』(デュラス)　271
クノー、レーモン　283
グミリョフ、ニコライ　208
『蜘蛛の巣の小径』(カルヴィーノ)　283
『クライティーリオン』(文芸誌)　205
グラグ　275
グラス、ギュンター　**284–285**
『クラリッサ』(リチャードソン)　70
グラント、ダンカン　190
グリーン、グレアム　**252–253**
グリーン、ロバート　34
クリシェン、プラディープ　345

クリスティ, アガサ　85
『クリスマス・キャロル』（ディケンズ）　88, 90
クリミア戦争　127, 128
クリントン, ビル　289
『狂おしき群をはなれて』（ハーディ）　136,
　　138-139
クルックシャンク, ジョージ　88, 89
クルド人　341
グレアム, シーラ　213
グレイ, トーマス　138
グレートプレーンズ　178, 179, 242
クレメンズ, サミュエル・ラングホーン →トウ
　　ェイン
クロード・レヴィ=ストロース　283
グローブ座（ロンドン）　34, 36, 37
「黒猫」（ポー）　85
クロムウェル, オリバー　41
『クロムウェル』（ユゴー）　79
『軍鼓の響き』（ホイットマン）　110, 111
クンデラ, ミラン　292-293
ケアリー, ジョイス　294
ケアリー, ピーター　328-329
ゲイ, ジョン　53, 221
形而上詩人　39
『芸術とは何か』（トルストイ）　129
啓蒙, 啓蒙主義　55, 61, 62
ケイロス, ジョゼ・マリア・デ・エッサ・デ
　　164
ケイン, ポール　202
ケインズ, ジョン・メイナード　190
ゲーテ, ヨーハン・ヴォルフガング・フォン
　　60-63
『ゲッツ・フォン・ベルリヒンゲン』（ゲーテ）
　　63
ゲバラ, チェ　257, 267
『ケリー・ギャングの真実の歴史』（ケアリー）
　　329
ケリー, ネッド　329
『蹴り損の棘もうけ』（ベケット）　260, 261
ケルアック, ジャック　280-281
ゲルホーン, マーサ　230, 231
『ゲルマントの方』（プルースト）　177
ケルムスコット版チョーサー　18
検閲　111, 200, 256, 263, 275, 285, 312, 331,
　　341
現実の拡張　285
『幻獣辞典』（ボルヘス）　225
『現代生活の画家』（ボードレール）　114, 115
ケンプ, ウィル　34
『幻滅』（バルザック）　77
『権力と栄光』（グリーン）　253
『恋する女たち』（ロレンス）　200
『仔犬のような芸術家の肖像』（トマス）　269
『孔乙己』（魯迅）　183
『公共のためには』（ソルジェニーツイン）　275
『高原物語』（キップリング）　154
『公爵夫人の書』（チョーサー）　18-20
黄塵地帯　242
『公然の秘密』（マンロー）　310

構造主義　85
皇帝ニコライ1世　120
合同法（1707年）　50
『高慢と偏見』（オースティン）　68, 70, 71
公民権運動　218, 291, 309
功利主義　90
『荒涼館』（ディケンズ）　88, 90, 91
『コーカサスの白墨の輪』（ブレヒト）　221
ゴーギャン, ポール　190
ゴーゴリ, ニコライ　101, 120, 183
ゴーティエ, テオフィル　115
ゴーディエ=ブルゼスカ, アンリ　197
『コーマス』（ミルトン）　41
ゴーリキー, マクシム　208
ゴールドコースト　213
コールリッジ, サミュエル・テイラー　66, 67,
　　98
『凍れる海』（コリンズ）　90
『黒人学生』（雑誌）　267
『午後の死』（ヘミングウェイ）　226, 229, 230,
　　231
『心の隙間』（ヒーニー）　321
『心の中のスペイン』（ネルーダ）　250
『コサック』（トルストイ）　128
コジェニョフスキ, アポロ　150
『乞食オペラ』（ゲイ）　221
湖水詩人　66
『コスミコミケ（宇宙喜劇）』（カルヴィーノ）
　　283
コダマ, マリア　225
国境三部作（マッカーシー）　317
『国境の人々』（ワーズワス）　66
滑稽な発明　22
『骨董屋』（ディケンズ）　88
ゴドウィン, ウィリアム　73
『ゴドーを待ちながら』（ベケット）　258, 260,
　　261
『言葉』（サルトル）　257
『子どものための童話集』（アンデルセン）　83
コナン・ドイル, アーサー　85
コメディア・デラルテ　42
『ゴリオ爺さん』（バルザック）　77
『コリオレイナス』（シェイクスピア）　36
コリン, ヨナス　83
コリンズ, ウィルキー　85, 90
コルタサル, フリオ　289
コルネイユ, ピエール　42
コレ, ルイーズ　117, 119
『これが人間か』（レーヴィ）　276, 278-279
コレット　235
『コレラ時代の愛』（ガルシア=マルケス）
　　288, 289
『殺し屋』（ヘミングウェイ）　229
コロンビア内乱（ビオレンシア）　288
コングリーヴ, ウィリアム　53
コンゴ　152
『コンバ』（新聞）　264
『魂魄と化した兄弟よ, 心に銘記せよ』（アチェベ）

　　297
ゴンブローヴィチ, ヴィトルド　298
コンラッド, ジョセフ　150-153, 294, 334

サ

『ザ・ブラック・ブック』（モリスン）　309
『ザ・ロード』（マッカーシー）　317
「サー・ジョンの丘の上で」（トマス）　269
サージェント, ジョン・シンガー　143
『サートリス』（フォークナー）　217
『さいあくじょうどへほい』（ベケット）　258,
　　261
『歳月』（ウルフ）　190
『最後の大君』（フィッツジェラルド）　212, 213
『最後の人間』（メアリー・シェリー）　73
『才女気取り』（モリエール）　42
『最大幸福庁』（ロイ）　345
『再臨』（イェイツ）　168
『詐欺師フェーリクス・クルルの告白』（マン）
　　181
『作者を探す六人の登場人物』（ピランデッロ）
　　171
作中作　150
『桜の園』（チェーホフ）　157, 159
『酒とハシッシュの比較』（ボードレール）　114
サダト大統領　312
『作家の日記』（ドストエフスキー）　123
サッカレー, ウィリアム　93, 105
『サックス博士』（ケルアック）　281
『雑多な短編集』（チェーホフ）　158
『サハリン島』（チェーホフ）　158, 159
『サバンナの蟻塚』（アチェベ）　297
『サファイラと奴隷娘』（キャザー）　179
サブンデ, ライムンド　27
『サマータイム』（クッツェー）　322
『さ迷えるスウィーニー』（ヒーニー訳）　321
「小夜啼鳥」（アンデルセン）　83
サラザール, アントニオ・デ・オリヴェイラ
　　305
サラマーゴ, ジョゼ　304-305
『サランボー』（フローベール）　118, 119
サリンジャー, J・D　300-301, 315
『サルガッソーの広い海』（リース）　207
サルトル, ジャン=ポール　119, 123, 254-257,
　　264
残虐行為を表現する　333
『サンクチュアリ』（フォークナー）　216,
　　217-218
『懺悔』（トルストイ）　129
サンゴール, レオポール・セダール　267
『サンザシ提灯』（ヒーニー）　321
38度線　331
『三四郎』（漱石）　172
『サント=ブーヴに反論する』（プルースト）
　　175
サンド, ジョルジュ　100
サント=ブーヴ, シャルル=オーギュスタン　80
『森浦へ行く道』（黄晳暎）　331

『三文オペラ』（ブレヒト／ヴァイル）　221
『しあわせな日々』（ベケット）　258
『シーシュポスの神話』（カミュ）　264
シェイクスピア, ウィリアム　32-37, 51, 106,
　　207, 221, 245, 307, 336
シェイクスピア, オリヴィア　197
『ジェイコブの部屋』（ウルフ）　191
ジェイムズ, ウィリアム　143
ジェイムズ, ヘンリー　119, 142-143
ジェイムズ1世および6世（イングランド国王）
　　36, 39
ジェイムズ2世（イングランド国王）　49, 53
『ジェイン・エア』（シャーロット・ブロンテ）
　　94, 97, 207
『ジェヴデット氏と息子たち』（パムク）　341
シェリー, パーシー・ビッシュ　15, 67, 73, 74,
　　99, 168
シェリー, メアリー　72-73, 74
『ジェルミナール』（ゾラ）　141
シェンキェヴィチ, ヘンリク　164
ジェンダー　45, 97, 312, 336
『詩学入門』（パウンド）　197, 198
『4月のたそがれ』（キャザー）　179
『色彩論』（ゲーテ）　62
『死刑囚最後の日』（ユゴー）　79
『事件の核心』（グリーン）　253
『地獄』（ストリンドベリ）　145
事実と空想　28
『使者たち』（ジェイムズ）　143
『静かな家』（パムク）　341
『死せるマッティア・パスカル』（ピランデッロ）
　　171
『自然観察』（ヒーニー）　321
自然主義　141, 145, 160, 165
『羊歯の丘』（トマス）　269
実存主義　123, 125, 254, 256, 257, 264
『シッダールタ』（ヘッセ）　62
ジッド, アンドレ　235
『室内楽』（ジョイス）　187
「失望」（ベーン）　45
『死と入り口』（トマス）　269
『自動車泥棒』（フォークナー）　215
児童書　154
自動筆記　168
『死の家の記録』（ドストエフスキー）　123
『死の床に横たわりて』（フォークナー）　218
『死の舞踏』（ストリンドベリ）　145
「死は支配することなかるべし」（トマス）　269
『自分だけの部屋』（ウルフ）　45, 190, 191
『脂肪の塊』（モーパッサン）　147
『締め出された女』（ピランデッロ）　171
シモン, クロード　271
『シャーリー』（シャーロット・ブロンテ）　97
社会改革　86, 88, 89
社会主義のリアリズム　343
『邪宗徒』（バイロン）　74
『ジャズ・エイジの物語』（フィッツジェラルド）
　　212
ジャズ小説　339

シャチヨン枢機卿, オデ・ド 24
『ジャック・エングルの生涯』（ホイットマン） 109
『ジャック・マッグズ』（ケアリー） 329
シャトーブリアン, フランソワ＝ルネ・ド 79
シャトレ夫人 55
「砂利の小道」 321
『ジャン・サントゥイユ』（プルースト） 175
『ジャングル・ブック』（キップリング） 154
『終焉』（アップダイク） 315
シュウォーツ, デルモア 272
自由間接話法 70, 119
宗教改革 22
宗教と詩 **205**
『周期律』（レーヴィ） 278, 279
『修道院回想録 バルタザルとブリムンダ』（サラマーゴ） 305
『十二夜』（シェイクスピア） 36
『十八編の詩』（トマス） 269
『自由への道』（サルトル） 256
『収容所群島』（ソルジェニーツィン） 275
『酒国』（莫言） 343
『守銭奴』（モリエール） 42
シュタイン, シャルロッテ・フォン 62
ジュネ, ジャン 256
『ジュリアス・シーザー』（シェイクスピア） 36
『ジュリエット』（マンロー） 310
シュルレアリスム 85, 145, 267, 338, 343
巡礼の旅 **18**
ジョイス, ジェイムズ **184–187**, 191, 198, 205, 228, 258, 260, 288, 307, 317
ショインカ, ウォーレ 309
『情事の終わり』（グリーン） 253
『少女と女性の人生』（マンロー） 310
『小説の技法』（クンデラ） 292
『冗談』（クンデラ） 292
象徴主義 85, 112, 115, 125, 145, 208, 256, 287
『少年キム』（キップリング） 154
『少年時代』（クッツェー） 322
『勝負の終わり』（ベケット） 258
『勝利』（コンラッド） 150, 153
ショー, ジョージ・バーナード 183, 258, 321
ジョージ4世 71
『初期作品集』（オースティン） 70
『序曲』（ワーズワス） 64, 66, 67
植民地主義 45, 51, 150, 152, 153, 257, 266, 267, 294, 297, 307, 324, 329, 336, 345
『叙景小品』（ワーズワス） 64
『女子刑務所――エジプト政治犯の獄中記』（エル・サーダウィ） 312
叙事的演劇 220–221
抒情歌謡 **67**
『抒情歌謡集』（ワーズワス） 66, 67, 98
女性
　ジェンダー 45, 97, 312, 336
　女性差別 312
　フェミニズム 257, 312
『諸世紀の伝説』（ユゴー） 80, 81

女性性器切除 312
『女性と性』（サーダウィ） 312
『女性の権利の擁護』（ウルストンクラーフト） 73
『女中の子』（ストリンドベリ） 145
ジョット・ディ・ボンドーネ **12**
ジョン・オブ・ゴーント 18, 20
ジョンソン, エスタ（ステラ） 53
ジョンソン, ベン 32, 37
ジョンソン博士, サミュエル・ジョンソン 39, 68
シラー, フリードリヒ 61, 63, **98**, 120
『白鷺』（ウォルコット） 307
『城』（カフカ） 194, 195
『白いジャケツ』（メルヴィル） 106
『白い城』（パムク） 341
「白い象のような山並み」（ヘミングウェイ） 229
『白孔雀』（ロレンス） 200
『白の闇』（サラマーゴ） 305
新感覚派 232
『神曲』（ダンテ） 12, **14–15**, 77
シング, J・M 321
『箴言と省察』（ゲーテ） 61
『人工楽園』（ボードレール） 114
新語創作 **247**
新古典主義 61, 62
人種差別 218, 219, 267, 291, 294, 309, 322, 325
『新生』（ダンテ） 12, 15
『審判』（カフカ） 195
神秘主義 168
新文化運動 183
人文主義 22, 24
『深夜の告白』（チャンドラー） 202
信頼できない語り手 **134**, 285
『親和力』（ゲーテ） 63
「水準器」（ヒーニー） 321
「水仙」（ワーズワス） 67, 336
スヴェーデンボリ, エマヌエル 115
スウィフト, ジョナサン **52–53**, 245
『素顔の仮面』（ピランデッロ） 171
『スクール・バッグ』（ヒーニー／ヒューズ編集） 320
スコット, ウォルター 71, 93, 120
ズコフスキー, ルイス 198
スターリン, ヨシフ 247, 251, 275
『スタールイ・ピーメン通りの家』（ツヴェターエワ） 208
スタール夫人 **98**
スターン, ローレンス 131, 329
スタイン, ガートルード 228
スタインベック, ジョン 215, 228, **242–243**
スタニスラフスキー, コンスタンチン 159
スタンダール **99**, 334
『スタンブール特急』（グリーン） 253
『スッカリーヤ』（マハフーズ） 263
スティーヴン, アデリーン・ヴァージニア →ヴァージニア・ウルフ
スティーヴンソン, ロバート・ルイス 85, **165**,

223
『ステーション島』（ヒーニー） 320
『ステラへの手紙』（スウィフト） 53
ストウ, ハリエット・ビーチャー **162**
ストーカー, ブラム 149
ストリンドベリ, アウグスト **144–145**
ストレイチー, ジャイルズ・リットン 190
スナイダー, ゲーリー 281
『砂の本』（ボルヘス） 224, 225
スパイ 45, 50, 208
スペイン
　衰退 **30**, 31
　内戦 230, 231, 246–247, 250, 251
　無敵艦隊 30, 31, 36
『すべての美しい馬』（マッカーシー） 317
『すべて前よりよし』（ピランデッロ） 171
スペンサー, エドマンド 34, 168
『スマイル・プリーズ』（リース） 207
スリナム 45
『スワン家の方へ』（プルースト） 175, 176, 177
『聖アントワーヌの誘惑』（フローベール） 118, 119
『西欧人の眼に』（コンラッド） 153
『静観詩集』（ユゴー） 80, 81
清教徒 132
『制作』（ゾラ） 141
政治
　インド 161, 345
　英国 50
　エジプト 312
　北アイルランド 318–321
　朝鮮半島, 韓国 331
　チリ 326
　トルコ 341
　ナイジェリア 297
　ポルトガル 305
　マルチニック島 267
　南アフリカ 322, 325
　ラテンアメリカ 289
　ロシア 120
聖トマス・ベケット 20
『ゼイナ』（エル・サーダウィ） 312
『聖なるソネット』（ダン） 39
『青年時代』（クッツェー） 322, 324
西部 317
『西部放浪記』 134
『精霊たちの家』（アジェンデ） 326
『セヴァストーポリ』（トルストイ） 128
『セヴィールのいたずら者』（ウォルコット） 307
ゼーバルト, W・G **332–335**
世界恐慌 202, 242
『セザール・ビロトー：ある香水商の隆盛と凋落』（バルザック） 77
セザンヌ, ポール **141**
『セシーリア』（バーニー） 68
セゼール, エメ **266–267**
『ゼチュアンの善人』（ブレヒト） 221
セッジムーアの戦い 49

『窃盗：ラブストーリー』（ケアリー） 329
『説得』（オースティン） 70, 71
『セバスチャン・ナイトの真実の生涯』（ナボコフ） 241
セラ, カミーロ・ホセ 300
セリーヌ, ルイ＝フェルディナン 298
セリム2世（スルタン） 28
セルカーク, アレキサンダー 51
セルバンテス, ミゲル・デ **28–31**, 51, 225, 283, 292, 305
禅 46
『千一夜物語』 86
『1914年8月』（ソルジェニーツィン） 275
『1916年復活祭』（イェイツ） 168
『1984年』（オーウェル） 247
『全詩集』（トマス） 269
『戦場の女たち』（アチェベ） 297
『戦争中の覚え書き』（ホイットマン） 111
『戦争と平和』（トルストイ） 127, 128, 129
『船長の詩』（ネルーダ） 251
『千羽鶴』（川端） 232
腺ペスト 50
疎外感 195
『俗論』（ダンテ） 14, 15
『族長の秋』（ガルシア＝マルケス） 289
『祖国と亡命』（アチェベ） 294, 297
『ソドムとゴモラ』（プルースト） 177
『ソネット集』（シェイクスピア） 34, 36
「その名は――秋」 132
ソビエト連邦 208, 257
　→ロシアも参照
ソフォクレス 221
ゾラ, エミール **140–141**, 143, 145, 147, 165
ソルジェニーツィン, アレクサンドル 123, **274–275**
『それから』（漱石） 172
「それでもわたしは立ちあがる」（アンジェロウ） 291
ソロー, ヘンリー・デイヴィッド 110, **162**
『存在と無』（サルトル） 254, 256
『存在の耐えられない軽さ』（クンデラ） 292
『客人（ソンニム）』（黄皙暎） 331

タ

ターナン, エレン（ネリー） 90–91
ダール, ロアルド **346**
『第一印象』（オースティン） 70
第一次世界大戦 228, 341
大恐慌時代 202
『退屈な話』（チェーホフ） 158
『第五列』（ヘミングウェイ） 230
『大佐に手紙は来ない』（ガルシア＝マルケス） 288
『第三之書パンタグリュエル』（ラブレー） 25
第二次世界大戦 199, 221, 224, 242, 256, 260, 261, 271, 276, 278–279, 285, 292, 333, 335
『第二の性』（ボーヴォワール） 257
『タイピー』（メルヴィル） 106

『台風』（コンラッド）　152
『第四の書パンタグリュエル』（ラブレー）　25
『大理石の牧神』（フォークナー）　217
『タウリスのイフィゲーニエ』（ゲーテ）　62
『誰がために鐘は鳴る』（ヘミングウェイ）　230, 231
ダグラス，フレデリック　291
ダグラス卿，アルフレッド・"ボジー"　149
タゴール，ラビンドラナート　160–161
タゴールの歌　161
「他者」　256
『ダスクランズ』　324, 325
『たそがれ』（ネルーダ）　248
『たそがれに』（チェーホフ）　158
タッソ，トルクァート　56
『タッソ』（ゲーテ）　62
『ダニエル・デロンダ』（エリオット）　105
『ダブリン市民』（ジョイス）　185, 187
『魂の中の死』（サルトル）　256
『ダマスカスへ』（ストリンドベリ）　145
『玉ねぎの皮をむきながら』（グラス）　285
『タマリンドの季節』（グディソン）　336
『タマレーン、その他』（ポー）　85
『タルチュフ』（モリエール）　42
『ダルマ行脚』（ケルアック）　281
『ダロウェイ夫人』（ウルフ）　189, 191
ダン，ジョン　38–39
ダンテ・アリギエーリ　12–15, 16, 18, 20, 77, 279, 307
探偵小説　84
ダンヌンツィオ，ガブリエーレ　234
ダンバー，ポール・ロレンス　291
耽美主義　148, 149
チーヴァー，ジョン　315
『小さきものたちの神』（ロイ）　345
チェインバーズ，ジェシー　200
チェーホフ，アントン　123, 156–159
チェスタトン，G・K　223
『地下街の人々』（ケルアック）　281
『地下室の手記』（ドストエフスキー）　122, 123
『地上のすみか』（ネルーダ）　250
『恥辱』（クッツェー）　322, 325
『父』（ストリンドベリ）　145
『血と暴力の国』（マッカーシー）　317
チャールズ1世（イングランド国王）　39, 40, 41
チャールズ2世（イングランド国王）　45
『チャイルド・ハロルドの遍歴』（バイロン）　74
『チャタレー夫人の恋人』（ロレンス）　200
チャンドラー，レイモンド　202–203
中英語　18
「中間休み」（ヒーニー）　320
中国
　西洋の影響　183
　文化大革命　343
『中国』（パウンド）　199
『宙ぶらりんの男』（ベロー）　272
超越主義　110
朝鮮半島、韓国

朝鮮戦争　331
歴史と政治　331
『町人貴族』（モリエール）　42
『懲罰詩集』（ユゴー）　80
チョーサー，ジェフリー　15, 18–21
チリの「革命」　326
追放者たち』（ジョイス）　187
ツヴェターエワ，マリーナ　208–209
『ツールの司祭』（バルザック）　77
月岡芳年　46
『月落ちぬ』（スタインベック）　242
『土を掘る』（ヒーニー）　321
『罪と罰』（ドストエフスキー）　122, 123
『罪の土地』（サラマーゴ）　305
ツルゲーネフ，イワン　147, 162
ディ・ジョバンニ，ノーマン・トーマス　225
『ディア・ライフ』（マンロー）　310
『デイヴィッド・コパフィールド』（ディケンズ）　62, 86, 88, 91
帝王韻律　21
ディキンソン，エミリー　132–133
ディケンズ，キャサリン　89, 90, 91
ディケンズ，チャールズ　62, 83, 85, 86–91, 93, 191, 207, 245, 288, 329
『ティコ・ブラーエの神への道』（ブロート）　192
『デイジー・ミラー』（ジェイムズ）　143
『ティジャンと兄弟たち』（ウォルコット）　307
ディズレーリ，ベンジャミン　89
『帝政論』（ダンテ）　15
ティラコー，アンドレ　24
ディラン，ボブ　153
「ティンターン・アベイ」（ワーズワス）　66
デヴァルー，ロバート（エセックス伯）　39
デーブリーン，アルフレッド　334
『テーベの埋葬』（ヒーニー）　320
『デカメロン』（ボッカッチョ）　16, 20
『出口なし』（サルトル）　256
『テス』（ハーディ）　136, 138, 139
デチサック司教，ジョフロワ　24
『哲学書簡』（ヴォルテール）　55
『鉄の時代』（クッツェー）　322
テニスン卿，アルフレッド　101, 143
デフォー，ダニエル　45, 48–51
デュ・カン，マクシム　118, 119
デュ・ボイス，W・E・B　291
デュヴァル，ジャンヌ　112, 114
デュジャルダン，エドゥアール　187
デュマ，アレクサンドル　100, 114
デュラス，マルグリット　270–271
『デュルオの虚栄』（ケルアック）　281
テルヴァ・リーマ（三韻句法）　15
『テレーズ・ラカン』（ゾラ）　141
テレビ　261
『伝奇集』（ボルヘス）　224, 225
『天上の喜び』（ケアリー）　329
テンプル，サー・ウィリアム　53
『テンペスト』（シェイクスピア）　32, 36
『転落』（カミュ）　264
ド・クインシー，トマス　334

ドイツ
　空襲　335
　ナチス　181, 199, 221, 260, 276, 278–279, 284–285, 292
　東ドイツ　221
ドイツ古典主義　61, 62
『塔』（イェイツ）　168
『塔』（黄皙暎）　331
『当意即妙』（パウンド）　197
ドゥーリトル，ヒルダ　197
トゥールーズ＝ロートレック，アンリ・ド　175
トウェイン，マーク　134–135, 288
『闘技士サムソン』（ミルトン）　41
闘牛　229–230
『同罪者』（ゲーテ）　61
登場人物
　繰り返し登場する　77, 315
　女性　97
　ディケンズ　88
　バイロン的英雄　74
『灯台へ』（ウルフ）　189, 191
『どうにも』（ベケット）　261
ドゥプチェク，アレクサンデル　292
『動物のいのち』（クッツェー）　325
『動物農場』（オーウェル）　205, 245, 247
『東方詩集』（ユゴー）　79
『透明な人参』（莫言）　343
『棟梁ソルネス』（イプセン）　125
『遠い我が家』（ケアリー）　329
ドーセット・ガーデン劇場（ロンドン）　45
『トーティヤ平』（スタインベック）　242
『トーニオ・クレーガー』（マン）　181
トーリー党　50
トールキン，J・R・R　237
トクヴィル，アレクシ・ド　329
ドス・パソス，ジョン　228, 257
ドストエフスキー，フョードル　120–123, 175, 195, 217
ドストエフスキー，ミハイル　120
『土星の環』（ゼーバルト）　334, 335
トバイアス・スモレット　86
『賭博者』（ドストエフスキー）　123
『徒歩旅行』（アンデルセン）　83
トマス，ディラン　268–269
ドミニカ　207
『トム・ソーヤーの冒険』（トウェイン）　134
ドライデン，ジョン　39, 45
ドラクロワ，ウジェーヌ　81, 114, 115
トラハーン，トマス　39
『ドリアン・グレイの肖像』（ワイルド）　149
『トリスタン・スミスの奇妙な人生』（ケアリー）　329
『トリスタン』（マン）　181
『トリストラム・シャンディ』（スターン）　329
『鳥の議会』（チョーサー）　21
ドルエ，ジュリエット　80
トルコ　341
トルストイ，レフ　126–129, 175, 288
ドレ，ギュスターヴ　25, 86

奴隷　45, 152, 162, 207, 267, 291, 309
『ドレイピア書簡』（スウィフト）　53
ドレフュス事件　141, 175
『トロイルスとクリセイデ』（チョーサー）　20, 21
『ドロシー・ワーズワスの日誌』（ドロシー・ワーズワス）　64
『ドン・カズムッホ』（マシャード・デ・アシス）　131
『ドン・キホーテ』（セルバンテス）　28, 30, 31, 51, 224
『ドン・ジュアン』（バイロン）　74
『ドンビー父子』（ディケンズ）　86, 88

ナ

『ナーシサス号の黒人』（コンラッド）　150
ナイジェリア　297
内的独白　127
ナチス　181, 199, 221, 242, 260, 276, 278–279, 284–285, 292, 335
『名づけえぬもの』（ベケット）　261
ナッシュ，トマス　34
『夏の夜の夢』（シェイクスピア）　35, 36
夏目漱石　172–173
『ナナ』（ゾラ）　141
ナボコフ，ウラジーミル　240–241, 334
ナポレオン1世　79, 80, 128
ナポレオン軍　63
『並には勝る女たちの夢』（ベケット）　260
南部ゴシック　317
南北戦争　110, 111, 132
『二巻の詩集』（ワーズワス）　67
『ニコラス・ニコルビー』（ディケンズ）　88, 89
『虹』（ロレンス）　200
西山宗因　46
『二十五編の詩』（トマス）　269
『二十の愛の詩と一つの絶望の歌』（ネルーダ）　248, 250
『偽殉教者』（ダン）　39
『尼僧への鎮魂歌』（フォークナー）　218
日曜日の急進者たち　105
日中戦争　343
『二都物語』（ディケンズ）　86, 90
日本、明治　172
ニュートン，アイザック　55
『ニューヨーカー』誌　315
『人形の家』（イプセン）　125
「人魚姫」　83
『人間喜劇』（バルザック）　76, 77, 141
『人間の鎖』（ヒーニー）　320, 321
ヌーヴォーロマン　271
『ヌマンシアの攻囲』（セルバンテス）　30
『ねえジョウ』（ベケット）　261
ネーデルランド　45
ネグリチュード　266, 267
『猫と鼠』（グラス）　285
『ねじの回転』（ジェイムズ）　143
ネルーダ，パブロ　248–251

農奴制　120, **157**
『ノーサンガー僧院』(オースティン)　68, 71
『ノートル=ダム・ド・パリ』(ユゴー)　79, 81
『野ざらし紀行』(芭蕉)　46
『ノストローモ』(コンラッド)　153
『民主主義の展望』　110
『ノルウェイの森』(村上)　339

ハ

パーカー, ドロシー　190
パーキンス, マックスウェル　**210**, 212
バース　**70**
ハーストン, ゾラ・ニール　291
『ハーツォグ』(ベロー)　272
ハーディ, トーマス　**136–139**
『ハード・タイムズ』(ディケンズ)　90
パートリッジ, ジョン　53
バーニー, ファニー　**68**
ハーバート, ジョージ　39
『ハーベイ川から』(グディソン)　336
ハーリー, ロバート　50
『バール』(ブレヒト)　221
ハーレム・ライターズ・ギルド　291
俳句　**46**
『バイナ・アル・カスライン』(マハフーズ)　263
ハイネ, ハインリヒ　**99**
バイロン卿, ジョージ・ゴードン　67, 73, **74–75**, 85, 93, 191, 207
バウアー, フェリーツェ　**192–194**, 195
『パウラ, 水泡なすもろき命』(アジェンデ)　326
パウンド, エズラ　185, 186, 187, 191, **196–199**, 205, 228, 322
『蠅』(サルトル)　256
『墓の彼方の回想』(シャトーブリアン)　79
『白鯨』(メルヴィル)　106
莫言　**342–343**
『白人の文学：南アフリカの文字文化』(クッツェー)　325
『白痴』(ドストエフスキー)　120, 123
『薄明の歌』(ユゴー)　79
ハサウェイ, アン　32, 37
『走ることについて語るときに僕の語ること』(村上)　339
『走れウサギ』(アップダイク)　315
パス, オクタビオ　**299**
パステルナーク, ボリス　**237**
「裸の王様」(アンデルセン)　83
『八月の光』(フォークナー)　218
破調の詩　**132**
『二十日ねずみと人間』(スタインベック)　242
『ハックルベリー・フィンの冒険』(トウェイン)　134
『ハッピーエンド』(ブレヒト／ヴァイル)　221
『鳩の翼』(ジェイムズ)　143
『花咲く乙女たちのかげに』(プルースト)　176, 177
バニヤン, ジョン　93
『ハバナの男』(グリーン)　253

『パミラ、あるいは淑徳の報い』(リチャードソン)　70
パムク, オルハン　**340–341**
『ハムレット』(シェイクスピア)　35, 36
ハメット, ダシール　202
『バラ：詩』(グディソン)　336
バランキージャ・グループ　288
『葉蘭をそよがせよ』(オーウェル)　246
パリ
　サロン(美術展覧会)　**115**
　第三共和政　175
『パリ、ロンドンに落ちぶれて』(オーウェル)　246, 247
『パリの憂鬱』　114
バルガス・リョサ, マリオ　289, **346**
バルザック, オノレ・ド　**76–77**, 141
バルト, ロラン　283
『パルナッソス山への旅』(セルバンテス)　31
パレスチナ　257
バロウズ, ウィリアム　281
バローズ, エドガー・ライス　154
『パロットとオリビエ、アメリカに行く』(ケアリー)　329
『パロマー氏』(カルヴィーノ)　283
ハワース牧師館　93, 94, 95
『判決』(カフカ)　194
犯罪小説　84, 202
反宗教改革　30
ハンスドン卿　34
『パンタグリュエル物語』(ラブレー)　22, **24**, 25
バンティング, バジル　198
反ユダヤ主義　141, 175, 196, 199, 257
『万里の長城』(カフカ)　195
『伴侶』(ベケット)　261
『ピアノ・レッスン』(マンロー)　310
ビアフラ独立戦争　296, 297
『ピーサ詩編(キャントーズ)』　199
ビーチ, シルヴィア　187
ビート族　280, 281
ヒーニー, シェイマス　307, **318–321**
ピエール・アミ　24
ビオイ=カサーレス, アドルフォ　223, **225**
『日陰者ジュード』(ハーディ)　136, 138, 139
ヒギンソン, トーマス・ウェントワース　132
『ピクウィック・ペーパーズ』(ディケンズ)　86, 88, 90, 91
ビクトリア朝時代のロンドン　86, 88, 90
非国教徒　49, 50
『非国教徒処理捷径』(デフォー)　50, 51
『ビザンティウムへの船出』(イェイツ)　168
ビショップ, エリザベス　**299**
ピジン　294
『非政治的人間の考察』(マン)　181
非線形　287, 310
非線形の物語　287, **310**
『ビッグ・サー』(ケルアック)　281
ピットマン, ヘンリー　51
「ひとつの私案」(スウィフト)　53
ヒトラー, アドルフ　181, 199, 224, 276

ピノチェト将軍, アウグスト　251, 289, 326
『日はまた昇る』(ヘミングウェイ)　226, 228, 229, 231
『響きと怒り』(フォークナー)　216, 217, 218
『百年の孤独』(ガルシア=マルケス)　287, 288–289
『ヒュー・セルウィン・モーバリ』(パウンド)　198, 199
ヒューズ, テッド　205, 320
「ヒューズの一冊の詩集　テッド・ヒューズを偲んで」(ヒーニー)　318
『ヒューマン・ファクター』(グリーン)　253
ヒューム, T・E　197
ビュデ, ギヨーム　24
ビュトール, ミシェル　271
表現主義　145, 195, 232
氷山理論　**226**
『漂着物』(ボードレール)　114
『ビラヴド』(モリスン)　309
『ひらめ』(グラス)　285
ピランデッロ, ルイージ　**170–171**
『ビリー・バッド』(メルヴィル)　106
『ビルマの日々』(オーウェル)　245, 246
『ヒロシマ, 私の恋人』(デュラス)　271
「瓶から出た手記」(ポー)　85
ピンター, ハロルド　269
ピンチョン, トマス　241, **347**
『ファウスト』(ゲーテ)　61, 62, 63
『ファウストゥス博士』(マン)　181
ファシズム　**199**
　イタリア　**171**, 199, 276, 278
　ドイツ　181, 199
　ポルトガル　305
　→ナチズムも参照
ファノン, フランツ　267
『プアハウス・フェア』(アップダイク)　315
黄皙暎(ファン・ソギョン)　**330–331**
フィールディング, ヘンリー　**57**, 70, 86, 245
フィオレッリ, チベリオ　42
フィッツジェラルド, F・スコット　**210–213**, 228
フィッツジェラルド, ゼルダ　210, 212, 213
『フィネガンズ・ウェイク』(ジョイス)　187, 258
風刺　53
プーシキン, アレクサンドル　120, **122**
『ブエノスアイレスの熱狂』(ボルヘス)　223
「フェノメナル・ウーマン」(アンジェロウ)　291
フェミニズム　257, 312
『フェリーツェへの手紙』(カフカ)　194
フェリーペ2世(スペイン国王)　30, 36
フェリーペ3世(スペイン国王)　30
フォークナー, ウィリアム　**214–219**, 288, 289, 317, 343
フォースター, E・M　190, 191
フォースター, ジョン　90, 91
フォード, フォード・マドックス　207, 324
フォンターネ, テオドール　**162**
フガード, アソル　309

『武器の影』(黄皙暎)　331
『武器よさらば』(ヘミングウェイ)　228, 229, 231
『ふくろう党』(バルザック)　77
『不在の騎士』(カルヴィーノ)　283
『不思議の国のアリス』(キャロル)　163
不条理　101, 171, 258, 260, 264, 272
不条理劇　**258**
ブストス=ドメック, H →ボルヘス
二折判(フォリオ)　**32**
「二つの心臓の大きな川」(ヘミングウェイ)　226, 228
『復活』(トルストイ)　129
フッサール, エドムント　254
『ブデンブローク家の人々』(マン)　181
『船出』(ウルフ)　190, 191
『プニン』(ナボコフ)　241
普仏戦争　147
『不滅』(クンデラ)　292
『部門別の歌』(キップリング)　154
『冬の夜ひとりの旅人が』(カルヴィーノ)　283
『冬を生きぬく』(ヒーニー)　318
フライ, ロジャー　190
『ブライトン・ロック』(グリーン)　253
ブラウニング, エリザベス・バレット　**101**
ブラウン, ハブロット・K　90
ブラジルの第二帝政期　131
『ブラス・クーバスの死後の回想』(マシャード・デ・アシス)　131
プラス, シルヴィア　15, **301**
『ブラック・マスク』(雑誌)　**202**
『ブラッド・メリディアン：あるいは西部の夕日の赤』(マッカーシー)　317
プラハの春　257, 292
『ブラン』(イプセン)　125
『フランクリン・エヴァンズ』(ホイットマン)　110
『フランケンシュタイン』(メアリー・シェリー)　**73**
フランシス・フォード・コッポラ　153
「フランシス・マコーマーの幸福な短い生涯」(ヘミングウェイ)　230
ブランシュ(ランカスター公夫人)　18–20
フランス
　フランス革命　64, 66, 79, **80**, 90
　レジスタンス　256, 260, 261, 264, 271
　ロマン主義運動　79, 98
フランソワ1世(フランス国王)　24–25
ブラント, ヴィリー　285
フリードリヒ2世(プロセイン国王)　55
フリール, ブライアン　321
『プリオキュペイション』(ヒーニー)　320
『ブリキの太鼓』(グラス)　284, 285
『プリズマ』(文芸誌)　223
ブル, オーレ　125
ブルー, アニー　**346**
プルースト, マルセル　**174–177**, 288, 334
プルーストの文章　**177**
「プルーフロックの恋歌」(エリオット)　205

ブルーム, アラン **272**
ブルームズベリー・グループ **190, 191**
フルシチョフ, ニキータ 275
「ブルックリン・イーグル」（ホイットマン編）
　109
ブルトン, アンドレ 267
ブレア, エリック・アーサー →オーウェル
ブレイク, ウィリアム **98**
フレッチャー, ジョン 36–37
フレデリク6世（デンマーク王）83
ブレヒト, ベルトルト **220–221**
『プロア』（文芸誌）223
フロイト, ジークムント 123, 190
ブローク, アレクサンドル 208
ブローティガン, リチャード 339
ブロート, マックス **192,** 194, 195
フローベール, ギュスターヴ **117–119,** 143,
　147, 175, 245, 257
フロスト, ロバート **235**
ブロツキー, ヨシフ 307, 320
『ブロディーの報告書』（ボルヘス）224, 225
ブロンテ, アン 93, 94, **95,** 96, 97
ブロンテ, エミリー **92–97,** 191
ブロンテ, シャーロット **92–97,** 191, 207
ブロンテ, パトリック 93, 95, 97
ブロンテ, ブランウェル 93, 94, 97
文学革新運動シュトゥルム・ウント・ドラング
　62
文学のなかの方言 **200**
『文化果つるところ』（コンラッド）152
『分身』（ドストエフスキー）120
『分別盛り』（サルトル）256
『分別と多感』（オースティン）70, 71
『フンボルトの贈り物』（ベロー）272
ヘイウッド, ジョン 39
『兵士の報酬』（フォークナー）217
『兵舎のバラード』（キップリング）154
『ベーオウルフ』（ヒーニー訳）320, 321
ベーデン＝パウエル, ロバート 154
『ペール・ギュント』（イプセン）125
ベーン, アフラ **44–45**
ベガ, ロペ・デ **56**
ベケット, サミュエル 130, 187, 225, 256,
　258–261, 269, 283, 321, 324
『ペスト』（カミュ）264
ペソア, フェルナンド **236**
ヘッセ, ヘルマン 62, **236**
『ヘッダ・ガブラー』（イプセン）125
『ベッポ』（バイロン）74
ベトナム戦争 242, 254, 257
ペトラシェフスキー・サークル 120, 122
ペトラルカ 16
ペドロ2世（ブラジル皇帝）131
ヘミングウェイ, アーネスト 123, 187, 210,
　215, 217, **226–231,** 288
『ベラミ』（モーパッサン）147
ベル, ヴァネッサ 189, 190, 191
ベル, クライヴ 190, 191
ベル, ハインリヒ **300**

『ペルシレス』（セルバンテス）31
『ヘルマンとドローテア』（ゲーテ）63
ベルンハルト, トーマス 334
ベレー, ギヨーム・デュ 24
ベレー, ジャン・デュ 24, 25
ペレス・ガルドス, ベニート **164**
ペレック, ジョルジュ 283, **347**
『ヘレナ』（マシャード・デ・アシス）131
ベロー, ソール **272–273**
『ヘロディア』（フローベール）118, 119
ペロン, フアン 224
「ベン・バルベン山の下で」（イェイツ）168
『弁証法的理性批判』（サルトル）256
『変身』（カフカ）192, 194
『変身』（メアリー・シェリー）73
『ベンド・シニスター』241
ヘンリー4世（イングランド国王）21
『ヘンリー4世』（シェイクスピア）35
『ヘンリイ四世』（ピランデッロ）171
『ヘンリー5世』（シェイクスピア）35
『ヘンリー6世』（シェイクスピア）34, 36
『ヘンリー8世』（シェイクスピア／フレッチャー）
　37
ホイッグ党 **50,** 53
ホイッスラー, ジェームズ・アボット・マクニー
　ル 149
ホイットマン, ウォルト **108–111,** 250
『ホイットマン自選日記』（ホイットマン）111
『ボヴァリー夫人』（フローベール）117,
　118–119
ポー, エドガー・アラン **84–85,** 114
ボーヴォワール, シモーヌ・ド 254, 256, **257**
ホークス, ハワード 219
『ボース』（リース）207
ホーソーン, ナサニエル 85, **100,** 106
ボードレール, シャルル **112–115**
ポープ, アレクサンダー 106
『ポームズ・ペニーチ』（ジョイス）187
『牧師館物語』105
ポクラン, ジャン＝バチスト →モリエール
『埃にまみれた旗』（フォークナー）217
『星形のスパナ』（レーヴィ）278, 279
ポスト印象派 190
ポスト構造主義 85
ポストコロニアル文学 207
ポストモダニズム 207, 343
ポストモダンの物語 **322,** 325
『ボストンの人々』（ジェイムズ）143
『ボズのスケッチ集』（ディケンズ）88, 90
『墓地への侵入者』（フォークナー）218, 219
ボッカッチョ, ジョヴァンニ **16–17,** 18, 20
ボッティチェリ, サンドロ 12
ボニファティウス8世（ローマ教皇）14
『誉れの家』（チョーサー）20, 21
ホメロス、ホメーロス 93, 186, 187, 307
ポリドリ, ジョン 73
ポルティナーリ, ベアトリーチェ 12, 14
ボルヘス, ホルヘ・ルイス **222–225,** 283,

　305, 334
ホロコースト 276, 278–279, 333, 334, 335

マ

マーヴェル, アンドルー 39
『マーシェンカ』（ナボコフ）241
『マーディ』（メルヴィル）106
マーティン・エイミス 241
『マーティン・チャズルウィット』（ディケンズ）
　88
マーティン, ジョン 36
『マーフィ』（ベケット）260, 261
マーロウ, クリストファー 34, 35–36, **56–57,**
　150
『マイ・アントニーア』（キャザー）179
『マイケル・K』（クッツェー）325
マカラーズ, カーソン **300**
『マギー・カシディ』（ケルアック）281
マクスウェル, ウィリアム 315
『マクベス』（シェイクスピア）36, 37
マクラヴァティ, マイケル 320
マクローン, ジョン 89
マジックリアリズム 225, 285, 287, 289, 326,
　338, 339, 343
『真面目が肝心』（ワイルド）149
マシャード・デ・アシス, ジョアキン・マリア
　130–131
『貧しき人びと』（ドストエフスキー）120, 123
マスネ, ジュール 119
『マチュ・ピチュの頂』（ネルーダ）250, 251
松尾芭蕉 **46–47**
マッカーシー, コーマック **316–317**
『マッケンジー氏と別れてから』（リース）207
『まっぷたつの子爵』（カルヴィーノ）283
マティス, アンリ 190
マネ, エドゥアール 115
『魔の山』（マン）181
『マハゴニー市の興亡』（ブレヒト／ヴァイル）
　221
マハフーズ, ナジーブ **262–263**
『ママ・グランデの葬儀』（ガルシア＝マルケス）
　288
『ママと私とママ』（アンジェロウ）291
マルクス主義 183, 220, 257, 299
マルグリット・ド・ナヴァル 24
マルコムX 267, 291
マルチニック島 267
『マロウンは死ぬ』（ベケット）261
マン, トーマス **180–181**
マン, ハインリヒ **181**
『マンスフィールド・パーク』（オースティン）
　71
マンスフィールド, キャサリン **236**

マンゾーニ, アレッサンドロ **99**
マンデラ, ネルソン 294, 296, 325
マンロー, アリス **310–311**
『見出された時』（プルースト）177
『見えない都市』（カルヴィーノ）283
三島由紀夫 **232, 301**
『ミス・カリプソ』（アンジェロウ）291
ミストラル, ガブリエラ **248**
『ミダック横町』（マハフーズ）263
『見ちがい言いちがい』（ベケット）261
『道草』（漱石）172
『三つの短編と十の詩』（ヘミングウェイ）228
『三つの物語』（フローベール）119
『密偵』（コンラッド）153
『緑色の小人』（シャーロット・ブロンテ）95
「緑の夜に」（ウォルコット）307
『ミドルマーチ』（エリオット）105
『見慣れた世界』（黄皙暎）331
ミラー, ヘンリー 246
ミル, ジョン・スチュアート 105
『ミルクの森で』（トマス）269
ミルトン, ジョン **40–41,** 51, 93, 106, 191,
　207, 307
ミレー, ジョン・エヴァレット 35
『ミレーナへの手紙』（カフカ）194
『民衆の中の男』（アチェベ）297
『無為の時』（バイロン）74
『無意味の祝祭』（クンデラ）292
ムージル, ローベルト **236**
『無垢の博物館』（パムク）341
『無限の人間の試み』（ネルーダ）248
『無邪気者の外遊記』（トウェイン）134
『息子と恋人』（ロレンス）200
ムッソリーニ, ベニート 171, 199, 276
村上春樹 **338–339**
ムンク, エドヴァルド 144
メアリー（イングランド女王）49
『明暗』（漱石）172
『迷宮』（ボルヘス）225
『迷宮の将軍』（ガルシア＝マルケス）288
明治時代 **172**
『名人』（川端）232
名誉革命 50
『名誉領事』（グリーン）253
メーテルリンク, モーリス **234**
『目眩まし』（ゼーバルト）334
メソッド 159
メルヴィル, ハーマン 85, **106–107,** 288
毛沢東 343
『燃えつきた人間』（グリーン）253
モートン, チャールズ 49
モーパッサン, ギ・ド 119, **146–147**
モーム, W・サマセット 245
目撃者 **279**
モスクワ芸術座 158, 159
モダニズム 168, 189, 197, 204, 205, 207, 226,
　232, 257, 258, 261, 264
『ものの奥を見る』（ヒーニー）321

『もはや安楽なし』(アチェベ) 297
『模範小説集』(セルバンテス) 31
モラーヴィア, アルベルト **299**
モリエール **42–43**
モリス, ウィリアム 18
モリスン, トニ **308–309**
『森の精』(チェーホフ) 159
『モル・フランダーズ』 50, 51
「モルグ街の殺人」(ポー) 85
『モロイ』(ベケット) 261
モロー, ジャック=ジョセフ 114
『門』(漱石) 172
『モンキー山の夢』(ウォルコット) 307
モンテーニュ, ミシェル・ド **26–27**, 175
モンマスの反乱 49

ヤ

『ヤコブとその兄弟』(マン) 181
『野生の棕櫚』(フォークナー) 217, 218
『病は気から』(モリエール) 42
『山の音』(川端) 232
『闇の奥』(コンラッド) 150, 152, 153, 294
『闇の中の航海』(リース) 207
『ヤヤ・ガルシア』(マシャード・デ・アシス) 131
『柔らかい月』(カルヴィーノ) 283
ユイスマンス, ジョリス=カルル **165**
『夕べのアルバム』(ツヴェターエワ) 208
『夕べの散策』(ワーズワス) 64
『猶予』(サルトル) 256, 257
『幽霊』(イプセン) 125
『幽霊ソナタ』(ストリンドベリ) 145
『雪国』(川端) 232
「雪の女王」(アンデルセン) 83
ユゴー, ヴィクトール **78–81**
ユゴー, レオポルディーヌ 80
ユダヤ主義 194
ユニテリアン主義 205
『夢の劇』(ストリンドベリ) 145
『ユリシーズ』(ジョイス) 185, 186–187, 191, 205, 258
『よいおじいちゃんぶり』(ユゴー) 81
「養育」(ヒーニー) 320
「陽光」(ヒーニー) 318
『妖精の庭』(キャザー) 179
『幼年時代』(トルストイ) 127, 129
『ヨーロッパ人』(ジェイムズ) 143
『善き女の愛』(マンロー) 310
『予告された殺人の記録』(ガルシア=マルケス) 288, 289
『汚れた手』(サルトル) 256, 257
四折判 **32**
『四つの四重奏』(エリオット) 205
『夜打つ太鼓』(ブレヒト) 221
『夜と昼』(ウルフ) 190, 191
『夜は優し』(フィッツジェラルド) 213
47年グループ 285

ラ

ラ・ファイエット夫人 **57**
『ラ・ファンファルロ』(ボードレール) 114
ラ・フォンテーヌ, ジャン・ド **57**
ラーゲルレーヴ, セルマ **165**
ライマーズ・クラブ 168
『ラヴェルスタイン』(ベロー) 272
『楽園回復』(ミルトン) 41
『楽園喪失』(ミルトン) 40, 41
『楽園のこちら側』(フィッツジェラルド) 210, 212
ラジオ 261, **269**
ラシュディ, サルマン 289, **349**
ラスキン, ジョン 175
『螺旋階段ほかの詩』(イェイツ) 168
ラッジ, オルガ 199
ラテンアメリカ文学ブーム 289
ラドクリフ, アン 120
『ラトル・バッグ』(ヒーニー／ヒューズ編集) 320
「ラビンドラ・サンギート」(タゴール) 161
ラブレー, フランソワ **22–25**, 106, 292
「ラレグロ(快活な人)」(ミルトン) 41
ランペドゥーザ, ジュゼッペ・トマージ・ディ **298**
ランボー, アルチュール 85, 115, **165**
『リア王』(シェイクスピア) 36
リアリズム, 写実主義 117, **125**, 171, 223, 285
  転覆 **292**
リース, ジーン **206–207**
リード, キャロル 253
リード, チャールズ 245
リゴー, イアサント 57
『リシダス』(ミルトン) 41
リズリー, ヘンリー(サウサンプトン伯) 34
リチャード2世(イングランド国王) 18, 20, 21
『リチャード2世』(シェイクスピア) 35
『リチャード3世』(シェイクスピア) 34
リチャードソン, サミュエル 70
『立候補者』(フローベール) 119
『リトル・ドリット』(ディケンズ) 88, 90
『リュイ・ブラース』(ユゴー) 80
『緑樹の陰で』(ハーディ) 138
リルケ, ライナー・マリーア **235**
リンカーン, エイブラハム 110
リンド, イェニイ 83
ルイ・ナポレオン(皇帝) 80
ルイ・フィリップ(フランス王) 80
『ルイ・ランベール』(バルザック) 77
ルイス, ウインダム 191, 197
ルイス, ジョージ・ヘンリー 105
『ルークリースの陵辱』(シェイクスピア) 34
『ルーゴン・マッカール叢書』(ゾラ) 141
「ルーシー詩編」(ワーズワス) 66
ルソー, ジャン=ジャック **57**
『ルネ』(シャトーブリアン) 79
ルネサンス 16, 30, 32, 36, 39

「ルペルクスの岩屋」(ヒューズ) 320
『レ・ミゼラブル』(ユゴー) 79, 80, 81
「霊魂不滅を暗示するオード」(ワーズワス) 66, 67
『令嬢ジュリー』(ストリンドベリ) 145
『0度の女 死刑囚フィルダス』(サーダウィ) 312
レーヴィ, プリーモ **276–279**, 333
レーニン, V・I 251
レオポルド2世(ベルギー王) 152
レッシング, ドリス **301**
レパントの海戦 28–30
『煉獄のなかで』(ソルジェニーツィン) 275
ロイ, アルンダティ **344–345**
ロウエル, ロバート 320
『老人と海』(ヘミングウェイ) 230, 231
「ロード・ジム」(コンラッド) 150, 152, 153
『ローマ悲歌』(ゲーテ) 62
『ローラのオリジナル』(ナボコフ) 241
『六号病棟』(チェーホフ) 158
『ロクサーナ』(デフォー) 51
ロシア
  政治 **120**
  農奴 **157**
  ロシア革命 208, 241, 247, 275
  →ソビエト連邦も参照
『路上』(ケルアック) 280, 281
魯迅 **182–183**, 343
ロス, フィリップ 315, **346**
ロスト・ジェネレーション →失われた世代
ロセッティ, クリスティーナ **163**
ロセッティ, ダンテ・ゲイブリエル 149
『ロビンソン・クルーソー』(デフォー) 45, 50, 51
ロベルト賢明王(ナポリ王) 16
ロマン主義 61, 62, 64, 74, 79, 85, 98, 112, 117, 131, 168
『ロミオとジュリエット』(シェイクスピア) 35
『ロリータ』(ナボコフ) 241
ロレンス, D・H **200–201**, 245, 246, 336
「ロングアイランダー」(ホイットマン編) 109
ロンドン, ジャック 245

ワ

ワーグナー, リヒャルト 114
ワーズワス, ウィリアム **64–67**
ワーズワス, ドロシー **64**, 66, 67
『ワーニャ伯父さん』(チェーホフ) 159
『ワイガン波止場への道』(オーウェル) 246, 247
ワイルダー, ビリー 213
ワイルド, オスカー **148–149**, 258
『若い芸術家の肖像』(ジョイス) 185, 186, 187
『我が偽りの人生』(ケアリー) 329
『わが界隈の子供たち』(マハフーズ) 263
『わが悲しき娼婦たちの思い出』(ガルシア=マルケス) 287, 289
『若きヴェルテルの悩み』(ゲーテ) 61–62

『吾輩は猫である』(漱石) 172
『わたしじゃない』(ベケット) 261
『わたしたち死んだものが目覚めたら』(イプセン) 125
『わたしの名は紅』(パムク) 341
『わたしはわたしの母になる』(グディソン) 336
『笑いと忘却の書』(クンデラ) 292
『ワルツは私と』(ゼルダ・フィッツジェラルド) 212
『我らが不満の冬』(スタインベック) 242
『われらの時代に』(ヘミングウェイ) 229, 231
『われらの友』(ディケンズ) 91
『われらの一人』(キャザー) 179
《ワンダーランド》(ストリンドベリ) 145

Acknowledgments（謝辞／図版クレジット）

Cobalt id would like to thank Helen Peters for indexing. The publisher would like to thank the following for their kind permission to reproduce their photographs:

(Key: a-above; b-below; c-centre; l-left; r-right; t-top)

2 Getty Images: Stock Montage / Contributor (c). 3 Alamy Stock Photo: maurice joseph (c). 5 Getty Images: ullstein bild Dtl. / Contributor (c). 12 Getty Images: Fine Art / Contributor (ca). 12 Alamy Stock Photo: ART Collection (crb). 13 Getty Images: UniversalImagesGroup / Contributor (c). 14 Getty Images: DEA / G. DAGLI ORTI / Contributor (c). DEA / A. DAGLI ORTI / Contributor (b). 15 Alamy Stock Photo: Alexei Fateev (tl). 15 Getty Images: De Agostini Picture Library / Contributor (cr). 16 Alamy Stock Photo: Hemis (bl). 16 Getty Images: Heritage Images / Contributor (crb). 17 Getty Images: Leemage / Contributor (c). 18 Alamy Stock Photo: Art Collection 3 (cb). jamesjagger / StockimoNews (crb). 19 Alamy Stock Photo: Classic Image (c). 20 Getty Images: UniversalImagesGroup / Contributor (tl). Fine Art Photographic / Contributor (b). 20-21 Getty Images: David Goddard / Contributor (tr). 21 Bridgeman Images: © Christie's Images (cr). 22 Alamy Stock Photo: Hemis (cla). ART Collection (crb). 23 Bridgeman Images: Chateau de Versailles, France (c). 24 TopFoto: Roger-Viollet (tl). 24 Getty Images: Heritage Images / Contributor (tr). DEA / V. PIROZZI / Contributor (bl). 25 Getty Images: DEA / J. E. BULLOZ / Contributor (br). 26 Getty Images: Christophel Fine Art / Contributor (c). 27 Alamy Stock Photo: Hemis (bl). 27 Getty Images: Culture Club / Contributor (br). 28 Getty Images: Leemage / Contributor (ca). Culture Club / Contributor (b). 29 Alamy Stock Photo: Granger Historical Picture Archive (c). 30 Getty Images: ullstein bild Dtl. / Contributor (tl). CURTO DE LA TORRE / Stringer (tr). Photo Josse/ Leemage / Contributor (br). 31 Alamy Stock Photo: robertharding (br). 32 Alamy Stock Photo: DavidCC (cla). 32 Getty Images: Scott Barbour / Staff (crb). 33 Getty Images: Fine Art / Contributor (c). 34 Alamy Stock Photo: Falkenstein / Bildagentur-online Historical Collect (tc). North Wind Picture Archives (cl). 35 Alamy Stock Photo: Hirarchivum Press (t). 36 Getty Images: Print Collector / Contributor (cl). DEA PICTURE LIBRARY / Contributor (b). 37 Alamy Stock Photo: ART Collection (tr). Michael Brooks (b). 38 Bridgeman Images: National Portrait Gallery, London, UK (c). 39 Getty Images: Culture Club / Contributor (cla). De Agostini Picture Library / Contributor (cr). Universal History Archive / Contributor (br). 40 Getty Images: DEA PICTURE LIBRARY / Contributor (tr). 41 Getty Images: PHAS / Contributor (tr). 41 Alamy Stock Photo: PjrStatues (bl). parkerphotography (br). 42 Alamy Stock Photo: Lebrecht Music and Arts Photo Library (tr). 42 Getty Images: Photo Josse / Leemage / Contributor (br). 43 Getty Images: Photo Josse / Leemage / Contributor (c). 44 Alamy Stock Photo: Artokoloro Quint Lox Limited (c). 45 Bridgeman Images: London Metropolitan Archives, City of London (tr). 45 Alamy Stock Photo: Peter Horree (br). 46 Alamy Stock Photo: PersimmonPictures.com (bl). JTB MEDIA CREATION, Inc. (crb). 47 Getty Images: Apic / RETIRED / Contributor (c). 48 Getty Images: Stock Montage / Contributor (c). 49 Getty Images: Print Collector / Contributor (tl). 49 Alamy Stock Photo: Peter Horree (br). 50 Alamy Stock Photo: Florilegius (tc). 50 Getty Images: Culture Club / Contributor (bl). 51 Alamy Stock Photo: AF Fotografie (t). 51 Getty Images: MARTIN BERNETTI / Staff (b). 52 Alamy Stock Photo: Ian Dagnall (tr). 53 Alamy Stock Photo: Ian Dagnall (bl). AF Fotografie (cra). Chronicle (br). 54 Getty Images: Photo Josse / Leemage / Contributor (c). 55 Bridgeman Images: Wallace Collection, London, UK (cr). 55 Getty Images: AFP / Stringer (br). 56 Alamy Stock Photo: Classic Image (bc). 57 Getty Images: Christophel Fine Art / Contributor (tl). 60 Alamy Stock Photo: Heritage Image Partnership Ltd (c). 61 Alamy Stock Photo: Novarc Images (bl). 61 Getty Images: Ulrich Baumgarten / Contributor (br). 62 Alamy Stock Photo: FALKENSTEINFOTO (cl). 62 Getty Images: Heritage Images / Contributor (br). 63 Getty Images: DEA PICTURE LIBRARY / Contributor (tl). 63 akg-images: Joseph Martin (br). 64 Alamy Stock Photo: Simon Whaley Landscapes (cl). 64 Getty Images: Culture Club / Contributor (crb). 65 Alamy Stock Photo: Granger Historical Picture Archive (c). 66 Alamy Stock Photo: SuperStock (tl). Richard Allen (clb). 66 Alamy Stock Photo: Olaf Protze / Contributor (br). 67 Alamy Stock Photo: nobleIMAGES (ca). Paul Fearn (c). 67 Alamy Stock Photo: Pictorial Press Ltd (crb). 68 Alamy Stock Photo: Peter Titmuss (bl). 68 Getty Images: Culture Club / Contributor (tc). DEA PICTURE LIBRARY / Contributor (br). 69 Bridgeman Images: Private Collection (c). 70 Alamy Stock Photo: Ruby (tl). 70 Bridgeman Images: Private Collection / The Stapleton Collection (bc). 71 Alamy Stock Photo: Steve Vidler (t). 71 Bridgeman Images: British Library, London, UK / © British Library Board. All Rights Reserved (br). 72 Getty Images: Heritage Images / Contributor (c). 73 Getty Images: DEA / G. DAGLI ORTI / Contributor (bl). 73 Alamy Stock Photo: Everett Collection Inc (crb). 74 Alamy Stock Photo: Glyn Genin (bl). Paul Fearn (crb). 75 akg-images: Pictures From History (c).

76 Alamy Stock Photo: Peter Horree (tr). 77 TopFoto: ©Roger-Viollet (tr). 77 akg-images: Erich Lessing (bl). 77 Bridgeman Images: Musee de la Ville de Paris, Maison de Balzac, Paris, France / Archives Charmet (br). 78 Getty Images: Photo Josse / Leemage / Contributor (c). 79 Getty Images: Apic / RETIRED / Contributor (c). Mondadori Portfolio / Contributor (br). 80 Getty Images: Photo Josse/Leemage / Contributor (clb). 80 Alamy Stock Photo: age fotostock (bc). 80 TopFoto: Roger-Viollet (tr). 81 Getty Images: Christophel Fine Art / Contributor (t). Popperfoto / Contributor (c). 83 Getty Images: Bettmann / Contributor (tr). 83 Alamy Stock Photo: Chronicle (bl). 83 Dorling Kindersley: Dreamstime.com / Thomas Barrat / Tbarrat (br). 84 Getty Images: Bettmann / Contributor (tl). 85 Getty Images: Culture Club / Contributor (tl). Barry Winiker (bl). 85 Alamy Stock Photo: BFA (br). 86 Bridgeman Images: Charles Dickens Museum, London, UK (tr). 86 Getty Images: Culture Club / Contributor (br). 87 Getty Images: Historical Picture Archive / Contributor (c). 88 Alamy Stock Photo: Entertainment Pictures (bl). 88 Getty Images: Culture Club / Contributor (tc). Epics / Contributor (br). 89 Alamy Stock Photo: VIEW Pictures Ltd (t). 90 Getty Images: Culture Club / Contributor (tl). 90 Alamy Stock Photo: Paul Fearn (b). 90 Getty Images: Culture Club / Contributor (b). Mondadori Portfolio / Contributor (t). 92 Getty Images: Fine Art / Contributor (c). 93 Alamy Stock Photo: Steve Morgan (cr). 93 Getty Images: Rischgitz / Stringer (br). 94 Alamy Stock Photo: Granger Historical Picture Archive (t). 94 Bridgeman Images: Bronte Parsonage Museum, Haworth, Yorkshire, U.K. (bl). 95 Alamy Stock Photo: Paul Fearn (tl). Virginia Velasco (br). 96 Alamy Stock Photo: darryl gill (t). 96 Bridgeman Images: Bronte Parsonage Museum, Haworth, Yorkshire, U.K. (bl). 97 Getty Images: Culture Club / Contributor (tr). Fine Art Photographic / Contributor (br). 98 Getty Images: Mondadori Portfolio / Contributor (bl). 99 Alamy Stock Photo: GL Archive (tl). 100 Getty Images: Print Collector / Contributor (tr). 101 Getty Images: Print Collector / Contributor (br). 104 Getty Images: DEA PICTURE LIBRARY / Contributor (c). 105 Getty Images: Culture Club / Contributor (tr). 105 Alamy Stock Photo: Chronicle (br). 106 Alamy Stock Photo: David Lyons (cla). 106 Getty Images: Michael Nicholson / Contributor (crb). 107 Getty Images: Bettmann / Contributor (c). 108 Getty Images: Apic / RETIRED / Contributor (c). 109 Alamy Stock Photo: Randy Duchaine (ca). Premium Stock Photography GmbH (crb). 110 Alamy Stock Photo: Otto Herschan / Stringer (clb). Library of Congress / Contributor (cra). 111 Library of Congress: (tr). 111 Getty Images: GraphicaArtis / Contributor (b). 112 Getty Images: De Agostini Picture Library / Contributor (cla). Photo 12 / Contributor (crb). 113 Getty Images: Apic / RETIRED / Contributor (c). 114 akg-images: arkivi (tl). 114 Bridgeman Images: Tallandier (tl). 115 Getty Images: De Agostini Picture Library / Contributor (t). Christophel Fine Art / Contributor (br). 116 Alamy Stock Photo: Lebrecht Music and Arts Photo Library (c). 117 Getty Images: Hulton Archive / Stringer (cla). adoc-photos / Contributor (crb). 118 Bridgeman Images: Tallandier (tl). 118 Getty Images: Photo Josse/ Leemage / Contributor (b). 119 Getty Images: Culture Club / Contributor (tl). 119 Alamy Stock Photo: Granger Historical Picture Archive (crb). 120 Getty Images: De Agostini Picture Library / Contributor (tr). Heritage Images / Contributor (br). 121 Getty Images: Fine Art / Contributor (c). 122 Alamy Stock Photo: UniversalImagesGroup / Contributor (bl). 122 TopFoto: RIA Novosti (br). 123 TopFoto: RIA Novosti (tr). RIA Novosti (crb). 124 Getty Images: Culture Club / Contributor (tr). 125 Alamy Stock Photo: Paul Fearn (tr). 125 Getty Images: Robbie Jack / Contributor (br). 126 Getty Images: Bettmann / Contributor (c). 127 Getty Images: Bettmann / Contributor (tr). 127 Alamy Stock Photo: Alexey Zarubin (bl). Art Collection 3 (br). 128-129 akg-images: Elizaveta Becker (t). 128 Alamy Stock Photo: SPUTNIK (bl). 129 Alamy Stock Photo: SPUTNIK (c). 129 Getty Images: Elliott & Fry / Stringer (crb). 130 Alamy Stock Photo: Granger Historical Picture Archive (tr). 131 Getty Images: Universal History Archive / Contributor (tr). Hulton Archive / Stringer (br). 132 Alamy Stock Photo: Norman Eggert (bl). Granger Historical Picture Archive (cr). 133 Alamy Stock Photo: IanDagnall Computing (c). 134 Getty Images: Buyenlarge / Contributor (bl). Historical Picture Archive / Contributor (cr). 135 Getty Images: Hulton Archive / Staff (c). 136 Alamy Stock Photo: International Photobank (cla). 136 Getty Images: Universal History Archive / Contributor (crb). 137 Alamy Stock Photo: Granger Historical Picture Archive (c). 138 Alamy Stock Photo: Pictorial Press Ltd (cl). 138-139 Alamy Stock Photo: David Noton Photography (tr). 139 Bridgeman Images: British Library, London, UK / © British Library Board. All Rights Reserved (bl). 139 Alamy Stock Photo: Chronicle (br). 140 Getty Images: Christophel Fine Art / Contributor (c). 141 Getty Images: Photo 12 / Contributor (tr). DEA PICTURE LIBRARY / Contributor (br). 142 Alamy Stock Photo: IanDagnall (c). 143 Alamy Stock Photo: Tim Jones (cb). 143 Getty Images: Bettmann / Contributor (cr). 144 Alamy Stock Photo: World History Archive (tr). 145 Getty Images: DEA / A. DAGLI ORTI / Contributor (tl). PHAS / Contributor (cra).

Acknowledgments（謝辞／図版クレジット） / 359

145 Lebrecht: Tristram Kenton (br). **146 Getty Images:** Heritage Images / Contributor (c). **147 Getty Images:** DEA / J. L. CHARMET / Contributor (cla). Mondadori Portfolio / Contributor (cr). **147 Alamy Stock Photo:** Hemis (br). **148 Alamy Stock Photo:** Heritage Image Partnership Ltd (tr). **149 Alamy Stock Photo:** Paul Fearn (bl). **149 Bridgeman Images:** British Library, London, UK / © British Library Board. All Rights Reserved (tr). **149 Alamy Stock Photo:** Pictorial Press Ltd (br). **150 Alamy Stock Photo:** ART Collection (bl). Everett Collection Inc (cr). **151 Alamy Stock Photo:** Granger Historical Picture Archive (c). **152 Getty Images:** API / Contributor (tl). Universal History Archive / Contributor (tr). **152 Alamy Stock Photo:** Chronicle (bl). **153 Getty Images:** Caterine Milinaire / Contributor (t). **154 Alamy Stock Photo:** Peter Brown (bl). **154 Bridgeman Images:** Private Collection / The Stapleton Collection (cr). **155 Getty Images:** DEA PICTURE LIBRARY / Contributor (c). **156 Bridgeman Images:** Tretyakov Gallery, Moscow, Russia (c). **157 TopFoto:** SCRSS (tr). **157 Alamy Stock Photo:** Heritage Image Partnership Ltd (crb). **158 Alamy Stock Photo:** ITAR-TASS News Agency (tl). **158 Getty Images:** SVF2 / Contributor (b). **159 Getty Images:** Heritage Images / Contributor (ca). **159 TopFoto:** SCRSS (bl). **159 Alamy Stock Photo:** Heritage Image Partnership Ltd (br). **160 Getty Images:** Estate of Emil Bieber / Klaus Niermann / Contributor (tr). **161 Alamy Stock Photo:** volkerpreusser (bl). Xinhua (cr). **162 Getty Images:** De Agostini Picture Library / Contributor (tr). **163 Alamy Stock Photo:** Granger Historical Picture Archive (br). **164 Alamy Stock Photo:** Art Collection 3 (br). **165 Getty Images:** Imagno / Contributor (tr). **168 Alamy Stock Photo:** George Munday (bl). **168 Bridgeman Images:** Private Collection / Photo © Christie's Images (crb). **169 Getty Images:** DEA PICTURE LIBRARY / Contributor (c). **170 Getty Images:** Edward Steichen / Contributor (tr). **171 Getty Images:** Universal History Archive / Contributor (cl). Evans / Stringer (cra). **171 Alamy Stock Photo:** ITAR-TASS News Agency (br). **172 Alamy Stock Photo:** JTB MEDIA CREATION, Inc. (bl). **172 Getty Images:** Popperfoto / Contributor (br). **173 TopFoto:** TopFoto.co.uk (c). **174 Alamy Stock Photo:** Masterpics (c). **175 Getty Images:** FRANCOIS GUILLOT / Staff (tr). **175 TopFoto:** The Granger Collection, New York (clb). **175 Getty Images:** Leemage / Contributor (br). **176 Getty Images:** GAROFALO Jack / Contributor (tl). **176 akg-images:** Catherine Bibollet (bl). **177 Getty Images:** Apic / RETIRED / Contributor (bl). **177 TopFoto:** Roger-Viollet (br). **178 Getty Images:** New York Times Co. / Contributor (tr). **179 Alamy Stock Photo:** Michael Snell (bl). Paul Fearn (crb). **180 Getty Images:** Edward Steichen / Contributor (c). **181 Alamy Stock Photo:** Keystone Pictures USA (cr). AF archive (bl). INTERFOTO (br). **182 Getty Images:** Bettmann / Contributor (tr). **183 akg-images:** Pictures From History (cla). **183 Alamy Stock Photo:** SPUTNIK (cr). Henry Westheim Photography (cb). **184 Getty Images:** Photo 12 / Contributor (c). **185 Alamy Stock Photo:** Alain Le Garsmeur James Joyce Ireland (tl). ART Collection (br). **186 TopFoto:** Fine Art Images / Heritage Images (cl). **186 Getty Images:** Hulton Deutsch / Contributor (br). **187 Getty Images:** Bettmann / Contributor (tl). **187 Bridgeman Images:** Private Collection / Courtesy of Swann Auction Galleries (cr). **188 Alamy Stock Photo:** IanDagnall Computing (c). **189 Alamy Stock Photo:** Christopher Nicholson (bl). **189 Getty Images:** Culture Club / Contributor (cr). **190 Alamy Stock Photo:** INTERFOTO (tl). Art Collection 3 (bl). **190 Getty Images:** Hulton Deutsch / Contributor (br). **191 Alamy Stock Photo:** The National Trust Photolibrary (tr). **191 Getty Images:** Lenare / Stringer (cr). **192 akg-images:** Archiv K. Wagenbach (tr). **192 Getty Images:** Three Lions / Stringer (br). **193 Getty Images:** Private Collection / Prismatic Pictures (c). **194 Alamy Stock Photo:** Lebrecht Music and Arts Photo Library (b). **195 Getty Images:** Mondadori Portfolio / Contributor (tl). **195 Alamy Stock Photo:** INTERFOTO (bl). **195 akg-images:** Archiv K. Wagenbach (br). **196 Getty Images:** Historical / Contributor (tr). **197 Getty Images:** Bettmann / Contributor (bl). **197 Alamy Stock Photo:** Paul Fearn (crb). **198 Alamy Stock Photo:** Art Kowalsky (b). **199 Getty Images:** David Lees / Contributor (tc). **199 Alamy Stock Photo:** Granger Historical Picture Archive (clb). **199 Getty Images:** Print Collector / Contributor (crb). **200 Alamy Stock Photo:** Granger Historical Picture Archive (cla). **200 Getty Images:** Central Press / Stringer (crb). **200 Lebrecht:** Lebrecht Music & Arts 2 (br). **201 Getty Images:** Hulton Deutsch / Contributor (c). **202 Getty Images:** John Springer Collection / Contributor (bl). **202 Cobalt id:** (crb). **203 Alamy Stock Photo:** Pictorial Press Ltd (c). **204 Mary Evans Picture Library:** IDA KAR (tr). **205 Alamy Stock Photo:** Granger Historical Picture Archive (cr). **205 Getty Images:** Picture Post / Stringer (br). **206 Bridgeman Images:** Pearl Freeman (tr). **207 Getty Images:** Bettmann / Contributor (ca). **207 Alamy Stock Photo:** Darryl Brooks (bl). **207 Cobalt id:** (br). **208 Bridgeman Images:** © Tobie Mathew Collection (cla). **208 Alamy Stock Photo:** PRISMA ARCHIVO (crb). **209 Alamy Stock Photo:** Paul Fearn (c). **210 Getty Images:** Oli Scarff / Staff (cla). **210 Alamy Stock Photo:** Everett Collection Inc (crb). **211 Alamy Stock Photo:** Everett Collection Historical (c). **212 Getty Images:** Bettmann / Contributor (t). Culture Club / Contributor (clb). **213 Getty Images:** Hulton Archive / Stringer (cra). **213 Alamy Stock Photo:** Hemis (bc). **214 Alamy Stock Photo:** Pictorial Press Ltd (c). **215 Alamy Stock Photo:** Bhammond (bl). **215 Getty Images:** Chicago History Museum / Contributor (br). **216 Getty Images:** Transcendental Graphics / Contributor (tr). Photo 12 / Contributor (b). **217 Getty Images:** Bettmann / Contributor (tc). **217 Royal Books, Inc:** (br). **218 Getty Images:** John D. Kisch / Separate Cinema Archive / Contributor (tl). Popperfoto / Contributor (crb).

219 akg-images: Olivier Martel (bl). **219 Getty Images:** John Springer Collection / Contributor (cra). **220 Getty Images:** ullstein bild Dtl. / Contributor (tr). **221 akg-images:** ullstein bild (tr). **221 Getty Images:** Imagno / Contributor (bl). Robbie Jack / Contributor (br). **222 Alamy Stock Photo:** MARKA (c). **223 Getty Images:** DEA / P. JACCOD / Contributor (cra). **224 Alamy Stock Photo:** Greg Wright (t). **225 akg-images:** Album / Kurwenal / Prisma (ca). **225 Getty Images:** Rafa Samano / Contributor (bl). Ulf Andersen / Contributor (crb). **226 Getty Images:** Raymond Boyd / Contributor (cla). Herbert Orth / Contributor (crb). **227 Getty Images:** Lloyd Arnold / Contributor (c). **228 Alamy Stock Photo:** Cosmo Condina (tl). Brian Jannsen (tr). Granger Historical Picture Archive (clb). **229 Getty Images:** Europa Press / Contributor (b). **230 Lebrecht:** Lebrecht Music & Arts 2. From *The Old Man and the Sea* by Ernest Hemingway, published by Jonathan Cape, London. Reproduced by permission of The Random House Group Ltd. ©September 2018 (tr). **230 Getty Images:** Hulton Archive / Stringer (bl). **231 Alamy Stock Photo:** john norman (tl). **231 Getty Images:** Keystone / Stringer (cr). **232 Getty Images:** Mondadori Portfolio / Contributor (cr). John S Lander / Contributor (bc). **233 Getty Images:** The Asahi Shimbun / Contributor (c). **234 Alamy Stock Photo:** The Granger Collection (bl). **235 Alamy Stock Photo:** Archivart (ca). **236 Alamy Stock Photo:** Paul Fearn (ca). **237 Getty Images:** Haywood Magee / Stringer (br). **240 Getty Images:** Carl Mydans / Contributor (c). **241 akg-images:** (tr). **241 Getty Images:** Carl Mydans / Contributor (br). **242 Alamy Stock Photo:** Granger Historical Picture Archive (tr). **242 Getty Images:** Arthur Rothstein / Contributor (br). **243 Getty Images:** Hulton Archive / Stringer (c). **244 Alamy Stock Photo:** Granger Historical Picture Archive (c). **245 Alamy Stock Photo:** Julio Etchart (c). **245 Getty Images:** Hulton Deutsch / Contributor (br). **246 Getty Images:** Kurt Hutton / Stringer (t). Hulton Archive / Stringer (clb). **247 Alamy Stock Photo:** Scott Sim (bl). Granger Historical Picture Archive (crb). **248 Getty Images:** MIGUEL ROJO / Stringer (bl). **249 Getty Images:** Keystone-France / Contributor (c). **250 Alamy Stock Photo:** Sueddeutsche Zeitung Photo (clb). World History Archive (tr). **251 Getty Images:** Justin Setterfield / Contributor (t). Heritage Images / Contributor (br). **252 Alamy Stock Photo:** Everett Collection Historical (c). **253 Alamy Stock Photo:** Philip Dunn (bl). Everett Collection Inc (crb). **254 Getty Images:** RDA/RETIRED / Contributor (cla). **254 Bridgeman Images:** PVDE (crb). **255 Getty Images:** Lipnitzki / Contributor (c). **256 Getty Images:** Horst P. Horst / Contributor (bl). **257 Getty Images:** STF / Staff (tr). **257 TopFoto:** (br). **258 Getty Images:** Hulton Archive / Stringer (cla). Hiroyuki Ito / Contributor (cr). **259 Getty Images:** ullstein bild / Contributor (c). **260 Getty Images:** Lipnitzki / Contributor (tl). **261 Dorling Kindersley:** Gary Ombler / Wardrobe Museum, Salisbury (tl). **261 Lebrecht:** John Haynes (clb). **261 Alamy Stock Photo:** ClassicStock (crb). **262 Magnum Photos:** Chris Steele-Perkins (tr). **263 Getty Images:** Frederic Lewis / Staff (bl). Paul Thompson / FPG / Stringer (cr). **264 Alamy Stock Photo:** John Frost Newspapers (tr). Old Paper Studios (bl). **264 Getty Images:** Keystone-France / Contributor (br). **265 Getty Images:** Kurt Hutton / Stringer (c). **266 Getty Images:** Lipnitzki / Contributor (tr). **267 Alamy Stock Photo:** Neftali (tl). **267 Getty Images:** Andia / Contributor (bl). Hulton Deutsch / Contributor (br). **268 Getty Images:** Hulton Archive / Stringer (tr). **269 Getty Images:** Evening Standard / Stringer (cl). **269 Alamy Stock Photo:** Antiques & Collectables (tr). Aled Llywelyn (br). **270 Getty Images:** Lipnitzki / Contributor (c). **271 Alamy Stock Photo:** Everett Collection, Inc. (cla). ERIC LAFFORGUE (br). **272 Getty Images:** Bettmann / Contributor (bl). **272 Cobalt id:** (crb). **273 Getty Images:** Ulf Andersen / Contributor (c). **274 Getty Images:** James Andanson / Contributor (c). **275 Getty Images:** Mondadori Portfolio / Contributor (bl). Apic / RETIRED / Contributor (br). **276 Alamy Stock Photo:** Zoonar GmbH (clb). **276 Bridgeman Images:** Peter Newark Military Pictures (cr). **277 Getty Images:** Gianni GIANSANTI / Contributor (c). **278 Alamy Stock Photo:** Shawshots (t). **278 Getty Images:** Fototeca Storica Nazionale. / Contributor (bl). **279 akg-images:** ullstein bild (bl). **279 Lebrecht:** Lebrecht Music & Arts 2. *If This Is a Man* by Primo Levi, Little, Brown Book Group (br). **280 Bridgeman Images:** Prismatic Pictures (tr). **281 Alamy Stock Photo:** AF Fotografie (ca). **281 Getty Images:** Ted Streshinsky Photographic Archive / Contributor (cr). **281 Bridgeman Images:** © Christie's Images (br). **282 Getty Images:** Gianni GIANSANTI / Contributor (tr). **283 Alamy Stock Photo:** MARKA (bl). **283 akg-images:** Fototeca Gilardi (tr). **283 Getty Images:** Ulf Andersen / Contributor (br). **284 akg-images:** Marion Kalter (tr). **285 Getty Images:** Sean Gallup / Staff (tr). Bloomberg / Contributor (bl). **285 Alamy Stock Photo:** dpa picture alliance archive (br). **286 Getty Images:** Bettmann / Contributor (c). **287 Getty Images:** EITAN ABRAMOVICH / Staff (ca). **287 Alamy Stock Photo:** Xinhua (bl). StellaArt (br). **288 Alamy Stock Photo:** Everett Collection Inc (cl). Organica (tr). **289 akg-images:** Album / Oronoz (tc). **289 Alamy Stock Photo:** dpa picture alliance (bl). **290 Alamy Stock Photo:** Everett Collection Historical (tr). **291 Getty Images:** Gene Lester / Contributor (tl). The Frent Collection / Contributor (tr). **291 Bridgeman Images:** Newberry Library, Chicago, Illinois, USA (br). **292 Getty Images:** Sovfoto / Contributor (bl). **292 Alamy Stock Photo:** INTERFOTO (crb). **293 TopFoto:** Roger-Viollet (c). **294 Alamy Stock Photo:** PRAWNS (bl). Jonny White (cr). **295 Lebrecht:** Hollandse Hoogte (c). **296 Getty Images:** Romano Cagnoni / Contributor (t). **296 Lebrecht:** Lebrecht Music & Arts 2 (bl). **297 Getty Images:** ISSOUF SANOGO / Stringer (tr). STEFAN HEUNIS / Stringer (br). **298 Getty Images:**

360 / Acknowledgments（謝辞／図版クレジット）

ADALBERTO ROQUE / Stringer (cr). Erich Auerbach / Stringer (br). **299 Getty Images:** Ulf Andersen / Contributor (ca). **300 Alamy Stock Photo:** dpa picture alliance (tr). **301 Alamy Stock Photo:** Granger Historical Picture Archive (br). **304 Getty Images:** Ulf Andersen / Contributor (c). **305 Alamy Stock Photo:** Martin A. Doe (tr). Martin A. Doe (bl). **306 Getty Images:** Brooks Kraft / Contributor (c). **307 Alamy Stock Photo:** Brian Jannsen (br). **308 REX/Shutterstock:** SNAP (c). **309 Alamy Stock Photo:** Science History Images (ca). dpa picture alliance archive (tr). **309 Getty Images:** Eliot Elisofon / Contributor (br). **310 Alamy Stock Photo:** Christopher Stewart (bl). **310 Getty Images:** Rene Johnston / Contributor (crb). **311 Marion Ettlinger:** (c). **312 Getty Images:** FILIPPO MONTEFORTE / Staff (cra). David Levenson / Contributor (c). **314 Getty Images:** Boston Globe / Contributor (br). **315 Getty Images:** Apic/RETIRED / Contributor (tl). Boston Globe / Contributor (bl). **315 Alamy Stock Photo:** The Protected Art Archive (br). **316 Marion Ettlinger:** (c). **317 Getty Images:** Education Images / Contributor (ca). Christian Science Monitor / Contributor (br). **318 Alamy Stock Photo:** scenicireland.com / Christopher Hill Photographic (cl). Helen Thorpe Wright (crb). **319 Getty Images:** Richard Smith / Contributor (c). **320 Bridgeman Images:** British Library, London, UK / © British Library Board. All Rights Reserved (br). **320 Alamy Stock Photo:** Alain Le Garsmeur "The Troubles" Archive (c). **321 Getty Images:** Tara Walton / Contributor (tr). **321 Alamy Stock Photo:** Paul McErlane (br). **322 Getty Images:** Bernard Bisson / Contributor (cla). **322 Lebrecht:** Lebrecht Music & Arts 2. From *Disgrace* by J. M. Coetzee, published by Vintage, London, 2000. Reproduced by permission of The Random House Group Ltd. ©September 2018 (cr). **323 Getty Images:** Micheline Pelletier Decaux / Contributor (c). **324 Alamy Stock Photo:** AfriPics.com (t). **325 Lebrecht:** Lebrecht Music & Arts 2. From *Life & Times of Michael K* by J. M. Coetzee, published by Sacker & Warburg. Reproduced by permission of The Random House Group Ltd. ©September 2018 (bl). **325 Getty Images:** Per-Anders Pettersson / Contributor (crb). **326 Lebrecht:** Lebrecht Music & Arts 2. From *Of Love and Shadows* by Isabel Allende, published by Jonathan Cape, London 1987. Reproduced by permission of The Random House Group Ltd. ©September

2018 (tr). **326 Getty Images:** ILA AGENCIA / Contributor (br). **327 Getty Images:** The Sydney Morning Herald / Contributor (c). **328 Getty Images:** Ulf Andersen / Contributor (c). **329 Alamy Stock Photo:** GL Archive (c). **329 Getty Images:** Rick Madonik / Contributor (br). **330 Getty Images:** Raphael GAILLARDE / Contributor (tr). **331 Getty Images:** ED JONES / Staff (t). Dominique BERRETTY / Contributor (bl). **331 Alamy Stock Photo:** Science History Images (br). **332 Getty Images:** Gina Ferazzi / Contributor (c). **333 Getty Images:** ullstein bild Dtl. / Contributor (cla). Popperfoto / Contributor (crb). **334 Alamy Stock Photo:** Jim Laws (tl). **334 Cobalt id:** (bc). **335 Cobalt id:** (tr). **335 Alamy Stock Photo:** Photo 12 (b). **336 Alamy Stock Photo:** Sam Kolich (t). **336 Cobalt id:** (br). **337 Alamy Stock Photo:** GARY DOAK (c). **338 Alamy Stock Photo:** INTERFOTO (tr). **339 Getty Images:** Imagno / Contributor (bl). **339 Lebrecht:** Lebrecht Music & Arts 2 (tr). **340 Lebrecht:** Ulf Andersen/Aurimages (c). **341 Getty Images:** Steve Russell / Contributor (cla). **341 Alamy Stock Photo:** MARKA (br). **342 Getty Images:** Ulf Andersen / Contributor (c). **343 Cobalt id:** (tr). **343 Alamy Stock Photo:** zhang jiahan (br). **344 Getty Images:** Hindustan Times / Contributor (c). **345 Alamy Stock Photo:** Ruby (c). **345 Cobalt id:** (crb). **346 Getty Images:** Fairfax Media / Contributor (tr). **347 Getty Images:** DEUTSCH Jean-Claude / Contributor (bc). **348 Getty Images:** Harcourt Brace / Stringer (t). **349 Getty Images:** David Levenson / Contributor (br).

Endpaper images: *Front*: Alamy Stock Photo: Andrejs Pidjass; *Back*: **Alamy Stock Photo:** Andrejs Pidjass

カバー・表紙写真　表：**AP／アフロ**（上段左）、**アフロ**（上段中・下段3点）、**Alamy Stock Photo:** Heritage Image Partnership Ltd（上段右）；裏：**Getty Images:** ullstein bild（左）、Hulton Archive（中）、**Alamy Stock Photo:** Everett Collection Historical(右)

All other images © Dorling Kindersley. For more information see: **www.dkimages.com**

日本語版監修者

齋藤孝　さいとう・たかし

明治大学文学部教授。1960年、静岡市生まれ。東京大学法学部卒。同大学大学院教育学研究科博士課程を経て現職。専門は、教育学、身体論、コミュニケーション論。『身体感覚を取り戻す』（2000年、NHK出版）で新潮学芸賞受賞。2001年に出版の『声に出して読みたい日本語』（草思社、毎日出版文化賞特別賞受賞、新語・流行語大賞ベスト10）がシリーズ260万部のベストセラーになり日本語ブームをつくった。著書に、『読書力』『コミュニケーション力』『古典力』、『新しい学力』（以上、岩波新書）、『理想の国語教科書』（文藝春秋）、『現代語訳　学問のすすめ』（ちくま新書）、『論語』（ちくま文庫）、『大人の語彙力ノート』（SBクリエイティブ）等多数。近著に、『読書する人だけがたどり着ける場所』（SB新書）などがある。著書の累計出版部数は、1000万部を超える。NHK Eテレ「にほんごであそぼ」総合指導。TBSテレビ系「情報7days ニュースキャスター」、日本テレビ系「世界一受けたい授業」等、テレビ出演も多数。

翻訳	株式会社トランネット http://www.trannet.co.jp
	（堂田和美／遠藤康子／島本薫／富原まさ江／金井啓太／冬木恵子）
装丁	長谷川理
編集協力・DTP	株式会社リリーフ・システムズ
カバー印刷	株式会社リーブルテック

図鑑　世界の文学者

2019年8月5日　第1刷発行

監修	ピーター・ヒューム
日本語版監修	齋藤孝
発行者	千石雅仁
発行所	東京書籍株式会社
	〒114-8524　東京都北区堀船2-17-1
	電話　03-5390-7531（営業）
	03-5390-7512（編集）

ISBN978-4-487-81232-5 C0590
Japanese edition text copyright ©2019 Tokyo Shoseki Co., Ltd.
All rights reserved.
Printed (Jacket) in Japan
出版情報 https://www.tokyo-shoseki.co.jp
禁無断転載。乱丁・落丁の場合はお取替えいたします。

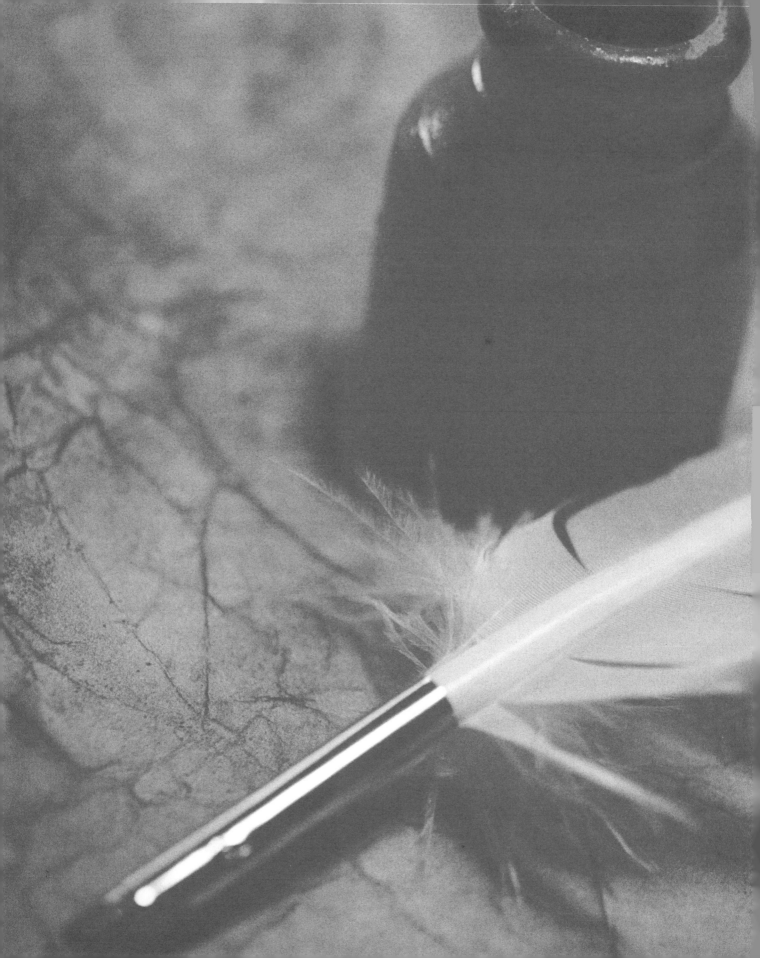